综 合 素 质

主　编　文　敏　周彦良
副主编　张东良　沈　环　赵　俏

北京理工大学出版社
BEIJING INSTITUTE OF TECHNOLOGY PRESS

内 容 简 介

本教材对有意从事教师职业的大学生完善自身的教师素养，提高自身的教育理念、职业道德、法律法规意识、科学文化素养以及相应的教育教学能力和专业素质有着重要的指导意义。《综合素质》包括教师职业理念、教育法律法规、教师职业道德规范、文化素养和教师基本能力共五章。每章包括基本理论、真题再现和高频考点训练三个部分。这样的安排既可以帮助学生学习理论，也可以让学生自找检查学习效果。

图书在版编目（CIP）数据

综合素质 / 文敏，周彦良主编. —北京：北京理工大学出版社，2017.7
ISBN 978-7-5682-4288-2

Ⅰ. ①综… Ⅱ. ①文… ②周… Ⅲ. ①教师素质-中学教师-资格考试-教材 Ⅳ. ①G451.6

中国版本图书馆 CIP 数据核字（2017）第 138674 号

出版发行 / 北京理工大学出版社有限责任公司
社　　址 / 北京市海淀区中关村南大街 5 号
邮　　编 / 100081
电　　话 / （010）68914775（总编室）
　　　　　（010）82562903（教材售后服务热线）
　　　　　（010）68948351（其他图书服务热线）
网　　址 / http://www.bitpress.com.cn
经　　销 / 全国各地新华书店
印　　刷 / 三河市华骏印务包装有限公司
开　　本 / 787 毫米×1092 毫米　1/16
印　　张 / 25
字　　数 / 635 千字
版　　次 / 2017 年 7 月第 1 版　2017 年 7 月第 1 次印刷
定　　价 / 98.00 元

责任编辑 / 王晓莉
文案编辑 / 王晓莉
责任校对 / 周瑞红
责任印制 / 李志强

前　言

社会进入 20 世纪 50 年代以后，国家之间的竞争演化为综合国力的竞争，综合国力的竞争就是科学技术和人才的竞争，人才的竞争归根到底还是教育的竞争，而教育水平的高低却最终取决于教师水平的高低。基于这种认识，20 世纪 60 年代以来，教师要成为专业人员，教师职业要成为专门职业的呼声汇聚成了一股世界性潮流。我们国家 1994 年实施的《中华人民共和国教师法》第一次从法律角度确定了教师的专业地位。1995 年国家颁布了《教师资格条例》，2000 年教育部又颁布了《教师资格条例实施办法》，教师资格制度在全国全面实行。2001 年 4 月 1 日起，国家首次开展全面实施教师认定工作，并进入实际操作阶段。特别是 2015 年以来，取消了教师资格证的统一发放措施，改成全国统一考试制度，提高了教师从业人员的门槛。《综合素质》旨在帮助毕业后有意从事教师职业的大学生完善自身的教师素养，提高自身的教育理念、职业道德、法律法规意识、科学文化素养以及相应的教育教学能力和专业素质，最终考取教师资格证。

《综合素质》适用于师范专业和非师范专业选修。作为师范专业在大学一年级开设的公共必修课教材，共 64 学时。非师范专业可以将其用于教师资格证考试辅导教材。《综合素质》包括教师职业理念、教育法律法规、教师职业道德规范、文化素养和教师基本能力共五章。每章包括基本理论、真题再现和高频考点训练三部分。这样的安排既可以帮助学生学习理论，也可以让学生自我检查学习效果。

在编写过程中我们力求做到：

第一，具有完整的理论体系。综合素质是教师资格统考的科目，它汇集多门学科的知识，具有综合性和实践性的特点。同时，它又有自身的研究内容、研究方法、研究范畴，是一个内容体系完备的学科。我们就是要让有志于从事教师这个职业的学生，在走出校门之前，先在头脑中形成正确的教育观念，在理论上有较高的素养，有一个高起点。

第二，贴近学生的实际需要。以练带讲，深入浅出，既帮助学生掌握综合素质的基本理论，又通过教育实践案例来培养他们解决教育问题的能力。

第三，贴近教育实践。本书选取的案例取材于当今的教育实践，使学生在学习过程中不仅能感受到教育理论的实用价值，还能增强责任感和使命感。

第四，成为引导学生学习方式转变的实用科学。给师范生开设综合素质课程，并不是为了让学生死记几个术语、几个法条，而是注重培养学生发现问题、分析问题和解决问题的能力，让他们学以致用。

我们深知，教材的编写不容易，也难免会有疏漏，请师生们指正。先表致谢！我们本着虚心学习、合理吸收、不断完善的宗旨，不断努力，力争不负众望。

本书编者　文敏
2017 年 5 月 4 日

目　录

教师职业理念

第一节　教　育　观

　　教育观是人们对教育以及教育与其他事物关系的看法。它既受社会政治、经济制度的制约，又受人们对教育要素不同观点的影响。具体地说就是人们对教育者、教育对象、教育内容、教育方法等教育要素及其属性和相互关系的认识，还有人们对教育与其他事物相互关系的看法，以及由此派生的对教育的作用、功能、目的等各方面的看法。

　　教育观的核心是"教育为了什么"，即教育目的。由于教育目的不同，教育者实施的教育活动也不同，从而区分了不同社会、不同时期的教育活动，产生了不同的教育结果。

　　教育观的类型从我国基础教育的实践来看，主要有"应试教育观"和"素质教育观"两种。

一、素质教育概述

（一）素质与基础素质

1. 素质的含义

　　研究和实践素质教育，首先要搞清楚什么是"素质"。从心理学的角度来看，素质是指"人的解剖生理特点，主要是指感觉器官和神经系统方面的特点，是人的心理内容和发展的生理条件，但不能决定人的心理内容和发展水平"。从教育学的角度看，素质是指"个人先天具有的解剖生理特点。包括神经系统、感觉器官和运动器官的特点，其中脑的特点尤为重要。它们通过遗传获得，故又称遗传素质，亦称禀赋"。这些解释显然已不能充分表达它在素质教育理论中所应具有的内涵特征，应赋予其新的含义。基于此，我们给"素质"一词界定为：个体的先天禀赋以及在此基础上，通过环境和教育影响所形成和发展起来的相对稳定的身心发展水平以及人类文化在个体心理上的内化和积淀。通过有限的学校教育我们不可能把素质所包含的所有内容给予青少年一代，所以说，我们所倡导的素质教育实际上是一种对儿童、青少年的基础素质的教育。

2. 基础素质

　　基础素质包括身体和生理的素质、心理素质和社会文化素质。

　　（1）身体和生理的素质。主要有身高、体重的正常发育，消化、循环、内分泌等主要生理系统的健康和良好发展，以及良好的运动和适应能力。

　　（2）心理素质。包括直接承担人的认识过程的智力因素和影响人的认识过程及构成人的其他心理活动的非智力因素。

　　（3）社会文化素质。包括思想观念、道德行为规范、科学文化知识、劳动生活技能以及审美的知识和情趣等。

　　这三种素质之间是一种相互依存的关系。一般来说，生理和身体的素质是人的心理素质和科学文化素质赖以生存和发展的物质基础，而心理素质和科学文化素质之间的关系更为密切。人们只有具备良好的心理素质才能更好地掌握科学文化知识，而良好的人类文化知识的滋养正是人的心理正常和良好发育的必要条件。

（二）素质教育的产生与发展

1. 素质教育的产生

　　素质教育作为一种教育价值观念，其初衷在于纠正"应试教育"现象。中小学教育片面追求升学率，大学教育过分专业化等。应试教育把教育活动的评价环节作为教育目的，把人的素质的某个方面作为全部，教育活动本身和教育培养对象被严重扭曲。因此，应试教育不仅背离了我国的教育方针，也不利于培养社会进步与发展所需的人才。素质教育观扭转了应试教育观，把教育目的重新指向人本身，指向人的整体的、全面的素质。

2. 素质教育观的发展

（1）1993 年 2 月中共中央、国务院颁布的《中国教育改革和发展纲要》，强调"中小学要由'应试教育'转向全面提高国民素质的轨道，面向全体学生，全面提高学生的思想道德、文化科学、劳动技术和身体心理素质"。

（2）1996 年 3 月由全国人大八届四次会议批准的《中华人民共和国国民经济和社会发展"九五"计划和 2010 年远景目标纲要》，九届人大一次会议和二次会议的《政府工作报告》，都强调由"'应试教育'向素质教育转变"，要"实施全面素质教育"。

（3）1999 年 1 月 13 日国务院批转教育部发布的《面向 21 世纪教育振兴行动计划》，提出实施"跨世纪素质教育工程"。1999 年 6 月，中共中央、国务院做出了《关于深化教育改革全面推进素质教育的决定》（以下简称《决定》），将素质教育确定为我国教育改革和发展的长远方针。标志着素质教育观形成了系统思想。

（4）2006 年 6 月 29 日，第十届全国人民代表大会常务委员会第二十二次会议修订的《中华人民共和国义务教育法》（以下简称《义务教育法》）明确规定："义务教育必须贯彻国家的教育方针，实施素质教育。"这标志着素质教育上升到法律层面，成为国家意志。

（三）理解素质教育观

1. 素质教育的概念

素质教育是依据人的发展和社会发展的实际需要，以全面提高全体学生的基本素质为根本目的，以尊重学生主体性和主动精神，注重开发人的智慧潜能，形成人的健全个性为根本特征的教育。

素质教育是以提高民族素质为宗旨的教育。它是依据《中华人民共和国教育法》（以下简称《教育法》）规定的国家教育方针，着眼于受教育者及社会长远发展的要求，以面向全体学生、全面提高学生的基本素质为根本宗旨，以注重培养受教育者的态度、能力，促进他们在德、智、体等方面生动、活泼、主动地发展为基本特征的教育。素质教育要使学生学会做人、学会求知、学会劳动、学会生活、学会健体和学会审美，为培养他们成为有理想、有道德、有文化、有纪律的社会主义公民奠定基础。

素质教育的本质在于它的思想性和时代性，在于它是引导我国教育在向 21 世纪迈进的过程中，提出的一种新的教育理想，是期望形成一种新的教育价值观，达到一种新的教育境界。素质教育所具有的思想性和时代性与国际社会的教育改革目标不谋而合。

2. 素质教育的内涵

（1）素质教育是面向全体学生的教育。

素质教育倡导人人有受教育的权利，正如《决定》所指出的"全面推进素质教育，要坚持面向全体学生"。素质教育强调在教育中每个人都得到发展，这不仅是民主的基本理念，而且是每一个人的基本权利。

（2）素质教育是促进学生全面发展的教育。

素质教育强调培养学生在德、智、体、美等方面全面发展，为此《决定》指出，实施素质教育，必须把德育、智育、体育、美育等有机统一在教育活动的各个环节中。学校教育不仅要抓好智育，更要重视德育，还要加强体育、美育、劳动技术教育和社会实践，使诸方面教育相互渗透、协调发展，促进学生的全面发展和健康成长。

（3）素质教育是促进学生个性发展的教育。

素质教育是全面发展的教育，是从教育对所有学生的共同要求的角度来看待的。但每一个学生都有其差异性，如不同的认知特征、不同的欲望需求、不同的兴趣爱好、不同的价值指向、不同的创造潜能，铸造了一个个千差万别的、个性独特的学生。因此，教育还要尊重并充分发展学生的个性。

（4）素质教育是以培养创新精神和实践能力为重点的教育。

创新能力是一个民族进步的灵魂，是国家兴旺发达的不竭动力。一个没有创新能力的民族，难以屹立于世界的前列。作为国力竞争基础工程的教育，必须培养具有创新精神和实践能力的新一代人才，这是素质教育的时代特征。

（5）素质教育是让学生主动发展的教育。

素质教育是以尊重学生主体性和主动精神为根本特征的教育，真正尊重学生的主动精神，弘扬主动精神，这就要求教师进行启发式教学，鼓励学生主动探索、主动思考，鼓励学生存疑、求疑，在教学中促进学生生动、活泼、主动地发展。

（6）素质教育是面向未来的教育。

素质教育是面向未来的教育，是从教育要立足于未来社会的需要，而不是从眼前升学目标或就业需求的角度来看的。一般来说，教育具有较强的惰性和保守性，它总是努力使年轻一代学会老一代的思维、生活和工作方式。素质教育就是要改变教育的惰性和保守性，它的目标是使年轻一代适应未来发展的需要。

3. 素质教育的特征

（1）教育对象的全体性。

教育对象的"全体性"，从广义上说，是指面向全体国民，要求每个社会成员都必须通过正规的或非正规的渠道接受一定时限、一定程度的教育，以达到提高全体国民素质的目的；从狭义上说，是指全体适龄儿童都必须接受正规的义务教育。具体到学校和班级，则必须面向全体学生，不得人为地忽视任何一个学生素质的培养与提高。全体性是素质教育最本质的规定、最根本的要求。

（2）教育内容的基础性。

中小学素质教育的内容是基础知识、基本技能、基本观点、基本行为规范、基本学习生活能力等方面的教育；是为人的生存与发展增强潜力的教育，是为提高全民族素质、未来劳动者素质和各级各类人才素质奠定基础的教育。

（3）教育空间的开放性。

课堂已不再是单纯地灌输知识和机械地强化训练的场所，而是灵活安排与适当组合的生动活泼的开放性教育场所；教育不再局限于课堂和书本知识，而是积极开拓获取知识的来源和获得发展的空间，重视利用课外的自然资源与社会资源，开展丰富多彩的活动，以利于学生素质的全面提高与和谐发展。

（4）教育目标的全面性。

素质教育的目标，就是国家教育方针中所规定的"德、智、体等方面全面发展"。为此，应重视德、智、体等方面素质的互相联系、互相渗透与制约，致力于促进学生全面而和谐的发展，不可重此轻彼或重彼轻此。

（5）教育价值的多元化。

素质教育的价值取向是多元化的。素质教育首先必须满足学生个体生存与持续发展的需要，使学生学会生存、学会学习、学会发展、学会做人、学会健体、学会审美、学会劳动、学会共同生活。其次必须满足学生的兴趣爱好，发挥其特长及潜能，使其个体得到充分而自由的发展，充满创造的活力。

4. 素质教育的任务

（1）培养学生的身体素质。身体素质主要包括：身体结构与身体机能两个方面。身体素质是素质整体结构的基础层。

（2）培养学生的心理素质。心理素质是素质结构的核心层。按照心理学的二分法，心理素质即认识、智力因素与意向、非智力因素。

（3）培养学生的社会素质。社会素质是以身体素质为基础、以心理素质为中介而形成的，居于素质整体结构的最高层，又对身体素质、心理素质的形成有重大影响。社会素质主要是由政治、思想、道德、业务、审美、劳技等素质构成的。

5. 素质教育的目标

（1）素质教育的总目标。

《中国教育改革和发展纲要》中提出中小学要由"应试教育"转向"全面提高国民素质"的轨道。"全面提高国民素质"是素质教育的总目标。培养符合当前社会存在和发展所需要的公民或国民，这就是中小学教育的根本目标。

（2）素质教育的具体目标。

① 促进学生身体的发育；② 促进学生心理的成熟化；③ 造就平等的公民；④ 培养个体的生存能力和基本品质；⑤ 培养学生自我学习的习惯、爱好和能力；⑥ 培养学生的法律意识；⑦ 培养学生的科学精神和态度。

真题再现

1.（2017年单项选择）为了改变学生从课本中找"标准答案"的习惯，刘老师经常在课堂上设计一些开放性问题，引导学生自由讨论、探索答案。同事马老师对刘老师说："你这样会使学生思维太发散，也浪费时间，将来考试肯定会吃亏的，我从不这样做！"下列选择中正确的是（　　　）。

　　A. 马老师的说法合理，有利于提高学生的学习成绩

　　B. 刘老师的做法得当，有利于培养学生的创新意识

　　C. 马老师的说法欠妥，不利于维持课堂教学秩序

　　D. 刘老师的做法欠妥，不利于保证正常教学进度

答案：B。【解析】刘老师做法符合素质教育理念，有利于学生创新意识的培养。

2.（2015年单项选择）晓光多次在钢琴比赛中获奖，但不愿意学习文化课程。方老师劝说道："特长需要保持，可是只有打好文化基础，你才能在音乐道路上走得更远。"方老师的做法（　　　）。

　　A. 不合理，不利于学生发展特长

　　B. 不合理，违背了学生的兴趣爱好

　　C. 合理，学生必须使各个学科平均发展

　　D. 合理，教师应该关注学生的全面发展

答案：D。【解析】素质教育要求学生全面发展。

3.（2013年单项选择）下列对素质教育的理解，存在片面性的是（　　　）。

　　A. 促进学生专业发展　　　　　　　　B. 尊重学生个性发展

　　C. 教育面向全体学生　　　　　　　　D. 引导学生协调发展

答案：A。【解析】素质教育是促进学生全面发展的教育。因此A项错误。

4.（2015年单项选择）在教学活动中，教师既要重视学生的知识学习，又要注重学生的品德

养成与能力发展。这说明教育具有（　　）。

　　A. 全面性　　　　　B. 阶段性　　　　　C. 独立性　　　　　D. 片面性

　　答案：A。【解析】教育活动中，教师不仅要传授知识，更要注重学生的品德养成，这体现了教育的全面性。

　　5.（2014年单项选择）下列选项中，不属于素质教育任务的是（　　）。

　　A. 增强学生的身体素质　　　　　　　B. 增强学生的心理素质

　　C. 促进学生道德品质的发展　　　　　D. 促进学生能力的平均发展

　　答案：D。【解析】素质教育担负着三大基本任务：第一大任务是培养学生的身体素质；第二大任务是培养学生的心理素质；第三大任务是培养学生的社会素质，主要由政治、思想、道德、业务、审美、劳技等素质构成。

　　6.（2015年单项选择）班主任马老师常对学生说："先学做人，后学做事，社会需要的是身体健康、和谐发展的建设者和接班人，而不是只会死读书的呆子。"这表明马老师具有（　　）。

　　A. 开拓创新的理念　　　　　　　　　B. 素质教育的理念

　　C. 自主发展的意识　　　　　　　　　D. 因材施教的意识

　　答案：B。【解析】素质教育是依据人的发展和社会发展的实际需要，以全面提高全体学生的基本素质为根本目的，以尊重学生主体性和主动精神，注重开发人的智慧潜能，形成人的健全个性为根本特征的教育。题干中，马老师主张学生身心和谐发展，这符合素质教育的理念。

　　7.（2014年单项选择）学习成绩一般的小丽在县舞蹈比赛中取得了良好成绩。班会上，班主任吴老师表扬了她："一花一世界，每个人都有自己的精彩。"这表明吴老师关注（　　）。

　　A. 学生的个性发展　　　　　　　　　B. 学生的品行发展

　　C. 学生的知识习得　　　　　　　　　D. 学生的身心健康

　　答案：A。【解析】"每个人都有自己的精彩"反映了吴老师看到了个体的差异，体现出对学生个性的关注。

二、素质教育的实施

（一）素质教育的实施内容

1. 全面发展教育的组成部分

（1）德育。

德育是培养学生正确的人生观、世界观、价值观，使学生具有良好的道德品质和正确的政治观念，形成正确的思想方法的教育。它是全面发展教育的重要组成部分，体现了社会主义教育的性质和方向。

德育的基本任务包括：① 培养学生良好的道德品质；② 培养学生正确的政治方向；③ 培养学生正确的价值观；④ 培养学生良好、健康的心理品质；⑤ 培养学生良好的思想品德能力。要保证教育的方向，培养社会主义的拥护者和建设者，必须做好德育工作。

（2）智育。

智育是传授给学生系统的科学文化知识、技能，发展他们的智力和与学习有关的非认知因素的教育。智育的主要内容和任务包括传授知识、发展技能、培养自主性和创造性。智育是全面发展教育的重要组成部分，是全面发展教育的基础，以其系统的知识为其他教育提供科学依据。智育能促进人的心智发展，它不仅使学生掌握了知识，发展了智力，同时在丰富人的精神生活方面也起着重要作用。智育通过传授生产知识，发展智力，能够促进社会物质文明和精神文明的建设。

智育的根本任务是要培养和发展学生智慧，尤其是智力。具体任务有：① 向学生系统地传授科学文化知识，为学生各方面发展奠定良好的知识基础；② 培养训练学生，使其形成基本技能；③ 培养和发展学生的智力才能，增强学生各个方面的能力；④ 培养学生良好的学习品质和热爱科学的精神。

（3）体育。

体育是授予学生健康的知识、技能，发展他们的体力，增强他们的自我保健意识和体质，培养他们参加体育活动的需要和习惯，增强其意志力的教育。体育是全面发展教育的重要组成部分，为其他各育奠定物质基础。体育是促进学生的体质全面发展的重要手段，在提高劳动生产率和加强国防力量方面也有重要而深远的意义。

体育的基本任务包括：① 指导学生身体锻炼，促进身体正常发育和技能的发展，增强学生体质，提高健康水平；② 使学生掌握运动锻炼的科学知识和基本技能，掌握运动锻炼的方法，增强运动能力；③ 使学生掌握身心卫生保健知识，养成良好的身心卫生保健习惯；④ 发展学生良好品德，养成学生文明习惯。其中，增强学生体质是学校体育的根本任务，这是学校体育与学校其他活动最根本的区别。学校体育的基本组织形式是体育课。

（4）美育。

美育又称审美教育。它是教育者培养受教育者健康的审美观，发展他们感受美、鉴赏美、创造美的能力，培养他们高尚的情操与文明素养的教育。美育是全面发展教育的不可缺少的组成部分，对其他各育起促进作用。它对于培养学生高品位的审美情趣、高尚的道德情操以及良好的文明行为习惯，有其特殊的作用。它对社会主义精神文明的建设也有重要作用。

美育的主要任务包括：① 培养学生正确的审美观点，使他们具有感受美、理解美和鉴赏美的知识与技能；② 培养学生艺术活动的技能，发展他们体现美和创造美的能力；③ 培养学生的心灵美和行为美，使他们在生活中体现内在美和外在美的统一。其中，形成创造美的能力是美育的最高层次的任务。

美育的基本形态是艺术美和现实美。现实美又包括自然美、社会美和教育美。

（5）劳动技术教育。

劳动技术教育是引导学生掌握劳动技术知识和技能，形成劳动观点和习惯的教育。它是全面发展教育不可缺少的组成部分，有助于学生的全面发展，为学生进入社会打下良好的技术基础。实施劳动技术教育能为社会创造一定的物质财富，为学校增加一定的经济收益，改善办学条件。

劳动技术教育的任务包括：① 培养学生的劳动观点、劳动习惯和学习生产技术的兴趣；② 使学生初步掌握现代生产技术的基础知识和基本技能，学会使用一般的生产工具；③ 掌握组织生产和管理生产的初步知识和技能。

2. 全面发展教育各组成部分之间的关系

（1）"五育"在全面发展中的地位存在不平衡性。

全面发展不能理解为要求学生"样样都好"的平均发展，也不能理解为人人都要发展成为一样的人。全面发展的教育同"因材施教""发挥学生的个性特长"并不是对立的、矛盾的。人的发展应是全面的、和谐的、具有鲜明个性的。在实际生活中，青少年德、智、体、美、劳诸方面的发展往往是不平衡的。学校教育也常会因某一时期任务的不同，在某一方面有所侧重。

（2）"五育"各有其相对独立性。

"五育"中的每一组成部分都有其相对独立性，有其特定的任务、内容和功能，对其他各育起着促进的作用，各育不能相互代替。各育都具有特定的内涵、特定的任务，其各自的社会价值、教育价值、满足人发展的价值都是通过各自不同的作用体现出来的。德育对其他各育起着保证方向和保持动力的作用，它体现了社会主义教育的方向，是"五育"的灵魂；智育则为其他各育的实施提供了认识基础；体育则是实施各育的物质保证；美育和劳动技术教育是德育、智育、体育的具体运用和实施。因此，"五育"各有其相对独立性。

（3）"五育"之间具有内在联系。

德育、智育、体育、美育、劳动技术教育紧密相连，它们互为条件，互相促进，相辅相成，构成一个统一的整体。它们的关系具有在活动中相互渗透的特征。

真题再现

1.（2014年单项选择）期末考试来临，某校老师决定将音体美提前一个月进行考试，把语数外放在期末考试期间考。这种做法（   ）。

A. 正确，有利于教师组织教学　　　　B. 正确，有利于提高学生成绩

C. 错误，不利于校际公平竞争　　　　D. 错误，不利于学生全面发展

答案：D。【解析】全面发展是德育、智育、体育、美育、劳动技术教育的协调发展。该老师将音体美提前一个月进行考试，是没有按照教学计划进行教学，减少了音体美课程的上课时间，是轻视音体美课程的表现，只重视语数外学习不利于学生的全面发展。

2.（2014年单项选择）班主任张老师决定，凡是考试成绩前三名的学生可以免除打扫班级卫生的义务。张老师的做法（   ）。

A. 不利于学生品德的形成　　　　B. 有利于班级管理创新

C. 有利于激发学生学习　　　　D. 不利于学生平均发展

答案：A。【解析】班主任张老师只是根据考试成绩来奖励学生，忽视了学生在德育、体育等方面的发展，不利于学生良好品德的形成。

（二）国家实施素质教育的基本要求

（1）教育要面向全体学生。

首先，我们国家实行普及九年义务教育，就是面向全体适龄学生，让每一个适龄学生都能到学校里来，进到班级中来。其次，面向全体学生，使每一个学生都在原有基础上有所发展，都在天赋允许的范围内充分发展。

（2）教育要促进学生的全面发展。

促进学生德、智、体、美等方面的发展，这是我们党和国家的教育方针，我们需要在实践中把这个方针贯彻好、落实好，不能有任何松懈。

（3）促进学生创新精神和实践能力的培养。

我国的基础教育在能力培养上还需要进一步努力。知识是重要的，但是知识不能限制人们的思维空间，而应该成为人们进一步认识世界、改造世界、发展能力的基础，应该把知识融入人的认知结构中。因此，创新能力、实践能力对素质教育来说尤为重要。

（4）促进学生生动、活泼、主动的发展。

要想有所创新，必须以主动性的发挥为前提，真正尊重学生的主动精神，弘扬主动精神，教师要进行启发式教学，鼓励学生主动探索、主动思考，鼓励学生存疑、求疑，在教学中促进学生生动、活泼、主动地发展。

（5）培养学生终身可持续发展的能力。

教是为了不教，不仅要让学生学会，更要让学生会学，不仅给学生知识，更要给学生打开知识大门的钥匙。为了顺应时代发展的要求，基础教育一定要培养学生的终身可持续发展的能力。

（三）学校教育中开展素质教育的途径

在学校教育中，素质教育也要通过一定的渠道才能实施。实施素质教育的途径包括德、智、体、美等不同类型的教育活动，各种类型教育活动的基本实现方式——课程与教学、学校管理活动及课程以外的教育活动等。

1. 德育为先，五育并举

德育、智育、体育、美育和劳动技术教育是学校教育活动的组成方面，素质教育作为完整的人的教育，必然包括完整教育的各个方面。不仅如此，这些教育的各个方面，要与素质教育的理念有机结合起来。

2. 把握课改精神，实践"新课程"

要实施素质教育，就必须实施素质教育的课程。从2001年开始，国家为推进素质教育进行了基础教育课程改革，逐步建立我国基础教育新课程，这是实施素质教育的基本途径。

3. 学校管理、课程教学以外的各种教育活动，重点是班主任工作

（1）学校管理。

素质教育活动是在学校管理活动中实现的。

（2）各种课外、校外教育活动。

在学校的正式课程之外，还有各种各样的教育活动，如课外的兴趣活动、社区服务活动等。这些活动拓展了学生素质发展的领域，也是学生全面素质发展的必要条件。

（3）班主任工作。

素质教育活动是有组织进行的。学校、班级是组织开展素质教育活动的基层单位。班主任是中、小学班级的组织者、教育者和管理者。班级中素质教育的开展，取决于班主任的班级管理思想、管理方法和教育方法。

（四）学校教育中开展素质教育的方法

1. 全面推进基础教育课程改革

课程改革是教育改革的核心。课程是教育思想、教育目标和教育内容的主要载体，集中体现了国家意志和社会主义核心价值观，是学校教育教学活动的基本依据，直接影响人才培养质量。全面深化课程改革，对于全面提高育人水平，让每个学生都能成为有用之才具有重要意义。

要适应课改的要求，进一步端正教育思想，转变教育观念，改革人才培养模式、教育内容和教学方法，全面提高教育教学质量，减轻学生过重的课业负担，克服片面追求升学率的错误倾向。要进一步加强和改进学校体育与美育，倡导和组织学生参加各种有益的生产劳动、社会实践和公益活动，开展丰富多彩的校园文化活动。开展群众性青春健身运动，普及学生"每天锻炼一小时"活动。

2. 提高广大教师实施素质教育的能力和水平

建设高质量的教师队伍，是全面推进素质教育的根本保证。教师是实施素质教育的生力军。因此要进一步更新教师的教育观念，提高教师的师德素养，强化教师的在职进修制度，进一步调整教师的待遇，促进教师的专业发展，全方位地提升教师队伍的能力和水平。

3. 把教育目的，落实到每堂课、每一个环节

素质教育对课堂教学的最基本要求是把教学目的落实到每一堂课，乃至教学的每一个环节。现行的课堂教学不能仅仅注重对知识的理解和应用、对思维品质的培养、对一般的学习能力和特殊的学习能力的培养，还要重视对学生学习兴趣的激发、学习动机的培养、学习需要的满足、学习方法的指导、学习态度的端正，这些都要渗透到教学的目标要求中，要贯穿于课堂教学的每一堂课，乃至每一个环节。

4. 教学内容与生活、生产实际和社会发展联系

新课程改革中要求改变课程内容"难、繁、偏、旧"和过于注重书本知识的现状，加强课程内容与学生生活以及现代社会和科技发展的联系，关注学生的学习兴趣和经验，精选终身学习必备的基础知识和技能。因此，在对教学内容的选择上就要根据基础教育的任务、教育基本规律和学生身心发展规律，考虑学生终身学习和发展所需的基本素质，结合各门类课程的特点，渗透促进学生全面发展、个性发展与创新精神实践能力的要求。

5. 全方位调动学生的主动性和积极性

《基础教育课程改革纲要（试行）》在课程改革的目标中，提出"改变课程实施过于强调接受学习、死记硬背、机械训练的现状，倡导学生主动参与、乐于探究、勤于动手，培养学生搜集和处理信息的能力、获取新知识的能力、分析和解决问题的能力以及交流与合作的能力"。

没有最大限度地发挥学生的潜力，没有从根本上调动全体学生学习积极性，不能真正让所有学生参与教学，不教学生如何学习，是影响教学质量深层次的问题。因此，判断教育者有没有掌握素质教育的方法，就要看教育者能否引导学习者主动学习，在教育者的帮助下学习者是否学会了学习。只有当学习者主动学习，又学会了学习，才能表明教育者掌握了素质教育的基本方法和思想，表明教育者所采用的方法符合素质教育的要求。

6. 建立多层次、多样化的教学模式

要实现教与学的统一，就要建立多层次、多样化的教学模式体系。教学目标的层次性、教学内容的多元性、教学对象的复杂性、决定了教学模式必须多样化。微观层次上，可以有知识掌握与传授模式、技能形成与训练模式、能力获得与培养模式、行为规范的认同与示范模式、态度改变与教化模式等；从内容方面考虑，可以有概念教学模式、例题教学模式、思想方法教学模式等。宏观层次上，可以有学习—教授模式、发现—指导模式、问题—解决模式等。

真题再现

1.（2016年上半年单项选择）张老师在小学英语教学中恰当运用英语剧的形式进行教学，让学生在角色扮演中学习英语。张老师的做法（　　）。

    A. 优化了教学目标　　　　　　　　B. 优化了教学条件

    C. 优化了教学过程　　　　　　　　D. 优化了教学资源

答案：C。【解析】教学过程，即指教学活动的展开过程，是教师根据一定的社会要求和学生身心发展的特点，借助一定的教学条件，指导学生主要通过认识教学内容从而认识客观世界，并在此基础上发展自身的过程。张老师在小学英语教学中恰当运用英语剧的形式进行教学，让学生在角色扮演中学习英语，这种做法优化了教学过程。

2.（2013年上半年单项选择）对某一数学题，小卫和小波用不同的方法得出了同样的答案。周老师没有简单判断孰优孰劣，而是请他们上台陈述自己的思考、推理、证明的步骤，这一做法突出体现了周老师具有（　　）。

　　A. 关注过程的教学理念　　　　　　B. 关注结果的教学理念

　　C. 关注情感的教学理念　　　　　　D. 关注知识的教学理念

答案： A。

3.（2013 年上半年单项选择）古人云："知之者不如好之者，好之者不如乐之者"，这句话提示教师在教学过程中应该重视（　　）。

　　A. 学生的习惯培养　　　　　　　　B. 学生的人格养成

　　C. 学生的知识储备　　　　　　　　D. 学生的情感体验

答案： D。**【解析】** "知之者不如好之者，好之者不如乐之者"的意思是"懂得它的人，不如爱好它的人；爱好它的人，又不如以它为乐的人"，强调的是兴趣与热爱的重要性。这属于学生的情感体验。

三、素质教育观的运用

（一）素质教育与应试教育的对立

1. 教育目的的不同

"应试教育"着眼于分数和选拔，属急功近利的短视行为。而素质教育则旨在提高国民素质，追求教育的长远利益与目标。

2. 教育对象不同

"应试教育"重视高分学生，忽视大多数学生和差生。素质教育面向全体学生，面向每一个有差异的学生，即素质教育要求平等，要求尊重每一个学生。

3. 教育内容不同

"应试教育"紧紧围绕考试和升学需要，考什么就教什么，所实施的是片面内容的知识教学。而素质教育立足于学生全面素质的提高，教以适合学生发展和社会发展需要的教育内容。

4. 教育方法不同

"应试教育"采取急功近利的做法，大搞题海战术、"填鸭式"教学等。素质教育则要求开发学生的潜能与优势，重视启发诱导，因材施教，使学生学会学习。

5. 教育评价标准不同

"应试教育"要求学校的一切工作都围绕备考这个中心而展开，以分数作为衡量学生和教师水平的唯一尺度。素质教育则立足于学生素质的全面提高，以多种形式全面衡量学生素质和教师的水平。

6. 教育结果不同

在"应试教育"下，多数学生受到忽视，产生厌学情绪，片面发展，个性受到压抑，缺乏继续发展的能力。在素质教育下，全体学生的潜能得到充分发挥，个性得到充分而自由的发展，为今后继续发展打下扎实基础。

7. 教育着眼点不同

"应试教育"的着眼点局限于学校。素质教育注重人的发展性，要求终身教育、终身学习。

以上七点是素质教育与应试教育的对立表现。素质教育立足于"发展人"来培养人，而应试教育则立足于"选拔人"来培养人。如果说应试教育是指学校中以培养学生单方面的应试能力为根本目的的教育活动，那么，素质教育则是学校中以发展学生的多方面素质（包括应试能力）为根本目的的教育活动。

真题再现

1.（2015年单项选择）孙老师给小华写了这样的评语："填空题错了一题，其他题型全部答对，能非常好地运用循环小数的简便记法等知识。等级评定为优秀。"关于孙老师的做法，下列选项中不正确的是（　　）。

　　A. 孙老师以分数作为评价标准　　　　B. 孙老师关注学生的知识掌握

　　C. 孙老师关注学生的学业水平　　　　D. 孙老师关注学生的学习效果

答案：A。

2.（2015年单项选择）下列说法中正确的是（　　）。

　　A. 只有成绩优良的学生才是好学生　　B. 学生在教学中处于从属地位

　　C. 成绩差的学生也有可能获得成功　　D. 头脑笨的学生怎么教都教不好

答案：C。

3.（2014年单项选择）某小学取消了各种形式的统考，废除了"百分制"，而代之以"评语＋特长＋等级"的评价标准。学校的做法（　　）。

　　A. 正确，体现了评价的甄别与选拔功能

　　B. 不正确，没有体现评价标准的多元化

　　C. 正确，体现了评价的激励与发展功能

　　D. 不正确，没有体现评价方式的多样化

答案：C。

（二）素质教育在实施过程中应避免的误区

1. 素质教育就是不要"尖子生"

这是对素质教育面向全体学生的误解。一方面，素质教育理论认为每个学生都有不同的发展可能性和发展基础，每个学生只有得到与其潜能相一致的教育，才是接受了好的教育；另一方面，社会需要各级各类人才，通过针对性的教育，使每个学生得到应有的发展，社会也得到不同层次的人才。因此，素质教育坚持面向全体学生，意味着素质教育要使每个学生都得到与其潜能相一致的发展。

2. 素质教育就是要学生什么都学，什么都学好

这是对素质教育使学生全面发展的误解。素质教育强调为学生的发展奠定基础，同时要发展学生的个性，因此素质教育对学生的要求是合格加特长。这决定了一方面学生必须学习国家规定的必修课程，夯实基础；另一方面，学生还应该学习选修课程，充分发挥自己的特长。

3. 素质教育就是没有负担的教育

这是对素质教育使学生生动、主动和愉快发展的误解。学生真正的愉快来自通过刻苦的努力而带来成功之后的快乐，学生真正的负担是不情愿的学习任务。素质教育要学生刻苦学习，因为只有刻苦学习，才能真正体会到努力与成功的关系，才能形成日后所需的克服困难的勇气、信心和毅力。

4. 素质教育就是要使教师成为学生的合作者、帮助者和服务者

这是对素质教育所倡导的"学生的主动发展"和"民主平等的师生关系"的误解。素质教育强调"学生的主动发展"是因为学生是主体和客体统一的人，因而是具有主动发展意识的人；素质教育强调"民主平等的师生关系"是因为学生具有与教师平等的独立人格。这种观点忽略了教师的地位和作用，忽略了学生的特点。教师是教育实践的主体，在教育实践中起主导作用；学生是发展中的人，是教育实践活动的客体，是学习与发展的主体。这决定了教师首先是知识的传播者、智慧的启迪者、个性的塑造者、人生的引路人、潜能的开发者，其次才是学生的合作者、帮助者和服务者。

5. 素质教育就是多开展课外活动，多上文体课

这是对素质教育形式化的误解。素质教育是我国全面发展教育在新形势下的体现，因而它一方面体现了新形势对教育的要求，另一方面符合教育的本质要求。教育培养人的基本途径是教学，学生的基本任务是在接受人类文化精华的过程中获得发展。这就决定了素质教育的主渠道是课堂教学，主阵地是课堂。

6. 素质教育就是不要考试，特别是不要百分制考试

这是对考试的误解，考试包括百分制考试本身没有错。考试作为评价的手段，是衡量学生发展的尺度之一，也是激励学生发展的手段之一。

7. 素质教育会影响升学率

这种观点认为，素质教育整天打打闹闹、蹦蹦跳跳，整天快快乐乐、随心所欲，必然会影响升学率。这种观点的形成在于对素质教育内涵的误解。首先，素质教育的目的是促进学生的全面发展，素质教育旨在提高国民素质，升学率只是衡量教育质量的标准之一；其次，真正的素质教育不会影响升学率，因为素质教育强调科学地学习、刻苦地学习、有针对性地学习，这样有助于升学率的提高。

8. 素质教育是艺术教育和娱乐教育

艺术素质只是人的素质的一部分，艺术教育也就只是素质教育的一部分。多元的社会需要多样化的人才，唯艺术不能造就高素质的人才。

9. 素质教育提倡自由发展，无须管教

有人认为素质教育主要是发展孩子的个性，让孩子自由成长。其实，发展个性，不是放任自流，不是放松对孩子的管教。

高频考点训练

一、单项选择题

1. 下列选项中，关于素质教育说法错误的是（　　）。
   A. 素质教育是面向全体学生的教育
   B. 素质教育是促进学生全面发展的教育
   C. 素质教育是针对中小学的教育
   D. 素质教育是促进学生个性发展的教育

2. 全面推进素质教育是教育创新的重要内容，是中国教育思想和人才培养模式的重大转变，其核心是（　　）。
   A. 提高学生思想道德品质　　　　　　　B. 培养学生创新精神和实践能力
   C. 改革课程教材和考试评价制度　　　　D. 提高教师队伍质量

3. 素质教育最本质的规定、最根本的要求是（　　）。
   A. 主体性　　　　　B. 基础性　　　　　C. 全面性　　　　　D. 全体性

4. 下列不属于学校教育中开展素质教育途径的是（　　）。
   A. 德育为先，五育并举

B. 把握课改精神，实践"新课程"

C. 校外教育

D. 课程教学以外的各种学校管理、教育活动

5. 下列哪项不是素质教育的基本任务？（   ）。

A. 培养学生的身体素质　　　　　　B. 造就平等公民

C. 培养学生的心理素质　　　　　　D. 培养学生的社会素质

二、材料分析题

在一次关于实施素质教育的讨论会上，老师们积极发言。王老师说："素质教育就是多开展文体活动，多上文体课。"李老师说："素质教育就是不要考试，特别是不要百分制考试。"

运用素质教育的有关知识，分析老师们的发言。

参考答案及解析

一、单项选择题

1. 答案：C。【解析】实施素质教育应当贯穿于幼儿教育、中小学教育、职业教育、成人教育和高等教育等各级各类教育。

2. 答案：B。【解析】素质教育是以培养创新精神和实践能力为重点的教育。教育必须培养具有创新精神和实践能力的新一代人才，这是素质教育的时代特征。

3. 答案：D。【解析】略。

4. 答案：C。【解析】略。

5. 答案：B。【解析】素质教育担负着三大基本任务：第一大任务是培养学生的身体素质；第二大任务是培养学生的心理素质；第三大任务是培养学生的社会素质。

二、材料分析题（答案要点）

（1）材料中老师们的认识都是在实施素质教育中出现的误区。

（2）王老师的认识是对素质教育形式化的误解。素质教育是我国全面发展教育在新的形势下的体现，因而它一方面体现了新形势对教育的要求，另一方面符合教育的本质要求。教育培养人的基本途径是教学，学生的基本任务是在接受人类文化精华的过程中获得发展。这就决定了素质教育的主渠道是教学，主阵地是课堂。

（3）李老师的看法是对考试的误解，考试包括百分制考试，考试本身没有错。考试作为评价手段，是衡量学生发展的尺度之一，也是激励学生发展的手段之一。

第二节　学　生　观

主要知识点

1. 学生在教育教学中的地位

2. 现代学生的基本特点

3. 人的全面发展的内涵和内容

4. "以人为本"学生观的内涵及应用

学生观是指教育者对学生在教育教学活动中的性质、地位、特征和具体实践活动的基本看法

与认识。学生观是教育观的重要组成部分，受教育观的影响与制约。

不同的时代、不同的人，会有不同的学生观。

在传统的教育观念中，学生被视为被动的客体，是教育者管辖的对象，是装知识的容器。现代学生观则认为学生是积极的主体，是学习的主人，是正在成长着的人。

学生观的演绎和发展与我国教育战略的确立、调整与发展有着密切联系，其中"人的全面发展"思想和"以人为本"思想对现代学生观的形成有着更大的意义和价值，对新时代的教育理想和一线的教育行动均产生了广泛而深远的影响。

教师的学生观直接影响教师对待学生的态度和方法。在具体教育实践中，应该尊重学生的主体性、独立性、发展性和差异性，依据学生发展的特点，恰当处理教育教学中的师生关系。

一、人的全面发展思想概述

（一）人的全面发展的概念

人的全面发展是指人的劳动能力，即人的体力和智力的全面、和谐、充分的发展，还包括人的道德的发展和人的个性的充分发展。

（二）马克思关于人的全面发展的学说

马克思阐述了关于人的全面发展学说，这一学说是我国确立教育目的的理论依据和基础。

1. 人的发展同其所处的社会生活条件是相联系的

马克思和恩格斯运用唯物主义的观点来考察人的发展的问题，指出："这不决定于意识，而决定于存在；不决定于思维，而决定于生活；这决定于个人生活的经验发展和表现，这两者又决定于社会关系。"

2. 旧式分工造成了人的片面发展

马克思和恩格斯在考查了人类社会发展的历史后指出，出现在第一次社会大分工后，城市和农村的分离、脑力劳动和体力劳动的分离，造成了人的片面发展。旧的社会生产分工和不合理的生产关系是人的片面发展的原因。人的片面发展的基本特征是脑力劳动和体力劳动的分离和对立。在资本主义社会初期的工场手工业里，人的身心发展更加片面化、畸形化，脑力劳动和体力劳动的分离和对立达到了顶点。

3. 机器大工业生产提供了人的全面发展的基础和可能

资本主义机器大工业的出现和发展，为人的全面发展开辟了道路。首先，机器大工业生产的出现，使生产力得到了极大提高，从而使人的全面发展成了社会的客观需要。其次，机器大工业生产为人的全面发展提供了可能和条件。因为机器大工业生产的发展，提高了劳动生产率，缩短了劳动时间，创造了丰富的物质生活条件，使劳动者有充分的闲暇时间去学技术、学文化，发展自己的兴趣、爱好和特长，以适应大工业生产的需要。

4. 社会主义制度是实现人的全面发展的社会条件

机器大工业生产所提供的人的全面发展的可能性，在资本主义社会并不能充分实现，而社会主义制度是实现人的全面发展的社会条件。这是因为，生产资料的公有制决定了每个人都必须参加生产劳动，而生产劳动又为每个人提供了全面发展的机会，同时，生产资料公有制的实现，为全体劳动者提供了物质和精神条件，从而进一步促进了人的全面发展。

5. 人类的全面发展只有在共产主义社会才能实现

马克思预言，人的全面发展只有在共产主义社会才能实现。社会主义制度消灭了阶级剥削，人民成了国家的主人，在政治上、经济上、教育上享有民主平等的权利，脑力劳动与体力劳动的对立已不复存在，以共产主义思想为主导的意识形态和道德标准为人的全面发展指明了方向。

6. 教育与生产劳动相结合是培养全面发展的人的唯一途径（唯一方法）

教育与生产劳动相结合是马克思和恩格斯教育思想的重要内容之一，被视为培养全面发展的人的唯一途径。马克思说："教育与生产劳动相结合，不仅是提高社会生产的一种方法，而且是造就全面发展的人的唯一方法。"

（三）全面发展教育与素质教育

素质教育的提法与全面发展教育并不矛盾，从本质上讲，二者是一致的。

1. 全面发展教育思想是素质教育的理论基础

素质教育正是以全面发展教育思想为指导，以历史上和现阶段的"全面发展教育"为基础的。没有这个"基础"，素质教育就失去了历史继承性，也就无从提出，无从发展。因此，无论从科学的视角还是现实的视角来考察，素质教育都与全面发展教育在本质上保持了一致。

2. 素质教育是全面发展教育在社会主义建设时期的具体落实和深化

我国在进行全面发展教育的过程中，存在着一些片面追求升学率，过于注重学生的智育而忽视其他方面教育的情况。要纠正这些倾向，就要求教育目的发挥其应有的定向、评价和调控功能。于是，素质教育应运而生，它强调要发展学生多方面的能力，而不是只注重知识的传授，不能只注重智育。所以，素质教育的提出是为了纠正教育实践对教育目的的背离，是全面发展的教育目的对教育活动进行调控的一个结果，当然也是教育目的的具体落实和深化。

二、学生观概述

（一）学生概述

1. 学生的特点

（1）学生是教育的对象（客体）。

① 学生是教育对象的依据。

从教师方面看，教师是教育过程的组织者、领导者；学生是教师教育实践活动的作用对象，是被教育者、被组织者和被领导者。

从学生自身特点看，学生具有可塑性、依赖性和向师性。

② 表现。

第一，学生具有可塑性。学生处于长知识、长身体的时期，也是他们的品德、人格正在形成的时期，各方面尚未成熟，具有很大的发展潜力，而且尚未定型，极容易受到外部环境因素的影响，具有"染于苍则苍，染于黄则黄"的特点。

第二，学生具有依赖性。学生多属未成年人，还不具备完全独立生活的能力。在家里，他们要依赖父母；入学后他们将对父母的依赖心理转为对教师的依赖心理。

第三，学生具有向师性。学生入学后，会自然地亲近、信赖、尊敬甚至崇拜教师，把教师作为获取知识的智囊、解决问题的顾问、行为举止的楷模。

学生是教育对象表现在：学生明确自己的主要任务是学习，具有愿意接受教育的心理倾向；服从教师的指导，接受教师的帮助，期待从教师那里汲取营养，促进自身的身心发展。

（2）学生是自我教育和发展的主体。

① 依据。

首先，学生是具有主观能动性的人。学生是有意识、有情感、有个性的社会人，他们不是盲目、机械、被动地接受作用于他们的影响，而是具有主观能动性的人。其次，学生在接受教育的过程中，也具有一定的素质，可以进行自我教育。因此，学生是自我教育、自我发展的主体。

② 表现。

学生的主观能动性主要表现在以下方面：

第一，独立性。每个学生都是一个自组织系统，一个独立的物质实体。承认学生的独立性是发挥学生主体性的前提条件，承认独立性也就承认了学生发展过程的多途性、发展方式的多样性和发展结果的差异性。

第二，选择性。它是指学生在教育过程中可以在多种目标、多种活动中进行抉择的特点。学生对教学的影响不是无条件地接受，不是盲目地模仿，而是根据主体的条件（愿望、态度、能力等）来进行选择。不过，选择的效果如何，还依赖于学生已有的主体能力和环境提供的支持度。

第三，调控性。学生可以对自己的学习活动进行有目的的调整和控制，如学习遇到困难时，激励自己；取得成绩时，告诫自己不要骄傲；学习目标不恰当时，及时调整修正；对学习过程进行自我监控等。

第四，创造性。它是指学生在教育活动中可以超越教师的认识，超越时代的认识与实践局限，科学地提出不同的观点、看法，并创造具有成效的学习方法。创造性是主体性的最高表现形式。

第五，自我意识性。即学生作为主体对自己的状态及在教育中的地位、作用、情感、态度、行为等的自我认知。主体认识自己越全面越客观，主体性就可能越强；反之，自我认知的水平低，自我调控能力就可能差，自我创造和自我实现的可能性就小。

（3）学生是发展中的人。

学生不是成人，他们正处于身心发展最迅速的时期，生理和心理两方面都不太成熟，具有很大的发展可能性与可塑性。学生是发展中的人，包括四层含义：

① 学生具有和成人不同的身心发展特点；② 学生具有巨大的发展潜力；③ 学生具有发展的需要；④ 学生具有获得成人教育关怀的需要。

2. 现代学生的特点

确认学生的本质特征，树立理想学生观，不仅是教育理论的重要问题，也是教育实践的重要问题。教师只有准确把握理想学生观的内涵，并有效运用于教育实践之中，才能明确教育的价值取向。随着信息社会的发展，这个时代所需的理想学生观也必然具有这个时代的特点。因此，我们要遵循时代的要求，从社会和人的发展需要出发来建构现代学生观的理论体系。我们可以将现代学生的基本特点表述为：主体性学生观、发展性学生观、完整性学生观、个性化学生观。

（1）学生是主体性的人。

现代教育中的主体性思想，实际上是现代哲学主体性思想的衍生。主体性学生观就是如此。主体性学生观是目前我国教育理论研究的热点之一，也是教育实践中正在倡导、推广的核心学生观，有人称之为"现代科学学生观"。主体性学生观区别于传统学生观——学生是教育的对象（客体），而教育对学生主体性的关注实质上是教育进步的标志。我国的教育长期受传统教育思想的影响，学生客体地位根深蒂固，以致在指导思想、内容、方法乃至组织形式上都存在着妨碍学生主体性发展的流弊。因此，尊重学生的主体地位和主体人格，培养和发展学生的主体性，是全面实施素质教育必须首先遵循的一条根本规律，也是现代科学学生观首先要确立的基本观点。

在我国进行新课程改革的今天，发挥学生主体性的问题日益重要。实际上，每个学生都有自己的课程，学生应参与课程开发。传统的课程观从问题的出发点到问题的最终解决，都没有考虑学生的因素，学生是置身于课程开发之外的。而在当前，课程观背后隐藏的哲学理念是"以人为本"，即以学生为本，目的指向是学生个性的自由和解放。这样，学生成为课程的有机构成部分，成为课程的创造者及课程的主体，他们也就融入了课程开发的过程之中。当然，学生一般无法直接参与那些与其生活相隔离的课程开发，他们只是以自己的全部生活经验和学习活动参与对课程的体验与重构，从而寻找并建构自己的课程。

（2）学生是发展性的人。

传统教育的缺陷在于只看到学生现有静态的发展，看不到学生潜在动态的发展。而现代教育认为每个学生作为一个指向未来的无限变化体，都具有无限的发展潜能，尤其是中小学阶段的学生更具发展的可能性，可塑性也更强。因此，我们的教育应该是以促进学生全面发展为着眼点，创造各种有利条件，把学生存在的多种潜能变成现实。教师绝不能依据学生的一时表现来断言学生没有发展的可能，而应该坚信每一个学生都具有巨大的可供挖掘和开发的资源和潜能，应该看到学生的未完成性，并给学生创造发展的良好环境和机会。

（3）学生是完整性的人。

素质教育的课堂教学需要的是完整的人的教育，它的真正功能在于让学生在获取知识的同时，还应该有人格的完善、灵感的启迪、情感的交融，从而让学生得到生命多层次的满足和体验。然而，传统教育把教育目的定位于为个人的谋生做准备，它并没有把学生当作人来培养，而只是当作"工具"来看待，表现在教育内容上，它只是注重逻辑化和系统化科学知识的传授，而忽略了非理性层面在人发展中的地位。教育必须回归生活世界，寻求走向完人理想的道路，最大限度地追求灵与肉、感性与理性的高度发展与和谐统一，从而使学生获得作为人的全部规定性。"完人"虽可能永远只是理想，但这种必要的追求却不应终止，这显示出教育的永无止境性。"完人"是一种没有句号的历史进程，一种乐观的有待展开的教育境界。

（4）学生是个性化的人。

长期以来，我们的教育实践过分强调共性要求和统一发展，而忽视了对学生个性的培养，这是同人的发展和我国的教育方针相背离的。现今的教育常常以"标准化"的方法试图把学生培养成同一模式的产品，使他们成为千人一面、千篇一律的"标准件"。针对这种情况，树立个性化的学生观是十分必要的。教师应尊重每一个学生的差异性，并拒绝运用同一标准来评价学生，力图使每个学生都成为充满个性魅力的生命体。在教学实践活动中，要注重个性化教育和个性化教学，照顾学生的个性差异，为每个学生的发展提供有利条件，让学生充分发挥其独特的个性优势。

3. 学生的身心发展规律

学生的身心发展具有顺序性、阶段性、不平衡性、互补性、个别差异性等规律，这是经过现代科学和教育实践证实的。认识并遵循这些规律，是做好教育工作的前提。教师应依据学生身心发展的规律和特点来开展教育活动。

学生个体身心发展的规律具体如下：

（1）个体身心发展的顺序性。

身心发展的顺序性是指人的身心发展是一个由低级到高级、由简单到复杂、由量变到质变的连续不断的发展过程。例如，身体的发展遵循从上到下、从中间到四肢、从骨骼到肌肉的顺序发展，心理的发展总是由机械记忆到意义记忆，由具体思维到抽象思维。皮亚杰的发生认识论和柯尔伯格的道德认知发展论也证明了这一点。

人的发展的顺序性是客观的、不以人的意志为转移的，教育工作要遵循这种顺序性，循序渐进地促进人的发展。所以，教育一般不可"陵节而施"，否则就会出现教育的异化，造成教育的负效应。对于早期教育的问题，我们要明白，早期教育并不是越早越好，过于夸大早期教育的目的和作用是极为错误的。

（2）个体身心发展的阶段性。

个体身心发展在不同的年龄阶段表现出不同的总体特征及主要矛盾，面临着不同的发展任务，这就是身心发展的阶段性。在一定的年龄阶段，人的生理与心理两方面就会出现某些典型的、本质的特征，即年龄特征。例如，童年期学生的思维特点是具有较大的具体性和形象性，抽象思维能力还比较弱，对抽象的道理不易理解；少年期的学生，抽象思维已经有了很大的发展，但经常需要具体的感性经验作支持。

个体身心发展的阶段性，决定了教育工作必须根据不同年龄阶段的特点分阶段进行。如果不顾学生的年龄特征和接受能力，在教育工作中搞"一刀切""一锅煮"，让孩子同成年人一样地听报告、搞活动、开批判会，把对儿童和青少年的教育"成人化"，就违反了个体身心发展的阶段性规律。

教育工作必须从学生的实际出发，针对不同年龄阶段的学生，提出不同的具体任务，采取不同的教育内容和方法，既不能把小学生当中学生看待，也不能把初中生和高中生混为一谈。同时应注意前后相邻阶段的衔接，做好幼儿园与小学的衔接工作、小学与初中的衔接工作。

教育要适应人的发展的顺序性与阶段性，并不意味着教育应迁就学生现有的发展水平，或降低教育的标准与要求。教育必须不断地向学生提出他们能接受但又高于其现有水平的要求，以促进他们的发展。苏联心理学家维果斯基提出的"最近发展区"，是指学生即将达到的发展水平与现有的发展水平之间的差异，学生的发展水平的"最近发展区"，是最能敏感地接受教育的时候。还有人们在教育实践中概括的"跳一跳，摘个桃"的经验，都值得借鉴。

（3）个体身心发展的不平衡性（不均衡性）。

不平衡性是指个体在连续不断的发展过程中，身心发展的速度并不是完全与时间一致的匀速运动，在不同的年龄段，其发展的速度和水平是有明显差异的。

个体身心发展的不平衡性表现在两个方面：

一方面是指身心发展的同一方面的发展速度，在不同的年龄阶段是不平衡的。例如，青少年的身高体重在其全部发展过程中经历两个高峰：第一个高峰是在一岁左右，第二个高峰是在青春发育期。在这两个高峰期，身高体重的发展较其他阶段快得多。

另一方面是就个体身心发展的不同方面而言的。研究表明，青少年身心的不同方面所达到的某种发展水平或成熟的时期是不平衡的，有的方面可能在较早年龄就达到较高水平，而有的方面则晚些。例如，青春初期的孩子身高体重的增长已达到较高水平，而骨化过程远远没有完成。感知觉是认识的低级阶段，儿童感知觉的发展比高级形式的判断、推理等逻辑思维能力的发展要早许多。

因此，心理学家提出了发展关键期。所谓关键期，就是指人的某种身心潜能在人的某一年龄段有一个最好的发展时期。研究认为，关键期既包括有机体需要刺激的时期，也包括有机体对某种刺激最脆弱的时期。因此，关键期也叫敏感期、最佳期。在这一时期内，对个体某一方面进行训练可以获得最佳成效，并能充分发挥个体在这一方面的潜力。错过了关键期，训练的效果就会降低，甚至永远无法补偿。因此，教育必须适应人身心发展的不平衡性，在人的素质发展的关键期施以相应的教育，促进该素质的发展。

根据个体身心发展的不平衡性，教育教学要抓住关键期，以求在最短时间内取得最佳效果。

（4）个体身心发展的互补性。

首先，互补性指机体某一方面的机能受损甚至缺失后，可通过其他方面的超常发展得到部分补偿。机体各部存在着互补的可能，为人在自身某方面缺失的情况下能与环境协调，从而继续生存与发展提供了条件。其次，互补性存在于心理机能与生理机能之间。人的精神力量、意志、情绪状态对整个机能起到调节作用，能帮助人战胜疾病和残缺，使身心得到发展。

个体身心发展的互补性规律告诉我们，发展的可能性有些是直接可见的，有些却是隐现的，培养自信和努力的品质是教育工作的重要内容。它要求教育工作者：首先，要树立信心，相信每一个学生，特别是暂时落后或某些方面有缺陷的学生，通过其他方面的补偿性发展，都会达到与一般正常学生一样的发展水平；其次，要掌握科学的教育方法，发现学生的优势，扬长避短、长善救失，激发学生自我发展的信心和自觉。

（5）个体身心发展的个别差异性。

个体身心发展的个别差异性，是指个体之间的身心发展以及个体身心发展的不同方面之间，存在着发展程度和速度的不同。人的先天素质、环境和教育以及自身的主观能动性的不同，决定了人的身心发展存在着个别差异。首先，个别差异表现在不同儿童同一方面的发展速度和水平不同。如有些人"少年得志"，有些人则"大器晚成"。其次，个别差异表现在不同儿童不同方面的发展存在着差异。如有的儿童，他们的数学能力较强，但绘画水平却很弱，而有的同学正好相反。再次，个别差异表现在不同儿童所具有的不同个性心理倾向上。如不同年龄的儿童具有不同的兴趣、爱好和性格等。最后，个别差异表现在群体间，如男女性别的差异。

根据个体发展的个别差异性规律，教育必须因材施教，充分发挥每个学生的潜能和积极因素，有的放矢地选择适宜、有效的教育途径和方法手段，使每个学生都能得到最大限度的发展。

（6）个体身心发展的整体性。

个体身心发展的整体性是指学生是一个整体的人，以其整个身心投入教学生活，并以整个身心来感知、体验、享受和创造这种教学生活。教师所面对的是一个活生生的、整体的人，尽管这个整体不是"完美"的整体。

个体身心发展的整体性的教育要求：① 教学应该面对学生的整体身心；② 教学要着眼于学生的整体性，促进学生的一般发展，注意做到认知因素与非认知因素、意识与潜意识、科学与艺术的统一。

表 1–1 所示为个体身心发展规律及教育要求。

表 1–1 个体身心发展规律及教育要求

个体身心发展规律	表　现	遵循该规律的教育要求
顺序性	个体身心发展是一个由低级到高级、由量变到质变的过程	遵循量力性原则，循序渐进地施教；"拔苗助长""陵节而施"的做法都是违背该原则
阶段性	不同年龄阶段学生的身心发展具有不同的发展特征和任务	对不同年龄阶段的学生，在教育的内容和方法上应有所不同，而不能搞"一刀切""一锅煮"；最近发展区
不平衡性（不均衡性）	个体身心发展同一方面在不同年龄阶段的发展速度和不同方面的发展都是不平衡的	把握施教的关键期或最佳期，适时而教、及时施教
互补性	包括生理与生理之间的互补和生理与心理之间的互补	长善救失，扬长避短
个别差异性	性别差异、不同个体同一方面发展速度和水平之间的差异、不同个体不同方面存在差异、不同个体具有不同的个性心理倾向	因材施教；弹性教学内容；组织兴趣小组
整体性	学生是一个整体的人，以其整个身心投入教学生活，并以整个身心来感知、体验、享受和创造这种教学生活	着眼于学生的整体性，促进学生的一般发展，注意做到认知因素与非认知因素、意识与潜意识、科学与艺术的统一

注：不平衡性（不均衡性）主要是指同一个体，而个别差异性则主要指不同个体。

4. 学生是全面发展的实践主体

学生是全面发展的实践主体，首先，因为他是哲学意义上独立的个人存在，是具有主观能动性的人。其次，从内因、外因来看，教师的教是外因，学生的学是内因，外因是通过内因而起作用的。随着学生年龄的增长、知识水平的提高，学生越来越能承担起实践全面发展的主体责任。

实施全面发展的教育，就要确立"以生为本"的发展理念，树立正确学生观。明确学生是具有主体性的人，充分尊重和发挥学生的主观能动性；用发展的眼光看待学生，根据青少年学生不同发展阶段的生理、心理特征，适时而教，因势利导，因材施教，不能违背其发展规律，揠苗助长；把学生当作一个真正的人，尊重学生的个体差异，重视对其潜能的开发。

真题再现

1.（2013年单项选择）实现学校教育对学生发展的主导作用，其基本条件是（   ）。

    A. 学校的环境创设   B. 教师的主导作用

    C. 家长的积极配合   D. 学生的能动活动

答案：D。【解析】学生是具有主观能动性的人，他们不是盲目、机械、被动地接受作用于他们的影响，而是自我教育和发展的主体。学校教育必须通过学生发挥主观能动性才能起作用。

2.（2013年单项选择）"道而弗牵，强而弗抑，开而弗达。"（《学记》）下列对这句话的理解，不正确的是（   ）。

    A. 体现主体教育思想   B. 强调学生自主发展

    C. 鼓励学生自学成才   D. 注重对学生的引导

答案：C。【解析】"道而弗牵，强而弗抑，开而弗达"的意思是：（对学生）诱导而不牵拉；劝勉而不强制；指导学习的门径，而不把答案直接告诉学生。据此，C项鼓励学生自学成才，不符合题意。

（二）"以人为本"的学生观概述

1. "以人为本"的内涵

"以人为本"，是一种对人的主体作用与地位的肯定，强调人在社会历史发展中的主体作用与目的地位；是一种价值取向，强调尊重人、解放人、依靠人和为了人；是一种思维方式，就是在分析和解决一切问题时，既要坚持历史的尺度，也要坚持人的尺度，在教育教学活动中做到以学生的全面发展为本。

我们需要围绕这个基本含义，进一步从哲学上深入挖掘以人为本的具体内涵。以人为本是一个关系概念。人主要处在四层基本关系中：人与自然的关系、人与社会的关系、人与人的关系、人与组织的关系。我们可以从以下四个层面的关系中具体解读以人为本的完整内涵。

（1）在人和自然的关系上，以人为本就是不断提高人的生活质量，增强可持续发展能力，即保持人类赖以生存的生态环境具有良好的循环能力；

（2）在人和社会的关系上，以人为本就是既使社会成果惠及全体人民，不断促进人的全面发展，又积极为劳动者提供充分发挥其聪明才智的社会环境；

（3）在人和人的关系上，就是强调公正，不断实现人们之间的和谐发展，既要尊重贫困群体的基本需求、合法权益和独立人格，也要尊重精英群体的能力和贡献，为他们进一步创业提供良好的人际环境；

（4）在人和组织的关系上，就是各级组织既要注重解放人和开发人，为人的发展提供平等的机会与舞台、政策与规则、管理与服务，又要努力使人们各得其所。

2."以人为本"的学生观

（1）学生是发展中的人，要用发展的观点认识学生。

人们经常用僵化的眼光来看待学生。现代科学研究的成果与教育的价值追求，要求人们用发展的眼光来认识和看待学生。

① 学生的身心发展是有规律的。

学生的身心发展具有顺序性、阶段性、不平衡性、互补性、个别差异性等规律，这是经过现代科学和教育实践证实的。认识并遵循这些规律，是做好教育工作的前提。学生身心发展的规律，客观上要求教师依据身心发展的规律和特点来开展教育活动。

② 学生具有巨大的发展潜能。

实际工作中，许多人往往从学生的现实表现推断学生有没有出息，有没有潜力。不少人坚持僵化的潜能观，认为学生的智能水平是先天决定的，教育对此无能为力。其实，学生具有巨大的发展潜能，智力水平可以明显提高，这已为科学研究如裂脑研究、左右脑研究等所证实。

③ 学生是处于发展过程中的人。

作为发展中的人，意味着学生还是不成熟的人，是一个正在成长的人。在教育实践中，人们往往忽视学生正在成长的特点而要求学生十全十美。其实，作为发展中的人，学生的不完善是正常的，而十全十美并不符合实际。没有缺陷，就没有发展的动力和方向。把学生作为发展中的人来对待，就要理解学生身上存在的不足，就要允许学生犯错误。当然，更重要的是要帮助学生解决问题，改正错误，从而不断促进学生的进步和发展。

④ 学生的发展是全面的发展。

传统教育重视智力教育，把系统知识的传授放在学校教育工作的中心，造成了学生的片面发展，导致走出校门的学生缺乏社会适应能力。现代学生观则强调，当今社会，单纯的智育或者智育占绝对主导地位教育，已经无法满足社会的需要。教师在教育教学实践中，不仅要重视"知识与技能"的传授，更要看到"过程与方法""情感态度与价值观"的重要性，把学生培养成全面发展的人。

（2）学生是独特的人。

把学生看成独特的人，包含以下三个基本含义：

① 学生是完整的人。

学生并不是单纯的抽象的学习者，而是有着丰富个性的完整的人。学习过程并不是单纯的知识接受或技能训练，而是伴随着交往、创造、追求、选择、意志努力、喜怒哀乐等的综合过程，是学生整个内心世界全面参与。如果不从人的整体性上来理解和对待学生，那么，教育措施就容易脱离学生的实际，教育活动也难以取得预期效果。

② 每个学生都有自身的独特性。

每个人由于遗传素质、社会环境、家庭条件和生活经历的不同，而形成了个人独特的心理世界，他们在兴趣、爱好、动机、气质、性格、智能和特长等方面各不相同。独特性是个性的本质特征，珍视学生的独特性和培养具有独特个性的人，应成为我们对待学生的基本态度。独特性也意味着差异性，差异不仅是教育的基础，也是学生发展的前提，应视为一种财富而合理开发，使每个学生在原有基础都得到完全、自由的发展。

③ 学生与成人之间存在着巨大差异。

学生和成人之间是存在很大差别的，学生的观察、思考、选择和体验，都和成人有明显的不同。"应当把成人看作成人，把孩子看作孩子。"

现在的学生视野开阔，思想开放，讲究情趣，对外界事物反应迅速而敏感，追求新意和时髦，再用上一代的观念和行为准则来约束他们，很难取得预期效果。只有摒弃传统的"小大人"观念，承认并正视现代学生的群体特征，认真研究现代学生的特点，采取积极引导措施，才能有效地和学生沟通，得到他们的认同和配合，从而达到教育和影响他们的目的。

（3）学生是具有独立意义的人。

把学生看成具有独立意义的人，包含以下三个基本含义：

① 每个学生都是独立于教师的头脑之外，不以教师的意志为转移的客观存在。

学生既不是教师的四肢，可以由教师随意支配；也不是泥土或石膏，可以由教师任意捏塑。因此，绝不是教师想让学生怎么样，学生就怎么样。教师要想使学生接受自己的教导，首先就要把学生当作不以自己的意志为转移的客观存在，当作具有独立性的人来看待，使自己的教育和教学适应学生的情况、条件、要求和思想认识的发展规律。教师不但不能把自己的意志强加给学生，而且自己的知识也不能强加给学生。因为这样并没有尊重学生的主观能动性，只会挫伤学生的主动性、积极性，扼杀他们的学习兴趣，窒息他们的思想，引起他们自觉或不自觉的抵制或抗拒。

② 学生是学习的主体。

每个学生都有自己的感官、头脑、性格、知识和思想，正如每个人都只能用自己的器官吸收物质营养一样，学生也只能用自己的器官吸收精神营养。教师不可能代替学生读书，不可能代替学生感知、观察与分析，更不可能代替学生掌握规律。因而，学生是学习的主体。

教师主导对学生客体的教育与改造，只是学生发展的外部条件和外因，学生的主体活动才是学生获得发展的内在机制和内因。这表现在以下几点：

第一，学生是具有一定主体性的人。学生作为各种学习活动的发起者、行动者、作用者，首要前提是具有一定的主体性，这是他作为主体的基本条件。

第二，学生是学习活动的主体。学生是学习活动的主体，学习活动是学生的主体活动。

第三，教学过程在于建构学生主体。学生虽然具有一定的主体性，但就其程度而言比较低，就其范围而言比较狭窄。在教学中，学生主体相对于教师主体来说，诸多的力量都十分微弱。因此，教师要发挥主导作用，努力建构学生的主体地位。

③ 学生是责权主体。

从法律角度看，在现代社会，学生在社会系统中享受各项基本权利，有些甚至是特定的。但同时，学生也要承担一定的责任和义务。把学生作为责权主体来对待，是现代教育区别于古代教育的重要特征，是教育民主的重要标志。

在教育实践中，一方面，我们要承认学生的权利主体地位，学校和教师要保护学生的合法权利；另一方面，学校负有对学生进行教育和管理的责任，必然要对学生的权利有所约束。如何既尊重和保护学生的权利，又能对学生实施有效的管理，担负起学校教育人、塑造人的责任，是教育管理上的重要问题。这一矛盾的实质是学生权利的自由与限制的问题。

（三）因材施教，促进学生的个性发展

1. 因材施教，促进学生个性发展的意义

"因材施教"这个概念是宋代朱熹在总结我国古代教育家孔子的相关思想时提出的。这一理论发展为今天的个性化教育和个性化教学，是一种有创意的教育方法，有着重要的实践意义。

（1）适应素质教育的需要。实施素质教育的核心是培养学生的创造精神和实践能力，而实现的前提和途径是学生个性的发展。

（2）学生成才最重要的内在条件。未来社会需要高素质的个性化的人才。个性对一个人的成才起着决定作用。个性的培养与教育必须从小抓起。

（3）有助于教师自我形象的重塑。没有个性的教师不可能有个性化的教学，没有个性化的教学自然培养不出有个性的学生。教师应注意自己的品质修养，塑造自己的良好形象，成为学生学习的楷模。

（4）提升办学品位。通过开展丰富多彩的活动，创设浓厚的文化氛围，让每个教师真正做到教书育人，塑造学生的良好个性，充分发挥学生的特长，从而全面提升学校的办学品位。

2. 因材施教的前提

现代教育确立了人人都是有用之才、人人都是可用之才的普遍人才观。教师"因材施教"就是要分析每个个体的材质，挖掘其巨大潜能，使每个人都人尽其才。因此，"因材施教"是教师职业的基本责任。

"因材施教"，是在教学的过程中要看对象，根据学生的年龄特征和性格差异，有的放矢地使学生的思想品德、文化科学知识水平和体美劳等方面健康成长，能沿着培养社会主义建设者和接班人所要求的方向发展。简单地说，就是根据不同对象的特性，从实际出发，采取不同方式方法进行教学和教育。

（1）分析研究学生的内容。

教师研究学生的内容丰富多彩，主要包括：

① 学生个体已有的知识性结构，也就是学生基础知识水平。

② 学生个体已有的能力性结构，主要是学习能力，包括解决问题的能力、班集体中共同讨论学习的能力、创新能力等。

③ 学生的非智力因素，主要包括兴趣、情感、信心、毅力、意志、习惯、品质等。

④ 研究所教学生的群体特点规律。一个教师只有研究把握了所教班级的整体学生特点规律，才能选准自己的教育方向，制定教学方略。

⑤ 研究学生的兴趣爱好。兴趣爱好中蕴藏着学生的天赋和兴奋点，是选准教学内容、改革教学方法的天然借鉴，对教师激发学生学习积极性、主动性、快乐性的研究很有作用。因此，教师应尽力研究学生的兴趣爱好。

⑥ 研究学生的家庭背景。家庭是学生的第一教育场所，每个学生身上或多或少地存在家庭的影子，研究这些内容，有助于教师改造学习氛围、因材施教。

⑦ 研究学生的学习经历。学生的学习经历潜藏着学生的学习习惯、方法等重要的学习信息。研究这些，有助于教师搞好学法指导，引导学生搞好学习。

（2）分析研究学生必需的技能。

为了实现"一切为了每一位学生的发展"新课程标准的最高宗旨和核心理念，教师要转变教育观念，改变学科本位，注重全体学生的发展。

① 教师要学会与学生沟通。

沟通是一种交流、是一种关系，并在此基础上产生内心世界、精神世界的交流。沟通的本质就是使教师与学生之间建立起一种和谐、平等的关系。沟通以每个学生为中心，其出发点是每个学生的实际状况，并使每个学生得到不完全相同的、比较完美的发展。

② 教师要学会分析和观察。

每一个学生都有自己的个性和特点，世界上找不到两片完全相同的叶子，也绝对找不到两个完全相同的学生。了解学生还要学会分析和观察学生。在现实的学校体制下，了解学生虽然也可以采用有准备的心理测试和设计周密的问卷调查等科学方法，但更多应该采用经验的和人文的方法。

③ 教师应明确了解学生有一个双向互动的过程。

教师在学会了解学生的过程中，也要学会了解自己。这种相互促进，使学会了解学生成为教师专业成长中十分重要的组成部分。教师了解了学生，还要把教师了解学生的信息适当回馈给学生，使学生认识自己。学生还很难正确认识自己，因为他还处在迅速发展的过程中，心理还不成熟、还不稳定。学生对自我的认识总是要依赖他人，特别是依赖家长和教师。

（3）分析研究学生应处理好的几个关系。

确定教学的起点，确保从学生的实际出发，让全体学生积极主动地参与学习，教师要正确处理好以下关系：

① 学生实际与教学目标的关系。

对基础不好的学生要实行低起点，慢步走，多复现，快反馈。要求学生掌握最基本、最主要的知识，掌握基本方法，会做基础题，发展基本能力；对中等学生要求在熟悉熟练上下功夫，发展综合能力，逐步转化为优等生；对优等生要求深刻理解，熟练掌握，灵活运用，启迪思维，培养创造力。

② 学生实际与教学内容的关系。

教学内容不仅是基础知识技能技巧的掌握，更要注重创新思维和创新能力的培养，以及创新意识的形成和非知识性素质的提高。教学内容应该与实际"同化"，即把教学的新知识分解为学生已知的知识、半知的知识、未知的知识。已知的知识由教师提出问题由学生回答，半知的知识在教师的启发下由学生得出结论，未知的知识在教师的引导下由学生自己发现而获取，要把问题的解决作为教学内容的重点。

③ 学生实际与教学方法的关系。

从学生实际出发要求教师从学生的角度去探求和运用教学方法。教法的本质是学法，其核心是强调学习主体是一个主要的积极的知识构造者，以学生为教学活动中心要求教学方法不能单一、教学形式不能单调。教师角色是学生学习知识的启发者、学习习惯的督促者、学习动机的启迪者、学习方法的指导者、学习兴趣的培养者、学习动力的开发者、学习水平的诊断者。

3. 在教育教学中，如何贯彻因材施教

（1）教育要分层次、有针对性。

教师对学生的一般知识水平、接受能力、学习风气、学习态度和每个学生的兴趣、爱好、知识储备、智力水平以及思想、身体等方面的特点，都要充分了解，以便从实际出发，分层次教学、分层次辅导和个别辅导，有针对性地进行教学。

（2）集体教学和个别辅导相结合。

我国教学的基本组织形式是班级授课制，因此，教师在教学中既要把主要精力放在面向全班集体教学上，又要善于兼顾个别学生，使每个学生都能得到发展。

（3）针对学生的个性特点，提出不同要求。

每个学生的兴趣、情感、信心、毅力、意志、习惯、品质等各不相同。教师教学要为不同个性特点的学生设计最优化的教育方案，并运用于教育实践。因材施教的教育原则，应贯彻于日常的教学过程之中。

需要指出的是，因材施教并非是要减少学生的差异。实际上在有效的因材施教策略影响下，学生学习水平的发展差异可能更大。教师对不同水平的学生应该设计不同的发展蓝图，这样才能有意识地进行培养。

在大力推进素质教育的过程中，已经有越来越多的人认识和体会到了重视学生个别差异的重要性。学生的个性和智力发展水平千差万别，所以教育的方法也不能千篇一律，必须因人而异、随机应变、讲究策略，贯彻因材施教的教育原则。

真题再现

1.（2017年单项选择）小丽的语文成绩很好，庄老师常常鼓励她多阅读、勤写作，力争将来做一名优秀作家；小刚学习基础较差，但篮球打得很好，庄老师就鼓励他将来做一名职业运动员。对庄老师的做法，下列评价中不正确的是（　　）。

    A. 善于因材施教　　　　　　　　B. 注重学生的全面性

    C. 善于激发学生的自信　　　　　D. 注重学生的差异性

答案：B。【解析】该老师采用不同的方法对待学生，体现了学生观中因材施教的要求。

2.（2017年单项选择）小成脸上有一块较大的胎记，小磊经常嘲笑他，还给他起不雅的绰号，小成很伤心。对此，教师不正当的做法是（　　）。

    A. 要求小磊向小成道歉　　　　　B. 教育小磊要尊重同学

    C. 告诉小成尽量远离小磊　　　　D. 帮助小成学会悦纳自己

答案：C。【解析】教师要采取争取的方法处理学生之间发生的矛盾，尤其注意采用公平公正的方式对待学生。

3.（2014年单项选择）军军的英语成绩比较差，每次考试都不及格。这次考试及格了，军军本以为老师会表扬他，没想到老师一进教室就当着全班同学的面问他："你这次考得特别好，不是抄来的吧？"老师的这种做法忽视的是（　　）。

    A. 学生的完整性　　　　　　　　B. 学生的个体性

    C. 学生的独立性　　　　　　　　D. 学生的发展性

答案：D。【解析】学生是发展中的人，每个学生作为一个指向未来的无限变化体，都具有无限的发展潜能，教师绝不能依据学生的一时表现来断言学生没有发展的可能，而应该坚信每一个学生都具有巨大的可供挖掘和开发的资源和潜能，军军的老师因为军军以前考试不及格就认为军军不会考及格，怀疑军军的成绩，是忽视学生发展性的表现。

4.（2016年单项选择）某小学对学生评优制度进行了改革，增设了"创造之星""孝心少年""运动之星"等多项荣誉称号，该学校的做法（　　）。

    A. 不利于端正学生的学习态度　　B. 不利于促进学生的全面发展

    C. 有利于强化学生之间的竞争　　D. 有利于促进学生的个性发展

答案：D。【解析】该小学改变了单一的评价制度，从学生的个性特长出发，增加了新的不同的评价标准，有利于学生的不同个性的发展。

5.（2014年单项选择）"当其可之谓时，不陵节而施之谓孙，相观而善之谓摩。此四者，教之所由兴也。受然后禁，则扞格而不胜；时过然后学，则勤苦而难成。"《学记》中的这句话表明儿童的身心发展具有（　　）。

    A. 差异性　　　　B. 可变性　　　　C. 稳定性　　　　D. 不平衡性

答案：D。【解析】在可以教育时教育他，这叫作适时；不超越学生的接受能力进行教育，这叫遵循顺序；互相观察并且学习对方的长处，这叫观摩。这四种方法，就是教育兴盛成功的方法。错误发生了然后才禁止，则学生会产生强烈的抗拒心理而没有效果；如果错过了最佳学习时机才去学习，即使勤奋刻苦也难有成效。题干中的这句话体现的就是身心发展的不平衡性。

6.（2016年单项选择）针对"好学生吃不饱，学困生吃不了"的现象，蒋老师在充分了解学情的前提下，将学生分为三个层次，进行分层教学。蒋老师的做法体现了（   ）。

    A. 诲人不倦　　　　　　　　　　B. 教学相长

    C. 循循善诱　　　　　　　　　　D. 因材施教

答案：D。【解析】蒋老师在充分了解学情的前提下，对学生进行分层教学，尊重了学生的个性差异和不同特点，发挥了每一个学生的潜能，体现了因材施教的原则。

7.（2015年单项选择）下列说法中正确的是（   ）。

    A. 只有成绩优良的学生才是好学生　　B. 学生在教学中处于从属地位

    C. 成绩差的学生也有可能获得成功　　D. 头脑笨的学生怎么教都教不好

答案：C。【解析】A、B、D项均属于传统的学生观。C项将学生视为发展中的人，符合新的学生观。

8.（2013年单项选择）"人心不同，各如其面。"这句话提示教师在教学过程中应该重视（   ）。

    A. 学生的独特性　　　　　　　　B. 学生的自主性

    C. 学生的发展性　　　　　　　　D. 学生的主体性

答案：A。【解析】略。

三、师生关系

（一）师生关系概述

1. 师生关系的内涵

师生关系是指教师和学生在教育教学活动中结成的相互关系，包括彼此所处的地位、作用和相互对待的态度。师生关系是教育活动过程中人与人关系中最基本、最重要的关系。良好的师生关系是教育教学活动取得成功的必要保证。

就微观而言，师生关系主要指师生之间在教育过程中所发生的直接交往和联系，包括为完成教育任务而形成的工作关系、为交往而形成的人际关系、以组织结构形式表现的组织关系、以情感认识等为表现形式的心理关系。师生之间的现实关系是不断变化和丰富多样的，可以从不同的层面进行划分，主要表现为社会关系、教育关系、心理关系和伦理关系。

（1）社会关系。

它以年青一代的成长为目标，是人与人的各种社会关系在教育教学中的反映。主要表现为师生之间存在的代际关系、政治关系、文化的授受关系、道德关系以及法律关系。

（2）教育关系。

师生之间的教育关系是指教师与学生在教育教学活动中为完成一定的教育任务，以"教"和"学"为中介，以促进学生的整体发展和自主发展为目标而建立的一种工作关系。教育关系是基本关系，其他师生关系皆服务于这一关系。具体表现如下：① 从教学过程的主体作用来说，教师和学生是教育和被教育的关系；② 从教育作为一种组织来说，教师和学生共同生活在学校、班级、教室等社群中，构成组织与被组织的关系；③ 从教育活动的展开来说，教师和学生是一种平等的交往关系和对话关系。

（3）心理关系。

师生心理关系的实质是师生个体之间的情感是否融洽、个性是否冲突、人际关系是否和谐。具体体现在：① 师生之间的认知关系是师生心理关系的基础；② 情感关系是师生心理关系的另一个重要方面。

（4）伦理关系（人际关系）。

师生之间的伦理关系是指在教育教学活动中，教师与学生构成一个特殊的道德共同体，各自承担一定的伦理责任，履行一定的伦理义务。这种关系是师生关系体系中最高层次的关系形式，对其他关系形式具有约束和规范作用。

2. 两种对立的观点

关于师生关系，有两种对立的观点，即教师中心论和儿童中心论。

（1）教师中心论。

教师中心论的典型代表是赫尔巴特，他认为教师在教育教学过程中起主宰作用，强调教师的权威作用。

（2）儿童中心论（学生中心论）。

儿童中心论则认为教育的目的在于促进儿童的成长，因此教育要从学生的兴趣和需要出发，整个教育过程要围绕儿童进行，其代表人物有法国的卢梭和美国的杜威。

教师中心论仅看到了教师的主导作用，但忽视了学生的主观能动性，在教育实践中使教育活动脱离学生的实际，以致难以达到预期效果。学生中心论则夸大了学生的主观能动性，忽视了学生是教育对象这一基本事实，结果会导致教育质量下降。教师和学生的关系是辩证统一的，既要重视教师的主导作用，又要重视学生的主观能动性。

（二）师生关系的内容

1. 师生在教育内容的教学上结成授受关系

（1）从教师与学生的社会角色规定的意义上看，教师是传授者，学生是接受者；

（2）学生在教学中主体性的实现，既是教育的目的，也是教育成功的条件；

（3）对学生指导、引导的目的是促进学生的自主发展。

2. 师生在人格上是平等的关系

（1）学生作为一个独立的社会个体，在人格上与教师是平等的；

（2）教师和学生是一种朋友式的友好帮助关系。

3. 师生在社会道德上是互相促进的关系

（1）教师对成长中的儿童和青少年有着巨大的潜移默化的作用，一位教育工作者的真正威信在于他的人格力量，它会对学生产生终身影响；

（2）学生不仅对教师的知识水平、教学水平做出反应，对教师的道德水平、精神风貌更会做出反应，并用各种形式表达他们的评价和态度。

（三）师生关系的基本类型

1. 专制型师生关系

在此类师生关系中，教师教学责任心强，但不讲求方式方法，不注意听取学生的意愿和与学生的协作；学生对教师只能唯命是从，不能发挥自己的独立性和创造性，学习是被动的。师生交往一般缺乏情感因素，难以形成互尊互爱的良好人际关系，甚至会因教师的专断粗暴、简单随意而引起学生的反感、憎恶甚至对抗，造成师生关系的紧张。

2. 放任型师生关系

此类师生关系中，教师缺乏责任心和爱心，对学生的学习和发展漠不关心；学生对教师的教学能力怀疑、失望，对教师的人格议论、轻视。师生关系冷漠，班级秩序失控，教学效果较差。

3. 民主型师生关系

在此类师生关系中，教师能力强、威信高，善于同学生交流，不断调整教学进程和方法；学生学习积极性高，兴趣广泛、独立思考，和教师配合默契。民主型师生关系，来源于教师的民主意识、平等观念以及较高的业务素质和强大的人格力量，这最理想的师生关系类型。

（四）师生关系的作用

（1）良好的师生关系是教育教学活动顺利进行的保障；

（2）良好的师生关系是构建和谐校园的基础；

（3）良好的师生关系是实现教学相长的催化剂；

（4）良好的师生关系能够满足学生的多种需要。

此外，良好的师生关系还有助于提高教师的威信和师生心理的健康发展。

（五）良好师生关系的建立与发展

1. 影响师生关系的因素

良好师生关系的建立是学生健康、和谐发展的重要保证，是实施素质教育、提高教育质量的重要条件。影响师生关系的因素归纳起来主要有以下几个方面：

（1）教师方面。

① 教师对学生的态度。学生受教师的评价影响很大。教师对学生的评价往往通过语言暗示、表情等反映。教师偏爱优等生、忽视中等生、厌恶"差生"，就会使学生与教师产生不同的距离。

② 教师领导方式。教师领导方式有专制型、民主型、放任型三种。大量教育实践表明，民主型领导方式下的师生关系比较融洽，最能发挥学生的主观能动性。

③ 教师的智慧。学识渊博是学生亲近教师的重要因素之一。

④ 教师的人格因素。教师的性格、气质、兴趣等是影响师生关系的重要因素。性格开朗、气质优雅、兴趣广泛的教师最受学生欢迎。

（2）学生方面。

学生对师生关系影响的主要因素是学生对教师的认识。许多调查表明，学生与教师关系好就会喜欢上这位教师的课，主动亲近教师；自认为教师瞧不起自己的学生，就会主动疏远教师。

（3）环境方面。

影响师生关系的环境主要是学校的人际关系环境和课堂的组织环境。学校领导与教师的关系、教师之间的关系、教师与家长的关系，必然影响师生关系。课堂的组织环境主要包括教室的布置、座位的排列、学生的人数等。我国中小学课桌的摆放多呈"秧田式"，教师讲台置于块状空间的正前方，这种格局阻隔了师生之间的交往及生生之间的交往。目前，许多国家都在探讨圆桌式、马蹄形、半圆形、蜂巢式等便于师生交往和交流的座位排列方式。

2. 良好师生关系建立的途径与方法

良好的师生关系主要在课堂教学活动中建立起来，也在课外活动中建立和丰富起来，同时，校外活动是师生关系形成的另一个不容忽视的途径。因此，师生关系建立的多种途径要求教师不仅在课内外，而且要在校外意识到自己的职业角色和社会地位，增强教育的立体效果。

教师是教育过程的组织者，在全部教育活动中起主导作用。从根本上说，良好的师生关系首先取决于教师。为此，教师要从以下几个方面努力：

（1）了解研究学生。教师要与学生取得共同语言，使教育影响深入学生的内心，就必须了解和研究学生。了解和研究学生主要包括三个方面：了解和研究学生个人，如学生个体的思想意识、道德品质、兴趣、需要、知识水平、个性特点、身体状况等；了解和研究学生的群体关系，如班集体的特点及其形成原因；了解和研究学生的学习和生活环境，如学习态度和方法。

（2）树立正确的学生观。教师既要把学生当作教育的对象，又要把学生看作学习的主人；既要耐心细致地做好各项指导工作，又要充分调动学生的主动积极性。

（3）提高教师自身的素质。教师的道德素养、知识素养和能力素养是学生尊重教师的重要条件，也是教师提高教育影响力的保证。教师以其高尚的品德、渊博的知识、高超的教育教学艺术来为学生提供高效而优质的服务，必然会赢得学生的尊重和爱戴。

（4）热爱、尊重学生，公平对待学生。热爱学生包括热爱所有学生，对学生充满爱心，经常走到学生中，忌挖苦、讽刺学生，粗暴对待学生。尊重学生特别要尊重学生的人格，保护学生的自尊心，维护学生的合法权益，避免师生对立。教师处理问题必须公正无私，使学生心悦诚服。

（5）发扬教育民主。教师要以平等的态度对待学生，而不能以"权威"自居。教育教学中，要尊重学生的看法，鼓励学生质疑，发表不同意见，以讨论、协商的方式解决争端。要营造一个民主的氛围，保护学生的积极性，使学生具有安全感。

（6）主动与学生沟通，善于与学生交往。在师生交往的初期，往往会出现不和谐的因素，如因为不了解而不敢交往或因误解而造成冲突等，这就要求教师掌握沟通与交往的主动性，经常与学生保持接触、交流；同时，教师要掌握与学生交往的策略与技巧，如寻找共同的兴趣或话题、一起参加活动、邀请学生到家做客、通信联系等。

（7）正确处理师生矛盾。教育教学过程中，师生之间发生矛盾是难免的。教师要善于驾驭自己的情绪，冷静全面地分析矛盾，正视自身的问题，敢于做自我批评，对学生的错误进行耐心的说服教育或必要的等待、解释等。要能与学生心理互换，设身处地地为学生着想，理解学生，帮助学生，满足学生的正当要求，启发学生自省改错。

（8）提高法制意识，保护学生的合法权利。教师要提高法制意识，明确师生之间的权利与义务，切实依法保护学生的合法权利。

（9）加强师德建设，纯化师生关系。师生关系是一种教育关系，即一种具有道德纯洁性的特殊社会关系。教师应加强自身修养，提高抵御不良社会风气的积极性和能力。同时，要更新管理观念，树立以人为本的管理思想，为师生关系的纯化创造有利的教育环境。

（六）新课程倡导的新型师生关系

1. 我国新型师生关系（理想师生关系）的特点

（1）人际关系：尊师爱生。

现代教育中的"尊师爱生"不是封建等级关系、政治连带关系、伦理依附关系，而是师生交往与沟通的情感基础、道德基础，其目的主要是相互配合与合作，顺利开展教育活动。

尊师就是尊重教师，尊重教师的劳动和教师的人格与尊严，对教师要有礼貌，了解和认识教师工作的意义，理解教师的意愿和心情，主动支持和协助教师工作，虚心接受教师的指导；爱生就是爱护学生，是教师热爱教育事业的重要体现，是教师对学生进行教育的感情基础，是教师的基本道德要求，也是培养学生热爱他人、热爱集体的道德情感基础。

尊师与爱生是相互促进的两个方面：教师通过对学生的尊重和关爱换取学生发自内心的尊敬和信赖，而这种尊敬和信赖又可激发教师更加努力地工作，为学生营造良好的心理气氛和学习条件。爱生是尊师的重要前提，尊师是爱生的必然结果。

（2）社会关系：民主平等。

民主平等不仅是现代社会民主化趋势的需要，也是教学生活的人文性的直接要求和现代人格的具体体现。它要求教师理解学生，发挥非权力性影响，并一视同仁地与所有学生交往，善于倾听不同意见，同时也要求学生正确表达自己的思想和行为，学会合作和共同学习。

（3）教育关系：教学相长。

在教育过程中，教师的教促进学生的学，学生的学促进教师的教，教与学相互促进，"学然后知不足，教然后知困"。教师在教的过程中，促使自己不断学习、不断进步。同时，在教育过程中，虚心的教师也会从学生那里学到不少东西，从而不断充实自己。

教学相长包括三层含义：① 教师的教可以促进学生的学；② 教师可以向学生学习；③ 学生可以超越教师。

（4）心理关系：心理相容。

心理相容指的是教师与学生之间在心理上协调一致，在教学实施过程中表现为师生关系密切、情感融洽、平等合作。在教学过程中，师生的心理情感总是伴随着认识、态度、情绪、言行等的相互体验而形成亲密或排斥的心理状态。不同的情绪反应对学生课堂上参与的积极性和学习效率起着重大影响。在日常的教学过程中可以看到，学生对所学各门课程是有不同感情的，它影响着学生注意力和时间的分配，导致学生各门课程学习的不平衡，这都可以从师生心理关系、情感等因素上找到原因。

教学中会出现师生心理障碍，要消除这种心理障碍，增强师生之间的心理相容性，提高教学效果，应该着重在三个方面努力：① 多接触学生，研究学生，了解学生的心理状态；② 遵循教育规律，多采取讨论、启发等教学方法；③ 为人师表，以人格力量感化学生。

2. 如何建立新型的师生关系

（1）新课程的推进要致力于建立充分体现着尊重、民主和发展精神的新型师生伦理关系。

① 师生伦理关系目前存在的主要问题。

第一，师生之间的权利义务关系比较混乱，学生权利经常得不到应有的保护；

第二，在学校教育中，教师为学生筹划一切，包办代替。不论是侵犯学生权利还是包办代替，都不是恰当的师生伦理关系。

② 创造这种新型的师生关系应做出的努力。

第一，树立教育民主思想；第二，提高法制意识，保护学生的合法权利；第三，加强师德建设，纯化师生关系。

以上内容具体参见上文"良好师生关系建立的途径与方法"。

（2）课程改革需要建立一种以师生个性全面交往为基础的新型师生情感关系。

① 师生情感关系目前存在的主要问题。

从整体上说，师生情感关系的状况仍难以令人满意，师生之间情感冷漠、缺乏沟通的现象比比皆是。师生之间缺乏积极的情感联系，不仅使得一直为人们所珍视的师生情谊黯然失色，也使教学活动失去了宝贵的动力源泉。优化师生情感关系，重建温馨感人的师生情谊，是师生关系改革的现实要求。

② 创造这种新型的师生关系应做出的努力。

新型的良好师生情感关系应该是建立在师生个性全面交往基础上的情感关系。它是一种真正的人与人的心灵沟通，是师生互相关爱的结果；它是师生创造性得以充分发挥的催化剂，是促进教师与学生的性情和灵魂提升的沃土；它是一种和谐、真诚和温馨的心理氛围，是真善美的统一体。为此，需要教师全身心的真情投入，需要在完善教学活动和完善个性两个方面共同努力：第一，教师要真情对待学生，关心爱护学生，展现教学过程的魅力，品味教学成功的喜悦；第二，完善个性，展现个人魅力。

高频考点训练

一、单项选择题

1. 学生入学后，会自然地亲近、尊敬甚至崇拜教师，把教师作为获取知识的智囊、解决问题的顾问、行为举止的楷模。这说明学生具有（　　）。

    A. 可塑性　　　　　　B. 依赖性　　　　　　C. 向师性　　　　　　D. 定向性

2. "学生如同泥坯，他能否成型，依赖于教师的雕塑。"这个说法忽视了学生的（　　）。

    A. 可塑性　　　　　　B. 发展性　　　　　　C. 能动性　　　　　　D. 向师性

3. 学生主观能动性的最高表现形式是（　　）。

    A. 独立性　　　　　　B. 自主性　　　　　　C. 创造性　　　　　　D. 自觉性

4. "五育"的灵魂是（　　）。

    A. 德育　　　　　　　B. 智育　　　　　　　C. 体育　　　　　　　D. 美育

5. 学生在教育过程中，处于（　　）。

    A. 主导地位　　　　　B. 主体地位　　　　　C. 被动地位　　　　　D. 辅助地位

6. 李老师能力强，善于与学生交流，经常倾听学生对于开展教学活动的意见，班上的学生学习积极性高，兴趣广泛，和老师配合默契。这种师生关系属于（　　）。

    A. 专制型　　　　　　B. 放任型　　　　　　C. 民主型　　　　　　D. 权威型

7. 对处于童年期的学生，在教学内容上应多讲一些比较具体的知识和浅显的道理，在教法上应多采用形象教学。这主要是为了适应儿童身心发展的（　　）。

    A. 稳定性　　　　　　B. 阶段性　　　　　　C. 不平衡性　　　　　D. 个别差异性

8. 造就全面发展人的唯一方法是（　　）。

    A. 社会生产劳动　　　　　　　　　　B. 课堂教学

    C. 科技发明　　　　　　　　　　　　D. 教育与生产劳动相结合

9. 在学校的师生关系中，最基本的关系是（　　）。

    A. 社会关系　　　　　　　　　　　　B. 教育关系

    C. 心理关系　　　　　　　　　　　　D. 授受关系

10. "你可以牵马到河边，但不能强迫它饮水。"这体现了在教学中，教师要（　　）。

    A. 遵循学生的发展性　　　　　　　　B. 尊重学生的主体性

    C. 尊重学生的主体性发展　　　　　　D. 因材施教

二、材料分析题

材料一　大数学家华罗庚初中时，数学一度不好，老师说如果将来同学中有一个人没出息，那这个人一定是华罗庚。但是华罗庚通过自己的勤奋努力最终成为著名的数学家。

材料二　1930年，青岛大学入学考试成绩发布，一位20多岁的考生数学零分，作文也只写了三句杂感："人生永远追逐着幻光，但谁把幻光看成幻光，谁便沉入了无底的苦海。"按说，这位考生铁定无法录取。但是他碰上了一位识人的主考官，这位主考官就是闻一多先生。闻先生从这三句杂感中发现了这位青年身上潜伏的才气，一锤定音破格录取。果然，这位青年没有辜负闻先生的期望，很快就发表了一首又一首的新诗，并于1933年出版了轰动一时的诗集《烙印》。他，就是后来誉满诗坛的农民诗人臧克家。

结合上面两个材料，谈谈教师应树立怎样的学生观？

参考答案及解析

一、单项选择题

1. 答案：C。【解析】题干的描述即为学生向师性的表现。

2. 答案：C。【解析】题干所述内容强调了学生的可塑性，而忽视了学生的主观能动性。

3. 答案：C。【解析】创造性是学生主观能动性的最高表现。

4. 答案：A。【解析】德育对其他各育起着保证方向和保持动力的作用，它体现了社会主义教育的方向，是"五育"的灵魂。

5. 答案：B。【解析】学生是具有主观能动性的人，是自我教育和发展的主体，在教育过程中处于主体地位。

6. 答案：C。【解析】在民主型师生关系中，教师能力强、威信高，善于与学生交流，不断调整教学进程和方法；学生学习积极性高，兴趣广泛、独立思考，和教师配合默契。题干内容正好体现了这一类型的师生关系。

7. 答案：B。【解析】个体身心发展在不同的年龄阶段表现出不同的总体特征及主要矛盾，面临着不同的发展任务，这就是身心发展的阶段性。题干的描述说明教育工作必须根据学生不同年龄阶段的特点分阶段进行，这是适应儿童身心发展阶段性的体现。

8. 答案：D。【解析】教育与生产劳动相结合是造就全面发展人的唯一方法。

9. 答案：B。【解析】师生之间的教育关系是指教师与学生在教育教学活动中为完成一定的教育任务，以"教"和"学"为中介，以促进学生的整体发展和自主发展为目标而建立的一种工作关系。教育关系是基本关系，其他师生关系皆服务于这一关系。

10. 答案：B。【解析】这句话的意思是：教师可以引导学生学习，但不能强迫学生。这句话体现了学生是各种学习活动的发起者、行动者和作用者，是学习活动的主体，教师要尊重学生学习的主体性。

二、材料分析题（答案要点）

（1）材料一中的老师没用一种发展的眼光看待学生，仅凭华罗庚初中一时的数学不好，就断定如果有人没出息的话那一定是他。用短视的眼光来看待学生，忽视了学生具有发展的巨大潜在的可能性。这种做法是不可取的。

（2）材料二中的闻一多先生独具慧眼，他从三句杂感中发现了臧克家身上潜伏的才气，并决定破格录取。这正是我们今天素质教育所应倡导的学生观。学生是发展中的人，他们正处于身心发展最迅速的时期，生理和心理两方面都不太成熟，具有发展的巨大潜在可能性与可塑性。因此，教师应该树立现代学生观，用发展的观点来认识和看待学生。

（3）学生是发展中的人，拥有巨大的发展潜能。学生在接受教育的过程中，通过发挥自我的主观能动性，智力水平可以明显提升。因此，学生是自我教育和发展的主体。材料一中的华罗庚通过自己的努力成长为一名数学家，充分体现了学生拥有着巨大的发展潜力。

第三节　教　师　观

主要知识点

1. 新课改倡导的教师观
2. 教师专业发展的内容与渠道

3. 应用教师职业理念或教师观分析教育现象

一、教师观与教师的概念

"教师观"，就是关于教师职业的基本观念，是人们对教师职业的认识、看法和期望的反映。它既包括对教师职业性质、职责和价值的认识，也包括对教师这种专门职业的基本素养及其专业发展的理解。

教师的教师观作为教师自身观念体系的重要组成部分，直接决定了教师对自己职业的理解，决定着教师在日常的教育教学工作中如何确立自己的职业角色，也直接影响着教师自身专业发展的方向和发展水平。因此，树立正确的教师观，对于每一个从事教师职业的人而言，都是非常重要的。

教师，是传递和传播人类文明的专职人员，是学校教育工作的主要实施者。从广义上讲，凡是把知识、技能和技巧传授给别人的人，都可以称为教师。从狭义上讲，教师是指经过专门训练、在学校从事教育教学工作的专门人员。教师是学校教育工作的主要实施者，根本任务是教书育人。

二、教师的职业性质及发展历史

（一）教师职业的性质

《中华人民共和国教师法》（以下简称《教师法》）第一章第三条对教师概念进行了全面的、科学的界定：教师是履行教育教学职责的专业人员，承担教书育人、培养社会主义事业建设者和接班人、提高民族素质的使命。夸美纽斯认为，教师是太阳底下最崇高、最优越的职业。

1. 教师职业是一种专门职业，教师是专业人员

专门职业具有三个基本特征：（1）需要专门技术和特殊智力，在职前必须接受过专门的教育；（2）提供专门的社会服务，具有较高的职业道德和社会责任感；（3）拥有专业自主权或控制权。根据学术标准衡量，教师职业属于专门职业，教师是从事教育教学工作的专业人员。1994年实施的《中华人民共和国教师法》第一次从法律角度确认了教师的专业地位。

2. 教师是教育者，教师职业是促进个体社会化的职业

教师根据一定的社会要求，向年青一代传授人类长期积累的知识经验，规范他们的行为品格，塑造他们的价值观念，引导他们把外在社会要求内化为个体素质，从而实现个体的社会化。

（二）教师职业的发展历史

1. 非职业化阶段

较为明确的教师职业出现在学校出现之后。原始社会末期出现了学校教育的萌芽—"庠"，那时以长者为师、能者为师。我国奴隶社会时期，教育的一个重要特点是"学在官府""以吏为师"，所以夏商时期的庠、序、校等都是官办的"国学"，教师都由官吏兼任，官师一体。西方社会的教师大多由僧侣兼任。

2. 职业化阶段

独立的教师职业伴随着私学而产生。如我国春秋时期的诸子百家，其中影响和规模最大的是儒、墨两家。这种私学的教师在一定程度改变了官学教师身上过重的官吏色彩，使教师开始回归到专业教育工作者的角色上来。从这个意义上可以说，春秋战国时期这些出卖脑力劳动的"士"堪称中国第一代教师群；古希腊的智者也以专门教授人们知识为生。这时，私学教师逐渐形成一种职业。不过，这时虽有专门的教师，但教师职业基本上还不具备专门化水平，私学教师没有形成从教的专业技能。

考题预测

教师作为一门独立的职业最早出现于（　　　）。

A. 奴隶社会　　　　　B. 封建社会　　　　C. 文艺复兴时期　　D. 资本主义社会

答案：A。【解析】独立的教师职业伴随着私学的出现而产生。

3. 专门化阶段

教师职业的专门化以专门培养教师的教育机构的出现为标志。世界上最早的师范教育机构诞生于法国。1681 年，法国"基督教兄弟会"神甫拉萨儿在兰斯创立了世界上第一所师资训练学校，这是世界上独立的师范教育的开始。

我国最早的师范教育产生于清末。1897 年，盛宣怀在上海开办"南洋公学"，分设上院、中院、师范院和外院。其中的师范院即中国最早的师范教育，外院则是师范院的附属小学。师范教育的产生，使教师的培养走上专门化的道路。

4. 专业化阶段

这一阶段，学校对教师的需求开始从"量"的急需向"质"的提高方面转化。于是，独立设置的师范院校逐渐并入文理学院，教师的培养改由综合大学的教育学院或师范学院承担，这被称为"教师教育大学化"。这样教师职业开始走上专业化的发展道路。1966 年 10 月，国际劳工组织和联合国教科文组织在巴黎会议上通过《关于教师地位的建议》，并提出：教师工作应被视为一种专业。后来，"师范教育"概念逐渐被扩充为"教师教育"。

1986 年我国颁布实施《义务教育法》开始规定国家要建立教师资格考核制度。这实际上已经开始把教师当作专业技术人员。教师的专业技术人员身份在 1993 年颁布的《中华人民共和国教师法》中得到确认，该法规定："教师是履行教育教学职责的专业人员。"1995 年，国务院颁布《教师资格条例》，进一步明确了教师应该具备的专业素质。

三、教师劳动的特点

（一）教师劳动的复杂性和创造性

1. 教师劳动的复杂性

教师劳动的复杂性是由其工作性质、任务及过程的特殊性决定的。教师劳动的复杂性主要表现在以下五个方面：

（1）教师劳动性质的复杂性。教师的劳动属于专业行为，是一种高度复杂的心智劳动。

（2）教师劳动对象的复杂性。教师的劳动对象是千差万别的人。教师不仅要经常在同一个时空条件下，面对全体学生，实施统一的课程计划、课程标准，还要对每个学生因材施教。

（3）教师劳动任务的复杂性。教师不仅要传授科学文化知识和训练学生的技能，发展学生的智力、培养能力，还要培养学生一定的思想品德，促进学生的身心健康。教育的目的就是使每个学生得到全面、和谐而独特的发展。

（4）教师劳动过程的复杂性。要使学生形成一种良好的思想品德，需要经过知识的传授、情感的体验、意志的锻炼、信念的建立，以及行为习惯的培养的长期过程。

（5）教师劳动手段的复杂性。教育要有效地促进学生的全面发展，必须保持教育影响的一致性，优化组合各种影响，使之发挥最佳的合力。然而，把这些复杂的影响有效地组织到教育过程中，使来自各方面的影响协调一致，这是一种复杂的工作。

2. 教师劳动的创造性

教师劳动的创造性主要是由劳动对象的特点决定的。教师劳动的创造性主要表现在以下三个方面：

（1）因材施教。教师的教育对象是千差万别的，教师必须灵活地针对每个学生的特点，对他们提出不同的要求，采用不同的教育教学方法，做到"一把钥匙开一把锁"，使每个学生都能得到发展。

（2）教学方法上的不断更新。为了提高教学效果，教师还要尝试新的教学方法，进行教学方法的变换或改革。即使是同样的教学内容，也要结合实际情况的变化以及教师自身认识的提高，在教学方法上不断调整、改进、创新。"教学有法，教无定法"是对教师劳动的创造性的最好注解。

（3）教师需要"教育机智"。教育机智是教师在教育教学过程中的一种特殊定向能力，是指教师根据学生新的特别是意外的情况，迅速而正确地做出判断，随机应变地采取及时、恰当而有效的教育措施解决问题的能力。教育机智是教师良好的综合素质和修养的外在表现，是教师娴熟运用综合教育手段的能力。教育机智可以概括为：因势利导、随机应变、掌握分寸、对症下药。理解教育机智的内涵，需要分析它所强调的三个关键词：一是教学的"复杂性"；二是教学的"情境性"；三是教学的"实践性"。

（二）教师劳动的连续性和广延性

1. 教师劳动的连续性

连续性是指时间的连续性。教师的劳动没有严格交接班的时间界限，这个特点是由教师劳动对象的相对稳定性决定的。教师要不断了解学生的过去与现状，预测学生的发展与未来，检验教育教学效果，获取教育教学反馈信息，准备新一轮的教育教学活动。

2. 教师劳动的广延性

广延性是指空间的广延性。教师没有严格界定的劳动场所，课堂内外、学校内外都可能成为教师劳动的空间，这个特点是由影响学生发展因素的多样性决定的。学生的成长不仅受学校的影响，还受社会和家庭的影响。教师不能只在课内、校内发挥影响力，还要走出校门，协调学校、社会、家庭的教育影响，以便形成教育合力。

（三）教师劳动的长期性和间接性

1. 教师劳动的长期性

长期性指人才培养的周期比较长，教育的影响具有迟效性。教师劳动的成效并不是一时就可以检验出来的，而是需要教师付出长期大量的劳动才能看到结果、得到验证，教师的某些影响对学生终身都会发生作用。因此，教师的劳动具有长期性。

首先，教师的劳动成果是人才，而人才培养的周期比较长。把一个人培养成为能够独立生活，能够服务社会，能够为人类做出贡献的合格人才，不是一朝一夕之功。"十年树木，百年树人"就是对这个道理的最佳阐释。

其次，教师对学生所施加的影响，往往要经过很长的时间才能产生效果。中小学教育处于打基础的阶段，教师的教育影响通常要反映在学生对高一级学校学习的适应中，甚至反映在走上工作岗位后的成就上。

2. 教师劳动的间接性

间接性指教师的劳动不直接创造物质财富，而是以学生为中介实现教师劳动的价值。教师的劳动并没有直接服务于社会，或直接贡献于人类的物质产品和精神产品。教师劳动的结晶是学生，是学生的品德、学识和才能，待学生走上社会，由他们来为社会创造财富。

（四）教师劳动的主体性和示范性

1. 教师劳动的主体性

主体性指教师自身可以成为活生生的教育因素和具有影响力的榜样。对于教师来说，首先，教育教学过程是教师直接用自身的知识、智慧、品德影响学生的过程。其次，教师劳动工具的主体化是教师劳动主体性的表现。教师所使用的教具、教材，也必须为教师自己所掌握，成为教师自己的东西，才能向学生传授。

2. 教师劳动的示范性

示范性是指教师的言行举止，如人品、才能、治学态度等都会成为学生学习的对象。教师劳动的示范性是由学生的可塑性、向师性心理特征决定的。同时，教师劳动的主体性也要求教师的劳动具有示范性特点。德国著名教育家第斯多惠指出："教师本人是学校里最重要的师表，是最直观的、最有教益的模范，是学生最活生生的榜样。"任何一个教师，不管他是否意识到这一点，不管他是自觉还是不自觉，都在对学生进行示范。因此，教师必须以身作则、为人师表。

（五）教师劳动方式的个体性和劳动成果的群体性（协作性）

1. 教师劳动方式的个体性

教育教学活动主要是通过一个个教师的个体劳动来完成的。每个教师在一定的时间和空间上，在一定的目标上，都具有很强的个体性。所以，从劳动手段角度来看，教师的劳动主要是以个体劳动的形式进行的。

2. 教师劳动成果的群体性

教师的劳动成果又是集体劳动和多方面影响的结果。由于学校教育是分段进行的，每一阶段教师所面对的学生几乎都是前一阶段教师劳动的产物，所以，教师的个体劳动最终都要融汇于教师的集体劳动之中，教育工作需要教师的群体劳动。

教师劳动的群体和个体统一性，要求教师协调好影响学生身心发展的综合环境，特别是处理好自身与教师群体的关系，还要不断提高自身的思想修养和业务水平。

真题再现

1.（2015年单项选择）历史课上，教师讲到"楚汉战争"中项羽自杀时，一个学生突然说道："项羽真是个大傻瓜！"此时教师恰当的处理方式是（　　）。

　　A. 批评学生扰乱秩序　　　　　　　　B. 视而不见继续上课

　　C. 引导学生展开讨论　　　　　　　　D. 要求学生不乱说话

答案：C。【解析】题干中学生的做法最能考验教师的教学综合能力，这种情况下，教师若能发挥其教育机智引导学生展开讨论，则不仅能提高教学效果，也有利于建立良好的师生关系。

2.（2012年单项选择）第斯多惠曾说："教师本人是学校最重要的师表，是最直观的、最有教益的模范，是学生最活生生的榜样。"这说明教师劳动具有（　　）。

　　A. 创造性　　　　B. 示范性　　　　C. 长期性　　　　D. 复杂性

答案：B。【解析】第斯多惠这句话体现的是教师对学生强烈的示范作用。

四、教师职业角色的发展

（一）教师的职业角色

教师职业的最大特点在于职业角色的多样化。一般来说，教师的职业角色主要有以下几个方面：

1. "传道者"角色

教师负有传递社会传统道德、价值观念的使命，"道之所存，师之所存也"。除了社会一般道德、价值观以外，教师对学生的"做人之道""为业之道""治学之道"等也有引导和示范的责任。

2. "授业、解惑者"角色

教师是社会各行各业建设人才的培养者，他们在掌握了人类经过长期的社会实践活动所获得的知识经验、技能的基础上，对其精心加工整理，然后以特定的方式传授给年青一代，并帮助他们解除学习中的困惑，启发他们的智慧，形成一定的知识结构和技能技巧，成为社会有用的建设者。

3. 示范者角色

首先，教师的言行是学生学习和模仿的榜样。夸美纽斯曾说过，教师的职务是用自己的榜样教育学生。学生具有可塑性和向师性的特点，教师的言论行为、为人处世的态度会对学生具有耳濡目染、潜移默化的影响，因此教师是学生学习的最直接的榜样。其次，优秀教师是其他教师学习的模范，是社会各界学习的模范，这就构成师表维度的四个不同层次：规范、垂范、模范、示范。

4. "教育教学活动的设计者、组织者和管理者"角色

（1）教师是教育教学活动的设计者。好的教学设计可以使教学有序进行，给教学提供好的环境，使学生养成循序渐进的习惯，全面完成教学任务。要精心进行教学设计，就要求教师全面把握教学的任务、教材的特点、学生的特点等要素。

（2）教师是教育教学活动的组织者，即教师在教学资源分配（包括时间分配、内容安排、学生分组）和教学活动展开等方面是具体的实施者。通过科学分配活动时间，采取合理的活动方式，可以启发学生的思维，协调学生的关系，激发集体学习的动力。

（3）教师是教育教学活动的管理者。教师需要肩负起教育教学管理的职责，包括确定目标、建立班集体、制定和贯彻规章制度、维持班级纪律、组织班级活动、协调人际关系等，并对教育教学活动进行控制、检查和评价。

不同的教师进行教学管理的方式不同，这取决于教师的能力素质结构、权威结构、兴趣结构、性格气质结构、年龄结构等因素，显示了教师的不同个性，决定着教学管理活动的水平和质量。主要存在四种教师的管理类型：强硬专断型、仁慈专断型、放任自流型以及民主管理型。

① 强硬专断型的教师，对学生严加看管，要求即刻无条件地接受一切命令。他认为表扬可能宠坏学生，所以很少表扬学生；没有教师的监督，学生就不可能自觉学习。学生的典型反应为屈服，但一开始就不信服和厌恶这种领导。推卸责任是常见的事情，学生易激怒，不愿合作，而且可能背后伤人；教师一旦离开教室，学习就明显松垮。

② 仁慈专断型的教师，不认为自己是一个专断独行的人；表扬学生，关心学生；他专断的症结在于他的自信，他的口头禅是："我喜欢这样做"或"你能让我这样做吗"；以"我"为班级一切的工作标准。学生的典型反应是大部分学生喜欢他，但看穿他这套办法的学生可能恨他；在各方面都依赖教师——在学生身上没有多大的创造性；屈从，并缺乏个人的发展；班级的工作量可能是多的，而质也可能是好的。

③ 放任自流型的教师，在和学生打交道中几乎没有什么信心，或认为学生爱怎样就怎样，很难做出决定，对学生管理没有明确目标。既不鼓励学生，也不反对学生；既不参加学生的活动，也不提供任何帮助和方法。学生的典型反应为不仅道德差，而且学习也差；在各方面都依赖教师，学生身上没有多大的创造性，没有合作，谁也不知道该做些什么。

④ 民主管理型的教师，善于和集体共同制订计划和做出决定；在不损害集体的情况下，很乐意给个别学生以帮助、指导，尽可能地鼓励集体的活动，给予客观的表扬和批评。学生的典型反应是喜欢学习，喜欢和别人尤其是教师一道工作。学生学习的质和量都很高，相互鼓励，而且独自承担某些责任。无论教师在不在课堂，需要加以改正的问题都很少。

5. "家长代理人、父母"和"朋友、知己"的角色

教师是儿童继父母之后遇到的另一个社会权威，家长的代理人。低年级的学生倾向于把教师看作父母的化身，对教师的态度类似于对父母的态度。而高年级学生则往往愿意把教师当作他们的朋友，也期望教师能把他们当作朋友看待，希望得到教师在学习、生活、人生等方面的指导，希望教师能与他们一起分担痛苦与忧伤、分享欢乐与幸福。

6. "研究者"角色和"学习者""学者"角色

教师即研究者，意味着教师在教学过程中要以研究者的心态置身于教学情境，以研究者的眼光审视和分析教学理论与教学实践中的各种问题，对自身的行为进行反思，对出现的问题进行探究，对积累的经验进行总结，以形成规律性的认识。教师的研究，不仅是对科学知识的研究，更是对教育对象即学生的研究，对教师和学生交往的研究等，这都需要教师终身学习，更新自己的知识结构，以便使教育教学建立在更宽广的知识背景上，适应学生的个性发展、自己的专业发展和教育教学改革的需要。教师还被认为是智者的化身，作为教师，必须拥有渊博的知识。

7. "心理调节者"角色（"心理保健者"角色、"心理健康维护者"角色）

随着对心理健康的重视和儿童心理卫生工作的展开，人们对教师产生了"儿童心理卫生顾问""心理咨询者"等角色期待。教师应积极适应时代、社会的要求，提高自身的心理健康水平，掌握基本的心理卫生常识，在日常的教育教学活动中渗透心理健康教育。教师要做好学生的心理健康教育工作，担当学生的心理保健者角色。

8. "学生心灵的培育者"角色（"学习的指导者"角色）

教师不但教学生学习知识，而且教学生学会学习；善于激发学生的学习热情，培养学生自主学习的能力和习惯，调整学生的不良情绪和心态；经常提醒学生仔细、认真、勤奋、刻苦，培养良好的学习心理品质；善于发现学生的学习差距，特别关注学习成绩不佳的学生；并善于使学生相互帮助，形成良好的学习风气。

（二）新课改背景下的教师观

1. 新课改背景下教师角色转换

（1）教师由知识的传授者转变为学生学习的引导者和学生发展的促进者。

现代社会的发展要求人们"学会学习、学会合作、学会生存、学会做人"，具备终身学习的能力和意愿，以适应社会的急速发展和变化。因此，人们对教师的期待和要求也发生了本质性的变化。

首先，教师再也不能以传授知识作为自己的主要职责和目的，而应该把激发学生的学习动机，指导学生的学习方法，组织管理和指导学生的学习过程，培养学生自主学习、合作学习的能力作为自己工作的主要目标。在教学过程中教师要注重培养学生的发现和探究能力以及实践动手能力，激发学生的创造潜能，引导学生学会学习、学会合作、学会做事、学会做人。

其次，现代社会的发展要求教师不仅要向学生传播知识和社会规范，更要关注学生人格的健康成长与个性发展，真正成为学生发展的促进者。这种社会要求和社会期待把教师从"道德偶像"和"道德说教者"的传统角色中解放出来，要求教师以一个平等的、有成长经验的人的角色来对待成长中的年青一代。教师要通过自己的公正无私、宽容与尊重、睿智与深刻、爱心与关怀赢得学生的尊敬和爱戴，通过自己的人格力量对学生产生深刻影响，并通过自己的关爱、扶助、引导和行为示范去实现道德教育的目标，从而成为学生人生的引路人。

（2）由课程的接受者转化为课程的开发者和建设者。

在传统的教学中，教学与课程是彼此分离的。教师被排斥于课程之外，教师的任务只是教学，课程游离于教学之外。教师的任务只是"教学"，是按照专家编好的教科书、教学参考资料去教规定好的内容，甚至是按照考试部门编写的考试要求和考试标准去组织教学内容，按照教研部门编制的练习册去安排学生的各种练习内容和练习活动。

新课程倡导民主、开放、科学的课程理念，同时确立了国家、地方、学校三级课程管理政策，这就要求课程与教学相互整合，教师必须在课程改革中发挥主体作用。教师不仅是课程实施的执行者，更应成为课程的开发者和建设者。为此，教师要形成强烈的课程意识和参与意识，改变以往学科本位的观念和消极被动执行的做法；教师要了解和掌握各个层次的课程知识，包括国家层次、地方层次、学校层次、课堂层次和学生层次，以及这些层次间的关系；教师要提高和增强课程建设能力，使国家课程和地方课程在学校与课堂实施中不断增值、不断丰富、不断完善；教师要锻炼并形成课程开发的能力，新课程越来越需要教师具有开发本土化、校本化课程的能力；教师要增强课程评价的能力，学会对各种教材进行评鉴，对课程实施的状况进行分析，对学生学习的过程和结果进行评定。

（3）由教学的实践者转化为教育教学的研究者。

在中小学教师的职业生涯中，传统的教学活动和研究活动是彼此分离的。教师的任务只是教学，研究被认为是专家们的"专利"。这种教学与研究的脱节，对教师和教学的发展是极其不利的。

研究性教学的特点表现为：① 研究性教学是开放性的，非标准答案的；② 研究性教学常常需要综合运用知识；③ 研究性教学常常与生活密切联系，鼓励协作性学习。

（4）由单一的管理者转化为全面的引导者。

真正实施素质教育，教师就需要将自己的角色定位在引导者上，因为学生素质的形成，是一个主体的建构过程，不是在整齐划一的批量加工中完成的。教师要尊重学生的差异性、多样性和创造性。作为引导者：① 教师要牢记自己的职责，教育学生坚信每个学生都有发展潜力；② 教师要慎重地评价学生，对学生不能抱有先入为主的成见；③ 在课堂教学中，教师要尽量给每位学生参与讨论的机会；④ 教师要尽量公开、公正、公平地评价学生的学习过程和结果。

（5）教师要从学校教师转变为社区型的开放教师。

随着社会的发展，学校越来越广泛地同社区发生各种各样的内在联系。学校教育与社区生活正在走向终身教育要求的"一体化"，学校教育社区化，社区生活教育化。新课程特别强调学校与社区的互动，重视挖掘社区的教育资源。在这种情况下，教师的角色也要求变革。教师不仅是学校的一员，还是社区的一员，是整个社区教育、科学、文化事业的共建者。因此，教师角色是开放的，是"社区型"教师。

2. 新课改背景下教师教学行为的变化

（1）在对待师生关系上，新课程强调尊重、赞赏。

"为了每一位学生的发展"是新课程的核心理念。为了实现这一理念，教师必须尊重每一位学生做人的尊严和价值，尤其尊重以下六种学生：智力发育迟缓的学生、学业成绩不良的学生、被孤立和拒绝的学生、有过错的学生、有严重缺点的学生以及和自己意见不一致的学生。

尊重学生同时意味着不伤害学生的自尊心。教师应努力做到：① 不体罚学生；② 不辱骂学生；③ 不大声训斥学生；④ 不冷落学生；⑤ 不羞辱、嘲笑学生；⑥ 不随意当众批评学生。

教师不仅要尊重每一位学生，还要学会发现学生的闪光点，学会赞赏每一位学生：① 赞赏学生的独特性、兴趣、爱好、专长；② 赞赏学生所取得的哪怕是极其微小的成绩；③ 赞赏学生所付出的努力和所表现出的善意；④ 赞赏学生对教科书的质疑和对自身的超越。

（2）在对待教学关系上，新课程强调帮助、引导。

教如何促进学？这就要求教师帮助学生检视和反思自我，明了自己想要学习什么和获得什么，确立能够达成的目标；帮助学生寻找、搜集和利用学习资源；帮助学生设计恰当的学习活动并形成有效的学习方式；帮助学生发现所学东西的个人意义和社会价值；帮助学生营造和维持学习过程中积极的心理氛围；帮助学生对学习过程和结果进行评价，并促进评价的内化。

教的本质在于引导。引导的特点是含而不露、开而不达、引而不发；引导的内容不仅包括方法和思维，也包括价值和做人。在这里，引导表现为教师对学生的启迪与激励。

（3）在对待自我上，新课程强调反思。

教学反思被认为是"教师专业发展和自我成长的核心因素"。新课程非常强调教师的教学反思，依据教学进程，教学反思分为教学前、教学中、教学后三个阶段。教学反思有助于教师形成和培养自我反思的意识和自我监控的能力。

（4）在对待其他教育关系上，新课程强调合作。

在教育教学过程中，教师除了要面对学生外，还要与周围其他教师发生联系，要与学生家长进行沟通与配合。课程的综合化趋势特别需要教师之间的合作，不同年级、不同学科的教师要相互配合，齐心协力地培养学生。教师必须处理好与学生家长的关系，加强与家长的联系与合作，共同促进学生的健康成长。

真题再现

1.（2017年单项选择）吴老师把可从教学中存在的突出问题归纳、提炼为若干主题进行研究，并发表系列论文，这表明吴老师具有（　　）。

　　A. 良好的教学研究能力　　　　　　　B. 良好的课堂管理能力

　　C. 良好的课堂开发能力　　　　　　　D. 良好的校本研修能力

答案：A。【解析】体现了教师研究者的角色。

2.（2017年单项选择）肖老师正朗诵："床前明月光，疑是地上霜。"小杰大声地问道："老师，窗前怎么能看到月光呢？"对此，下列做法中恰当的是（　　）。

　　A. 批评小杰不经许可就发言　　　　　B. 装作没听见继续上课

　　C. 告诉学生不要钻牛角尖　　　　　　D. 组织学生就此开展讨论

答案：D。【解析】当学生提出不同意见时，说明学生在进行主动思考，教师应该有效利用这一点引导学生进行思考与学习。

3.（2017年单项选择）美术课上，曾老师指导学生把天然的竹根须做成卷曲的头发，还演示如何借助竹节的弧度制成黄包车的顶棚。这表明老师具有（　　）。

　　A. 课程资源开发的意识与能力　　　　B. 自我反思的意识与能力

　　C. 教育科学研究的意识与能力　　　　D. 自主发展的意识与能力

答案：A。【解析】教师能用不同的材料制作成教学工具，体现的是教师对于课程资源开发的意识与能力。

4.（2016 年单项选择）邱老师经常梳理教学工作中遇到的问题，并运用教育学、心理学知识分析问题的成因，寻找解决策略。邱老师在这一过程中扮演的主要角色是（　　）。

    A. 教育教学的研究者　　　　　　　B. 行为规范的示范者

    C. 心理健康的维护者　　　　　　　D. 学生学习的组织者

答案：A。【解析】教师即研究者，意味着教师在教学过程中要以研究者的心态置身于教学情境，以研究者的眼光审视和分析教学理论与教学实践中的各种问题，对自身的行为进行反思，对出现的问题进行探究，对积累的经验进行总结，最终形成规律性的认识。题干中的邱老师经常梳理工作中遇到的问题，并进行研究，从而找到问题的成因及解决策略，即体现了教师的研究者角色。

5.（2015 年单项选择）物理教师李强结合课程教学内容，查阅资料，利用现有资源自制实验器材，开设了不少探究性物理实验。这表明李老师具有（　　）。

    A. 全面发展理念　　　　　　　　　B. 和谐发展理念

    C. 长善救失意识　　　　　　　　　D. 课程开发意识

答案：D。【解析】新课程改革强调，教师是课程的开发者和建设者。题干中的物理老师根据课程内容，自己查阅资料制作器材，开设相关课程，这正是该老师课程开发意识的体现。

6.（2014 年单项选择）黄老师同民间艺人学习地方戏曲，并将这些内容引入音乐课教学中，这种做法体现了黄老师具有（　　）。

    A. 校本教研的意识　　　　　　　　B. 课程开发的意识

    C. 长善救失的意识　　　　　　　　D. 示范领导的意识

答案：B。【解析】新课程要求教师成为课程的开发者和建设者。黄老师向民间艺人学习地方戏曲，并将这些内容引入音乐教学中，这是黄老师具有开发新课程意识的体现。

7.（2015 年单项选择）青年教师小王每次课后都认真回顾整个教学过程，把成败之处记录下来，教学水平不断提高。这体现了小王老师注重（　　）。

    A. 教学反馈　　　　B. 教学反思　　　　C. 教学创新　　　　D. 情境创设

答案：B。【解析】题干的描述表明小王老师勤于反思。

五、教师的职业素养

教师的职业素养是教师从事职业活动必须具备的品质。教师的职业素养包括教师职业道德素养、教师知识素养、教师能力素养和教师职业心理素养。

（一）教师职业道德素养

教师职业道德指教师在其职业生活中应遵守的基本行为规范或准则，以及在此基础上表现出来的观念意识和行为品质。这是调节教师与他人、教师与集体及社会相互关系的行为准则，是一定社会对教师行为的基本要求。教师职业道德素养是从教师对待事业、对待学生、对待集体和对待自己的态度上来体现的。

1. 对待事业：忠于人民的教育事业

我国教师从事的是人民的教育事业，是为国家培养社会主义建设者和接班人，为社会主义现代化建设培养人才的重要阵地。它关系到国家的振兴、民族素质的提高，是一项伟大而崇高的事业，每一个投身于这项事业的人，都应感到光荣和骄傲，这是做好教育工作的强大动力和精神支柱。热爱教育事业是教师做好教育工作的前提，是教师职业道德的基础，也是教师劳动积极性和创造性的源泉。

忠于人民的教育事业要求教师做到：依法执教、严谨治教、爱岗敬业、廉洁从教。

2. 对待学生：热爱学生

热爱教育事业具体体现在热爱学生上。热爱学生是教师职业道德的核心，是教师高尚道德品质的表现。

（1）为什么要热爱学生？

教师热爱学生在教育过程中起着十分重要的作用，其原因在于：① 师爱是教师接纳、认可学生的心理基础，是教育好学生的前提；② 师爱是激励教师做好教育工作的精神动力；③ 师爱是打开学生心扉的钥匙；④ 师爱有助于培养学生友好待人、趋向合群等良好的社会情感和开朗乐观的个性。

（2）热爱学生的要求（教师如何热爱学生）。

① 把对学生的爱与严格要求相结合。不迁就、放纵或溺爱学生。

② 把爱与尊重、信任相结合。尊重学生的人格，尊重学生的自由选择权。相信每个学生都是可教育的。

③ 要全面关怀学生。关心学生的学习，关心学生的生活，关心学生的身心健康。

④ 要关爱全体学生。一视同仁，平等对待，不偏爱某些或个别学生。

⑤ 理解和宽容学生。了解学生的特点，理解学生特定情境下的行为，给他们反思和纠正不良行为的机会。

⑥ 解放学生。给学生时间、空间和权利，使他们在指引下创造性地学习、自由地生活。

⑦ 对学生要保持积极、稳定的情绪。驾驭自己的情绪，积极面对学生，不能将个人的消极情绪带到教育中来。

3. 对待集体：团结协作

人的培养靠单个教师是不行的，因为人的成长要受到多方面因素的影响。人才的全面成长，是多方面教育者集体劳动的结晶。这就要求教师必须与各方面协同合作，以便形成教育合力，共同完成培养人的工作。因此，教师应做到：

（1）相互支持、相互配合。在校内，教师要与班主任、各科教师、学校领导和其他教职员工协调一致，相互配合；在校外，要与家长、社会有关方面和人士建立联系，取得他们的支持与帮助，以便目标一致地开展工作。

（2）严于律己，宽以待人。在与各方联系交往的过程中，教师要从大局出发，严格要求自己，尊重他人。

（3）弘扬正气，摒弃陋习。教师之间要形成互帮互学、进取向上、互通信息、共同进步的风气，要克服文人相轻、业务封锁的陋习。

4. 对待自己：为人师表（良好的道德修养）

教师的言行举止、品德才能、治学态度等方面都会对学生产生潜移默化的影响，成为学生学习的对象。这是由教师劳动的"主体性和示范性"特点以及学生的"向师性、模仿性和可塑性"特点决定的。因此，教师只有自己具备了良好的道德修养，才能有力地说服学生、感染学生、教育学生。因此，教师必须做到：

（1）高度自觉，自我监控。教师以高标准严格要求自己，使自己在学生面前成为活生生的教材，成为学生做人的榜样。

（2）身教重于言教。要做到身教，最基本的要求是：凡是要求学生去做的，教师一定要身体力行，做到言行一致，发挥表率作用。

（二）教师的知识素养

1. 政治理论修养

马列主义、毛泽东思想和邓小平理论。

2. 精深的学科专业知识（本体性知识）

这是教师知识结构的核心，也是教师向学生传授知识的基础。教师的学科专业知识也称为本体性知识，是指教师所具有的任教学科的知识。例如语文教师所具有的语言文学知识，数学教师所具有的数学知识。具体来说，教师的学科专业知识应该包括以下几个方面：

（1）掌握该学科的基本知识和基本技能。

掌握该学科的基本知识和基本技能是教学中要求学生必须掌握的内容，教师自己必须掌握。

（2）掌握该学科的知识结构体系及相关知识。

掌握该学科的知识结构体系及相关知识是保证教师从一个更高更深的层面上来把握自己所教的学科内容。它不仅使教师居高临下，明确所教学科的基本结构、来龙去脉、所处地位、重点、难点和关键点，也使教师对所教内容不仅知其然，而且知其所以然。

（3）学科发展的历史及趋势。

既了解学科历史，又了解该学科最新的研究成果和研究发展动向。当今时代知识更新迅速，科技发展速度加快，为了保证自己的教学内容不陈旧、不过时，能够适应知识更新的需要，教师必须始终站在该学科的最前沿。

（4）学科的思维方式和方法论。

比如，科学中的观察、调查、实验；数学中的转化、抽象思维、符号化；物理中的空间思维；哲学中的矛盾方法、发展眼光等。

3. 广博的科学文化知识

教师的知识不仅要"专"，而且要"博"，教师的专业知识应建立在广博的科学文化知识的基础上。这是因为：① 这是科学知识日益融合和渗透的要求；② 这是青少年多方面发展的要求；③ 教师的任务是教书育人。

4. 必备的教育科学知识（条件性知识）

教师的教育科学知识主要包括三个方面：① 学生身心发展知识；② 教与学的知识；③ 学生成绩评价的知识。人们通过数千年的教育实践，积累了丰富的教育教学实践经验。在总结这些经验的基础上，人们揭示了教育教学的规律，提出了教育教学的原则、方法体系，形成了系统的教育理论。教师要加强教育工作的科学性和有效性，就必须掌握这些理论。其中，教育学、心理学及各科教材教法是教师首先要掌握的最基本的教育科学知识。此外，教师还要掌握教育管理方面的知识。

5. 丰富的实践知识

教师的实践性知识是基于教师个人的经验积累，在对待和处理教育问题时体现出的个人特质和教育智慧。它可能来源于课堂教育教学情境，也可能来源于课堂内外的师生互动行为，带有明显的情境性、个体性，是教师对复杂的和不断变化的教育情境的一种判断和处理，它受个人的经历、意识、风格及行为方式的影响。对于实践知识，有的是可以明确意识的，是经过深思的；有的是无意识的或潜意识的，是一种非反思的缄默知识。

（三）教师的能力素养

1. 语言表达能力

语言，特别是口头语言，是教师向学生传递教育信息的重要工具，因此教师应具有较强的语言表达能力。对教师的语言表达要求如下：

（1）准确、简练，具有科学性。教师的发音要规范，用语恰当，表述确切，通俗易懂。

（2）清晰、流畅，具有逻辑性。教师的语言要条理清楚，脉络分明，推理严密。

（3）生动、形象，具有启发性。教师要善于将抽象的概念形象化、深奥的道理具体化、枯燥的内容生动化。

（4）口头语言和肢体语言的结合。教师要借助姿态、表情和手势等肢体语言手段传递信息，配合口头语言，增强教育效果。

2. 组织管理能力

教师要进行教育活动，必须具备一定的组织管理能力。具体来说包括两个方面：

（1）教师要有确定合理目标和计划的能力；

（2）教师要有引导学生的能力。

3. 组织教育和教学的能力

教师是教育教学过程的组织者、领导者，因此要求教师具有驾驭教育和教学的能力。具体包括：

（1）教师要善于制订教育教学工作计划、编写教案、组织教材，以加强教学工作的预见性、有序性；

（2）教师要善于组织课堂教学，以保证教学过程的顺利进行和教学任务的完成；

（3）教师要善于组织学校、家庭及社会各方面的教育力量，使各方面相互配合，进行教育资源的整合。

4. 自我调控和自我反思能力（较高的教育机智）

教育活动要根据实际情况来进行，这就要求教师适应各种变化，能够进行自我调控。在教学中会遇到很多意想不到的情况，要求教师运用教育机智来解决问题。同时也要求教师有自学能力，不断提高自己的修养。教师的调控能力主要包括对自我表现的监控能力和对教学的监控能力。教师的自我反思能力主要包括教学设计、课堂的组织和管理、学生活动的促进、语言和非语言的沟通、评价学习行为、教学后省思等。

教师的自我调控和反思能力主要表现为：

（1）对自身的教育教学表现进行自我监督、自我反馈、自我反思、自我改进的能力；

（2）根据新情况、新问题调整自己的预定计划以适应变化的能力。

（四）职业心理健康

教师心理健康的构成是指一个优秀教师应有的心理素质，也就是教师对内外环境及人际关系有着良好适应的条件。这些条件包括高尚的师德、愉悦的情感、良好的人际关系、健康的人格等。

1. 高尚的师德

对广大教师来说，师德是履行教育工作的社会职能所应遵循的道德原则和规范，是调整教师工作职权与职责关系的思想武器，是为人师表的行为准则。高尚的师德应包括热爱学生、教书育人、为人师表和团结协作等内容。

2. 愉悦的情感

情感作为一种内心体验是人感受客观需要的心理活动。对教师来说，情感是塑造青少年灵魂的强大精神力量，丰富的情感具有强烈的感染力，它使广大学生在潜移默化中、在期待和激励下，自觉热情地学习。

教师情感的表达应具有时间上的连贯性和空间变换上的一致性，有丰富多样的表现形式。既要有轻快的心境、昂扬的精神、幽默的态度、豁达开朗的心胸，也要有控制自己情感的意志，能把消极情感消除在课堂之外，从而创设良好的教学情境和气氛。

3. 良好的人际关系

良好的人际关系是教师完善人格的一个重要标志，也是教师心理健康的重要内容。从对象上看，教师的人际交往包括与学生保持良好的人际关系、与同事和学校领导建立良好的人际关系。从形式上看，教师的人际关系包括认知的、情感的和行为的三个方面：（1）认知方面，表现为互相认识和理解的程度，是人与人之间关系的基础；（2）情感方面，表现为彼此间融洽的各种状态，如喜爱或不喜爱、好感或厌恶、妒忌或同情，这是人与人之间相互联系的纽带；（3）行为方面，表现在各种共同活动中是否协调一致，这是人与人之间相互交往的结果。

4. 健康的人格

教师的健康人格是在培养人、教育人的过程中表现出来的成熟的、积极的心理素质。健康的人格来自积极肯定的自我，只有接受自己才能接受他人，只有热爱自己才能热爱工作，并能在工作中始终充满动力和成功的希望。教师工作需要勇气和自信，一个具有健康人格的教师热爱生活，热爱教育事业，乐于助人，努力实现自己的理想，对每一个学生都倾注热情和希望。他们有良好的自我认知、协调一致的价值取向和融洽的师生关系。

真题再现

1.（2012 年下半年小学真题）尽管工作压力大，事务繁杂，但何老师始终保持积极的工作态度，用微笑面对每一个学生，这体现了何老师（　　）。

  A. 身体素质良好   B. 职业心理健康

  C. 教学水平高超   D. 学科知识丰富

答案：B。【解析】何老师工作压力大，事务繁忙，但工作态度积极，微笑面对学生，体现了职业心理健康。

2.（2016 年下半年小学真题）郑老师在指导新教师时说，了解小学生的身心发展规律、学习心理等，对做好教育教学工作极其重要。郑老师的体会表明，教师不可忽视（　　）。

  A. 政治理论知识   B. 文化基础知识

  C. 学科专业知识   D. 教育科学知识

答案：D。【解析】教育科学知识也称为教师的条件性知识，这类知识是用来支撑学科内容的知识，包括教育学、心理学和教育管理的知识等。

六、教师职业的地位、作用与价值

（一）教师职业的地位

教师职业的社会地位是通过教师职业在整个社会中所发挥的作用和所占有的地位资源来体现的，主要包括政治地位、经济地位、法律地位和专业地位。

（1）教师职业的政治地位表现为教师的政治身份的获得、教师自治组织的建立、政治参与度、政治影响力等。随着社会的发展、教育地位的提升，教师政治地位的提高成为提高教师职业社会地位的前提。

（2）教师职业的经济地位指将教师职业与其他职业相比较，其劳动报酬的差异状况及其经济生活状态。它是教师社会地位的最直接体现。

（3）教师职业的法律地位指法律赋予教师职业的权利、责任。

（4）教师职业的专业地位是教师职业社会地位的内在标准，它主要通过其从业标准体现，有没有从业标准和有什么样的从业标准是教师职业专业地位高低的指示器。

（二）教师的作用

（1）教师是人类文化的传播者，在社会的发展和人类的延续中起桥梁与纽带的作用。

（2）教师是人类灵魂的工程师，在塑造年青一代的品格中起关键作用。

（3）教师是人的潜能的开发者，对个体发展起促进作用。

（4）教师是教育工作的组织者、领导者，在教育过程中起主导作用。

（三）教师职业的价值

1. 教师劳动的价值

教师的劳动不仅能满足社会发展的需要，而且能满足教师个人生存、发展和自我实现的需要，因此，教师劳动的价值由社会价值和个人价值构成。教师劳动的价值是社会价值与个人价值的统一。

（1）社会价值。

教师劳动的社会价值是指教师在教育教学过程中耗费劳动而产生的满足社会需要的意义和作用。它是教师劳动价值的主要属性，也是体现教师社会地位和教师个人价值的主要标志。

（2）个人价值。

教师劳动的个人价值是作为客体的教师劳动对于教师主体需要的肯定或否定的某种状态，是满足教师自身物质和精神需要的程度。教师劳动除了满足社会需要，具有社会价值外，还能在许多方面满足教师的个人需要，因而具有个人价值。

2. 教师职业的内在价值

为了使教师职业真正成为令人羡慕和富有内在尊严的职业，我们有必要认真思考教师职业的内在价值，教师能够从自己的职业生活中获得什么。其实，教师绝不是"为他人作嫁衣"的牺牲者，教师职业会给教师带来幸福的体验、精神的充实和自我的实现。教师职业的内在价值主要体现为以下几点：（1）教师职业激发和丰富教师的创造潜能；（2）教师职业促进了教师的自我成长；（3）教师职业带给教师无穷的快乐。

七、教师的专业发展

（一）教师专业发展的概念

教师专业发展，又称教师专业成长，是指教师在整个专业生涯中，依托专业组织、专门培养制度和管理制度，通过持续的专业教育，习得教育教学专业技能，形成专业理想、专业道德和专业能力，从而实现专业自主的过程。它包括教师群体的专业发展和教师个体的专业发展。

教师群体的专业发展是指教师职业不断成熟、逐渐达到专业标准，并获得相应的专业地位的过程。它既是教师个体专业化的条件和保障，也最终代表着教师职业的专业化。

教师个体的专业发展是教师作为专业人员，从专业思想到专业知识、专业能力、专业心理品质等方面由不成熟到比较成熟的发展过程，即由一个专业新手发展成为专家型教师或教育家型教师的过程。

（二）教师专业发展的阶段

刚刚踏上教学工作岗位的教师，虽然经过了在职的专业训练并获得了合格的教师资格证书，但这并不意味着他就是一个成熟的教育教学专业人员，他还要随着教学工作经历的延续、经验的积累、知识的更新及不断的反思才能逐渐达到专业的成熟。在教师的专业发展过程中，存在着不同的发展阶段，面对着不同的发展问题，这些问题的不断解决推动着教师专业的不断发展。"自我更新"取向的教师专业发展阶段论认为教师专业发展分为"非关注"阶段、"虚拟关注"阶段、"生存关注"阶段、"任务关注"阶段、"自我更新关注"阶段。

1. "非关注"阶段

这是进入正式教师教育之前的阶段。这一阶段的经验对今后教师专业发展的影响不可忽视。在这一阶段所形成的"前科学"的教育教学知识、观念甚至会迁延到教师的正式执教阶段。

2. "虚拟关注"阶段

该阶段一般是职前接受教师教育阶段（包括实习期）。该阶段专业发展主体的身份是学生，至多只是"准教师"。这使得他们所接触的中小学实践和教师生活具有某种虚拟性，他们会在虚拟的教学环境中获得某些经验，对教育理论及教师技能进行学习和训练，有了对自我专业发展反思的萌芽，从而为正式进入任职阶段打下良好的基础。

3. "生存关注"阶段

这一阶段是教师专业发展的一个关键阶段，其突出特点是"骤变与适应"。该阶段的教师不仅面临着由教育专业的学生向正式教师角色的转换，也存在所学理论知识和具体教学实践的"磨合期"，其间需要教师在教学实践过程中对理论、实践及其关系进行反思，以克服对于教学实践的不适应。新任教师一般处于这一阶段。

4. "任务关注"阶段

在度过了初任期之后，决定留任的教师逐渐步入"任务关注"阶段。这是教师专业结构诸方面稳定、持续发展的时期。随着基本"生存"知识、技能的掌握，教师自信心日益增强，由关注自我的生存转到更多地关注教学，由关注"我能行吗"转到关注"我怎样才能行"上来。教师在这一阶段开始尝试通过变更教学方式和方法对学生产生影响；开始着重发展自己的专业知识和一般教学知识；专业态度较为稳定，从心理上接纳了教学工作，决心为此做出贡献。

5. "自我更新关注"阶段

处于该阶段的教师，其专业发展的动力转移到了专业发展自身，而不再受外部评价或职业升迁的牵制，直接以专业发展为指向。同时教师已经可以自觉依照教师发展的一般路线和自己目前的发展条件，有意识地自我规划，以谋求最大程度的自我发展。在这个阶段，教师认识到学生是学习的主人，开始鼓励学生去发现、建构意义；教师知识结构发展的重点转移到了学科教学法知识以及应用；开始拓展个人实践知识；开始对自身的专业发展进行反思。

（三）教师职业专业化的条件（教师的专业素养）

我国《教师法》规定："国家实行教师资格制度，中国公民凡遵守宪法和法律，具有良好的思想品德，具有本法所规定的学历或经国家教师资格考试合格，有教育能力，经认定合格的，可以取得教师资格。"但一名教师是否真正具备从事教师的职业条件，能否正确履行教师角色，根本上还在于教师的专业素养。

1. 教师的学科专业素养

教师的学科专业素养是教师胜任教学工作的基础性要求，有别于其他专业人员学习同样学科的要求，教师的学科专业素养主要包括以下几个方面：

（1）精通所教学科的基础性知识与技能；

（2）了解所教学科相关的知识；

（3）了解学科的发展脉络；

（4）了解学科领域的思维方式和方法论。

2. 教师的教育专业素养

教师的职责是教书育人，因此，教师不仅要有所教学科的专业素养，还要有教育专业素养。教师的教育专业素养包括以下方面：

（1）具有先进的教育理念。教育理念是指教师在对教育工作本质理解基础上形成的关于教育的观念和理性信念。教育理念即教育教学观念，是教师教学行为的灵魂和支点，是教师教学行为的指南。叶澜认为，根据教育发展的需要，教师应具有以下现代教育理念：① 新的教育观。符合时代特征的教育观要求教师对教育功能有全面的认识，要求教师全面理解素质教育。教师应该认识到教育不再仅仅是传授知识和技能，而是充分开发学生的潜能，发展学生的良好个性，让学生生动活泼地全面发展。② 新的学生观。符合时代特征的学生观要求教师全面理解学生的发展，理解学生的全面发展与个性发展、全体发展与个体发展、现实发展与未来发展的关系。只有树立了新的学生观，教师才会以新的眼光看待学生，尊重和信任学生，承认学生的差异性，充分发挥每位学生的潜能。③ 新的教育活动观。教育活动是学校教育的实践方式，是师生学校活动的核心。新的教育活动观强调教育活动的"双边共时性""灵活结构性""动态生成性"和"综合渗透性"。教师作为教育活动的策划者和指导者，必须明白教育活动是一个复杂的过程，具有多方面的特点。因此，教师要创造性地开展教育活动，引导学生积极主动地学习，培养学生自我教育的意识和能力。

（2）具有良好的教育能力。教育能力是指教师完成一定的教育教学活动的本领，具体表现为完成一定的教育教学活动的方式、方法和效率。教师的教育能力是教师职业的特殊要求，具体包括：① 加工教学内容，选择教学方法的能力。要使教育内容能有效影响的逻辑与学生心理逻辑相统一。② 语言表达能力。教师所使用的语言有口头语言、书面语言两种。第一，教师的口头语言应该规范、简洁、明快、生动、准确、合乎逻辑；第二，教师的语言要富有感情，具有说服力和感染力；第三，教师的语言要富有个性，能够体现一名教师的独特风采；第四，教师不仅要善于独白，更重要的是掌握对话艺术。在对话中鼓励学生发表意见，完整、准确地表达思想，养成活泼开朗的性格。教师的书面语言也必须做到简明、规范、美观、大方。另外，教师的体态语要丰富、生动、自然、大方。③ 组织管理能力。教师工作实际上是教师对学生集体进行的，因此，教师要组织和培养好学生集体，有效维持班级正常教学秩序和纪律，善于组织学生参加各种集体活动。④ 交往能力。在教育这样一个以人为主的系统中，教师要使学生积极主动地投入教育活动中去，必须与学生进行对话和交流。师生之间不仅要实现知识的传递，而且要实现情感的交流、精神的沟通、人格的互动，师生正是要在这种交往中实现教学相长的。教师不仅要与学生交往，而且要与其他教师、学生家长、社会各界人士交往与合作，协调各方面的关系，以实现有效教育。

（3）一定的研究能力。研究能力是综合、灵活地运用已有知识进行创造性活动的能力，是对未知事物探索性、发现性的心智、情感主动投入的过程。作为中小学教师，不同于专业的研究人员，其研究能力的培养，主要着重于学科研究能力和教育研究能力两个方面。

3. 教师的人格特征

教师的人格特征是指教师的个性、情绪、健康以及处理人际关系的品质等。教师的人格特征对学生发展起着推动作用，是素质教育的基础。主要包括以下几个方面：

（1）积极乐观的情绪；

（2）豁达开朗的心胸；

（3）坚忍不拔的毅力；

（4）广泛的兴趣。

4. 教师良好的职业道德素质

具备专业性的职业都承担着重要社会责任，教师职业也不例外。教师职业专业化要求教师具有较高的职业道德素质。主要包括：

（1）忠诚于人民的教育事业。这是教师对待教育事业必须具备的行为准则，是教师做好工作的基本前提。

（2）热爱学生。这是忠诚于人民教育事业的具体体现。

（3）团结协作精神。

（4）良好的师德修养（为人师表）。

（四）教师专业发展的要求

1. 树立正确的专业意识

专业发展意识是教师专业发展的内在动力。专业发展意识意味着人不仅能把握自己与外部世界的联系，而且具有把自身的发展当作自己认识的对象和自觉实践的对象，并能构建自己的内部世界。只有达到这一水平，人才能在完全意义上成为自己发展的主体。

2. 拓展专业知识

专业知识是一个合格教师的必备条件，关系到学生能够从教师那里学到什么以及如何学的问题。教师一般都承担某一学科或某一专业知识领域的教学工作。掌握这一学科或专业领域较全面和坚实的知识，是对一个教师的基本要求。

但是由于时代的飞速发展，教师的"一碗水""一桶水"水平显然不能胜任今天的工作。教师首先必须优化自己的知识结构，具备当代科学与人文的基本知识，拓展自己的知识基础，丰富自己的精神生活，同时需要保持教学的时代性，为评价学生提供更为广阔的视界。其次，教师在教育理论方面要丰富自己的知识素养，掌握学生及其必备的知识，了解学生的身心发展状况，知晓学生语言能力的发展规律。再次，教师应该具有与教师的职业生活相关的课程、教材与教学设计等方面的知识，它直接可以运用于课堂生活，为具体的教育情境提供有效的策略指导。

3. 提高专业能力

教师的专业能力指教师运用所学知识进行课堂教学与反思的能力，包括教学能力和教学反思能力。提高专业能力应做到：① 提高教学能力；② 提高教学研究能力。

（五）教师专业发展的内容

1. 专业理想的建立

教师的专业理想是教师对成为一个成熟的教育专业工作者的向往与追求，它为教师提供了奋斗目标，是推动教师发展的巨大动力。具有专业理想的教师对教学工作会产生强烈的认同感和投入感，会对教学工作抱有强烈的期待。教师专业理想是教师个体专业发展的精神内涵，也是推动教师专业发展的巨大动力。

2. 专业自我的形成

专业自我包括自我意象、自我尊重、工作动机、工作满意感、任务知觉和未来前景。对教学工作来说，教师的专业自我是教师个体对自我从事教学工作的感受、接纳和肯定的心理倾向，这种倾向将显著影响教师的教学成效。

3. 专业知识的拓展与深化

教师作为一个专业人员，必须具备从事专业工作所需的基本知识。因此，教师的专业知识是教师专业发展中的一个重要内容，教师专业知识（合理的知识结构）主要包括本体性知识、条件性知识、实践性知识和一般文化知识。其中，本体性知识，即特定学科及相关知识，是教学活动的基础；条件性知识，即认识教育对象、开展教育活动和研究所需的教育科学知识和技能，如教育原理、心理学、教学论、学习论、班级管理、现代教育技术等；实践性知识，即课堂情境知识，体现教师个人的教学技巧、教育智慧和教学风格，如导入、强化、发问、课堂管理、沟通与表达、结课等技巧。

4. 专业能力的提高

教师的专业能力是教师综合素质最突出的外在表现，也是评价教师专业性的核心因素。这种专业能力可分为教学技巧和教学能力两个方面。教师常用的教学技巧主要有导入技巧、提问技巧、强化技巧、变化刺激技巧、沟通技巧、教学手段运用的技巧及结束技巧等。教师的教育教学能力主要包括设计教育教学活动的能力、教学实施的能力、教学组织管理能力、语言表达能力、学生评价能力、课程开发与设计能力、自我反思与教育教学研究能力等。

5. 教师的专业人格

教师的专业人格是教师在教育教学工作中必须具有的道德品质方面的自我修养，诚实正直、善良宽容、公正严格是教师专业人格的重要内容。诚实正直是做人的根本，善良宽容是对学生的爱，公正严格是出于教师的责任。学高为师，身正为范，才能赢得学生的信任和尊重，使学生心悦诚服，在潜移默化中影响学生的成长。

6. 专业态度和专业动机的完善

教师专业态度和动机是教师专业活动的动力基础。教师在这方面的发展主要表现在教师的专业理想、对职业的态度、工作积极性高低以及职业满意度等。目前，很多人从事教师职业都是考虑到教师的社会地位以及教师的工作特点（假期长）等方面。但是，如果以此为从事教师专业的动机基础就不利于激励自身更加投入地工作，也不利于产生较高层次的职业满意度。

（六）教师专业发展的途径

1. 师范教育

职前师范教育阶段是师范生进行专业准备与学习，初步形成教师职业所需要的知识与能力的关键时期，是教师专业化发展的起始和奠基阶段。师范教育的质量直接决定了新教师的质量，并影响了教师今后的发展。

2. 入职培训

新教师都会面临一个角色适应问题。为了让新教师尽快适应角色，新教师的任职学校应当采取及时有效的支持性措施。在我国，各级师范院校还承担了短期的系统培训工作，培训的目的是向新教师提供系统而持续的帮助，使之尽快转变角色、适应环境。

3. 在职培训

为了适应教育改革与发展的需要，为在职教师提供的继续教育，主要采取"理论学习、尝试实践、反省探究"相结合的方式，培养教师研究教育对象、教育问题的意识和能力。教师的在职培训活动很广，可以是业余进修，也可以是校本培训（如集体观摩、相互评课、相互研讨等）。

4. 自我教育

教师的自我教育就是专业化的自我建构，是教师个体专业化发展中最直接、最普遍的途径。教师自我教育的方式主要有自我反思、主动收集教改信息、研究教育教学中的各种关键事件、自学现代教育教学理论、积极感受教学的成功与失败等。教师的自我教育是专业理想建立、专业情感积淀、专业技能提高、专业风格形成的关键。

此外，跨校合作（比如教师专业发展学校）、专家指导（比如讲座、报告）、政府教育部门和教研机构组织的各类专业培训和交流活动等也是教师专业发展的途径。

（七）教师专业化的实现

教师专业化的实现，从客观上来看，需要国家和政府的法律、政策和资金支持；从主观上来看，需要教师的个人努力。

1. 国家和政府对教师专业化的促进与保障

（1）加强教师教育。① 建立一体化和开放式的教师教育体系。一体化，首先指职前培养、入职教育、职后提高一体化；其次指中小幼教师教育一体化；最后指教学试究与教学实践一体化。② 要改革教师教育课程。包括调整课程结构，加大教育理论课程和选修课程的比例；强化实践性课程；整合课程内容。

（2）制定法律法规。我国于1993年颁布了《中华人民共和国教师法》，首次以法律形式规定国家实行教师资格制度。1995年国家颁布了《教师资格条例》。

（3）提供经济保障。

2. 教师个人为实现专业化应做的主观努力

（1）善于学习，加强终身学习的意识和能力。

作为教师，通过学习可以了解教育教学的要求，掌握学生的身心发展的规律和特点，明确教师自身的角色和定位。当前的基础教育课程改革不仅要求学生"学会学习"，也对教师的学习提出了更高要求。在信息化时代，教师必须加强学习，学会获得信息资源以及有效利用这些资源，这对教师的专业发展至关重要。教师必须不断更新观念、知识和能力，掌握现代教育技术，并应用于自己的教育教学，以适应不断变化的时代对教育提出的要求。

（2）恒于研究，成为教育教学的研究者。

通过科研，我们可以发现规律，根据规律进行工作可以提高工作效率和效能。教师应该成为教育教学的研究者。这既是时代对教师的要求，也是教师作为学生学习引导者和促进者的前提条件。教师对自己所任教学科的教育教学是天然的研究者，应该不断向研究性教师的目标迈进，积极发现自己在教育教学中存在的问题，深入研究思考解决这些问题的方法，促进自身的专业发展。

（3）勤于反思，培养和发展自己的反思能力。

反思是教师成长和发展的核心能力之一。新课改要求教师不断培养和发展自己的反思能力，成为反思型教师。教学反思的内容包括：① 反思教学目标；② 反思教学得失；③ 反思自己的教育教学行为是否对学生有伤害；④ 反思教育教学是否让不同的学生在学习上得到了不同的发展；⑤ 反思是否侵犯了学生的权利；⑥ 反思教学观念；⑦ 反思自己的专业知识；⑧ 反思教学伦理；⑨ 反思教学背景。教师不仅要反思自己的言语、行动，而且要反思自己的经验和思想。面对各种新的教育思想、资源、手段和方法，教师不能简单地拿来就用，而要进行科学分析，结合学校和班级的实际情况及自身优势，改进自己的教育教学。

（4）勇于实践，不断提高自己的创新能力。

首先要有实践的意识和勇气，及时捕捉机会，将自己新颖的想法转化为实践的行动；其次要讲实践的方法，对新想法进行可行性论证，确定行动方案，然后进行实践。教师必须通过创造性教育来培养学生的创新精神和创新能力，将学生培养成创新型人才。这首先要求教师自身具有一定的创新能力。教师应该经常主动地更新观念，学习新知，在教育教学和日常生活的一点一滴中，有意识地培养和强化自己的创新精神，创造性地进行教育教学，不断提高自己的创新能力。

（5）重视教师交往和合作能力的培养。

教师之间有竞争也有合作。日常教学之余，教师之间可以相互交换意见，彼此分享教学经验。相同学科的教师可以在一起讨论教学方法，相互合作设计课程。不同学科的教师也可以相互学习和借鉴，或在相关学科知识方面提供专业帮助，等等。

（6）教师要成为课程的开发者。

在以往教学中，教师往往只是课程和教材的忠实执行者，教师的独立思想和创造性发挥受到很大限制，甚至有时成为误人误己的"愚忠"。新课改要求教师根据具体情况创造性地进行教学工作，充分发挥自己的才能和奇思妙想，创造出富有个性的课程，由课程的"守成者"变成开发者。

总之，要实现教师的个体专业化和群体专业化，需要教师个体树立坚定的职业信念、提高自主反思意识和进行教育研究的能力，并通过参加各种培训不断丰富自身的专业知识。同时，国家和政府应该为教师群体专业化创设一定的外部环境。

真题再现

1.（2015年单项选择）某校组织同一学科教师观摩教学，课后针对教学过程展开研讨，提出完善的教学建议。这种做法体现了教师专业发展的途径是（　　）。

    A. 进修培训　　　　B. 同伴互助　　　　C. 师德结对　　　　D. 自我研修

答案：B。【解析】同一学科教师通过集体研讨来完善教学，这是同伴互助的表现。

2.（2015年单项选择）学校邀请专家来做教育理念辅导报告，李老师拒绝参加，他说："学那些理论没有用，把自己的课上好才是老师的看家本领。"李老师的说法（　　）。

    A. 错，教师应该不断提高理论素养

    B. 对，能把课上好就是优秀的中学教师

    C. 错，教师应该把自我提升作为首要目标

    D. 对，教育理念报告对实践教学没有任何帮助

答案：A。【解析】教育理论素养是一名优秀的教师必须具备的，而教育理念辅导报告能帮助教师提升教育理论素养，所以，教师应该参加。

3.（2015年单项选择）以下是钟老师班主任日志的一段话，这表明钟老师（　　）。

"一个月了，尽管我对某某给予了更多的关心与鼓励，但依然看不到好转的迹象，是方法不对还是……？看来，我得再找他的父母和原班主任交流，再深入了解，调整策略。"

    A. 善于自我反思　　　　　　　　B. 缺乏探索精神

    C. 善于引导学生　　　　　　　　D. 缺乏问题意识

答案：A。【解析】钟老师对自己的教育方法进行了反思，这说明他善于自我反思。

八、中小学教师专业专业标准

（一）小学教师专业标准（试行）

为促进小学教师专业发展，建设高素质小学教师队伍，根据《教师法》和《义务教育法》，特制定《小学教师专业标准（试行）》（以下简称《专业标准》，只适用于本部分）。

小学教师是履行小学教育工作职责的专业人员，需要经过严格的培养与培训，具有良好的职业道德，掌握系统的专业知识和专业技能。《专业标准》是国家对合格小学教师专业素质的基本要求，是小学教师开展教育教学活动的基本规范，是引领小学教师专业发展的基本准则，是小学教师培养、准入、培训、考核等工作的重要依据。

1. 基本理念

（1）学生为本。

尊重小学生权益，以小学生为主体，充分调动和发挥小学生的主动性；遵循小学生身心发展特点和教育教学规律，提供适合的教育，促进小学生生动活泼学习、健康快乐成长。

（2）师德为先。

热爱小学教育事业，具有职业理想，践行社会主义核心价值体系，履行教师职业道德规范。关爱小学生，尊重小学生的人格，富有爱心、责任心、耐心和细心；为人师表，教书育人，自尊自律，做小学生健康成长的指导者和引路人。

（3）能力为重。

把学科知识、教育理论与教育实践相结合，突出教书育人的实践能力；研究小学生，遵循小学生成长规律，提升教育教学专业化水平；坚持实践、反思、再实践、再反思，不断提高专业能力。

（4）终身学习。

学习先进小学教育理论，了解国内外小学教育改革与发展的经验和做法；优化知识结构，提高文化素养；具有终身学习与可持续发展的意识和能力，做终身学习的典范。

2. 小学教师专业标准的基本内容

表 1-2 为小学教师专业标准的基本内容。

表 1-2　小学教师专业标准的基本内容

维度	领域	基 本 要 求
专业理念与师德	（一）职业理解与认识	1. 贯彻党和国家教育方针政策，遵守教育法律法规。 2. 理解小学教育工作的意义，热爱小学教育事业，具有职业理想和敬业精神。 3. 认同小学教师的专业性和独特性，注重自身专业发展。 4. 具有良好的职业道德修养，为人师表。 5. 具有团队合作精神，积极开展协作与交流
	（二）对小学生的态度与行为	6. 关爱小学生，重视小学生身心健康，将保护小学生生命安全放在首位。 7. 尊重小学生独立人格，维护小学生合法权益，平等对待每一个小学生。不讽刺、挖苦、歧视小学生，不体罚或变相体罚小学生。 8. 信任小学生，尊重个体差异，主动了解和满足有益于小学生身心发展的不同需求。 9. 积极创造条件，让小学生拥有快乐的学校生活

续表

维度	领域	基 本 要 求
专业理念与师德	（三）教育教学的态度与行为	10. 树立育人为本、德育为先的理念，将小学生的知识学习、能力发展与品德养成相结合，重视小学生的全面发展。 11. 尊重教育规律和小学生身心发展规律，为每一个小学生提供适合的教育。 12. 引导小学生体验学习乐趣，保护小学生的求知欲和好奇心，培养小学生的广泛兴趣、动手能力和探究精神。 13. 引导小学生学会学习，养成良好的学习习惯
	（四）个人修养与行为	14. 富有爱心、责任心、耐心和细心。 15. 乐观向上、热情开朗、有亲和力。 16. 善于自我调节情绪，保持平和心态。 17. 勤于学习，不断进取。 18. 衣着整洁得体，语言规范健康，举止文明礼貌
专业知识	（五）小学生发展知识	19. 了解关于小学生生存、发展和保护的有关法律法规及政策规定。 20. 了解不同年龄及有特殊需要的小学生身心发展特点和规律，掌握保护和促进小学生身心健康发展的策略与方法。 21. 了解不同年龄小学生学习的特点，掌握小学生良好行为习惯养成的知识。 22. 了解幼小和小初衔接阶段小学生的心理特点，掌握帮助小学生顺利过渡的方法。 23. 了解对小学生进行青春期和性健康教育的知识和方法。 24. 了解小学生安全防护的知识，掌握针对小学生可能出现的各种侵犯与伤害行为的预防与应对方法
	（六）学科知识	25. 适应小学综合性教学的要求，了解多学科知识。 26. 掌握所教学科知识体系、基本思想与方法。 27. 了解所教学科与社会实践的联系，了解与其他学科的联系
	（七）教育教学知识	28. 掌握小学教育教学基本理论。 29. 掌握小学生品行养成的特点和规律。 30. 掌握不同年龄小学生的认知规律。 31. 掌握所教学科的课程标准和教学知识
	（八）通识性知识	32. 具有相应的自然科学和人文社会科学知识。 33. 了解中国教育基本情况。 34. 具有相应的艺术欣赏与表现知识。 35. 具有适应教育内容、教学手段和方法现代化的信息技术知识
	（九）教育教学设计	36. 合理制订小学生个体与集体的教育教学计划。 37. 合理利用教学资源，科学编制教学方案。 38. 合理设计丰富多彩的班队活动
	（十）组织与实施	39. 建立良好的师生关系，帮助小学生建立良好的同伴关系。 40. 创设适宜的教学情境，根据小学生的反应及时调整教学活动。 41. 调动小学生学习积极性，结合小学生已有的知识和经验激发学习兴趣。 42. 发挥小学生主体性，灵活运用启发式、探究式、讨论式、参与式等教学方式。 43. 将现代教育技术手段渗透运用到教学中。 44. 较好地使用口头语言、肢体语言与书面语言，使用普通话教学，规范书写钢笔字、粉笔字、毛笔字。 45. 妥善应对突发事件。 46. 鉴别小学生行为和思想动向，用科学的方法防止和有效矫正不良行为

维度	领域	基 本 要 求
专业知识	（十一）激励与评价	47. 对小学生日常表现进行观察与判断，发现和赏识每一个小学生的点滴进步。 48. 灵活使用多元评价方式，给予小学生恰当的评价和指导。 49. 引导小学生进行积极的自我评价。 50. 利用评价结果不断改进教育教学工作
	（十二）沟通与合作	51. 使用符合小学生特点的语言进行教育教学工作。 52. 善于倾听，和蔼可亲，与小学生进行有效沟通。 53. 与同事合作交流，分享经验和资源，共同发展。 54. 与家长进行有效沟通合作，共同促进小学生发展。 55. 协助小学与社区建立合作互助的良好关系
	（十三）反思与发展	56. 主动收集分析相关信息，不断进行反思，改进教育教学工作。 57. 针对教育教学工作中的现实需要与问题，进行探索和研究。 58. 制定专业发展规划，不断提高自身专业素质

3. 实施建议

（1）各级教育行政部门要将《专业标准》作为小学教师队伍建设的基本依据。根据小学教育改革发展的需要，充分发挥《专业标准》引领和导向作用，深化教师教育改革，建立教师教育质量保障体系，不断提高小学教师培养培训质量。制定小学教师准入标准，严把小学教师入口关，制定小学教师聘任（聘用）、考核、退出等管理制度，保障教师的合法权益，形成科学有效的小学教师队伍管理和督导机制。

（2）开展小学教师教育的院校要将《专业标准》作为小学教师培养培训的主要依据。重视小学教师职业特点，加强小学教育学科和专业建设。完善小学教师培养培训方案，科学设置教师教育课程，改革教育教学方式；重视小学教师职业道德教育，重视社会实践和教育实习；加强从事小学教师教育的师资队伍建设，建立科学的质量评价制度。

（3）小学要将《专业标准》作为教师管理的重要依据。制定小学教师专业发展规划，注重教师职业理想与职业道德教育，增强教师育人的责任感与使命感；开展校本研修，促进教师专业发展；完善教师岗位职责和考核评价制度，健全小学绩效管理机制。

（4）小学教师要将《专业标准》作为自身专业发展的基本依据。制定自我专业发展规划，爱岗敬业，增强专业发展自觉性；大胆开展教育教学实践，不断创新；积极进行自我评价，主动参加教师培训和自主研修，逐步提升专业发展水平。

（二）中学教师专业标准（试行）

为促进中学教师专业发展，建设高素质中学教师队伍，根据《教师法》和《义务教育法》，特制定《中学教师专业标准（试行）》（以下简称《专业标准》，只适用于本部分）。

中学教师是履行中学教育工作职责的专业人员，需要经过严格的培养与培训，具有良好的职业道德，掌握系统的专业知识和专业技能。《专业标准》是国家对合格中学教师的基本专业要求，是中学教师开展教育教学活动的基本规范，是引领中学教师专业发展的基本准则，是中学教师培养、准入、培训、考核等工作的重要依据。

1. 基本理念

（1）学生为本。

尊重中学生权益，以中学生为主体，充分调动和发挥中学生的主动性；遵循中学生身心发展特点和教育教学规律，提供适合的教育，促进中学生生动活泼学习、健康快乐成长，全面而有个性地发展。

（2）师德为先。

热爱中学教育事业，具有职业理想，践行社会主义核心价值体系，履行教师职业道德规范。关爱中学生，尊重中学生人格，富有爱心、责任心、耐心；为人师表，教书育人，自尊自律，以人格魅力和学识魅力教育感染中学生，做中学生健康成长的指导者和引路人。

（3）能力为重。

把学科知识、教育理论与教育实践相结合，突出教书育人的实践能力；研究中学生，遵循中学生成长规律，提升教育教学专业化水平；坚持实践、反思、再实践、再反思，不断提高专业能力。

（4）终身学习。

学习先进中学教育理论，了解国内外中学教育改革与发展的经验和做法；优化知识结构，提高文化素养；具有终身学习与持续发展的意识和能力，做终身学习的典范。

2. 中学教师专业标准的基本内容

表1–3为中学教师专业标准的基本内容。

表1–3 中学教师专业标准的基本内容

维度	领域	基 本 要 求
专业理念与师德	（一）职业理解与认识	1. 贯彻党和国家教育方针政策，遵守教育法律法规。 2. 理解中学教育工作的意义，热爱中学教育事业，具有职业理想和敬业精神。 3. 认同中学教师的专业性和独特性，注重自身专业发展。 4. 具有良好的职业道德修养，为人师表。 5. 具有团队合作精神，积极开展协作与交流
	（二）对学生的态度与行为	6. 关爱中学生，重视中学生身心健康发展，保护中学生生命安全。 7. 尊重中学生独立人格，维护中学生合法权益，平等对待每一个中学生。不讽刺、挖苦、歧视中学生，不体罚或变相体罚中学生。 8. 尊重个体差异，主动了解和满足中学生的不同需要。 9. 信任中学生，积极创造条件，促进中学生的自主发展
	（三）教育教学的态度与行为	10. 树立育人为本、德育为先的理念，将中学生的知识学习、能力发展与品德养成相结合，重视中学生的全面发展。 11. 尊重教育规律和中学生身心发展规律，为每一个中学生提供适合的教育。 12. 激发中学生的求知欲和好奇心，培养中学生学习兴趣和爱好，营造自由探索、勇于创新的氛围。 13. 引导中学生自主学习、自强自立，培养良好的思维习惯和适应社会的能力
	（四）个人修养与行为	14. 富有爱心、责任心、耐心。 15. 乐观向上、热情开朗、有亲和力。 16. 善于自我调节情绪，保持平和心态。 17. 勤于学习，不断进取。 18. 衣着整洁得体，语言规范健康，举止文明礼貌

维度	领域	基 本 要 求
专业知识	（五）教育知识	19. 掌握中学教育的基本原理和主要方法。 20. 掌握班集体建设与班级管理的策略与方法。 21. 了解中学生身心发展的一般规律与特点。 22. 了解中学生世界观、人生观、价值观形成的过程及其教育方法。 23. 了解中学生思维能力与创新能力发展的过程与特点。 24. 了解中学生群体文化特点与行为方式
	（六）学科知识	25. 理解所教学科的知识体系、基本思想与方法。 26. 掌握所教学科内容的基本知识、基本原理与技能。 27. 了解所教学科与其他学科的联系。 28. 了解所教学科与社会实践的联系
	（七）学科教学知识	29. 掌握所教学科课程标准。 30. 掌握所教学科课程资源开发的主要方法与策略。 31. 了解中学生在学习具体学科内容时的认知特点。 32. 掌握针对具体学科内容进行教学的方法与策略
	（八）通识性知识	33. 具有相应的自然科学和人文社会科学知识。 34. 了解中国教育基本情况。 35. 具有相应的艺术欣赏与表现知识。 36. 具有适应教育内容、教学手段和方法现代化的信息技术知识
	（九）教学设计	37. 科学设计教学目标和教学计划。 38. 合理利用教学资源和方法设计教学过程。 39. 引导和帮助中学生设计个性化的学习计划
	（十）教学实施	40. 营造良好的学习环境与氛围，激发与保护中学生的学习兴趣。 41. 通过启发式、探究式、讨论式、参与式等多种方式有效实施教学。 42. 有效调控教学过程。 43. 引发中学生独立思考和主动探究，发展学生的创新能力。 44. 将现代教育技术手段渗透应用到教学中
	（十一）班级管理与教育活动	45. 建立良好的师生关系，帮助中学生建立良好的同伴关系。 46. 注重结合学科教学进行育人活动。 47. 根据中学生世界观、人生观、价值观形成的特点，有针对性地组织开展德育活动。 48. 针对中学生青春期生理和心理发展特点，有针对性地组织开展有益身心健康发展的教育活动。 49. 指导学生理想、心理、学业等方面的发展。 50. 有效管理和开展班级活动。 51. 妥善应对突发事件
	（十二）教育教学评价	52. 利用评价工具，掌握多元评价方法，多视角、全过程地评价学生发展。 53. 引导学生进行自我评价。 54. 自我评价教育教学效果，及时调整和改进教育教学工作
	（十三）沟通与合作	55. 了解中学生，平等地与中学生进行沟通交流。 56. 与同事合作交流，分享经验和资源，共同发展。 57. 与家长进行有效沟通合作，共同促进中学生发展。 58. 协助中学与社区建立合作互助的良好关系
	（十四）反思与发展	59. 主动收集分析相关信息，不断进行反思，改进教育教学工作。 60. 针对教育教学工作中的现实需要与问题，进行探索和研究。 61. 制定专业发展规划，不断提高自身专业素质

3. 实施建议

（1）各级教育行政部门要将《专业标准》作为中学教师队伍建设的基本依据。根据中学教育改革发展的需要，充分发挥《专业标准》引领和导向作用，深化教师教育改革，建立教师教育质量保障体系，不断提高中学教师培养培训质量。制定中学教师准入标准，严把中学教师入口关；制定中学教师聘任（聘用）、考核、退出等管理制度，保障教师合法权益，形成科学有效的中学教师队伍管理和督导机制。

（2）开展中学教师教育的院校要将《专业标准》作为中学教师培养培训的主要依据。重视中学教师职业特点，加强中学教育学科和专业建设。完善中学教师培养培训方案，科学设置教师教育课程，改革教育教学方式；重视中学教师职业道德教育，重视社会实践和教育实习；加强从事中学教师教育的师资队伍建设，建立科学的质量评价制度。

（3）中学要将《专业标准》作为教师管理的重要依据。制定中学教师专业发展规划，注重教师职业理想与职业道德教育，增强教师育人的责任感与使命感；开展校本研修，促进教师专业发展；完善教师岗位职责和考核评价制度，健全中学绩效管理机制。中等职业学校参照执行。

（4）中学教师要将《专业标准》作为自身专业发展的基本依据。制定自我专业发展规划，爱岗敬业，增强专业发展自觉性；大胆开展教育教学实践，不断创新；积极进行自我评价，主动参加教师培训和自主研修，逐步提升专业发展水平。

九、终身学习

"终身教育"这一术语是 1965 年在联合国教科文组织主持召开的成人教育促进国际会议期间，由联合国教科文组织成人教育局局长法国的保罗·朗格朗正式提出来的，终身教育是全球性的教育运动。1996 年，在第四十五届国际大会上，由德洛尔任主席的国际 21 世纪教育委员会向联合国教科文组织提交了一份《教育：财富蕴藏其中》的报告书。该报告提出了终身学习社会教育的四个关键问题：① 学会做人；② 学会认知；③ 学会做事；④ 学会共同生活。报告强调应对这些方面给予同样的重视，这样教育就会被视为一个完整的、一生的经历。

（一）终身学习的必要性

（1）在终身教育社会背景下，学校正在被要求发挥教育变革的重要作用，教师被要求成为这个变革过程的核心。

（2）作为教师个体，需要在这个时代背景下发挥他们的主体作用，实现个体的终身发展。

（3）现代教师应该是"普通人"和"教育者"的复合体，在"教育者"角色方面，教师又是"学生社会化和个性化的承担者"和"自身社会化和个性化的承担者"的统一体。这种角色的双重性，使教师摆脱了传统的至高无上的"权威""完人""圣职"的角色枷锁，与普通人一样享有自我发展的机会和权利。

教育改革和社会发展使得教师自身的社会化不再是一次性能够完成的，不是职前系统定向的培养就能终身胜任的，教师的继续社会化应当延伸和覆盖教师职业生涯，教师应当成为一个学习者、成为学习共同体的一员。教师通过不断的自主学习、自我监控、实践反思、探究和研修，实现自我的更新与发展。

（二）终身学习的意识

随着信息社会、知识社会的到来，知识的更新与淘汰的速度加快，因此，人们要与社会和行业的新要求相适应，就必须不断获得新的知识技能，必须不断学习，把学习作为生活和职业的一部分。目前，建设学习型社会、学习型城市、学习型组织、学习型家庭等，已经成为大家的共识和普遍的运动。对教育界来说，本质上说是个知识密集的领域，是个知识生产和传播的领域，这种变化尤为突出，所以，教师应该成为终身学习的典范。

终身学习的意识有：

（1）不断学习的意愿，把学习看作生活的一部分，成为生活的需要，成为生活的习惯。这是在学习中养成的，而不是天生的。

（2）安排出一点时间进行学习，无论是比较专门的时间，还是生活中的"边角料"，都尽可能用来学习。

（3）把学习与工作改进、生活改进等联系起来，使学习有所运用，发挥学习的作用，不是为学习而学习，而是为变化为发展而学习，要有强烈的应用意识。

（4）掌握学习的方法和技术，提高学习的效率。因为知识信息十分庞杂，不善于选择，不善于抓核心，学习效果就会受到影响，自己的发展也会受到制约。

（三）教师终身学习的可行性

1. 教师终身学习的内容

（1）学会学习。在当今社会，学会获取知识的方法比获取知识本身更为重要。学会学习，养成良好的学习习惯，使学习成为自己的一种生活方式将是每一个人未来生活幸福和愉快的保证。

（2）通晓自己所教的学科，成为学科专家。人们越来越清楚地认识到，教师只有接受严格、高层次的学科教育，才有可能在教学过程中应付自如、得心应手。仅仅接受中等教育和最低层次的高等教育是不可能全面掌握一门学科。一个合格的教师应全面学习一门学科，包括学科历史、学科结构体系、学科基础理论、学科知识应用以及跨学科知识等。

（3）学习有关教育的学问。未来的教师必须是一个教育专家，必须在学习专业学科的同时掌握其他有关教育的学问，如心理学、教育哲学、教育技术、管理学等。

（4）学习信息技术。教育信息化主要强调将现代化信息技术转化为现代教学手段。它包括两类：一类是视听技术，如广播、电影、影视、录像等；另一类是信息处理技术，主要是计算机的操作技术。

2. 教师终身学习的途径

终身学习可通过两条途径来进行：一是系统教学，二是自学。因为任何一个教育体系，都不可能替代学习者的所有学习，特别是自学。因此，只有学习者把教育系统中的学习与自学有机协调起来，并在其一生中交替进行，终身学习才能最终实现。

3. 教师终身学习的方法

（1）参加系统的终身学习。我国重视中小学教师的继续教育问题，全国各地都实施继续教育的系统工程。教育部明确要求，中小学教师要定期轮训。

（2）参加校本学习。通过校本培训把知识转化为解决问题的技能、技巧，不断提高自己的教学技能和技巧。

（3）参加各类成人教育。如函授学习、电大学习、各类自学考试等。

（4）借助媒体学习。可通过光盘、磁带、电视、上网查询等方法学习外地先进的教学经验，提升自己的教学能力。

（四）教师终身学习在教学中的作用

"学高为师，身正为范"，作为一名教师，不仅要有崇高的师德，还要有深厚而扎实的专业知识。只有树立终身学习的思想，不断充实自己，拓宽知识视野，才能在学生心目中树立起较高的威信。教师终身学习在教学中的作用，具体来说有以下方面：

（1）提高课堂教学效率。社会在发展，知识领域在扩展和更新，教材也在更新改革，学生的认识水平也具有更高的起点，在这种情形下，教师只有不断学习来提高自己的专业水平和教学方法，对自己所教的科目有十足的信心，才能提高课堂教学的效率。

（2）教学发展的需要。尽管教师在教学过程中能够主动、积极地获取新知识，但由于年龄、时间、精力等因素的限制，再加上新知识的产生速度大于人们学习和掌握它的速度，因此，随着时间的推移，教师原有的学科知识特别是所教学科以外的知识，因不常用被逐渐遗忘。这些客观因素导致教师在知识和能力上逐渐欠缺。因此，终身学习是教师补偿知识和能力的有效手段，这既是教师专业发展的需要，又是搞好现代教育教学的需要。

（3）带动学生树立终身学习的观念。教师不仅要转变传统的知识传授者的角色观念，成为学生学习的促进者和协助者，而且其自身的学习不应该是一次性的学习，而应是持续的学习，以扩展知识领域，学习要贯穿自己整个教育生涯。提高和积累专业知识是为了帮助和促进学生成为终身学习者，教师需要以自身的行为和态度来感化学生成为学习的示范者。

真题再现

1.（2016年单项选择）学校派骨干教师王老师外出参加培训。王老师说："我经常给别人做讲座，哪还需要去接受培训？还是让刚参加工作的年轻人去吧！"关于此事的下列说法中，正确的是（   ）。

    A. 王老师具有团队协作的意识   B. 王老师具有专业发展的意识

    C. 王老师缺乏终身学习的意识   D. 王老师缺乏课程建设的意识

    答案：C。【解析】题干中的王老师认为自己的教学经验已经足够丰富了，因而拒绝参加培训，体现了他不积极学习新内容，缺乏终身学习的意识。

2.（2014年单项选择）五十多岁的胡老师又一次拒了学校要他参加暑假培训的安排，并说："我都快要退休了，还学什么！"这表明胡老师缺乏（   ）。

    A. 终身学习的理念   B. 热爱学生的情怀

    C. 诲人不倦的品格   D. 严谨教学的精神

    答案：A。【解析】终身学习要求教师不断学习新知识，掌握新技能。胡老师认为自己要退休了，就不再学习，这是没有坚持终身学习理念的体现。

3.（2014年单项选择）周老师自入职以来，积极参加市里和学校组织的各种教研及培训活动，跟踪学科前沿发展动态，学习新知识、新方法，不断更新知识结构。这表明周老师具有（   ）。

    A. 尊重学生的理念   B. 终身学习的意识

    C. 教学管理的能力   D. 课程开发的能力

    答案：B。【解析】终身学习要求教师不断获得新技能，把学习当作生活和职业的一部分。周老师积极参加市里和学校组织的各种教研及培训活动，跟踪学科前沿发展动态，学习新知识、新方法，不断更新知识结构，都是终身学习的体现。

4.（2015年单项选择）焦老师积极参加教师培训，返校后主动与同事交流学习心得，并用于实践教学。此说法不正确的是（   ）。

    A. 体现了终身学习   B. 有助于师生共同发展

    C. 推动了学校的校本研究   D. 有助于增进学校合作

    答案：C。【解析】焦老师"参加教师培训"是终身学习的表现；"返校后主动与同事交流学习的心得"体现了学校间知识的交流，促进了学校合作；把学习成果用于实践教学，这有助于师生共同发展。

十、教师的教学观

（一）我国当前教学改革的主要观点

我国当前的课程改革同教育思想联系密切，以现代教育思想为背景和基础，课程改革过程体现和渗透了现代教学思想。主要体现在以下几个方面：

1. 全面发展的教学观

（1）结论与过程的统一。

结论与过程的关系反映的是学科内部知识、技能与过程、方法的关系。从学科本身来讲，过程体现该学科的探究过程与探究方法，结论表征该学科的探究结果（概念原理的体系），二者是相互作用、相互依存、相互转化的关系。从教学角度来讲，教学的结论，即教学所要达到的目的或所需获得的结果；教学的过程，即达到教学目的或获得所需结论而必须经历的活动程序。教学的重要目的之一，就是使学生理解和掌握正确结论，所以必须重结论。但是，学生如果不经过一系列的质疑、判断、比较、选择，以及相应的分析、综合、概括等认识活动，即如果没有多样化的思维过程和认知方式，没有多种观点的碰撞、论争和比较，结论就难以获得，也难以真正得到理解和巩固。更重要的是，没有以多样性、丰富性为前提的教学过程，学生的创新精神和创新思维就不可能培养起来。所以，不仅要重结论，更要重过程。因此，新课程把过程与方法本身作为课程目标的重要组成部分，从而从课程目标的高度突出了过程与方法的地位。

（2）认知与情意的统一。

学习过程是以人的整体的心理活动为基础的认知活动和情意活动相统一的过程。认知因素和情意因素在学习过程中是同时发生、相互作用的，它们共同组成学生学习心理的两个不同方面，从不同角度对学习活动施予了重大影响。如果没有认知因素的参与，学习任务不可能完成；同样，如果没有情意因素的参与，学习活动既不能发生也不能维持。

2. 交往与互动的教学观

教学是教师的教与学生的学的统一，这种统一的实质是交往。据此，现代教学论指出，教学过程是师生交往、积极互动、共同发展的过程。没有交往、没有互动，就不存在或未发生教学，那些只有教学的形式表现而无实质性交往发生的"教学"是假教学，把教学本质定位为交往，是对教学过程的正本清源。它不仅在理论上超越了历史上的"教师中心论"和"学生中心论"、现实中的"学生特殊客体论"和"主导主体论"，而且具有极其重要的现实意义。

教学中的师生交往具有以下属性：师生交往的本质属性是主体性，交往论承认教师与学生都是教学过程的主体，都是具有独立人格价值的人，两者在人格上完全平等，即师生之间只有价值的平等，而没有高低、强弱之分。

师生交往的基本属性是互动性和互惠性。交往论强调师生间、学生间动态的信息交流，通过信息交流实现师生互动，相互沟通、相互影响、相互补充，从而达成共识、共享、共进，这是教学相长的真谛。交往昭示着教学不是教师教、学生学的机械相加。交往还意味着教师角色定位的转换——教师由教学中的主角转向"平等中的首席"，从传统的知识传授者转向现代学生发展的促进者。可以说，创设基于师生交往的互动、互惠的教学关系，是新课程教学改革的一项重要任务。

以交往与互动为特征的教学，常常要借助"对话"来实现。按照雅斯贝尔斯的说法，"对话是真理的敞亮和思想本身的实现"，是一种"在各种价值相等、意义平等的意识之间相互作用的特殊式"。它强调的是双方的"敞开"与"接纳"，是一种在相互倾听、接受和共享中实现"视界融合"

与精神互通，共同去创造意义的活动。可以说教学对话是师生基于互相尊重、信任和平等的立场，通过言谈和倾听而进行的双向沟通、共同学习的过程。

3. 开放与生成的教学观

（1）开放，从内容角度来讲，意味着科学世界（书本世界）向生活世界的回归，生活世界是科学世界的基础，是科学世界的意义之源，教育必须回归生活世界、回归儿童的生活。传统教育把学生固定在"书本世界"或"科学世界"里。

（2）开放，从过程角度来讲，人是开放性的、创造性的存在，教育不应该用僵化的形式作用于人，否则就会限定和束缚人的自由发展。课堂教学不应当是一个封闭系统，也不应拘泥于预先设定的固定不变的程式。预设的目标在实施过程中需要纳入直接经验、弹性灵活的成分以及始料未及的体验，要鼓励师生互动中的即兴创造，超越目标预定的要求。

（3）开放的最终目的是生成。课堂教学应该关注在生长、成长中的人的整个生命。对智慧没有挑战性的课堂教学是不具有生成性的，没有生命气息的课堂教学也不具有生成性。

（4）从生成的内容来看，课堂生成既有显性生成，又有隐性生成。显性生成是直接的、表层的，隐性生成是间接的、深层的。从生成的本义来说，生成主要指隐性生成，隐性生成最具有发展功能。

（5）从生成的主体来看，课堂生成有学生生成，也有教师生成，即课堂教学不仅要成全学生，也要成全教师。课堂教学要成为教师自我提高、自我发展、自我完善、自我实现、自我欣赏的一种创造性的劳动。

全面发展的教学观是从教学目的的角度提出来的，交往与互动的教学观是从师生关系的角度提出来的，开放与生成的教学观是从教学过程与教学结果的角度提出来的，这三种教学观虽是从不同角度提出来的，但彼此间是相互联系、相辅相成的。我们必须从整体高度把握每一种观念的精神实质，才能正确引领新课程的教学改革。

（二）我国当前教学改革的趋势

当代社会正从工业社会向信息社会转型，当代教育正从专才教育向通识教育转变。从重心转移的角度看当代教学的变革主要体现为以下六大趋势：

1. 从重视教师向重视学生转变

随着社会的发展，传统的"教师中心说"受到越来越深刻的批判。人们看到教师并不是支配课堂教学活动的绝对权威，学生虽然是教育对象，但却是学习活动的主体和主人。教师当然重要，但更重要的是学生。因此，研究学生身心发展的规律，研究学生在课堂情境中的学习规律，并遵循这些规律组织、安排教学，成了当代流行的一般教学观念和教学行为。

2. 从重视知识传授向重视能力培养转变

当代社会，科学技术的飞速发展导致了"知识爆炸"，知识经验陈旧周期变短，掌握全部或大部分知识既不可能也失去了必要性，重视知识传授的教学观受到了严峻挑战。因此，教学的主要任务不再只是知识的传授而是学生能力的培养，着重培养学生学习、掌握和更新知识的能力，即"授人以渔"。

3. 从重视教法向重视学法转变

当代社会，人们深刻地认识到，仅仅重视教法已落后于时代的客观要求，教学过程实质上应该是学生主动学习的过程，教学设计的实质是学生学习目标、学习内容、学习进程、学习方式、学习辅助手段以及学习评价的设计。目前，各种流行而且影响较大的教学方法，比如问题解决法、发现学习法、学导式方法、掌握学习法、异步教学法等，无不渗透重视学法的精神。

4. 从重视认知向重视发展转变

当代社会，人们发现知识甚至智力并不是影响人生成功与否的重要因素，最重要的因素是人的情感，进而提出了"情感智慧"的新概念，与已有的认知智慧概念相互对应、统一。同时，教学中重视体质发展也成了一个迫切的现实问题。超越唯一的认知，重视儿童身体、认知和情感全面而和谐的发展成为当代教学观念的基本精神。

5. 从重视结果向重视过程转变

当代社会，人们意识到教学结果是重要的，但更重要的是教学过程中学生的切身体验，包括学生的认知体验、情感体验以及道德体验等，正是这种体验决定着教学的最终结果。因此，第一，强调激发学生的兴趣，力求形成学生强烈的学习动机和乐学、善学的学习态度；第二，强调在教师启发引导的基础上，让学生通过独立思考获得对基础知识的领悟和技能、技巧的形成；第三，强调"知一情"对称，注重学生在学习过程中对寓于知识经验中情感的充分觉察和体验；第四，注重教学方法的灵活多样以及多种方式和方法的综合应用，为儿童设计出合乎年龄特点的活动，促使学生在学习过程中得到充分发展。

6. 从重视继承向重视创新转变

当代社会，人们认为教学的重要功能就是创造文化，学生的主要任务就是通过掌握知识经验，形成创造文化和创新生活的能力。无论是重视学生、重视能力、重视学法，还是重视发展、重视过程，都是重视创新的体现。

高频考点训练

一、单项选择题

1. 教师要根据不同的教学内容和条件，选择和创造不同的教学方法。这说明教师劳动具有（　　）的特点。

    A. 创造性　　　　　B. 尝试性　　　　　C. 示范性　　　　　D. 社会性

2. 教师职业最大的特点在于职业角色的（　　）。

    A. 系统化　　　　　B. 专门化　　　　　C. 复杂化　　　　　D. 多样化

3. 新课程改革要求教师的教学行为发生的变化表现在（　　）。

    A. 在对待自我上，新课程强调反思

    B. 在对待师生关系上，新课程强调权威、批评

    C. 在对待教学关系上，新课程强调教导、答疑

    D. 在对待与其他教育者的关系上，新课程强调独立自主精神

4. 教师专业发展的内在动力是（　　）。

    A. 专业知识　　　B. 专业发展意识　　　C. 专业能力　　　D. 专业态度

5. 教师个体专业化发展最直接、最普遍的途径是（　　）。

    A. 师范教育　　　　B. 在职培训　　　　C. 自我教育　　　　D. 入职培训

6. "学生易激怒，不愿合作，而且可能背后伤人。"这可能是教师哪种管理类型造成的（　　）。

    A. 强硬专断型　　　B. 放任自流型　　　C. 仁慈放任型　　　D. 民主管理型

二、材料分析题

这是一位青年教师的教学反思札记：这是一节公开课，内容是《北大荒的秋天》。当学到"北大荒的小河"这一段时，突然有一个学生站起来问："老师，'明镜一样的小河'能换成'明净的小河'吗？"我愣了一下，这个问题让我觉得有些突然。我没有直接说不能。于是，我给了大家

一个"提示"，在黑板上写了"明镜"和"明净"。果然，一个孩子说："不能，因为两个词虽然读音相同，但意思并不相同。"我为顺利解决难题而沾沾自喜。下课了，一位有丰富语文教学经验的老师对我说："现在，你看这两个词可不可以换呢？"我仔细一想，真的能换！他接着说："其实，这两个词可以换，但你可以提醒学生注意当'明镜一样的'换成'明净'时才读得通。当然，用'明镜'更形象一些。"我惭愧极了，原来我最精彩的地方竟然是自己失误的地方！

请用现代教育理念的相关知识分析这位青年教师的失误给我们带来的启示。

参考答案及解析

一、单项选择题

1. 答案：A。【解析】题干所述内容是指教师在教学方法上要不断更新，这体现了教师劳动的创造性。

2. 答案：D。【解析】略。

3. 答案：A。【解析】在对待师生关系上，新课程强调尊重、赞赏；在对待教学关系上，新课程强调帮助、引导；在对待自己上，新课程强调反思；在对待与其他教育者的关系上，新课程强调合作。

4. 答案：B。【解析】略。

5. 答案：C。【解析】教师的自我教育就是专业化的自我建构，是教师个体专业化发展最直接、最普遍的途径。

6. 答案：A。【解析】强硬专断型的教师，对学生时时严加看管，要求即刻无条件地接受一切命令，他认为表扬可能宠坏学生，所以很少表扬学生；认为没有教师的监督，学生就不可能自觉学习。学生的典型反应为屈服，但一开始就不信服和厌恶这种领导。推卸责任是常见的事情，学生易激怒，不愿合作，而且可能背后伤人，教师一旦离开教室，学习就明显松垮。

二、材料分析题（答案要点）

（1）教师应该转变自己的教学观。首先，教学过程是师生交往、积极互动、共同发展的过程。材料中的这位教师在解答学生提出的问题时，并没有注重与学生之间的互动，成了自己心中答案的"引导者"，忽略了学生自我思考能力的培养。其次，教学重过程甚于重结论。材料中的这位教师急于得到自己想要的答案，反而忽略了问题探讨的过程。

（2）教师要学会转变自己的角色。从材料中教师与学生的关系来看，教师应该是学生学习的促进者，要大胆地让学生自己去感悟、辩论，使教师成为学生学习的引路人。

（3）在对待教学关系上，教师应注重帮助和引导。教师应该帮助学生解决学习中遇到的问题，引导学生学会解决问题。同时，教师的引导要做到含而不露、开而不达、引而不发，而不能像材料中的这位教师直接给予"提示"。

第二章

教育法律法规

考纲内容

1. 有关教育的法律法规

（1）了解国家主要的教育法律法规，如《中华人民共和国教育法》《中华人民共和国义务教育法》《中华人民共和国教师法》《中华人民共和国未成年人保护法》《中华人民共和国预防未成年人犯罪法》《学生伤害事故处理办法》等

（2）了解《国家中长期教育改革和发展规划纲要（2010—2020年）》的相关内容

2. 教师权利和义务

（1）理解教师的权利和义务，熟悉国家有关教育法律法规所规范的教师教育行为，依法从教

（2）依据国家教育法律法规，分析评价教师在教育教学实践中的实际问题

3. 学生权利保护

（1）了解学生权利保护的相关教育法规，保护学生的合法权利

（2）依据国家教育法律法规，分析评价学生教育工作中的学生权利保护等实际问题

题型：单项选择题 材料分析题

分值：约占总分的12%，约18分

第一节　教育法律法规概述

主要知识点

1. 教育法律法规的内涵以及类别
2. 教育法律关系的内涵及其构成要素
3. 教育法律责任的内涵及其类型
4. 教育法律救济的内涵、救济方式及其主要途径

一、教育法概述

（一）教育法的含义

教育法有广义与狭义之分。根据制定教育法律的主体权限与性质的不同，广义的教育法是指国家制定或认可，并由国家强制力保证实施的调整教育活动中各种社会关系的法律规范的总和。广义教育法的制定主体是多元的，既包括国家权力机关，也包括国家行政机关，还包括地方权力机关和地方行政机关。

在我国，广义的教育法律包括全国人民代表大会及其常务委员会制定的教育法律，国务院制定的教育行政法规，省级人民代表大会制定的地方性教育法规，国务院所属各部委制定的部门规章，省级人民政府制定的教育行政规定等。

狭义的教育法仅指由国家权力部门（或立法机关）制定的教育法律，在我国是指由全国人民代表大会及其常务委员会所制定的教育法律。它是我国法律的渊源，国务院及其各部委、地方权力机构等制定的法律、规章、规定等都不得与此相抵触。

（二）教育法的功能

教育法的功能指的是教育法的属性、内容及其结构所决定的教育法的潜在效用。它是教育法具有生命力的内在依据。教育法的核心内容是对教育权利和教育义务的确认和规定，以明确不同的教育主体所享有的权利和应履行的义务，以及违法的责任承担。

教育法具有如下功能：

1. 规范功能

教育法是通过规定教育主体在法律上的权利和义务及其实施后所承担的责任来调整教育活动和教育关系的。

2. 标准功能

教育法律规范是人们教育行为的标准，人们进行教育行为还是不进行教育行为是以教育法律为准绳的。

3. 预示功能

教育法律规范使人们可以预先知晓或估计到如何开展教育活动和在什么范围内开展教育活动。

4. 强制功能

法律是国家意志的体现，仅靠人们的自觉遵守是不够的，必须以强制力为后盾，使其坚决贯彻执行。

（三）教育法律法规类型

1. 依据教育法规创制方式和表达方式的不同，可以分为成文法和不成文法

成文法主要是指国家机关根据法定程序制定发布的具体系统的法律文件，也称制定法。

不成文法是指不具有法律条文形式，但国家认可其具有法律效力的法。

2. 依据教育法规的效力等级和内容重要程度的不同，可分为根本法和普通法

根本法（或称基本法）通常指规定国家根本制度、具有最高法律效力的法律，即《中华人民共和国宪法》（以下简称《宪法》）。

普通法（或称单行法）是根本法之外的其他法律，普通法不得和根本法相抵触。在我国教育法规中，《教育法》是我国教育的根本法、基本法，而《义务教育法》《教师法》等为普通法、单行法。

3. 依据教育法规规定内容的不同，可分为实体法和程序法

实体法是指规定具体权利义务内容或者法律保护的具体情况的法律，如民法、合同法、婚姻法、公司法等。

程序法是与实体法相对的，就是规定行使具体实体法所要遵循的程序的法律，如民事诉讼法、仲裁法等。

4. 根据教育法规的适用范围不同，可分为一般法和特殊法

一般法指适用于一般的法律关系主体、通常的时间、国家管辖的所有地区的法律，如《中华人民共和国教师法》。

特殊法指适用于特别的法律关系主体、特别时间、特别地区的法律，如《××省职业教育条例》。

（四）教育法的基本原则

教育法的基本原则是指教育法所固有的，指导教育法制活动全过程的全局性、根本性的准则，是有关教育立法、执法、司法以及教育法制宣传、普及和研究的基本出发点和依据。我国教育法的基本原则是我国宪法原则和法制建设原则在教育法制建设中的具体体现，也是党的基本教育方针的集中体现，反映了我国社会主义教育的基本性质和教育基本制度的特点。

1. 教育必须坚持社会主义方向的原则

我国《教育法》第三条规定："国家坚持以马克思列宁主义、毛泽东思想和建设有中国特色社会主义理论为指导，遵循宪法确定的基本原则，发展社会主义的教育事业。"这一规定指明了我国教育的指导思想性质及基本原则依据。

第五条规定："教育必须为社会主义现代化建设服务、为人民服务，必须与生产劳动和社会实践相结合，培养德、智、体、美等方面全面发展的社会主义建设者和接班人。"

第六条规定："国家在教育者中进行爱国主义、集体主义、中国特色社会主义的教育，进行理想、道德、纪律、法治、国防和民族团结的教育。"上述两条规定指明了教育的社会主义培养方向。

坚持教育的社会主义方向，还包含继承和弘扬民族优秀的历史文化传统，吸收人类文明发展的一切优秀成果。

《教育法》第七条规定："教育应当继承和弘扬中华民族优秀的历史文化传统，吸收人类文明发展的一切优秀成果。"该条规定体现了我国教育法在坚持教育的社会主义方向的同时，还重视中华民族优秀的历史文化传统和人类文明发展的一切优秀成果。

2. 教育的公共性原则

《教育法》第八条第一款规定："教育活动必须符合国家和社会公共利益。"这一规定确立了我国教育的公共性原则。

《教育法》第八条第二款规定："国家实行教育与宗教相分离。任何组织和个人不得利用宗教进行妨碍国家教育制度的活动。"这一规定要求教育对国家、人民和社会公共利益负责，保证教育制度的正常运转，并明确指明了宗教不得干涉教育活动。

《教育法》第二十六条第四款规定："以财政性经费、捐赠资产举办或者参与举办的学校及其他教育机构不得设立为营利性组织。"这说明教育法要求任何组织和个人在中国境内举办学校及其他教育机构，都应以促进学生的身心发展和教育事业的发展为主要目的，坚持教育要符合社会公共利益的原则。

《教育法》第十二条规定："国家通用语言文字为学校及其他教育机构的基本教育教学语言文

字，学校及其他教育机构应当使用国家通用语言文字进行教育教学。民族自治地方以少数民族学生为主的学校及其他教育机构，从实际出发，使用国家通用语言文字和本民族或者当地民族通用的语言文字实施双语教育。"汉语言文字是我国通用的语言文字，也是联合国工作语言文字之一。因此在教学语言文字上法律规定也体现了我国教育的公共性原则。

真题再现

（2013年单项选择）"教育活动必须符合国家和社会公共利益"，这句话体现的原则是（　　　）。

A. 国家性原则　　　　　B. 公共性原则　　　　　C. 方向性原则　　　　　D. 强制性原则

答案：B。【解析】国家和社会的公共利益，从本质上说是全体人民的利益。在我国从事教育活动，就必须符合中华人民共和国的国家利益和社会全体人民的利益，这也是我国教育公共性原则的一个重要体现。

3. 教育的保障性原则

教育不直接创造物质财富，属于公益性事业。国家为了发展教育事业，促进物质文明和精神文明的发展，必须保障教育事业的发展。

《教育法》第四条规定："教育是社会主义现代化建设的基础，国家保障教育事业优先发展。全社会应该关心和支持教育事业的发展。全社会应当尊重教师。"该条明确说明了教育的保障性原则，不仅国家保障教育事业的发展，全社会都应关心和支持教育事业，尊重教师，全方位保障教育事业的发展。

《教育法》第十九条规定："国家实行九年制义务教育制度。各级人民政府采取各种措施保障适龄儿童、少年就学。"第三十四条规定："国家保护教师的合法权益，改善教师的工作条件和生活条件，提高教师的社会地位。"

在《教育法》第七章以专章形式规定了教育投入与条件保障，明确说明了教育的物质条件保障问题，是教育保障原则的具体落实。

4. 教育平等性原则

教育平等性原则不仅是教育法的基本原则，也是宪法原则的贯彻和落实。

我国宪法第三十三条明确规定："中华人民共和国公民在法律面前一律平等。"为此我国《教育法》第九条规定："中华人民共和国公民有受教育的权利和义务。公民不分民族、种族、性别、职业、财产状况、宗教信仰等，依法享有平等的受教育的机会。"该条落实了宪法中公民教育权的规定，并加以明确说明。

为了体现教育平等，在第十条又规定："国家根据各少数民族的特点和需要，帮助各少数民族地区发展教育事业。国家扶持边远贫困地区发展教育事业。国家扶持和发展残疾人教育事业。"第三十七条规定："受教育者在入学、升学、就业等方面依法享有平等权利。"第三十八条规定："国家、社会对符合入学条件、家庭经济困难的儿童、少年、青年，提供各种形式的资助。"上述规定体现和落实了教育平等性原则。

5. 终身教育原则

随着现代科技和生产的迅速发展，知识的爆炸性增长和不断更新，需要人们不断补充新知识，由此提出了终身教育理念。我国《教育法》适应了现代社会的发展，确立了终身教育的原则。

《教育法》以法律形式肯定了终身教育原则，第十一条规定："国家适应社会主义市场经济发展和社会进步的需要，推进教育改革，推动各级各类教育协调发展、衔接融通，完善现代国民教育体系，健全终身教育体系，提高教育现代化水平。"另外第二十条规定："国家鼓励发展多种形式的继续教育，使公民接受适当形式的政治、经济、文化、科学、技术、业务等方面的教育，促进不同类型学习成果的互认和衔接，推动全民终身学习。"第四十二条规定："国家鼓励学校及其他教育机构、社会组织采取措施，为公民接受终身教育创造条件。"上述规定都体现了终身教育的原则和理念。

二、教育法律关系

（一）教育法律关系的概念

教育法律关系是由教育法律规范所确认和调整的人们在从事有关教育活动的过程中形成的权利与义务的关系。教育法律关系是一种权利义务关系，是以法律规范为前提，在法律规范基础上调整的主体之间的利益关系。在教育领域内，学校与政府、学校与社会、学校与教师、学校与学生的关系因为有相应的法律规定，故皆属于法律关系。

教育法律关系由教育法律关系的主体、客体和内容三个要素组成。教育法律关系的主体、客体和内容相互联系、相互制约、缺一不可，其中任何一个要素的改变，都会导致原有法律关系的变更。

（二）教育法律关系的分类

1. 依据教育法律关系主体的社会角色不同，可以分为教育内部的法律关系和教育外部的法律关系

教育内部的法律关系主要是指适用教育法律规范调整的教育系统内部各类教育机构、教育工作人员、教育对象之间的关系，如学校与教师的关系、学校及其管理人员与教育行政机关及其工作人员之间的关系等。

教育外部的法律关系主要是指适用教育法律规范调整的教育系统与其外部社会各方面之间发生的法律关系，这种关系的具体表现也是多种多样的。

2. 依据主体之间关系的类型，可以分为隶属型教育法律关系和平权型教育法律关系

隶属型教育法律关系是以教育管理部门为核心，向外辐射，与其他主体之间形成的教育法律关系。隶属型教育法律关系通常是指教育行政法律关系。

平权型教育法律关系是两个具有平等法律地位的教育关系主体之间产生的教育法律关系，通常视为教育民事法律关系。

3. 根据教育法律规范的职能，可以分为调整性教育法律关系和保护性教育法律关系

调整性教育法律关系是按照调整性教育法律规范所设定的教育关系模式，主体的教育权利能够正常实现的教育法律关系。

保护性教育法律关系是在教育主体的权利和义务不能正常实现的情况下，通过保护性教育法律规范，采取法律制裁手段而形成的教育法律关系。

（三）教育法律关系的构成要素

教育法律关系由教育法律关系的主体、客体和内容三个要素组成。教育法律关系的主体、客体和内容相互联系、相互制约、缺一不可，其中任何一个要素的改变，都会导致原有法律关系的变更。

1. 教育法律关系的主体

教育法律关系的主体是指教育法律关系的参加者，也就是在具体的教育法律关系中享有权利并承担义务的自然人和法人。教育法律关系的主体可分为三类：公民（自然人）、机构和组织（法人）、国家。

教育法律关系中最重要的法律主体是学生与教师。教师与学生之间的法律关系是产生教师与学生权利、义务的基础。教师与学生之间的法律关系包括：教育和被教育的关系、管理和被管理的关系、保护和被保护的关系、互相尊重的平等关系。

（1）法人。

在我国，法人分为企业法人和非企业法人两大类。企业法人指的是具备法人条件，经国家主管机关批准取得法人资格的各类企业。非企业法人包括国家机关、事业单位和社会团体。我国《教育法》第三十一条规定，社会教育组织、学校和其他依法成立的教育机构凡具备法人条件的，具有法人资格。当这些法人组织参与到教育法律关系时，就成为我国教育法律关系的主体。

（2）自然人。

自然人是指有生命且有法律人格的个人。自然人，包括公民、外国人和无国籍人。自然人是权利主体和义务主体最基本的形态。

法人是与自然人相对的，根据《中华人民共和国民法通则》（以下简称《民法通则》）第三十六条规定，法人是具有民事权利能力和民事行为能力，依法独立享有民事权利和承担民事义务的组织。《民法通则》第三十七条规定法人应当具备下列条件：① 依法成立；② 有必要的财产或者经费；③ 有自己的名称、组织机构和场所；④ 能够独立承担民事责任。上述四个条件必须同时具备才能成为法人。

2. 教育法律关系的客体

法律关系客体是法律关系主体的权利和义务所指向的共同对象，又称为权利客体和义务客体。它是将法律关系主体间的权利与义务联系在一起的中介，没有客体为中介，就不可能形成法律关系。

法律关系的客体必须符合以下条件：第一，必须是一种资源，能够满足人们的某种需要，因而被认为具有价值。第二，必须具有一定的稀缺性，因而不能被需要它的一切人毫无代价地占有利用。第三，必须具有可控性，因为可以被需要它的人为达到一定目的而占有和利用。教育法律关系客体主要典型形态有如下几类：

（1）物。

物是指在教育法律关系中，可以作为财产权对象的物品或其他物质财富，包括各种物资、财产、设施、场所、资金等。

例如：学校乱收费，就侵犯了学生的财产权，在教师与学生这一对教育法律中，客体就是学生的钱物。

（2）教育行为。

教育行为指教育关系主体的作为和不作为。

例如：教师有教育教学的权利，强调的是教师的作为。而教师有"制止有害学生的行为或者侵犯学生合法权益的行为，批评和抵制有害学生健康成长的现象"的权利，如教师发现其他教师在体罚学生而不予制止、劝告，则是一种不作为。

（3）智力成果。

智力成果指教育法律关系的主体取得或拥有的著作权、专利权、商标权、发明权等权益。这些权利受我国知识产权法律的保护，不得非法侵占。

3. 教育法律关系的内容

教育法律关系的内容是教育法律关系的主体依据法律规定享有的权利与义务，表现为法律关系主体可以做出一定的行为、可以要求他人做出或不做出一定行为。

（1）权利和义务的概念。

法律权利指的是法律关系的主体依据法律规范享有的某种权利或利益，表现为法律关系的主体可以做出一定的行为、可以要求他人做出或不做出一定的行为。一般来说，权利当中的利益是可以放弃的，但权利与职责相联系时，法律关系的主体就不可以随意放弃。

如教师因教育职业享有的公正评价学生的权利就不能放弃，否则可能构成失职。

法律义务指的是法律关系的主体依据法律规范的规定必须承担和履行某种责任，表现为法律关系的主体必须做出或不做出一定的行为。

（2）权利和义务的关系。

权利和义务相互依存，互为存在的前提。

每种权利都必然伴随某种义务，或者是作为（积极）的义务，即促使相应权利实现的特定义务；或者是不作为（消极）的义务，即不做出破坏或阻碍他人法定权利实现行为的义务。

权利的行使也不能超越法律允许的范围，即享有权利只能在法律保护的范围内才是合法的。

（3）教育权利和教育义务。

教育权利指的是由教育法律规范确认的，教育法律关系的主体依据教育法律规范所享有某种权利或利益的资格和能力。即教育法律关系的主体可以做出一定的行为，也可以要求他们做出或不做出一定行为的资格。

教育法律义务指的是教育法律关系的主体依据教育法律规范的规定必须承担和履行的某种责任，现为教育法律关系的主体必须做出或不做出一定的行为。

三、教育法的渊源

法的渊源，也称"法源"，或"法律渊源"，是指那些具有法的效力作用和意义的法的外在表现形式。教育法的渊源，就是指国家根据法定的职权和程序制定的关于教育方面的规范性文件，主要有宪法、教育法律、教育行政法规、地方性教育法规、教育行政规章、教育条例和规定。

（一）宪法

宪法是我国的根本大法，是国家法律的总章程，是我国一切立法的依据，是我国教育法的基本法源。宪法由全国人民代表大会（国家最高权力机关）制定，具有最高的法律地位和法律效力，是最高层次的法律渊源。其他形式的法律、法规都必须依据宪法制定，并为贯彻宪法服务，不得与宪法相违背，否则归于无效。

宪法作为教育法的法源，可以从两个方面去理解：一是规定了教育法的基本指导思想和立法依据，二是直接规定了教育教学活动的基本法律规范。

（二）教育法律

这里的教育法律是指狭义上的作为一种教育法渊源的教育法律，是由最高权力机关及其常设机构所制定的规范性文件。《宪法》规定国家最高权力机关及其常设机构有权制定法律。

依据法律制定机关和调整对象的不同，法律又可分为基本法律和基本法律以外的法律两种。

基本法律是全国人民代表大会制定和发布的，通常规定和调整方面具有根本性、普遍性的法律。《宪法》第六十二条规定：全国人民代表大会有权"制定和修改刑事、民事、国家机构和其他的基本法律"，1995年3月18日通过的《教育法》就是我国的教育基本法。

基本法律以外的法律是由全国人民代表大会常务委员会制定和修改的，规定和调整国家教育事业某一方面具体法律关系的法律。通常规定和调整的对象较窄、内容较具体。《宪法》第六十七条规定：全国人民代表常务委员会有权"制定和修改应当由全国人民代表大会制定的法律以外的其他法律，"包括《学位条例》《义务教育法》《教师法》《职业教育法》《高等教育法》《民办教育促进法》。

（三）教育行政法规

教育行政法规是由最高行政机关即国务院根据并且为实施宪法和法律而制定的关于国家教育行政管理活动方面的规范性文件，是我国重要的且数量很大的一种教育法的渊源。《宪法》第八十九条规定了国务院有权"根据宪法和法律，规定行政措施，制定行政法规，发布决定和命令"。

教育行政法规是国家通过教育行政机关行使教育行政权、实行国家教育行政管理的一种重要形式，其法律效力仅次于宪法和教育法律。

教育行政法规一般有三种形式，即条例、办法、规定。

如《中华人民共和国教师资格条例》《中华人民共和国学位暂行实施办法》《高等教育管理职责暂行规定》等。

（四）地方性教育法规

地方性教育法规是地方国家权力机关及其常设机关为保证宪法、法律和行政法规的遵守和执行，结合本行政区的具体情况和实际需要，依照法定权限，通过和发布的规范性教育法律文件。

根据宪法规定，地方性法规的立法目的在于根据本行政区域的具体情况和实际需要，实施宪法、法律和行政法规，其前提是不得同宪法、法律和行政法规相抵触，是民族自治地方的人民代表大会根据宪法和法律规定，依据当地民族的政治、经济和文化特点，制定的规范性文件。这些自治法规中有关教育的内容，也是教育法的法源，地方性法规的名称，通常有条例、办法、规定、规则、实施细则等。地方性法规只在本行政区域内有效。

如江苏省六届人大二次会议通过的《江苏省普及初等义务教育暂行条例》、上海市八届人大四次会议审议通过的《上海市普及义务教育条例》等。

（五）教育行政规章

教育行政规章包括部门教育规章和地方性教育规章。部门教育规章是指国务院所属各部门制定的规范性的教育法律文件。地方性教育规章是指地方国家行政机关制定的规范性教育法律文件。新中国成立以来，我国最高教育行政机关和地方国家行政机关颁布了大量教育行政规章，这些也是我国教育法的重要法律形式之一。

四、教育法律责任

在实际工作中并非所有的教育法律关系主体都能依法履行责任，这就需要对违法责任人进行处理，强制其承担相应的法律责任。同时，对受到侵害的相对人，应实施补救，即实施法律救济。依法追究违法主体的法律责任是教育法规实施的重要保证。

（一）教育法律责任的含义

法律责任具有广义和狭义两种解释。就广义而言，它具有两方面的含义：

一是指根据法律的规定，人们所应当履行的义务，即法定义务。它要求人们主动、自觉地履行。《教育法》规定的学校、教师以及学生应该履行的义务等，这些一般被称为第一性的义务。

二是指行为人因实施的违法行为而必须承担的惩罚性法律后果，它具有强制性。

如《教育法》中有关行政处分规定，违法行为人必须接受处罚，它是由于违反第一性义务而引起的义务，通常被称为第二性义务。

狭义上所讲的法律责任仅指后一种含义，即第二性的义务。

我们通常对法律责任定义为：法律责任是法律关系的主体由于实施了违法行为，必须依法承担的具有强制性和惩罚性的法律后果。

（二）教育法律责任的构成要件

教育法律责任的构成要件是指构成教育法律责任的各种必备条件。它是执法机关要求行为人承担法律责任的标准。

根据违法行为的一般特点可以把教育法律责任的构成要件概括为以下四个方面：

1. 有损害事实的存在

有损害事实的存在即行为人有侵害教育管理、教学秩序及从事教育教学活动的公民、法人和其他组织的合法权益的客观事实存在。

违法对社会所造成的损害，有两种情况：

一种是违法行为造成了实际损害。如体罚学生致学生身体受到伤害。

另一种是违法行为虽未实际造成损害，但已存在这种可能性，如不及时补救将会造成实际危害。如有关部门明知学校房屋有倒塌的危险，却拒不拨款维修。

违法行为造成的损害后果，表现为物质性的后果和非物质性的后果。物质性的后果具体、有形、能够计量。如挪用学校建设经费，其数额可以计算。非物质性的后果抽象、无形、难以计量。如教师变相体罚学生，造成学生精神、心理上长期伤害，恶劣影响无法计算。

2. 损害行为违反教育法律

损害行为违反教育法律即行为人实施了违反教育法律、法规的行为。假若行为人的行为没有违法，他就不承担法律责任。行为违法是构成教育法律责任的前提条件，没有违法行为就没有法律责任。

这个条件也包括两个方面的含义：

一方面，违法行为指行为的违法性。只有行为违反了现行法律的规定才是违法行为。这种违法行为可以是积极的作为，如考试作弊，殴打、侮辱教师，侵占学校财产；也可以是消极不作为，如不及时维修危房、拖欠教师的工资等。

另一方面，违法行为必须是一种付诸实践的行为。人的行为虽然受思想支配，但是如果思想不表现为行为，则并不构成违法。内在的思想，只有表现为外在的危害行为时，才可能构成违法。

3. 行为人主观上有过错

所谓过错，是指行为人在实施行为时，具有主观上的故意或过失的心理状态。

所谓故意的心理状态，是指行为人明知自己的行为会发生危害社会的结果，希望或放任这种危害结果的发生。

例如，教师明知体罚学生的行为会给学生的身心造成不利影响，但明知故犯，致使学生发生伤害事故的。

所谓过失的心理状态，是指行为人在本应避免危害结果发生时，但由于疏忽大意或者过于自信而没有避免，以致发生危害结果。

例如，教师教育方式不当而导致学生的自杀行为，该教师的行为即有过失的因素。

4. 违法行为与损害事实之间有因果关系

违法行为与损害事实之间有因果关系，即违法行为是导致损害事实发生的原因，损害事实是违法行为造成的必然结果，二者之间存在着内在的必然的联系。前者决定后者的发生，后者是前者的必然结果。因果关系是承担法律责任的重要条件之一。

（三）教育法律责任的类型

可以从不同的角度，按照不同的标准，将法律责任分为不同的类型。根据违法主体的法律地位、违法行为的性质和危害程度的不同，可以将教育法律责任分为行政法律责任、民事法律责任和刑事法律责任三种。在特定情况下还可以追究违宪责任。

1. 行政法律责任

行政法律责任是指行为人实施了违反行政法规的行为而应承担的法律责任，简称行政责任。依据教育法的规定，承担教育行政法律责任的方式主要包括行政处分和行政处罚。

（1）行政处分。

行政处分是由国家机关或企事业单位对其所属人员予以的惩戒措施，包括警告、记过、记大过、降级、降职、撤职等。行政处分有时也称纪律处分。

（2）行政处罚。

行政处罚是指国家行政机关依法对违反行政法律规范的组织或个人进行的行政制裁。行政处罚的种类很多，以行政处罚的内容为标准，行政处罚可分为四类：

① 申诫罚。属最轻微的处罚，表现形式有警告、通报等。

② 财产罚。主要有罚款、没收等形式。

③ 行为罚。是限制或剥夺违法者特定行为能力的一种制裁，主要有停止营业、扣留或吊销许可证。

④ 人身罚。是限制或剥夺违法者人身自由的处罚，是最严厉的一种行政处罚，人身罚主要有行政拘留（最高期限为15天）和劳动教养（期限为1～3年）。

（3）行政法律责任的特征表现为：

行政责任是基于违反行政法律规定的义务而产生的法律责任，主要包括四个方面：

① 是行政机关的行政责任。

国家的行政机关应依照法定授权，履行行政管理的职责。国家行政机关在行使管理权力时，也有保障相对人合法权益的义务。滥用职权和不履行义务将承担相应的法律责任。

② 行政相对人的行政责任。

行政机关在依法对相对人进行管理时，相对人应服从行政机关的命令和决定。否则，行政管理机关可以追究其行政责任。

③ 是国家行政机关内部工作人员的行政责任。

国家行政机关工作人员是代表国家行政机关行使国家权力的，如果有滥用职权和违反职责的行为，表明他们的行为已超出法定限度，为此他们将承担个人责任。

④ 是行政受托人的行政责任。

公民和组织受行政机关委托进行一定的行政活动，必须在规定的授权范围内行使权利和承担义务，如果超出这个范围将承担一定的行政责任。

2. 民事法律责任

民事法律责任是指由于人们实施违反民事法律所规定的行为所导致的赔偿或补偿的法律责任，简称民事责任。

民事法律责任的特点表现为：

（1）民事责任基于民事违法行为产生。

这主要包括合同之债和侵权之债，即违反合同的民事责任和侵权的民事责任。违反合同的民事责任是指合同当事人违反合同的约定而应承担的财产责任。侵权的民事责任,是指行为人因侵害他人合法财产权利或人身权利而应担的财产责任或其他责任。

(2) 民事责任可以是财产责任也可以是非财产责任。

民法主要是调整平等主体之间财产关系和人身关系。其中,即使是因人身关系而导致的纠纷,如侵犯姓名权、名誉权等,其承担责任方式也可以是财产责任。

(3) 民事责任适用当事人协商解决。

依据《民法通则》的规定,承担民事责任的方式主要有:停止侵害;排除妨碍;消除危险;返还财产;恢复原状;修理、重作、更换;赔偿损失;支付违约金;消除影响、恢复名誉;赔礼道歉。人民法院在审理民事案件时,除适用上述规定外,还可以予以训诫,责令具结悔过,收缴进行非法活动的财物和非法所得,并可以依照法律规定处以罚款,拘留。

3. 刑事法律责任

刑事法律责任是指由于实施违反刑事法律规定的行为所导致的法律责任,简称刑事责任。刑事责任是一种惩罚最为严厉的法律责任。

(1) 刑罚的种类。

刑罚是承担刑事责任的方式。根据《中华人民共和国刑法》(以下简称《刑法》)的规定,刑罚分为主刑和附加刑。

主刑的种类有:管制、拘役、有期徒刑、无期徒刑、死刑。附加刑的种类有:罚金、剥夺政治权利、没收财产。

(2) 刑事法律责任的特点表现为:

① 承担刑事责任的依据是严重违法行为,即由犯罪行为引起,其社会危害性大。一般的违法行为、不触犯刑法的行为,不承担刑事责任。

② 认定和追究刑事责任的是审判机关,即只有人民法院按照刑事诉讼程序才能决定行为人是否应承担刑事责任。

4. 违宪责任

教育作为宪法确定的公民基本权利之一,与宪法所规定的教育基本制度密切相关。同时,依据宪法和有关教育法的规定,公民对义务教育以外的其他教育具有选择的自由、参与平等竞争的自由,以及教育者具有学术自由等。这些权利的获得,均以宪法为根本来源。因此,在一定情况下,产生违宪责任也是可能的。

五、教育法律救济

(一) 教育法律救济概述

1. 教育法律救济的概念与特征

教育法律救济是指教育法律关系主体的合法权益受到侵犯并造成损害时,通过裁决纠纷,使受害者的权利得以恢复,利益得到补救的法律制度。教育行政主体或其他国家机关或社会组织如果侵犯了行政相对人的合法权益,相对人可以通过申诉、复议、行政诉讼或调解等方式获得法律上的补偿。在教育领域中主要运用的法律救济方式包括教师申诉制度、受教育者申诉制度、行政复议、行政诉讼、行政赔偿和民事诉讼。其特征如下:

(1) 纠纷的存在是教育法律救济的基础。教育法律救济制度是与纠纷的处理相联系的。在社会生活中,纠纷通常表现为某种社会关系上的利益矛盾与冲突,而这种矛盾和冲突,往往是由某种侵权行为所导致的。有纠纷就要求有解决纠纷的程序和制度,通过裁决纠纷去补救受损一方的合法权益。法律救济制度也就此应运而生。

（2）损害的发生是教育法律救济的前提。任何法律上的救济，都是因为发生了侵权损害，无侵权损害就无所谓救济。即使发生了侵权行为但没有造成损害，也不存在救济问题。所以，就其实质而言，侵权损害是法律救济的前提。

（3）补救受害者的合法权益是教育法律救济的根本目的。教育法律救济的目的就在于补救相对人受损害的合法权益，为其合法权益提供法律保护。"权力"不需要救济，因为权力本身就是一种可以强制他人服从的力量。而"权利"对别人则没有任何强制性的支配力，它的运用不能直接制止某种侵害行为，也不能采取任何强制性的措施，因此，权利需要法律救济制度来保障。

（4）具有补救与监督双重作用。

2. 教育法律救济的作用

（1）保护教育法律关系主体。教育法律关系主要表现为教师与学生、学生与学校、教师与学校、教师和学生与教育行政部门、学校与教育行政部门等之间的关系。

（2）维护教育法律的权威。

（3）促进教育行政部门依法行政。

（4）有利于推进教育法制建设。

3. 教育法律救济的途径

法律救济的途径是指相对人的合法权益受到损害时，请求救济的渠道和方式。法律救济的渠道有四种：行政渠道、司法渠道、仲裁渠道和调解渠道。其中，行政渠道、仲裁渠道和调解渠道统称为非诉讼渠道。

（1）行政渠道。行政救济渠道主要有行政申诉和行政复议两种方式。行政救济是教育法律救济的主要方式。

（2）司法渠道。司法渠道又称诉讼渠道，是指相对人就特定的侵权行为向人民法院提起诉讼，请求救济。

（3）仲裁渠道。仲裁渠道与行政、司法渠道不同。仲裁是建立在纠纷双方自愿平等的基础上，由非国家机关的仲裁机构以平等的第三者身份进行的活动。

（4）调解渠道。调解有司法调解、行政调解、民间调解三种形式。

（二）教育申诉制度

1. 教育申诉制度的概念

教育申诉制度是指作为教育法律关系主体的公民，在其合法权益受到侵害时，向国家机关申诉理由，请求处理的制度。我国的教育申诉制度主要有教师申诉制度和受教育者申诉制度。

2. 教师申诉制度

（1）教师申诉制度的概念及特征。

教师申诉制度，是指教师在其合法权益受到侵犯时，依照法律、法规规定，向主管的行政机关申诉理由请求处理的制度。

教师申诉制度具有如下特征：

① 法律性。《教师法》明确规定了教师申诉的程序，各级人民政府及其有关部门必须依法在规定期限内对教师的申诉做出处理决定，使教师的合法权益及时得到保护。学校及其他教育机构，有关部门对上级行政机关做出的处理决定，负有执行的义务，否则，应承担相应的法律责任。

② 特定性。教师申诉制度是在宪法赋予公民享有申诉权利的基础上，将教师这一特定专业人员的申诉权利具体化的法律制度。根据《教师法》的规定，教师申诉制度的主体是特定的，被申

诉的主体是特定的，受理申诉的主体是特定的，处理申诉的主体和日期也是特定的。教师申诉制度的特定性，有利于保障教师的合法权益。

③ 非诉讼性。教师申诉制度有别于诉讼法上的申诉制度。诉讼法上的申诉制度是公民对司法机关已经发生法律效力的判决、裁定不服，向法院或检察院提出申诉，请求再审的制度。而教师申诉制度是由行政机关依法对教师的申诉，根据法定行政职权和程序做出行政处理的制度。这种行政处理决定具有行政法上的效力，与诉讼法上的申诉制度性质不同。

（2）教师申诉的范围。

根据《教师法》的规定，教师申诉的范围包括：

① 教师认为学校或其他教育机构侵犯其《教师法》规定的合法权益的，可以提起申诉。这里的合法权益，包括《教师法》规定的教师在职务聘任、教学科研、工作条件、民主管理、培训进修、考核奖惩、工资福利待遇、退休等方面的各项权益。只要教师认为自己的上述权益受到侵犯，都可以提起申诉。

② 教师对学校或其他教育机构做出的处理决定不服的，可以提出申诉。

③ 教师认为当地人民政府的有关行政部门侵犯其根据《教师法》规定享有的合法权益的，可以提出申诉。需特别指出的是，这里的被诉对象只能是当地人民政府隶属的行政机关，而不能是当地人民政府。其他企业、事业单位或个人侵犯教师合法权益的，不列入教师申诉制度的范围。

（3）教师申诉程序。

教师申诉程序包括提出、受理和处理三个环节，并依次进行。

第一，提出申诉。教师提出申诉必须符合的条件：符合法定申诉范围；有明确的理由和请求；以法定形式提出。教师申诉应当以书面形式提出。

第二，申诉的受理。在对教师申诉的受理上，主管教育行政部门接到申诉书后，要对申诉人的资格和申诉条件进行认真审查，并就不同情况做出处理：对于符合申诉条件的应予以受理；对于不符合申诉条件的，可以答复申诉人不予受理；如果申诉书未说清理由和要求时，应要求申诉人重新提交申诉书。

第三，申诉的处理决定。受理机关对于受理的申诉案件，在进行调查研究、全面核查的基础上，应区别不同情况，分别做出处理决定。

教育行政部门应当在接到申诉书的次日起30日内，做出处理。逾期未做处理或者久拖不决的，若申诉内容涉及人身权、财产权及其他属于行政复议、行政诉讼受案范围的，申诉人可依法提起行政复议或行政诉讼。受理机关做出申诉处理决定后，应将处理决定书发送当事人。申诉处理决定书自送达之日起生效。如果申诉当事人对处理决定不服，可以向原处理机关隶属的人民政府申请复核或依法提起行政复议或行政诉讼。

3. 受教育者申诉制度

（1）教育者申诉制度的概念和特征。

受教育者申诉制度即学生申诉制度，是指受教育者在其合法权益受到侵害时，依法向主管的行政机关申诉受理，请求处理的制度。受教育者申诉制度具有与教师申诉制度相同的法律性、特定性和非诉讼性。

（2）受教育者申诉的范围。

《教育法》第四十二条规定了受教育者的权利，其中第四项规定："对学校给予的处分不服向有关部门提出申诉，对学校、教师侵犯其人身权、财产权等合法权益，提出申诉或者依法提起诉讼。"根据这一规定，提起申诉的人必须是受教育者或其监护人，被申诉人是学校或教师，申诉的事项必须在《教育法》规定的受理范围内。根据《教育法》的规定，学生申诉的范围包括：

① 对学校做出的各种处分不服，如警告、严重警告、记过、留校察看、勒令退学、开除学籍等，可以申诉。

② 对学校或教师侵犯其人身权，如在教育活动中对其进行体罚或变相体罚，限制其人身自由权等，可以申诉。

③ 对学校或教师侵犯其财产权，如非法乱收费、乱摊派、乱罚款，非法没收其财物，强迫其购买非必需教学物品等，可以申诉。

④ 对学校或教师侵犯其知识产权可以提出申诉。例如，教师剽窃学生的著作权、发明权或其他科技成果权，学校强行将学生的知识产权收归学校等。

另外，虽然我国《教育法》没有对提供申诉的时间做具体规定，但是在教育实践中，学校往往会明确申诉期限，根据本校的实际情况制定实施细则，超出期限的则不予受理。

（3）受教育者申诉制度的程序。

和教师申诉制度一样，受教育者申诉制度也有提出申请、申诉受理和申诉处理等环节。

第一，提出申诉。申诉可以以口头或书面形式提出。以口头形式提出的要讲明被申诉人的状况、申诉的理由和事件发生的基本事实经过，最后提出申诉的要求。书面形式的申诉要求载明申诉人、被申诉人、申诉要求、申诉理由和事实经过。

第二，申诉受理。主管机关接到学生的口头或书面申诉后，可以依据具体情况经审查后做出不同处理。对于属于自己主管的，予以受理；对于不属于自己主管的，告知学生向其他部门申诉或驳回申诉；对于虽属本部门主管，但不符合申诉条件的，告知学生不能申诉；对于未说明申诉理由和要求的，可要求其再次说明或重新提交申诉书。主管机关对于口头申诉应在当时或规定时间内做出是否受理的答复；对于书面申诉则应在规定时间内给予是否受理的正式通知。

第三，申诉处理。对申诉的处理，如果主管机关对申诉进行受理，则应该对事件进行调查核实，根据不同情况做出不同处理：① 如果学校、教师或其他教育机构的行为或处分决定符合法定权限或程序，适用法律规定正确，事实清楚，可以维持原来的处分决定和结果；② 如果处分决定违反相关的法律法规规定，侵害申诉人合法权益，可以撤销原处分决定或责令被申诉人限期改正；③ 具体处分决定或具体行为决定的一部分适应法律、法规、规章错误或事实不清的，可责令退回原机关重新处理或部分撤销原决定；④ 处分决定所依据的规章制度或校规校纪与法律、法规及其他规范性文件相抵触时，可撤销原处理决定；⑤ 如果是对侵犯人身权、财产权等进行申诉，学生对申诉处理结果不服的，可依法向法院起诉。

真题再现

1.（2013 年单项选择）某县中学教师李某对学校给予他的处分不服，李某可以提出申诉的机构是（　　）。

　　A. 学校教工代表大会　　　　　　　B. 当地县教育行政主管部门

　　C. 当地县级人民政府　　　　　　　D. 所在省教育行政主管部门

答案： B。【解析】主管某县中学的上级行政机关是当地县教育行政主管部门。

2.（2013 年单项选择）学生赵某上课玩手机，被班主任以代为保管的名义没收，赵某多次索要未果。对此赵某可以采取的法律途径是（　　）。

　　A. 复议和诉讼　　　B. 复议和仲裁　　　C. 申诉和仲裁　　　D. 申诉和诉讼

答案： D。【解析】根据《教育法》第四十二条第四项规定，受教育者享有"对学校给予的处分不服向有关部门提出申诉，对学校、教师侵犯其人身权、财产权等合法权益，提出申诉或者依法提起诉讼"的权利。

（三）教育行政复议

1. 教育行政复议的概念

教育行政复议是指教育行政相对人（如学校、教师）认为教育行政机关做出的具体行政行为侵犯其合法权益，向做出该行为机关的上一级教育行政机关或该机关所属的本级人民政府提出申请，受理申请的行政机关对发生争议的具体行政行为进行复查并做出决定的活动。

2. 教育行政复议的范围

根据我国《行政复议法》关于行政复议范围的规定，并结合我国教育行政管理的实际，我国教育行政复议的范围主要包括：

（1）对教育行政处罚不服的；

（2）对教育行政强制措施不服的；

（3）对教育行政机关做出的有关许可证、执照、资质证、资格证等证书变更、中止、撤销的决定不服的；

（4）对教育行政机关因不作为违法的；

（5）行政相对人认为教育行政机关违法集资、征收财务、摊派费用或者违法要求履行其他义务的；

（6）认为教育行政机关侵犯其合法经营自主权的；

（7）认为教育行政机关的其他具体行政行为侵犯其合法权益的。

在我国教育管理实践中，学校对教师的行政处分决定以及学校对学生的处分决定，作为教师或学生如果不服的，只能依法通过教育申诉途径来获得救济，而无法通过教育行政复议途径获取救济。

3. 教育行政复议的程序

（1）申请。教育行政复议申请可以书面形式提出，也可以口头申请。书面形式申请应在 60日内提出复议申请书。

（2）受理。它是指教育行政复议机关基于相对人的申请，经审查认为符合法律规定的申请条件，决定立案并准备审理的行为。

（3）审理。它是教育行政复议的中心阶段。复议机关应当在受理之日起 7 日内将复议申请书副本发送被请人。被申请人在收到复议申请书副本之日起 10 日内，应向复议机关提交做出具体行政行为的有关材料或者证据以及答辩书。被申请人逾期不答辩的，不影响复议。

（4）决定。它是指对案件进行审理后，在判明具体行政行为的合法性、正当性的基础上，有关机关做出相应的裁断。复议机关应在复议期限内（自受理之日起 60 日内）做出决定。复议决定有：维持决定、补正程序决定、撤销和变更决定、履行职责决定、赔偿决定。

（5）执行。复议决定生效后就具有国家强制力，复议双方应自觉履行，否则将强制执行。

（四）教育行政诉讼

1. 教育行政诉讼的概念

教育行政诉讼，是指教育行政管理相对人认为教育行政机关的具体行政行为侵犯其合法权益，依法向人民法院起诉，请求给予法律救济，并由人民法院对行政行为进行审查和裁判的诉讼救济活动。

2. 教育行政诉讼的特征

（1）诉权专属。在教育行政诉讼中，被告始终是行政机关，原告始终是公民、法人或其他组织。

（2）标的确指。教育行政诉讼的标的必须是教育行政机关的具体行政行为。

（3）救济和监督相结合。教育行政诉讼具有救济和监督两种性质。

（4）被告举证。教育行政诉讼中作为被告的教育行政机关负有举证责任。

（5）不得调解。教育行政诉讼不得用调解作为审理和结案方式。

3. 行政诉讼与行政复议的区别

（1）性质不同。行政复议是行政活动，而行政诉讼是人民法院行使审判权的司法活动。

（2）受理机关不同。行政复议的受理机关是行政机关，而行政诉讼的受理机关是人民法院。

（3）适用程序不同。行政复议适用行政程序，实行一级复议制，进行书面审理，程序简便；而行政诉讼适用司法程序，实行两级终审制，以公开审理为主，程序严格。

（4）审查范围不同。行政复议对具体行政行为的合法性与适当性进行审查，而行政诉讼只对其合法性进行审查。

（5）法律效力不同。除有法律明文规定之外，行政复议决定不具有最终的法律效力，即复议申请人不服复议决定的，可依法向人民法院提起行政诉讼，行政诉讼的终审判决则具有最终的法律效力。

4. 教育行政诉讼的范围

关于我国教育行政诉讼的具体受案范围，《中华人民共和国行政诉讼法》第十一条和第十二条分别做出了明确规定。教育行政案件的涉案范围主要集中在：

（1）对教育行政处罚不服的；

（2）认为符合法定条件申请教育行政机关颁发许可证或执照，而教育行政机关拒绝颁发或不予答复的；

（3）申请教育行政机关履行保护人身权、财产权的法定职责，而教育行政机关拒绝履行或者不予答复的；

（4）认为教育行政机关违法，要求履行义务的；

（5）认为教育行政机关侵犯其人身权、财产权的。

5. 教育行政诉讼的程序

（1）起诉和受理。起诉是公民、法人或其他组织依法向人民法院提出诉讼请求的诉讼行为，将产生一定的法律后果。对于当事人的起诉，人民法院经审查，应当在接到起诉状之日起 7 日内立案或裁定不予受理、审理和判决。当事人对不予受理的裁定不服，可以提起上诉。

（2）审理和判决。我国行政诉讼实行两审终审制，二审做出的判决和裁定为终审的判决裁定，案件到此为止最后审结，如果发现确有错误，可以再经审判监督程序予以纠正。

（3）执行。执行程序是诉讼活动的最后阶段。人民法院对发生法律效力的判决裁定，在义务人逾期不执行时，有权依法采取强制措施，迫使其履行义务。

高频考点训练

一、单项选择题

1. 颁布《中华人民共和国教育法》的国家机关是（　　　）。

A. 全国人民代表大会常务委员　　　　　B. 国务院

C. 全国人民代表大会　　　　　　　　　D. 教育部

2. (　　)是教育法律关系发生、变更和消灭的根据。

　　A. 法律事实　　　　B. 法律规范　　　　C. 法律条文　　　　D. 法律责任

3. 教育法律关系中，两个最重要的主体是(　　)。

　　A. 教育部门与下属学校　　　　　　　B. 教师与学生

　　C. 教育机构与非教育机构　　　　　　D. 教育领导与教师

4. 教育法律救济的根本目的是(　　)。

　　A. 避免损害　　　　　　　　　　　　B. 避免纠纷

　　C. 获得赔偿　　　　　　　　　　　　D. 补救受害者的合法权益

5. 教师申诉制度是一项专门保护教师(　　)的法律制度。

　　A. 权益　　　　　B. 权利　　　　　　C. 利益　　　　　D. 权力

6. 教育行政诉讼的程序不包括(　　)。

　　A. 起诉和受理　　　B. 审理和判决　　　C. 决定　　　　　D. 执行

二、材料分析题

某校学生马超学习成绩不好，守纪情况也差。一天，他在教学楼内玩球，故意将一个价值300元的吊灯打坏，学校在查明事实经过后，依据学校有关"损坏公物要赔楼和罚款"的规章制度，对马超做出三点处理决定：一是给予警告处分；二是照价赔偿吊灯；三是罚款300元。对此，学校、教师、学生及家长均未感到不妥当。该校在全校师生大会上以此事为材料，大谈依法治校、从严治校的重要性。

对此做法，你认为是否妥当？为什么？

参考答案及解析

一、单项选择题

1. 答案：C。【解析】《中华人民共和国教育法》于1995年第八届全国人民代表大会第三次会议通过。

2. 答案：A。【解析】略。

3. 答案：B。【解析】教育法律关系中最重要的法律主体是学生与教师，教师的教育教学和学生的学习是教育活动的主要内容和基本形式。

4. 答案：D。【解析】补救受害者的合法权益是教育法律救济的根本目的。

5. 答案：A。【解析】教师申诉制度，是指教师在其合法权益受到侵犯时，依照法律、法规的规定，向主管的行政机关申诉理由，请求处理的制度。

6. 答案：C。【解析】C项属于教育行政复议的程序。

二、材料分析题（答案要点）

（1）学校对马超的处理意见中一、二条是合法的，但第三条对学生处以罚款是一种典型的违法行为。

（2）行政制裁分为行政处分和行政处罚两个方面，对实施的单位有明确要求。行政处分是一种内部行政法律行为，是隶属关系之间的双方由上对下实行的，如医院对医生、学校对教师和学生等。处分的类别有警告、严重警告、记过、开除、免职等。行政处罚是一种外部行政法律行为，具有公共行政意义，由特定行政机关实行，如治安机关进行的，包括拘留、劳动教养、罚款、没收财产等。罚款是行政处罚，只有国家的特定行政机关才有行政处罚权。学校不是行政机关，对学生处以罚款没有任何法律依据的，1996 年我国制定的《中华人民共和国行政处罚法》明确规定"没有法定依据或者不遵守法定程序的，行政处罚无效"。

（3）该校在全校师生大会上以此事为材料大谈特谈的做法是不正确的，侵犯了马超的人格尊严权。

第二节　我国主要教育法律法规与教育政策解读

主要知识点

1.《中华人民共和国教育法》地位及其基本内容
2.《中华人民共和国义务教育法》地位及其基本内容
3.《中华人民共和国教师法》的立法宗旨及其基本内容
4.《中华人民共和国未成年人保护法》的基本原则、基本要求及其法律责任
5.《中华人民共和国预防未成年人犯罪法》的立法目的及其原则
6.《学生伤害事故处理办法》的基本内容
7.《国家中长期教育改革和发展规划纲要（2010—2020 年）》的基本内容及其主要任务

一、《中华人民共和国宪法》（节选）

《宪法》是国家最高权力机关制定的国家的总章程和根本大法，世界上绝大多数国家的宪法中都有关于教育的条款，甚至关于教育的章节。各国宪法中关于教育的条款，通常规定教育指导思想、目的、教育制度、公民在教育方面的权利和义务、教育行政管理权等，它具有最高的法律效力。

我国《宪法》作为教育法的渊源，一是为教育法提供了基本指导思想和立法依据；二是为教育教学提供了基本法律规范。

《宪法》"序言"中第一条、第二条、第三条、第四条、第五条、第二十七条等，规定了教育法的基本指导思和立法依据。

《宪法》第十九条规定了国家发展教育事业的目的、基本原则和任务："国家发展社会主义事业，提高全国人民的科学文化水平。国家举办各种学校，普及初等义务教育，发展中等教育、职业教育和高等教育，并且发展学前教育。国家发展各种教育设施，扫除文盲，对工人、农民、国家工作人员和其他劳动者进行政治、文化、科学、技术、业务的教育，鼓励自学成才。国家鼓励集体经济组织、国家企业事业组织和其他社会力量依照法律规定举办各种教育事业。国家推广全国通用的普通话。"

《宪法》第四十六条规定了公民的受教育权利："中华人民共和国公民有受教育的权利和义务。国家培养青年、少年、儿童在品德、智力、体质等方面全面发展。"

《宪法》第四十七条规定了公民有从事教育、科研等权利："中华人民共和国公民有进行科学研究、文学艺术创作和其他文化活动的自由。国家对于从事教育、科学、技术、文学和其他文化事业的公民的有益于人民的创造工作，给予鼓励和帮助。"

《宪法》第四十九条规定了父母的教育义务："父母有抚养教育未成年子女的义务。"

《宪法》第八十九条、第一百零七条、第一百一十九条，规定了国务院和县级以上地方各级人民政府和民族自治地方的自治机关领导和管理教育工作的权限。

特别应当指出的是，《宪法》是一国内全部法的总渊源，《宪法》中规定的国家的根本制度（社会制度、国家制度）、国家生活的基本原则、国家机构、公民的基本权利和义务等，都制约着教育活动，是一切教育立法的重要依据。任何形式的教育法都不得与宪法相抵触。

二、《中华人民共和国教育法》解读

《中华人民共和国教育法》简称《教育法》，是国家全面调整各类教育关系，规范我国教育工作行为的基本法律。在我国法律体系中，《教育法》是《宪法》之下的国家基本教育法律。我国现行《教育法》于 1995 年 3 月 18 日由第八届全国人民代表大会第三次会议通过，于 1995 年 9 月 1 日施行，是新中国成立以来制定的第一部教育根本大法。这是我国教育史上具有里程碑意义的大事。它的颁行，标志着我国开始进入全面依法治教的新时期。

（一）法律地位

《教育法》是教育的根本大法，是由全国人民代表大会审议通过的，是位于国家根本大法——《中华人民共和国宪法》之下的国家基本法律之一，与《刑法》《民法通则》等国家基本法律处于同等的法律地位。《教育法》的颁布，为健全内容和谐一致、形式完整统一的教育法律体系奠定了坚实的基础。在整个教育法律体系中，《教育法》处于"母法"和"根本大法"的地位，具有最高的法律权威。其他单行的教育法规只是调整和规范某一方面的教育关系或某一项教育工作，都是"子法"。各种单行教育法的制定和实施，应以《教育法》为依据，不得与《教育法》确立的原则和规范相抵触。我国教育工作应当全面置于《教育法》的规范之中，它所规定的内容是全面依法治教的基本法律依据，是我国依法治教之本。

（二）立法特点

（1）全面性和针对性相结合。《教育法》作为教育的基本法，要为其他法律、法规提供依据，就要求《教育法》的内容尽可能全面。《教育法》在全面规范和调整各类教育关系的同时，又抓住了现阶段教育改革和发展中的突出问题，做出了有针对性的规定。

（2）规范性和导向性相结合。《教育法》把 40 多年来，特别是改革开放以来，我国教育改革和发展的成熟经验，通过法律规范形式固定下来。同时，《教育法》对符合改革和发展方向，但还有待于进一步实践和探索的问题，做出了导向性的规定，通过法律手段来保障和推进教育的改革和发展。

（3）原则性和可操作性相结合。《教育法》作为教育的根本大法只能对关系到我国教育改革与发展全局的重大问题，做出原则性的规定，而不可能对具体问题做出规定。《教育法》突出原则性，兼顾实施上的可操作性，特别是法律责任部分，明确了违反《教育法》的法律责任、处罚形式、执法机关等，加强了《教育法》的可操作性，以保证《教育法》的顺利实施。

（三）颁行的意义

《教育法》为教育的改革和发展提供了法律保障，对我国教育事业的发展起着极大的促进作用。
（1）《教育法》对落实优先发展教育的战略地位这一政策提供了法律保障；
（2）《教育法》对保证我国教育的社会主义方向提供了法律依据；
（3）《教育法》对维护教育主体的合法权益提供了法律保障；
（4）《教育法》对巩固教育改革成果，促进教育改革深化提供了法律保障。

（四）基本结构与内容

1. 基本结构

《教育法》共有十章，八十四条。可分为三个部分：总则（第一章）、分则（第二至第九章）和附则（第十章）。总则是对我国教育活动的总体规定，分则是对我国教育活动各个领域的分别规定，附则是对未尽表达事项的补充规定和说明。

2. 基本内容

第一章 总 则

第一条 【立法目的】发展教育事业，提高全民族的素质，促进社会主义物质文明和精神文明建设，根据宪法，制定本法。

第二条 【适用范围】在中华人民共和国境内的各级各类教育，适用本法。

第四条 【教育的地位】教育是社会主义现代化建设的基础，国家保障教育事业优先发展。全社会应当关心和支持教育事业的发展。全社会应当尊重教师。

第八条 【教育与国家利益】教育活动必须符合国家和社会公共利益。国家实行教育与宗教相分离。任何组织和个人不得利用宗教进行妨碍国家教育制度的活动。

第九条 【公民的教育权利和义务】中华人民共和国公民有受教育的权利和义务。公民不分民族、种族、性别、职业、财产状况、宗教信仰等，依法享有平等的受教育机会。

第十条 【特殊地区与人群帮扶教育】国家根据各少数民族的特点和需要，帮助各少数民族地区发展教育事业。国家扶持边远贫困地区发展教育事业。国家扶持和发展残疾人教育事业。

第十二条 【语言文字】汉语言文字为学校及其他教育机构的基本教学语言文字。以少数民族学生为主的学校及其他教育机构，可以使用本民族或者当地民族通用的语言文字进行教学。学校及其他教育机构进行教学，应当推广使用全国通用的普通话和规范字。

第十四条 【管理体制】国务院和地方各级人民政府根据分级管理、分工负责的原则，领导和管理教育工作。

中等及中等以下教育在国务院领导下，由地方人民政府管理。高等教育由国务院和省、自治区、直辖市人民政府管理。

第十五条 【教育行政部门】国务院教育行政部门主管全国教育工作，统筹规划、协调管理全国的教育事业。

县级以上地方各级人民政府教育行政部门主管本行政区域内的教育工作。

县级以上各级人民政府其他有关部门在各自的职责范围内，负责有关的教育工作。

第二章 教育基本制度

第十七条 【学校教育制度】国家实行学前教育、初等教育、中等教育、高等教育的学校教育制度。

第十八条 【义务教育】国家实行九年制义务教育制度。

各级人民政府采取各种措施保障适龄儿童、少年就学。适龄儿童、少年的父母或者其他监护人以及有关社会组织和个人有义务使适龄儿童、少年接受并完成规定年限的义务教育。

第十九条 【职业教育和成人教育】国家实行职业教育制度和成人教育制度。

各级人民政府、有关行政部门以及企业事业组织应当采取措施，发展并保障公民接受职业学校教育或者各种形式的职业培训。

国家鼓励发展多种形式的成人教育，使公民接受适当形式的政治、经济、文化、科学、技术、业务教育和终身教育。

第二十条 【考试制度】国家实行国家教育考试制度。国家教育考试由国务院教育行政部门确定种类，并由国家批准的实施教育考试的机构承办。

第二十一条 【学业证书制度】国家实行学业证书制度。

经国家批准设立或者认可的学校及其他教育机构按照国家有关规定，颁发学历证书或者其他学业证书。

第二十二条 【学位制度】国家实行学位制度。

学位授予单位依法对达到一定学术水平或者专业技术水平的人员授予相应的学位，颁发学位证书。

第二十三条 【扫除文盲教育工作】各级人民政府、基层群众性自治组织和企业事业组织应当采取各种措施，开展扫除文盲的教育工作。按照国家规定具有接受扫除文盲教育能力的公民，应当接受扫除文盲的教育。

第二十四条 【教育督导制度和评估制度】国家实行教育督导制度和学校及其他教育机构教育评估制度。

第三章 学校及其他教育机构

第二十五条 【鼓励举办教育机构】国家制定教育发展规划，并举办学校及其他教育机构。

国家鼓励企业事业组织、社会团体、其他社会组织及公民个人依法举办学校及其他教育机构。任何组织和个人不得以营利为目的举办学校及其他教育机构。

第二十六条 【办学条件】设立学校及其他教育机构，必须具备下列基本条件：

（一）有组织机构和章程；

（二）有合格的教师；

（三）有符合规定标准的教学场所及设施、设备等；

（四）有必备的办学资金和稳定的经费来源。

第二十七条 【办学程序】学校及其他教育机构的设立、变更和终止，应当按照国家有关规定办理审核、批准、注册或者备案手续。

第二十八条 【教育机构的权利】学校及其他教育机构行使下列权利：

（一）按照章程自主管理；

（二）组织实施教育教学活动；

（三）招收学生或者其他受教育者；

（四）对受教育者进行学籍管理，实施奖励或者处分；

（五）对受教育者颁发相应的学业证书；

（六）聘任教师及其他职工，实施奖励或者处分；

（七）管理、使用本单位的设施和经费；

（八）拒绝任何组织和个人对教育教学活动的非法干涉；

（九）法律、法规规定的其他权利。

国家保护学校及其他教育机构的合法权益不受侵犯。

第二十九条 【教育机构的义务】学校及其他教育机构应当履行下列义务：

（一）遵守法律、法规；

（二）贯彻国家的教育方针，执行国家教育教学标准，保证教育教学质量；

（三）维护受教育者、教师及其他职工的合法权益；

（四）以适当方式为受教育者及其监护人了解受教育者的学业成绩及其他有关情况提供便利；

（五）遵照国家有关规定收取费用并公开收费项目；

（六）依法接受监督。

第三十条 【教育机构管理体制】学校及其他教育机构的举办者按照国家有关规定，确定其所举办的学校或者其他教育机构的管理体制。

学校及其他教育机构的校长或者主要行政负责人必须由具有中华人民共和国国籍、在中国境内定居、具备国家规定任职条件的公民担任，其任免按照国家有关规定办理。学校的教学及其他行政管理，由校长负责。

学校及其他教育机构应当按照国家有关规定，通过以教师为主体的教职工代表大会等组织形式，保障教职工参与民主管理和监督。

第三十一条 【教育机构的法人条件】学校及其他教育机构具备法人条件的，自批准设立或者登记注册之日起取得法人资格。

学校及其他教育机构在民事活动中依法享有民事权利，承担民事责任。

学校及其他教育机构中的国有资产属于国家所有。

学校及其他教育机构兴办的校办产业独立承担民事责任。

第四章 教师和其他教育工作者

第三十二条 【教师权利和义务】教师享有法律规定的权利，履行法律规定的义务，忠诚于人民的教育事业。

第三十三条 【教师待遇】国家保护教师的合法权益，改善教师的工作条件和生活条件，提高教师的社会地位。教师的工资报酬、福利待遇，依照法律、法规的规定办理。

第三十四条 【教师队伍建设】国家实行教师资格、职务、聘任制度，通过考核、奖励、培养和培训，提高教师素质，加强教师队伍建设。

第三十五条 【员工制度】学校及其他教育机构中的管理人员，实行教育职员制度。

学校及其他教育机构中的教学辅助人员和其他专业技术人员，实行专业技术职务聘任制度。

第五章 受教育者

第三十六条 【受教育者的平等权】受教育者在入学、升学、就业等方面依法享有平等权利。学校和有关行政部门应当按照国家有关规定，保障女子在入学、升学、就业、授予学位、派出留学等方面享有同男子平等的权利。

第三十七条 【教育经济资助】国家、社会对符合入学条件、家庭经济困难的儿童、少年、青年，提供各种形式的资助。

第四十二条 【受教育者的权利】受教育者享有下列权利：

（一）参加教育教学计划安排的各种活动，使用教育教学设施、设备、图书资料；

（二）按照国家有关规定获得奖学金、贷学金、助学金；

（三）在学业成绩和品行上获得公正评价，完成规定学业后获得相应的学业证书、学位证书；

（四）对学校给予的处分不服向有关部门提出申诉，对学校、教师侵犯其人身权、财产权等合法权益，提出申诉或者依法提起诉讼；

（五）法律、法规规定的其他权利。

第四十三条 【受教育者的义务】受教育者应当履行下列义务：

（一）遵守法律、法规；

（二）遵守学生行为规范，尊敬师长，养成良好的思想品行为习惯；

（三）努力学习，完成规定的学习任务；

（四）遵守所在学校或者其他教育机构的管理制度。

第六章　教育与社会

第四十五条 【创设良好社会环境】国家机关、军队、企业事业组织、社会团体及其他社会组织和个人，应当为儿童、少年、青年学生的身心健康成长创造良好的社会环境。

第四十七条 【提供帮助和便利】国家机关、军队、企业事业组织及其他社会组织应当为学校组织的学生实习、社会实践活动提供帮助和便利。

第四十九条 【家庭教育】未成年人的父母或者其他监护人应当为其未成年子女或者其他被监护人受教育提供必要条件。未成年人的父母或其他监护人应当配合学校及其他教育机构，对未成年子女或其他被监护人进行教育。学校、教师可以对学生家长提供家庭教育指导。

第七章　教育投入与条件保障

第五十三条 【教育经费制度】国家建立以财政拨款为主、其他多种渠道筹措教育经费为辅的体制，逐步增加对教育的投入，保证国家举办的学校教育经费的稳定来源。

企业事业组织、社会团体及其他社会组织和个人依法举办的学校及其他教育机构，办学经费由举办者负责筹措，各级人民政府可以给予适当支持。

第五十四条 【教育经费所占比例】国家财政性教育经费支出占国民生产总值的比例应当随着国民经济的发展和财政收入的增长逐步提高，具体比例和实施步骤由国务院规定。

各级财政支出总额中教育经费所占比例应当随着国民经济的发展逐步提高。

第九章　法　律　责　任

第七十二条 【刑事、民事责任】结伙斗殴，寻衅滋事，扰乱学校及其他教育机构教育教学秩序或者破坏校舍、场地及其他财产的，由公安机关给予治安管理处罚；构成犯罪的，依法追究其刑事责任。侵占学校及其他教育机构的校舍、场地及其他财产的，依法承担民事责任。

第七十三条 【刑事法律责任】明知校舍或者教育教学设施有危险，而不采取措施，造成人员伤亡或者重大财产损失的，对直接负责的主管人员和其他直接责任人员，依法追究刑事责任。

第七十四条 【乱收费用】违反国家有关规定，向学校或者其他教育机构收取费用的，由政府责令退还所收费用；对直接负责的主管人员和其他直接责任人员，依法给予行政处分。

第七十五条 【违法办学】违反国家有关规定，举办学校或者其他教育机构的，由教育行政部门予以撤销；有违法所得的，没收违法所得；对直接负责的主管人员和其他直接责任人员，依法给予行政处分。

第七十六条 【违规招生】违反国家有关规定招收学员的，由教育行政部门责令退回招收的学员，退还所收费用；对直接负责的主管人员和其他直接责任人员，依法给予行政处分。

第七十七条 【舞弊问题】在招收学生工作中徇私舞弊的，由教育行政部门或者其他有关行政部门责令退回招收的人员；对直接负责的主管人员和其他直接责任人员，依法给予处分；构成犯罪的，依法追究刑事责任。

第七十八条 【收取受教育者费用】学校及其他教育机构违反国家有关规定向受教育者收取费

用的，由教育行政部门或者其他有关行政部门责令退还所收费用；对直接负责的主管人员和其他直接责任人员，依法给予处分。

第七十九条　【考生行为问题】考生在国家教育考试中有下列行为之一的，由组织考试的教育考试机构工作人员在考试现场采取必要措施予以制止并终止其考试；组织考试的教育考试机构可以取消其相关考试资格或者考试成绩；情节严重的，由教育行政部门责令停止参加相关国家教育考试一年以上三年以下；构成违反治安管理行为的，由公安机关依法给予治安管理处罚；构成犯罪的，依法追究刑事责任：

（一）非法获取考试试题或者答案的；

（二）携带或者使用考试作弊器材、资料的；

（三）抄袭他人答案的；

（四）让他人代替自己参加考试的；

（五）其他以不正当手段获得考试成绩的作弊行为。

第八十条　【考试行为问题】任何组织或者个人在国家教育考试中有下列行为之一，有违法所得的，由公安机关没收违法所得，并处违法所得一倍以上五倍以下罚款；情节严重的，处五日以上十五日以下拘留；构成犯罪的，依法追究刑事责任；属于国家机关工作人员的，还应当依法给予处分：

（一）组织作弊的；

（二）通过提供考试作弊器材等方式为作弊提供帮助或者便利的；

（三）代替他人参加考试的；

（四）在考试结束前泄露、传播考试试题或者答案的；

（五）其他扰乱考试秩序的行为。

第八十一条　【教育考试管理问题】举办国家教育考试，教育行政部门、教育考试机构疏于管理，造成考场秩序混乱、作弊情况严重的，对直接负责的主管人员和其他直接责任人员，依法给予处分；构成犯罪的，依法追究刑事责任。

第八十二条　【追究制度】学校或者其他教育机构违反本法规定，颁发学位证书、学历证书或者其他学业证书的，由教育行政部门或者其他有关行政部门宣布证书无效，责令收回或者予以没收；有违法所得的，没收违法所得；情节严重的，责令停止相关招生资格一年以上三年以下，直至撤销招生资格、颁发证书资格；对直接负责的主管人员和其他直接责任人员，依法给予处分。

前款规定以外的任何组织或者个人制造、销售、颁发假冒学位证书、学历证书或者其他学业证书，构成违反治安管理行为的，由公安机关依法给予治安管理处罚；构成犯罪的，依法追究刑事责任。

以作弊、剽窃、抄袭等欺诈行为或者其他不正当手段获得学位证书、学历证书或者其他学业证书的，由颁发机构撤销相关证书。购买、使用假冒学位证书、学历证书或者其他学业证书，构成违反治安管理行为的，由公安机关依法给予治安管理处罚。

第八十三条　【民事责任】违反本法规定，侵犯教师、受教育者、学校或者其他教育机构的合法权益，造成损失、损害的，应当依法承担民事责任。

第十章　附　　则

第八十四条　【军事学校、宗教学校】军事学校教育由中央军事委员会根据本法的原则规定。宗教学校教育由国务院另行规定。

第八十五条　【国际办学】境外的组织和个人在中国境内办学和合作办学的办法，由国务院规定。

第八十六条　【施行时间】本法自 1995 年 9 月 1 日起施行。

3. 内容详解

（1）总则。

总则对涉及我国教育全局的问题进行了规定，包括立法目的、适用范围、指导思想、教育的地位、教育的任务等内容。

（2）分则。

分则对教育基本制度、学校及其他教育机构、教师和其他教育工作者、受教育者、教育与社会、教育投入与条件保障、教育对外交流与合作、法律责任做出了规定。

① 教育基本制度。

《教育法》明确了我国教育制度的基本框架，包括：学校教育制度、义务教育制度、职业教育制度、成人教育制度、教育考试制度、学业证书制度、学位制度、扫除文盲制度、教育督导制度和教育评估制度。

十大教育基本制度，涵盖了全民教育（从学前到成人，乃至终身）；涵盖了不同类型的教育（普通教育和职业教育）；涵盖了教育过程的重要环节（考试制度、学业证书制度、学位制度、教育督导和教育评估制度）。

② 办学机构。

《教育法》确立了我国的办学体制，明确了学校和其他教育机构的办学条件，设立、变更、终止的程序和应当办理的手续，规定了学校和其他教育机构享有的基本权利及应当履行的基本义务。《教育法》同时确立了学校及其他教育机构的内部管理体制，并对学校及其他教育机构的法人资格、财产权归属及其同其校办产业的关系作了规定。

③ 教育者权利与义务。

《教育法》对于教育者的权利、义务作了原则性规定，为深入规范教育者的权利义务提供了教育依据。在这些规定里包括教师的地位、待遇，建立国家教师资格制度，以及教师职务聘任制度、考核、奖励培养和培训制度等。

④ 受教育者权利与义务。

在受教育者权利与义务方面，《教育法》规定了受教育者享有的基本权利，并规定了受教育者应履行的义务。在受教育者权利与义务规定方面，特别强调了国家要保证受教育者在入学、升学、就业等方面依法享有平等的权利。

⑤ 社会教育主体。

在教育法律关系的社会教育主体方面，拥有相应的教育权利，也负有相应的教育义务。学校教育必须同社会教育相结合，社会的教育力量必须纳入教育体系中来。将学校、家庭和社会教育的结合，纳入教育的法律关系中，是国家教育发展的必然要求。

⑥ 政府进行教育投入和提供条件保障。

在教育投入与条件保障方面，规定国家建立以财政拨款为主、其他多种渠道筹措教育经费为辅的体制，逐步增加对教育的投入，保证国家举办的学校教育经费的稳定来源。同时规定国家财政性教育经费支出占国民生产总值的比例应当随着国民经济的发展和财政收入的增长逐步提高；全国各级财政支出总额中教育经费所占比例应当随着国民经济的发展逐步提高。

《教育法》还保障了教育投入的三个增长：各级人民政府教育财政拨款的增长应当高于财政经常性收入的增长、按在校学生人数平均的教育费用逐步增长、保证教师工资和学生人均公用经费逐步增长。

⑦ 对教育对外交流与合作的规定。

《教育法》赋予教育主体在中国法律范围内开展教育对外交流与合作的权利。

⑧ 有关法律责任。

《教育法》明确了与主体义务相关的三方面的法律责任：行政责任、刑事责任和民事责任。

真题再现

1.（2012年单项选择）国务院和地方各级人民政府领导和管理教育的原则是（　　）。

　　A. 统一管理，分工负责　　　　　　　B. 统筹规划，协调管理

　　C. 统筹规划，以县为主　　　　　　　D. 分级管理，分工负责

答案：D。【解析】参见《中华人民共和国教育法》第十四条规定。

2.（2013年单项选择）下列选项中，哪一项不属于《中华人民共和国教育法》所确定的我国教育的基本制度（　　）。

　　A. 教师培训制度　　　　　　　　　　B. 教育考试制度

　　C. 教育督导制度　　　　　　　　　　D. 学业证书制度

答案：A。【解析】参见《中华人民共和国教育法》第二章第二十条、第二十一条和第二十四条规定。第一次对教师培训制度做出规定的是《中华人民共和国教师法》，具体参见第十八条规定。

3.（2013年单项选择）某学校因经营管理不善，校办产业负债20多万元。根据《中华人民共和国教育法》规定，对这一债务应当承担偿还责任的是（　　）。

　　A. 政府　　　　　　B. 校办产业　　　　　　C. 学校　　　　　　D. 校长

答案：B。【解析】参见《中华人民共和国教育法》第三十一条规定。

4.（2015年单项选择）小刚同学因多次旷课被学校处分，他对学校给予的处分不服，向有关部门提出教育申诉，被申诉人是（　　）。

　　A. 校长　　　　　　B. 学校　　　　　　C. 书记　　　　　　D. 教育行政部门

答案：B。【解析】《中华人民共和国教育法》第四十二条规定了受教育者的权利，其中第四项规定："对学校给予的处分不服向有关部门提出申诉，对学校、教师侵犯其人身权、财产权等合法权益，提出申诉或者依法提起诉讼。"根据这一规定，提起申诉的人必须是受教育者或其监护人，被申诉人是学校或教师。在本题中，被申诉人是学校。教育行政部门是受教育者申诉的受理机关。

5.（2015年单项选择）某县教育局长马某挪用教育经费建造教育局办公大楼，对于马某应当依法（　　）。

　　A. 给予行政处分　　　　　　　　　　B. 给予行政拘留

　　C. 责令其悔过　　　　　　　　　　　D. 责令其赔礼道歉

答案：A。【解析】参见《中华人民共和国教育法》第七十一条规定。

6.（2014年单项选择）教育行政部门取缔了一批违反国家规定私自招收未成年学生的私立学校。教育行政部门这一行政行为的法律依据是（　　）。

　　A.《中华人民共和国教育法》　　　　　B.《中华人民共和国教师法》

　　C.《中华人民共和国未成年人保护法》　　D.《中华人民共和国预防未成年人犯罪法》

答案：A。【解析】参见《中华人民共和国教育法》第七十六条规定。

7.（2014年单项选择）教师王某在课堂上使用方言而不是普通话教学。王某的教学行为（　　）。

　　A. 合法，只要课堂教学效果好，用哪种语言教学无所谓

　　B. 合法，都是当地学生，用方言更易于学生交流

　　C. 不合法，教师在教学过程中应使用全国通用的普通话

　　D. 不合法，违反了教育应弘扬优秀文化传统的规则

答案：C。【解析】详见《中华人民共和国教育法》第十二条规定。

8.（2016 年单项选择）依据《中华人民共和国教育法》的相关规定，某地拟设立一所新学校，下列不属于该学校设立的必备条件的是（   ）。

A. 有组织机构和章程   B. 有充足的生源

C. 有合格的教师   D. 有稳定的经费来源

答案：B。【解析】根据《中华人民共和国教育法》第二十六条规定，设立学校及其他教育机构，必须具备下列基本条件：（1）有组织机构和章程；（2）有合格的教师；（3）有符合规定标准的教学场所及设施、设备等；（4）有必备的办学资金和稳定的经费来源。

9.（2013 年单项选择）关于国家教育经费投入体制的构成，下列说法正确的是（   ）。

A. 以财政拨款为主，其他渠道为辅   B. 以财政拨款为主，社会捐赠为辅

C. 以自筹经费为主，财政拨款为辅   D. 以自筹经费为主，收缴学费为辅

答案：A。【解析】详见《中华人民共和国教育法》第五十三条规定。

三、《中华人民共和国义务教育法》解读

《中华人民共和国义务教育法》（以下除需要称全称外，简称《义务教育法》），于 1986 年 4 月 12 日第六届全国人民代表大会第四次会议通过，并于 1986 年 7 月 1 日起施行，是新中国成立以来颁布的第一部基础教育方面的法律，是促进和保障我国基础教育健康发展的基本法。它的颁布与实施有力推动了我国基础教育的普及和全民素质的提高，标志着我国义务教育制度的正式确立。

（一）法律地位

《义务教育法》是教育法律之一，是关于教育的单行法，也是我国历史上第一部关于基础教育的法律。它的颁布，意味着我国将开始实施九年制义务教育，使我国普及义务教育事业开始走上依法治教的轨道。这一制度的确立，对落实教育优先发展的战略地位和义务教育"重中之重"的地位，提高全民族的素质都具有十分重要的现实意义和深远的历史意义。

（二）颁行意义

《义务教育法》的施行，对 21 世纪的中国教育发展来说，是一件具有深远意义的大事。从教育法制建设角度讲，《义务教育法》的出台也是中国教育法制建设一个新的、重要标志。义务教育关乎整个民族素质的提高和民族的复兴，对整个教育的发展具有奠基性意义和深远的历史作用。

另外，2006 年 6 月 29 日修订通过新《义务教育法》，自 2006 年 9 月 1 日起施行，是义务教育的一个里程碑，无论从义务教育本身、教育法制建设，乃至中国教育事业的发展来说，都有深远的意义：

（1）新《义务教育法》指明了义务教育均衡发展这个根本方向；

（2）明确了义务教育承担实施素质教育的重大使命；

（3）回归了义务教育免费的本质；

（4）进一步完善了义务教育的管理体制，强化了省级的统筹实施；

（5）确立了义务教育经费保障机制；

（6）保障受教育者的平等权利；

（7）规范了义务教育的办学行为；

（8）建立了义务教育新的教师职务制度；

（9）增强了《义务教育法》执法的可操作性；

（10）《义务教育法》是有关实施基础教育的主要法规之一，也是我国普及基础教育的主要法律保障；

（11）《义务教育法》是提高全民族素质的"根本大法"；

（12）《义务教育法》为学龄儿童、少年接受基础教育权利的实现提供了法律保障。

（三）义务教育的性质和特征

义务教育作为一项教育制度和法律制度，具有不同于其他教育制度和教育工作的属性。就其性质而言，义务教育具有强制性（义务性）、普及性（普遍性、统一性）、免费性（公益性）、公共性（国民性）和基础性。其中，强制性、免费性、普及性是三个最基本的特征。

1. 强制性（义务性）

义务教育的强制性是义务教育的最本质特征。义务教育是法律保证实施的教育活动。义务教育不仅是受教育者的权利，而且是国家的义务，国家、社会、学校和家庭必须依法予以保证。对不履行义务教育的行为，国家以立法形式，强制执行。

2. 普及性（普遍性、统一性）

义务教育的普及性是义务教育的基本性质。普及性是指全体适龄儿童、少年，除依照法律规定办理缓学或免学手续的以外，都必须入学接受教育，并且必须完成规定年限的义务教育。在新法中，自始至终强调在全国范围内实行统一的义务教育，这个统一包括要制定统一的义务教育阶段教科书设置标准、教学标准、经费标准、建设标准、学生公用经费的标准等。

3. 免费性（公益性）

免费性是义务教育的重要特征。免费性是指国家对接受义务教育的适龄儿童、少年免除其全部或大部分就学费用。公益性，就是明确规定"不收学费、杂费"。公益性和免费性是联系在一起的。根据新《义务教育法》第二条规定，实施义务教育，不收学费、杂费。国家建立义务教育经费保障机制，保证义务教育制度实施。这说明我国的义务教育是免收学杂费的。

4. 公共性（国民性）

义务教育的公共性也称义务教育的国民性，是义务教育的一个重要特征。所谓公共性是一种社会公共事业，属于国民教育的范畴。它表现在义务教育属于一种政府行为，是在国务院领导下，实行地方负责，分级管理。"国家实行九年制义务教育。""地方各级人民政府设置的实施义务教育学校的事业费和基本建设投资，由地方各级人民政府负责筹措。""社会力量举办实施义务教育学校的事业费和基本建设投资，由办学单位或者经国家批准的私人办学者负责筹措。"这些措施表明：义务教育是与国家利益紧密相关的事，不再是个人或家庭的私事，它代表了广大人民群众的利益。义务教育的这种国民性，保证了国家对义务教育的宏观控制，有利于义务教育质量的提高。

5. 基础性

基础性也是义务教育的重要特征。基础性是指义务教育是基础教育，其目的是为提高民族素质，培养"四有"的社会主义人才奠定基础。义务教育作为依法强制适龄儿童、少年接受一定年限教育的制度，一般都是基础教育的一部分或包括基础教育制度。公民接受一定的基础教育是促进个体社会化的必要途径、是社会健康发展的保证。义务教育的基础性还表现在义务教育是一种全民性的教育，而不是英才教育，其根本的目的是使全体适龄儿童、少年在德、智、体等方面得到发展，为提高民族素质、培养社会主义的建设人才奠定基础。

（四）基本结构与内容

1. 基本结构

《义务教育法》共有三部分（总则、分则、附则），八章，六十三条。其中，总则是对义务教育活动的总体规定，分则是对义务教育活动各个方面的分别规定，附则是就未尽表达事项的补充规定和说明。

2. 主体内容

1986 年 4 月 12 日第六届全国人民代表大会第四次会议通过，2006 年 6 月 29 日第十届全国人民代表大会常务委员会第二十二次会议修订，2006 年 6 月 29 日中华人民共和国主席令第五十二号公布，自 2006 年 9 月 1 日起实施。

第一章 总 则

第一条 【立法宗旨】为了保障适龄儿童、少年接受义务教育的权利，保证义务教育的实施，提高全民族素质，根据宪法和教育法，制定本法。

第二条 【制度概说】国家实行九年义务教育制度。

义务教育是国家统一实施的所有适龄儿童、少年必须接受的教育，是国家必须予以保障的公益性事业。

实施义务教育，不收学费、杂费。

国家建立义务教育经费保障机制，保证义务教育制度实施。

第四条 【适用对象】凡具有中华人民共和国国籍的适龄儿童、少年，不分性别、民族、种族、家庭财产状况、宗教信仰等，依法享有平等接受义务教育的权利，并履行接受义务教育的义务。

第五条 【政府、家长、学校、社会的义务】各级人民政府及其有关部门应当履行本法规定的各项职责，保障适龄儿童、少年接受义务教育的权利。

适龄儿童、少年的父母或者其他法定监护人应当依法保证其按时入学接受并完成义务教育。

依法实施义务教育的学校应当按照规定标准完成教育教学任务，保证教育教学质量。

社会组织和个人应当为适龄儿童、少年接受义务教育创造良好的环境。

第七条 【管理体制】义务教育实行国务院领导，省、自治区、直辖市人民政府统筹规划实施，县级人民政府为主管理的体制。

县级以上人民政府教育行政部门具体负责义务教育实施工作；县级以上人民政府其他有关部门在各自的职责范围内负责义务教育实施工作。

第二章 学 生

第十一条 【入学年龄】凡年满六周岁的儿童，其父母或其他法定监护人应当送其入学接受并完成义务教育；条件不具备地区的儿童，可以推迟到七周岁。

适龄儿童、少年因身体状况需要延缓入学或者休学的，其父母或其他法定监护人应当提出申请，由当地乡镇人民政府或者县级人民政府教育行政部门批准。

第十二条 【免试入学】适龄儿童、少年免试入学。地方各级人民政府应当保障适龄儿童、少年在户籍所在地学校就近入学。

父母或者其他法定监护人在非户籍所在地工作或者居住的适龄儿童、少年，在其父母或者其他法定监护人工作或者居住地接受义务教育的，当地人民政府应当为其提供平等接受义务教育的条件。具体办法由省、自治区、直辖市规定。

第十三条 【保障入学】县级人民政府教育行政部门和乡镇人民政府组织和督促适龄儿童、少年入学，帮助解决适龄儿童、少年接受义务教育的困难，采取措施防止适龄儿童、少年辍学。

第十四条 【社会的义务】禁止用人单位招用应当接受义务教育的适龄儿童、少年。根据国家有关规定经批准招收适龄儿童、少年进行文艺、体育等专业训练的社会组织，应当保证所招收的适龄儿童、少年接受义务教育；自行实施义务教育的，应当经县级人民政府教育行政部门批准。

第三章　学　　校

第十六条　【学校建设标准】学校建设，应当符合国家规定的办学标准，适应教育教学需要；应当符合国家规定的选址要求和建设标准，确保学生和教职工安全。

第十七条　【寄宿制学校的设置】县级人民政府根据需要设置寄宿制学校，保障居住分散的适龄儿童、少年入学接受义务教育。

第十八条　【少数民族学校（班）】国务院教育行政部门和省、自治区、直辖市人民政府根据需要，在经济发达地区设置接收少数民族适龄儿童、少年的学校（班）。

第十九条　【特殊教育】县级以上地方人民政府根据需要设置相应的实施特殊教育的学校（班），对视力残疾、听力语言残疾和智力残疾的适龄儿童、少年实施义务教育。特殊教育学校（班）应当具备适应残疾儿童、少年学习、康复、生活特点的场所和设施。

普通学校应当接收具有接受普通教育能力的残疾适龄儿童、少年随班就读，并为其学习、康复提供帮助。

第二十条　【未成年犯的义务教育】县级以上地方人民政府根据需要，为具有预防未成年人犯罪法规定的严重不良行为的适龄少年设置专门的学校实施义务教育。

第二十一条　【未成年犯的义务教育】对未完成义务教育的未成年犯和被采取强制性教育措施的未成年人应当进行义务教育，所需经费由人民政府予以保障。

第二十二条　【均衡发展】县级以上人民政府及其教育行政部门应当促进学校均衡发展，缩小学校之间办学条件的差距，不得将学校分为重点学校和非重点学校。学校不得分设重点班和非重点班。

县级以上人民政府及其教育行政部门不得以任何名义改变或者变相改变公办学校的性质。

第二十四条　【安全措施】学校应当建立健全安全制度和应急机制，对学生进行安全教育，加强管理，及时消除隐患，防止发生事故。

学校不得聘用曾经因故意犯罪被依法剥夺政治权利或者其他不适合从事义务教育工作的人担任工作人员。

第二十五条　【违法获利】学校不得违反国家规定收取费用，不得以向学生推销或者变相推销商品、服务等方式谋取利益。

第二十六条　【校长负责制】学校实行校长负责制。校长应当符合国家规定的任职条件。校长由县级人民政府教育行政部门依法聘任。

第二十七条　【批评教育】对违反学校管理制度的学生，学校应当予以批评教育，不得开除。

第四章　教　　师

第二十八条　【教师的权利与义务】教师享有法律规定的权利，履行法律规定的义务，应当为人师表，忠诚于人民的教育事业。全社会应当尊重教师。

第二十九条　【教师行为】教师在教育教学中应当平等对待学生，关注学生的个体差异，因材施教，促进学生的全面发展。

教师应当尊重学生的人格，不得歧视学生，不得对学生实施体罚、变相体罚或者其他侮辱人格尊严的行为，不得侵犯学生的合法权益。

第三十条　【教师资格及职称】教师应当取得国家规定的教师资格。

国家建立统一的义务教育教师职务制度。教师职务分为初级职务、中级职务和高级职务。

第三十一条 【教师待遇】各级人民政府保障教师工资福利和社会保险待遇，改善教师的工作和生活条件；完善农村教师工资经费保障机制。

教师的平均工资水平应当不低于当地公务员的平均工资水平。

第三十二条 【教师培养】县级以上人民政府应当加强教师培养工作，采取措施发展教师教育。

县级人民政府教育行政部门应当均衡配置本行政区域内学校师资力量，组织校长、教师的培训和流动，加强对薄弱学校的建设。

第五章 教 育 教 学

第三十五条 【素质教育】国务院教育行政部门根据适龄儿童、少年身心发展的状况和实际情况，确定教学制度、教育教学内容和课程设置，改革考试制度，并改进高级中等学校招生办法，推进实施素质教育。

学校和教师按照确定的教育教学内容和课程设置开展教育教学活动，保证达到国家规定的基本质量要求。

国家鼓励学校和教师采用启发式教育等教育教学方法，提高教育教学质量。

第三十九条 【教科书审定制度】国家实行教科书审定制度。教科书的审定办法由国务院教育行政部门规定。

未经审定的教科书，不得出版、选用。

第四十一条 【教科书使用方法】国家鼓励教科书循环使用。

第六章 经 费 保 障

第四十二条 【经费的行政保障】国家将义务教育全面纳入财政保障范围，义务教育经费由国务院和地方各级人民政府依照本法规定予以保障。

义务教育费用逐步增长，保证教职工工资和学生人均公用经费逐步增长。

第四十三条 【学生人均公用经费标准】学校的学生人均公用经费基本标准由国务院财政部门会同教育行政部门制定，并根据经济和社会发展状况适时调整。制定、调整学生人均公用经费基本标准，应当满足教育教学的基本需要。

省、自治区、直辖市人民政府可以根据本行政区域的实际情况，制定不低于国家标准的学校学生人均公用经费标准。

特殊教育学校（班）学生人均公用经费标准应当高于普通学校学生人均公用经费标准。

第四十四条 【经费的责任主体】义务教育经费投入实行国务院和地方各级人民政府根据职责分担，省、自治区、直辖市人民政府负责统筹落实的体制。农村义务教育所需经费，由各级人民政府根据国务院的规定分项目、按比例分担。

各级人民政府对家庭经济困难的适龄儿童、少年免费提供教科书并补助寄宿生生活费。

义务教育经费保障的具体办法由国务院规定。

第四十五条 【经费预算】地方各级人民政府在财政预算中将义务教育经费单列。

县级人民政府编制预算，除向农村地区学校和薄弱学校倾斜外，应当均衡安排义务教育经费。

第四十六条 【财政转移支付】国务院和省、自治区、直辖市人民政府规范财政转移支付制度，加大一般性转移支付规模和规范义务教育专项转移支付，支持和引导地方各级人民政府增加对义务教育的投入。地方各级人民政府确保将上级人民政府的义务教育转移支付资金按照规定用于义务教育。

第四十七条 【专项资金】国务院和县级以上地方人民政府根据实际需要,设立专项资金,扶持农村地区、民族地区实施义务教育。

第四十八条 【义务教育基金】国家鼓励社会组织和个人向义务教育捐赠,鼓励按照国家有关基金会管理的规定设立义务教育基金。

第四十九条 【经费的使用】义务教育经费严格按照预算规定用于义务教育;任何组织和个人不得侵占、挪用义务教育经费,不得向学校非法收取或者摊派费用。

第五十条【经费审计】县级以上人民政府建立健全义务教育经费的审计监督和统计公告制度。

第七章 法 律 责 任

第五十一条 【未履行经费保障职责的法律责任】国务院有关部门和地方各级人民政府违反本法第六章的规定,未履行对义务教育经费保障职责的,由国务院或者上级地方人民政府责令限期改正;情节严重的,对直接负责的主管人员和其他直接责任人员依法给予行政处分。

第五十二条 【地方政府的法律责任】县级以上地方人民政府有下列情形之一的,由上级人民政府责令限期改正;情节严重的,对直接负责的主管人员和其他直接责任人员依法给予行政处分:

(一)未按照国家有关规定制定、调整学校的设置规划的;

(二)学校建设不符合国家规定的办学标准、选址要求和建设标准的;

(三)未定期对学校校舍的安全进行检查,并及时维修、改造的;

(四)未依照本法规定均衡安排义务教育经费的。

第五十三条 【教育行政部门的法律责任】县级以上人民政府或者其教育行政部门有下列情形之一的,由上级人民政府或者其教育行政部门责令限期改正、通报批评;情节严重的,对直接负责的主管人员和其他直接责任人员依法给予行政处分:

(一)将学校分为重点学校和非重点学校的;

(二)改变或者变相改变公办学校性质的。

县级人民政府教育行政部门或者乡镇人民政府未采取措施组织适龄儿童、少年入学或者防止辍学的,依照前款规定追究法律责任。

第五十四条 【侵占、挪用义务教育经费等行为的法律责任】有下列情形之一的,由上级人民政府或者上级人民政府教育行政部门、财政部门、价格行政部门和审计机关根据职责分工责令限期改正;情节严重的,对直接负责的主管人员和其他直接责任人员依法给予处分:

(一)侵占、挪用义务教育经费的;

(二)向学校非法收取或者摊派费用的。

第五十五条 【学校教师的法律责任】学校或者教师在义务教育中违反教育法、教师法规定的,依照教育法、教师法的有关规定处罚。

第五十六条 【非法获利的法律责任】学校违反国家规定收取费用的,由县级人民政府教育行政部门责令退还所收费用;对直接负责的主管人员和其他直接责任人员依法给予处分。

学校以向学生推销或者变相推销商品、服务等方式谋取利益的,由县级以上人民政府教育行政部门给予通报批评;有违法所得的,没收违法所得;对直接负责的主管人员和其他直接责任人员依法给予处分。

国家机关工作人员和教科书审查人员参与或者变相参与教科书编写的,由县级以上人民政府或者其教育行政部门根据职责权限责令限期改正,依法给予行政处分;有违法所得的,没收违法所得。

第五十七条 【行政法律责任】学校有下列情形之一的,由县级人民政府教育行政部门责令限期改正；情节严重的，对直接负责的主管人员和其他直接责任人员依法给予处分。

（一）拒绝接收具有接受普通教育能力的残疾适龄儿童、少年随班就读的；

（二）分设重点班和非重点班的；

（三）违反本法规定开除学生的；

（四）选用未经审定的教科书的。

第五十八条 【家长的法律责任】适龄儿童、少年的父母或者其他法定监护人无正当理由未依照本法规定，送适龄儿童、少年入学接受义务教育的，由当地乡镇人民政府或者县级人民政府教育行政部门给予批评教育，责令限期改正。

第五十九条 【行政法律责任】有下列情形之一的，依照有关法律、行政法规的规定予以处罚：

（一）胁迫或者诱骗应当接受义务教育的适龄儿童、少年失学、辍学的；

（二）非法招用应当接受义务教育的适龄儿童、少年的；

（三）出版未经依法审定的教科书的。

第六十条 【刑事责任】违反本法规定，构成犯罪的，依法追究刑事责任。

第八章 附 则

第六十一条 【不收杂费】对接受义务教育的适龄儿童、少年不收杂费的实施步骤，由国务院规定。

第六十二条 【民办学校的补充说明】社会组织或者个人依法举办的民办学校实施义务教育的，依照民办教育促进法有关规定执行；民办教育促进法未作规定的，适用本法。

第六十三条 【实施时间】本法于 2006 年 9 月 1 日起施行。

3. 内容详解

（1）总则。

总则对于《义务教育法》的贯彻实施和涉及的各种教育关系的调整，具有根本性的指导作用和规范作用。总则规定了义务教育的立法宗旨、立法依据；高度概括了我国义务教育的基本内涵和特点；明确了适龄儿童和少年接受义务教育的权利，以及政府及其有关部门、适龄儿童少年的父母或者其他法定监护人、依法实施义务教育的学校、其他社会组织和个人的义务。

（2）分则。

《义务教育法》分则对义务教育阶段的学生、学校、教师、教育教学、经费保障及法律责任进行了规定。

① 学生。

本章对适龄儿童的入学年龄、入学资格进行了规定，并对地方各级人民政府在保障适龄儿童、少年接受义务教育的权利方面的义务进行了规定。

② 学校。

本章对政府调整设置学校规划；学校保障特殊儿童接受义务教育、保障校园安全的义务进行了规定。《义务教育法》强调了促进义务教育学校均衡发展，不得分重点学校，学校不得分重点班，不得改变、变相改变公办学校的性质。在义务教育学校管理行为方面也作了相关规定，包括学校要建立健全安全制度和应急机制；不得违规收费等；实行校长负责制；对违反学校管理制度的学生，应当予以批评教育，但不得开除。

③ 教师。

本章强调了义务教育教师的权利和义务。在教师义务方面，规定了教师在教育教学中应当平等对待学生、尊重学生的人格等；教师从教必须取得教师资格。在教师的权利方面，规定了教师职务制度方面的权利；教师享有工资福利和社会保险待遇，教师的平均工资水平应当不低于当地公务员的平均工资水平；特殊教育教师享有特殊岗位补贴，特殊地区教师享有特别补贴。同时，规定了政府在教师培养、培训方面的责任或义务。

④ 教育教学。

义务教育教学活动中的主体包括国务院教育行政部门、学校、教师。本章规定所有施教主体必须在教育教学活动中实施素质教育。在义务教育课程教材方面，对国家教育行政部门及地方政府在教材编写、审查、出版、发行和使用上所承担的义务进行了规定。

⑤ 经费保障。

本章对义务教育经费的行政保障、经费的责任主体及经费的使用等进行了规定。

⑥ 法律责任。

《义务教育法》明确了义务教育施教主体未履行本法所规定的义务应承担的法律责任：行政责任、刑事责任和民事责任。

真题再现

1.（2013 年单项选择）外地来打工的陈某向工作所在地教育行政部门申请，请求批准他年满 7 周岁的孩子晓宣在工作地附近的公立小学就读。对这一申请，当地教育行政部门应当（　　）。

　　A. 拒绝，晓宣可选择在当地民办学校就读

　　B. 批准，但要求陈某缴纳额外的学费与杂费

　　C. 拒绝，晓宣只能在户籍所在地的学校就读

　　D. 批准，并为其提供平等接受义务教育的条件

答案：D。【解析】参见《中华人民共和国义务教育法》第十二条规定。

2.（2012 年单项选择）某地为推动教育发展决定设立重点中学，学校给予师资财政支持。下列说法正确的是（　　）。

　　A. 省级教育行政部门有权设立重点学校

　　B. 有利于打造本地教育品牌

　　C. 不利于提高教学水平

　　D. 县级教育行政部门无权设立重点学校

答案：D。【解析】根据我国《义务教育法》第二十二条规定，县级以上人民政府及其教育行政部门应当促进学校均衡发展，缩小学校之间办学条件的差距，不得将学校分为重点学校和非重点学校。

3.（2016 年单项选择）根据《中华人民共和国义务教育法》的规定，我国中小学校实行（　　）。

　　A. 校长负责制　　　　　　　　　　B. 校长责任制

　　C. 党委领导下的校长负责制　　　　D. 党委领导下的校长责任制

答案：A。【解析】根据《中华人民共和国义务教育法》第二十六条规定，学校实行校长负责制。

4.（2015 年单项选择）小学生李某多次违反学校管理制度，为此学校可以采取的管教方式是（　　）。

　　A. 收容教养　　　B. 强制劝退　　　C. 开除学籍　　　D. 批评教育

答案：D。【解析】根据《中华人民共和国义务教育法》第二十七条规定，对违反学校管理制度的学生，学校应当予以批评教育，不得开除。

5.（2015 年单项选择）国家机关工作人员陈某因参与小学语文教科书的编写工作，被当地人民政府给予行政记过处分，并处以没收全部违法所得。当地人民政府做出这一处分的法律依据是（　　）。

    A.《中华人民共和国教育法》   B.《中华人民共和国教师法》

    C.《中华人民共和国义务教育法》   D.《中华人民共和国未成年人保护法》

答案：C。【解析】参见《中华人民共和国义务教育法》第五十六条规定。

6.（2016 年单项选择）就读于农村某校的亮亮小学未毕业，父母让其辍学帮忙看店里生意。依照《中华人民共和国义务教育法》的相关规定，给予小亮父母批评教育并责令限期改正的机构是（　　）。

    A. 村委会   B. 学校

    C. 乡级人民政府   D. 县级人民政府

答案：C。【解析】参见《中华人民共和国义务教育法》第五十八条规定。

7.（2013 年单项选择）下列关于我国义务教育的说法，不正确的是（　　）。

    A. 义务教育是国家必须予以保障的公益性事业

    B. 实施义务教育不收学费，可适当收取杂费

    C. 义务教育实行以县级人民政府为主的管理体制

    D. 适龄儿童、少年，依法享有平等受教育的权利

答案：B。【解析】根据《中华人民共和国义务教育法》第二条规定，实施义务教育，不收学费、杂费。

8.（2015 年单项选择）年满 14 岁的初中学生张某学习成绩不好，不想上学，父母让其辍学到城里务工，一家汽修厂安排张某当学徒。下列说法正确的是（　　）。

    A. 张某父母的做法合法，父母有责任帮助孩子成长

    B. 张某父母的做法不合法，侵犯了张某的受教育权

    C. 汽修厂的用工合法，张某已经年满 14 岁

    D. 汽修厂的用工不合法，违反了《中华人民共和国教育法》

答案：B。【解析】根据《中华人民共和国义务教育法》第五条规定，适龄儿童、少年的父母或者其他法定监护人应当依法保证其按时入学接受并完成义务教育。第十四条规定，禁止用人单位招用应当接受义务教育的适龄儿童、少年。因为张某正处于接受义务教育的年龄，所以父母让他辍学的行为不合法，侵犯了他的受教育权。

9.（2015 年单项选择）依据《中华人民共和国义务教育法》的规定，妨碍义务教育实施，造成重大社会影响的，负有领导责任的人民政府或者人民政府教育行政部门的负责人（　　）。

    A. 应当引咎辞职   B. 应被就地免职

    C. 应承担刑事责任   D. 应受行政训诫

答案：A。【解析】详见《中华人民共和国义务教育法》第九条规定。

10.（2016 年单项选择）某中学为提高生源质量，自行组织入学考试，实行跨学区招生。该学校的做法（　　）。

    A. 合理，学校有招收学生的权利   B. 合理，学校有自主办学的权利

    C. 不合法，违反了尊重学生人格的规定   D. 不合法，违反了免试、就近入学的规定

答案：D。【解析】根据《中华人民共和国义务教育法》第十二条规定，适龄儿童、少年免试入学。地方各级人民政府应当保障适龄儿童、少年在户籍所在地学校就近入学。

11.（2016 年单项选择）某县级政府为了提高本县的中考成绩，将辖区内两所初中列为重点

学校，并给予政府倾斜。该县级政府的做法（　　）。

  A. 合法，县级政府有权利自主管理

  B. 合法，有助于校际教育质量竞争

  C. 不合法，不能设置重点学校和非重点学校

  D. 不合法，应该平均分配各类教育资源

答案：C。【解析】根据《中华人民共和国义务教育法》第二十二条规定，县级以上人民政府及其教育行政部门应当促进学校均衡发展，缩小学校之间办学条件的差距，不得将学校分为重点学校和非重点学校。学校不得分设重点班和非重点班。

12.（2015年单项选择）某县教育局根据中考成绩，将全县初级中学分为普通初中和实验初中，并对后者从师资、经费等方面予以倾斜。该县义务教育没有做到（　　）。

  A. 重点发展   B. 均衡发展   C. 协调发展   D. 优先发展

答案：B。【解析】详见《中华人民共和国义务教育法》第二十二条规定。

13.（2015 年单项选择）初二学生小华染上不良行为习惯，学校可以对他依法采取的措施是（　　）。

  A. 勒令退学   B. 开除学籍   C. 批评教育   D. 单独禁闭

答案：C。【解析】详见《中华人民共和国义务教育法》第二十七条规定。

14.（2015 年单项选择）为了添置教育教学设备，某初级中学通过向学生推销学习和生活用品获取经费。该学校的这种做法（　　）。

  A. 能促进自身发展，合情合理   B. 能解决自己困难，情有可原

  C. 违反法律法规，应当追究责任   D. 违反法律规定，但可免予处理

答案：C。【解析】详见《中华人民共和国义务教育法》第五十六条规定。

四、《中华人民共和国教师法》解读

《中华人民共和国教师法》（以下除需要称全称外，简称《教师法》）从 1986 年开始起草，后经过八年酝酿、修改，于 1993 年 10 月 31 日经第八届全国人民代表大会常务委员会第四次会议通过，1994 年 1 月 1 日起实行。教师法的制定和颁布，对于提高教师的地位，保障教师的合法权益，造就一支具有良好的思想品德和业务素质的教师队伍，促进我国社会主义教育事业的发展，有着重要意义。

（一）《教师法》的性质

《教师法》是教育单行法，《教师法》对教师培养、教师职业活动和教师管理等方面的法律关系进行了规范，是集合了教师的行业管理和教师的权益保护为一体的综合性的专门法律。

（二）《教师法》的地位

《教师法》是我国教育史上第一部关于教师的单行法律，它的制定和颁布体现了党和国家对人民教师的重视，有利于从根本上提高教师的社会地位，保障教师的合法权益，使教师成为受人尊重的职业；有利于加强教师队伍的建设，造就一批高素质的教师队伍，促进社会主义教育事业的发展。

（三）《教师法》的基本结构与内容

1. 基本结构

《教师法》共有三部分（总则、分则、附则），九章，四十三条。其中，总则对立法目的、适

用对象等做出了总体规定，分则是对教师权利和义务、教师队伍建设等的规定。

2. 主体内容

1993 年 10 月 31 日第八届全国人民代表大会常务委员会第四次会议通过，1993 年 10 月 31 日中华人民共和国主席令第 15 号公布，自 1994 年 1 月 1 日起实行。

第一章 总 则

第一条 【立法目的】保障教师的合法权益，建设具有良好思想品德修养和业务素质的教师队伍，促进社会主义教育事业的发展，制定本法。

第二条 【适用对象】本法适用于在各级各类学校和其他教育机构中专门从事教育教学工作的教师。

第三条 【教师职责】教师是履行教育教学职责的专业人员，承担教书育人，培养社会主义事业建设者和接班人、提高民族素质的使命。教师应当忠诚于人民教育事业。

第四条 【政府职责】各级人民政府应当采取措施，加强教师的思想政治教育和业务培训，改善教师的工作条件和生活条件，保障教师的合法权益，提高教师的社会地位。全社会都应当尊重教师。

第五条 【管理体制】国务院教育行政部门主管全国的教师工作。国务院有关部门在各自职权范围内负责有关教师工作。学校和其他教育机构根据国家规定，自主进行教师管理工作。

第六条 【教师节】每年九月十日为教师节。

第二章 权利和义务

第七条 【教师权利】教师享有下列权利：

（一）进行教育教学活动，开展教育教学改革和实验；

（二）从事科学研究、学术交流，参加专业的学术团体，在学术活动中充分发表意见；

（三）指导学生的学习和发展，评定学生的品行和学业成绩；

（四）按时获取工资报酬，享受国家规定的福利待遇以及寒暑假期的带薪休假；

（五）对学校教育教学、管理工作和教育行政部门的工作提出意见和建议，通过教职工代表大会或者其他形式，参与学校的民主管理；

（六）参加进修或者其他方式的培训。

第八条 【教师义务】教师应当履行下列义务：

（一）遵守宪法、法律和职业道德，为人师表；

（二）贯彻国家的教育方针，遵守规章制度，执行学校的教学计划，履行教师聘约，完成教育教学工作任务；

（三）对学生进行宪法所确定的基本原则的教育和爱国主义、民族团结的教育，法制教育以及思想品德、文化、科学技术教育，组织、带领学生开展有益的社会活动；

（四）关心、爱护全体学生，尊重学生人格，促进学生在品德、智力、体质等方面的发展；

（五）制止有害于学生的行为或者其他侵犯学生合法权益的行为，批评和抵制有害于学生健康成长的现象；

（六）不断提高思想政治觉悟和教育教学业务水平。

第九条 【保障机制】为保障教师完成教育教学任务，各级人民政府、教育行政部门、有关部门、学校和其他教育机构应当履行下列职责：

（一）提供符合国家安全标准的教育教学设施和设备；

（二）提供必需的图书、资料及其他教育教学用品；

（三）对教师在教育教学、科学研究中的创造性工作给以鼓励和帮助；

（四）支持教师制止有害于学生的行为或者其他侵犯学生合法权益的行为。

第三章　资格和任用

第十条　【教师资格制度】国家实行教师资格制度。中国公民凡遵守宪法和法律，热爱教育事业，具有良好的思想品德，具备本法规定的学历或者经国家教师资格考试合格，有教育教学能力，经认定合格的，可以取得教师资格。

第十一条　【取得教师资格应具备的学历】取得教师资格应当具备的相应学历是：

（一）取得幼儿园教师资格，应当具备幼儿师范学校毕业及其以上学历；

（二）取得小学教师资格，应当具备中等师范学校毕业及其以上学历；

（三）取得初级中学教师、初级职业学校文化、专业课教师资格，应当具备高等师范专科学校或者其他大学专科毕业及其以上学历；

（四）取得高级中学教师资格和中等专业学校、技工学校、职业高中文化课、专业课教师资格，应当具备高等师范院校本科或者其他大学本科毕业及其以上学历；取得中等专业学校、技工学校和职业高中学生实习指导教师资格应当具备的学历，由国务院教育行政部门规定；

（五）取得高等学校教师资格，应当具备研究生或者大学本科毕业学历；

（六）取得成人教育教师资格，应当按照成人教育的层次、类别，分别具备高等、中等学校毕业及其以上学历。

不具备本法规定的教师资格学历的公民，申请获取教师资格，必须通过国家教师资格考试。国家教师资格考试制度由国务院规定。

第十二条　【过渡办法】本法实施前已经在学校或者其他教育机构中任教的教师，未具备本法规定学历的，由国务院教育行政部门规定教师资格过渡办法。

第十三条　【资格认定】中小学教师资格由县级以上地方人民政府教育行政部门认定。中等专业学校、技工学校的教师资格由县级以上地方人民政府教育行政部门组织有关主管部门认定。普通高等学校的教师资格由国务院或者省、自治区、直辖市教育行政部门或者由其委托的学校认定。具备本法规定的学历或者经国家教师资格考试合格的公民，要求有关部门认定其教师资格的，有关部门应当依照本法规定的条件予以认定。取得教师资格的人员首次任教时，应当有试用期。

第十四条　【资格限制】受到剥夺政治权利或者因故意犯罪受到有期徒刑以上刑事处罚的，不能取得教师资格；已经取得教师资格的，丧失教师资格。

第十五条　【毕业生任教】各级师范学校毕业生，应当按照国家有关规定从事教育教学工作。

国家鼓励非师范高等学校毕业生到中小学或者职业学校任教。

第十六条　【教师聘任】国家实行教师职务制度，具体办法由国务院规定。

知识链接

我国教师职务设置

我国教师职务根据岗位设立，即根据学校教学和科研实际情况设置职务；教师职务与工资待遇挂钩，并有数额限制，教师职务要经过全面考核，以确定其是否称职；教师职务不适用于离退休教师，教师离退休时职务同时解聘。根据国家教育部的有关规定，目前我国教师职务系列设置：高等学校教师职务设助教、讲师、副教授、教授；中等专业学校设教员、助教、讲师、高级讲师；普通中小学及幼儿园设一、二、三级教师和高级教师；技工学校文化、技术理论课教师职务设高级讲师、讲师、助理讲师、教员；生产实习课教师职务设高级、一级、二级、三级、实习指导教师。各级成人高校执行同级学校教师职务试行条例。

第十七条 【教师聘任】学校和其他教育机构应当逐步实行教师聘任制度。教师的聘任应当遵循双方地位平等的原则，由学校和教师签订聘任合同，明确规定双方的权利、义务和责任。实施教师聘任制的步骤、办法由国务院教育行政部门规定。

知识链接

我国教师聘任制度的基本原则与内容

1. 教师聘任制度必须遵循双方地位平等的原则。聘任是双方的法律行为，聘任关系基于独立而结合，基于意见一致或相互同意协商成立，并在平等地位上签订聘任合同。

2. 聘任双方在平等地位上签订的聘任合同具有法律效力，对聘任双方都有约束力，它以聘书的形式明确双方的权利、义务和责任。在聘期内，教师、学校分别承担其义务、责任，行使自己的权利。根据聘任合同领取相应的工资，职务工资应反映教师的工作业绩、教育教学水平，体现按劳取酬的原则。

3. 教师聘任的基本形式。教师聘任依其聘任主体实施行为的不同可分为招聘、续聘、解聘、辞聘等形式。

4. 教师的培养与培训。一方面，教师的培养和培训，对于提高教师素质具有重要意义，是体现《教师法》立法宗旨的重要部分。为了保证教师的培养、培训工作正常而有效地进行，本法在第四章第一次用法律专门对教师培养、培训的措施做了规定。《教师法》第四章第十八条规定了中小学教师培养和培训的途径。

另一方面，由于我国教师队伍的整体水平不高，业务水平参差不齐，还有一部分教师不能很好地胜任教育教学工作。所以，必须加强中小学教师的培训。教师的培训是加强教师队伍的重要方面，为此，教育行政部门和学校均负有重要责任。培训教师是一项长期的工作，应制定规划，使培训工作具有系统性、规范性、目的性和针对性。因此，《教育法》第十九条规定："各级人民政府教育行政部门、学校主管部门和学校应当制定教师培训规划，对教师进行多种形式的思想政治、业务培训。"本法第二十条明确规定，国家机关、企业事业单位和其他社会组织应当提供方便，给予协助，不得推诿，更不得阻挠、刁难，这是法定责任。

第四章 培养和培训

第十八条 【教师培养】各级人民政府和有关部门应当办好师范教育，并采取措施，鼓励优秀青年进入各级师范学校学习。各级教师进修学校承担培训中小学教师的任务。

师范学校应当承担培养和培训中小学教师的任务。各级师范学校学生享受专业奖学金。

第十九条 【教师培训】各级人民政府教育行政部门、学校主管部门和学校应当制定教师培训规划，对教师进行多种形式的思想政治、业务培训。

第二十条 【社会措施】国家机关、企业事业单位和其他社会组织应当为教师的社会调查和社会实践提供便利，给予协助。

第二十一条 【政府措施】各级人民政府应当采取措施，为少数民族地区和边远贫困地区培养、培训教师。

第五章 考 核

第二十二条 【考核内容】学校或者其他教育机构应当对教师的政治思想、业务水平、工作态度和工作成绩进行考核。

教育行政部门对教师的考核工作进行指导、监督。

第二十三条 【考核要求】考核应当客观、公正、准确，充分听取教师本人、其他教师以及学生的意见。

第二十四条 【评价依据】教师考核结果是受聘任教、晋升工资、实施奖惩的依据。

第六章 待 遇

第二十五条 【教师工资】教师的平均工资水平应当不低于或者高于国家公务员的平均工资水平，并逐步提高。建立正常晋级增薪制度，具体办法由国务院规定。

第二十六条 【教师津贴】中小学教师和职业学校教师享受教龄津贴和其他津贴，具体办法由国务院教育行政部门会同有关部门制定。

第二十七条 【教师补贴】地方各级人民政府对教师以及具有中专以上学历的毕业生到少数民族地区和边远贫困地区从事教育教学工作的，应当予以补贴。

第二十八条 【教师住房】地方各级人民政府和国务院有关部门，对城市教师住房的建设、租赁、出售实行优先、优惠政策。县、乡两级人民政府应当为农村中小学教师解决住房提供方便。

第二十九条 【医疗保险】教师的医疗与当地国家公务员享受同等的待遇；定期对教师进行身体健康检查，并因地制宜安排教师进行休养。医疗机构应当对当地教师的医疗提供方便。

第三十条 【退休或者退职待遇】教师退休或者退职后，享受国家规定的退休或者退职待遇。

县级以上地方人民政府可以适当提高长期从事教育教学工作的中小学退休教师的退休金比例。

第三十一条 【非国家教师待遇】各级人民政府应当采取措施，改善国家补助、集体支付工资的中小学教师的待遇，逐步做到在工资收入上与国家支付工资的教师同工同酬，具体办法由地方各级人民政府根据本地区的实际情况规定。

第三十二条 【社会力量保障】社会力量所办学校教师的待遇，由举办者自行确定并予以保障。

第七章 奖 励

第三十三条 【奖励机制】教师在教育教学、培养人才、科学研究、教学改革、学校建设、社会服务、勤工俭学等方面成绩优异的，由所在学校予以表彰、奖励。国务院和地方各级人民政府及其有关部门对有突出贡献的教师，应当予以表彰、奖励。对有重大贡献的教师，依照国家有关规定授予荣誉称号。

第三十四条 【其他奖励方式】国家支持和鼓励社会组织或者个人向依法成立的奖励教师的基金组织捐助资金，对教师进行奖励。

第八章 法 律 责 任

第三十五条 【侮辱殴打教师行为的法律责任】侮辱、殴打教师的，根据不同情况，分别给予行政处分或者行政处罚；造成损害的，责令赔偿损失；情节严重，构成犯罪的，依法追究刑事责任。

第三十六条 【打击报复教师行为的法律责任】对依法提出申诉、控告、检举的教师进行打击报复的，由其所在单位或者上级机关责令改正；情节严重的，可以根据具体情况给予行政处分。

国家工作人员对教师打击报复构成犯罪的，依照刑法第一百四十六条的规定追究刑事责任。

第三十七条 【教师不当行为的处理】教师有下列情形之一的，由所在学校、其他教育机构或者教育行政部门给予行政处分或者解聘。

（一）故意不完成教育教学任务给教育教学工作造成损失的；

（二）体罚学生，经教育不改的；

（三）品行不良、侮辱学生，影响恶劣的。

教师有前款第（二）项、第（三）项所列情形之一，情节严重，构成犯罪的，依法追究刑事责任。

第三十八条 【拖欠工资的法律责任】地方人民政府对违反本法规定，拖欠教师工资或者侵犯教师其他合法权益的，应当责令其限期改正。违反国家财政制度、财务制度，挪用国家财政用于教育经费，严重妨碍教育教学工作，拖欠教师工资，损害教师合法权益的，由上级机关责令限期归还被挪用的经费，并对直接责任人员给予行政处分；情节严重，构成犯罪的，依法追究刑事责任。

第三十九条 【教师申诉】教师对学校或者其他教育机构侵犯其合法权益的，或者对学校或者其他教育机做出的处理不服的，可以向教育行政部门提出申诉，教育行政部门应当在接到申诉的三十日内，做出处理。教师认为当地人民政府有关行政部门侵犯其根据本法规定享有的权利的，可以向同级人民政府或者上一级人民政府有关部门提出申诉，同级人民政府或者上一级人民政府有关部门应当做出处理。

第九章 附 则

第四十条 【本法用语含义】本法下列用语的含义是：

（一）各级各类学校，是指实施学前教育、普通初等教育、普通中等教育、职业教育、普通高等教育以及特殊教育、成人教育的学校。

（二）其他教育机构，是指少年宫以及地方教研室、电化教育机构等。

（三）中小学教师，是指幼儿园、特殊教育机构、普通中小学、成人初等中等教育机构、职业中学以及其他教育机构的教师。

第四十一条 【辅助人员】学校和其他教育机构中的教育教学辅助人员，其他类型的学校的教师和教育教学辅助人员，可以根据实际情况参照本法有关规定执行。

军队所属院校的教师和教育教学辅助人员，由中央军事委员会依照本法制定有关规定。

第四十二条 【外籍教师聘任】外籍教师的聘任办法由国务院教育行政部门规定。

第四十三条 【实施时间】本法自 1994 年 1 月 1 日起施行。

3. 内容详解

（1）总则。

本章规定了《教师法》的宗旨和法律适用范围，明确了教师是"履行教育教学职责的专业人员"及"承担教书育人，培养社会主义事业建设者和接班人、提高民族素质的使命"的专业职责，同时规定了各级人民政府及整个社会对保障教师合法权益和社会地位的义务。

（2）分则。

① 权利和义务。

本章规定了教师享有的六大权利和六大义务。教师的权利和义务既有教师作为公民的一般权利和义务，也有教师作为专业人员享有的权利和承担的义务。

② 资格和任用。

本章的核心是教师资格制度，明确规定了教师资格应当具备的学历条件、资格认定、资格限制等内容。

③ 培养和培训。

本章主要规范了教师职前培养和职后培训工作。在职前职后培养培训方面，对各级人民政府和有关部门应承担的培训任务做出了明确规定。

④ 考核。

本章是对教师专业工作质量保障环节——考核的规定，规定了考核主体、考核内容及考核结果在教师管理和对教师本人权益的影响。

⑤ 待遇。

本章主要对教师权益待遇做出规定。这些权益包括"工资待遇""教龄津贴和其他津贴""到少数民族地区和边远贫困地区从事教育教学工作的补贴""住房""医疗"及"工资支付"等。对教师权益承担义务的主体是中央及地方各级人民政府。

⑥ 奖励。

本章把表扬、奖励教师的贡献纳入法律规范，一方面对教师教育教学贡献进行价值认定，另一方面把表扬、奖励作为进行教师队伍建设的重要举措。把对教师的奖励纳入法律规范，既是教师的法律认定的权利，也是政府的一项义务。

⑦ 法律责任。

本章包含两个方面的内容：对教师权利的保护，对那些侵犯教师权利的行为规定了必须追究的刑事责任、行政责任；对教师违反法律规定应负相应的规律责任，包括行政责任和刑事责任。

真题再现

1.（2014年单项选择）为了保护学生的隐私，某小学规定语文教师不得在课堂上点评学生的作文。该校的做法（   ）。

 A. 正确，学校有权对教师提出工作要求

 B. 正确，学校应该满足学生的自尊需求

 C. 不正确，学校侵犯了教师的专业权利

 D. 不正确，学校限制了教师的言论自由

答案：C。【解析】《中华人民共和国教师法》第七条第三款规定：教师有"指导学生的学习和发展，评定学生的品行和学业成绩"的权利。教师有权严格要求学生，对学生的思想品德、学习和生活表现作出客观、公正的评价。语文教师点评学生作文是对学生的一种学习业绩的评价，该小学的做法侵犯了教师的指导评价权。

2.（2014年单项选择）某小学规定，女教师必须在学校工作3年后方可怀孕，否则产假按事假对待。该规定（   ）。

 A. 合法，体现了学校的自主办学权利 B. 合法，保障了学校的正常教学秩序

 C. 不合法，侵犯了女教师的人权 D. 不合法，侵犯了女教师的身体权

答案：C。【解析】《中华人民共和国教师法》规定教师享有带薪休假的权利，此外，享受孕产假是公民的基本权利之一，不能因为女教师已经享受寒暑假就不再批准孕产假。这则规定严重侵害了女教师的基本人权。

3.（2013年单项选择）李老师就校务公开问题向学校提建议，李老师的做法是在（　　　）。

    A. 行使教师权利　　　　　　　　　　B. 履行教师义务

    C. 影响学校秩序　　　　　　　　　　D. 给学校出难题

答案：A。【解析】《中华人民共和国教师法》第二章第七条规定：教师享有对学校教育教学、管理工作和教育行政部门的工作提出意见和建议，通过教职工代表大会或者其他形式，参与学校民主管理的权利。"就校务公开问题向学校提建议"是教师行使权利的表现，故本题选A。

4.（2014年单项选择）张老师大学本科毕业后自愿到少数民族地区从事教育工作。依据《中华人民共和国教师法》，应当依法对张老师（　　　）。

    A. 给予补贴　　　　　B. 予以表扬　　　　　C. 进行奖励　　　　　D. 提高津贴

答案：A。【解析】根据《中华人民共和国教师法》第二十七条规定地方各级人民政府对教师以及具有中专以上学历的毕业生到少数民族地区和边远贫困地区从事教育教学工作的，应当予以补贴。

5.（2016年单项选择）依据《中华人民共和国教师法》的相关规定，社会力量所办学校教师的待遇（　　　）。

    A. 由教育行政部门确定，但由举办者予以保障

    B. 由举办者自行确定，但由教育行政部门予以保障

    C. 由教育行政部门确定并予以保障

    D. 由举办者自行确定并予以保障

答案：D。【解析】《中华人民共和国教师法》第三十二条规定，社会力量所办学校的教师待遇，由举办者自行确定并予以保障。

6.（2012年单项选择）下列现象中，可依法追究刑事责任的是（　　　）。

    A. 故意不完成教育教学任务造成严重损失的

    B. 违反有关规定向受教育者收取费用的

    C. 侮辱、殴打教师，情节严重，构成犯罪的

    D. 侵犯学校校舍、场地和其他财产的

答案：C。【解析】《中华人民共和国教师法》第三十五条规定，侮辱、殴打教师的，根据不同情况，分别给予行政处分或者行政处罚；造成损害的，责令赔偿损失；情节严重，构成犯罪的，依法追究刑事责任。

7.（2016年单项选择）依据《中华人民共和国教师法》的相关规定，教师有下列哪种情形，可以由其所在学校予以行政处分或解聘？（　　　）。

    A. 故意不完成教学任务造成损失的　　　　B. 课余时间无偿为学生补课的

    C. 教学过程中延长授课时间的　　　　　　D. 学生管理中严厉对待学生的

答案：A。【解析】《中华人民共和国教师法》第三十七条规定，教师有下列情形之一的，由所在学校、其他教育机构或者教育行政部门给予行政处分或者解聘。

（一）故意不完成教育教学任务给教育教学工作造成损失的；

（二）体罚学生，经教育不改的；

（三）品行不良、侮辱学生，影响恶劣的。

教师有前款第（二）项、第（三）项所列情形之一，情节严重，构成犯罪的，依法追究刑事

责任。

8.（2012 年单项选择）教师方某常给学生起侮辱性绰号，造成了恶劣影响。对于方某的这种行为，所在学校或教育行政部门应当给予（　　）。

　　A. 行政处分或解聘　　　　　　　　　B. 行政警告或拘留
　　C. 行政强制或拘留　　　　　　　　　D. 行政处罚或解聘

　　答案：A。【解析】根据《中华人民共和国教师法》第三十七条规定：对于教师品行不良、侮辱学生，影响恶劣的，由所在学校、其他教育机构或者教育行政部门给予行政处分或者解聘。

9.（2016 年单项选择）小学教师梁某因上班迟到被罚款，她对学校的决定不服，提出申诉，申诉的受理机关应是（　　）。

　　A. 教职工代表大会　　　　　　　　　B. 信访机关
　　C. 教育行政部门　　　　　　　　　　D. 检察机关

　　答案：C。【解析】根据《中华人民共和国教师法》第三十九条的规定。

10.（2013 年单项选择）某县小学教师李某对学校给予他的处分不服，李某可以提出的申诉的机构是（　　）。

　　A. 当地县级教育行政部门　　　　　　B. 学校职工代表大会
　　C. 当地县级人民政府　　　　　　　　D. 所在省教育行政主管部门

　　答案：A。【解析】根据《中华人民共和国教师法》第三十九条的规定。

11.（2012 年单项选择）根据《中华人民共和国教师法》的规定，为保障教师完成教育教学任务，下列有关各级人民政府、教育行政部门、有关部门、学校和其他教育机构履行职责的说法错误的一项是（　　）。

　　A. 提供教育教学设施和设备
　　B. 提供必需的图书、资料及其他教育教学用品
　　C. 对教师在教育教学研究中的创造性工作给予鼓励和帮助
　　D. 支持教师制止有害于学生的行为或者其他侵犯学生合法权益的行为

　　答案：A。【解析】相关机构应提供符合国家安全标准的教育教学设施和设备。详见《中华人民共和国教师》第九条规定。

12.（2012 年单项选择）《中华人民共和国教师法》规定的教师考核的内容不包括（　　）。

　　A. 业务水平　　　　B. 工作态度　　　　C. 工作成绩　　　　D. 工作年限

　　答案：D。【解析】根据《中华人民共和国教师法》第二十二条规定，学校或者其他教育机构应当对教师的政治思想、业务水平、工作态度和工作成绩进行考核。

13.（2012 年单项选择）教师赵某因违反学校管理制度，被校长在全校师生会上点名批评，赵某的丈夫王某听后，不辨是非，在校长下班路上将其打成重伤，情节严重，依法应对王某追究（　　）。

　　A. 违宪责任　　　　B. 行政责任　　　　C. 刑事责任　　　　D. 一般责任

　　答案：C。【解析】根据《中华人民共和国教师法》第三十五条规定，侮辱、殴打教师的，根据不同情况，分别给予行政处分或者行政处罚；造成损害的，责令赔偿损失；情节严重，构成犯罪的，依法追究刑事责任。

五、《中华人民共和国未成年人保护法》解读

《中华人民共和国未成年人保护法》（以下简称《未成年人保护法》）于 1991 年 9 月 4 日第七届全国人民代表大会常务委员会第二十一次会议通过，并于 1992 年 1 月 1 日起施行。

新《未成年人保护法》于 2006 年 12 月 29 日第十届全国人民代表大会常务委员会第二十五次会议修订，自 2007 年 6 月 1 日起施行。

（一）《未成年人保护法》的性质与地位

《未成年人保护法》一般作为教育单行法看待，未成年人的保护问题，不仅仅是教育活动领域中的问题，也是社会生活领域中的问题。《未成年人保护法》从未成年人的健康成长需要出发，制定了保护未成年人成长的法律规范，涉及学校、家庭、社会和司法部门。

（二）《未成年人保护法》的立法宗旨

（1）保护未成年人的身心健康；

（2）保障未成人的合法权益；

（3）促进未成年人全面发展，培养合格人才。

（三）《未成年人保护法》的立法意义

（1）制定《未成年人保护法》是保障未成年人合法权益和促使他们健康成长的需要；

（2）制定《未成年人保护法》是完善社会主义法制的需要；

（3）有利于与国际社会未成年人保护工作同步。

（四）《中华人民共和国未成年人保护法》的基本结构与内容

1. 基本结构

《未成年人保护法》共有七章，分别为：第一章总则，第二章家庭保护，第三章学校保护，第四章社会保护，第五章司法保护，第六章法律责任，第七章附则。

2. 主体内容

1991 年 9 月 4 日第七届全国人民代表大会常务委员会第二十一次会议通过，2006 年 12 月 29 日第十届全国人民代表大会常务委员会第二十五次会议修订，自 2007 年 6 月 1 日起施行。

第一章　总　则

第二条 【适用范围】成年人是指未满十八周岁的公民。

第三条 【未成年人享有权利】未成年人享有生存权、发展权、受保护权、参与权等权利，国家根据未成年人的身心发展特点给予特殊、优先保护，保障未成年人的合法权益不受侵犯。

未成年人享有受教育权，国家、社会、学校和家庭尊重和保障未成年人的受教育权。

未成年人不分性别、民族、种族、家庭财产状况、宗教信仰等，依法平等地享有权利。

第四条 【国家、社会、学校和家庭的教育和保护】国家、社会、学校和家庭对未成年人进行理想教育、道德教育、文化教育、纪律和法制教育，进行爱国主义、集体主义和社会主义的教育，提倡爱祖国、爱人民、爱劳动、爱科学、爱社会主义的公德，反对资本主义的、封建主义的和其他腐朽思想的侵蚀。

第五条 【基本原则】保护未成年人的工作，应当遵循下列原则：

（一）尊重未成年人的人格尊严；

（二）适应未成年人身心发展的规律和特点；

（三）教育与保护相结合。

第二章　家庭保护

第十条 【监护和抚养义务】父母或者其他监护人应当创造良好、和睦的家庭环境，依法履行对未成年人的监护职责和抚养义务。

禁止对未成年人实施家庭暴力，禁止虐待、遗弃未成年人，禁止溺婴和其他残害婴儿的行为，不得歧视女性未成年人或者有残疾的未成年人。

第十一条 【保障身心健康的责任】父母或者其他监护人应当关注未成年人的生理、心理状况和行为习惯，以健康的思想、良好的品行和适当的方法教育和影响未成年人，引导未成年人进行有益身心健康的活动，预防和制止未成年人吸烟、酗酒、流浪、沉迷网络以及赌博、吸毒、卖淫等行为。

第十二条 【家庭指导责任】父母或者其他监护人应当学习家庭教育知识，正确履行监护职责，抚养教育未成年人。

有关国家机关和社会组织应当为未成年人的父母或者其他监护人提供家庭教育指导。

第十三条 【保障未成年人接受义务教育责任】父母或者其他监护人应当尊重未成年人受教育的权利，必须使适龄未成年人依法入学接受并完成义务教育，不得使接受义务教育的未成年人辍学。

第十四条 【保护未成年人权益责任】父母或者其他监护人应当根据未成年人的年龄和智力发展状况，在做出与未成年人权益有关的决定时告知其本人，并听取他们的意见。

第十五条 【未成年人不得结婚】父母或者其他监护人不得允许或者迫使未成年人结婚，不得为未成年人订立婚约。

第十六条 【委托监护责任】父母因外出务工或者其他原因不能履行对未成年人监护职责的，应当委托有监护能力的其他成年人代为监护。

知识链接

父母或者其他监护人的监护职责和抚养义务

1. 监护职责。监护职责就是监护关系存续期间监护人应当承担的义务。监护人的职责包括以下方面：保护被监护人的身体健康，照顾被监护人的生活；管理和保护被监护人的财产；代理被监护人进行民事活动（我国《民法通则》第十四条规定："无民事行为能力人、限制民事行为能力人的监护人是他的法定代理人。"），对被监护人进行管理和教育；承担未成年人造成的对国家、集体或他人损害的民事责任；代理被监护人进行诉讼。

2. 抚养义务。抚养是指父母从物质、经济上对未成年子女的养育与照料，如负担子女的生活费、教育费以及生活方面的养育、帮助、照管等。但父母对子女的抚养是有一定期限的，即从出生直至能够独立生活。另有三种情况需要说明：（1）离婚后子女的抚养问题。父母与子女之间的关系不因父母离婚而消除，离婚后，父母对子女仍有抚养、教育的权利与义务。（2）非婚生子女的抚养问题。非婚生子女是指非婚姻关系的男女所生的子女，包括已婚男女与他人结合所生的子女、未婚女子被强暴所生子女以及未婚男女所生子女等。我国《婚姻法》第二十五条规定："非婚生子女享有与婚生子女同等的权利，任何人不得加以危害和歧视，不直接抚养非婚生子女的生父或生母，应当负担子女的生活费和教育费，直至子女能独立生活。"（3）父母双亡或父母一方死亡的未成年子女的抚养问题。未成年子女父母双亡，由有负担能力的祖父母、外祖父母抚养；父母一方死亡，另一方有能力抚养未成年子女，应依法履行义务。未成年子女父母双亡或无抚养能力，可以先由祖父母、外祖父母承担，其次由兄弟姐妹承担。同胞兄弟姐妹之间，有抚养关系的继兄弟姐妹与养兄弟姐妹之间，同样有相互抚养的权利与义务。

第三章　学校保护

第十八条　【保护未成年人受教育权】学校应当尊重未成年学生受教育的权利，关心、爱护学生，对品行有缺点、学习有困难的学生，应当耐心教育、帮助，不得歧视，不得违反法律和国家规定开除未成年学生。

第十九条　【保护未成年人身心健康】学校应当根据未成年学生身心发展的特点，对他们进行社会生活指导、心理健康辅导和青春期教育。

第二十条　【保证未成年学生适度学习】学校应当与未成年人的父母或者其他监护人互相配合，保证未成年学生的睡眠、娱乐和体育锻炼时间，不得加重其学习负担。

第二十一条　【尊重未成年人人格尊严】学校、幼儿园、托儿所的教职员工应当尊重未成年人的人格尊严，不得对未成年人实施体罚、变相体罚或者其他侮辱人格尊严的行为。

第二十二条　【保护未成年人人身安全】学校、幼儿园、托儿所应当建立安全制度，加强对未成年人的安全教育，采取措施保障未成年人的人身安全。

学校、幼儿园、托儿所不得在危及未成年人人身安全、健康的校舍和其他设施、场所中进行教育教学活动。

学校、幼儿园安排未成年人参加集会、文化娱乐、社会实践等集体活动，应当有利于未成年人的健康成长，防止发生人身安全事故。

第二十三条　【突发事件教育】教育行政等部门和学校、幼儿园、托儿所应当根据需要，制定应对各种灾害、传染性疾病、食物中毒、意外伤害等突发事件的预案，配备相应设施并进行必要演练，增强未成年人的自我保护意识和能力。

第二十四条　【学生伤害事故的妥善处理】学校对未成年学生在校内或者本校组织的校外活动中发生人身伤害事故的，应当及时救护，妥善处理，并及时向有关主管部门报告。

第二十五条　【专门教育】对于在学校接受教育的有严重不良行为的未成年学生，学校和父母或者其他监护人应当互相配合加以管教；无力管教或者管教无效的，可以按照有关规定将其送专门学校继续接受教育。

依法设置专门学校的地方人民政府应当保障专门学校的办学条件，教育行政部门应当加强对专门学校的管理和指导，有关部门应当给予协助和配合。

专门学校应当对在校就读的未成年学生进行思想教育、文化教育、纪律和法制教育、劳动技术教育和职业教育。

专门学校的教职员工应当关心、爱护、尊重学生，不得歧视、厌弃。

第二十六条　【保教结合】幼儿园应当做好保育、教育工作，促进幼儿在体质、智力、品德等方面和谐发展。

第四章　社会保护

第二十七条　【国家、社会、个人保护】全社会应当树立尊重、保护、教育未成年人的良好风尚，关心、爱护未成年人。

国家鼓励社会团体、企业事业组织以及其他组织和个人，开展多种形式的有利于未成年人健康成长的社会活动。

第二十八条　【特殊未成年人受教育权利】各级人民政府应当保障未成年人受教育的权利，并采取措施保障家庭经济困难的、残疾的和流动人口中的未成年人等接受义务教育。

第三十条　【教育基地或场所免费开放】爱国主义教育基地、图书馆、青少年宫、儿童活动中心应当对未成年人免费开放；博物馆、纪念馆、科技馆、展览馆、美术馆、文化馆以及影剧院、体育场馆、动物园、公园等场所，应当按照有关规定对未成年人免费或者优惠开放。

第三十七条　【吸烟饮酒规定】禁止向未成年人出售烟酒，经营者应当在显著位置设置不向未成年人出售烟酒的标志；对难以判明是否已成年的，应当要求其出示身份证件。

任何人不得在中小学、幼儿园、托儿所的教室、寝室、活动室和其他未成年人集中活动的场所吸烟、饮酒。

第三十八条　【不得招用未满十六周岁未成年人】任何组织或者个人不得招用未满十六周岁未成年人，国家另有规定的除外。

任何组织或者个人按照国家有关规定招用已满十六周岁未满十八周岁的未成年人的，应当执行国家在工种、劳动时间、劳动强度和保护措施等方面的规定，不得安排其从事过重、有毒、有害等危害未成年人身心健康的劳动或者危险作业。

第三十九条　【隐私保护】任何组织或者个人不得披露未成年人的个人隐私。

对未成年人的信件、日记、电子邮件，任何组织或者个人不得隐匿、毁弃；除因追查犯罪的需要，由公安机关或者人民检察院依法进行检查，或者对无行为能力未成年人的信件、日记、电子邮件由其父母或者其他监护人代为开拆、查阅外，任何组织或者个人不得开拆、查阅。

第四十条　【优先救护】学校、幼儿园、托儿所和公共场所发生突发事件时，应当优先救护未成年人。

第四十一条　【禁止拐骗、虐待未成年人】禁止拐卖、绑架、虐待未成年人，禁止对未成年人实施性侵害。禁止胁迫、诱骗、利用未成年人乞讨或者组织未成年人进行有害其身心健康的表演等活动。

第四十二条　【校园保护】公安机关应当采取有力措施，依法维护校园周边的治安和交通秩序，预防和制止侵害未成年人合法权益的违法犯罪行为。

任何组织或者个人不得扰乱教学秩序，不得侵占、破坏学校、幼儿园、托儿所的场地、房屋和设施。

第四十三条　【政府救助】县级以上人民政府及其民政部门应当根据需要设立救助场所，对流浪乞讨等生活无着未成年人实施救助，承担临时监护责任；公安部门或者其他有关部门应当护送流浪乞讨或者离家出走的未成年人到救助场所，由救助场所予以救助和妥善照顾，并及时通知其父母或者其他监护人领回。

对孤儿、无法查明其父母或者其他监护人的以及其他生活无着的未成年人，由民政部门设立的儿童福利机构收留抚养。

第四十四条　【未成年人的卫生保健】卫生部门和学校应当对未成年人进行卫生保健和营养指导，提供必要的卫生保健条件，做好疾病预防工作。

卫生部门应当做好对儿童的预防接种工作，国家免疫规划项目的预防接种实行免费；积极防治儿童常见病、多发病，加强对传染病防治工作的监督管理，加强对幼儿园、托儿所卫生保健的业务指导和监督检查。

第四十五条　【政府幼教支持】地方各级人民政府应当积极发展托幼事业，办好托儿所、幼儿园，支持社会组织和个人依法兴办哺乳室、托儿所、幼儿园。

各级人民政府和有关部门应当采取多种形式，培养和训练幼儿园、托儿所的保教人员，提高其职业道德素质和业务能力。

第四十六条　【智力成果和荣誉权】国家依法保护未成年人的智力成果和荣誉权不受侵犯。

第四十七条　【职业教育】未成年人已经完成规定年限的义务教育不再升学的，政府有关部门和社会团体、企业事业组织应当根据实际情况，对他们进行职业教育，为他们创造劳动就业条件。

第四十八条 【居民委员会、村民委员的职责】居民委员会、村民委员会应当协助有关部门教育和挽救违法犯罪的未成年人，预防和制止侵害未成年人合法权益的违法犯罪行为。

第四十九条 【投诉】未成年人的合法权益受到侵害的，被侵害人及其监护人或者其他组织和个人有权向有关部门投诉，有关部门应当依法及时处理。

第五章 司 法 保 护

第五十条 【司法保护】公安机关、人民检察院、人民法院以及司法行政部门，应当依法履行职责，在司法活动中保护未成年人的合法权益。

第五十一条 【司法救助】未成年人的合法权益受到侵害，依法向人民法院提起诉讼的，人民法院应当依法及时审理，并适应未成年人生理、心理特点和健康成长的需要，保障未成年人的合法权益。

在司法活动中对需要法律援助或者司法救助的未成年人，法律援助机构或者人民法院应当给予帮助，依法为其提供法律援助或者司法救助。

第五十二条 【继承、离婚案件中未成年人的保护】人民法院审理继承案件，应当依法保护未成年人的继承权和受遗赠权。

人民法院审理离婚案件，涉及未成年子女抚养问题的，应当听取有表达意愿能力的未成年子女的意见，根据保障子女权益的原则和双方具体情况依法处理。

第五十三条 【监护权】父母或者其他监护人不履行监护职责或者侵害被监护的未成年人的合法权益，经教育不改的，人民法院可以根据有关人员或者有关单位的申请，撤销其监护人的资格，依法另行指定监护人。被撤销监护资格的父母应当依法继续负担抚养费用。

第五十四条 【教育为主、惩罚为辅原则】对违法犯罪的未成年人，实行教育、感化、挽救的方针，坚持教育为主、惩罚为辅的原则。

对违法犯罪的未成年人，应当依法从轻、减轻或者免除处罚。

第五十五条 【保护违法未成年人权益】公安机关、人民检察院、人民法院办理未成年人犯罪案件和涉及及未成年人权益保护案件，应当照顾未成年人身心发展特点，尊重他们的人格尊严，保障他们的合法权益，并根据需要设立专门机构或者指定专人办理。

第五十六条 【保护案件相关未成年人】公安机关、人民检察院讯问未成年犯罪嫌疑人，询问未成年证人、被害人，应当通知监护人到场。公安机关、人民检察院、人民法院办理未成年人遭受性侵害的刑事案件，应当保护被害人的名誉。

第五十七条 【未成年人羁押、服刑管理】对羁押、服刑的未成年人，应当与成年人分别关押。

羁押、服刑的未成年人没有完成义务教育的，应当对其进行义务教育。

解除羁押、服刑期满未成年人的复学、升学、就业不受歧视。

第五十八条 【媒体保护未成年人罪犯隐私】对未成年人犯罪案件，新闻报道、影视节目、公开出版物、网络等不得披露该未成年人的姓名、住所、照片、图像以及可能推断出该未成年人的资料。

第五十九条 【矫治与预防】对未成年人严重不良行为的矫治与犯罪行为的预防，依照预防未成年人犯罪法的规定执行。

第六章 法 律 责 任

第六十条 【法律责任概述】违反本法规定，侵害未成年人的合法权益，其他法律、法规已规定行政处罚的，从其规定；造成人身财产损失或者其他损害的，依法承担民事责任；构成犯罪的，依法追究刑事责任。

第六十一条 【国家机关及其工作人员的法律责任】国家机关及其工作人员不依法履行保护未成年人合法权益的责任，或者侵害未成年人合法权益，或者对提出申诉、控告、检举的人进行打击报复的，由其所在单位或者上级机关责令改正，对直接负责的主管人员和其他直接责任人员依法给予行政处分。

第六十二条 【监护人的法律责任】父母或者其他监护人不依法履行监护职责，或者侵害未成年人合法权益的，由其所在单位或者居民委员会、村民委员会予以劝诫、制止；构成违反治安管理行为的，由公安机关依法给予行政处罚。

第六十三条 【教育部门的法律责任】学校、幼儿园、托儿所侵害未成年人合法权益的，由教育行政部门或者其他有关部门责令改正；情节严重的，对直接负责的主管人员和其他直接责任人员依法给予处分。

学校、幼儿园、托儿所教职员工对未成年人实施体罚、变相体罚或者其他侮辱人格行为的，由其所在单位或者上级机关责令改正；情节严重的，依法给予处分。

第六十四条 【信息传播者的法律责任】制作或者向未成年人出售、出租或者以其他方式传播淫秽、暴力、凶杀、恐怖、赌博等图书、报刊、音像制品、电子出版物以及网络信息等的，由主管部门责令改正，依法给予行政处罚。

第六十五条 【产品生产销售者的法律责任】生产、销售用于未成年人的食品、药品、玩具、用具和游乐设施不符合国家标准或者行业标准，或者没有在显著位置标明注意事项的，由主管部门责令改正，依法给予行政处罚。

第六十六条 【活动场所的法律责任】在中小学校园周边设置营业性歌舞娱乐场所、互联网上网服务营业场所等不适宜未成年人活动场所的，由主管部门予以关闭，依法给予行政处罚。

营业性歌舞娱乐场所、互联网上网服务营业场所等不适宜未成年人活动的场所允许未成年人进入，或者没有在显著位置设置未成年人禁入标志的，由主管部门责令改正，依法给予行政处罚。

第六十七条 【烟酒销售者的法律责任】向未成年人出售烟酒，或者没有在显著位置设置不向未成年人出售烟酒标志的，由主管部门责令改正，依法给予行政处罚。

第六十八条 【用人单位的法律责任】非法招用未满十六周岁的未成年人，或者招用已满十六周岁的未成年人从事过重、有毒、有害等危害未成年人身心健康的劳动或者危险作业的，由劳动保障部门责令改正，处以罚款；情节严重的，由工商行政管理部门吊销营业执照。

第六十九条 【隐私保护】侵犯未成年人隐私，构成违反治安管理行为的，由公安机关依法给予行政处罚。

第七十条 【民政部门的法律责任】未成年人救助机构、儿童福利机构及其工作人员不依法履行对未成年人的救助保护职责，或者虐待、歧视未成年人，或者在办理收留抚养工作中牟取利益的，由主管部门责令改正，依法给予行政处分。

第七十一条 【伤害未成年人身心健康的法律责任】胁迫、诱骗、利用未成年人乞讨或者组织未成年人进行有害其身心健康的表演等活动的，由公安机关依法给予行政处罚。

第七章 附　则

第七十二条 【实施时间】本法自 2007 年 6 月 1 日起施行。

3. 内容详解

《未成年人保护法》主要从家庭、学校、社会和司法四个方面规定了相关主体保护未成年人的义务，并规定了相关法律责任。

在家庭保护方面，明确了父母或其他监护人作为义务主体对未成年人的保护义务。包括监护和抚养的义务、保障其身心健康的责任、家庭指导责任、保障未成年人接受义务教育的责任等。

学校保护指教育保护，即学校保障"全面贯彻国家的教育方针，实施素质教育"，并"促进未成年学生的全面发展"。

社会保护包括与社会相关的方方面面，社会保护的义务主体包括政府、企事业单位、个人、未成年人成长的社会环境。因为对未成年人进行保护是全社会的责任。

司法保护主要有两大方面：一方面在未成年人的合法权益受到侵害时，司法部门要提供法律保护；另一方面是对违法犯罪的未成年人，坚持"教育为主、惩罚为辅"的原则采取司法保护措施。

本章规定的法律责任也规定承担未成年人保护义务的主体，如果不能履行自己的义务，要根据相应的违法情况，承担行政责任、民事责任和刑事责任。

真题再现

1.（2013年单项选择）我国未成年人保护工作应遵循的原则不包括（　　）。

A. 教育与保护相结合

B. 尊重未成年人的人格尊严

C. 适应未成年人身心发展的规律和特点

D. 儿童权利优先

答案：D。【解析】参见《中华人民共和国未成年人保护法》第五条规定。

2.（2013年单项选择）孙校长切实抓好了地震消防应急演练工作，地震发生时，全校师生顺利转移到安全地带。这说明孙校长注重（　　）。

A. 促进教师发展　　　　　　　　B. 校园硬件建设

C. 校园文化建设　　　　　　　　D. 保护学生安全

答案：D。【解析】参见《中华人民共和国未成年人保护法》第二十三条规定。

3.（2014年单项选择）学生刘某因家庭经济困难无法按规定完成义务教育，依据《中华人民共和国未成年人保护法》的规定对刘某的受教育权利具有保障责任的是（　　）。

A. 刘某的监护人　　B. 当地教育机构　　C. 儿童福利机构　　D. 当地人民政府

答案：D。【解析】参见《中华人民共和国未成年人保护法》第二十八条规定。

4.（2015年单项选择）开烟酒店的张某经常向小学生出售香烟，张某的行为（　　）。

A. 合法，学生可以自愿购买

B. 合法，商家有自主经营权

C. 不合法，家长没有委托小学生购买香烟

D. 不合法，张某不能向小学生出售香烟

答案：D。【解析】根据《中华人民共和国未成年人保护法》第三十七条规定，禁止向未成年人出售烟酒，经营者应在显著位置设置不向未成年人出售烟酒的标志。

5.（2016年单项选择）12岁的小亮因为家里经济状况不好，放学后到饭店打工，饭店老板了解情况后雇用了他，并为他安排了较为清闲的工作。该饭店老板的做法（　　）。

A. 合法，有利于改善小亮家庭的经济状况

B. 合法，有利于锻炼小亮的自立能力

C. 不合法，任何人不得非法招用童工

D. 不合法，没有取得小亮监护人的同意

答案：C。【解析】根据《中华人民共和国未成年人保护法》第三十八条规定，任何组织或者个人不得招用未满 16 周岁的未成年人，国家另有规定的除外。

6.（2015 年单项选择）8 岁的亮亮是一名孤儿，根据《中华人民共和国未成年人保护法》应对其履行收留抚养责任的主体是（　　）。

A. 教育行政部门　　　　　　　　B. 学校教育机构

C. 儿童福利机构　　　　　　　　D. 社区居民委员会

答案：C。【解析】根据《中华人民共和国未成年人保护法》第四十三条规定，对孤儿、无法查明其父母或其他监护人的以及其他生活无着的未成年人，由民政部门设立的儿童福利机构收留抚养。

7.（2014 年单项选择）国有企业员工李某经常在家酗酒后打骂孩子，对于李某的行为，下列表述中正确的是（　　）。

A. 可由李某所在单位给予处分　　B. 可由李某所在单位给予劝诫

C. 可由当地人民政府给予行政处罚　D. 可由当地人民政府给予劝诫

答案：B。【解析】根据《中华人民共和国未成年人保护法》第六十二条规定。

8.（2016 年单项选择）张某利用未成年人在街头乞讨。依据《中华人民共和国未成年人保护法》的相关规定，对于张某的行为（　　）。

A. 应当由公安机关依法给予行政处罚

B. 应当由司法机关依法提起公诉

C. 应当由未成年人主张自我权利

D. 应当由社区组织予以制止

答案：A。【解析】《中华人民共和国未成年人保护法》第七十一条规定，胁迫、诱骗、利用未成年人乞讨或者组织未成年人进行有害其身心健康的表演等活动的，由公安机关依法给予行政处罚。

六、《中华人民共和国预防未成年人犯罪法》解读

（一）《中华人民共和国预防未成年人犯罪法》的性质与地位

《中华人民共和国预防未成年人犯罪法》（以下除需要称全称外，简称《预防未成年人犯罪法》）同《未成年人保护法》关系密切，两者实质上都着眼于未成年人的保护，两者相互联系、相互补充。《预防未成年人犯罪法》旨在预防未成年人犯罪保护，责任主体涉及学校、家庭、社会和司法部门。

（二）《预防未成年人犯罪法》的基本结构与内容

1. 基本结构

《预防未成年人犯罪法》共有八章，五十七条。包括预防未成年人犯罪教育、对未成年人不良行为的预防、对未成年人严重不良行为的矫正、未成年人对犯罪的自我防范、对未成年人重新犯罪的预防、法律责任。

2. 主体内容

1999 年 6 月 28 日第九届全国人民代表大会常务委员会第十次会议通过，自 1999 年 11 月 1 日起施行。

第一章 总 则

第一条 【立法目的】保障未成年人身心健康，培养未成年人良好品行，有效预防未成年人犯罪，制定本法。

第二条 【教育保护原则】预防未成年人犯罪，立足于教育和保护，从小抓起，对未成年人的不良行为及时进行预防和矫治。

第五条 【教育保护原则】预防未成年人犯罪，应当结合未成年人不同年龄的生理、心理特点，加强青春期教育、心理矫治和预防犯罪对策的研究。

第二章 预防未成年人犯罪的教育

第六条 【预防犯罪教育】对未成年人应当加强理想、道德、法制和爱国主义、集体主义、社会主义教育。对于达到义务教育年龄的未成年人，在进行上述教育的同时，应当进行预防犯罪的教育。

预防未成年人犯罪的教育目的，是增强未成年人的法制观念，使未成年人懂得违法和犯罪行为对个人、家庭、社会造成的危害，违法和犯罪行为应当承担的法律责任，树立遵纪守法和防范违法犯罪的意识。

第十条 【家校合作教育】未成年人的父母或者其他监护人对未成年人的法制教育负有直接责任。学校在对学生进行预防犯罪教育时，应当将教育计划告知未成年人的父母或者其他监护人，未成年人的父母或其他监护人应当结合学校计划，针对具体情况进行教育。

第三章 对未成年人不良行为的预防

第十四条 【未成年人不良行为】未成年人的父母或者其他监护人和学校应当教育未成年人不得有下列不良行为：

（一）旷课、夜不归宿；

（二）携带管制刀具；

（三）打架斗殴、辱骂他人；

（四）强行向他人索要财物；

（五）偷窃、故意毁坏财物；

（六）参与赌博或者变相赌博；

（七）观看、收听色情、淫秽音像制品、读物等；

（八）进入法律、法规规定未成年人不适宜进入的营业性歌舞厅等场所；

（九）其他严重违背社会公德的不良行为。

第十六条 【未成年人旷课或夜不归宿的处理】中小学生旷课的，学校应当及时与其父母或者其他监护人取得联系。

未成年人擅自外出夜不归宿的，其父母或者其他监护人、其所在寄宿制学校应当及时查找，或者向公安机关请求帮助。收留夜不归宿未成年人的，应当征得其父母或者其他监护人的同意，或者在二十四小时内及时通知其父母或者其他监护人、所在学校或者及时向公安机关报告。

第十九条 【不满十六周岁未成年人不得脱离监护】未成年人的父母或者其他监护人，不得让不满十六周岁的未成年人脱离监护单独居住。

第二十条 【未成年人父母监护职责】未成年人的父母或者其他监护人对未成年人不得放任不管，不得迫使其离家出走，放弃监护职责。

未成年人离家出走的，其父母或者其他监护人应当及时查找，或者向公安机关请求帮助。

第二十一条 【离异家庭教育子女义务】未成年人的父母离异的，离异双方对子女都有教育义务，任何一方都不得因离异而不履行教育子女的义务。

第二十二条 【继父母、养父母预防未成年人犯罪职责】继父母、养父母对受其抚养教育的未成年继子女、养子女，应当履行本法规定的父母对未成年子女在预防犯罪方面的职责。

第二十三条 【学校对不良行为未成年人的教管义务】学校对有不良行为的未成年人应当加强教育、管理，不得歧视。

第二十五条 【对不良品行教职员工的处理】对于教唆、胁迫、引诱未成年人实施不良行为或者品行不良，影响恶劣，不适宜在学校工作的教职员工，教育行政部门、学校应当予以解聘或者辞退；构成犯罪的，依法追究刑事责任。

第三十二条 【媒体宣传不得危害未成年人身心健康】广播、电影、电视、戏剧节目，不得有渲染暴力、色情、赌博、恐怖活动等危害未成年人身心健康的内容。

广播电影电视行政部门、文化行政部门必须加强对广播、电影、电视、戏剧节目以及各类演播场所的管理。

第三十三条 【营业性娱乐场所对于未成年人的开放规定】营业性歌舞厅以及其他未成年人不适宜进入的场所，应当设置明显的未成年人禁止进入标志，不得允许未成年人进入。

营业性电子游戏场所在国家法定节假日外，不得允许未成年人进入，并应当设置明显的未成年人禁止进入标志。

对于难以判明是否已成年的，上述场所的工作人员可以要求其出示身份证件。

第四章　对未成年人严重不良行为的矫治

第三十四条 【未成年人严重不良行为】本法所称"严重不良行为"，是指下列严重危害社会，尚不够刑事处罚的违法行为：

（一）纠集他人结伙滋事，扰乱治安；

（二）携带管制刀具，屡教不改；

（三）多次拦截殴打他人或者强行索要他人财物；

（四）传播淫秽读物或者音像制品等；

（五）进行淫乱或者色情、卖淫活动；

（六）多次偷窃；

（七）参与赌博，屡教不改；

（八）吸食、注射毒品；

（九）其他严重危害社会的行为。

第三十五条 【严重不良行为未成年人的矫治和教育】对未成年人实施本法规定的严重不良行为的，应当及时制止。

对有本法规定严重不良行为的未成年人，其父母或者其他监护人和学校应当相互配合，采取措施严加管教，也可以送工读学校进行矫治和接受教育。

对未成年人送工读学校进行矫治和接受教育，应当由其父母或者其他监护人，或者原所在学校提出申请，经教育行政部门批准。

第三十八条 【不满十六周岁未成年犯罪人员的监管】未成年人因不满十六周岁不予刑事处罚的，责令其父母或者其他监护人严加管教；必要时，也可以由政府依法收容教养。

第三十九条 【保障收容教养未成年人的受教育权】未成年人在被收容教养期间，执行机关应当保证其继续接受文化知识、法律知识或者职业技术教育；对没有完成义务教育的未成年人，执行机关应当保证其继续接受义务教育。解除收容教养、劳动教养的未成年人，在复学、升学、就业等方面与其他未成年人享有同等权利，任何单位和个人不得歧视。

第六章　对未成年人重新犯罪的预防

第四十四条【教育为主、惩罚为辅原则】对犯罪的未成年人追究刑事责任，实行教育、感化、挽救方针，坚持教育为主、惩罚为辅的原则。

司法机关办理未成年人犯罪案件，应当保障未成年人行使其诉讼权利，保障未成年人得到法律帮助，并根据未成年人的生理、心理特点和犯罪情况，有针对性地进行法制教育。

对于被采取刑事强制措施的未成年学生，在人民法院的判决生效以前，不得取消其学籍。

第四十五条【未成年人犯罪案件的审理】人民法院审判未成年人犯罪的刑事案件，应当由熟悉未成年人身心特点的审判员或者审判员和人民陪审员依法组成少年法庭进行。

对于已满十四周岁不满十六周岁未成年人犯罪的案件，一律不公开审理。已满十六周岁不满十八周岁未成年人犯罪案件，一般也不公开审理。

对未成年人犯罪案件，新闻报道、影视节目、公开出版物不得披露该未成年人的姓名、住所、照片及可能推断出该未成年人的资料。

第四十六条【对未成年犯罪人员的监管教育】对被拘留、逮捕和执行刑罚的未成年人与成年人应当分别关押、分别管理、分别教育。未成年犯在被执行刑罚期间，执行机关应当加强对未成年犯的法制教育，对未成年犯进行职业技术教育。对没有完成义务教育的未成年犯，执行机关应当保证其继续接受义务教育。

第四十七条【家、校、社会共同教育、挽救未成年人】未成年人的父母或者其他监护人和学校、城市居民委员会、农村村民委员会，对因不满十六周岁而不予刑事处罚、免予刑事处罚的未成年人，或者被判处非监禁刑罚、被判处刑罚宣告缓刑、被假释的未成年人，应当采取有效的帮教措施，协助司法机关做好对未成年人的教育、挽救工作。

城市居民委员会、农村村民委员会可以聘请思想品德优秀、作风正派、热心未成年人教育工作的离退休人员或者其他人员协助做好对前款规定的未成年人的教育、挽救工作。

第四十八条【刑罚未成年人享有同等教育权】依法免予刑事处罚、判处非监禁刑罚、判处刑罚宣告缓刑、假释或者刑罚执行完毕的未成年人，在复学、升学、就业等方面与其他未成年人享有同等权利，任何单位和个人不得歧视。

第七章　法　律　责　任

第四十九条【监护人法律责任】未成年人的父母或者其他监护人不履行监护职责，放任未成年人有本法规定的不良行为或者严重不良行为的，由公安机关对未成年人的父母或者其他监护人予以训诫，责令其严加管教。

第五十一条【公安机关工作人员法律责任】公安机关的工作人员违反本法第十八条的规定，接到报告后，不及时查处或者采取有效措施，严重不负责任的，予以行政处分；造成严重后果，构成犯罪的，依法追究刑事责任。

第五十二条【相关出版人员法律责任】违反本法第三十条的规定，出版含有诱发未成年人违法犯罪以及渲染暴力、色情、赌博、恐怖活动等危害未成年人身心健康内容的出版物的，由出版行政部门没收出版物和违法所得，并处违法所得三倍以上十倍以下罚款；情节严重的，没收出版物和违法所得，并责令停业整顿或者吊销许可证。对直接负责的主管人员和其他直接责任人员处以罚款。

制作、复制宣扬淫秽内容的未成年人出版物，或者向未成年人出售、出租、传播宣扬淫秽内容出版物的，依法予以治安处罚；构成犯罪的，依法追究刑事责任。

第五十三条　【租售出版物及通讯、网络传播者法律责任】违反本法第三十一条的规定，向未成年人出售、出租含有诱发未成年人违法犯罪以及渲染暴力、色情、赌博、恐怖活动等危害未成年人身心健康内容的读物、音像制品、电子出版物的，或者利用通信、计算机网络等方式提供上述危害未成年人身心健康内容及其信息的，没收读物、音像制品、电子出版物和违法所得，由政府有关主管部门处以罚款。

单位有前款行为的，没收读物、音像制品、电子出版物和违法所得，处以罚款，并对直接负责的主管人员和其他直接责任人员处以罚款。

第五十四条　【演播场所法律责任】影剧院、录像厅等各类演播场所，放映或者演出渲染暴力、色情、赌博、恐怖活动等危害未成年人身心健康的节目的，由政府有关主管部门没收违法播放的音像制品和违法所得，处以罚款，并对直接负责的主管人员和其他直接责任人员处以罚款；情节严重的，责令停业整顿或者由工商行政部门吊销营业执照。

第五十五条　【营业性娱乐场所法律责任】营业性歌舞厅以及其他未成年人不适宜进入的场所、营业性电子游戏场所，违反本法第三十三条的规定，不设置明显的未成年人禁止进入标志，或者允许未成年人进入的，由文化行政部门责令改正、给予警告、责令停业整顿、没收违法所得，处以罚款，并对直接负责的主管人员和其他直接责任人员处以罚款；情节严重的，由工商行政部门吊销营业执照。

第五十六条　【教唆、胁迫、引诱未成年人不良行为法律责任】教唆、胁迫、引诱未成年人实施本法规的不良行为、严重不良行为，或者为未成年人实施不良行为、严重不良行为提供条件，构成违反治安管理行为的，由公安机关依法予以治安处罚；构成犯罪的，依法追究刑事责任。

真题再现

1.（2012年单项选择）预防未成年人犯罪应立足于（　　　）。

　　A. 教育和处罚　　　　B. 教育和保护　　　　C. 保护和管教　　　　D. 预防和惩戒

答案：B。【解析】根据《中华人民共和国预防未成年人犯罪法》第二条规定，预防未成年人犯罪，立足于教育和保护，从小抓起，对未成年人的不良行为及时进行预防和矫治。

2.（2014年单项选择）某初级中学开展"法制教育日"活动，要求学生的父母配合。有些父母说："孩子送到学校，学校就应负责他的所有教育，我们平时工作忙，哪有时间管？"父母的做法（　　　）。

　　A. 正确，学校不能推卸自己的教育责任

　　B. 正确，父母没有承担法制教育的责任

　　C. 不正确，父母对未成年人的法制教育负有直接责任

　　D. 不正确，学校对未成年人的法制教育负全责

答案：C。【解析】详见《中华人民共和国预防未成年人犯罪法》第十条规定。

3.（2012年单项选择）根据《中华人民共和国预防未成年人犯罪法》的规定，下列选项中，学校应当及时与其父母或法定监护人取得联系的学生行为是（　　　）。

　　A. 上课聊天　　　　B. 多日旷课　　　　C. 不交作业　　　　D. 谈情说爱

答案：B。【解析】根据《中华人民共和国预防未成年人犯罪法》第十六条规定，中小学生旷

课的，学校应当及时与其父母或者其他监护人取得联系。

4.（2015年单项选择）放学后，15岁的李某与同学王某在酒店和朋友聚餐，在喝完从酒店买的白酒后，李某和王某发生了争执，李某拿起酒瓶击中王某的头部，致使王某成了植物人。此次伤害事件中，下列说法正确的是（　　）。

　　A. 李某应承担刑事责任

　　B. 未满16周岁的李某不承担刑事责任

　　C. 酒店应当承担王某的全部赔偿责任

　　D. 李某的学校应承担王某的部分赔偿责任

答案：B。【解析】我国《刑法》第十七条第二款规定："已满十四周岁不满十六周岁的人犯故意杀人、故意伤害致人重伤或者死亡、强奸、抢劫、贩卖毒品、放火、爆炸、投毒罪的，应当负刑事责任。"在适用上应注意：规定只有上述罪行才承担刑事责任。李某酒后伤人，不属于故意伤害，因此，不承担刑事责任。

5.（2015年单项选择）15岁学生张某的父母都在外地打工，留张某独自在家生活和学习。下列说法正确的是（　　）。

　　A. 留张某独自在家可锻炼其生活能力　　B. 学校可以取消王某的学籍

　　C. 不得让生活能力差的孩子独自生活　　D. 不得让张某脱离监护单独居住生活

答案：D。【解析】根据《中华人民共和国预防未成年人犯罪法》第十九条规定，未成年人的父母或者其他监护人，不得让不满十六周岁的未成年人脱离监护单独居住。根据《中华人民共和国未成年人保护法》第十六条规定，父母因外出务工或者其他原因不能履行对未成年人监护职责的，应当委托有监护能力的其他成年人代为监护。

6.（2015年单项选择）初中生王某因犯罪，被法院判处有期徒刑1年缓刑2年。下列说法正确的是（　　）。

　　A. 王某不可能继续回学校读书　　B. 学校可以取消王某的学籍

　　C. 王某只能到工读学校就读　　D. 王某可由政府依法收容教养

答案：D。【解析】根据《中华人民共和国预防未成年人犯罪法》第三十八条规定，未成年人因不满十六周岁不予刑事处罚的，责令其父母或者其他监护人严加管教；必要时，也可以由政府依法收容教养。因此，初中生王某可由政府依法收容教养。

7.（2013年单项选择）教师对解除收容教育、劳动教养后回校复学的未成年学生，应当（　　）。

　　A. 限制其与其他同学接触　　B. 限制其使用学校的设施

　　C. 按其以往表现评价品行　　D. 允许其参加学校各项活动

答案：D。【解析】详见《中华人民共和国未成年人保护法》第五十七条和《中华人民共和国预防未成年人犯罪法》第三十九条规定。

8.（2016年单项选择）正在读小学六年级的小刚经常无故旷课，依据《中华人民共和国未成年人保护法》的相关规定，学校应当（　　）。

　　A. 及时与其监护人联系　　B. 尊重小刚的选择

　　C. 及时通报警方　　D. 予以开除处理

答案：A。【解析】根据《中华人民共和国预防未成年人犯罪法》第十六条规定，中小学生旷课的，学校应当及时与父母或者其他监护人取得联系。

9.（2014年单项选择）小学生宋某因多次偷窃，被所在学校申请送工读学校进行矫治。对于这一申请具有审批权的机构是（　　）。

　　A. 公安部门　　　　B. 检察机关　　　　C. 教育行政部门　　　D. 民政部门

答案：C。【解析】根据《中华人民共和国预防未成年人犯罪法》第三十五条规定，对未成年人送工读学校进行矫治和接受教育，应当由其父母或者其他监护人或者原所在学校提出申请，经教育行政部门批准。

10.（2015年单项选择）12岁的王某参与打架斗殴，违反了治安管理规定。对于王某的行为，下列选项说法正确的是（　　）。

A. 可以依法免予处罚　　　　　　B. 无须承担法律责任

C. 可由公安机关予以收容教养　　D. 可由公安机关予以行政拘留

答案：A。【解析】根据《中华人民共和国预防未成年人犯罪法》第三十七条规定，未成年人有本法规定严重不良行为，构成违反治安管理行为的，由公安机关依法予以治安处罚。因不满十四周岁或者情节特别轻微免予处罚的，可以予以训诫。王某因不满十四周岁，所以可以依法免予处罚。

七、《学生伤害事故处理办法》解读

2002年6月28日，教育部颁布了《学生伤害事故处理办法》（以下除需要称全称外，简称《办法》），对学生在校期间所发生的人身伤害事故的预防与处理做出了具体规范。

（一）学生伤害事故的含义

学生伤害事故是指在学校实施的教育教学活动或者学校组织的校外活动中，以及在学校负有管理责任的校舍、场地、其他教育教学设施、生活设施内发生的，造成在校学生人身损害后果的事故。

（二）《学生伤害事故处理办法》的性质与地位

《学生伤害事故处理办法》是教育部制定颁发的，属于"教育规章"。为实施未成年人安全保护，提供了实际操作规则。《办法》不仅与学生的权利保护有关，也与教育活动中学校权益、学校教育教学活动秩序相关。

（三）《学生伤害事故处理办法》颁布的目的和意义

20世纪90年代以来，学生安全事故呈上升趋势，学生在校伤害事故也在其列。因此，学生伤害事故成为困扰中小学及幼儿园教学与管理的一个重要问题，一直受到社会的关注。保障他们的人身安全是维护学生合法权益、保障学校教育教学正常秩序的重要方面。近年来，教育部相继颁布了十多项有关学校安全工作的政策、规定，而《学生伤害事故处理办法》的颁布与实施是推动教育领域的法制建设，构建有关学校安全的法律、制度框架的重要组成部分。

概括地说，《办法》颁布的目的和意义主要体现在以下方面：

1.《办法》的颁布与实施，根本在于指导和帮助教育行政部门、各级各类学校积极预防、妥善处理学生伤害事故

《办法》的颁布与实施，将促进学校提高自身的责任观念和预防意识，促进学校、教育行政部门加强对学生人身安全的保护；有利于在校学生人身伤害事故的妥善、正确处理，维护学生和学校的合法权益；有利于构建良好的法制环境和制度框架，为学校适应实施素质教育的要求，开展多种形式的活动，促进学生身心的全面发展，创造必要外部条件和有力的保障机制。

2.《办法》对人们关注的焦点问题做出了法律上的明确回答，有利于规范教育法律关系主体的意识与行为

《办法》对人们关注的焦点问题做出了法律上的明确回答，主要体现在四个方面：① 明确了学校与学生在监护问题上的基本法律关系，学校对未成年学生不承担监护职责；② 明确学生伤害事故侵权民事责任的归责原则——过错责任原则；③ 设定了以调解为核心内容的学校和教育行政主管部门处理事故的程序，提出了以建立社会保险机制为特征的筹措赔偿经费的途径；④ 规定了对事故责任者的处理办法，处于不同法律关系中的法律关系主体适用不同的处罚办法。《办法》对人们关注的焦点问题做出了法律上的明确回答，有利于规范教育法律关系主体的意识与行为。

3.《办法》的出台弥补了我国教育立法在处理学生伤害事故专项法规上的空白

《办法》是我国第一部处理在校学生伤害事故的教育法规。该法规的出台弥补了我国教育立法在处理学生伤害事故专项法规上的空白，《办法》的颁布与实施，为积极预防和妥善处理在校学生伤害事故，保护学生与学校的合法权益提供了重要法律依据。

（四）《学生伤害事故处理办法》适用的相关问题

（1）《办法》的制定是实践的需要，旨在为学校预防和处理学生伤害事故提供法制框架和制度保障。

（2）制定《办法》的根本目的在于促进学校树立安全工作的责任意识，基本出发点是依据法律规定平等地保护学校、学生的合法权益。

（3）关于《办法》的法律效力及其在实践中的具体运用。

（五）《学生伤害事故处理办法》的基本结构与内容

1. 基本结构

《学生伤害事故处理办法》共有三部分（总则、分则和附则），六章，四十条。总则规定了制定该规章的宗旨、依据、适用范围和事故处理原则等。分则从事故与责任、事故处理程序、事故损害的赔偿、事故责任者的处理四个方面对学生伤害事故的处理做了规定。附则明确了《办法》所涉及的责任主体等内容。

2. 主体内容

《办法》于 2002 年 3 月 26 日教育部会议讨论通过，2002 年 9 月 1 日起施行。

第一章　总　则

第一条 【立法宗旨】为积极预防、妥善处理在校学生伤害事故，保护学生、学校的合法权益，根据《中华人民共和国教育法》《中华人民共和国未成年人保护法》和其他相关法律、行政法规及有关规定，制定本办法。

第二条 【适用范围】在学校实施的教育教学活动或者学校组织的校外活动中，以及在学校负有管理责任的校舍、场地、其他教育教学设施、生活设施内发生的，造成在校学生人身损害后果的事故的处理，适用本办法。

第三条 【实施原则】学生伤害事故应当遵循依法、客观公正、合理适当的原则，及时、妥善地处理。

第四条 【安全设施】学校的举办者应当提供符合安全标准的校舍、场地、其他教育教学设施和生活设施。

教育行政部门应当加强学校安全工作，指导学校落实预防学生伤害事故的措施，指导、协助学校妥善处理学生伤害事故，维护学校正常的教育教学秩序。

第五条 【学校安全措施】学校应当对在校学生进行必要的安全教育和自护自救教育；应当按照规定，建立健全安全制度，采取相应的管理措施，预防和消除教育教学环境中存在的安全隐患；当发生伤害事故时，应当及时采取措施救助受伤害学生。

学校对学生进行安全教育、管理和保护，应当针对学生年龄、认知能力和法律行为能力，采用相应的内容和预防措施。

第七条　【监护人责任】未成年学生的父母或者其他监护人（以下称为监护人）应当依法履行监护职责，配合学校对学生进行安全教育、管理和保护工作。

知识链接

处理学生伤害事故涉及的有关法律问题

1. 监护职责与教育保护职责是两种法律制度

监护，是对未成年人和精神病人的人身、财产及其他合法权益进行监督和保护的民事法律制度。我国《民法通则》是根据亲权和亲属关系来设立监护制度的。所谓亲权是指父母对未成年子女的人身和财产的管教和保护的权利。（1）从监护主体来看，我国民法规定了三类主体：① 父母是未成年人的当然监护人；② 亲属为未成年人的监护人，其条件是父母死亡，亲属包括直系亲属，如祖父母、外祖父母、成年兄姐或其他亲属；③ 作为例外，未成年人所在居委会、村委会或民政部门也可以作为监护人，条件是未成年人父母死亡后没有直系亲属或其他亲属。所以在一般情况下，我国的监护主体与亲属的人身关系密不可分，监护权是亲权和亲属权的延伸和补充。学校既与学生无人身关系也非社会监护机构，故不能成为学生的监护人。（2）从监护人产生的方式看，我国民法规定了两种方式：① 法定，如父母及其亲属为未成年人的法定监护人；② 指定，由父母所在单位、居委会或村委会在未成年人的亲属中指定监护人，如果亲属有争议则由法院通过裁定在亲属中指定监护人。所以，作为监护人产生的方式只有两种，即法定和指定。我们现行的《民法通则》没有规定学校是未成年学生的法定或指定监护人。我国《未成年人保护法》第十二条规定："父母或者其他监护人应当学习家庭教育知识，正确履行监护职责，抚养教育未成年人。"第十六条规定："父母因外出务工或者其他原因不能履行对未成年人监护职责的，应当委托有监护能力的其他成年人代为监护。"根据我国《民法通则》第十六条规定，这种情况也应另行确定监护人。所以，学校依法不是未成年学生法定的或指定的监护人，故学校的法定职责中没有对未成年学生的监护权。

学校虽然没有监护职责，但是学校有法定的教育保护职责。教育保护是我国《教育法》规定的国家和学校对学生人身安全给予保护的制度，包括国家教育保护和学校教育保护。学校的教育保护是指学校作为承担公共教育职能的社会机构，由我国《教育法》等法律赋予的对在校学生的人身健康给予与学生的年龄相当的关注和照顾。我国《教育法》《未成年人保护法》等法律，均规定学校对学生在教育、管理的同时，负有保护职责。我国《未成年人保护法》还专设学校保护一章，对学校给予未成年人的保护加以特别规定。《学生伤害事故处理办法》依法对大中小学、幼儿园的学生管理也做出了具体规定，这是学校履行教育保护职责的依据。

因此，教育保护职责与监护职责是两个不同的法律范畴，学校没有法定的监护职责，而有法定的教育保护职责。

2. 学校接受监护委托时，要承担监护职责

学校在履行正常的教育职责之外，可以以民事主体的身份与监护人约定承担部分监护职责。比如，小学放学后，学校与家长约定代家长照管低年级学生。委托监护是由监护人将监护职责协议委托给他人，接受委托的人不是监护人，仅承担监护职责，被监护人造成他人损害仍应由监护人承担责任。

　　根据我国民法的规定，委托监护职责应当由家长和学校达成书面或口头协议，且不以学校是否收取照管费为要件。所以，学校是否在非教育教学时间之外承担监护职责，取决于学校与家长是否达成委托协议，而不是监护职责自动转移给学校。"自动转移"只能由法律规定，而我国现行法律并无此种规定，故学校不能自动承担委托监护职责。学校与学生家长之间形成的委托监护职责的协议是民事协议，所以此时学校不是在履行我国《教育法》赋予的教育保护职责，而是以民事主体承担民事义务。此时判断学校是否有过错，不能适用我国《教育法》，而要根据委托协议的内容和民法的规定来确定。按照《民法通则》的规定，被监护的未成年人致人损害需要承担民事责任时，如果学校作为受托人没有过错，那么责任仍由监护人承担；如果学校有过错，则与监护人共同负连带责任，这与法定监护人承担的监护职责的法律后果完全不同。

第二章　事故与责任

　　第九条　**【学校承担事故责任的具体情形】**因下列情形之一造成的学生伤害事故，学校应当依法承担相应的责任：

　　（一）学校的校舍、场地、其他公共设施，以及学校提供给学生使用的学具、教育教学和生活设施、设备不符合国家规定标准，或者有明显不安全因素的；

　　（二）学校的安全保卫、消防、设施设备管理等安全管理制度有明显疏漏，或者管理混乱，存在重大安全隐患，而未及时采取措施的；

　　（三）学校向学生提供的药品、食品、饮用水等不符合国家或者行业的有关标准、要求的；

　　（四）学校组织学生参加教育教学活动或者校外活动，未对学生进行相应的安全教育，并未在可预测的范围采取必要安全措施的；

　　（五）学校知道教师或者其他工作人员患有不适宜担任教育教学工作的疾病，但未采取必要措施的；

　　（六）学校违反有关规定，组织或者安排未成年学生从事不宜未成年人参加的劳动、体育运动或者其他活动的；

　　（七）学生有特异体质或者特定疾病，不宜参加某种教育教学活动，学校知道或者应当知道，但未予以必要的注意的；

　　（八）学生在校期间突发疾病或者受到伤害，学校发现，但未根据实际情况及时采取相应措施，导致不良后果加重的；

　　（九）学校教师或者其他工作人员体罚或者变相体罚学生，或者在履行职责过程中违反工作要求、操作规程、职业道德或者其他有关规定的；

　　（十）学校教师或者其他工作人员在负有组织、管理未成年学生的职责期间，发现学生行为具有危险性，但未进行必要的管理、告诫或者制止的；

　　（十一）对未成年学生擅自离校等与学生人身安全直接相关的信息，学校发现或者知道，但未及时告知未成年学生的监护人，导致未成年学生因脱离监护人的保护而发生伤害的；

　　（十二）学校有未依法履行职责的其他情形的。

　　第十条　**【学生或未成年学生监护人法律责任】**学生或者未成年学生监护人由于过错，有下列情形之一，造成学生伤害事故，应当依法承担相应的责任：

　　（一）学生违反法律法规的规定，违反社会公共行为准则、学校规章制度或者纪律，实施按其年龄和认知能力应当知道具有危险或者可能危及他人的行为的；

　　（二）学生行为具有危险性，学校、教师已经告诫、纠正，但学生不听劝阻、拒不改正的；

（三）学生或者其监护人知道学生有特异体质，或者患有特定疾病，但未告知学校的；

（四）未成年学生的身体状况、行为、情绪等有异常情况，监护人知道或者已被学校告知，但未履行相应监护职责的；

（五）学生或者未成年学生监护人有其他过错的。

第十一条【学生因参加活动致害时的责任处理】学校安排学生参加活动，因提供场地、设备、交通工具、食品及其他消费与服务的经营者，或者学校以外的活动组织者的过错造成的学生伤害事故，有过错的当事人应当依法承担相应的责任。

第十二条【学校可援引的免责抗辩事由】因下列情形之一造成的学生伤害事故，学校已履行了相应职责，行为并无不当的，无法律责任。

（一）地震、雷击、台风、洪水等不可抗的自然因素造成的；

（二）来自学校外部的突发性、偶发性侵害造成的；

（三）学生有特异体质、特定疾病或者异常心理状态，学校不知道或者难于知道的；

（四）学生自杀、自伤的；

（五）在对抗性或者具有风险性的体育竞赛活动中发生意外伤害的；

（六）其他意外因素造成的。

第十三条【校外事故处理原则】下列情形下发生的造成学生人身损害后果的事故，学校行为并无不当的，不承担事故责任；事故责任应当按有关法律法规或者其他有关规定认定：

（一）在学生自行上学、放学、返校、离校途中发生的；

（二）在学生自行外出或者擅自离校期间发生的；

（三）在放学后、节假日或者假期等学校工作时间以外，学生自行滞留学校或者自行到校发生的；

（四）其他在学校管理职责范围外发生的。

第十四条【致害人承担法律责任情形】因学校教师或者其他工作人员与其职务无关的个人行为，或者因学生、教师及其他个人故意实施的违法犯罪行为，造成学生人身损害的，由致害人依法承担相应的责任。

第三章 事故处理程序

第十五条【学校的及时救助义务】发生学生伤害事故，学校应当及时救助受伤害学生，并应当及时告知未成年学生的监护人；有条件的，应当采取紧急救援等方式救助。

第十六条【学校的报告义务】发生学生伤害事故，情形严重的，学校应当及时向主管教育行政部门及有关部门报告；属于重大伤亡事故的，教育行政部门应当按照有关规定及时向同级人民政府和上一级教育行政部门报告。

第十七条【教育主管部门对事故处理的指导与协助】学校的主管教育行政部门应学校的要求或者认为必要，可以指导、协助学校进行事故的处理工作，尽快恢复学校正常的教育教学秩序。

第十八条【受害人救济途径】发生学生伤害事故，学校与受伤害学生或者学生家长可以协商解决；双方自愿，可以书面请求主管教育行政部门调解。成年学生或者未成年学生的监护人也可以依法直接提起诉讼。

第十九条【调解时限】教育行政部门收到调解申请，认为必要的，可以指定专门人员进行调解，并应当在受理申请之日起 60 日内完成调解。

第二十条【调解处理方式】经教育行政部门调解，双方就事故处理达成一致意见的，应当在调解人员的见证下签订调解协议，结束调解；在调解期限内，双方不能达成一致意见，或者调解过程中一方提起诉讼，人民法院已经受理的，应当终止调解。调解结束或者终止，教育行政部门应当书面通知当事人。

第二十一条　【诉讼】对经调解达成的协议，一方当事人不履行或者反悔的，双方可以依法提起诉讼。

第二十二条　【事故处理报告】事故处理结束，学校应当将事故处理结果书面报告主管的教育行政部门；重大伤亡事故的处理结果，学校主管的教育行政部门应当向同级人民政府和上一级教育行政部门报告。

第四章　事故损害的赔偿

第二十六条　【学校的赔偿责任】学校对学生伤害事故负有责任的，根据责任大小，适当予以经济赔偿，但不承担解决户口、住房、就业等与救助受伤害学生、赔偿相应经济损失无直接关系的其他事项。

学校无责任的，如果有条件，可以根据实际情况，本着自愿和可能的原则，对受伤害学生给予适当帮助。

第二十七条　【追偿权】因学校教师或者其他工作人员在履行职务中的故意或者重大过失造成的学生伤害事故，学校予以赔偿后，可以向有关责任人员追偿。

第二十八条　【监护人责任】未成年学生对学生伤害事故负有责任的，由其监护人依法承担相应的赔偿责任。

学生的行为侵害学校教师及其他工作人员以及其他组织、个人的合法权益，造成损失的，成年学生或者未成年学生的监护人应当依法予以赔偿。

行为侵害学校教师及其他工作人员以及其他组织、个人的合法权益，造成损失的，成年学生或者学生的监护人应当依法予以赔偿。

第三十一条　【保险机制】学校有条件的，应当依据保险法的有关规定，参加学校责任保险。

提倡学生自愿参加意外伤害保险。在尊重学生意愿的前提下，学校可以为学生参加意外伤害保险创造便利条件，但不得从中收取任何费用。

第五章　事故责任者的处理

第三十二条　【学校责任者的法律制裁】发生学生伤害事故，学校负有责任且情节严重的，教育行政部门应当根据有关规定，对学校直接负责的主管人员和其他直接责任人员，分别给予相应的行政处分；有关责任人的行为触犯刑律的，应当移送司法机关依法追究刑事责任。

第三十三条　【安全隐患的整顿】学校管理混乱，存在重大安全隐患的，主管教育行政部门或者其他有关部门应当责令其限期整顿；对情节严重或者拒不改正的，应当依据法律法规的有关规定，给予相应的行政处罚。

第三十四条　【教育部门责任人的法律制裁】教育行政部门未履行相应职责，对学生伤害事故的发生负有责任的，由有关部门对直接负责的主管人员和其他直接责任人员分别给予相应的行政处分；有关责任人的行为触犯刑律的，应当移送司法机关依法追究刑事责任。

第三十五条　【责任学生的法律制裁】违反学校纪律，对造成学生伤害事故负有责任的学生，学校可以给予相应的处分；触犯刑律的，由司法机关依法追究刑事责任。

第三十六条　【对扰乱正常事故处理的行为人的制裁】受伤害学生的监护人、亲属或者其他有关人员，在事故处理过程中无理取闹，扰乱学校正常教育教学秩序，或者侵犯学校、学校教师或者其他工作人员合法权益的，学校应当报告公安机关依法处理；造成损失的，可以依法要求赔偿。

第六章　附　则

第三十七条 【本办法所称学校与学生】本办法所称学校，是指国家或者社会力量举办的全日制的中小学（含特殊教育学校）、各类中等职业学校、高等学校。本办法所称学生是指在上述学校中全日制就读的受教者。

第三十八条 【幼儿园伤害事故处理】幼儿园发生的幼儿伤害事故，应当根据幼儿为完全无行为能力人的特点，参照本办法处理。

第三十九条 【其他教育机构学生伤害事故处理】其他教育机构发生的学生伤害事故，参照本办法处理。

在学校注册的其他受教育者在学校管理范围内发生的伤害事故，参照本办法处理。

真题再现 ///

1.（2013 年单项选择）初中生姚某在学校组织的义务劳动中，不慎造成腿部韧带拉断。对于姚某所受的伤害，应当承担赔偿责任的是（　　）。

A. 姚某本人　　　　　　　　　　B. 姚某的监护人

C. 姚某所在的学校　　　　　　　D. 姚某的监护人和学校

答案：C。【解析】详见《学生伤害事故处理办法》第九条第四款规定。

2.（2012 年单项选择）学校运动会上，胡某等几位同学随裁判老师进入铅球投掷区丈量结果，在他们还未撤出投掷区时，参赛同学赵某投出的球砸中胡某，致其肩部受伤。对胡某所受伤害，应承担主要赔偿责任的主体是（　　）。

A. 学校　　　　　　　　　　　　B. 裁判老师

C. 赵某法定监护人　　　　　　　D. 裁判老师和赵某法定监护人

答案：A。【解析】《学生伤害事故处理办法》第九条规定了十二种发生学生伤害事故后，学校应当依法承担相应责任的情形，其中第四种情形是："学校组织学生参加教育教学活动或者校外活动，未对学生进行相应的安全教育，并未在可预见的范围内采取必要的安全措施的。"第十种情形是："学校教师或者其他工作人员在负有组织、管理未成年学生的职责期间，发现学生行为具有危险性，但未进行必要的管理、告诫或者制止的。"因此，根据本题所述情形，应承担主要赔偿责任的是学校。

3.（2012 年单项选择）学生小王和小郑打架，老师未及时制止，小郑被小王打伤，对此应承担责任的是（　　）。

A. 小王和学校　　　　　　　　　B. 小王和其监护人

C. 小郑和学校　　　　　　　　　D. 小郑和其监护人

答案：A。【解析】根据《学生伤害事故处理办法》第九条第十款规定，学校教师或者其他工作人员在负有组织、管理未成年学生的职责期间，发现学生行为具有危险性，但未进行必要的管理、告诫或者制止造成学生伤害事故的，学校应当依法承担相应的责任。同时，在这起事故中，小王是实施伤害行为的直接责任人，所以也应承担相应的责任。

4.（2015 年单项选择）放学后，12 名学生到学校附近教师王某私自开设的商店里购买了过期食品，导致食物中毒。对这起事故应承担主要责任的是（　　）。

A. 王某　　　　　B. 学校　　　　　C. 政府　　　　　D. 家长

答案：A。【解析】根据《学生伤害事故处理办法》第十四条规定，因学校教师或者其他工作人员与其职务无关的个人行为，或者因学生、教师及其他个人故意实施的违法犯罪行为，造成学生人身损害的，由致害人依法承担相应的责任。因此，对这起事故应承担主要责任的是王某。

5.（2013 年单项选择）某县因疏忽大意，未按规定对学校的体育设施进行安全检查，导致学生在上课时受重伤。在这一事故中，对直接负责的主管人员和其他责任人员应当依法给予（　　）。

    A. 行政处分　　　　B. 行政处罚　　　　C. 行政强制　　　　D. 行政拘留

答案：A。【解析】详见《学生伤害事故处理办法》第三十四条规定。

6.（2015 年单项选择）初中生晓东放学后在校外玩耍时不慎摔伤。对此事故，承担责任的主体应是（　　）。

    A. 晓东　　　　　　B. 学校　　　　　　C. 晓东及学校　　　　D. 小东及其监护人

答案：D。【解析】由于晓东是在校外受伤，又是未成年人，所以承担该学生事故责任的主体是晓东及其监护人。

7.（2013 年单项选择）暑假期间，小学生王某和李某相约在学校打篮球。在争抢过程中，王某不慎将李某撞倒在地，导致李某小腿骨折。对于李某所受的伤害，应当承担主要赔偿责任的是（　　）。

    A. 王某　　　　　　　　　　　　B. 李某监护人

    C. 王某监护人　　　　　　　　　D. 学校

答案：C。【解析】详见《学生伤害事故处理办法》第十条和第十三条规定。

8.（2016 年单项选择）五年级学生小强因被父母责骂，心情低落，老师发现后对其进行了安慰，但小强在课间还是自伤了。下列说法正确的是（　　）。

    A. 学生是在学校受伤的，学校应当承担责任

    B. 学校对学生负有监护义务，应当承担责任

    C. 学生行为属于自伤行为，学校不应承担责任

    D. 学生受伤发生在课间，学校不应承担责任

答案：C。【解析】根据《学生伤害事故处理办法》第十二条规定，因学生自伤造成的学生伤害事故，学校已履行了相应职责，行为并无不当的，无法律责任。

9.（2015 年单项选择）小学生杨某在放学途中，在人行道上被电动车撞伤。对杨某所受的伤害，应承担赔偿责任的是（　　）。

    A. 学校　　　　　　　　　　　　B. 车主

    C. 杨某的监护人　　　　　　　　D. 车主和学校

答案：B。【解析】小学生杨某在放学途中被电动车撞伤，这里应该是车主承担责任。

10.（2015 年单项选择）校外人员孔某趁学校门卫疏忽之际，骑摩托车闯入校园，将学生刘某撞伤。对刘某所受的伤害，应当承担主要责任的是（　　）。

    A. 门卫　　　　　B. 孔某　　　　　C. 学校　　　　　D. 刘某的监护人

答案：B。【解析】详见《学生伤害事故处理办法》第十二条和第十四条规定。

八、《国家中长期教育改革和发展规划纲要（2010—2020 年）》解读

2010 年 7 月，中共中央、国务院印发的《国家中长期教育改革和发展规划纲要（2010—2020年）》（以下简称《中长期规划》），是 21 世纪我国第一个中长期教育改革和发展纲要，是今后一段时期指导全国教育改革和发展的纲领性文件，也是我国今后十年重要的教育政策。

（一）《中长期规划》对我国教育基本政策的若干规定

1. 教育指导思想与工作方针

（1）指导思想。

高举中国特色社会主义伟大旗帜，以邓小平理论和"三个代表"重要思想为指导，深入贯彻落实科学发展观，实施科教兴国战略和人才强国战略，优先发展教育，完善中国特色社会主义现代教育体系，办好人民满意的教育，建设人力资源强国。

全面贯彻党的教育方针，坚持教育为社会主义现代化建设服务，为人民服务，与生产劳动和社会实践相结合，培养德、智、体、美全面发展的社会主义建设者和接班人。

全面推进教育事业科学发展，立足社会主义初级阶段基本国情，把握教育发展阶段性特征，坚持以人为本，遵循教育规律，面向社会需求，优化结构布局，提高教育现代化水平。

（2）工作方针。

优先发展、育人为本、改革创新、促进公平、提高质量。

① 把教育摆在优先发展的战略地位。教育优先发展是党和国家提出并长期坚持的一项重大方针。各级党委和政府要把优先发展教育作为贯彻落实科学发展的一项基本要求，切实保证经济社会发展规划，优先安排教育发展，财政资金优先保障教育投入，公共资源优先满足教育和人力资源开发需要。充分调动全社会关心支持教育的积极性，共同担负起培育下一代的责任，为青少年健康成长创造良好环境。完善体制和政策，鼓励社会力量兴办教育，不断扩大社会资源对教育的投入。

② 把育人为本作为教育工作的根本要求。人力资源是我国经济社会发展的第一资源，教育是开发人力资源的主要途径。要以学生为主体，以教师为主导，充分发挥学生的主动性，把促进学生健康成长作为学校一切工作的出发点和落脚点。关心每个学生，促进每个学生主动地、生动活泼地发展，尊重教育规律和学生身心发展规律，为每个学生提供适合的教育。努力培养造就数以亿计的高素质劳动者、数以千万计的专门人才和一大批拔尖创新人才。

③ 把改革创新作为教育发展的强大动力。教育要发展，根本靠改革。要以体制机制改革为重点，鼓励地方和学校大胆探索和试验，加快重要领域和关键环节改革步伐。创新人才培养体制、办学体制、教育管理体制，改革质量评价和考试招生制度，改革教学内容、方法、手段，建设现代学校制度。加快解决经济社会发展对高质量多样化人才需要与教育培养能力不足的矛盾、人民群众期盼良好教育与资源相对短缺的矛盾、增强教育活力与体制机制约束的矛盾，为教育事业持续健康发展提供强大动力。

④ 把促进公平作为国家的基本教育政策。教育公平是社会公平的重要基础。教育公平的关键是机会公平，基本要求是保障公民依法享有受教育的权利，重点是促进义务教育均衡发展和扶持困难群体，根本措施是合理配置教育资源，向农村地区、边远贫困地区和民族地区倾斜，加快缩小教育差距。教育公平的主要责任在政府，全社会要共同促进教育公平。

⑤ 把提高质量作为教育改革发展的核心任务。树立科学的质量观，把促进人的全面发展、适应社会需要作为衡量教育质量的根本标准。树立以提高质量为核心的教育发展观，注重教育内涵发展，鼓励学校办出特色、办出水平，出名师，育英才。建立以提高教育质量为导向的管理制度和工作机制，把教育资源配置和学校工作重点集中到强化教学环节、提高教育质量上来。制定教育质量国家标准，建立健全教育质量保障体系。加强教师队伍建设，提高教师整体素质。

2. 教育战略目标和战略主题

（1）战略目标。

到2020年，基本实现教育现代化，基本形成学习型社会，进入人力资源强国行列。实现更高水平的普及教育，形成惠及全民的公平教育，提供更加丰富的优质教育，构建体系完备的终身教育，健全充满活力的教育体制。

（2）战略主题。

坚持以人为本、全面实施素质教育是教育改革发展的战略主题，是贯彻党的教育方针的时代要求，其核心是解决好培养什么人、怎样培养人的重大问题，重点是面对全体学生、促进学生的全面发展，着力提高学生服务国家、服务人民的社会责任感、勇于探索的创新精神和善于解决问题的实践能力。因此，要坚持德育为先、能力为重和全面发展的原则。

真题再现

1.（2012 年单项选择）《国家中长期教育改革和发展规划纲要（2010—2020 年）》提出教育公平的基本要求是保障公民依法享有受教育的权利，关键是（　　）。

　　A. 起点公平　　　　B. 机会公平　　　　C. 过程公平　　　　D. 结果公平

答案：B。【解析】《国家中长期教育改革和发展规划纲要（2010—2020 年）》中指出：教育公平是社会公平的重要基础，教育公平的关键是机会公平。

2.（2014 年单项选择）根据《国家中长期教育改革和发展规划纲要（2010—2020 年）》的规定，下列关于我国教育发展战略目标说法不合理的是（　　）。

　　A. 全面实现我国教育现代化　　　　　　B. 形成惠及全民的公平教育
　　C. 健全充满活力的教育体制　　　　　　D. 构建体系完备的终身教育

答案：A。【解析】我国教育发展战略的目标是到 2020 年基本实现教育现代化。

（二）《中长期规划》关于义务教育的若干规定

1. 巩固提高九年义务教育水平

到 2020 年，全面提高普及水平，提高教育质量，基本实现区域内均衡发展，确保适龄儿童、少年接受良好的义务教育。

（1）巩固义务教育普及成果。适应城乡的发展需要，合理规划学校布局，办好必要的教学点，方便学生就近入学。坚持以输入地政府管理为主，以全日制公办中小学为主，确保进城务工人员随迁子女平等接受义务教育，研究制定进城务工人员随迁子女接受义务教育后在当地参加升学考试的办法。建立健全政府主导、社会参与的农村留守儿童关爱服务体系和动态监测机制。加快农村寄宿制学校建设，优先满足留守儿童的住宿需求。采取必要措施，确保适龄儿童、少年不因家庭经济困难、就学困难、学习困难等原因而失学，努力消除辍学现象。

（2）提高义务教育质量。建立国家义务教育质量基本标准和监测制度。严格执行义务教育国家课程标准、教师资格标准。深化课程与教学方法改革，推行小班教学。配齐音乐、体育、美术等学科教师，开足开好规定课程。大力推广普通话教学，使用规范汉字。

（3）增强学生体质。科学安排学习、生活、锻炼，保证学生有充足的睡眠时间。大力开展"阳光体育"运动，保证学生每天锻炼一小时，不断提高学生的体质健康水平。提倡合理膳食，改善学生营养状况。保护学生视力。

2. 推进义务教育均衡发展

均衡发展是义务教育的战略性任务。建立健全义务教育均衡发展保障机制。推进义务教育学校标准化建设，均衡配置教师、设备、图书、校舍等资源。

（1）切实缩小校际差距，着力解决择校问题。加快薄弱学校改造，着力提高师资水平。实行县（区）域内教师、校长交流制度。义务教育阶段不得设置重点学校和重点班。在保障适龄儿童、少年就近进入公办学校的前提下，发展民办教育，提供选择机会。

（2）加快缩小城乡差距。建立城乡一体化义务教育发展机制，在财政拨款、学校建设、教师配置等方面向农村倾斜。率先在县（区）域内实现城乡均衡发展，逐步在更大范围内推进。

（3）努力缩小区域差距。加大对革命老区、民族地区、边疆地区、贫困地区义务教育的转移支付力度。鼓励发达地区支援欠发达地区。

3. 减轻中小学生课业负担

各级政府要把减负作为教育工作的重要任务，统筹规划，整体推进。调整教材内容，科学设计课程难度。改革考试评价制度和学校考核办法。规范办学行为，建立学生课业负担监测和公告制度。不得以升学率对地区和学校进行排名，不得下达升学指标。规范各种社会补习机构和教辅市场。加强校外活动场所建设和管理，丰富学生课外及校外活动。学校要把减负落实到教育教学的各个环节，给学生留下了解社会、深入思考、动手实践、健身娱乐的时间。提高教师的业务素质，改进教学方法，增强课堂教学效果，减少作业量和考试次数。培养学生的学习兴趣和爱好。严格执行课程方案，不得增加课时和提高难度。各种等级考试和竞赛成绩不得作为义务教育阶段入学与升学的依据。

真题再现

1.（2013年单项选择）《国家中长期教育改革和发展规划纲要（2010—2020年）》提出，为确保进城务工人员随迁子女平等接受义务教育，应当坚持的是（　　）。

A. 以输入地政府管理为主，以全日制公办中小学为主

B. 以生源地政府管理为主，以全日制公办中小学为主

C. 以生源地政府管理为主，以全日制民办中小学为主

D. 以输入地政府管理为主，以全日制民办中小学为主

答案：A。【解析】根据《国家中长期教育改革和发展规划纲要（2010—2020年）》的规定，坚持以输入地政府管理为主，以全日制公办中小学为主，确保进城务工人员随迁子女平等接受义务教育，研究制定进城务工人员随迁子女接受义务教育后在当地参加升学考试的办法。

2.（2016年单项选择）《国家中长期教育改革和发展规划纲要（2010—2020年）》提出，义务教育的战略性任务是（　　）。

A. 以人为本　　　　B. 均衡发展　　　　C. 注重创新　　　　D. 提升质量

答案：B。【解析】《国家中长期教育改革和发展规划纲要（2010—2020年）》提出，均衡发展是义务教育的战略性任务。

3.（2015年单项选择）依据《国家中长期教育改革和发展规划纲要（2010—2020年）》，切实推进义务教育均衡发展，要实行（　　）。

A. 县（区）域内教师和校长交流制度　　　B. 镇（乡）域内教师和校长交流制度

C. 省（区）域内教师和校长交流制度　　　D. 地（市）域内教师和校长交流制度

答案：A。【解析】《国家中长期教育改革和发展规划纲要（2010—2020年）》规定：均衡发展是义务教育的战略性任务。切实缩小校际差距，着力解决择校问题。加快薄弱学校改造，着力提高师资水平。实行县（区）域内教师和校长交流制度。

4.（2014 年单项选择）根据《国家中长期教育改革和发展规划纲要（2010—2020 年）》的规定，为了减轻中小学生课业负担，可以采取的措施不包括（　　）。

A. 修改课程方案
B. 调整教材内容
C. 改进教学方法
D. 减少考试次数

答案：A。【解析】减轻中小学生课业负担可采取的改革措施有：调整教材内容，科学设计课程难度；严格执行课程方案，不得增加课时和提高难度；提高教师业务素质，改进教学方法，增强课堂教学效果，减少作业量和考试次数等。

5.（2015 年单项选择）《国家中长期教育改革和发展规划纲要（2010—2020 年）》提出，要将减轻中小课业负担作为教育工作的重要任务。为切实减轻学生课业负担，各级政府可以采取的措施有（　　）。

A. 减少学生课外及校外活动
B. 加强教辅市场管理，取缔补习机构
C. 依据升学率对地区和学校进行排名
D. 调整教材内容，科学设计课程难度

答案：D【解析】略。

（三）《中长期规划》关于高中阶段教育的规定

1. 加快普及高中阶段教育

注重培养学生自主学习、自强自立和适应社会的能力，克服应试教育倾向。到 2020 年，普及高中阶段教育，满足初中毕业生接受高中阶段教育需求。根据经济社会发展需要，合理确定普通高中和中等职业学校招生比例，今后一段时期总体保持普通高中和中等职业学校招生规模相当。加大对中西部贫困地区高中阶段教育的扶持力度。

2. 全面提高普通高中学生综合素质

深入推进课程改革，全面落实课程方案，保证学生全面完成国家规定的文理等各门课程的学习。创造条件开设丰富多彩的选修课，为学生提供更多选择，促进学生全面而有个性的发展。逐步消除大班额现象。积极开展研究性学习、社区服务和社会实践。建立科学的教育质量评价体系，全面实施高中学业水平考试和综合素质评价。建立学生发展指导制度，加强对学生的理想、心理、学业等方面的指导。

3. 推动普通高中多样化发展

促进办学体制多样化，扩大优质资源。推进培养模式多样化，满足不同潜质学生的发展需要。探索发现和培养创新人才的途径。鼓励普通高中办出特色。鼓励有条件的普通高中根据需要适当增加职业教育的教学内容。探索综合高中发展模式。采取多种方式，为在校生和未升学毕业生提供职业教育。

（四）《中长期规划》关于创新人才培养模式的规定

遵循教育规律和人才成长规律，深化教育教学改革，创新教育教学方法，探索多种培养方式，形成各类人才辈出、拔尖创新人才不断涌现的局面。

注重学思结合。倡导启发式、探究式、讨论式、参与式教学，帮助学生学会学习。激发学生的好奇心，培养学生的兴趣爱好，营造独立思考、自由探索的良好环境。适应经济社会发展和科技进步的要求，推进课程改革，加强教材建设，建立健全教材质量监管制度。深入研究，确定不同教育阶段学生必须掌握的核心内容，形成更新教学内容的机制。充分发挥现代信息技术作用，促进优质教学资源共享。

注重知行统一。坚持教育教学与生产劳动、社会实践相结合。开发实践课程和活动课程，增强学生科学实验、生产实习和技能实训的成效。充分利用社会的教育资源，开展各种课外、校外活动。加强中小学校外活动场所建设。加强学生社团组织指导，鼓励学生积极参与志愿服务和公益事业。

重因材施教。关注学生的个性差异，发展每一个学生的优势潜能。推进分层教学、走班制、学分制、导师制等教学管理制度改革。建立学习困难学生的帮助机制。改进优异学生培养方式，在跳级、转学、转换专业以及选修高一学段课程等方面给予支持和指导。健全公开、平等、竞争、择优的选拔方式，改进中学生升学推荐办法，创新研究生培养方法。探索高中、高等学校拔尖学生培养模式。

改革教育质量评价和人才评价制度。改进教育教学评价。根据培养目标和人才理念，建立科学、多样的评价标准。开展由政府、学校、家长及社会各方面参与的教育质量评价活动。做好学生成长记录，完善综合素质评价。探索促进学生发展的多种评价方式，激励学生乐观向上、自主自立、努力成才。改进人才评价及选用制度，为人才培养创造良好的环境。树立科学人才观，建立以岗位职责为基础，以品德、能力和业绩为导向的科学化、社会化人才评价发现机制。强化人才选拔使用中对实践能力的考查，克服社会用人单纯追求学历的倾向。

真题再现

1.（2016 年单项选择）根据《国家中长期教育改革和发展规划纲要（2010—2020 年）》的规定，下面不属于改革教育质量评价和人才评价制度的做法是（　　　）。

    A. 探索多种评价方式   B. 网上综合素质评价

    B. 建立多样的评价标准   D. 树立终结性评价理念

答案：D。【解析】略。

2.（2013 年单项选择）《国家中长期教育改革和发展规划纲要（2010—2020 年）》提出的教学管理制度改革的内容不包括推行（　　　）。

    A. 学分制   B. 走班制   C. 分层教学   D. 导生制

答案：D。【解析】《国家中长期教育改革和发展规划纲要（2010—2020 年）》中提出，推进分层教学、走班制、学分制、导师制等教学管理制度改革。

（五）《中长期规划》对加强教师队伍建设的若干规定

1. 建设高素质教师队伍

教育大计，教师为本。有好的教师，才有好的教育。提高教师地位，维护教师权益，改善教师待遇，使教师成为受人尊重的职业。严格教师资质，提升教师素质，努力造就一支师德高尚、业务精湛、结构合理、充满活力的高素质专业化教师队伍。

2. 加强师德建设

加强教师职业理想和职业道德教育，增强广大教师教书育人的责任感和使命感。教师要关爱学生，严谨笃学，淡泊名利，自尊自律，以人格魅力和学识魅力教育感染学生，做学生健康成长的指导者和引路人。将师德表现作为教师考核、聘任（聘用）和评价的首要内容。采取综合措施，建立长效机制，形成良好的学术道德和学术风气，克服学术浮躁，查处学术不端行为。

3. 提高教师业务水平

完善培养培训体系，做好培养培训规划，优化队伍结构，提高教师专业水平和教学能力。通过研修培训、学术交流、项目资助等方式，培养教育教学骨干、"双师型"教师、学术带头人和校长，造就一批教学名师和学科领军人才。以农村教师为重点，提高中小学教师队伍整体素质。创新农村教师补充机制，完善制度政策，吸引更多优秀人才从教。积极推进师范生免费教育，实施农村义务教育学校教师特设岗位计划，完善代偿机制，鼓励高校毕业生到艰苦边远地区当教师。完善教师培训制度，将教师培训经费列入政府预算，对教师实行每五年一周期的全员培训。加大民族地区双语教师培养培训力度。加强校长培训，重视辅导员和班主任培训。加强教师教育，构建以师范院校为主体、综合大学参与、开放灵活的教师教育体系。深化教师教育改革，创新培养模式，增强实习实践环节，强化师德修养和教学能力训练，提高教师培养质量。

4. 提高教师地位待遇

不断改善教师的工作、学习和生活条件，吸引优秀人才长期从教、终身从教。依法保证教师平均工资水平不低于或者高于国家公务员的平均工资水平，并逐步提高。落实教师绩效工资。对长期在农村基层和艰苦边远地区工作的教师，在工资、职务（职称）等方面实行倾斜政策，完善津贴补贴标准。建设农村艰苦边远地区学校教师周转宿舍。研究制定优惠政策，改善教师工作和生活条件。关心教师身心健康。落实和完善教师医疗养老等社会保障政策。国家对在农村地区长期从教、贡献突出的教师给予奖励。

5. 健全教师管理制度

完善并严格实施教师准入制度，严把教师入口关。国家制定教师资格标准，提高教师任职学历标准和品行要求。建立教师资格证书定期登记制度。省级教育行政部门统一组织中小学教师资格考试和资格认定，县级教育行政部门按规定履行中小学教师的招聘录用、职务（职称）评聘、培养培训和考核等管理职能，逐步实行城乡统一的中小学编制标准，对农村边远地区实行倾斜政策。建立统一的中小学教师职务（职称）系列，在中小学设置正高级教师职务（职称）。加强学校的岗位管理，创新聘用方式，规范用人行为，完善激励机制，激发教师的积极性和创造性。建立健全义务教育学校教师和校长流动机制。城镇中小学教师在评聘高级职务（职称）时，原则上要有一年以上在农村学校或薄弱学校任教经历。加强教师管理，完善教师退出机制。制定校长任职资格标准，促进校长专业化，提高校长管理水平。推行校长职级制。

真题再现

1.（2013 年单项选择）《国家中长期教育改革和发展规划纲要（2010—2020 年）》提出，对中小学教师实行（　　）。

    A. 每两年一周期的全员培训　　　　　　B. 每三年一周期的全员培训

    C. 每七年一周期的全员培训　　　　　　D. 每五年一周期的全员培训

答案：D。【解析】《国家中长期教育改革和发展规划纲要（2010—2020 年）》中提出，完善教师培训制度，将教师培训经费列入政府预算，对教师实行每五年一周期的全员培训。

2.（2016 年单项选择）根据《国家中长期教育改革和发展规划纲要（2010—2020 年）》关于加强教师队伍建设，提出了一系列政策措施，其中不包括（　　）。

    A. 提高教师地位待遇　　　　　　　　　B. 提高教师业务水平

    C. 健全教师管理制度　　　　　　　　　D. 大力推进依法治校

答案：D。【解析】根据《国家中长期教育改革和发展规划纲要（2010—2020 年）》对加强教师队伍建设的若干规定：① 建设高素质教师队伍；② 加强师德建设；③ 提高教师业务水平；④ 提高教师地位待遇；⑤ 健全教师管理制度。所以，答案选 D 项。

3.（2012 年单项选择）《国家中长期教育改革和发展规划纲要（2010—2020 年）》的规定，我国建立的灵活开放的教师教育体系是（　　）。

  A. 师范院校、校本培训   B. 师范院校、综合培训
  C. 校本培训、师范院校   D. 综合院校、师范培训

答案：B。【解析】根据《国家中长期教育改革和发展规划纲要（2010—2020 年）》对加强教师队伍建设的若干规定，我国建立的灵活开放的教师教育体系是师范院校、综合培训。

（六）推进依法治教

学校是教育工作的基本场所。推动教育事业科学发展，必须全面推进依法治教。《中长期规划》进一步明确了大力推进依法治教的要求：① 完善教育法律法规。② 全面推进依法行政。③ 大力推进依法治校。学校要建立完善的符合法律规定的学校章程和制度，依法履行教育教学和管理职责。尊重教师权利，加强教师管理。保障学生的受教育权，对学生实施的奖励与处分要公平、公正。健全符合法治原则的教育救济制度。④ 开展普法教育。⑤ 完善督导制度和监督问责机制。

九、《教师资格条例》

1995 年 12 月 12 日国务院令第 188 号发布，自 1995 年 12 月 12 日起施行。

第一章　总　　则

第一条 【目的、依据】提高教师素质，加强教师队伍建设，依据《中华人民共和国教师法》（以下简称《教师法》），制定本条例。

第二条 【适用范围】中国公民在各级各类学校和其他教育机构中专门从事教育教学工作，应当依法取得教师资格。

第三条 【主管部门】国务院教育行政部门主管全国教师资格工作。

第二章　教师资格分类与适用

第四条 【教师资格分类】教师资格分为：

（一）幼儿园教师资格；

（二）小学教师资格；

（三）初级中学教师和初级职业学校文化课、专业课教师资格（以下统称初级中学教师资格）；

（四）高级中学教师资格；

（五）中等专业学校、技工学校、职业高级中学文化课、专业课教师资格（以下统称中等职业学校教师资格）；

（六）中等专业学校、技工学校、职业高级中学实习指导教师资格（以下统称中等职业学校实习指导教师资格）；

（七）高等学校教师资格。

成人教育的教师资格，按照成人教育的层次，依照上款规定确定类别。

第五条 【教师资格适用】取得教师资格的公民，可以在本级及其以下等级的各类学校和其他

教育机构担任教师；但是，取得中等职业学校实习指导教师资格的公民只能在中等专业学校、技工学校、职业高级中学或者初级职业学校担任实习指导教师。

高级中学教师资格与中等职业学校教师资格通用。

第三章　教师资格条件

第六条　【身体条件】 教师资格条件依照教师法第十条第二款的规定执行，其中"有教育教学能力"应当包括符合国家规定的从事教育教学工作的身体条件。

第七条　【学历条件】 取得教师资格应当具备的相应学历，依照教师法第十一条的规定执行。

取得中等职业学校实习指导教师资格，应当具备国务院教育行政部门规定的学历，并应当具有相当助理工程师以上专业技术职务或者中级以上工人技术等级。

第四章　教师资格考试

第八条　【考试申请】 不具备教师法规定的教师资格学历的公民，申请获得教师资格，应当通过国家举办的或者认可的教师资格考试。

第九条　【考试组织】 教师资格考试科目、标准和考试大纲由国务院教育行政部门审定。

教师资格考试试卷的编制、考务工作和考试成绩证明的发放，属于幼儿园、小学、初级中学、高级中学、中等职业学校教师资格考试和中等职业学校实习指导教师资格考试的，由县级以上人民政府教育行政部门组织实施；属于高等学校教师资格考试的，由国务院教育行政部门或者省、自治区、直辖市人民政府教育行政部门委托的高等学校组织实施。

第十条　【考试时间】 幼儿园、小学、初级中学、高级中学、中等职业学校的教师资格考试和中等职业学校实习指导教师资格考试，每年进行一次。

参加前款所列教师资格考试，考试科目全部及格的，发给教师资格考试合格证明；当年考试不及格的科目，可以在下一年度补考；经补考仍有一门或者一门以上科目不及格的，应当重新参加全部考试科目的考试。

第十一条　【高等学校教师资格考试】 高等学校教师资格考试根据需要举行。

申请参加高等学校教师资格考试的，应当学有专长，并有两名相关专业的教授或者副教授推荐。

第五章　教师资格认定

第十二条　【认定申请】 具备教师法规定的学历或者经教师资格考试合格的公民，可以依照本条例的规定申请认定其教师资格。

第十三条　【认定部门】 幼儿园、小学和初级中学教师资格，由申请人户籍所在地或者申请人任教学校所在地的县级人民政府教育行政部门认定。高级中学教师资格，由申请人户籍所在地或者申请人任教学校所在地的县级人民政府教育行政部门审查后，报上一级教育行政部门认定。中等职业学校教师资格和中等职业学校实习指导教师资格，由申请人户籍所在地或者申请人任教学校所在地的县级人民政府教育行政部门审查后，报上一级教育行政部门认定或者组织有关部门认定。

受国务院教育行政部门或者省、自治区、直辖市人民政府教育行政部门委托的高等学校，负责认定在本校任职的人员和拟聘人员的高等学校教师资格。

在未受国务院教育行政部门或者省、自治区、直辖市人民政府教育行政部门委托的高等学校任职的人员和拟聘人员的高等学校教师资格，按照学校行政隶属关系，由国务院教育行政部门认定或者由学校所在地的省、自治区、直辖市人民政府教育行政部门认定。

第十四条 【认定受理】认定教师资格，应当由本人提出申请。

教育行政部门和受委托的高等学校每年春季、秋季各受理一次教师资格认定申请。具体受理期限由教育行政部门或者受委托的高等学校规定，并以适当形式公布。申请人应当在规定受理期限内提出申请。

第十五条 【认定申请材料】申请认定教师资格，应当提交教师资格认定申请表和下列证明或者材料：

（一）身份证明；

（二）学历证书或者教师资格考试合格证明；

（三）教育行政部门或者受委托的高等学校指定的医院出具的体格检查证明；

（四）户籍所在地的街道办事处、乡人民政府或者工作单位、所毕业的学校对其思想品德、有无犯罪记录等方面的鉴定及证明材料。

申请人提交的证明或者材料不全的，教育行政部门或者受委托的高等学校应当及时通知申请人于受理期限终止前补齐。

教师资格认定申请表由国务院教育行政部门统一格式。

第十六条 【认定审查】教育行政部门或者受委托的高等学校在接到公民的教师资格认定申请后，应当对申请人的条件进行审查；对符合认定条件的，应当在受理期限终止之日起30日内颁发相应的教师资格证书；对不符合认定条件的，应当在受理期限终止之日起30日内将认定结论通知本人。

非师范院校毕业或者教师资格考试合格的公民申请认定幼儿园、小学或者其他教师资格的，应当进行面试和试讲，考察其教育教学能力；根据实际情况和需要，教育行政部门或者受委托的高等学校可以要求申请人补修教育学、心理学等课程。

教师资格证书在全国范围内适用。教师资格证书由国务院教育行政部门统一印制。

第七条 【证书颁发】已取得教师资格的公民拟取得更高等级学校或者其他教育机构教师资格的，应当通过相应的教师资格考试或者取得教师法规定的相应学历，并依照本章规定，经认定合格后，由教育行政部门或者受委托的高等学校颁发相应的教师资格证书。

第六章 罚 则

第十八条 【证书收缴】依照教师法第十四条的规定丧失教师资格的，不能重新取得教师资格，其教师资格证书由县级以上人民政府教育行政部门收缴。

第十九条 【教师资格撤销】有下列情形之一的，由县级以上人民政府教育行政部门撤销其教师资格：

（一）弄虚作假、骗取教师资格的；

（二）品行不良、侮辱学生，影响恶劣的。

被撤销教师资格的，自撤销之日起5年内不得重新申请认定教师资格，其教师资格证书由县级以上人民政府教育行政部门收缴。

第二十条 【作弊处罚】参加教师资格考试有作弊行为的，其考试成绩作废，3年内不得参加教师资格考试。

第二十一条 【违反保密规定处罚】教师资格考试命题人员和其他有关人员违反保密规定，造成试题、参考答案及评分标准泄露的，依法追究法律责任。

第二十二条 【玩忽职守、徇私舞弊的处罚】在教师资格认定工作中玩忽职守、徇私舞弊，对教师资格认定工作造成损失的，由教育行政部门依法给予行政处分；构成犯罪的，依法追究刑事责任。

第七章 附　　则

第二十三条 【施行日期】本条例自发布之日起施行。

十、《小学生减负十条规定》

《小学生减负十条规定》是由教育部拟定的于 2013 年 8 月 22 日起实施的文件。2013 年 9 月 4 日再次征求意见稿。

（一）主要目的

减轻学生过重课业负担是一项复杂的系统工程，需要政府、学校、家庭、社会共同努力。《小学生减负十条规定》（征求意见稿）面向社会公开征求意见，就是要充分听取社会各界对减负工作的意见建议，集思广益，切实把小学生过重的课业负担减下来，避免出现"学校减负，社会增负""教师减负，家长增负"的现象。

（二）规定细则

（1）阳光入学。各地要均衡配置义务教育资源，切实缩小校际差距，严格实行免试就近入学，招生不依据任何获奖证书和考级证明。实行信息公开，县区教育行政部门要利用公告、网站等方式向社会公开每所小学、初中的招生计划、范围、程序、时间和结果，积极推行网上报名招生。

（2）均衡编班。按照随机方式对学生和教师实行均衡编班。编班过程要邀请家长和相关人员参加，接受各方监督。禁止以各种名目分重点班和非重点班。

（3）"零起点"教学。一年级新生入学后，要严格按照课程标准从"零起点"开展教学。不得拔高教学要求，不得加快教学进度。

（4）减少作业。一至三年级不留书面家庭作业，四至六年级要将每天书面家庭作业总量控制在 1 小时之内。要积极与家长互动，指导好学生的课外活动。

（5）每天锻炼 1 小时。开足、上好体育课。安排好大课间活动或课间操、眼保健操，确保学生体育锻炼时间。

（6）规范考试。一至三年级不举行任何形式的统一考试；从四年级开始，除语文、数学每学期可举行 1 次全校统一考试外，不得安排其他任何统考。每门课每学期测试不超过 2 次。考试内容不超出课程标准。教育质量监测不公布学生成绩与排名。

（7）等级评价。实行"等级加评语"的评价方式，采取"优秀、良好、合格、待合格"等分级评价，多用鼓励性评语，激励学生成长。全面取消百分制，避免分分计较。

（8）一科一辅。每个学科可选择一种经省级有关部门评议公告的教辅材料，购要时遵循家长自愿原则。学校和教师不得再向学生推荐、推销其他教辅材料。

（9）严禁违规补课。学校和教师要努力提高课堂教学质量，不得在节假日和双休日组织学生集体补课或上新课，不得组织或参与举办"占坑班"及校外文化课补习。

（10）严加督查。各级教育督导部门要落实督学责任区制度，对减负工作定期进行专项督导，每学期公布督导结果。各级教育行政部门要对减负工作开展经常性的检查，并受理群众举报，严格责任追究。

高频考点训练

一、单项选择题

1. 下列选项中不属于《中华人民共和国预防未成年人犯罪法》所称的"严重不良行为"的是
（　　）。

    A. 纠集他人结伙滋事，扰乱治安   B. 多次偷窃

    C. 参与赌博，屡教不改   D. 旷课、夜不归宿

2. 女童在校车内窒息死亡，其所在学校（　　）。

    A. 没有责任，与家长有关

    B. 没有责任，校车司机承担主要责任

    C. 有责任，没有采取措施保障未成年人的人身安全

    D. 有责任，不应该雇佣校车，而应自己购买符合规范的校车

3. 对于学生伤害事故的责任，其确定的原则是（　　）。

    A. 过错责任原则   B. 过错推定原则   C. 平等原则   D. 公平原则

4.《国家中长期教育改革和发展规划纲要（2010—2020年）》指出，学校应大力开展"阳光教
育"运动，保证学生每天锻炼时间为（　　）。

    A. 0.5 小时   B. 1 小时   C. 1.5 小时   D. 2 小时

5. 1995 年《中华人民共和国教育法》中规定的教育目的是培养德、智、体等全面发展的社会
主义事业的（　　）。

    A. 建设者和接班人   B. 建设者和开拓者

    C. 一代新人   D. 有用人才

6. 根据《中华人民共和国义务教育法》的规定，实施义务教育，不收取（　　）。

    A. 学费   B. 杂费

    C. 学费、杂费   D. 学费、杂费、住宿费

7. 根据《中华人民共和国宪法》的规定，国务院有权制定和发布（　　）。

    A. 教育法律   B. 教育行政法规

    C. 教育政府规章   D. 教育单行条例

8. 根据《中华人民共和国未成年人保护法》的规定，（　　）应当在其职责范围内做好未成
年人保护工作。

    A. 中央和地方各级国家机关   B. 中央国家机关

    C. 地方各级国家机关   D. 市级以上人民政府

9. 根据《中华人民共和国预防未成年人犯罪法》的规定，对未成年人犯罪一律不公开审理的
年龄是（　　）。

    A. 14 周岁以下   B. 14 周岁以上不满 16 周岁

    C. 16 周岁以上不满 17 周岁   D. 18 周岁以下

10. 制定《学生伤害事故处理办法》的目的是（　　）。

    A. 保护学生的合法权益   B. 保护学校的合法权益

    C. 保护教师的合法权益   D. 保护学生、学校的合法权益

11. 新《中华人民共和国义务教育法》于（　　）开始实施。

    A. 2006 年 9 月 1 日   B. 2006 年 6 月 29 日

    C. 1994 年 10 月 31 日   D. 1986 年 4 月 12 日

二、材料分析题

1. 某中学在"整顿校纪校风"活动中，让各班级自定违反校规处罚制度。初二（3）班班主任牛老师率先发动同学制定了这样的"班规"：迟到一次罚 10 元，不出操罚 10 元，课上睡觉罚 15 元，旷课一节罚 20 元，打架一次罚 150 元，考试作弊被抓罚 250 元。这一班规经学校同意"试行"，接着在全校推行，后经学生家长反映到上级教育行政部门被查处。

（1）该校的做法是否违法？

（2）违法的主体有谁？

（3）违反了哪些法律或法律规定？

（4）违法主体应当承担哪些法律责任？

2. 涛涛很淘气，经常在课堂上说话、做小动作，有时还不完成作业。一天，他又在课上说话、做鬼脸，被班主任老师发现了。老师非常生气，对涛涛说："你的课不要再上了，回家把家长找来，什么时候你爸爸来了，你再来上课。"涛涛不敢回家，只好在教室外面站着。这时，正好校长路过，问清了原因后把涛涛送回教室。事后，校长把涛涛的班主任老师找去，提出了批评。

你认为校长批评得对吗？班主任和涛涛应该怎样做呢？

参考答案及解析

一、单项选择题

1. 答案：D。【解析】详见《中华人民共和国预防未成年人犯罪法》第三十四条规定，注意与第十四条中"不良行为"的区分。

2. 答案：C。【解析】根据《中华人民共和国未成年人保护法》第二十二条规定，学校、幼儿园、托儿所应当建立安全制度，加强对未成年人的安全教育，采取措施保障未成年人的人身安全。

3. 答案：A。【解析】《学生伤害事故处理办法》中明确了学生伤害事故侵权民事责任的归责原则是过错责任原则。

4. 答案：B。【解析】详见《国家中长期教育改革和发展规划纲要（2010—2020 年）》第八条规定。

5. 答案：A。【解析】略。

6. 答案：C。【解析】略。

7. 答案：B。【解析】教育法律由全国人民代表大会发布，国务院作为政府部门只能提出教育行政法规。

8. 答案：A。【解析】根据《中华人民共和国未成年人保护法》第七条规定，中央和地方各级国家机关应当在其职责范围内做好未成年人保护工作。未成年人保护工作的职责不仅仅属于教育机构，还属于各级国家机关。

9. 答案：B。【解析】根据《中华人民共和国预防未成年人犯罪法》第四十五条规定，对已满十四周岁不满十六周岁未成年人犯罪的案件，一律不公开审理。

10. 答案：D。【解析】保护学生、学校的合法权益是制定《学生伤害事故处理办法》的目的。

11. 答案：A。【解析】修订后的新《中华人民共和国义务教育法》于 2006 年 9 月 1 日开始实施。

二、材料分析题（答案要点）

1. 答案：

（1）该校的做法是违法的，侵犯了学生的财产权。

（2）违法的主体是该学校。

（3）违反了《中华人民共和国教育法》和《中华人民共和国义务教育法》。

（4）根据《中华人民共和国教育法》第七十八条规定，学校及其他教育机构违反国家有关规定向受教育者收取费用的，由教育行政部门责令退还所收费用；对直接负责的主管人员和其他直接责任人员，依法给予行政处分。根据《中华人民共和国义务教育法》第五十六条规定，学校违反国家规定收取费用的，由县级人民政府教育行政部门责令退还所收费用；对直接负责的主管人员和其他直接责任人员依法给予行政处分。

2. 答案：（1）校长的批评是对的。根据我国《义务教育法》第二十九条规定，教师在教育教学中应当平等地对待学生，关注学生的个体差异，因材施教，促进学生的充分发展。教师应尊重学生的人格，不得歧视学生，不得对学生实施体罚、变相体罚或者其他侮辱人格尊严的行为，不得侵犯学生的合法权益。对接受义务教育的学生更多遵循的是"教育为主、惩罚为辅"的原则，"学生在外边站着"属于变相惩罚，"不让学生上课"侵害了学生的受教育权。因此，校长把涛涛送回教室并对该班主任提出批评的做法是对的。

（2）这位班主任应当认识到自己的错误。经过教育，涛涛也应当认识到自己不仅违反了学校纪律，而且在课堂上随便说话，也影响了别的同学听课，实际上侵犯了其他同学受教育的权利。

第三节 教师的权利与义务

主要知识点

1. 《中华人民共和国教师法》的颁布和实施时间、制定机关
2. 教师法定权利和义务的内容
3. 根据相关法律，对教师执教问题进行分析

一、教师的权利与义务概述

（一）教师的权利

1. 教师权利的内涵

教师的权利是指教师在教育教学活动中依法享有的权益，是国家对教师能够做出或不做出一定行为，及要求他人相应做出或不做出一定行为的许可与保障。教师在法律上的权利分为两部分，一是教师作为一般公民所享有的权利；二是教师作为教育者的权利。作为普通公民，教师享有《宪法》所规定的公民的基本权利，如公民的政治权利、宗教信仰自由、社会经济权利、文化教育权利等。作为专业人员，教师在从事教育活动中有其特殊的权利，这是一种职业特定的法律权利。我国《教育法》《义务教育法》《教师法》均对教师权利做了规定。这里要讲述的主要是我国《教师法》中规定的教师作为教育者的权利。

2. 教师的基本权利

《教师法》第七条对教师的权利做出了明确规定。

（1）教育教学权。

教育教学权是指教师享有进行教育教学活动、开展教育教学改革和实验的权利。这是教师为履行教育教学职责而必须具备的最基本的权利。

任何人不得非法剥夺在聘教师行使教育教学权。同时，不具备教师资格的人不得享有这项权利。虽已取得教师资格，但尚未受聘或已被解聘的人员，对此项权利的行使处于停顿状态，待任

用时方能行使这一权利。学校及其他教育机构依法解聘教师的，不属于侵犯教师权利的行为，不承担侵犯教师权利的责任。

（2）科学研究权。

《教师法》第七条规定：教师有"从事科学研究、学术交流，参加专业的学术团体，在学术活动中充分发表意见"的权利。这是教师作为专业技术人员的一项基本权利。教师在完成规定教育教学任务的前提下，有权进行科学研究、技术开发、撰写学术论文、著书立说；有权参加有关的学术交流活动，参加依法成立的学术团体并在其中兼任工作；有权在学术研究中发表自己的学术观点，开展学术争鸣。

教师从事这些工作，既有利于提高自身的政治、业务素质，又有利于教学水平的提高和人才的培养，也是将宪法中规定的公民基本权利根据教师的职业特点加以具体化。

（3）管理学生权。

管理学生权是指教师享有"指导学生的学习和发展、评定学生的品行和学业成绩"的权利，这是与教师在教育教学过程中的主导地位相适应的一项基本权利。

管理学生权包括三方面的内容：

① 指导学生的学习和发展权。它是指教师有权根据学生的身心发展状况，有针对性地指导学生的学习，并在学生的特长、就业、升学等方面给予指导。

② 学生品行评定权。它是指教师有权独立自主地对其学生的思想意识、品德修养、举止行为等方面的表现做出公正的综合评定，也有权抵制学校内外和学生本人提出的违背学生实际的品行评定。

③ 学生学业成绩评定权。它是指教师有权独立自主地对学生的学业成绩做出评定，有权抵制来自任何方面的要求在评定学生学业成绩时弄虚作假的行为。教师对学生品行的评定结论和学业成绩的评定具有法律效力，任何单位和个人未经教师同意不得更改，任何组织和个人不得非法干涉教师行使这一占主导地位的基本权利。

教师在行使管理学生权利时，要注意加强对学生各方面的管理，将关心爱护学生与严格要求学生相结合，促进学生德、智、体等方面的发展。

（4）获取报酬权。

这是教师的基本物质保障权利。获取报酬权是指教师享有"按时获取工资报酬，享受国家规定的福利待遇及寒暑假期的带薪休假"的权利。

获取报酬权包括三方面的内容：

① 按时获取工资报酬权。即教师完成教育教学任务后有权要求所在单位及其主管部门根据教师聘任合同规定，按时、足额地支付工资报酬的权利，任何单位和个人均无权挪用、克扣和拖欠教师的工资报酬。教师的工资报酬包括基础工资、职务工资、课时报酬、奖金及教龄津贴、班主任津贴以及其他各种津贴在内的工资性收入。

② 享受国家规定的福利待遇权。它是指教师有权获得国家规定的福利待遇，任何单位和个人都无权减少国家规定的给予教师的福利项目和福利金额。教师的福利待遇一般包括医疗保健、住房、退休等方面，依照《教师法》及国家其他有关规定享有的各种待遇和优惠。

③ 寒暑假期的带薪休假权。这些基本权利是教师自身及家庭生存和发展的物质保障，十分重要。

（5）民主管理权。

《教师法》第七条规定：教师有"对学校教育教学、管理工作和教育行政部门的工作提出意见和建议，通过教职工代表大会或者其他形式参与学校的民主管理"的权利。这是教师参与教育管理的民主权利，它包括两方面的内容：

① 提出意见和建议权，它是指教师对学校教育教学、管理工作和教育行政部门的工作直接或间接地提出意见和建议的权利；

② 通过教职工代表大会、工会组织等形式以及其他适当方式，参与学校民主管理，讨论学校改革、发展等方面的重大事项，保障自身的民主权利和切身利益，推进学校的民主建设。

教师在行使民主管理权时，应注意遵循民主集中制的原则，并充分发挥自己对学校、教育行政部门工作的监督作用。目前，多数学校都建立了教代会制度，这对调动广大教职工的积极性，发挥广大教职工主人翁精神，加强对学校和教育行政部门工作的监督，促进各级各类学校提高管理水平，起到了重要作用。

（6）进修培训权。

教师有参加当地教育行政部门或学校列入计划的各种形式的进修和其他培训的权利。这是教师享有的接受继续教育的权利。这一权利的基本含义包括：

① 教师有权参加进修或接受其他形式的培训，不断更新知识，调整知识结构，逐渐完善终身学习体制，从而保障教育教学质量；

② 教育行政部门和学校以及其他教育机构应当采取多种形式，开辟多种渠道，保证教师进修培训权的行使。

教师行使这一权利时，必须保证完成本职工作，有组织、有安排地进行，不得影响学校正常的教育教学工作。同时，教师进修培训权的行使，也要服从学校教育教学工作的安排，因地制宜地参加进修和培训。

真题再现

1.（2014 年单项选择）根据《中华人民共和国教师法》的规定，教师最基本的权利是（　　）。

　　A. 管理学生权　　　　B. 教育教学权　　　　C. 学术自由权　　　　D. 民主管理权

答案：B。【解析】教育教学权是教师为履行教育教学职责而必须具备的最基本的权利。

2.（2016 年单项选择）某教师积极参加学校工会活动，并对学校的改革发展建言献策。该教师行使的权利是（　　）。

　　A. 教育教学权　　　　B. 控告检举权　　　　C. 民主管理权　　　　D. 培训进修权

答案：C。【解析】民主管理权是指教师对学校教育教学、管理工作和教育行政部门的工作提出意见和建议，通过教职工代表大会或者其他形式，参与学校的民主管理。

3.（2015 年单项选择）某教师对学校管理提出改进意见，被校长打击报复。校长所侵犯的教师权利是（　　）。

　　A. 学术研究权　　　　B. 教育教学权　　　　C. 指导评价权　　　　D. 民主管理权

答案：D。【解析】根据《中华人民共和国教师法》第七条规定，教师享有"对学校教育教学、管理工作和教育行政部门的工作提出意见和建议，通过教职工代表大会或者其他形式参与学校的民主管理"的权利。

4.（2012 年单项选择）学校派张老师参加省里的骨干教师培训，但扣除其绩效工资五百元。这种做法（　　）。

　　A. 侵犯了教师的进修培训权　　　　　　B. 加强经费管理

　　C. 体现了按劳取酬　　　　　　　　　　D. 节约了办学成本

答案：A。【解析】教师有参加当地教育行政部门或学校列入计划的各种形式的进修和其他培训的权利。

（二）教师的义务

1. 教师义务的内涵

教师的义务是指依照法律规定，教师从事教育教学工作必须履行的责任。如同教师的权利，教师的义务也分为两部分：一是教师作为公民应承担的义务；二是教师作为教育者应承担的义务。除了《教育法》《教师法》对教师义务的规定外，其他如《义务教育法》《未成年人保护法》和《预防未成年人犯罪法》等都有对于教师义务的相关规定。这里重点讲述的是我国《教师法》中的有关规定。《教师法》第八条对教师的义务做出了明确规定。

2. 教师的义务

（1）遵守宪法、法律和职业道德，为人师表（遵纪守法义务）。

宪法和法律是国家、社会组织和公民活动的基本行为准则，任何组织和公民都必须遵守。教师要教书育人，就应遵守宪法和法律。教师职业是专门职业，相关行政部门也重新修订了《中小学教师职业道德规范》，明确规定中小学教师应当遵守职业道德准则，教师要做到遵纪守法、爱岗敬业、热爱学生、关心集体、锐意进取。另外，教师的职业特征也决定了教师在教学和工作中要认识到自己的言行对学生思想品德和个性的影响，努力做到言传身教、为人师表。

（2）贯彻国家的教育方针，遵守规章制度，执行学校的教学计划，履行教师聘约，完成教育教学工作任务（教育教学义务）。

教师在教学工作中要以党的政策方针为指导，严格按照国家的教育目的和培养目标培养学生，教学工作不能偏离社会主义方向；要遵守教育行政部门、学校及其他教育行政部门的规章制度；认真执行教学计划、教学大纲；并且要履行教师聘任合同中约定的教育教学职责，完成职责范围内的教育教学任务，保证教学质量。

（3）对学生进行宪法所确定的基本原则的教育和爱国主义、民族团结的教育，法制教育以及思想品德、文化、科学技术教育，组织、带领学生开展有益的社会活动（教书育人义务）。

对学生进行思想品德教育是每一位教师的义务，这就要求教师根据自身教学内容，将政治思想品德教育贯穿于教学过程。具体要求是：教师在坚持社会主义方向的前提下，对学生进行爱国主义教育、民族团结教育、法制教育、文化科学技术教育，弘扬中华民族优良传统，引导学生逐步树立科学的人生观和价值观，教育学生爱祖国、爱人民、爱劳动、爱科学、爱社会主义，把学生培养成为有理想、有道德、有文化、有纪律的社会主义新人。

（4）关心、爱护全体学生，尊重学生人格，促进学生在品德、智力、体质等方面的发展（尊重学生人格义务）。

我国《宪法》《教育法》和《未成年人保护法》都赋予了学生公民应具备的基本权利。在教育教学过程中学生作为被教育者存在的，所以教师在执教的过程中一定要时刻保护学生应有的权利，做到关心爱护全体学生，对学生一视同仁，更不能因民族、性别、残疾、学习成绩等方面的差异歧视学生，对那些有缺点的学生，教师更应该给予特别的关怀和指导，绝不能采取简单粗暴的方法；教师在执教过程中不能侮辱、歧视学生，不能体罚或变相体罚学生，不能泄露学生的隐私。因侮辱学生影响恶劣或体罚学生经教育不改的，应承担相应的法律责任。这条规定的目的就在于矫正教育教学过程中普遍存在的冷漠、偏私等现象，使教师认识到爱护学生不仅是道德要求，同时也是法律规范。

（5）制止有害于学生的行为或者其他侵犯学生合法权益的行为，批评和抵制有害于学生健康成长的现象（保护学生合法权益义务）。

教师的此项义务要求教师在与学校工作和教育教学工作相关的活动中，制止侵犯其所负责教育和管理的学生合法权益的违法行为，批评和抵制社会上有害于学生身心健康成长的不良现象。

（6）不断提高思想政治觉悟和教育教学业务水平（提高业务水平义务）。

教育教学工作是一项专业性较强的工作，担负着提高民族素质的使命，这就要求教师具有较高的思想政治觉悟和业务水平。同时，这也是社会进步和科学技术发展对教师提出的要求。为此，教师应加强学习，调整知识结构，不断提高思想政治觉悟和教育教学业务水平，以适应教育教学的实际需要。

《教师法》规定国家实施教师资格制度，并在申请教师资格人员的学历、教育教学能力等方面设置了相关标准，并对教师考核方式、标准等进行了相关规定。（详见《教师法》）

真题再现

（2013年单项选择）课间，小莉正在同学面前大声朗读小娟的日记，被走进教室的小娟发现，小娟找到班主任诉说此事。班主任最恰当的做法是（　　）。

A. 制止小莉这种行为　　　　　　　　B. 批评小娟总是告状

C. 劝说小莉不要声张　　　　　　　　D. 劝说小娟宽容小莉

答案：A.【解析】保护学生合法权益的义务要求教师制止有害于学生的行为或者其他侵犯学生合法权益的行为，批评和抵制有害于学生健康成长的现象。

二、依法执教

（一）依法执教的含义

依法执教就是要求教师在教育教学活动中，按照教育法律、法规使自己的教育教学活动法制化和规范化。依法执教是依法治教在教师工作中的具体体现，也是对教师的基本要求。

1995年制定的《教育法》是我国第一次以国家基本法律形式明确了教育的地位和作用，从而为教育事业的改革和发展提供了坚实有力的法律保障。

真题再现

1.（2012年单项选择）有人建议对违反学校纪律的学生罚款，朱老师拒绝了。这体现了朱老师的（　　）。

A. 乐于奉献　　　　B. 因材施教　　　　C. 依法执教　　　　D. 廉洁从教

答案：C.【解析】依法执教就是要求教师在教育教学活动中，按照教育法律、法规使自己的教育教学活动法制化和规范化。对违反学校纪律的学生罚款将侵犯学生的财产权，是一种教师违法（侵权）行为，该老师的拒绝体现了他的依法执教。

2.（2015年单项选择）面对违纪学生，个别老师采取罚款的办法，叶老师没有这样做，而是耐心地与学生交流，帮助他们改正缺点。这说明叶老师能够做到（　　）。

A. 依法执教　　　　B. 团结协作　　　　C. 尊重同事　　　　D. 终身学习

答案：A.【解析】叶老师没有采取罚款的方法，而是耐心地与学生交流，帮助他们改正缺点，这说明叶老师自觉遵守教育法律、法规，依法履行教师的职责，是依法执教的表现。

（二）依法执教的基本要求

依法执教的基本要求有以下四点：

（1）坚持正确的政治方向；

（2）拥护党的基本路线和领导；

（3）自觉增强法律意识；

（4）认真贯彻党和国家的方针政策。

具体内容如下：

1. 教师要模范地遵守宪法及其他各种法律、法规

教师是人类文化的传播者，是我国社会主义现代化建设人才的培育者。教师的劳动具有高度的示范性和感染性，教师对学生产生了潜移默化的作用。虽然在我国人人都应当遵守宪法及其他各项法律、法规，依法进行生活、学习和工作，但教师更应当模范地做到这一点。每一个教师都要争做遵守宪法及其他各种法律、法规的模范。

2. 教师要依法进行教育教学活动

（1）教师要认真贯彻执行教育方针，遵守各种规章制度，执行学校的教学计划，完成教育教学工作任务；

（2）教师要对学生进行宪法所确定的关于四项基本原则的教育、爱国主义教育、民族团结教育以及法制教育；

（3）教师要关心、爱护全体学生，尊重学生人格，保证学生在德、智、体等方面的发展；

（4）教师要制止有害于学生的行为或者其他侵犯学生合法权益的行为，批评和抵制有害于学生健康成长的现象。

（三）依法执教的意义

1. 依法执教是依法治国的必然要求

依法治国的依据是我国的宪法和法律，基本要求有有法可依，有法必依，执法必严，违法必究。其中有法可依是依法治国的法律前提，也是依法治国的首要环节；有法必依是依法治国的中心环节。教师从事教育工作，只有做到了依法执教，才能更好地为国家培养依法治国的人才，才能不断提高全民族的法律意识。

2. 依法执教是依法治教的重要内容

依法治教就是国家机关以及有关机构依照有关教育的法律规定，在其职权范围内从事有关教育的治理活动，以及各级各类学校及其他教育机构、社会组织和公民依照有关教育的法律规定，从事办学活动、教育教学活动及其他有关教育活动。教师在从教过程中，必须做到依法执教，否则，依法治教就不完善，就不能实施。

3. 依法执教是人民教师之必需

作为依法执教的主体，教师法律素质的高低直接决定着依法执教能否顺利实施，进而影响到教育质量和效果的优劣。一些教师在执教过程中不同程度地存在着歧视、侮辱、体罚甚至殴打学生的现象，这都说明教师依法执教的意识还很淡薄，还必须加强有关法律、法规的学习。此外，在一些地方还不同程度地存在着侵犯教师合法权益的现象，教师的合法权益受到不法侵害的事件屡有发生。这更需要教师增强法律意识，善于依法维护自身的合法权益。

三、教师违法（侵权）行为预防

（一）教师违法（侵权）行为的含义

教师违法（侵权）行为是指教师在履行教师职责、实施教育教学活动中，教师出于故意或者由于过失而侵害他人（主要是学生）合法权利的行为。这一含义强调教师的侵权行为发生在执行职务的过程中，因此，学校应作为法人承担因此导致的损害后果。如果违法行为是教师的个人行为，学校则不必承担责任。

（二）教师违法（侵权）行为的主要类型及其表现特征

1. 侵犯学生的受教育权

受教育权是学生最基本的权利。常见的侵权行为主要表现为：

（1）侵犯学生教育机会平等的权利。《教育法》第九条规定了公民受教育机会平等的基本原则。教育机会平等主要是指学生不受民族、种族、性别、职业、财产状况、宗教信仰等方面的限制享有平等的受教育机会，学生的这项权利主要包括享有和使用学校的教育教学资源、图书资料、实验设备等，教师不能以任何理由歧视和区别对待学生。

（2）侵犯学生的入学权。我国《义务教育法》第十一条规定了义务教育对象的入学条件，即凡达到入学年龄（新学年开学前满 6 周岁），不分性别、民族、种族，只要有接受教育的能力，都必须入学接受规定年限的义务教育。此外，实施义务教育的学校必须依法接受应该在本校就读的适龄儿童入学。

（3）侵犯学生参加考试的权利。我国《教育法》第四十二条规定，受教育者享有"参加教育教学计划安排的各种活动"的权利。这是学生在学校中享有的最基本的权利。在教育教学中，学生有权参加教学计划安排的授课、讲座、课堂讨论、观摩、实验、实习和考试等活动。

（4）随意开除学生。《未成年人保护法》第十八条规定，学校应当尊重未成年学生的受教育权，不得开除义务教育阶段的学生，对于高中阶段的学生不得随意开除。一些随意开除学生或者勒令未成年学生退学的行为，就侵犯了学生的受教育权。

此外，教师不能因任何目的和理由侵犯或者干扰学生受教育的选择权、侵犯学生升学复学方面的同等权利，更不能以侵犯学生姓名权的手段侵犯学生的受教育权、延误学生录取通知书的发放等。

2. 侵犯学生的人身权

人身权是公民享有的最基本、最重要、内涵最丰富的权利。学生的人身权可分为生命权、身体权、健康权、姓名和肖像权、名誉和荣誉权、人格尊严权、人身自由权、隐私权等。

（1）侵犯学生的生命权、身体权和健康权。学生作为公民享有《中华人民共和国民法通则》赋予的这几项权利。在学校教育中，这类侵害主要是由体罚或变相体罚、教育教学设施不安全以及学校、教师不作为侵权等造成的。

（2）侵犯学生的姓名肖像权、名誉荣誉权。一些特殊情况除外，学生有权禁止他人未经允许制作和使用自己的肖像，有权禁止他人对自己的肖像进行毁损、玷污、丑化或歪曲。学生的名誉不得受到歪曲或损害。荣誉是一个人受到外部给予的光荣称誉，每个学生在学校应有平等的机会获得。

（3）侵犯学生的人格尊严权。学校和教师必须尊重学生的人格尊严，严禁对学生实施体罚、变相体罚或其他侮辱人格尊严的行为。

（4）侵犯学生的人身自由权。人身自由是公民的一项基本权利，包括身体行动自由和表达的自由。侵害学生人身自由的表现形式有：非法拘禁和限制学生、非法搜查学生、非法限制学生表达自由的权利等。

（5）侵犯学生隐私权。隐私包括个人私生活、个人日记、照片、储蓄及财产状况和通信秘密等。隐私权是指公民生活中不愿为他人公开或知悉的个人秘密不可侵犯的人身权利。学校和教师侵犯学生隐私的表现形式有：故意隐匿、毁弃或者非法开拆学生信件，披露、宣扬学生自身及家庭成员资料，提供学生成绩的方式不适当等。

（6）性侵害。近年来，少数教师对学生实施性侵犯的现象日趋严重，被侵害的对象绝大部分是 14 周岁以下的中小学生。其中最主要的性犯罪案件是强奸案和猥亵儿童案。

3. 侵犯学生的财产权

个人的财产所有权是指公民对个人所有的财产依法占有、使用、收益和处分的权利。学生的合法财产受到法律保护，教师不得侵占、破坏或非法扣押、没收等。学生对教师侵犯其财产权的行为可依法申诉或提起诉讼。教师侵犯学生财产权的表现形式有：损坏学生财物、非法没收学生物品、乱罚款、乱摊派、推销商品等。

4. 侵犯学生的著作权

根据有关规定，只要是自己独立完成的，体现了自己的思想、情感、构思和表达方式的，属于文学、艺术和科学领域并能以某种形式复制的智力成果都是著作权法所称的作品。构成作品并不需要达到一定的文学、艺术或者科技水准。著作权人对其作品享有发表权，任何人不得未经许可发表其作品。中小学生的作文也受《中华人民共和国著作权法》的保护。

5. 不作为违法侵权

依性质不同，侵权行为可分为两类，即作为侵权行为和不作为侵权行为。作为侵权行为是指行为人以一定的作为致人损害的行为，如体罚、侮辱学生等。不作为侵权行为是指行为人以一定的不作为致人损害的行为。根据《教师法》《未成年人保护法》的规定，学校和教师负有保护学生的法定义务。如果教师没有积极履行保护职责或阻止有害于学生的行为即构成不作为侵权。学校和教师不作为侵权行为的表现形式有：

（1）对学生身体状况关照不力。即学生有特异体质或特定疾病，不宜参加某种教育教学活动，教师应当知道或者已经知道，但未予以必要注意。

（2）教师对生病或受伤学生救护不力。即教师对学生在校期间突发疾病或者受到伤害，没有根据实际情况及时采取相应的救治措施，而是消极的不作为，致使学生的疾病或者伤害因为延迟治疗而加重。

（3）在履行职责中违反工作要求、操作规程。即教师在教育教学活动中违反专业规范，包括对待工作岗位、工作期间的要求，如上实验课教师在组织实验过程中不得擅离职守；特定教育教学活动中遵循的操作规范，如上体育课应当按照教学大纲要求首先组织学生热身。

（4）学校活动组织失职。即学校违反有关规定，组织或安排未成年学生从事不宜未成年人参加的劳动、体育运动或其他活动。

（5）饮食安全事故。即学校向学生提供的药品、食品、饮用水等不符合国家或者行业有关标准、要求。

（6）未及时向学生监护人履行告知义务。即教师发现或知道未成年学生擅自离校等与学生人身安全直接相关的信息，但未及时告知未成年人的监护人，导致未成年人因脱离监护人的监护而发生伤害，学校负有管理责任，但学生自行外出或擅自离校期间发生的伤害，学校不负有管理责任。

真题再现

1.（2016 年单项选择）张老师责令考试成绩不及格的小强停课半天写检查。张老师的做法（　　）。

　　A. 合法，有助于警示其他学生　　　　B. 合法，教师有管理学生的权利

　　C. 不合法，侵犯了小强的人身权　　　D. 不合法，侵犯了小强的受教育权

答案： D。【解析】题干所述是教师侵犯学生受教育权的具体表现。

2.（2014 年单项选择）中学生王某扰乱课堂秩序，教师刘某将其赶出教室，并罚其做俯卧撑，王某因体力不支，头部磕伤。下列说法正确的是（　　）。

　　A. 王某对其头部所受伤害负主要责任　　B. 刘某将王某赶出教室不应实施体罚

　　C. 学校可依法给予刘某相应的行政处罚　D. 刘某侵犯了王某的受教育权和人身权

答案： D。【解析】教师刘某将王某赶出教室侵犯了其受教育权，罚其做俯卧撑侵犯了学生的人身权。由于教师的侵权行为发生在执行职务的过程中，因此学校应作为法人承担因此导致的损害后果。同时，学校可依法给予刘某相应的行政处分。行政处罚是指国家行政机关依法对违反行政法律规范的组织或个人进行的行政制裁，因此学校没有行政处罚权。

3.（2015 年单项选择）关于图中教师的做法，下列说法正确的是（　　）。

　　A. 有利于行使教师的权利

　　B. 有利于学生的进步成长

　　C. 侵犯了学生的人格尊严权

　　D. 侵犯了学生的受教育权

答案： C。【解析】学校和教师必须尊重学生的人格尊严，严禁对学生实施体罚、变相体罚或其他侮辱人格尊严的行为。图中教师的做法侵犯了学生的人格尊严权。

4.（2014 年单项选择）放学后教师李某让小强在校写作业，李某因临时有事，将小强反锁在办公室直到深夜。李某的行为（　　）。

　　A. 合法，教师有批评教育学生的权利

　　B. 不合法，李某侵犯了小强的人格权

　　C. 合法，教师有监督学生完成作业的义务

　　D. 不合法，李某侵犯了小强的人身自由权

答案： D。【解析】侵害学生人身自由权的表现形式有：非法拘禁和限制学生、非法搜查学生、非法限制学生表达自由的权利等。题干中教师的做法属于非法拘禁和限制学生，侵犯了学生的人身自由权。

5.（2013 年单项选择）为加强班级管理，班主任王老师经常查阅学生的日记。王老师的做法侵犯了学生的（　　）。

　　A. 隐私权　　　　　B. 名誉权　　　　　C. 财产权　　　　　D. 受教育权

答案： A。【解析】隐私包括个人私生活、个人日记、照片、储蓄及财产状况、生活习惯及通信秘密等。隐私权是指公民生活中不愿为他人公开或知悉的个人秘密的不可侵犯的人身权利。学校和教师侵犯学生隐私权的表现形式有：故意隐匿、毁弃或者非法开拆学生信件，披露、宣扬学生自身及家庭成员的资料，提供学生成绩的方式不适当等。题干中教师的行为侵犯了学

生的隐私权。

6.（2014年单项选择）某中学对违反校规的学生进行罚款，该校的做法（　　）。

A. 合理，学校有自主管理学生的权利

B. 合法，是塑造良好校风的有效手段

C. 不合法，侵犯了学生及其监护人的财产权

D. 不合法，罚款之前应得到主管部门的许可

答案：C。【解析】题干所述学校对学生进行罚款侵犯了学生的财产权。

（三）教师违法（侵权）行为的主要法律责任

1. 教师违法（侵权）行为

（1）故意不完成教育教学任务，给教育教学工作造成损失的。构成此项违法责任必须具备两个条件：① 主观上是"故意的"，即明知会对教育教学工作造成损失，却放任这种行为的发生；② 客观上要有"给教育教学工作造成损失"的后果。

（2）体罚学生，经教育不改的。体罚学生是指教师以暴力的方法或以暴力相威胁，或以其他强制性手段，侵害学生的身体和精神健康的侵权行为。

（3）品行不良、侮辱学生，影响恶劣的。主要指教师的人品或行为严重有悖于社会公德和教师职业道德，严重有损为人师表的形象和身份，在社会上和学生中产生了恶劣影响。

2. 教师的法律责任

（1）按现行教师管理权限，由所在学校、其他教育机构或教育行政部门给予行政处分或者解聘。解聘包括解除岗位职务聘任合同，由学校或其他教育机构另聘做其他工作；也包括解除教师聘任合同，被解聘者另谋职业。

（2）教师有上述违法行为中的后两种行为，情节严重，构成犯罪的，由人民法院追究刑事责任。

（3）对学校、其他教育机构和学生造成损害或损失的，应当依照我国《民法通则》的有关规定赔偿损失、消除影响、恢复名誉等。这既可由学校或教育行政部门处理，也可由人民法院强制执行。

真题再现

（2012年单项选择）教师给学生起侮辱性的绰号，可给予（　　）。

A. 行政处分　　　　　　　　　B. 行政处罚

C. 行政处分或解聘　　　　　　D. 行政处罚或解聘

答案：C。【解析】该教师的行为侵犯了学生的人格尊严权，按现行教师管理权限，应由所在学校、其他教育机构或教育行政部门给予行政处分或者解聘。

（四）预防教师违法（侵权）行为的必要措施

1. 建立完善的教育法规体系

我国诸多法律法规对保护未成年人做了明确规定，这为中小学生的身心发展提供了法律上的保障，但我们也要看到大部分地方教育立法还比较薄弱。中央、各省的法律法规只提出了一些大的框架、总的原则，各级地方应从实际出发，尽快将大框架、总原则具体化、地方化，使之在教

育改革和发展的实践中发挥作用。

2. 建立严格公正的教育执法制度

建立教育事故仲裁委员会，严格教育执法制度。教师执法制度要求各级人民政府及其有关部门严格依法行政，正确规范和引导教育的改革和发展，不得滥用权力。同时建立完备的有关教育行政处罚制度、行政复议制度、教育申诉制度等一系列教育法律救济制度，对违法侵害公民教育合法权益的责任人，国家行政机关或司法机关应当予以追究，真正做到有法必依、执法必严、违法必究。

3. 建立全面的教育法律监督机制

监督是法律得以实施的一项重要保证。教师侵权行为之所以没有做到违法必究，很大程度上是由于缺少有效的法律监督约束。监督机制和高素质的执法队伍是依法治教的根本保证。我们在建立严格公正的教育执法制度的同时，还应建立和完善法律法规执法监督机制，教育执法人员同样应该依法接受国家权力机关和人民群众的监督。

4. 增强法制观念，宣传、普及教育法律

教育法律的实施，不仅要有执法队伍来执行，更重要的是靠全体公民自觉去遵守，这就要提高全体公民的教育法律意识。加强教育法律的宣传，让教师和学生认识教育法律的预防和保护作用。通过广播站、宣传栏等进行宣传，召开各种座谈会、讨论会，促进师生员工的学习和交流，使教师树立依法治教的观念。

5. 加强学校的规范管理

各级教委和学校应严格执行党的教育方针，彻底扭转教育过程中重智育轻德育、片面追求升学率等偏离党的教育方针的局面。注重提高教师的业务素质和职业道德修养，树立正确的学生观。学校可将依法治教的目标和工作内容分解细化，形成责任共同体，使责任共同体依法完成各自的职责，从而使学校工作规范化。同时各级教委和学校应结合实际制定出切实可行的考核评比的规章制度。

6. 增强教师的法律意识，减少侵权行为

增强教师的法律意识，是减少侵权行为、促进学生健康发展的主要途径。首先，要加强教师对学生权利的认识，让每位教师都深刻体会学生的法定权利以及侵害学生权利应负的责任，从而减少侵权行为的发生；其次，要加强教师对相关案例的学习。

7. 加强学生对自己法定权利的认识，培养学生的自我保护意识

中小学教师的侵权对象多数是未成年学生，有相当多的学生还不具有完全行为和能力责任，因此，要加强学生对自己法定权利的认识。例如：在小学开设教育法规图片展、开设各种讲座；在中学开设法律课程，重点教授学生权利的知识等，让每个学生都能运用法律武器保护自己的合法权利。

8. 加大安全教育力度

大力推行社会安全教育，加强学校内师生的安全观念。首先，要健全规章制度，切实落实安全工作责任制，依靠群众和社会各方面的力量，建立严密的安全防范体系；其次，要加强学生的安全观念，使学生学会自我防范，防止因为教师的违法行为造成学生的身心伤害。

高频考点训练

一、单项选择题

1. 下列哪项不属于《中华人民共和国教师法》规定的教师义务？（　　）

A. 不断提高思想政治觉悟和教育教学业务水平

B. 贯彻国家的教育方针，遵守规章制度，执行学校的教学计划，履行教师聘约，完成教育教学工作任务

C. 关心、爱护全体学生，尊重学生人格，促进学生在品德、智力、体质等方面的发展

D. 进行教育教学活动，开展教育教学改革和实验

2. 依法治教方略在教师工作中的具体体现是（　　　）。

A. 依法执教　　　　　　　　　　B. 依法管理

C. 依法维护自身权利　　　　　　D. 依法治教

3. 教师对生病的学生救护不力，属于（　　　）。

A. 侵犯学生的生命权　　　　　　B. 侵犯学生的健康权

C. 侵犯学生的身体权　　　　　　D. 不作为违法侵权

4. 某小学为追求升学率，将年级成绩最差的三名学生除名。该小学侵犯了未成年学生的（　　　）。

A. 人格尊严　　　　B. 隐私权　　　　C. 受教育权　　　　D. 公民权

5. 作为一名教师最基本的权利是（　　　）。

A. 教育教学权　　　　B. 科学研究权　　　　C. 指导评价权　　　　D. 获得报酬权

二、材料分析题

1. 李强、张军、王勇是杨老师班上的三名学生。一天自习课上，杨老师发现他们三个在讲话，影响了课堂秩序。杨老师很生气，把他们三个叫到办公室，并在走廊上叫他们三个的外号。李强嗓门大，叫"大嗓子"；张军说话有些沙哑，叫"破嗓子"；王勇头发黑而硬，叫"黑刺猬"。杨老师不仅当众叫他们的外号，还训斥三名学生，并罚他们站到自习课结束。第二天，杨老师上课时，又发现这三名学生在讲话。杨老师非常生气，叫他们三个站了出来，并叫班干部帮他用胶带把三名学生的嘴封了起来。上完课后，杨老师把三名学生赶出了课堂……

请问杨老师的行为合法吗？为什么？

2. 张某从某师范专科院校毕业后，被分配到一所小学教数学。一年后所教班级的数学成绩明显下降，学生对他意见很大，强烈要求换老师。学校经调查发现，张某不认真研究本专业知识，课前不备课或备课很简单，课堂教学效果不好。教育组多次找他谈话，组织有关教师听他的课，但张某不接受对其教学工作的检查，甚至在成绩评定时，有意评低对他有意见学生的成绩，个别的甚至有意评为不及格。学校经研究认为张某不再适宜担任该科教学工作，但又没有合适的科目，决定由他负责学校的治安、收发工作。张某不服，认为自己是教师，应担任教学工作，学校的决定侵犯了其教育教学权，于是向教育局提出申诉。

本材料中，学校是否侵犯了张某的教育教学权？为什么？

参考答案及解析

一、单项选择题

1. 答案：D。【解析】D 项属于教师的权利，而非义务。

2. 答案：A。【解析】依法执教是依法治教方略在教师工作中的具体体现，也是对教师的基本要求。

3. 答案：D。【解析】教师以一定的不作为致人损害的行为，属于不作为违法侵权，教师应该对生病的学生加以适当的救护，救护不力就属于不作为违法侵权。

4. 答案 C。【解析】受教育权是学生最基本的权利。常见的侵犯学生受教育权的表现形式主

要有：（1）侵犯学生受教育机会的平等权；（2）侵犯学生的入学权；（3）侵犯学生参加考试的权利；（4）随意开除学生。此外，还有侵犯学生上课学习的权利、侵犯学生受教育的选择权等。所以，该小学侵犯了未成年学生的受教育权。

5. 答案：A。【解析】教师为履行教育教学职责而必须具备的最基本的权利是教育教学权。

二、材料分析题（答案要点）

1.（1）杨老师的行为不合法。（2）材料中杨老师的行为侵犯了学生的受教育权和人身权。受教育权是学生最基本的权利，杨老师将三名学生赶出了教室，侵犯了学生的受教育权。我国法律规定，公民享有人格尊严权，学校和教师必须尊重学生的人格尊严，严禁对学生实施体罚、变相体罚或其他侮辱人格尊严的行为。杨老师用外号称呼学生，将学生的嘴封起来，这些行为都侵犯了学生的人身权。杨老师的行为已经构成了教师侵权，学校可按照我国教育法律规定，依据对学生身心损害程度，追究其法律责任。

2.（1）教师的教育教学权是教师基本权利的重要组成部分。教师的教育教学权主要指教师在教育教学活动及其专业性活动中享有的自主性权利。教师在教育教学、管理学生、教育评价等方面的权利，都属于教师教育权。

（2）学校没有侵犯张某的教育教学权。张某既不认真研究本专业知识，课前又不备课或备课很简单，导致课堂教学效果不好，学生成绩明显下降。尽管张某在学历上符合做一名小学教师的条件，但其职业道德、专业能力、教学态度都不符合作为一名教师应该具有的基本素质。因此，他无法正常履行教师的教育教学职责，学校让其离开教师岗位而从事管理工作是合理的。

第四节　学生的权利与保护

主要知识点

1. 学生权利的主要内容
2. 特殊学生享有哪些专有权利
3. 学生权利保护的主要形式及其特征

一、学生权利

（一）学生权利的含义

受教育者的权利有广义和狭义两种理解。广义的受教育者的权利包括两方面：一是作为公民享有法律所赋予公民的一切权利；二是作为受教育者所享有的受教育的权利。狭义的学生权利是指受教育者所享有的教育法律所规定的权利。在此，我们在狭义的范畴内来理解受教育者的权利。

（二）教育活动中学生权利保护的意义

1. 学生权利保护是其身心健康发展的条件

中、小学生一般处在六七岁至18岁之间，他们不仅处在身心发展之中，而且处在身心发展的最重要时期。小学、初中阶段学生身心发展变化尤其大。学生的身心健康发展，是他们的重要权利。但是，由于其身体和心智都还在成熟的过程之中，他们还没有经济上的能力，抵御各种诱惑和防止受到伤害的能力都不足，所以学生需要得到家庭、学校、社会及各个方面的保护，才能确保他们身心健康发展。学生的身心发展，虽然需要社会全方位的保护，但是学生日常大量时间是在学校中度过的，学校教师是他们每天接触最多的成年人。校系教师对学生实施的保护，对学生的成长具有特别意义。

2. 学生的权利保护是实现教育目标的要求

学生作为成长中的人、学校教育活动的对象，是要把他们培养成为全面发展的社会主义事业的建设者和接班人。这样一个要求，不仅是教育目标中所规定的，也是我国教育目的所要求的。

教育目标的规定和我国教育目的的要求，对于学生来说并不只是一种外在要求，而且是学生自身健康发展的要求。因为我国的教育目标，我国的教育目的，体现的是人成长发展的本来要求，是受教育者的利益所在。因而，保障学生按照我国教育目的和教育目标的要求发展，就是学生的权利。

（三）学生的基本权利

1. 享有参加教育活动并使用教育资源的权利

根据《教育法》第四十二条规定，学生享有"参加教育教学计划安排的各种活动，使用教育教学设施、设备、图书资料"的权利，这也是学生受教育权的体现。学生、教师要参加教学计划安排的各种课堂教学、课外活动，使用有关教学资源，不然谈不上受教育。所以，参加教育教学并使用学校的教育资源是每一个在校学生的基本权利。

中、小学生作为未成年人所拥有的受教育权，是我国教育法律明文规定的。受教育权是学生的重要权利，但是学生并不能自动地实现这一权利，这一权利需要教育者予以保障。

我国教育目的与学生发展要求、发展权利的一致，中、小学教育目标与中、小学生发展要求、发展权利的一致，决定了教育者为学生提供权利保护有着重要的教育实践意义。

2. 享有国家给予的物质帮助的权利

《教育法》第四十二条规定："学生按照国家有关规定可以获得奖学金、贷学金、助学金。"奖学金和贷学金主要用于高等教育和中等教育的在校学生。奖学金是奖励给勤奋学习的优秀学生，贷学金是贷款给经济有困难的学生帮助其完成学业。助学金主要是适用于义务教育阶段的学生。《义务教育法》规定："各级人民政府对家庭经济困难的适龄儿童、少年免费提供教科书并补助寄宿生的生活费。"

3. 享有公正评价并获得相应资格证书的权利

根据《教育法》第四十二条规定，学生享有在"学业成绩和品行上获得公正评价，完成规定的学业后获得相应的学业证书、学位证书的权利"。公正评价就是对学生的学业成绩和思想品德进行实事求是、合情合理的判断。学生有权获得教育者对其在校期间的学习成绩、思想品德等的公正评价。学生完成了某一阶段的学业并达到了规定标准，可以获得相应毕业证书、学位证书，职业技术学校也要颁发相应的资格证书。

4. 享有申诉权

申诉权是指学生在受到学校处分或认为学校、教师侵犯其人身权、财产权等权利时，可以向学校或相关主管部门申诉理由，请求处理的一种自我保护的方式和权利，情节严重的还可以对侵权者提起诉讼。学生申诉权是《教育法》赋予学生的权利，其规定学生享有"对学校给予的处分不服向有关部门提出申诉，对学校、教师侵犯其人身权、财产权等合法权益，提出申诉或者依法提起诉讼"的权利。这项规定是学生权利不受侵犯的重要保障。

5. 享有法律、法规规定的其他权利

学生除享有《教育法》列举的几项权利外，还享有《宪法》《民法通则》和其他法律、法规授予学生的权利，如选举权、被选举权、结社权、休息权等权利。

（四）特定学生的特定权利

1. 义务教育阶段学生所专有的权利

根据《义务教育法》的规定，小学和初级中学的学生还享有以下权利：

（1）免试入学权。"凡年满六周岁的儿童，其父母或者其他法定监护人应当送其入学接受并完成义务教育。""适龄儿童、少年免试入学。"免试入学权的规定表明，监护人送子女入学只有一个年龄条件。同时，为保障适龄儿童免试入学权的真正享有，根据《义务教育法》的规定，不送子女入学的原因只能有一个，即身体状况，只有适龄子女因疾病或伤残，其监护人提出延缓入学或休学的申请，才能得到乡政府或县教育主管部门的批准。

（2）就近入学权。"地方各级人民政府应当保障适龄儿童、少年在户籍所在地学校就近入学。"

（3）不交学费权。"实施义务教育，不收学费、杂费。"这既是义务教育公益性的要求，也是义务教育义务性的要求。

2. 一些特殊学生群体享有的特殊教育权利

女生的特殊教育权利。在现代社会仍然有男女不平等的现象，所以，国家用法律手段对女子在入学、升学、就业、授予学位、派出留学等方面的权利给予保护。《中华人民共和国妇女权益保障法》还规定：学校应当根据女性青少年的特点，在教育、管理、设施等方面采取措施，保障女性青少年身心健康发展。

3. 经济困难学生的特殊教育权利

《教育法》第三十七条规定："国家、社会对符合入学条件、家庭经济困难的儿童、少年、青年，提供各种形式的资助。"《中华人民共和国高等教育法》第五十四条规定："家庭经济有困难的学生，可以申请补助或减免学费。"《中华人民共和国高等教育法》第五十五条规定："国家设立高等学校学生勤工助学基金和贷学金，并鼓励高等学校、企业事业组织、社会团体以及其他社会组织和个人设立各种形式的助学金，对家庭经济困难的学生提供帮助。"

4. 残疾人的特殊教育权利

残疾人是社会的一个特殊群体，国家有责任保障这部分人受教育的权利得到实现。《义务教育法》第十九条规定："县级以上地方人民政府根据需要设置相应的实施特殊教育的学校（班），对视力残疾、听力语言残疾和智力残疾的适龄儿童、少年实施义务教育。特殊教育学校（班）应当具备适应残疾儿童、少年学习、康复、生活特点的场所和设施。普通学校应该接收具有接受普通教育能力的残疾适龄儿童、少年随班就读，并为其学习、康复提供帮助。"《中华人民共和国残疾人保障法》第十八条规定："国家保障残疾人受教育的权利……国家、社会、学校和家庭对残疾儿童、少年实施义务教育，国家设立助学金帮助贫困残疾学生入学。"

另外，高等学校学生所专有的权利包括：① 结社和文体活动权；② 社会实践权，即参加社会服务、勤工俭学的权利。职业学校学生所专有的权利主要是申请发放培训证书权。

二、学生权利的保护

（一）学生权利保护的含义

学生权利的保护是指以学生为群体，社会、家庭、学校和司法等有关部门对学生的受教育权、人身权、财产权、知识产权、知情权、参与管理权、公正评价权、安全权、物质帮助权等相关权利的保护，使其合法权益免受侵害。

（二）学生权利保护的常见形式

1. 家庭保护

家庭保护是指父母或其他监护人依法履行对未成年人的抚养、监护和教育的义务及其职责，是未成年人保护的基础。《未成年人保护法》专门对家庭保护做出了明确规定：

（1）父母或者其他监护人要依法履行对未成年人的监护职责和抚养义务。这是家庭保护的主要内容。这条规定对家庭的要求是：不得虐待未成年人；不得遗弃未成年人；不得歧视女性未成年人或有残病的未成年人；禁止溺婴、弃婴。

（2）父母或者其他监护人要尊重未成年人接受教育的权利。必须让适龄未成年人按照规定接受义务教育，不得使在校接受义务教育的未成年人辍学。

（3）父母或者其他监护人不得允许或者迫使未成年人结婚，不得为未成年人订立婚约。

（4）要正确引导和教育未成年人，预防和禁止未成年人的不良行为。父母和其他监护人应按照未成年人的特点，采取正确的方法，从思想、品德上关怀和帮助未成年人，使未成年人培养良好的情操、兴趣、仪态、礼貌和诚实、谦虚、勤劳的品质，养成良好的生活习惯；另外家庭和监护人也要预防和禁止未成年人吸烟、酗酒、流浪、吸毒等行为。

2. 学校保护

学校保护是指有关学校、幼儿园及其他教育机构依照法律规定，对未成年学生和幼儿园儿童进行教育，并对他们的身心健康和合法权益实施的保护。学校保护是未成年人保护的重要方面。《未成年人保护法》对学校保护提出了明确要求：

（1）学校应当全面贯彻国家的教育方针，为社会培养各种人才。教育方针是对未成年人实施学校保护的基本依据。

（2）学校应当关心、爱护学生，尊重学生的人格尊严，不得对学生实施体罚、变相体罚或者其他侮辱学生人格尊严的行为。包括两层含义：一是关心、爱护学生。这是学校教师的天职。不仅要关心、爱护品学兼优的学生，对品行有缺点、学习有困难的学生也应耐心教育、帮助，不得歧视。二是尊重学生的人格尊严。

（3）学校应当保护未成年学生的人身安全和健康。具体要求是：学校不得使未成年学生在危及人身安全、健康的校舍和其他教学设施中活动；组织未成年学生进行集体活动，应当有利于他们健康成长，要防止发生人身安全事故。

（4）工读学校作为教育、挽救有违法或轻微犯罪行为的未成年学生的学校，应当把转变学生的思想作为首要任务，同时对其进行科学文化知识教育、劳动技术教育和技能教育。要坚持以正面教育为主的原则，关心、爱护、尊重学生，不得歧视、厌弃学生。

3. 社会保护

社会保护是指在社会生活环境中对未成年人实施的保护。未成年人保护工作是一项系统工程，它不仅涉及家庭、学校，更涉及社会这一大环境。《未成年人保护法》规定："保护未成年人，是国家机关、武装力量、政党、社会团体、企业事业组织、城乡基层群众性自治性组织、未成年人的监护人和其他成年公民的共同责任。"《未成年人保护法》还对"社会保护"的各个方面做出了具体规定：

（1）开展有利于未成年人健康成长的社会活动。

各种社会团体、企业事业单位及公民个人，要开展有益于未成年人身心健康的各种社会活动，并引导未成年人积极参加。

（2）创作、出版有利于未成年人健康成长的作品和出版物。

《未成年人保护法》规定:"国家鼓励新闻、出版、广播、电影、文艺等单位和作家、科学家、艺术家及其他公民,创作或者提供有利于未成年人健康成长的作品。出版专门以未成年人为对象的图书、报刊、音像制品等出版物,国家给予扶持。""严禁任何组织和个人向未成年人出售、出租或者以其他方式传播淫秽、暴力、凶杀、恐怖等毒害未成年人的图书、报刊、音像制品。"

(3) 保护未成年人的身体健康和安全。

根据《未成年人保护法》的规定,儿童食品、玩具、用具和娱乐设施,不得有害于儿童的安全和健康;任何组织和个人不得招用未满16周岁的未成年人,对依照国家有关规定招收已满16周岁未满18周岁未成年人的,应当在工种、劳动时间、劳动强度和保护措施等方面执行国家有关规定,不得安排其从事过重、有毒、有害的劳动或者危险作业;任何人不得在中小学、幼儿园、托儿所的教室、寝室、活动室和其他未成年人集中活动的室内吸烟等。

(4) 保护未成年人的隐私权。

未成年人作为独立的个体,有其独立的人格,有权保守自己的秘密和维护自己的尊严。任何组织和个人不得披露未成年人的个人隐私,如个人生理上的缺陷、隐疾,个人的心理活动、日记的内容等,不得隐匿、毁弃和非法开拆未成年人的信件。

(5) 保护未成年人的发展权。

尊重和保护未成年人的智力成果和荣誉权,保护有特殊天赋和有突出成就的未成年人,为其创造健康发展的有利条件。

4. 司法保护

对未成年人的司法保护实行教育、感化、挽救的方针,坚持教育为主、惩罚为辅的原则。

对未成年人的司法保护,主要包括以下方面:

(1) 减轻或免予刑事处罚。我国《刑法》规定未满16周岁的未成年人,除非已满14周岁且触犯刑法特别规定的几项罪名,一般不予以刑事处罚。

(2) 办理未成年人犯罪的案件,应照顾未成年人的身心特点,设立专门的机构或者指定专人办理。

(3) 对审前羁押及服刑的未成年人与成年人分别关押、看管。

(4) 对未成年人犯罪的案件一般不公开审理,不披露有关资料。根据《未成年人保护法》的规定,未成年人犯罪的案件,一律不公开审理;对未成年人犯罪的案件,新闻报道、影视节目、公开出版物、网络等不得披露未成年人的姓名、住所、照片及可能推断出该未成年人的资料。

(5) 做好违法犯罪未成年人的教育挽救工作。家庭和学校及其他有关单位应配合少年犯管教所、劳动教养所,在尊重违法犯罪的未成年人的人格和保障他们合法权益的同时,通过深入细致的教育工作,挽救违法犯罪的未成年人。

(6) 对违法犯罪的未成年人在复学、升学、就业等方面不得歧视。

高频考点训练

一、单项选择题

1. 下列不属于义务教育阶段学生专有权利的是( )。
   A. 免试入学权　　B. 就近入学权　　C. 不交学费权　　D. 人身自由权
2. 国家、社会、学校、家庭应当教育和帮助未成年人运用( ),维护自己的合法权益。
   A. 法律手段　　B. 强制手段　　C. 自力救济手段　　D. 上访手段
3. 有的学校在学生修完规定年限的教育后不发毕业证,侵犯了学生的( )。

A. 接受、享有教育的权利

B. 获取教育的物质保障的权利

C. 享有公正评价并获得相应资格证书的权利

D. 获得救济的权利

4. 公安机关、人民检察院、人民法院办理未成年人犯罪的案件，应当照顾未成年人（　　），并可以根据需要设立专门机构或者指定专人办理。

A. 年龄因素　　　　B. 智力因素　　　　C. 身心发展特点　　D. 情绪特点

5. （　　）的保护是指以学生为群体，社会、家庭、学校和司法等有关部门对学生的受教育权、人身权、财产等相关权利的保护，使其合法权益免受侵害。

A. 学生义务　　　　B. 学生权利　　　　C. 教师权利　　　　D. 教师义务

6. 学生享有的受教育权主要包括受完法定教育年限权、学习权和（　　）。

A. 名誉权和荣誉权　　　　　　　　B. 公正评价权

C. 隐私权　　　　　　　　　　　　D. 人格尊严权

7. 小强，男，15岁，初中学生，因涉嫌盗窃被公安机关立案侦查。在侦查过程中，依照我国法律规定，侦查人员讯问小强时，正确的做法是（　　）。

A. 可以通知其父母到场

B. 应当通知其父母到场

C. 应当通知其老师到场

D. 应当通知未成年人保护团体或者妇联的工作人员到场

二、材料分析题

1. 某校初中班主任吴老师在批改作业时，发现学生高某的作业本中夹了一封写有×××收的信件，吴老师便拆封阅读了此信。这是高某写给一位女同学的求爱信，吴老师看了十分生气，后在班会上宣读了此信，同时对高某提出了批评。次日高某在家留了一张字条后离家出走。高某家长找到吴老师理论并要求其将高某找回。吴老师解释说："我作为教师，对学生进行教育和管理是我的职责，我批评高某是为了教育和爱护他。他是从家中出走的，与我的工作没有关系。"

（1）吴老师的哪些做法不正确？试述你的判断所依据的法规及条款。

（2）吴老师的解释是否正确？为什么？

2. 小丽是六年级学生。2003年暑假，其父为筹钱给家人治病，通过其姑妈介绍她到个体老板李某处打工。开学一周后，学校老师、领导、村干部多次家访，家长绝不说出小丽去向，有时还恶语相向。乡义务教育执法组的同志了解此情况后，先后三次上门做工作，均无效果。于是乡执法组将其父请到乡政府参加学习班，通过有关教育法律法规知识的学习，她的父母明白了不送子女读书是违法行为，随后表示愿意改正错误，让小丽继续读书。

（1）小丽父母的行为为什么违法？违反了什么法律？

（2）个体老板李某的行为违法吗？违反了什么法律？

参考答案及解析

一、单项选择题

1. 答案：D。【解析】A、B、C 项属于义务教育阶段学生的专有权利。D 项人身自由权是公民的一项基本权利，包括身体行动自由和表达的自由。

2. 答案：A。【解析】根据《中华人民共和国未成年人保护法》第六条规定，国家、社会、学校和家庭应当教育和帮助未成年人运用法律手段，维护自己的合法权益。

3. 答案 C。【解析】题干描述符合侵犯"学生享有公正评价并获得相应资格证书的权利"的基本内涵。

4. 答案：C。【解析】根据《中华人民共和国未成年人保护法》第五十五条规定，公安机关、人民检察院、人民法院办理未成年人犯罪案件和涉及未成年人权益保护案件，应当照顾未成年人身心发展特点，尊重他们的人格尊严，保障他们的合法权益，并根据需要设立专门机构或者指定专人办理。

5. 答案：B。【解析】考查学生权利保护的概念。

6. 答案：B。【解析】详见《中华人民共和国教育法》第四十二条规定。

7. 答案：B。【解析】根据《中华人民共和国未成年人保护法》第五十六条规定，公安机关、人民检察院讯问未成年犯罪嫌疑人，讯问未成年证人、被害人，应当通知监护人到场。通常情况下，父母是未成年人的监护人，所以，答案选B项。

二、材料分析题（答案要点）

1.（1）吴老师私自拆阅学生高某信件的行为和在班会上宣读高某信件的行为是不正确的。因为上述行为违反了《中华人民共和国未成年人保护法》第三十九条的规定，任何组织或者个人不得披露未成年人的个人隐私。

吴老师的解释不正确。虽然吴老师有对学生进行教育和管理的职责，但教师对学生的教育和管理必须建立在尊重学生人格、平等相待的基础上。根据《中华人民共和国教师法》第八条规定，教师要"关心、爱护全体学生，尊重学生人格，促进学生在品德、智力、体质等方面全面发展"。尊重学生、平等对待学生是教师最基本的职业道德，不能借口教育和爱护学生而侵犯学生的合法权益。本材料中吴老师对学生高某的离家出走负有不可推卸的责任。

2.（1）小丽是六年级学生，正在接受义务教育，她的父亲将她送去打工，而且拒不履行送其上学的义务，违反了《中华人民共和国义务教育法》的相关规定。《中华人民共和国义务教育法》第五条规定："适龄儿童、少年的父母或者其他法定监护人应当依法保证其按时入学接受并完成义务教育。"另外，小丽父母的上述行为也违反了《中华人民共和国未成年人保护法》的相关规定。根据《中华人民共和国未成年人保护法》第十三条规定，父母或者其他监护人应当尊重未成年人受教育的权利，必须使适龄未成年人依法入学接受并完成义务教育，不得使接受义务教育的未成年人辍学。

（2）个体老板李某接收小丽在其处打工这一行为，违反了《中华人民共和国义务教育法》第五十九条"不得非法招用应当接受义务教育的适龄儿童、少年"的规定。另外，小丽的年龄还不到十六周岁，李某的行为还违反了《中华人民共和国未成年人保护法》第三十八条规定："任何组织或者个人不得招用未满十六周岁的未成年人，国家另有规定的除外。"

第三章

教师职业道德规范

考纲内容

1. 教师职业道德规范

（1）了解《中小学教师职业道德规范》（2008 年修订），掌握教师职业道德规范的主要内容，尊重法律及社会接受的行为准则

（2）理解《中小学班主任工作条例》的文件精神

（3）分析评价教育教学实践中教师的道德规范问题

2. 教师职业行为

（1）了解教师职业行为规范的要求

（2）理解教师职业行为规范的主要内容，在教育活动中运用行为规范恰当地处理与学生、学生家长、同事以及教育管理者的关系

（3）在教育教学活动中，依据教师职业行为规范，爱国守法、爱岗敬业、关爱学生、教书育人、为人师表

题型：单项选择题 材料分析题

分值：约占总分的 12%，约 18 分

第一节 教师职业道德

主要知识点

1. 教师职业道德的特点

2. 教师职业道德的价值和作用

3.《中小学教师职业道德规范》解读以及在实际教学过程中的体现

4. 对《中小学班主任工作条例》文件精神的领会

一、教师职业道德概述

（一）教师职业道德的概念

教师职业道德是教师在从事教育劳动时所应遵循的行为规范和必备品德的总和，是调节教师与他人、与社会等关系时所必须遵守的基本道德规范和行为准则，以及在此基础上所表现出来的道德观念、情操和品质。它是一般社会道德在教师职业中的特殊体现。

教师职业道德是教师在从业过程中进行道德选择、道德评价、道德教育和道德行为等实践活动必须遵循道德规范和要求，反映了教师的职业义务，体现了教师所担负的道德责任。总体来说，教师职业道德是由教师职业理想、职业责任、职业态度、职业纪律、职业技能、职业良心、职业作风和职业荣誉等因素构成的。

（二）教师职业道德的本质

1. 教师职业道德是教师从事教育教学活动必须遵守的职业伦理

教师是人类灵魂的工程师，是青少年学生成长的引路人。教师的思想政治素质和职业道德水平直接关系到中小学德育工作状况和亿万青少年的健康成长，关系到国家的前途命运和民族的未来。《中小学教师职业道德规范》指出了教师在教育教学活动中必须遵守的职业伦理，这对于全面建设小康社会，构建社会主义和谐社会，实现中华民族伟大复兴，具有十分重要的意义。

2. 教师职业道德体现为特定的道德规范体系

教师职业道德主要是要求教师树立正确的教育观，具有热爱教育的事业心和全心全意培养、教育学生的道德责任感以及良好的道德品质。

3. 教师职业道德是从教育活动的特殊利益关系中引申出来的

教师在教学活动中给学生以实际教益是教师职业道德形成的基础。教师职业道德的特殊本质是同教育劳动的本质紧密联系在一起的。教师职业道德是教育劳动过程中人与人之间关系的反映，是通过教育劳动表现出来的。

教师职业道德的特殊本质是造就一代新人，因此，教师必须按照党和国家规定的培养目标，引导学生健康成长，迅速成才，而不能凭教师的主观意志，随心所欲地去培养和造就学生。

（三）教师职业道德的特点

由于教师职业劳动的目的、任务、对象、成果、手段、工具不同于其他职业，教师职业道德具有自身的特点。

1. 教师职业道德的教育专门性（适用的针对性）

教师职业道德适用的针对性表现为教师职业道德对教育善恶的体现和专门适用性，这是教师职业道德的一个基本特点。

教师职业道德的形成和发展与教师这一行业有着密切联系。教师职业的独特性决定了教师职业道德的针对性。可以说，教师职业道德是关于教育领域是非善恶的道德，它的一切理论都是围绕教师职业展开的。它不仅告诉人们教师职业何以为善的道理，而且指出了教师职业如何为善的途径。

2. 教师职业道德要求的双重性

教师的根本任务是教书育人，教师职业道德的一切内容都是围绕这一根本问题产生的，都是与这一根本问题相联系的。

古今教师职业道德的发展，始终贯穿着教书育人的要求。在教师职业道德中，育人被视为教书的根本目的。如我国古代《礼记》中就有"师也者，教之以事而喻诸德者也"，意思是教师的职责是既要教学生有关具体事物的知识，又要让学生知晓立身处世的品德。教师职业道德的教书与育人要求的双重性也就要求教师根据国家和社会的要求，把人类世代创造积累起来的知识、经验和技能认真负责地传授给年青一代，从德、智、体等方面培养和塑造学生，使之成才。高尚的职业道德能指引教师积极努力地塑造学生的灵魂，培养学生的思想和品德。

3. 教师职业道德内容的全面性

教师职业道德从内容上说是由教师职业理想、教师职业素质、教师职业态度、教师职业情感、教师职业技能、教师职业情操、教师职业作风和教师职业荣誉等组成的。

（1）在教师职业理想上，它向人们揭示了教师所从事的是人类的伟大事业，是社会物质文明、精神文明、制度文明发展不可缺少的；

（2）在教师职业素质上，它强调教书育人是根本；

（3）在教师职业态度上，它提倡爱岗敬业，以育人为乐；

（4）在教师职业形象上，它要求以身作则，为人师表；

（5）在教师职业情感上，它要求教师具有崇高的精神境界和高尚的道德品质；

（6）在教师职业行为品质上，它要求尊重信任学生，关心爱护学生，学而不厌，诲人不倦，关心集体，善于协作，要民主、平等、公正自律；

（7）在教师职业情操上，它提倡严于律己，宽以待人，廉洁从教，不慕虚荣；

（8）在教师职业业务上，它提倡不断学习，刻苦钻研，不敷衍塞责；

（9）在教师职业作风上，它要求严谨治学，精益求精，尽心指导，循循善诱。总之，教师职业道德充分体现了教师这一行业所特有的思想、情感、态度、素质、操守。

4. 教师职业道德功能的多样性

教师职业道德作为教师这一行业所特有的伦理现象和精神文化，构成了教师这一行业特有的精神风貌，成为教师职业发展源源不断的精神动力。教师职业道德作为教师行为的善恶标准和观念意识，不仅是衡量教师职业行为及其水平的重要依据，对教师行为具有引导作用，而且是教师在职业活动中对各种关系和矛盾加以调节或解决的重要依据，能提高教师对其职业道德的评价能力，以及教师职业道德修养水平的……这都说明了教师职业道德功能具有多样性。

5. 教师职业道德境界的高层次性

境界的高层次性是指社会和他人对教师职业道德要求总是在整个社会道德体系中处于较高水平和较高层次。教师职业道德的高层次是由教师教书育人的目的和任务决定的。

6. 教师职业道德意识的自觉性

意识的自觉性是指教师职业劳动的特点所决定的在职业道德意识上的更高的自觉性，它是教师职业情感和职业行为的基础。

教师劳动的个体性要求教师有遵守教师职业道德的自觉性。个体性主要是指教师在教育教学过程中所表现出来的相对独立性和灵活性。对于教师个体劳动的质量考评，有些"量"的指标好衡量，有些"量"的指标不好衡量。利益的驱动可能在潜意识中影响教师的价值选择，思想觉悟的高低可能决定教师教育行为的付出多寡。道德意味着牺牲，价值取决于奉献，教书育人的神圣职责要求教师具有高度的责任感和自觉性。

7. 教师职业道德行为的典范性和示范性

教师职业道德不仅是对教师自身行为的规范要求，是对学生进行教育的手段，而且对社会成员具有教育价值。

（1）典范性。

行为的典范性是指教师的品德和行为对学生思想品德的形成与行为具有榜样作用。教师职业道德的典范性是由教师劳动的示范性决定的。教师要以身作则，为人师表，这是教师职业道德区别于其他职业道德的显著标志。

（2）示范性。

教育机构自古以来就被认为是道德高尚的场所和人间净土。人们对教师在道德上的要求一般都高于从事其他职业的人员。因此，教师所具备的职业道德广泛、深入地影响着整个社会成员乃至整个社会的进步。

8. 教师职业道德标准的严格性

教师职业道德较之于其他职业道德有更高的标准和要求，因为教师是培养新一代的园丁，是铺路石，是人梯。这种具有崇高献身精神的职业决定着教师应具有崇高的精神境界和高尚的道德品质。教师在工作中，不仅要用自己渊博的学识教人，更重要的是要用高尚的思想品德育人；不仅通过语言传授知识，而且以自己的品格去陶冶品格，即以自己的良好德行去影响受教育者的心灵，使之成为德才兼备的一代新人。我国颁布的《中小学教师职业道德规范》对教师的行为标准进行了约束和规范。

9. 教师职业道德影响的广泛性和深远性

（1）广泛性。

教师职业道德影响的广泛性，是指教师的思想道德不仅影响在校学生，而且会通过学生和家长进而影响整个社会。学校是社会主义精神文明建设的基地，教师是精神文明的倡导者和推行者。可以说，教师职业道德建设是一件牵动千家万户并影响千秋万代的大事，具有重大意义。

（2）深远性。

教师职业道德影响的深远性是指教师的道德品质和行为将给学生留下深刻久远的印象，它不会因学生的毕业而结束，还将延续到毕业之后，有时甚至伴随学生的一生。

（四）教师职业道德的功能

1. 对教师工作的动力功能

教师职业道德体现着社会对教师的职业要求和作为教师应有的职业行为，具有一种启动性力量，激发、鼓励教师工作的积极性、主动性和创造性，促使教师不断自我修养、自我发展、自我完善，自觉地做好教育工作。

教师职业道德的动力功能的三种实现形式：

（1）社会以教师职业道德规范为准则，通过树立理想的榜样和评价等方式，塑造理想的教师职业人格，形成社会舆论，从而使教师在职业行为中向往、追求，并力图实现高尚的职业品质；

（2）教师职业道德规范一旦被教师个体所理解和掌握，它便可以成为教师自我限制、自我约束的动力系统，促进教师的工作；

（3）当教师职业道德被教师在工作中不断遵循、认识、体验，最后内化为教师人格的一部分时，它便成为一种精神力量，使教师在职业行为中按教师职业道德规范去履行自己的职责，完全成为一种自动化的行为。

2. 对教师职业行为的调节功能

教师职业道德是教师正常的教育教学活动不可或缺的行为准则和依据。教师在从教过程中面临着众多复杂的关系，如师生关系、同事关系、领导与被领导关系、教师与学生家长关系等，教师职业道德调节着教师对学生的方式、教师对待家长的态度，也调整着教师自己以怎样的方式处理日常事务。

教师职业道德是教师约束和规范自己的行为依据，也是教师判断自己的行为是否恰当的标准。教师职业道德不仅对教师的日常行为进行规范，而且是一种道德理想，是完美的道德模范。因此，教师应该时刻以教师职业道德为自己行为的最高标准，不断调整自己的行为，提升自己的道德修养，自我发展、自我完善，争取早日成为道德高尚、深受学生爱戴的人民教师。

因此，教师职业道德是教师正确处理各种矛盾，选择正确的教育行为，确保教育行为正常进行的前提。

教师面临着道德冲突，具体如下：

（1）行为取向上的义利冲突。

义利冲突具体表现：① 教育教学领域：职业重心偏移、与学生关系中价值天平失衡。② 科研学术领域：学术腐败。

调适和化解方法有：① 明确教师个人利益正当性的原则界限；② 不能把个人利益仅仅等同于个人物质利益；③ 以集体主义道德原则为价值尺度。

解决冲突的正确途径：在坚持社会公正的前提下，以集体主义道德原则为基本的价值尺度，进而使广大教师的职业行为实现从义利分离、见利忘义向以义御利、义利相兼的道德飞跃。

（2）行为表现上的角色冲突。

行为表现上的角色冲突是指因角色期望不一致而产生的个人心理或感情上的矛盾和冲突。包括角色间的冲突和角色内的冲突。

角色冲突主要表现：① 不同角色期望引起的角色冲突；② 工作角色与生活角色的冲突；③ 权威角色与朋友角色的冲突；④ 领导角色与顺应角色的冲突；⑤ 教师角色与"班主任"角色的冲突。

角色冲突的原因：社会规范不当、社会对教师期望过高、教师对自己的角色认识有误等。

解决角色冲突的措施：不断加强道德修养，增强角色意识，以崇高的职业理想来指导自己的角色定位，消除角色漂移。

（3）行为动机上的心理冲突。

心理冲突的表现：① 期待角色与实际角色引发的心理冲突；② 社会称誉与社会现实引发的心理冲突；③ 高付出与低待遇引发的心理冲突；④ 角色责任与自我价值实现引发的心理冲突；⑤ 角色环境与社会环境引发的心理冲突。

心理冲突的调适：自我调适与社会调适。

3. 对教育对象的教育功能

青少年具有很大的可塑性，他们往往从教师道德意识和道德行为中汲取是非善恶观念。当教师按照教师职业道德作为时，会使道德要求具体化、人格化，从而使学生在形象性的榜样中受到启迪和教育，在潜移默化中形成教师所期望学生拥有的良好思想品德，增强教师教育的可信度、吸引力和有效性。

4. 对教师工作的评价功能

教师职业道德是一定社会为培养与之相适应的人才而对教师工作提出的道德要求。这些道德要求既是规范教师工作进行社会价值判断的准则，也是社会、学校和教师自己对教师工作进行社会价值判断的准则之一。因此，教师职业道德对教师工作具有评价功能。

5. 对社会文明的示范功能

教师职业道德是一般社会道德在教师职业中的特殊体现。教师在历代都是社会道德典范，被认为是社会文化使者、高尚道德的代表，他们对社会文明的示范功能通过三种途径表现出来：

（1）通过培养学生的优良品德而影响社会道德，学生是具有多重角色的个体，在校是学生，在社会上是公民，他们的多重身份更利于社会文明的传播；

（2）通过教师参加各种社会活动而影响社会道德，当教师严格遵循教师职业道德，以高尚的道德面貌出现在社会中时，他们的道德风貌、人格形象便会对社会各方面产生积极影响；

（3）通过教师家庭生活和社会生活，促进社会主义新型人际关系的建立和发展。这些都直接或间接地以各种方式体现在社会生活的各个方面，促进文明之花处处开。

6. 对教师自身修养的引导功能

教师职业道德修养是教师在职业活动中按照一定的职业道德原则和规范，进行自我锻炼和自我改造，最后形成的道德品质和所达到的道德境界；是教师把职业道德的原则和规范自觉转化为内心的要求和信念，形成良好的职业习惯。因此，教师职业道德是提高教师自身修养的主要前提和保证，对教师的进步起着指明方向、矫正行为、保证修养目标实现的作用。

考题再现

（2014 年单项选择）张老师一心扑在工作上，没有时间辅导自己的孩子学习。他既欣慰于学生的成长又对自己的孩子感到内疚。张老师需要进行的是（　　）。

A. 行为取向的义利调适　　　　　　　B. 生活工作的角色调适

C. 行为选择的动机调适　　　　　　　D. 师生之间的人际调适

答案：B。【解析】教师面临着行为表现上的角色冲突。主要表现：不同角色期望引起的角色冲突；工作角色与生活角色的冲突；权威角色与朋友角色的冲突；领导角色与顺应角色的冲突；教师角色与"班主任"角色的冲突。张老师"既欣慰于学生的成长又对自己的孩子感到内疚"是工作角色与生活角色冲突的表现。

二、教师职业道德的基本原则与范畴

（一）教师职业道德基本原则

1. 教师职业道德基本原则的内涵

（1）教师职业道德基本原则的含义。

教师职业道德基本原则是教师在教育职业活动中正确处理各种利益关系所应遵循的最根本的指导准则，是一定社会或阶级对教师在职业活动中提出的最根本的道德要求。它指明了教师职业实践中道德行为的总方向，体现了教师职业道德的本质属性，统帅着整个教师职业道德体系，是衡量和判断教师行为善恶的最高道德标准。简言之，教师职业道德基本原则具有指导、统帅和裁决作用。

（2）忠于人民教育事业是我国教师职业道德的基本原则。

忠于社会主义教育事业，要求全体教师忠诚于社会主义的根本利益，坚定不移地贯彻执行社会主义的教育事业，把青少年一代培养成为有理想、有道德、有文化、有纪律，适应社会发展需要的一代新人。

忠于人民教育事业是我国教育的社会主义性质的必然要求，是教师处理个人利益和社会整体利益关系必须遵循的根本指导原则，是衡量教育工作者个人行为和品质的最高道德标准。忠于人民教育事业不仅是教育工作者从事职业活动的基本要求，更重要的是每个教育工作者在自己的教育劳动中，要建立崇高的职业理想，把从事教育劳动、培养社会主义事业的建设者和接班人作为自己的志向和抱负，培养自己对教育劳动真挚的、深厚的情感，并以从事教育劳动为荣，以献身教育事业为乐，把毕生精力都投入教育事业中，全心全意为社会主义教育事业服务。

（3）教师职业道德基本原则与教师职业道德范畴、教师职业道德规范的关系。

道德原则是一定社会或阶级对人们行为提出的最基本的要求，是道德体系的核心，是人们立身处世的基本准则，也是判断是非、善恶的基本标准。道德规范则是比较具体的道德原则，是在一定条件下，一定范围内人们立身处世和评价是非、善恶的标准。道德范畴存在于每一个人的意识和感情中，是反映人们道德关系和行为调节方向的一些基本概念。

教师职业道德规范和范畴都是由教师职业道德基本原则派生出来的，是教师职业道德基本原则的展开、补充和具体化。

2. 教师职业道德基本原则确立的依据

（1）必须反映一定社会经济关系和阶级利益的根本要求；

（2）必须符合一般社会道德原则的基本要求；

（3）必须反映教师职业活动的特点。

3. 教师职业道德基本原则的要求

（1）树立无产阶级的世界观、人生观和价值观；

（2）树立崇高的理想、信念和价值目标；

（3）具备良好的专业能力素质；

（4）具有顽强的意志和崇高的精神境界。

（二）教师职业道德范畴

1. 教师职业道德范畴的含义

道德范畴既可以作广义的理解也可以作狭义的理解。广义的道德范畴包括道德原则、道德规范中所有的基本概念，也包括反映个体道德品质的基本概念，还包括道德评价、道德修养和道德教育等方面的基本概念。狭义的道德范畴则专指可以纳入道德规范体系并需要专门研究的基本概念。教师职业道德范畴是指那些概括和反映教师职业道德的主要特征，体现一定社会对教师职业道德的根本要求，并成为教师的普遍内心信念，对教师的行为发生影响的基本道德概念。

一般来说，教师职业道德范畴具备以下三个条件：

（1）它必须是概括和反映教师职业道德现象的最本质、最主要、最普通的道德关系的基本概念；

（2）它必须体现教师职业道德原则和规范对教师的根本道德要求，显示教师认识与掌握职业道德现象的一定阶段；

（3）它必须作为一种信念存在于教师的内心，并能时时指挥和影响行为。

教师职业道德范畴的特点有：

（1）受教师职业道德基本原则和规范的制约；

（2）是教师职业道德基本原则和规范发挥作用的必要条件；

（3）体现了人们对教师职业道德认识发展的阶段。

2. 教师职业道德主要范畴

（1）教师义务。

教师在履行一般社会成员义务的同时，有着其特定的职业道德义务。

教师义务的内容主要有以下几点：① 不断提高思想政治觉悟和教育教学业务水平；② 尽职尽责，教书育人；③ 创设一个良好的内部教育环境。

教师义务，从其客观要求和内容来说，是教师的一种职责、使命或任务，具有不以人的主观意志为转移的客观约束力，因而就存在着道德意识强制的因素，获得了"道德命令"的性质。有了这一点，就能使每个教师遵循所有教师的职业生活纪律，去做"应该做"的事情。但是，从主观方面来说，它是在教师理解和认识了社会对教师的客观要求，自觉在教师的使命、职责或任务的基础上形成的一种内心信念和意志。因此，履行义务的行为是自由的。

教师在履行教师义务的活动中，最主要、最基本的道德责任是正反两个方面。正面：教书育人；反面："不要误人子弟。"教师应当对此有清醒的认识。

（2）教师良心。

良心是人们在履行对他人和社会的义务过程中形成的道德责任感和自我评价能力，是各种道德心理因素在个人意识中的统一。教师良心的特点主要有公正性、综合性、稳定性、内隐性和广泛性。教师的职业良心可以表现在教育工作的每一个环节。其主要内涵包括：①"恪尽职守"实际上就是一种工作责任和纪律的要求；②"自觉工作"的要求是教师的劳动特点决定的；③"爱护学生"是教师的天职；④"团结执教"也是教师良心要求的重要组成部分。教师良心作为一种精神动力，是一种内在的道德信念，对教师的道德活动和道德行为具有重要的指导、自我监督和评价作用。

教师良心与其他职业良心相比，有两个主要特点：① 层次性高。层次性高，是指由于教师劳动的崇高性质，以及教师本人往往对这一崇高职业及其要求有较高的自觉，所以教师良心在境界上高于一般的职业良心。具体表现是：第一，现代教师经过职前教育和继续教育，都有较高的对于教育道德义务的自觉性。第二，教师良心的调整范围广泛，要求较高。② 教育性强。教育性强，是指教师良心的榜样作用和判断教育良心的最终标准是看良心是否真正符合教育事业的要求。检验教师良心的最终标准只能看良心所做的判断是否有利于对学生的教育。

（3）教师公正。

教师公正是指教师在教育职业活动中，公平合理地对待和评价全体合作者。所谓公平合理地对待和评价全体合作者，即按照社会主义的道德原则指导下的伦理定位来对待、评价和处理教师同所有面对的群体或个人之间的关系。从外部来看，主要是教师同社会各界的关系；从内部来看，主要是教师个人同领导、同事和学生的关系。其中，公平合理地评价和对待每个学生是教师公正的最基本的内容。可以说，教师公正是教师职业道德素养水平的标志。

教师公正的内容主要有以下几点：① 坚持真理；② 秉公办理；③ 奖罚分明。

教师公正的作用：① 有利于调动每个学生的学习积极性；② 有利于学生形成公正无私的道德品质；③ 有利于教师威信的形成；④ 有利于形成良好的教育教学环境。

（4）教师荣誉。

教师荣誉即社会对教师道德行为的价值所做出的公认的客观评价和教师对自己行为的价值的自我意识。其作用有：① 教师荣誉是教师道德行为的调节器，对教师道德行为、品质的取向具有导向和制约作用；② 教师荣誉是激励和推进教师积极进取，更好地履行教师义务，争取个人道德高尚、人格完善的助推器；③ 教师荣誉是促进教师自身道德发展和完善，形成良好师德风尚的重要精神条件。

教师荣誉的内容：① 光荣的角色称号；② 无私的职业特性；③ 崇高的人格形象。

（5）教师幸福。

教师幸福也称教育幸福，是指处于一定社会经济关系和历史环境的教育工作者，在教育教学过程中，由于感受到目标和理想的实现，而获得的精神上的满足。准确把握和理解教师幸福的含义，应从以下四个方面着眼：① 教师幸福更多地体现在精神层面；② 教师幸福具有给予性和被给予性；③ 教师幸福具有集体性；④ 教师幸福具有无限性。

教师的幸福能力及其培养：① 充分认识教师职业的意义，并与自己的生命意义相联系。② 培养高尚的师德水平，提升教师的人生境界。③ 教师对自己从事的教育教学活动要有实践能力。首先，教师应当具有合理的知识结构；其次，教师必须拥有高超的教育能力和艺术；最后，教师要学会与学生共创共享教育幸福。

（6）教师人格。

这里的人格主要是指道德人格。教师的道德人格是指个体作为教师这一特定社会角色所表现出的道德面貌与特征，是教师在自己的职业活动中表现出的稳定的道德行为的范式（格式）和道德品质与境界（格位），也是教师之所以成为教师的主体本质。由于职业的规定性，教师的道德人格与一般道德人格有显著不同。其主要特质可以归结为以下两点：① 人格与师格的统一；② 较高的格位水平。

教师人格修养有两个问题：一是修养的策略问题，二是修养的尺度问题。

在策略上，采取"取法乎上"的策略，这是因为：① 人格修养的规律性。教师要成功进行自己的人格修养，必须在两个层面上采取"取法乎上"的策略。一是在人生层面努力确立自己的终极价值体系与生活和人格的理想；二是要充分认识教育事业的神圣价值，努力确立自己的职业理想。只有形成了真正的教师人格理想，并时时与自己的现实人格相对照，缩小差距，真正的教师道德人格修养才能实现。同时，也只有从大处着眼，教师才能安贫乐道，专心从事自己的事业。② 师范人格的特点（格位高）。既然从教育事业或教师的职业要求的角度，教师必须具备较高格位的人格，在修养上"取法乎上"的策略就是很自然的事情了。③ 中国古代的伦理智慧。许多思想家都强调立志对于人格修养的意义，或者说人们将圣贤人格作为修养的最终目标。有了圣贤人格作为终极目标，学问无止境，修身也无止境。所以，从继承和弘扬我国传统的伦理智慧的角度出发，我们也不难理解在教师的人格建设中为什么要采取"取法乎上"的修养策略。

在尺度上要确立教师人格修养的审美尺度。按照审美的尺度去修养教师的人格，就是要进行师表美的建设。从德育（道德教育）的角度看，师表之美的价值有三：① 充分发挥教育主体的德育潜能；② 充分促成学生的榜样学习；③ 改善教育与道德教育的效能。

师表美主要包括：①"表美"；②"道美"；③ 风格美。

考题再现

（2013年单项选择）教师进行人格修养最好的策略是（ 　　）。

A."取法乎下" 　　　　　　　　　　B."取法乎中"

C."取法乎上" 　　　　　　　　　　D."无法即法"

答案：C。【解析】教师要成功进行自己的人格修养，必须采取"取法乎上"的策略。

三、《中小学教师职业道德规范》解读

改革开放以来，我国于1985年、1991年、1997年先后三次颁布和修订了《中小学教师职业道德规范》。如今我国社会经济和教育进入新的历史阶段，为适应时代发展的需要，2008年9月，教育部、中国教科文卫体工会全国委员会联合发布了重新修订的《中小学教师职业道德规范》（以下简称《规范》）。新《规范》基本内容有六条，体现了教师职业特点对师德的本质要求和时代特征。爱与责任是贯穿其中的核心和灵魂。

（一）《中小学教师职业道德规范》的内容

（1）爱国守法。热爱祖国，热爱人民，拥护中国共产党的领导，拥护社会主义。全面贯彻国

家教育方针，自觉遵守教育法律法规，依法履行教师职责权利。不得有违背党和国家方针政策的言行。

（2）爱岗敬业。忠诚于人民教育事业，志存高远，勤恳敬业，甘为人梯，乐于奉献。对工作高度负责，认真备课上课，认真批改作业，认真辅导学生，不得敷衍塞责。

（3）关爱学生。关心爱护全体学生，尊重学生人格，平等公正对待学生。对学生严慈相济，做学生的良师益友。保护学生安全，关心学生健康，维护学生权益。不讽刺、挖苦、歧视学生，不体罚或变相体罚学生。

（4）教书育人。遵循教育规律，实施素质教育。循循善诱，诲人不倦，因材施教。培养学生良好品行，激发学生创新精神，促进学生全面发展。不以分数作为评价学生的唯一标准。

（5）为人师表。坚守高尚情操，知荣明耻，严于律己，以身作则。衣着得体，语言规范，举止文明。关心集体，团结协作，尊重同事，尊重家长。作风正派，廉洁奉公。自觉抵制有偿家教，不利用职务之便谋取私利。

（6）终身学习。崇尚科学精神，树立终身学习理念，拓宽知识视野，更新知识结构。潜心钻研业务，勇于探索创新，不断提高专业素养和教育教学水平。

（二）《中小学教师职业道德规范》解读

1. 爱国守法——教师职业的基本要求

爱国守法是教师处理其与国家社会的关系时应遵循的原则要求。教师与国家社会的关系是教师必须首先面对的关系，也是在职业行为上必须首先要协调的关系。在教师与国家社会的关系上，教师需要处理自己作为一个公民和自己作为社会职业者与国家社会的关系。

《规范》中关于"爱国守法"方面所规定的具体职业行为要求有以下几点：

（1）全面贯彻国家教育方针。

教师是从事国家教育事业的专业人员，教师代表国家从事人民的教育事业。教师爱国、爱中国共产党、爱社会主义，具体表现在全面贯彻国家教育方针。这是要求教师的一切教育教学行为都要符合国家教育方针的要求。

（2）自觉遵守教育法律法规，依法履行教师职责权利。

爱国要求教师必须守法，遵守教育法律法规的规范要求。法律法规的核心是权利和义务，因此教师必须自觉履行教育法律法规所规定的教师权利和义务。

（3）不得有违背党和国家方针政策的言行。

上面两个要求是"爱国守法"方面倡导性的职业行为规定，而这一要求则是禁止性的职业行为规定。在教师的职业活动中，出现违背党和国家方针政策的言行，是违背"爱国守法"职业行为规定的。

倡导"爱国守法"就是要求教师热爱祖国、遵纪守法。建设社会主义法治国家是我国现代化建设的重要目标。要实现这一目标，需要每个社会成员知法守法，用法律来规范自己的行为，不做法律禁止的事情。

2. 爱岗敬业——教师职业的本质要求

爱岗敬业是教师处理与教育事业的关系时应遵循的原则要求。教师的职业活动，是一种事业——教育事业。教育事业是教师职业活动的全部内容，是教师职业活动中必须处理好的根本关系。在一定意义上也可以说，教师与教育事业的关系涵盖了教师职业活动内部全部的关系。这里所说的教师与教育事业的关系，是将教育事业作为一个整体，教师与之发生的关系。

《规范》中关于"爱岗敬业"方面所规定的具体职业行为要求有以下几点：

（1）对工作高度负责。

在教师与教育事业的关系上，这一职业行为要求仍然是原则性的，但是从"责任"的要求来看，也可以说是具体的。这是说，教师对教育事业在行为上最重要的是"责任"。

（2）认真备课上课。

教师对教育事业负责，是通过课堂教学来实现的，因而教师在职业行为上首先要做到认真备课上课。认真备课上课，要求教师认真备好每一节课，认真上好每一节课。

（3）认真批改作业。

学生作业和教师批改作业，是教学活动的重要环节。教师没有认真地批改作业，学生就不能得到准确的学习信息反馈，教学环节就有缺失。

（4）认真辅导学生。

现代教学活动是以班级授课制为基础的，但是学生的学习是有个体差异的，因而集体教学与个别辅导必须结合起来。只有班级教学活动，而没有学生个别辅导，这样的教学是不完整的。

（5）不得敷衍塞责。

这是禁止性的职业行为规定，也是原则性、概括性的规定。"不得敷衍塞责"是从禁止性方面强调了教师的教育教学责任。

倡导"爱岗敬业"就是要求教师对教育事业具有强烈的责任感和深厚的感情。没有责任就办不好教育，没有感情就做不好教育工作。教师要始终牢记自己的神圣职责，志存高远，把个人的成长进步同社会主义伟大事业、同祖国的繁荣富强紧密联系在一起，并在深刻的社会变革和丰富的教育实践中履行自己的光荣职责。

3. 关爱学生——师德的灵魂

关爱学生是教师处理其与学生的关系时应遵循的原则要求。教师与学生的关系是教师职业活动中发生的最重要的关系。教育活动主要就是在教师与学生之间发生的，教师所从事的教育活动的中心就是师生关系。

《规范》中关于"关爱学生"所规定的具体职业行为要求有以下几点：

（1）关心爱护全体学生，尊重学生人格，平等公正对待学生。

关爱学生的范围是全体学生。在实际教育活动中，有些教师不是不能给予学生关爱，而是往往不能给予全体学生关爱。这不符合教师职业行为的要求。

关爱学生的核心是尊重学生人格。尊重学生人格，就是把学生看作与自己一样有尊严、有利益诉求的人。

关爱学生的关键是对学生平等公正。平等，是师生之间的平等、生生之间的平等；公正，是将关爱给每一个学生，不论这些学生的发展状况如何、社会背景和家庭背景如何。

（2）对学生严慈相济，做学生的良师益友。

关爱学生不是不要严格。严格要求学生，是对学生的成长负责；然而严格不意味着没有宽容，学生成长总会出现这样那样的问题。所以，严慈相济体现的也是亦师亦友的师生关系。严格要求是作为教师的责任，倾心帮助是作为朋友的热诚。学生在严慈相济、良师益友的环境中才能健康成长。

（3）保护学生安全，关心学生健康，维护学生权益。

关爱学生还要求教师对学生的安全、健康负责，对学生的权益负责。学生的安全，是他们的人身安全；学生的健康，是他们的身心健康；学生的权益，是法律赋予他们的权益。

（4）不讽刺、挖苦、歧视学生，不体罚或变相体罚学生。

这是对教师在处理与学生关系上的禁止性规定。在语言上讽刺、挖苦学生，在态度上歧视学生，这是职业行为上不容许的。在教育学生的方法上，采用体罚和变相体罚，也是教师职业道德不容许的。

倡导"关爱学生"就是要求教师有热爱学生、诲人不倦的情感和爱心。亲其师，信其道。没有爱，就没有教育。这是调节教师与学生关系的基本行为准则。

4. 教书育人——教师的天职

教书育人是教师在处理其与职业劳动的关系时所遵循的原则要求。教师的职业劳动是具体的教育教学活动。教育教学活动从现象上看是"教书"。在教育教学活动中，教师要开展传递知识与技能的活动，知识与技能是教师直接操作对象，但是，教师操作知识与技能的目的还在于学生。因而，"育人"是教师职业劳动的本质。

《规范》中关于"教书育人"方面所规定的具体职业行为要求有以下几点：

（1）遵循教育规律，实施素质教育。

教育的本质要求是促进人的健康全面发展，遵循教育规律就要实施素质教育。素质教育从根本上来说，就是"育人"。"教书"是途径"育人"是目的。当然两者不可偏废。没有"教书"，"育人"就没有依托；没有"育人"，"教书"就失去了本来意义。

（2）循循善诱，诲人不倦，因材施教。

符合教书育人要求的教师职业劳动行为应当是"耐心"的、"引导"的、充满教育"热情"的，而且能够实施针对每一个学生"量身定做"的教育。

（3）培养学生良好品行，激发学生创新精神，促进学生全面发展。

把"育人"作为目的的教育，把德育放在重要位置，把教育学生成"人"放在首要位置上；"育人"也要把培养具有创新精神的现代人作为职业劳动的要求。

以"育人"为目的的教育，必须实施全面发展的教育，最终达到学生全面发展的目的。

（4）不以分数作为评价学生的唯一标准。

在"教书育人"方面禁止的行为，就是背离"育人"目标的做法，或者说是应试教育的做法。教师头脑中必须明确，以分数作为评价学生唯一标准的做法，是教师职业行为明确禁止的。

倡导"教书育人"就是要求教师以育人为根本任务。教师必须遵循教育规律，实施素质教育，以培养学生良好品行，激发学生创新精神，促进学生的全面发展。

5. 为人师表——教师职业的内在要求

为人师表是教师在处理其与自己的关系时应遵循的原则要求。教师职业劳动不只是同别人交往，也是同自己交往，即教师也把自己作为职业行为所要调节的对象，就是对自己提出道德的要求，在自己的心中树立起一种职业行为的形象。

《规范》中关于"为人师表"方面所规定的具体职业行为要求有以下几点：

（1）坚守高尚情操，知荣明耻。

这是要求教师在职业行为上符合社会主义的荣辱观。

（2）严于律己，以身作则。

教师在职业活动中对自己要严格要求，要以自己的行为作为他人，特别是学生的楷模。

（3）衣着得体，语言规范，举止文明。

以身作则，在行为举止上，要注意穿着、言语和行为符合现代文明的要求，能够为学生做出榜样。

（4）关心集体，团结协作，尊重同事，尊重家长。

以身作则，也表现在处理与同事、学生家长的关系上，要尊重他人，与他人和谐相处。在处理与家长关系时应遵循的道德要求如下：① 主动与学生家长联系；② 认真听取家长的意见和建议；③ 尊重学生家长的人格；④ 教育学生尊重家长。

（5）作风正派，廉洁奉公。

以身作则，体现在为人作风上，就是"廉洁奉公"。这一行为要求在教师方面，要求教师不从学生那里谋取自己的利益，就是"廉洁从教"。

（6）自觉抵制有偿家教，不利用职务之便谋私利。

有偿家教，是市场经济条件下出现的比较严重的违背教师职业行为规范的问题，《规范》特别作为禁止性规定提出。

倡导"为人师表"就是要求教师言传身教，以身立教。"为人师表"对教师工作具有特殊重要的意义。教师要坚守高尚情操、知荣明耻、严于律己、以身作则，在各个方面率先垂范，做学生的榜样，以自己的人格魅力和学识魅力教育影响学生。

6. 终身学习——教师专业发展的不竭动力

终身学习是教师在处理其与自己发展的关系时所应遵循的原则要求。教师与自己的发展，也属于教师与自己关系的范畴。但是，强调教师自己的发展，是说教师在教育活动中，不仅要把学生作为一种发展对象来看待，也要把自己作为一种发展对象来看待。教师的自我发展，也是教师职业行为调节的对象。这是在终身学习社会中发生的关系。

《规范》中关于"终身学习"方面所规定的具体职业行为要求有以下几点：

（1）崇尚科学精神，树立终身学习理念，拓宽知识视野，更新知识结构。

科学精神是求真的精神，是不断探索的精神。根据科学精神的要求，在一个终身学习的社会里，教师应当具有终身学习的理念，自觉继续学习，发展自己的知识。

（2）潜心钻研业务，勇于探索创新，不断提高专业素养和教育教学水平。

教师的发展，特别是指自己的专业发展。一个能够自觉地发展专业水平的教师，才能不断适应教育实践给自己提出的新要求。

倡导"终身学习"就是要求教师做终身学习的表率。终身学习是时代发展的要求，也是由教师职业特点决定的。教师必须树立终身学习的理念，才能不断提高专业素养和教学水平。教师终身学习应涉及教师职业德修养的养成、教师教育科研能力的发展、教师反思能力的培养以及现代信息技术的掌握。

一般认为，爱岗敬业、教书育人和为人师表是师德的核心内容，关爱学生是最基本内容。这是社会对教师职业道德最基本的要求。爱岗敬业是对一切职业的共同要求，没有爱岗敬业的精神，一切都无从谈起。因此，它是师德的基础。教书育人是对教师这一特殊职业的专业要求，是教师工作的具体内容，师德所引发的效果如何，必须由此来体现，所以它是师德的载体。为人师表是社会对教师这一职业所承担的职责具有的特殊性而提出的比一般职业道德更高的要求，教师的人格、品行所具有的感召力，由此得到充分表现，故而它是师德的支柱。三者形成有机整体，缺一不可。作为一个人民教师，必须信奉之，遵循之，笃行之，并在此基础上升华之，力求达到爱岗敬业精神高尚、教书育人水平高超、为人师表品行高洁的"三高"境界。

真题再现

1.（2014年单项选择）迟老师编写的校本教材出现了不少错误，遭到同事的质疑。迟老师说："这不过是一本校本教材，没必要那么认真。"迟老师的做法（　　）。

A. 不合理，违背了终身教育的师德规范

B. 不合理，违背了勤恳敬业的师德规范

C. 合理，精心用于校本教材编写不合理

D. 合理，教师的主要任务是把课上好

答案：B。【解析】迟老师的话说明了他对工作不负责任，是敷衍塞责的表现，违背了爱岗敬业的教师职业道德要求。

2.（2016 年单项选择）孙老师把没有按时完成作业的学生赶到操场上，让他们在冷风中把作业写完，说要让学生明白学习的艰辛。这说明孙老师没有做到（　　）。

A. 关爱学生　　　　B. 因材施教　　　　C. 廉洁从教　　　　D. 严谨治学

答案：A。【解析】"关爱学生"的师德规范要求教师关心爱护全体学生，尊重学生人格，平等公正对待学生。题干中的孙老师把没按时完成作业的学生赶到操场上去写作业，这没有做到关心爱护每一个学生，违背了关爱学生的要求。

3.（2015 年单项选择）晓茜写小说，想发表，孙老师知道了在班上公开批评："话都说不利索就想当作家，不称称自己几斤几两！"晓茜当场羞红了脸。孙老师的做法违背的师德规范是（　　）。

A. 保护学生安全　　　　　　　　B. 尊重学生人格

C. 善于探索创新　　　　　　　　D. 认真备课上课

答案：B。【解析】题干中教师的做法没有做到尊重学生的人格，是违背关爱学生的表现。

4.（2016 年单项选择）钟老师在班上设立"进步展示台"，分类展示在不同方面有进步的学生。这表明钟老师（　　）。

A. 不以分数作为评价学生的唯一标准　　B. 不关心学生的全面发展

C. 不注重与学生家庭密切联系　　　　　D. 不主动与教师密切合作

答案：A。【解析】题干中钟老师的做法说明他看到了不同学生的不同特长，对学生在各个方面的进步都予以肯定，体现出钟老师不以分数作为评价学生的唯一标准。

5.（2014 年单项选择）班主任孙老师经常对学生说："知识改变命运，分数才是硬道理。"他自己出钱设立了"班主任基金"，用于奖励每学期末前三名的学生。孙老师的做法（　　）。

A. 正确，物质奖励具有良好的激励作用

B. 不正确，考试成绩不能衡量学生的综合素质

C. 正确，考试成绩是衡量学生的重要依据

D. 不正确，考试成绩不是评价学生的唯一指标

答案：D。【解析】教书育人要求教师不以分数作为评价学生的唯一标准。题干中该班主任老师只注重学生分数的做法是错误的。

6.（2015 年单项选择）下列选项中不违背教师职业道德规范的做法是（　　）。

A. 教师节接受学生的自绘贺卡　　　　B. 出于爱心对学生严厉责骂

C. 规定学生购买大量辅导资料　　　　D. 家有喜事时接受家长贺礼

答案：A。【解析】B 项没有做到关爱学生；C、D 项没有做到为人师表。

7.（2013 年单项选择）蒋老师的亲戚开办了一家培训公司，希望蒋老师推荐自己班上的学生参加辅导班，或者提供班上学生的联系方式。面对这种情况，蒋老师应该（　　）。

A. 推荐学生参加辅导班，促进学生全面发展

B. 坚决拒绝亲戚的请求，并说明自己的理由

C. 提供学生的联系方式，同时推荐学生参加辅导班

D. 仅提供学生的联系方式，不推荐学生参加辅导班

答案：B。【解析】教师应为人师表、廉洁从教，不利用职务之便牟取利益。蒋老师应在拒绝亲戚要求的同时，向他说明不能提供帮助的理由。

（三）《中小学教师职业道德规范》的特点

2008 年修订的《中小学教师职业道德规范》具有以下特点：

（1）坚持"以人为本"。新《规范》充分体现了"教育以育人为本，以学生为主体""办学以人才为本，以教师为主体"的理念，强调尊重教师，强调教师责任与权利的统一。

（2）坚持继承与创新相结合。新《规范》汲取了原有《规范》中反映教师职业道德本质的基本要求，又充分考虑经济、社会和教育发展对师德提出的新要求，将优秀师德传统与时代要求有机结合。

（3）坚持广泛性与先进性相结合。广泛性是指"面向全体教师"，即对教师职业道德提出基本要求，先进性是指"提出了反映社会主义核心价值体系的基本内容"的要求，将基本职业道德要求同先进的职业道德要求结合起来。

（4）倡导性要求与禁行性规定相结合。针对当前师德建设中的共性问题和突出问题做出了若干禁行性规定。

（5）他律与自律相结合。新《规范》在注重"他律"的同时强调"自律"，倡导广大教师自觉践行师德规范，把规范要求内化为自觉行为。

四、教师职业道德修养

（一）教师职业道德修养的含义

教师职业道德修养是将教师职业道德要求转化为自己的信念并付诸行动的活动，简单来说，是一种自我锻炼、自我改造、自我陶冶、自我教育的过程。

教师职业道德修养不仅是培养教师职业道德的首要环节，也是加强社会主义职业道德建设的迫切要求。首先，教师职业道德修养是提高教师职业道德水平和促进个人进步与发展的必由之路；其次，只有加强教师职业道德修养，才能发挥教师职业道德的社会作用。

（二）教师职业道德修养的内容

教师职业道德修养的内容包含两个方面：

（1）职业道德意识修养；

（2）职业道德行为修养。

具体来说，教师职业道德修养主要包括职业道德理想、知识、情感、意志、信念和行为习惯六个方面。

1. 树立远大的职业道德理想

职业道德理想是职业道德要求的重要组成部分。有了崇高的职业道德理想才能产生模范遵守职业道德的行为。职业道德理想是社会理想在职业选择和实践中的具体体现，在人们的社会生活中占有重要位置。

确立崇高的职业道德理想：① 要把个人志愿与社会需要结合起来；② 要正确处理教师职业选择与教育才能的关系；③ 要正确看待教师的社会地位和待遇；④ 要正确看待教师工作的苦与乐。只有这样，教师才能树立崇高的职业道德理想，忠于人民的教育事业。职业道德理想体现了教师职业道德要求的本质。

2. 掌握正确的职业道德知识

职业道德知识指人们对于客观存在的职业道德关系以及处理这种关系的道德原则、规范的认识，包括职业道德观念的形成和职业道德行为判断能力的提高。

学习和掌握教师职业道德知识是教师职业道德修养的首要环节和最初阶段。职业道德知识是职业道德情感产生的依据，是职业道德意志锻炼的内在动力，是决定职业道德行为倾向的思想基础。事实证明，在教师职业活动中，有些人之所以出现违反职业道德的不良行为，其重要原因之一就是缺乏对教师职业道德的基本认识，缺乏起码的教师职业道德评价与选择能力。加强教师职业道德修养，提高教师职业道德认识水平，首先要学习教师职业道德理论、原则和规范的基本知识，其次要把职业道德理论学习和职业道德实践紧密结合起来，在具体教育活动中促进教师职业道德认识水平的提高。

3. 陶冶真诚的职业道德情感

职业道德情感是指人们对现实生活中职业道德关系和职业道德行为的好恶情绪，如人们通常对高尚的职业活动产生敬仰和尊重之情，对违反职业道德的行为产生愤恨和憎恶之情等。教师只有培养起真诚的职业道德情感，才会真正从内心热爱自己所从事的职业，潜心钻研业务，尽职尽责地做好本职工作。教师职业道德情感包括以下内容：

（1）职业正义感。职业正义感是一种最基本、最高尚的道德情感。它要求教师以公正平等的态度来处理人与人、人与社会之间的职业道德关系，维护国家、集体和人民群众的正当合法权益，并同一切危害国家、集体和人民群众的行为做坚决斗争。

（2）职业责任感。职业责任感是教师在职业道德活动中形成的对他人或社会应负责任的内心体验和道德情感，它既是职业道德行为的出发点，又是激励教师实现某种职业道德目标的动力。

（3）职业义务感。职业义务感是教师在履行自己职业责任的过程中产生的一种使命感。职业义务是社会道德义务的一部分，是社会道德义务在人们职业活动中的体现，是劳动者对本职工作、他人和社会所承担的道德上的使命和义务。教师只有具备了强烈的职业义务感才能真正热爱工作，否则就会敷衍塞责。

（4）职业良心感。职业良心感是教师对自己的职业道德行为、对自己同他人及社会职业道德关系的自觉意识和自我评价能力，是一种对职业关系和职业活动是非、善恶的内心体验。它是教师职业责任感和义务感的发展，并与教师对职业道德行为的选择和职业道德实践紧密相连。职业良心对教师的职业活动具有重要的调节作用。

（5）职业荣誉感。职业荣誉感是教师自觉承担职业道德责任、履行职业道德义务之后，对社会而给予的肯定评价和褒奖赞扬所产生的喜悦和自豪等情感体验。职业荣誉的衡量不是以个人的财产、特权和地位为标准的，而是以对人民、对社会进步事业所做出的实际贡献为标准。教师履行好自己的职责和义务便能受到社会的赞许和尊敬，就能得到崇高的职业荣誉。教师职业所提倡的职业荣誉是同正直、谦虚的美德结伴同行的，它排斥一切虚假和伪善。

（6）职业幸福感。职业幸福感是教师在履行职业责任及其义务、获得职业荣誉之后所产生的一种自我满足和愉悦的情感体验。它是教师从事职业活动最强大的精神动力和根本目的。在社会主义社会，教师应把参加职业活动、履行职业责任和义务视为自己生存发展的首要条件，并以此获得实实在在的职业幸福感。每个教师都应该摒弃利己主义和享乐主义的人生观。

4. 磨炼坚强的职业道德意志

职业道德意志是人们在履行职业道德责任和义务的过程中，所表现出来的克服困难和障碍的能力与毅力。它是职业道德行为持之以恒的重要精神力量，也是职业道德观念内化为人们的职业道德品质的重要因素。它一方面表现在人们的道德意识活动中；另一方面表现在人们能够排除各种困难和阻力，坚定不移地执行由职业道德动机所决定的职业道德行为中。

是否具备坚强的职业道德意志是衡量教师职业道德素质高低的重要标志。只有道德意志坚强的人才能有力地控制自己的道德情感和道德行为。教师职业道德意志是产生职业道德信念和养成职业道德行为习惯的前提条件，是职业道德知识和情感转化为职业道德信念和行为的中介环节，也是教师培养良好职业道德品质的重要条件。

5. 确立坚定的职业道德信念

坚定教师职业道德信念，是教师职业道德修养的核心问题。教师职业道德信念是教师对职业理想、职业人格、职业原则、职业规范坚定不移的信仰，是深刻的职业道德认识、炽烈的职业道德情感和顽强的职业道德意志的统一，是把教师职业道德认识转变为教师职业道德行为的中间媒介和内驱力，并使教师职业道德行为表现出明确性和一贯性。它是正确的职业道德知识、真诚的职业道德情感和坚毅的职业道德意志的"合金"，也是形成职业道德行为的强大动力和精神支柱。只有形成坚定的职业道德信念，人们的职业道德知识、情感和意志才具有稳定性和一贯性，人们的职业道德行为才有坚定性。教师一旦牢固树立了某种职业道德信念，就能以持之以恒、坚韧不拔的精神和对工作精益求精的态度，遵守职业道德规则，履行自己的职责和义务，并以此为标准去鉴定、评价自己和他人职业活动的是非与善恶。

6. 养成良好的职业道德行为习惯

职业道德行为是指人们在一定的职业道德知识、情感、意志、信念的支配下所采取的自觉活动。职业道德行为的最大特点是自觉性和习惯性。被迫的行为即使有良好的效果，也不能算是道德行为，因为真正的道德行为往往具有习惯性。职业道德行为是衡量人们职业道德品质好坏、道德水平高低的客观依据。职业道德修养的最重要环节就是要把职业道德原则和规范贯彻落实到职业道德行为之中，做到言行一致、知行统一。人们的职业道德知识、情感、意志毕竟都是主观意志的东西，只有将其贯穿并体现在人们的职业道德行为中才具有现实意义。

教师职业道德修养的最终目的是要养成良好的职业道德行为习惯，使教师在没有任何人监督的条件下也能长期自觉地按照职业道德原则和规范办事，积极主动地选择善良的职业道德行为，避免邪恶的职业道德行为。善良的职业道德行为习惯不是偶然的、短暂的举措，而是自然而然、习以为常的行动，它标志着教师的职业道德修养达到了较高的境界。

（三）提升教师职业道德修养应坚持的原则

1. 坚持知行统一原则

坚持知行统一原则就是要把学习道德理论、提高道德认知同自己的行动结合起来，使理论与实践相结合。

2. 坚持动机和效果的统一

教师在职业道德修养的过程中，必须坚持动机与效果相统一的原则，不能仅从动机出发，把动机作为判断和评价行为的标准而不看效果，也不能简单地用效果作为衡量动机的标准。

3. 坚持自律和他律相结合

所谓自律，就是指自我控制，是教师依靠自己的内心信念对自己教育行为的选择和调节。所谓他律就是指外部凭借奖励以及各种制度规范等手段对行动进行调节和控制。自律和他律本质上是内因和外因的关系。道德信念是在教师长期的教育实践中，在职业道德和社会舆论的熏陶下逐步形成的。因此，在教师职业道德修养过程中有效地运用外部力量——他律，强化教师职业道德意志，督促其坚持教师职业道德行为也是必不可少的，而广大教师普遍的自律又会形成有力的他律氛围，由此形成教师职业道德修养的良性循环。

4. 坚持个人和社会相结合

教师职业道德修养的每一步都离不开社会，离不开社会舆论的评价和监督。所以，在教师职业道德养成过程中要把个人与社会结合起来，把自我价值与社会价值结合起来。

5. 坚持继承和创新相结合原则

教师职业道德修养中坚持继承和创新相结合，是由师德的特点决定的。教师职业道德作为社会道德的一部分，具有历史继承性。继承历史上教师职业师德精华的成果，为自身服务，是师德修养中必不可少的一部分。

师德随着社会经济的发展变化而不断发展变化，因此在师德实践中，我们必须借鉴传统的优秀师德，构建新师德。教师处于新的社会背景下，肩负着新的历史使命，也会不断地出现新问题，那么教师职业道德就需要不断创新，创造出适合时代需要的新职业道德体系和规范。

总之，教师职业道德的修养既要用外在的道德规范进行自我约束，又必须发挥主观能动性，做到自律和他律相结合。

（四）提升教师职业道德修养的方法

教师良好的师德修养不是与生俱来的，而是在科学理论的指导下，经过长期的社会实践，不断完善自身的结果，理论与实践相结合是师德修养的根本途径。

1. 加强学习

加强学习，是教师师德修养的必要途径。学习是修养的前提。① 要学习马列主义、毛泽东思想、邓小平理论和"三个代表"思想，树立正确的世界观和人生观；② 要学习师德修养的理论，深刻理解教师道德规范和要求，明辨道德是非，提高遵守师德规范和要求的自觉性；③ 要学习教育科学理论和科学文化知识，掌握教书育人的本领。这是教师职业道德规范的一个基本要求。

2. 勤于实践磨炼，增强情感体验

教育实践是正确师德观念的认识来源，只有在教育实践活动中，才能正确认识教育活动中的各种利益和道德关系，才能形成良好的师德品质。

3. 树立榜样，虚心向他人学习

树立道德榜样是提升师德修养的重要方法。榜样的力量是无穷的，要引导和鼓励教师之间相互学习、探讨、交流和借鉴，大力宣传教师中的先进典型，用榜样人物的先进事迹、高尚情操、模范行为引领广大教师，把抽象的道德观念、行为规范等形象化、具体化，以先进模范的行为激励教师，增强师德修养的自觉性。学习先进教师的优秀品质，主要有两个途径：① 多读教育界名人的传记和模范教师的先进事迹；② 学习身边的模范教师。

4. 确立可行目标，坚持不懈地努力

教师职业道德修养同人们认识和改造世界的其他活动一样，有着明确的目标作为指导。师德修养实际上是教师道德认识、道德情感、道德意志、道德信念、道德行为和习惯诸要素从无到有、从低到高、从旧到新的矛盾运动过程，这也就决定了它是一个长期的艰苦过程，必然要求教师确立可行目标后做出坚持不懈的努力。

5. 学会反思

反思是提高师德修养的重要方法。师德修养是教师自身素养的重要组成部分，是教师自我锻炼、自我陶冶、自我教育、逐步完善的过程。① 教师必须对自己的教育教学效果进行不断反思，及时发现自己的缺点和不足，并及时纠正，不断实现自我更新，对学生施以积极的教育影响，促进学生健康成长；② 教师要反思自己的行为与职业道德理论要求的差距，反思自己与周围其他教师和先进模范人物的差距，努力完善自己；③ 教师要善于听取各方面的反馈信息，在别人对自己的评价中，更好地认识自己，改造自己。

6. 努力做到"慎独"

教师职业道德修养的最高层次就是"慎独"，"慎独"一语最早出自儒家经典《礼记·中庸》。

"慎独"用现代语言来表述，就是指在没有外界监督、独自一人的情况下，也能自觉遵守道德规则，不做任何对国家、对社会、对他人不道德的事情。显然，这既是一种崇高的道德境界，又是一种重要的职业道德修养方法。作为教师职业道德的修养方法，"慎独"可以通过自我约束、自我监督，更好地培养、锻炼坚定的职业道德情感、意志和信念，养成良好的职业道德行为习惯；作为崇高的教师职业道德境界，"慎独"标志着一个教师的职业道德修养已达到高度自觉的程度。尽管很难，但这也是教师必须做到的。

五、《中小学班主任工作条例》解读

班主任是中小学的重要岗位，从事班主任工作是中小学教师的重要职责。教师担任班主任期间，加强班主任队伍建设是坚持育人为本、德育为先的重要体现。2009 年 8 月 22 日，教育部颁布了新的《中小学班主任工作条例》（以下简称《条例》），引起了广泛的关注和热议。

（一）《条例》的特点与意义

1.《条例》的特点

① 明确了班主任的工作量，使班主任有更多的时间来做班主任工作；② 提高了班主任经济待遇，使班主任有更多的热情来做班主任工作；③ 保证了班主任教育学生的权利，使班主任有更大的空间来做班主任工作；④ 强调了班主任在学校中的重要地位，使班主任有更多的信心来做班主任工作。

2.《条例》的意义

（1）《条例》的制定、发布和实施，是素质教育的时代呼唤。

中小学班主任作为中小学教师队伍的重要组成部分，是班级工作的组织者、班级建设的指导者、中小学生成长的引领者，是中小学思想道德教育的骨干，是加强和改进未成年人思想道德建设、全面实施素质教育的重要力量。《条例》的出台，正是国家当前和今后一个时期教育改革和发展的需要，是推进素质教育、培养德智体全面发展的社会主义建设者和接班人的需要。

（2）《条例》的制定、发布和实施，是中小学班主任工作内涵发展的必然选择。

长期以来，各地教育行政部门和中小学校重视班主任队伍建设，发挥班主任独特的教育作用，积累了丰富的经验，形成了有效的工作机制。广大中小学班主任兢兢业业、教书育人、无私奉献，做了大量教育和管理工作，为促进中小学生的健康成长做了重要贡献。但是必须看到，中小学班主任工作面临许多新问题、新挑战。经济社会的深刻变化、教育改革的不断深化、中小学生成长的新情况新特点，对中小学班主任工作提出了更高要求，迫切需要制定更加有效的政策，保障和鼓励中小学教师愿意做班主任，努力做好班主任工作；迫切需要采取更加有力的措施，保障和鼓励班主任有更多的时间和精力了解学生、分析学生学习生活成长情况，以真挚的爱心和科学的方法教育、引导、帮助学生成长进步。《条例》的出台，正是中小学班主任工作适应时代发展的需要。

（3）《条例》的制定、发布和实施，是学生成长的现实需要。

学校教育是以班集体为单位来进行的，学校教育的各项工作都与班主任有关，班主任既要关心学生的学习状况，教育学生明确学习目的，端正学习态度，掌握正确的学习方法，养成良好的学习习惯，增强创新意识和学习能力；又要进行有效的班集体管理，保证学校各项教育工作的顺利进行；还要组织学生开展班会、团队会以及各种主题教育活动和文体活动；更要了解每个学生的身体、心理和思想状况，开展有针对性的教育，做每一个学生人生路上的引路人。对班主任而言，做好班主任的工作和授课一样，都是主业；对学校而言，班主任队伍建设与任课教师队伍建设一样重要。《条例》的出台，有利于贯彻落实党的教育方针，全面推进素质教育，把加强和改进

未成年人思想道德建设的各项任务落到实处。

总之，《条例》的制定、发布和实施，对进一步加强中小学班主任工作，发挥班主任在中小学教育中的重要作用，保障班主任的合法权益，全面推进素质教育具有重要意义。

（二）《条例》的内容

以下是《条例》的全部内容，旨在让中小学班主任明白自身的位置、身价、职责、任务、待遇、权利，在新时期更好地从事班主任工作，教好书、育好人，培养祖国建设人才，实现自己的人生价值。

第一章　总　　则

第一条　【立法宗旨】为进一步推进未成年人思想道德建设，加强中小学班主任工作，充分发挥班主任在教育学生中的重要作用，制定本规定。

第二条　【班主任概念】班主任是中小学日常思想道德教育和学生管理工作的主要实施者，是中小学生健康成长的引领者，班主任要努力成为中小学生的人生导师。

班主任是中小学的重要岗位，从事班主任工作是中小学教师的重要职责。教师担任班主任期间应将班主任工作作为主业。

第三条　【班主任队伍建设】加强班主任队伍建设是坚持育人为本、德育为先的重要体现。政府有关部门和学校应为班主任开展工作创造有利条件，保障其享有的待遇与权利。

第二章　配备与选聘

第四条　【配备】中小学每个班级应当配备一名班主任。

第五条　【选聘】班主任由学校从班级任课教师中选聘。聘期由学校确定，担任一个班级的班主任一般应持续1学年以上。

第六条　【岗前培训】教师初次担任班主任应接受岗前培训，符合选聘条件后学校方可聘用。

第七条　【任职条件】选聘班主任应当在教师任职条件的基础上突出考查以下条件：

（一）作风正派，心理健康，为人师表；

（二）热爱学生，善于与学生、学生家长及其他任课教师沟通；

（三）爱岗敬业，具有较强的教育引导和组织管理能力。

第三章　职责与任务

第八条　【职责】全面了解班级内每一个学生，深入分析学生思想、心理、学习、生活状况。关心爱护全体学生，平等对待每一个学生，尊重学生人格。采取多种方式与学生沟通，有针对性地进行思想道德教育，促进学生德智体美全面发展。

第九条　【职责】认真做好班级的日常管理工作，维护班级良好秩序，培养学生的规则意识、责任意识和集体荣誉感，营造民主和谐、团结互助、健康向上的集体氛围。指导班委会和团队工作。

第十条　【任务】组织、指导开展班会、团队会（日）、文体娱乐、社会实践、春（秋）游等形式多样的班级活动，注重调动学生的积极性和主动性，并做好安全防护工作。

第十一条　【任务】组织做好学生的综合素质评价工作，指导学生认真记载成长记录，实事求是地评定学生操行，向学校提出奖惩建议。

第十二条 【任务】经常与任课教师和其他教职员工沟通，主动与学生家长、学生所在社区联系，努力形成教育合力。

第四章 待遇与权利

第十三条 【骨干作用】学校在教育管理工作中应充分发挥班主任的骨干作用，注重听取班主任意见。

第十四条 【工作量】班主任工作量按当地教师标准课时工作量的一半计入教师基本工作量。各地要合理安排班主任的课时工作量，确保班主任做好班级管理工作。

第十五条 【津贴】班主任津贴纳入绩效工资管理。在绩效工资分配中要向班主任倾斜。对于班主任承担超课时工作量的，以超课时补贴发放班主任津贴。

第十六条 【权利】班主任在日常教育教学管理中，有采取适当方式对学生进行批评教育的权利。

第五章 培养与培训

第十七条 【培训规划】教育行政部门和学校应制订班主任培养培训规划，有组织地开展班主任岗位培训。

第十八条 【培养机构】教师教育机构应承担班主任培训任务，教育硕士专业学位教育中应设立中小学班主任工作培养方向。

第六章 考核与奖惩

第十九条 【考核与奖惩】教育行政部门建立科学的班主任工作评价体系和奖惩制度。对长期从事班主任工作或在班主任岗位上做出突出贡献的教师定期予以表彰奖励。选拔学校管理干部应优先考虑长期从事班主任工作的优秀班主任。

第二十条 【考核】学校建立班主任工作档案，定期组织对班主任的考核工作。考核结果作为教师聘任、奖励和职务晋升的重要依据。对不能履行班主任职责的，应调离班主任岗位。

第七章 附 则

第二十一条 【补充说明】各地可根据本规定，结合当地实际情况，制定中小学班主任工作的具体实施办法。

第二十二条 【实施时间】本规定自发布之日起施行。

真题再现

（2015年单项选择）关于班主任工作，下列做法不正确的是（ ）。

A. 教师作为一个班级的班主任，一般应该持续1学期以上

B. 班主任津贴纳入绩效工资管理，在绩效工资分配中要向班主任倾斜

C. 教师初次担任班主任应接受岗前培训，符合选聘条件后学校方可聘用

D. 合理安排班主任的课时工作量，按当地教师标准课时工作量的一半计入

答案：A。【解析】班主任由学校从班级任课教师中选聘。聘期由学校确定，担任一个班级的班主任一般应持续1学年以上。

（三）《条例》对班主任工作的要求

1. 坚持育人为本，德育为先的目标导向

教师要把学校教育目标落实到班级日常管理工作过程中，切实把德育放在首位，注重学生正确的世界观、人生观、价值观和社会主义荣辱观的培养与形成，培养学生健全、独立的人格。引导学生培养学习兴趣，树立正确的学习目标，促进学生全面协调健康发展。

2. 注重公平，面向班集体的每一个学生

班主任要关心每一个学生，了解他们的内心世界。根据每个学生的特点，精心设计相应的教育方案，引导、帮助每一个学生健康成长，要特别注意关注学生中的弱势群体和边缘群体，为每一个学生的终身发展奠定基础。

3. 关心学生的全面发展

坚持以人为本，以学生的全面发展为班主任工作的根本出发点，要关心他们的学习、思想道德、身体、心理、人格等方面的发展状况。培养学生各方面的能力，提高学生各方面的素质，发挥学生的特长，充分发掘学生的潜能。

4. 建立平等互信的师生关系

班主任要平等对待学生，建立和谐的、朋友式的新型师生关系。尊重学生，注重与学生交流沟通的方式，做学生人生路上的良师益友。

5. 建立完善的班级管理制度

通过建立科学合理的班级日常管理规范，培养学生良好习惯的养成。从小事着手，积极开展行为规范教育。加强学生自主管理，增进学生民主意识，培养学生独立处理问题的能力。

6. 鼓励学生参加班级活动和社会实践活动

指导班集体通过开展班会、团队会、各种主题教育活动、丰富多彩的文体活动和社会实践活动，丰富学生的生活，弘扬爱国主义、集体主义和民族主义精神，培养学生正确的劳动观念和劳动习惯。

（四）贯彻落实《条例》应做好的工作

各级教育行政部门和广大中小学校要依据《中小学班主任工作条例》，把加强班主任工作作为落实科学发展观、贯彻党的教育方针、加强和改进未成年人思想道德建设、全面实施素质教育的有力抓手，结合当地实际认真抓好抓实。

1. 组织班主任培训

要将中小学班主任培训纳入教师教育计划，有组织地开展岗前和岗位培训，定期交流班主任工作经验，组织班主任进行社会考察，提高班主任的政治素质、业务素质、心理素质和工作及研究能力。教师教育机构要承担班主任的培训任务，教育硕士学位教育中应设立中小学班主任工作培养方向，并优先招收在职优秀班主任。

2. 合理安排班主任工作量

要合理安排班主任教师的课时工作量，保障班主任教师有时间和精力开展班主任工作。要在义务教育学校绩效工资分配中，把教师是否担任班主任、班主任工作开展得如何作为重要衡量指标。对于班主任教师超课时工作量的，要发放超课时补贴。

3. 完善班主任的奖励制度

将优秀班主任的表彰奖励纳入教师、教育工作者的表彰奖励体系之中，定期表彰优秀班主任。应积极发展优秀班主任加入党组织，优秀班主任应列入学校党政后备干部培养范围。要鼓励广大中小学校普遍重视和加强班主任队伍建设，充分发挥班主任在学校教育工作中的重要作用，使班主任成为广大教师踊跃担当的光荣而重要的岗位。

4. 把班主任工作作为学校教育的重要工作来抓

要制定切实可行的办法加强班主任工作，认真做好班主任的选聘工作，应从思想道德素质和业务水平较高、身心健康、乐于奉献的优秀教师中选聘班主任。要建立科学的班主任工作评价体系，规范管理，鼓励、支持班主任开展工作。学校应建立班主任工作档案，定期考核班主任工作。对不能履行班主任职责的，应调离班主任岗位。

高频考点训练

一、单项选择题

1. "师也者，教之以事而喻诸德者也"，这体现了教师职业道德要求具有（　　　）。

　　A. 超前性　　　　　　B. 全局性　　　　　　C. 导向性　　　　　　D. 双重性

2. 教师专业发展的不竭动力是（　　　）。

　　A. 为人师表　　　　　B. 终身学习　　　　　C. 教书育人　　　　　D. 关爱学生

3. 教师职业道德行为的出发点是（　　　）。

　　A. 教师职业正义感　　　　　　　　　　B. 教师职业责任感

　　C. 教师职业荣誉感　　　　　　　　　　D. 教师职业幸福感

4. 根据《中小学班主任工作条例》，选聘班主任应当突出考查的条件不包括（　　　）。

　　A. 作风正派，心理健康，为人师表

　　B. 热爱学生，善于与学生、学生家长及其他任课教师沟通

　　C. 爱岗敬业，具有较强的教育引导和组织管理能力

　　D. 教书育人，具有较强的教学管理能力

5. 教师处理其与教育事业的关系时应遵循的原则要求是（　　　）。

　　A. 爱国守法　　　　　B. 爱岗敬业　　　　　C. 严谨治学　　　　　D. 关爱学生

二、材料分析题

李老师是某中学小有名气的数学教师，他备课非常认真，自己对课堂上和作业里的每道习题都事先演练，课堂上讲解清晰明确，教学效果良好；课外作业坚持全批全改，发现作业上有错误就要求学生订正并罚抄10遍，每次测试都进行细致的质量分析，及时在班上公布每位学生的成绩和排名。他每年都挑选几位成绩优秀的学生，利用周末在自己家里进行辅导，被辅导的学生多次获得学科竞赛的好成绩。他的辅导虽然没有明确要求收费，但没拒绝家长们的礼物。

请从教师职业道德规范的角度，分析李老师的行为。

参考答案及解析

一、单项选择题

1. 答案：D。【解析】"师也者，教之以事而喻诸德者也"，意思是教师的职责是既要教学生有关具体事物的知识，又要让学生知晓立身处世的品德。这说明教师职业道德要求具有教书和育人的双重性。

2. 答案：B。【解析】终身学习是教师专业发展的不竭动力。

3. 答案：B。【解析】教师职业责任感是教师在职业道德活动中形成的对他人或社会应负责

任的内心体验和道德情感，既是教师职业道德行为的出发点，又是激励教师实现某种道德目标的动力。

4. 答案：D。【解析】《中小学班主任工作条例》第二章第七条规定了选聘班主任应当在教师任职条件的基础上突出考查的条件：① 作风正派，心理健康，为人师表；② 热爱学生，善于与学生、学生家长及其他任课教师沟通；③ 爱岗敬业，具有较强的教育引导和组织管理能力。

5. 答案：B。【解析】略。

二、材料分析题（答案要点）

① 李老师备课认真、课外作业坚持全批、利用周末辅导学生等行为体现了爱岗敬业的要求，这是值得肯定的地方。② "他的辅导虽然没有明确要求收费，但没拒绝家长们的礼物"违背了为人师表的师德规范要求。为人师表要求教师做到：坚守高尚情操，知荣明耻；严于律己，以身作则；衣着得体，语言规范，举止文明；关心集体，团结协作，尊重同事，尊重家长；作风正派，廉洁奉公；自觉抵制有偿家教，不利用职务之便谋取私利。李老师没有拒绝家长的礼物，表明李老师没有做到严于律己、自觉抵制有偿家教。这是李老师需要进一步提高的地方。

第二节　教师职业行为

主要知识点

1. 借助案例分析教师的教育教学行为
2. 以相关的职业行为规定处理好教育活动中的基本关系

一、教师职业行为规范

（一）教师职业行为规范的概念

教师职业行为规范是教师在职业过程中，为了实现教育目标、履行教师职责、严守职业道德、从思想认识到日常行为应遵守的基本准则。教师的一言一行、一举一动，都是学校形象的再现，所以，不断提高教师的自身素质、规范教师的行为是学校文化建设的重要内容。

（二）教师职业行为规范的主要内容

教师职业行为规范的基本内容，从广义上看应该分为两个层次：① 由国家立法机构和行政有关部门制定的关于教师活动要求的法律、条例和守则等，这些要求具有法律和行政效力，是每一位教师获取任职资格过程中必须学习和牢记的；② 由社会的道德规范及人们所公认的职业特点所构成的。与第一个层次所不同的是，它是通过社会公众舆论、群体力量、个人的自尊、习惯等形式来实施的。

教师的行为是多方面的，其行为规范涉及教师活动的诸多内容。根据《教师法》和《中小学教师职业道德规范》对教师总的行为要求，结合我们民族的优良传统，教师的行为规范可分为以下方面：

（1）热爱党、热爱祖国、热爱教育事业，全面贯彻教育方针和职业规范；

（2）热爱、尊重学生，积极为学生创设良好的育人环境，坚持正面教育，严禁体罚和变相体罚学生；

（3）遵守社会公德和学校各项规章制度，全心全意为学生服务；

（4）严于律己、以身作则、为人师表、举止大方，为学生做出表率；

（5）语言规范文明，教学坚持使用普通话，爱护公物，勤俭节约；

（6）仪表端庄，服饰整洁、大方，便于组织学生活动；

（7）团结同事，对人真诚有礼貌，主动热情地帮助别人；

（8）做事认真、踏实，服从领导安排，努力做好各项工作，乐于接受任务；

（9）勤奋学习、刻苦钻研，努力提高自身素质和专业水平；

（10）尊重家长，主动、热情为家长服务，经常征询家长意见，宣传教育知识。

（三）教师职业行为规范的基本要求

1. 教师的思想行为规范

（1）热爱祖国，拥护中国共产党的领导，认真学习和宣传马列主义、毛泽东思想，热爱教育事业；

（2）认真执行教育方针，遵循教育规律，尽职尽责，教书育人；

（3）正直诚实，作风正派，为人师表，遵纪守法；

（4）树立正确的人生观和价值观，发扬无私奉献的精神，不做有损国格、人格的事；

（5）积极参加政治学习和宣传活动，做社会主义精神文明的建设者和传播者。

2. 教师的教学行为规范

（1）要有端正的教学态度，严肃认真地对待教学工作中的每一项内容。

（2）钻研业务，熟悉教材，认真备课；要善于激发学生的求知欲，组织好课堂教学，创造生动活泼的课堂气氛，尽量避免对学生进行灌输性教学。

（3）精心编排练习，认真批改作业，及时纠正错误。定时检查教学质量工作，及时补缺补漏。

（4）按时上课下课，不迟到、不缺课、不拖堂。

（5）上课语言文明、清晰流畅，表达准确简洁；板书整洁规范，内容简练精确。

（6）既要严格要求学生，又要尊重学生，对待学生要一视同仁。热情、耐心地回答学生的提问。不能讽刺、挖苦学生。

（7）教学计划应符合教学进度的要求，不能随意删增内容、加堂或缺课，不能占用学生的自习课或复习考试时间，增加学生的学习负担。

3. 教师的人际行为规范

（1）教师与学生之间要做到：热爱学生，关心学生，尊重学生；严格要求，耐心教导，循循善诱，不偏不袒；不以师生关系谋取私利。

（2）教师之间要做到：互相尊重，切忌嫉妒；相互学习，取长补短；平等相待，不卑不亢；乐于助人，关心同事。

（3）教师与领导之间要做到：尊重领导，服从安排；顾全大局，遵守纪律；互相理解，互相支持；秉公办事，团结一致。

（4）教师与家长之间要做到：尊重家长，理解家长；经常家访，互通情况；密切配合，教育学生。

4. 教师的仪表行为规范

（1）衣着整洁，朴素大方，服饰要符合职业特点，体现教师为人师表的好形象。

（2）举止稳重大方、潇洒自然、彬彬有礼。语言动作切忌轻浮粗俗、拘谨呆板。

二、教育活动中教师职业行为的重要方面

教育活动是在人际交往中进行的。与教师发生人际交往的对象有学生、学生家长、同事和学

校的教育管理者。教师应当依据《中小学教师职业道德规范》所要求的职业行为，处理好教师与学生、教师与学生家长、教师与同事及教师与学校教育管理者的关系。

（一）正确处理教师与学生的关系

1. 教师与学生关系的性质

在教育活动中，学生虽然是教师"教"的对象，但是从教师职业道德要求看，学生也是教师承担"责任"和"义务"的对象。教师对学生所承担的责任和义务，从根本上说就是教师对学生健康成长的责任和义务。因此，在教师与学生的关系上，学生是教师工作的出发点和归属。

2. 处理教师与学生关系的职业行为准则

处理教师与学生关系的职业行为准则，可以概括如下：

（1）爱。

爱学生，是教师处理与学生关系的根本出发点。没有对学生的爱，教师对于学生所发生的一切行为就没有道德可言。教师对学生的爱，不是对少数人的爱，不是有差别的爱，而是对全体学生的爱，对所有学生付出同样的爱。不论教师面对的学生成绩如何，家庭背景如何，教师都能付出爱。教师对学生的爱，应当是无条件的。

（2）尊重。

尊重学生，是教师建立师生间平等关系的表现。尊重是对师生间平等地位的认可。在师生平等的交往关系中，教师的爱才是真爱，教师的爱才能实现，学生才能感受到教师的爱，从而接受教师对自己的教育。

（3）负责。

爱学生，尊重学生，是为了学生的成长。学生的成长，需要在教育教学活动中实现。在教育教学活动中，教师自己的行为要符合教育教学的要求，学生的行为也要符合教育教学的要求。在教育教学活动中，对自己严格要求，也对学生严格要求。这就是负责，也是一种负责的爱。

（4）公平公正。

教师的爱是面向一切学生的，学生所需要的爱也是没有差别的。因而公平公正地对待每一个学生，就是教师的爱给予每一个学生的保证。

（5）保护。

虽然学生应当是教师平等的交往对象，但是由于学生处在身心的发展阶段上，他们应对生活的能力与经验还不足，因而需要教师给予各方面的保护。

（6）杜绝伤害。

既然学生是教师工作的出发点，那么教师的一切有碍、有害学生成长的行为都是不允许的，特别是体罚和变相体罚等行为。

真题再现

1.（2015年单项选择）某中学根据学生的学习成绩发不同颜色的校服。年级前60名学生是红色校服，其他学生穿蓝色校服，这种做法（　　　）。

　　A. 正确，便于分清教学　　　　　　　　B. 正确，利于激励学生

　　C. 不正确，不能促进学生个性发展　　　D. 不正确，不能平等对待所有学生

答案：D。【解析】某中学根据学生的学习成绩发不同颜色的校服，是根据学生的学习成绩有区别地对待学生，这是不能平等对待学生的体现，是错误行为。

2.（2014 年单项选择）考试结束后，又要调整座位了。赵老师排座位的原则是：考分高的学生坐在教室的中间区域，考分低的学生坐在边角位置。赵老师的做法（　　　）。

    A. 符合公平竞争的要求　　　　　　B. 违背平等待生的理念

    C. 符合因材施教的理念　　　　　　D. 违背分班教学的要求

答案：B。【解析】根据学生成绩安排座位，考分高的学生坐好位置，考分低的学生坐边角位置，这是没有平等对待学生的体现。

（二）正确处理教师与家长的关系

1. 教师与家长关系的性质

学生是教师工作的出发点，因而教师对学生负有责任和义务。然而学生是家长送到学校来接受教师教育的，在这个意义上家长也是教师负有责任与义务的对象。

家长作为孩子的第一任教师，对孩子的成长也负有责任，并且是影响孩子成长的重要因素。从家长是一种教育力量的角度来看，家长也是教师工作的合作伙伴。

2. 处理教师与家长关系的职业行为准则

（1）尊重。

家长应当与教师处于平等关系上，应当得到教师的尊重。

（2）协作。

教师要想得到家长切实有效的支持，就必须得到家长的理解。家长对教师的理解，是建立在协作关系上。在协作的关系中，教师能够了解家长需要得到怎样的指导，家长也知道教师需要得到怎样的支持。

真题再现

1.（2014 年单项选择）一位家长抱怨：李老师隔三岔五给家长打电话，每次都把我们狠狠地批评一顿，还经常让我们到学校听他训话。李老师的做法（　　　）。

    A. 错误，教师应该与学生家长平等

    B. 错误，教师应对学生发展负全责

    C. 正确，家长要配合学校教育学生

    D. 正确，教师应主动寻求家长支持

答案：A。【解析】教师应该同家长多沟通交流，但这建立在教师尊重家长、同家长平等交流的基础上的。

2.（2013 年单项选择）符合教师与家长交往的道德规范的是（　　　）。

    A. 当学生犯错误情节严重时，教师可以责备家长管教无方

    B. 当对学生进行纪律处分时，教师应事先与家长充分沟通

    C. 在家长不为难的情况下，教师可以要求家长充分沟通

    D. 对家庭经济困难的学生，教师应当尽可能地避免家访

答案：C。【解析】略。

（三）正确处理教师与同事的关系

1. 教师与同事关系的性质

教师的教育工作，不是个人行为，而是集体行为。教师个人在集体中开展教育活动，集体的

教育活动又通过每一位教师的劳动得以实现。教师的工作离不开教师集体，教师集体也离不开每一位教师。

2. 处理教师与同事关系的职业行为准则

（1）尊重。

教师在集体中开展自己的专业性活动，对于共同开展教育教学活动的同事，在地位上是平等的，也是应当给予尊重的对象。

（2）理解。

教师在集体中开展工作，由于工作任务及性质上的差异，教师集体中也会产生矛盾与冲突。这就需要教师与同事之间互相理解。

（3）协作。

教师在集体中工作，协作是十分必要的。协作需要教师与同事搞好团结，相互理解、相互支持。

真题再现

1.（2014年单项选择）当一位新入职的老师向经验丰富的张老师借教案上课时，张老师拒绝了，说道："我的教案不一定适合你，这个周末我们一起来探讨。"这表明张老师（　　）。

　　A. 注意帮助同事的方法　　　　　　B. 缺乏团结协作精神

　　C. 缺乏良性竞争的能力　　　　　　D. 善于保护自己的隐私

答案： A。【解析】张老师拒绝新入职的教师按照自己教案生硬模仿上课，而是主张周末一起探讨来帮助新教师进步，体现了他非常注重帮助同事的方法。

2.（2013年单项选择）中考前夕，李老师得到了一套很好的复习材料，但拒绝与其他教师分享。李老师的做法表明他（　　）。

　　A. 不能平等对待学生　　　　　　　B. 不能诚恳待人

　　C. 不能尊重同事　　　　　　　　　D. 不能团结协作

答案： D。【解析】略。

3.（2015年单项选择）学科组长匡老师从教30年，每逢他们组有新入职的老师，匡老师都会把自己的教案直接给他们，要求他们严格按照自己的教学设计开展教学，并坚持"推门听课"。匡老师的做法（　　）。

　　A. 有利于与同事搞好关系　　　　　B. 有利于教学质量提升

　　C. 不利于新教师的成长　　　　　　D. 不利于自身的专业发展

答案： C。【解析】题干中匡老师的做法虽然给新老师提供了教案，能够让新老师上课有章可循，但是却要求新老师严格按照其教学设计展开教学，这样不利于发挥新老师的主动性、创造性，不利于新老师的长远发展和成长。

4.（2016年单项选择）班主任苏老师发现，承担本班数学教学任务的林老师经常罚站学生。面对这种情况，苏老师应该（　　）。

　　A. 严厉批评林老师，责令其立即改正

　　B. 耐心与林老师交流，探讨更好的管理学生的办法

　　C. 学习借鉴林老师的做法，提升自己的课堂管理能力

　　D. 尊重林老师的主动权，不干预林老师的这种课堂管理行为

答案： B。【解析】略。

（四）正确处理教师与教育管理者的关系

1. 教师与教育管理者关系的性质

教师在学校组织中工作，组织的运作是在管理中实现的。有组织，就有组织的管理；有有组织的管理，就组织管理者。教师在教育组织中开展自己的职业活动，也必然在一定教育管理者的管理下开展职业活动。从管理的角度来看，教师与教育管理者是管理与被管理的关系。

但是，这种管理与被管理的关系，不意味着地位的不平等。教师在学校教育活动中的主体地位，不因教师被管理者的地位而改变。管理与被管理，只是分工的不同。教师与教育管理者的关系，是组织中承担不同任务的人们之间的关系。

2. 处理教师与教育管理者关系的职业行为准则

（1）尊重。

教育管理者的管理目标与教师的职业活动目标是一致的。教师应当尊重教育管理者履行管理职责所开展的教育管理活动。

（2）支持。

教师在学校组织中开展职业活动。教师的职责和任务是学校教育管理者赋予的。每一位教师根据自己对职责的承诺，完成学校组织管理者分配的任务，是学校组织实现教育目标的保障。学校组织教育目标的实现，是学生的利益所在，因而教师应当在自己的职业行为上支持学校教育管理者对学校管理工作的开展。

高频考点训练

一、单项选择题

1. 随着时代的进步，新型的、民主的家庭气氛正在形成，不过随着孩子的自我意识逐渐增强，还有很多孩子对父母的教诲听不进去或当作"耳边风"，家长感到家庭教育力不从心。教师应该（   ）。

    A. 放弃对家长配合自己工作的期望

    B. 督促家长，让家长成为自己的"助教"

    C. 尊重家长，树立家长的威信，一起做好教育工作

    D. 忽视家长，与学生直接沟通

2. 某位刚参加工作的年轻女教师比较时尚，喜欢穿吊带衫，佩戴夸张的耳环、项链等饰物，还染指甲和头发。这位教师违反了教师的（   ）。

    A. 仪表行为规范   B. 思想行为规范

    C. 教学行为规范   D. 人际行为规范

3. 小李是刚踏入教师队伍的新教师，他着急的时候说话会有些结巴，这遭到学生和一些老师的耻笑。如果你是小李的同事，你会（   ）。

    A. 这是小李的事情，不笑话他，但也想不到办法来帮助他

    B. 当老师连话都说不利落，说明小李不适合做老师

    C. 告诉小李自己也有过同样的情况，并把自己的经验告诉他

    D. 在小李结巴时，告诉小李结巴得很厉害，这样可不行

4. 教师处理与学生关系的根本出发点是（　　　）。

　　A. 保护学生　　　　B. 对学生公平　　　　C. 尊重学生　　　　D. 爱学生

二、材料分析题

　　现在有的学校班里开家长会都是分别进行的，成绩好的学生家长会先开，成绩差的学生的家长会后开。发生过这样一件事：有一个成绩不在前15名的学生家长推门进去参加家长会，被老师拒绝。老师说："你们的会在下一拨，先出去吧。"这位家长很不好意思，红着脸走开了。

　　请对材料中教师的行为进行分析。

参考答案及解析

一、单项选择题

1. 答案：C。【解析】教师应该尊重家长，树立家长的威信，与家长建立教育联盟，一起做好教育工作。

2. 答案：A。【解析】教师的仪表行为规范要求教师衣着整洁、朴素大方、服饰要符合职业特点，体现教师为人师表的好形象。

3. 答案：C。【解析】作为同事，首先应该尊重小李，既不能笑话他，也不能视若无睹，最好想些具体方法来帮助小李克服困难。

4. 答案：D。【解析】爱学生，是教师处理与学生关系的根本出发点。

二、材料分析题（答案要点）

　　该教师的行为违背了尊重家长的教师职业行为规范。教师要尊重每一位学生家长，平等地对待学习成绩好和学习成绩差的学生的家长。促进学生的良好发展，需要学校教育与家庭教育的有机结合。正确处理教师与家长的关系，应坚持处理教师与家长关系的职业行为准则，主要有：（1）尊重。家长应当与教师处于平等的位置上，应当得到教师的尊重。（2）协作。教师要想得到家长的切实而有效的支持，就必须得到家长的理解。家长对教师的理解，是建立在协作关系上。在协作的关系中，教师能够了解家长需要得到怎样的指导，家长也知道教师需要得到怎样的支持。材料中的教师如此开家长会，会给成绩差的学生和其家长造成消极的心理影响，也会对教师与家长的关系产生不利的影响。

第四章

文化素养

考纲内容

1. 了解中外历史上的重大事件
2. 了解中外科技发展史上的代表人物及其主要成就
3. 了解一定的科学常识，熟悉常见的科普读物，具有一定的科学素养
4. 了解重要的中国传统文化知识
5. 了解中外文学史上重要的作家作品
6. 了解一定的艺术鉴赏知识
7. 了解艺术鉴赏的一般规律，并能有效运用于教育教学活动

题型：单项选择题　材料分析题

分值：约占总分的 12%，约 18 分

第一节　中外重大历史事件

主要知识点

1. 中国古代、近代和现代的重大历史事件
2. 世界古代、近代和现代的重大历史事件

一、中国历史的重大事件

（一）古代部分

1. 原始社会

（1）原始人群。

① 元谋人：距今 170 万年，发现于云南省元谋县，是中国境内最早的原始人类。

② 蓝田人：距今 115 万年，发现于陕西省蓝田县。

③ 北京人：距今 70 万～20 万年，发现于北京市周口店。

④ 山顶洞人：距今 2.7 万～3.4 万年，发现于北京市周口店。

（2）氏族公社时期。

① 母系氏族：这个时期的文化遗存最突出的是仰韶文化和河姆渡文化，又称"彩陶文化"。前者代表黄河流域的文化遗存，后者代表长江流域的文化遗存。

其中最能反映母系氏族公社繁荣时期面貌的是半坡遗址和河姆渡遗址。

② 父系氏族：这一时期的文化遗存最具代表性的是龙山文化遗址和大汶口文化遗址。龙山文化也称为"黑陶文化"，分布在黄河中下游广大地区，是由仰韶文化发展而来的。大汶口文化遗址位于山东泰安地区大汶口，大汶口晚期的墓葬里随葬品相差悬殊，说明已出现了私有财产，有明显的贫富分化。

（3）原始社会的瓦解。

① 黄帝、炎帝的传说。

"人文始祖"黄帝：远古时代华夏民族的共主，五帝之首，被尊为中华"人文初祖"。他统一了华夏部落，发明创造了房屋、衣裳、车船、阵法、音乐、器具、水井等，撰写了《黄帝内经》。

神农尝百草：传说神农氏（也称炎帝）发明了五谷农业，故被人称为神农。他能分辨什么植物可以吃，什么植物不可以吃，亲尝百草，以辨别药物的功效。

结绳记事与汉字：结绳记事，即在一条绳子上打结，用以记事。传说汉字为黄帝时代的左史官仓颉所创，被尊为"枣子圣人"。

② 尧、舜、禹的时代。

"禅让制"：部落联盟采用民主推选首领的制度。尧帝将王位禅让给舜帝，开创了"禅让制"的先河。

大禹治水：大禹是黄帝的后代，他改变了过去"封堵"的办法，对洪水进行疏导。大禹治水13 年，"三过家门而不入"，终于完成了治水大业。

③ 三皇五帝。

三皇为伏羲、神农、黄帝；五帝为颛顼、帝喾、尧、舜、禹（说法不一，此为惯常说法）。

2. 奴隶社会

（1）夏朝。

约公元前 21 世纪，禹建立了我国历史上的第一个王朝——夏。禹死后，他的儿子启夺得王位，原始社会后期的禅让制度被王位世袭制所取代，开启了中国历史上的"家天下"。

夏朝的青铜器标志着我国由石器时代进入了青铜器时代。夏朝的"夏历"是我国最早的历法。

（2）商朝。

约公元前 1600 年，汤建立商朝。商朝中期，商王盘庚迁都于殷（今河南安阳），因此历史上也称商朝为"殷商"。殷墟是中国历史上第一个有文献可考、为考古学和甲骨文所证实的都城遗址。

商朝出现了甲骨文，我国有文字可考的历史从此开始。商朝已有金属器物、青铜器冶炼技术和铸造工艺。商朝是我国青铜文化的灿烂时期，生产规模大，品种多，工艺精美。著名的青铜器有后母戊鼎、四羊方尊等。

（3）西周。

公元前 11 世纪中期，周武王灭商后建立西周，定都镐京（今陕西西安），公元前 771 年灭亡。西周实行分封制，周天子把土地和人民分给亲属、功臣等。西周是中国奴隶社会的鼎盛时期，编制的礼乐制度和建立的完备的宗法制度，对后世产生了极为深远的影响。

（4）东周——春秋、战国。

① 春秋：公元前 770 年，周平王弃镐京迁都洛邑（今河南洛阳），至公元前 476 年，是中国历史上的春秋时期。春秋时期的社会特点是周王室日渐衰落，大国诸侯先后称霸。这一时期先后取得霸主地位的有齐桓公宋襄公、晋文公、秦穆公、楚庄王，史称"春秋五霸"。也有人认为"春秋五霸"为齐桓公、晋文公、楚庄王、吴王阖闾和越王勾践。

② 战国（公元前 475 年到公元前 221 年秦灭六国）。

"战国七雄"：齐、楚、燕、韩、赵、魏、秦。

商鞅变法：公元前 359 年和公元前 350 年，秦孝公任用商鞅主持变法，经过这两次变法，秦国经济得到发展，军队战斗力不断加强，为秦统一六国奠定了基础。秦国先后灭掉了韩、赵、魏、楚、燕、齐六国，统一了全国。

3. 封建社会

（1）秦（公元前 221—前 207 年）。

秦朝建立封建专制主义中央集权制度，是我国历史上第一个统一的多民族的封建国家。秦朝统一度量衡、货币，车同轨，书同文，焚书坑儒加强思想统治，对后世产生了深远影响。

焚书坑儒：为了加强思想控制，秦始皇接受了李斯的建议，进行了"焚书坑儒"，即焚毁五经、活埋儒士，是一场中国思想文化的浩劫。

万里长城：秦始皇统治时期，把战国时秦、燕、赵三国的长城修补与加固，构筑了西起临洮（今甘肃）、东达辽东的古代世界伟大工程——万里长城。

秦始皇陵和兵马俑：秦始皇陵是中国历史上第一个规模庞大、设计完善的帝王陵园，其巨大的规模、丰富的陪葬物居历代帝王陵墓之首。秦始皇兵马俑坑位于今西安市临潼区秦始皇陵以东1.5 公里①处，是秦始皇帝陵的一部分陪葬坑。

陈胜吴广起义：公元前 209 年 7 月，陈胜、吴广率领众人举起了中国历史上第一次大规模的农民起义旗帜。

巨鹿之战：公元 207 年，项羽率领 5 万楚军同秦 40 余万秦军主力在巨鹿进行了一场决战性战役，史称巨鹿之战，这也是中国历史上著名的以少胜多的战役之一。项羽在各路义军中确立了领导地位。经此一战，秦朝名存实亡。

（2）汉朝（公元前 206—前 202 年）

楚汉之争：刘邦、项羽进行了为期四年的楚汉战争，最终以项羽至乌江（今安徽和县乌江镇）自刎而死，刘邦胜利而结束。刘邦于公元前 202 年，建立汉朝，定都长安，史称西汉。

文景之治：文帝、景帝统治时期，重视"以德化民"。经过几十年的努力，到景帝末年，西汉社会经济发展，农民安定生活、生产，国库财政充裕，国家由贫变强。历史上把这一时期的统治称为"文景之治"，是中国历史出现的第一个盛世。

张骞出使西域与丝绸之路：汉武帝于公元前 139 和公元前 119 年，两次任命张骞为使者，出使西域，开辟了通往西域的丝绸之路。中国的丝和丝织品，经"丝绸之路"运到西亚、大秦。丝绸之路上保留至今的文明遗迹有甘肃的阳关、莫高窟，新疆的高昌故城、交河故城、楼兰遗址等。

"罢黜百家，独尊儒术"：汉武帝接受了董仲舒"罢黜百家，独尊儒术"的主张，实行了思想的统一；宣扬天子代表天统治人民，神话了皇帝；在长安兴办太学，用儒学培养贵族子弟，使儒家思想成为封建社会的统治思想。

王莽改制：公元 8 年，王莽称帝，定国号为"新"。西汉灭亡。王莽为缓和西汉末年日益加剧

---

① 1 公里=1 千米。

的社会矛盾而采取了一系列新措施的"托古改制"。包括土地改革、币制改革、商业改革和职官、地名改革。

东汉建立：公元 25 年 6 月，刘秀在鄗城（今河北柏乡）即皇帝位（光武帝），沿用汉国号，后定都洛阳，史称东汉。

黄巾起义：公元 184 年，贫苦农民在巨鹿人张角的号令下，高喊"苍天已死，黄天当立，岁在甲子，天下大吉"的口号，史称黄巾起义。

官渡之战：200 年，曹操率军同袁绍在官渡决战。曹操夜袭乌巢，烧毁袁绍的军粮，以少胜多，大败袁绍。这一战役史称"官渡之战"，为曹操统一北方奠定了基础。

赤壁之战：208 年，曹操率军与孙权、刘备联军在赤壁决战。孙刘联军用火攻曹，以少胜多，曹军大败退守北方，史称"赤壁之战"，为三国鼎立局面的形成奠定了基础。

（3）三国时期。

220 年，曹操的儿子曹丕自立为帝，定都洛阳，建立魏国，东汉结束。221 年，刘备在成都称帝，建立蜀国。222 年，孙权建吴国，定都建业，三国鼎立局面形成。

（4）西晋的短暂统一。

265 年，司马炎夺取魏政权，建立晋朝，定都洛阳，史称西晋。280 年，西晋灭吴，重新统一南北，结束了分裂局面。316 年，刘曜攻占长安，西晋亡。

（5）东晋。

317 年，镇守建康（今江苏南京）的晋宗室司马睿在江南重建晋室，史称东晋。东晋政权维持了长期的偏安统治，到 420 年被刘裕所建立的宋所取代。

淝水之战：83 年，北方的统一政权前秦发动意图吞并东晋的决定性战役，东晋以少胜多，前秦因此衰败灭亡，北方各民族纷纷脱离前秦统治并先后建立十余个国家。

（6）南北朝时期。

420 年，东晋大将刘裕废东晋皇帝，自立为帝，国号宋。此后的近 170 年间，南方又先后出现了齐、梁、陈三个朝代，都城均在建康，史称南朝。386 年，鲜卑族拓拔珪建立北魏。6 世纪，北魏分裂成东魏和西魏。后来，东魏和西魏又各为北齐和北周所代替。北方的这五个朝代总称北朝，南朝和北朝并存，称南北朝。

（7）隋朝。

581 年，杨坚建立隋朝，定都长安，是为隋文帝。隋文帝加强了中央集权，发展了社会经济，使隋朝国力蒸蒸日上。587 年，隋文帝灭梁国。589 年，陈后主被隋活捉，陈亡。随后，隋平定了陈残余势力的叛乱，南北实现统一。

科举制度：隋文帝即位后和隋炀帝统治时期，改革官制，在中央设三省六部，创立科举制，废除魏晋以来的九品中正制，开始用分科考试的办法选拔官员。

开凿大运河：隋炀帝时期，开凿了大运河，全长 2 500 公里，南北贯穿今河北、山东、河南、安徽、江苏、浙江等广大地区，沟通了海河、黄河、淮河、长江、钱塘江五大水系，是当时世界上的巨大工程之一。大运河对加强统一，促进南北经济文化的发展和交流都起着重大作用。

三省六部制的确立：三省六部制是在西汉以后长期发展形成，至隋朝正式确立，唐朝进一步完善的一种政治制度，是隋唐至宋的最高政府机构。三省指中书省、门下省、尚书省，六部指尚书省下属的吏部、户部、礼部、兵部、刑部和工部。

（8）唐朝。

隋大业十三年（617 年），李渊在晋阳起兵，占领长安，618 年，李渊称帝，定国号为唐。

贞观之治：627 年至 649 年，是李世民统治的贞观时期。在此期间，由于唐太宗君臣励精图治，政治清明，社会安定，开创了唐代繁荣昌盛的局面，因而被誉为"贞观之治"。

武则天称帝：690 年，武则天称帝，成为中国历史上唯一的一位女皇帝。

文成公主进藏：公元 7 世纪初，唐太宗把文成公主嫁给松赞干布，与吐蕃建立了亲密的关系。

开元盛世：唐玄宗开元年间，政治比较安定，社会生产继续发展，唐朝进入全盛期，史称"开元盛世"。

安史之乱：唐玄宗统治后期，朝政日渐腐败。755 年，节度使安禄山起兵叛乱，攻占洛阳、长安。唐玄宗逃往四川。直至 763 年，唐朝才平息叛乱。"安史之乱"使农业生产受到极大的破坏，唐朝由强盛转向衰落。

（9）五代十国时期。

从 907 年朱温废唐建立后梁，到 960 年北宋建立，黄河流域相继有后梁、后唐、后晋、后汉、后周五个朝代更替，统治北方长达 50 多年，史称五代。与五代同时，在南方各地和北方的山西出现过 10 个割据政权交替并存，总称十国。

（10）北宋。

陈桥兵变：960 年，赵匡胤在东京（今河南开封）东北的陈桥驿发动兵变，黄袍加身，取代后周，建立宋朝，定都东京，史称北宋。赵匡胤就是宋太祖。

杯酒释兵权：赵匡胤通过一次酒宴，以威胁利诱的方式，成功地使高级军官交出兵权，史称"杯酒释兵权"。

北宋统一：北宋建立后，开始了统一南北的事业，979 年，北汉被征服，唐末五代以来军阀割据的局面终告结束。

澶渊之盟：1004 年秋，辽萧太后与辽圣宗亲率大军南下，深入宋境。1005 年 1 月，宋与辽订立和约，规定宋每年送给辽岁币银 10 万两、绢 20 万匹，史称"澶渊之盟"。

王安石变法：宋神宗时期，任用王安石主持变法，从经济、军政、教育等方面进行改革，在发展生产、富国强兵方面收到了显著成效。

（11）南宋。

1127 年，宋钦宗的弟弟赵构在应天（今河南商丘）称帝，为宋高宗，后来定都临安，史称南宋。

郾城之战：1139 年，宋朝与金国之间主力军的一次著名战役，史载此战役宋朝岳飞所率岳家军以少胜多，予以金军沉重打击。郾城之战及不久后的颖昌之战后，高宗和秦桧与金议和妥协，收复的许多失地又重被金军占领，岳飞"十年之功，废于一旦"。1142 年，岳飞以"莫须有"的罪名被害死于临安。

襄阳之战：此战役是元朝统治者消灭南宋，统一中国的一次重要战役，是中国历史上宋元封建王朝更迭的关键一战。

（12）元朝。

1271 年，忽必烈定国号元，是为元世祖。1276 年，元军攻占南宋都城临安，南宋亡，1279 年，元朝统一了全国。元朝的统一，结束了中国历史上自五代以来分裂割据和南北长期对峙的局面，促进了全国统一多民族国家的发展。

（13）明朝。

1368 年，参加元末红巾军起义的朱元璋在应天称帝，建立明朝，他就是明太祖。明朝建立后，用了近 20 年的时间，扫平割据势力，完成了统一。

八股取士：1370 年，明朝政府设科举，规定以八股文取士。八股文是种特殊文体，由破题、承题、起讲、入手、起股、中股、后股和束股八个部分组成。考试以《四书》和《五经》命题，《四书》要以朱熹的注为依据。

郑和下西洋：1405—1433 年，郑和先后七次航海，到过亚非 30 多个国家和地区，最远到达非洲东海岸和红海沿岸地区。郑和下西洋是世界航海史上的壮举,比欧洲航海家的航行早 80 多年。

迁都北京：1421 年农历正月，明成祖朱棣把明朝都城正式迁至北京，北京所在府为顺天府，南京所在府为应天府，合称二京府。保留了南京为"留都"。

抗倭英雄戚继光：明朝中期海防松弛，沿海地区经常遭受倭寇的袭击和骚扰，戚继光受命抗倭，至 1564 年，东南沿海倭寇基本肃清，保证了边疆稳定。

郑成功收复台湾：明朝末年，荷兰殖民者侵占了我国台湾，1662 年，郑成功收复台湾。

后金建立：1616 年，努尔哈赤在赫图阿拉（今辽宁新宾满族自治县）建立了后金政权，脱离明中央政府的控制。1621 年，努尔哈赤攻陷沈阳、大破辽阳。1625 年后，金迁都沈阳，改称盛京。1636 年，皇太极在沈阳即皇帝位，定国号为"清"，改族名为"满洲"。

李自成起义：明朝末年，李自成领导农民起义，提出"均田免粮"的口号，标志着中国封建社会农民战争已经达到触及封建所有制的新水平。

（14）清朝。

康乾盛世：起于康熙二十年（1681 年）平定三藩之乱，止于嘉庆元年（1796 年）白莲教起义爆发，是清王朝前期统治下的盛世。

册封达赖喇嘛：为加强对西藏的管辖，清顺治帝赐予西藏喇嘛教首领五世达赖"达赖喇嘛"封号。康熙皇帝赐予五世班禅"班禅额尔德尼"封号。乾隆皇帝制定了"金瓶掣签"制度，规定喇嘛教活佛转世入选。

真题再现

1.（2015 年单项选择）"春秋五霸"中，最早称霸的是（   ）。

   A. 秦穆公　　　　　B. 晋文公　　　　　C. 齐桓公　　　　　D. 楚庄王

答案：C。【解析】齐桓公五年春（前 681 年），在甄召集宋、陈、蔡、邾四国诸侯会盟，齐桓公是历史上第一个充当盟主的诸侯。

2.（2016 年单项选择）战国时代有七个强大的诸侯国争雄称霸，史称"战国七雄"。下列选项中，不属于"战国七雄"的是（   ）。

   A. 齐国　　　　　　B. 鲁国　　　　　　C. 楚国　　　　　　D. 秦国

答案：B。【解析】鲁国势单力薄不属于战国七雄，战国七雄是齐楚燕韩赵魏秦七国。

3.（2013 年单项选择）下列选项中，对"丝绸之路"有关的表述，不正确的是（   ）。

   A. 货物中丝绸品影响最大

   B. 开始于我国唐代

   C. 从中国长安一直到地中海国家

   D. 是商贸之路，也是文化之路，交流了东西文化

答案：B。【解析】"丝绸之路"是西汉时张骞出使西域开辟的。

4.（2016 年单项选择）下列名医中，与"刮骨疗伤"这一故事有关的是（   ）。

   A. 张仲景　　　　　B. 李时珍　　　　　C. 华佗　　　　　　D. 扁鹊

答案：C。【解析】刮骨疗伤的对象是关羽，他是三国时代的历史人物，当时的名医是华佗。张仲景是东汉名医。李时珍是明朝人，代表作是《本草纲目》。扁鹊是战国时期的名医，《扁鹊见蔡桓公》与其相关。

5.（2015 年单项选择）中国古代三省六部制中"户部"职能是（   ）。

A. 掌管吏政　　　　　B. 掌管财政　　　　　C. 掌管军政　　　　　D. 掌管学政

答案：B。【解析】户部的主要职能是掌管天下土地、户籍、赋税、财政收支等，长官为户部尚书。

6.（2014年单项选择）下列成语中，源于赵匡胤"陈桥事变"的是（　　　）。

A. 黄袍加身　　　　　B. 祸起萧墙　　　　　C. 破釜沉舟　　　　　D. 闻鸡起舞

答案：A。【解析】960年，后周大将赵匡胤在陈桥驿发动兵变，黄袍加身，取代后周，建立宋朝。

7.（2014年单项选择）统一六国的过程中，最后灭亡的诸侯国是（　　　）。

A. 赵　　　　　　　　B. 燕　　　　　　　　C. 韩　　　　　　　　D. 齐

答案：D。【解析】秦灭六国之战，既是战国末期最后一场诸侯兼并战争，又是中国历史上最早的一场封建统一战争。从公元前230年到公元前221年，秦始皇用了10年的时间相继灭掉了韩、赵、魏、楚、燕、齐六国，从而建立了中国历史上第一个封建统一王朝。

8.（2012年单项选择）下列朝代中，发生了"焚书坑儒"事件的是（　　　）。

A. 周　　　　　　　　B. 秦　　　　　　　　C. 汉　　　　　　　　D. 商

答案：B。

9.（2015年单项选择）文成公主入藏和亲嫁给松赞干布，这一历史事件发生的朝代是（　　　）。

A. 汉朝　　　　　　　B. 晋朝　　　　　　　C. 唐朝　　　　　　　D. 宋朝

答案：C。【解析】唐朝文成公主离开繁华的都城长安，西行约3 000公里，历经千难万险，来到雪域高原，与吐蕃王松赞干布和亲，开创了唐蕃交好的新时代。

（二）中国近代史

1. 鸦片战争

1）英国发动鸦片战争

18世纪后，以英国为首的西方资本主义国家对中国输入鸦片，给中国社会带来灾难性危害。1839年6月，钦差大臣林则徐下令将缴获的英美等国商人的鸦片在广州虎门海滩当众销毁。1840年6月，英国军舰封锁珠江口，挑起鸦片战争。1841年1月，英军武装占领香港岛。

2）中英《南京条约》

1842年8月，英国迫使清政府签订了中国近代史上第一个不平等条约——中英《南京条约》。《南京条约》的主要内容是：割香港岛给英国；赔款2 100万银元；开放广州、厦门、福州、宁波、上海五处为通商口岸；设立领事馆；协定关税。

3）鸦片战争的影响

鸦片战争对中国社会造成了重大影响，使中国开始沦为半殖民地半封建社会。中国社会的主要矛盾由地主阶级和农民阶级的矛盾变为外国资本主义和中华民族的矛盾，封建主义和人民大众的矛盾；中国革命的任务成为反对外国侵略和本国封建统治的双重任务，中国进入旧民主主义革命时期。鸦片战争是中国近代史的开端。

2. 太平天国运动

1）金田起义

1851年1月，洪秀全在广西桂平金田村宣布起义，建号太平天国，起义军称太平军。1853年春，太平军占领南京，改名为天京，定为都城，正式建立了与清政府对峙的政权。

2）《天朝田亩制度》

洪秀全于1853年下半年颁布了《天朝田亩制度》，制定了"凡天下田，天下人同耕"的原则。

《天朝田亩制度》反映了太平天国想要实现的理想社会，这实质上是一种以绝对平均主义思想为主导的空想，但强烈地反映了广大农民的愿望。

3）《资政新篇》

1859 年，太平天国后期领导人之一的洪仁玕写出了《资政新篇》。《资政新篇》具有鲜明的资本主义色彩，反映了一些思想先进的中国人向西方寻找真理和探索救国救民道路的迫切愿望。

3. 资本主义侵略的加剧和中国资本主义的产生

1）洋务运动

19 世纪 60 年代，清朝统治阶级内部掀起以"自强""求富"为口号，以巩固清朝统治为目的的洋务运动。曾国藩、左宗棠、李鸿章、张之洞等是参与和提倡洋务运动的代表人物。

洋务运动没有使中国走上富强的道路，但是，它在客观上刺激了中国民族资本主义的发展，对外国经济势力的扩张也起到了一定的抵制作用。

2）清政府在台湾建立行省

台湾岛地处东海，与福建省隔海相望，物产丰饶，战略地位十分重要。1885 年 10 月，清政府正式在台湾建省，刘铭传为第一任台湾巡抚。

3）甲午中日战争

1895 年年初，日军进犯北洋海军基地威海卫，日舰向北洋舰队发动猛烈袭击，海军提督丁汝昌指挥部下奋勇还击，给日军以重创。最后，日军占领威海卫，北洋舰队全军覆没。

4）马关条约

中日甲午战争爆发后，清政府谋求对日议和。1895 年 4 月 17 日签订《马关条约》。《马关条约》的主要内容是：清政府承认朝鲜"独立自主"；割辽东半岛、台湾及所有附属岛屿、澎湖列岛给日本；赔偿日本军费白银两亿两；开放沙市、重庆、苏州、杭州为商埠；允许日本在通商口岸开设工厂。

《马关条约》是《南京条约》以来最严重的不平等条约，日本据此割占了中国大片领土，不仅破坏了中国的领土完整，而且引发了列强企图瓜分中国的狂潮。

4. 戊戌变法

1898 年 6 月，光绪帝颁布了政治、经济、文化教育、军事等方面的一系列变法诏令，史称"戊戌变法"。变法触及了以慈禧太后为首的顽固派的利益，9 月 21 日，慈禧太后囚禁光绪帝，杀害积极推动变法运动的谭嗣同、杨锐、林旭、刘光第、杨深秀、康广仁六人，史称"戊戌六君子"，变法失败。

"戊戌变法"是一次自上而下的资产阶级性质的改良运动，变法的失败证明，资产阶级改良道路在半殖民地半封建社会的中国是行不通的。

5. 八国联军侵华战争

1）八国联军洗劫北京

1900 年 7 月，英、俄、日、法、德、美、意、奥八国联军攻陷北京，烧杀抢掠，无所不为，使中国的奇珍异宝再次遭到洗劫。

2）《辛丑条约》

1901 年 9 月，清政府被迫同英、俄、德、日、法、美、意、奥、荷、比、西 11 个国家签订了丧权辱国的《辛丑条约》，规定中国向各国赔偿白银 4.5 亿两，39 年还清，本息共计 9.8 亿两，用海关等税收作保；《辛丑条约》使中国完全陷入半殖民地半封建社会的深渊。

6. 辛亥革命和清朝的灭亡

1）三民主义

1905 年 8 月，孙中山在日本东京成立了中国同盟会。同盟会制定了"驱除鞑虏、恢复中华、建立民国、平均地权"的政治纲领，后来孙中山将其阐发为"民族""民权""民生"的"三民主义"，成为辛亥革命的指导思想。

2）武昌起义

1911 年 10 月 10 日晚，湖北新军工程营的革命党人熊秉坤、金兆龙等打响了武昌起义的第一枪，汉口、汉阳的新军起义响应，革命在武汉三镇取得了胜利。1911 年是旧历辛亥年，历史上称这次革命为"辛亥革命"。

3）中华民国成立

1911 年年底，各省代表在南京集会，推举孙中山为中华民国临时大总统。1912 年元旦，孙中山在南京宣誓就职，"中华民国"正式成立。

4）清帝退位

1912 年 2 月 12 日，在袁世凯和南方革命形势的压迫下，清王室接受了清帝退位的优待条件，宣布退位，统治中国 260 余年的清王朝寿终正寝。

5）《中华民国临时约法》

1912 年 3 月，孙中山在南京颁布了参议院制定的《中华民国临时约法》，确立了行政、立法、司法三权分立的政治体制，具有资产阶级共和国宪法的性质。

6）辛亥革命的历史意义

辛亥革命是中国近代史上一次伟大的反帝反封建的资产阶级民主革命。它推翻了两千多年的封建君主专制制度，建立了资产阶级民主共和国，颁布了反映资产阶级民主主义精神的《中华民国临时约法》。

由于资产阶级政治上的局限性和软弱性，辛亥革命没能彻底完成反帝反封建的历史任务，辛亥革命证明：在帝国主义时代，半殖民地半封建的中国不可能走西方的老路，资产阶级共和国方案在中国行不通。

7. 北洋军阀统治时期

1912 年 3 月，袁世凯就任中华民国临时大总统，以袁世凯为首的北洋军阀政权建立了。袁世凯死后，北洋军阀分化为直、皖、奉三大系。

8. 新文化运动、五四运动和中国共产党的诞生

1）新文化运动

1915 年 9 月，陈独秀在上海创办《青年杂志》（后更名为《新青年》），是新文化开始的标志。新文化运动的主要内容是提倡民主和科学。它倡导的民主是指资产阶级民主政治，倡导的科学是指自然科学和对待事物的科学态度。

2）五四运动

1919 年在第一次世界大战战胜国召开的巴黎和会上，中国代表的正义要求被拒绝，成为五四运动的导火线。

五四运动是一次彻底的反帝反封建的爱国主义运动，中国无产阶级开始登上政治舞台。五四运动对宣传马克思主义起到了推动作用，是中国新民主主义革命的开端。

3）中国共产党的诞生

1921 年 7 月 1 日，中共一大召开，宣告中国共产党成立。1922 年，中共二大召开，第一次提出了明确的反帝反封建的民主革命纲领，为中国革命指明了方向。

9. 第一次国内革命战争

1924—1927 年，中国人民在中国国民党和中国共产党的共同领导下进行反帝反封建的革命斗争，这段时期称为"第一次国内革命战争时期"，简称"大革命时期"。

1）国民党一大

1924 年 1 月，国民党一大召开，提出了"三大政策"，即"联俄、联共、扶助农工"的政策，这次大会标志着国共两党革命统一战线正式建立。

2）北伐战争

1926 年 7 月，国民革命军兵分三路，从广东正式出师北伐。北伐对象是吴佩孚、孙传芳和张作霖三个军阀。北伐军在不到 9 个月的时间里，打垮了吴佩孚，消灭了孙传芳主力，迫使张作霖势力退回关外，沉重打击了帝国主义和封建军阀的反动统治。

10. 第二次国内革命战争

第二次国内革命战争是指 1927—1937 年，由中国国民党领导的国民政府对中国共产党领导的地方性政权发动的战争，此战争于西安事变和平解决后结束。

1）南昌起义

1927 年 8 月 1 日，周恩来、贺龙、叶挺、朱德、刘伯承等人在南昌宣布起义，打响了武装反抗国民党反动派的第一枪，揭开了中国共产党独立领导武装斗争和创建革命军队的序幕。

2）"八七"会议

1927 年 8 月 7 日，中国共产党召开"八七"会议。会议确定以土地革命和武装反抗国民党反动派的屠杀政策为党的总方针，把发动农民举行秋收起义作为当时党的最主要任务。"八七"会议是中国共产党由大革命失败到土地革命兴起的历史性转变，给正处在思想混乱和组织涣散的中国共产党指明了新出路。

3）秋收起义

1927 年 9 月，毛泽东领导了秋收起义，率领部队到反动统治势力薄弱的井冈山地区，创建革命根据地，将武装斗争的重心转向农村。

4）三湾改编

1927 年 9 月 29 日至 10 月 3 日，毛泽东在江西永新县三湾村，领导了举世闻名的"三湾改编"。三湾改编是中国共产党建设新型人民军队最早的一次成功探索和实践，标志着毛泽东建设人民军队思想的形成。

5）红军长征

1934 年 10 月，中共中央机关和中央红军被迫实行战略转移，开始长征。1936 年 10 月，红军三大主力会师，宣告红军二万五千里长征结束。

6）遵义会议

1935 年 1 月，中国共产党在贵州遵义召开会议，肯定了毛泽东的正确主张，增选毛泽东为书记处书记。会后，中央决定由毛泽东、周恩来、王稼祥组成三人军事指挥小组，全权负责军事指挥。遵义会议在最危急的关头挽救了党，挽救了红军，挽救了中国革命，成为中国共产党历史上一个生死攸关的转折点。

11. 抗日战争

1）九一八事变

九一八事变，又称沈阳事变、奉天事变、盛京事变、满洲事变、柳条湖事变等，是指 1931 年 9 月 18 日在中国东北爆发的一次军事冲突和政治事件。

1931 年 9 月 18 日夜，在日本关东军的安排下，铁道"守备队"炸毁沈阳柳条湖附近日本修筑的南满铁路路轨，并栽赃嫁祸于中国军队。日军以此为借口，炮轰沈阳北大营，是为九一八事变。次日，日军侵占沈阳，又陆续侵占了东北三省。1932 年 2 月，东北全境沦陷。此后，日本在中国东北建立了伪满洲国傀儡政权，开始了对东北人民长达 14 年的奴役和殖民统治。

2）西安事变

1936 年 12 月 12 日，张学良、杨虎城扣押蒋介石，实行"兵谏"，并通电全国，要求停止内战，联共抗日，史称西安事变。1936 年 12 月 25 日，蒋介石被释放，西安事变和平解决，标志着十年内战的局面基本结束，国共合作的抗日民族统一战线初步形成。

3）七七事变

1937 年 7 月 7 日夜，日军借故炮轰宛平县城及卢沟桥，中国守军奋起抵抗，史称七七事变或卢沟桥事变。七七事变拉开了中国人民抗击日本帝国主义战争的序幕，标志着中国人民抗日战争的全面爆发。

1937 年 7 月 15 日，中共代表团向蒋介石提交《中国共产党为公布国共合作宣言》。同年 9 月 23 日，蒋介石在庐山发表《对中国共产党宣言的谈话》。这两个事件标志第二次国共合作和抗日民族统一战线的正式形成。

4）四大会战

全面抗日战争爆发之后，国民政府在正面战场组织了四大会战，来抵抗日本侵略者的进攻。这四大会战为：淞沪会战、太原会战、徐州会战、武汉会战。其中，淞沪会战粉碎了日本侵略者快速灭亡中国的计划；太原会战中的平型关战役，打破了日军不可击败的神话；徐州会战中的台儿庄战役是抗日战争爆发以来，中国军队取得的最大胜利；1938 年 10 月，武汉会战结束后，抗日战争进入到战略相持阶段。

5）抗日战争的胜利

在世界反法西斯力量的共同打击下，1945 年 8 月 15 日，日本裕仁天皇发表《终战诏书》，宣布无条件投降。9 月 2 日，日本代表在投降书上签字，历时 8 年的中国人民抗日战争以中国人民的最后胜利和侵略者的彻底失败宣告结束。

12. 人民解放战争

1946 年，全面内战爆发。经过三大战役（辽沈战役、淮海战役、平津战役）及渡江作战，1949 年年底全国大陆基本解放。1949 年 10 月 1 日，新中国成立。

13. 社会主义三大改造

从 1953 年起，我国全面展开了对农业、手工业、资本主义工商业的社会主义改造。1956 年年底社会主义三大改造取得了决定性的胜利，使中国的经济制度和阶级状况发生了根本性的变化。社会主义公有制成为我国主要所有制形式。这标志着社会主义制度在我国基本上建立起来了，我国进入了社会主义初级阶段。

（三）中国现代史

1. 中华人民共和国成立

1949 年 10 月 1 日，北京 30 万群众齐集天安门广场，举行隆重的开国大典。毛泽东主席在天安门城楼上向全世界庄严宣告：中华人民共和国中央人民政府今天成立了。中华人民共和国成立后，中国共产党成为全国范围的执政党。

2. 抗美援朝

1950 年 10 月到 1953 年夏，美国干涉朝鲜内政，并把战火燃烧到中朝边境。为了保家卫国，中国志愿军开赴朝鲜，抗美援朝。1953 年 7 月，美国在《朝鲜停战协定》上签字。

3. 社会主义三大改造

社会主义三大改造，即中华人民共和国建立后，由中国共产党领导的对农业、手工业和资本主义工商业三个行业的社会主义改造。1956 年社会主义三大改造取得了决定性的胜利，使中国的经济制度和阶级状况发生了根本性的变化。社会主义公有制成为我国主要的所有制形式。这标志着社会主义制度在我国基本上建立起来了，我国进入了社会主义初级阶段。

4. "大跃进"运动

1958—1960 年，中国在经济建设上开展的群众运动。1957 年 9 月，毛泽东在中共八届三中全会、南宁会议和成都会议上多次批评"反冒进"，要求经济建设通过群众运动实现高速发展。1957 年 11 月 13 日，《人民日报》社论首次提出"大跃进"口号。次年 5 月，中共八大二次会议通过社会主义建设总路线，"大跃进"运动在全国开展。

5. "文化大革命"

指 1966 年 5 月—1976 年 10 月由毛泽东错误发动和领导，被林彪、江青两个反革命集团利用，给党、国家和各族人民带来严重灾难的内乱。

6. 尼克松访华

1972 年 2 月 21 日，美国总统尼克松抵达北京。2 月 28 日，中美上海联合公报发表，宣布中美两国关系走向正常化。

7. 十一届三中全会

1978 年 12 月 18—22 日在北京举行中国共产党第十一届中央委员会第三次全体会议。全会的中心议题是讨论把全党的工作重点转移到社会主义现代化建设上来。全会在思想路线上重新确立了马克思主义的实事求是的思想路线，在政治路线上果断做出把全党工作着重点和全国人民的注意力转移到社会主义现代化建设上来的战略决策，在组织路线上确立了以邓小平为核心的中央领导集体，开始系统地清理重大历史是非的拨乱反正。恢复了党的民主集中制的传统，做出了实行改革开放的新决策，启动了农村改革的新进程。

8. 改革开放

改革开放是 1978 年 12 月十一届三中全会起中国开始实行的对内改革、对外开放的政策。中国的对内改革首先从农村开始，1978 年 11 月，安徽省凤阳县小岗村开始实行农村家庭联产承包责任制，拉开了我国对内改革的大幕。对外开放是中国的一项基本国策，是中国的强国之路，是社会主义事业发展的强大动力。改革开放建立了社会主义市场经济体制。1992 年南方谈话发布中国改革进入了新阶段。改革开放使中国发生了巨大变化。1992 年 10 月召开的党的十四大宣布新时期最鲜明的特点是改革开放，中国改革进入新的改革时期。1992 年中国正式实行改革开放，中国进入新的改革时期。1992 年中国正式长期进入改革开放转型新时期。

9. "一国两制"与"九二共识"

一国两制是中国共产党和中国政府关于实现祖国统一大业，解决台湾、香港、澳门问题的科学构想。其含义是，在一个中国的前提下，国家主体坚持社会主义制度，台湾、香港、澳门是中国不可分割的组成部分，它们分别作为特别行政区保持原有的资本主义制度和生活方式长期不变，享有高度自治权。"一国两制"是中国特色社会主义理论的主要组成部分，创立者为邓小平。

"九二共识"指 1992 年海峡两岸关系协会与台湾海峡交流基金会就两岸事务性商谈中表述坚持一个中国原则达成的共识。

10. 港澳回归

1997 年 7 月 1 日，香港特别行政区成立，香港开始由香港特别行政区政府管理。澳门回归，也称澳门政权移交，指 1999 年 12 月 20 日零时中华人民共和国恢复对澳门行使主权。港澳回归推进了祖国的和平统一大业，是"一国两制"伟大构想的成功实践。

11. "三个代表"重要思想

"三个代表"重要思想的主要创立者是江泽民，是中国特色社会主义理论的重要组成部分。具体内容为中国共产党始终代表中国先进生产力的发展要求、代表中国先进文化的前进方向、代表中国最广大人民的根本利益,是我们党的立党之本、执政之基、力量之源。

12. 中国加入世界贸易组织(WTO)

2001 年 11 月 10 日,世界贸易组织多哈会议批准我国成为正式成员。中国加入世贸组织,为该组织第 143 个成员国。2001 年 12 月 11 日,中国正式成为世界贸易组织成员。中国加入 WTO 标志着中国的对外开放进入新阶段。

13. 科学发展观

科学发展观,是以胡锦涛为总书记的中共中央坚持以邓小平理论和"三个代表"重要思想为指导,立足社会主义初级阶段基本国情,总结我国发展实践,借鉴国外发展经验,适应新的发展要求提出的科学理论。科学发展观坚持以人为本,树立全面、协调、可持续的发展观,促进经济社会和人的全面发展,"统筹城乡发展、统筹区域发展、统筹经济社会发展、统筹人与自然和谐发展、统筹国内发展和对外开放"是中国共产党的重大战略思想。在中国共产党第十七次全国代表大会上被写入党章,成为中国共产党的指导思想之一。

14. 北京奥运会

北京奥运会于 2008 年 8 月 8 日 20 时在中华人民共和国首都北京国家体育场"鸟巢"开幕,并于 2008 年 8 月 24 日闭幕。北京奥运会的成功举办是中华民族奥林匹克精神的胜利,圆了中华民族的百年梦想。

15. 上海世博会

中国 2010 年上海世界博览会于 2010 年 5 月 1 日至 10 月 31 日在中国上海举行。这次盛会是 21 世纪人类城市生活的伟大盛会。

真题再现

1.(2015 年单项选择)下列近代著名历史人物中,属于洋务运动代表人物的是(   )。

    A. 康有为   B. 梁启超   C. 张之洞   D. 章炳麟

答案:C。【解析】洋务运动中,洋务派中央代表人物为奕䜣,地方代表人物有李鸿章、张之洞、曾国藩、左宗棠等,此外还有崇厚、沈葆桢、刘坤一、唐廷枢、张謇等。

2.(2013 年单项选择)下列选项中,一举推翻清王朝统治的历史事件是(   )。

    A. 金田起义   B. 戊戌变法   C. 辛亥革命   D. 五四运动

答案:C。【解析】1911 年 10 月 10 日,武昌起义胜利,清政府随后灭亡,史称辛亥革命。

3.(2015 年单项选择)下列选项中,又称为"沈阳事变"的是(   )。

    A. 一·二八事迹   B. 七七事变   C. 八一三事迹   D. 九一八事变

答案:D。【解析】九一八事变(又称沈阳事变)是指 1931 年 9 月 18 日在中国东北日本故意制造的一次军事冲突。

4.(2013 年单项选择)下列历史事件中,揭开中国全面抗战序幕的是(   )。

    A. 九一八事变   B. 卢沟桥事变

    C. 台儿庄战役   D. 平型关战役

答案:B。【解析】1937 年 7 月,日本帝国主义发动了卢沟桥事变,中国军队奋起抵抗,揭开全面抗战的序幕。

5.(2015 年单项选择)1945 年秋,国共两党重庆谈判的主要成果是(   )。

    A. 签署了《双十协定》   B. 通过了《和平建国纲领》

C. 通过了《共同纲领》　　　　　　　D. 制定了《中国土地法大纲》

答案：A。【解析】1945 年 8 月 29 日至 10 月 10 日，国共经过谈判签署了《政府与中共代表会谈纪要》，即《双十协定》。

二、世界历史上的重大事件

（一）古代史部分

1. 古埃及

埃及位于非洲东部尼罗河下游，是世界上最早的奴隶制国家。公元前 3100 年左右，美尼斯初步统一埃及，逐步建立了奴隶主阶级专政的国家。古代埃及国王的陵墓金字塔是权力的象征，是古代埃及的文明标志。

2. 古巴比伦王国

古巴比伦王国位于幼发拉底河中游，第六任国王汉谟拉比继位之后，古巴比伦成为两河流域的强大帝国。汉谟拉比制定了《汉谟拉比法典》，是迄今所发现的人类历史上第一部比较完备的成文法典。

3. 古印度

公元前 3 世纪左右，阿育王征服了除半岛南端以外的整个印度，在印度形成了历史上第一个统一的奴隶制国家。公元前 6 世纪，乔达摩·悉达多（释迦牟尼）创立了佛教，并在阿育王统治时期广为传播。印度人发明了 0~9 的数字，成为世界统一的数字书写形式。古代印度的字母文字对南亚、东南亚和中国西藏字母的产生产生了很大的影响。

4. 古希腊

公元前 2000 年的中后期，希腊人以巴尔干半岛、爱琴海诸岛和小亚细亚沿岸为中心创造了灿烂的迈锡尼文明。公元前 12 世纪以后的一两百年内，希腊人开始进入"荷马时代"。盲人荷马写的《伊利亚特》和《德赛》（也作《奥德修记》）两部史诗，所反映的是公元前 11 世纪到公元前 9 世纪希腊的社会经济状况。古希腊的苏格拉底、柏拉图、亚里士多德对西方哲学的发展产生过重要影响。古希腊出现了一批著名的科学家，毕达哥拉斯发现了勾股定理；阿那克萨戈拉正确解释了月食的原因；厄拉托斯提尼首次相对准确地算出了地球的周长，并测定了太阳月亮的大概距离。

5. 古罗马

约公元前 509 年，罗马城建立了贵族专政的奴隶制共和国。公元前 73 年，斯巴达克领导了罗马古代历史上规模最大的一次奴隶起义。公元前 27 年，罗马军事独裁者屋大维建立奴隶制帝国，以取代奴隶制共和国。公元 1 至 2 世纪，罗马成为地跨欧、亚、非三大洲的大帝国。395 年罗马帝国分裂为东罗马与西罗马，东罗马定都君士坦丁堡，西罗马仍定都罗马。

6. 文艺复兴

14 世纪开始于意大利的文艺复兴运动，是新兴的资产阶级在文学、艺术、哲学与科学领域掀起的对封建主义、中世纪神学和哲学发动的一场革命。它在文学、艺术和自然科学等领域都取得了辉煌成就，是欧洲历史上的一次思想革新运动。

文艺复兴首先表现在文学艺术领域。但丁、彼特拉克、薄伽丘被誉为"文学三杰"，拉斐尔、米开朗琪罗（又译为"米开朗基罗"）和达·芬奇被誉为"美术三杰"。16 世纪以后，文艺复兴从意大利传播到欧洲其他国家，在文学、艺术、科学等方面，硕果累累，涌现出英国的莎士比亚、西班牙的塞万提斯、波兰的哥白尼、意大利的伽利略等众多文学、科学巨人。

7. 宗教改革运动

开始于欧洲 16 世纪基督教自上而下的宗教改革运动，该运动奠定了新教基础，同时为后来西方国家从基督教统治下的封建社会过渡到多元化的现代社会奠定了基础。代表人物是马丁·路德。宗教改革是欧洲资本主义发展的一个必然结果，也是基督教发展历史上的一个重要里程碑。

8. 地理大发现

15—17 世纪，欧洲的船队出现在世界各地的海洋上，寻找着新的贸易路线和贸易伙伴，以发展欧洲新生的资本主义。新航路的开辟使欧洲涌现了许多著名航海家，如 1492 年，哥伦布航抵美洲，开创了欧美航线；1498 年，达·伽马开辟了自欧洲绕过非洲南端到达印度航线；1519—1522 年麦哲伦与同伴首次成功环球航行。新航路的开辟对世界各大洲在数百年后的发展也产生了久远的影响，促进了欧洲资本主义的发展，打破了各大洲之间的相对孤立的状态，世界日益成为一个相互影响、联系密切的整体。

（二）近代部分

1. 英国资产阶级革命

英国资产阶级革命是从 1640 年查理一世召开新议会的事件开始的，到 1688 年资产阶级和新贵族发动宫廷政变结束，并在 1689 年颁布《权利法案》，以法律形式对王权进行明确制约，确立了君主立宪制，为英国资本主义道路扫清了障碍，是世界近代史的开端。

2. 法国的启蒙运动

法国启蒙运动是 18 世纪法国的一次波澜壮阔的思想解放运动，它的斗争对象是封建专治制度和它的精神支柱——天主教会，是继文艺复兴、宗教改革之后的欧洲第三次思想解放运动。启蒙运动为法国大革命作了充分的思想动员，它在政治上、思想上和理论上为西方后来的经济社会高速发展奠定了坚实的基础，对整个西方近代文明产生了深远影响，最终使法国走进现代文明发达国家行列。代表人物有卢梭、孟德斯鸠、伏尔泰等。

3. 第一次工业革命

第一次工业革命也称产业革命，是指以手工业劳动为基础的资本主义手工场过渡到采用机器生产的资本主义工厂的过程。工业革命是人类发展史上生产力的第一次飞跃，使社会日益分裂为两大对立阶级——工业资产阶级和无产阶级。

1785 年，瓦特制成改良蒸汽机，人类自此进入"蒸汽时代"。1807 年，美国人富尔顿制造出了第一艘汽船；1814 年，英国工程师史蒂芬孙发明了火车机车。

4. 美国独立战争与建国

1775 年 4 月，北美独立战争开始。1776 年 7 月 4 日，由资产阶级民主派杰斐逊起草的《独立宣言》正式发布。1789 年 1 月，华盛顿当选美国第一任总统。同年 4 月，华盛顿在纽约宣誓就职，组成联邦政府。

5. 法国资产阶级革命

1789 年 7 月 14 日，巴黎人民举行起义，起义者冲向巴士底狱——专制统治的象征，揭开了法国资产阶级革命的序幕。

1789 年 8 月 26 日，法国制宪会议通过了《人权宣言》，是 18 世纪法国资产阶级革命的纲领性文件，对打击封建专制和推动资产阶级革命运动起到了积极作用。

法国资产阶级革命是资产阶级革命时代最伟大的、最彻底的一次革命，动摇了欧洲大陆许多国家的封建制度基础，加速了资本主义的发展，具有世界意义。

6. 第一国际

第一国际即国际工人联合会，是 1864 年建立的国际工人联合组织，创始人是马克思。第一国际奠定了马克思主义在工人运动中的思想基础。

7. 巴黎公社

巴黎公社是一个在 1871 年 3 月 18 日至 5 月 28 日期间短暂统治巴黎的政府。它是世界上第一个无产阶级政权。巴黎公社的实践丰富了马克思主义关于无产阶级革命和无产阶级专政的学说，为国际社会主义运动提供了宝贵的经验和教训。

8. 日本"明治维新"

"明治维新"是一场自上而下的不彻底的资产阶级改革。主要是加强中央集权，引进西方先进技术，实行义务教育，废除买卖土地的禁令，确定了土地私有权。"明治维新"使日本走上了发展资本主义的道路，摆脱了民族危机，成为亚洲强国。

9. 第二次工业革命

第二次工业革命（1870—1914 年）主要表现在三个方面：一是 1866 年德国人西门子制成发电机，使电力成为补充和取代以蒸汽机为动力的新能源，随后，电灯、电车、电影放映机相继问世，人类进入"电气时代"；二是 19 世纪 80 年代德国人卡尔·弗里特立奇·本茨等人成功地制造出由内燃机驱动的汽车并带动了远洋轮船、飞机等的迅速发展，同时推动了石油开采业的发展和石油化工工业的生产；三是 19 世纪 70 年代美国人贝尔发明了电话，19 世纪 90 年代意大利人可尼试验无线电报取得了成功，推动了电信事业的发展。第二次工业革命极大地推动了社会生产力的发展，资本主义生产的社会化大大加强，垄断组织应运而生，使得资本主义各国在经济、文化、政治、军事等方面发展不平衡，促进了世界殖民体系的形成，使资本主义世界体系最终确立，世界逐渐成为一个整体。

10. 国际劳动节的诞生

1886 年 5 月 1 日，芝加哥 21 万余名工人为争取实行 8 小时工作制而举行大罢工，最终获得胜利。为了纪念这次伟大的工人运动，1889 年 7 月，由恩格斯领导的第二国际在巴黎举行会议，会议通过决议确定 1890 年 5 月 1 日为国际劳动节。

真题再现

1.（2016 年单项选择）下列没有发生在法国大革命时期的大事是（　　）。

A. 攻占巴士底狱　　　　　　　　B. 热月政变

C. 通过《人权宣言》　　　　　　D. 启蒙运动

答案： D。【解析】攻占巴士底狱是法国大革命中的一个进程，是全国革命的信号。热月政变是法国大革命中推翻雅各宾派罗伯斯庇尔政权的政变。《人权宣言》（《人权和公民权宣言》，于 1789 年 8 月 26 日颁布）是在法国大革命时期颁布的纲领性文件。启蒙运动，通常是指在 17 世纪至 18 世纪法国大革命之前的一个新思维不断涌现的时代，与理性主义等一起构成一个较长的文化运动时期。

2.（2016 年单项选择）人类社会经历了三次科技革命，第一次科技革命的标志是（　　）。

A. 蒸汽机的发明　　　　　　　　B. 纺织机的发明

C. 电力的发明　　　　　　　　　D. 电子计算机的发明

答案： A。【解析】第一次工业革命使人类进入"蒸汽时代"，第二次工业革命使人类进入"电气时代"，第三次工业革命使人类进入"信息化时代"。

3.（2015年单项选择）世界上第一个修铁路的国家是（   ）。

    A. 法国   B. 英国   C. 美国   D. 德国

答案：B。【解析】第一次工业革命起源于英国，1814年，英国人史蒂芬孙发明了第一台蒸汽机车。

4.（2012年单项选择）18世纪工业革命的标志是（   ）。

    A. 蒸汽机的发明和使用   B. 留声机的发明和使用

    C. 电话机的发明和使用   D. 计算机的发明和使用

答案：A。【解析】18世纪从英国发起的技术革命是技术发展史上的一次巨大革命，它开创了以机器代替手工工具的时代。这场革命以蒸汽机作为动力被广泛使用为标志。

（三）现代部分

1. 第一次世界大战

1882年5月，德、奥、意签订了三国同盟条约。1904年英法缔结协约。1907年，英国与俄国缔结协约。英俄协约与英法协约和法俄同盟一起，构成了三国协约。

1914年6月28日，萨拉热窝谋杀事件引发第一次世界大战。

1918年11月11日，德国宣布投降，第一次世界大战以同盟国的失败而告终。

真题再现

（2015年单项选择）第一次世界大战的起始时间是（   ）。

    A. 1840年   B. 1914年   C. 1937年   D. 1945年

答案：B。【解析】1914年6月28日（塞尔维亚国庆），奥匈帝国皇储费迪南大公夫妇在萨拉热窝视察时，被塞尔维亚青年加夫里若·普林西普枪杀，成为第一次世界大战的导火线。

2. 俄国十月社会主义革命

在列宁的领导下，1917年11月7日（俄历10月25日），彼得格勒武装起义爆发，资产阶级临时政府被推翻，彼得格勒武装起义胜利。

十月革命是人类历史上第一次获得了胜利的社会主义革命，十月革命冲破了世界帝国主义统治，社会主义革命首先在一个国家取得胜利成为现实，开辟了人类历史的新纪元。

3. 巴黎和会与《凡尔赛和约》

1919年1月至6月，战胜的协约国集团在巴黎召开了缔结和约的会议，签订了《凡尔赛和约》。《凡尔赛和约》第一部分是国际联盟盟约，第二部分是对德和约。对德和约还规定德国原在中国山东的一切特权和胶州湾的租借地让给日本。

4. 共产国际的成立

1919年3月2日，世界各国共产党和"左派"社会民主主义组成的第一次代表会议在莫斯科克里姆林宫开幕。列宁指出，新国际的根本任务就是实现无产阶级专政。大会号召"全世界的无产者，在第三国际旗帜下联合起来"。共产国际的成立开辟了国际共产主义运动的新阶段。

5. 世界资本主义经济危机

1929年10月下旬，一场资本主义经济危机的风暴猛烈袭击美国，不久迅速席卷了整个资本主义世界，成为资本主义发展史上最严重的一次世界性经济危机。

6. 苏联社会主义制度的建立

1936年，第八次苏维埃全国代表大会通过了苏联新宪法，标志着社会主义制度在苏联的确立。

7. 第二次世界大战

1939年9月1日，法西斯德国出动大军突然袭击波兰，英、法对德宣战，第二次世界大战爆发了。1940年9月，德、意、日三国在柏林签署了《德意日三国同盟条约》，正式结成军事同盟。1941年12月7日，日本偷袭珍珠港。12月8日，美、英对日宣战，12月11日，德、意对美宣战，第二次世界大战进一步扩大。1942年夏，德军集中力量向斯大林格勒（今为伏尔加格勒）发动猛烈进攻。在苏联军民的英勇反击下，围歼德军30多万人。斯大林格勒战役的胜利是苏德战争的转折点，也是第二次世界大战的重要转折点，此后，德军由战略进攻转入战略防御。

1943年11月，中、美、英三国首脑在埃及首都开罗举行会议，会议通过了《中美英三国开罗宣言》，庄严声明：日本所窃取于中国的领土，如满洲、台湾、澎湖列岛等，全部归还中国。

1945年2月至11月，罗斯福、斯大林、丘吉尔在雅尔塔会晤。在会议上，决定德国战后由苏、美、英、法区占领，德国必须实行非军国主义化；为确保战后世界的和平与安全，决定成立联合国。

1944年6月6日，美英等国军队在诺曼底登陆，开辟欧洲第二战场。

1945年5月8日，德国签署无条件投降书，欧洲战场战争结束。

1945年7月，苏美英三国首脑在柏林近郊波茨坦举行会议，会议期间发表了《波茨坦公告》，为建立战后新秩序打下了基础，对战后国际关系的发展产生了重大影响。

1945年8月15日，日本宣布投降，9月2日，日本签署了投降书，第二次世界大战结束。

8. 联合国的建立

1945年10月24日，在美国旧金山签订的《联合国宪章》，标志着联合国正式成立。联合国致力于促进各国在国际法、国际安全、经济发展、社会进步、人权及实现世界和平方面的合作。

联合国总部设立在纽约。五大常任理事国为中国、美国、俄罗斯、英国和法国。

9. 万隆会议

万隆会议于1954年3月由印度尼西亚、印度、巴基斯坦、缅甸、斯里兰卡五国发起，于1955年4月在印尼万隆召开，提出了"和平共处五项原则"。周恩来为加强亚非团结，提倡和平共处，提出"求同存异""一致对外"的主张，引起与会各国的强烈反响，周恩来发表了《亚非会议最后公报》，提出指导国际关系的十项原则，其核心内容是在一年前中国和印度首先倡导的"互相尊重主权和领土完整、互不侵犯、互不干涉内政、平等互利、和平共处"五项原则。

真题再现

（2014年单项选择）中印等国倡导的"和平共处五项原则"得到了国际社会认可的会议是（　　）。

A. 雅尔塔会议　　　　B. 开罗会议　　　　C. 波茨坦会议　　　　D. 万隆会议

答案：D。【解析】和平共处五项原则是万隆会议的重要指导原则，内容：互相尊重主权和领土完整、互不侵犯、互不干涉内政、平等互利、和平共处。

10. 不结盟运动

1961年6月，南斯拉夫、埃及、印度、印尼和阿富汗五国发起并筹备召开不结盟国家政府首脑会议，标志着不结盟运动的开始。第一届不结盟国家政府首脑会议在前南斯拉夫首都贝尔格莱德召开。1970年9月召开的第三次不结盟国家首脑会议开始将斗争矛头指向美国，通过了《关于不结盟和经济进步的宣言》，第一次将经济问题列为会议主要议程。1973 年 9 月召开的第四届首脑会议首次提出要反对霸权主义，并号召发展中国家从掌握本国自然资源主权入手，建立国际经济新秩序。不结盟运动的基本原则包括反帝、反殖、反霸、独立、发展、和平、中立、不结盟。

11. 两大阵营的对立

（1）富尔顿演说揭开世界冷战序幕。

1946 年 3 月 5 日，丘吉尔在杜鲁门的陪同下到达美国密苏里州的富尔顿，在威斯敏斯特学院发表了以"和平砥柱"为题的演说。丘吉尔的富尔顿演说，揭开了世界冷战的序幕。

（2）"杜鲁门主义"成为美苏"冷战"正式开始的重要标志。

1947 年 3 月 12 日，杜鲁门向国会宣读了一篇咨文，攻击苏联是"极权国家"，要求国会批准向希腊、土耳其提供 4 亿美元的紧急援助，"以抵制极权政体强加于他们的种种侵犯行动"。杜鲁门提出的这项政策后来被称为"杜鲁门主义"，是美国对外政策的一大转折点，从原先把苏联称为盟国，只是在一些具体问题上攻击苏联，转变为公开宣布苏联是美国的主要敌人，美国对外政策的目标是"遏制"苏联的"扩张"。

同时，杜鲁门还宣布，"美国的政策必须是支持各国自由人民""不论什么地方，不论直接或间接侵略威胁了和平，都与美国的安全有关"，即美国要在世界一切地方与苏联对抗。"杜鲁门主义"成为美苏"冷战"正式开始的重要标志。

（3）马歇尔计划。

1947 年 6 月 5 日，美国国务卿马歇尔在哈佛大学毕业典礼上发表演说，正式提出了"欧洲复兴计划"，即"马歇尔计划"，试图增强西欧同美国共同遏制苏联的力量。1948 年 4 月，美国国会通过援外法案，开始实施马歇尔计划。

（4）《北大西洋公约》。

1949 年 4 月 4 日，美国、英国、法国、加拿大、比利时、荷兰、卢森堡、丹麦、挪威、冰岛、葡萄牙、意大利 12 国外长在华盛顿签订了《北大西洋公约》，8 月 24 日经各缔约国陆续批准后生效。公约规定：缔约国任何一方遭到武装攻击时，应视为对全体缔约国的攻击，其他缔约国应立即协商，以便行使单独或集体自卫的权利。

（5）莫洛托夫计划与《华沙条约》。

1947 年 7 月至 8 月，苏联连续同东欧国家签订了一系列贸易协定或友好互助条约，进一步加强了它们之间的政治和经济联系。这些协定或条约被西方统称为"莫洛托夫计划"，为 1949 年在莫斯科成立的经济互助委员会奠定了基础。

1955 年 5 月 11 日至 14 日，苏联与波兰、捷克斯洛伐克、匈牙利、保加利亚、罗马尼亚、阿尔巴尼亚、民主德国在华沙举行会议，缔结了八国友好合作互助条约，通称《华沙条约》。条约规定：当缔约国之一遇到武装进攻的威胁时，其他缔约国应以一切必要方式给予援助。

12. 苏联解体与东欧剧变

（1）苏联解体。

1991 年 8 月 19 日，苏联发生了"八一九"事件，苏联政局发生重大变化：① 苏共一度被停止活动，苏共组织分崩离析；② 联盟机构撤销，权力转移；③ 各共和国纷纷独立，苏维埃社会主义共和国联盟停止存在。

12 月 25 日晚，克里姆林宫顶上的苏联国旗降下，标志着苏联的解体。

（2）东欧剧变。

20 世纪 80 年代后期，东欧各国面临着日益严重的经济困难。这是导致严重的社会危机和政治危机的重要原因。

东欧剧变后，一些欧洲国家的疆域也发生了变化：1990 年 10 月民主德国和联邦德国合并；捷克和斯洛伐克从 1993 年元旦起分为两个国家；1991—1992 年，南斯拉夫一分为五——斯洛文尼亚、克罗地亚、波斯尼亚和黑塞哥维那（简称"波黑"）马其顿、"南斯拉夫联盟共和国"（由塞尔维亚和黑色联合建立）。

13. 欧洲联盟

欧洲联盟（简称"欧盟"），是 1993 年 11 月 1 日《欧洲联盟条约》即《马斯特里赫特条约》正式生效后，由欧共体演化而来的。

（1）早在 1950 年，法国外长舒曼提出建立"欧洲煤钢联营"的计划，被称为舒曼计划。该计划于次年得到荷兰、比利时、卢森堡、联邦德国、意大利的支持，成立了六国"煤钢联营"。

（2）1955 年 6 月，六国首脑提议建立欧洲经济共同体和欧洲原子能联营，并于 1957 年签订《罗马条约》，次年条约生效，欧洲经济共同体宣告成立。

（3）1967 年，三个联合体统一为一个组织，名为欧洲共同体。

（4）1991 年 12 月，欧共体各国在荷兰的马斯特里赫特签订了统称为《欧洲联盟条约》的《欧洲经济货币联盟条约》和《欧洲政治联盟条约》，即《马斯特里赫特条约》。共同商定从 1993 年 11 月 1 日条约正式生效起，欧共体易名为欧盟。

14. 中东问题

（1）中东的地理优势。中东地处欧、亚、非三大洲接合部，是世界的交通枢纽，苏伊士运河沟通大西洋、印度洋、太平洋和地中海、黑海、红海、阿拉伯海。中东还拥有具有重要战略意义的黑海海峡、霍尔木兹海峡和曼德海峡。

（2）中东的矿产资源。中东被称为"世界石油宝库"，这里的石油蕴藏量占世界的 70%，石油产量占世界总产量的 32%。

（3）三大宗教发源地。中东是犹太教、基督教、伊斯兰教三大宗教的发源地，耶路撒冷是三大宗教圣地。

（4）中东问题主要是阿以冲突。

高频考点训练

1. 中国历史上第一个以王位世袭制取代禅让制的是（　　）。
    A. 尧　　　　　　　B. 舜　　　　　　　C. 禹　　　　　　　D. 启

2. 统一是中国历史的主流，中国历史上第一个统一多民族的封建国家是（　　）。
    A. 夏　　　　　　　B. 商　　　　　　　C. 周　　　　　　　D. 秦

3. 秦始皇灭六国后，统一了全国文字，这种汉字称作（　　）。
    A. 隶书　　　　　　B. 小篆　　　　　　C. 楷书　　　　　　D. 行书

4. 丝绸之路是闻名世界的东西方交通要道，它开创于（　　）。
    A. 战国　　　　　　B. 秦朝　　　　　　C. 西汉　　　　　　D. 东汉

5. 历史上我国奴隶社会的瓦解时期是在（　　）。
    A. 西周　　　　　　B. 春秋　　　　　　C. 战国　　　　　　D. 秦朝

6. 奠定曹操统一北方基础的战役是（　　）。
    A. 官渡之战　　　　B. 漠北之战　　　　C. 赤壁之战　　　　D. 河套战役

7. 中国历史是由中华各民族共同创造的，我国历史上由少数民族建立的统一封建王朝有

(   )。

    A. 宋、元   B. 元、明   C. 元、清   D. 明、清

8. 被誉为"中国17世纪的工艺百科全书",系统科学地总结了16世纪末到17世纪中叶的农业和手工业生产技术的著作是(   )。

    A.《农政全书》   B.《齐民要术》   C.《天工开物》   D.《农经》

9. 澶渊之盟是指(   )。

    A. 北宋与金订立的一个对于宋朝而言有屈辱性质的盟约

    B. 北宋与西夏订立的一个双方约定和平共处的盟约

    C. 北宋与大理订立的一个双方约定和平共处的盟约

    D. 北年与辽订立的一个对于宋朝而言有屈辱性质的盟约

10. "这是中国近代史上一次彻底的反帝反封建运动,它标志着中国新民主主义革命的开端。"这次运动是(   )。

    A. 五四运动   B. 辛亥革命   C. 维新运动   D. 新文化运动

11. 标志着中国社会完全沦为半殖民地半封建社会的条约是(   )。

    A.《辛丑条约》   B.《马关条约》   C.《北京条约》   D.《南京条约》

12. 14—16世纪,欧洲出现了意义深远的文艺复兴运动,其核心思想是(   )。

    A. 弘扬古希腊文化   B. 弘扬古罗马文化

    C. 人文主义   D. 理性主义

13. 在"工业革命带给人类的礼物"活动课上,某位同学讲述了"他"改进蒸汽机的故事,这里的"他"指的是(   )。

    A. 哈格里夫斯   B. 法拉第   C. 瓦特   D. 牛顿

14. 第二次工业革命最显著的成就是(   )。

    A. 电的发明和应用   B. 化学工业的兴起

    C. 石油工业的兴起   D. 钢铁工业的发展

15. 在资产阶级革命发展进程中,立法巩固了革命成果。下列法律文献与相关历史事件搭配正确的是(   )。

    A. 英国资产阶级革命——《权利法案》

    B. 法国大革命——《独立宣言》

    C. 美国独立战争——《人权宣言》

    D. 美国内战——《1787年宪法》

16. 在开辟新航路的航海家中,发现美洲的是(   )。

    A. 迪亚士   B. 麦哲伦   C. 达·伽马   D. 哥伦布

17. 科学社会主义诞生的标志是(   )。

    A. 巴黎公社成立   B.《国际歌》词曲的完成

    C.《共产党宣言》的发表   D. 十月革命胜利

参考答案及解析

1. 答案:D。【解析】约公元前21世纪,禹的儿子启在禹死后,破坏了民主选举首领的制度,从此王位世袭制代替了禅让制。

2. 答案:D。【解析】公元前221年,秦建立了我国历史上第一个统一的中央集权的封建国家。

3. 答案：B。【解析】秦始皇统一六国后采取的措施：（1）把小篆作为全国规范文字；（2）在全国统一使用圆形方孔钱；（3）统一度量衡。

4. 答案：C。【解析】丝绸之路开创于西汉汉武帝时期。

5. 答案：B。【解析】春秋时期是我国奴隶社会瓦解时期，战国时期是我国封建社会的形成时期。

6. 答案：A。【解析】200年，曹操以少量兵力同袁绍的10多万大军在官渡决战，大败袁绍。官渡之战为曹操统一北方奠定了基础。

7. 答案：C。【解析】元朝是蒙古族建立的，清朝是满族建立的。

8. 答案：C。【解析】《天工开物》是世界上第一部关于农业和手工业生产的综合性著作，是中国古代一部综合性的科学技术著作，有人也称它是一部百科全书式的著作，作者是明朝科学家宋应星。外国学者称它为"中国17世纪的工艺百科全书"。

9. 答案：D。【解析】北宋建立后，与辽征战多年。澶渊之盟订立之前，北宋军队先是射杀了辽元帅，后又有宋真宗、寇准一行人抵达前线亲自督战，宋军士气大涨，在这样的有利形势下，宋朝接受了辽的议和提议，双方于1004年签订了"澶渊之盟"。盟约规定北宋给辽割地赔款。这个盟约对北宋来说是具有屈辱性质的。

10. 答案：A。【解析】五四运动在中国近代史上具有划时代的重要意义，是中国新民主主义的开端。

11. 答案：A。【解析】《辛丑条约》的签订，使中国完全陷入半殖民地半封建社会的深渊。

12. 答案：C。【解析】文艺复兴运动的实质是资产阶级利用古典文化进行的反封建斗争的思想解放运动，核心思想是人文主义。

13. 答案：C。【解析】蒸汽机是第一次工业革命的主要标志。瓦特先后三次改良的蒸汽机，将人类带入了"蒸汽时代"。

14. 答案：A。【解析】第二次工业革命以电力的广泛应用为显著特点，使世界由"蒸汽时代"跨进了"电气时代"。

15. 答案：A。【解析】《权利法案》是英国资产阶级革命中的重要法律文件，《独立宣言》是美国独立战争时期的重要文件，《人权宣言》是18世纪法国资产阶级革命的纲领性文件。

16. 答案：D。【解析】1492年，哥伦布抵达美洲，开创了欧美航线。

17. 答案：C。【解析】1848年2月，《共产党宣言》的发表，标志着科学社会主义的诞生。

第二节　传统文化与文化常识

主要知识点

1. 传统思想文化、民俗节日
2. 常见的历史典故

一、传统思想文化

（一）先秦代表思想流派

春秋战国，思想家辈出，学派纷起林立，形成"百家争鸣"，为中国思想文化之源。

影响较大的有：孔子、孟子为代表的儒家，老子、庄子为代表的道家，韩非子为代表的法家。墨子为代表的墨家，在当时的影响也很大，与儒家并称"显学"。儒家说"爱人"，墨家说"兼爱"。思想相似，但有差别。儒家"爱人"是"有差等"的，墨家"兼爱"是"无差等"的。

1. 儒家

代表人物：孔子、孟子、荀子。作品：《论语》《孟子》《荀子》。

"仁义"，提倡"忠恕"和不偏不倚的"中庸"之道，主"德治"和"仁政"，重视道德伦理教育和人的自身修养。

孟子的思想主要是"民贵君轻"，提倡统治者实行"仁政"，在对人性的论述上，他认为人性本善，提出"性善论"，与荀子的"性恶论"截然不同，荀子之所以提出人性本恶，也是战国时期社会矛盾更加尖锐的表现。

2. 道家

代表人物：老子、庄子、列子。作品：《道德经》《庄子》《列子》。

道家是战国时期重要学派之一，又称"道德家"。这一学派以春秋末年老子关于"道"的学说作为理论基础，以"道"说明宇宙万物的本质、本源、构成和变化。认为天道无为，万物自然化生，否认上帝鬼神主宰一切，主张道法自然，顺其自然，提倡清静无为，守雌守柔，以柔克刚。政治理想是"小国寡民""无为而治"。

3. 墨家

代表人物：墨子。作品：《墨子》。

创始人为墨翟，墨家是战国时期重要学派之一。这一学派以"兼相爱，交相利"作为学说的基础：兼，即视人如己；兼爱，即爱人如己。"天下兼相爱"，就可达到"交相利"的目的。政治上主张尚贤、尚同和非攻；经济上主张强本节用；思想上提出尊天事鬼。同时，提出"非命"的主张，强调靠自身的强力从事。

4. 法家

代表人物：韩非、李斯。作品：《韩非子》。

法家是战国时期的重要学派之一，因主张以法治国，"不别亲疏，不殊贵贱，一断于法"，故称为法家。春秋时期，管仲、子产即是法家的先驱。战国初期，李悝、商鞅、申不害、慎到等开创了法家学派。至战国末期，韩非综合商鞅的"法"、慎到的"势"和申不害的"术"，以集法家思想学说之大成。

（二）汉代儒学

西汉时期，董仲舒把道家、法家和阴阳五行家的一些思想糅合到儒家思想中，加以改造，形成新的儒学体系。汉武帝采纳了"罢黜百家，独尊儒术"的主张，兴办太学，儒学思想成为中国传统文化的主流思想。

（三）道教、佛教

道教产生于东汉，但是与神仙方术及各种先秦思想有关，特别是奉老子为教主。

佛教从印度传入，一般认为是东汉明帝派人访求佛教经卷，以白马驮至洛阳，建白马寺。

（四）玄学

玄学是魏晋时，何晏、王弼等以道家的老庄思想糅合儒家经义而形成的一种思潮。

（五）宋明理学

宋明理学（也称道学），起于宋，是宋以后影响中国社会数百年的儒家学术思想。宋明理学的核心概念是"理"。"理"是一种理论抽象，其概念内涵复杂。理学家的思考，有探索意味。但宋明理学的历史局限性是十分明显的。宋明理学代表人物有周敦颐、张载、程颢、程颐、朱熹、陆九渊、王守仁等。

（六）明清及近代进步思想家

顾炎武：明末清初思想家，与黄宗羲、王夫之并称明末清初三大儒。其代表作为《日知录》，反映了他的"经世致用"思想。其名言"天下兴亡，匹夫有责"，成为民族精神的象征。

真题再现

（2014年单项选择）提出"天下兴亡，匹夫有责"的古代思想家是（　　　）。

A. 孟子　　　　　　B. 韩愈　　　　　　C. 顾炎武　　　　　　D. 顾宪成

答案： C。

戴震：清代思想家，对程朱理学持批判态度，其代表作为《原善》，梁启超、胡适称之为近代"中国近代科学界的先驱者"。

严复：清末启蒙思想家，积极介绍西方思想，其翻译的《天演论》，将进化论思想引进中国。

康有为：近代中国推进思想变革的最重要的思想家之一，先后写了《新学伪经考》和《孔子改制考》，戊戌变法奠定了理论基础。

梁启超：近代中国启蒙思想家，戊戌变法时期重要的社会活动家，代表作有《饮冰室合集》。

二、古代教育

（一）启蒙教育

中国古代教育的起源，可以追溯到夏、商、西周以前。中国人十分注重启蒙教育，优秀的启蒙读物有：《三字经》《百家姓》《千字文》《千家诗》《弟子规》等。

（二）国学

西周的学校分为国学和乡学两种。国学是中央设立的学校，有大学和小学之分。国学包括德、行、艺、仪四个方面，具体内容则为六艺：礼、乐、射、御、书、数。

（三）私学

商周两代的学校教育，都是由国家来管理的。春秋时期产生了私学，最早的私学创立者之一是孔子。孔子以后，官学和私学并重，形成了中国古代教育的双轨制。

（四）官学

汉代官学中有中央政府主办的太学和鸿都门学，也有地方政府主办的郡国学和校、庠、序等。

中国历史上正式设立的第一所大学是始于汉武帝时的太学，以五经博士为教官。太学，西汉时期出现的专门传授知识、研究学问的机构，汉武帝时设在长安，是中国当时的最高学府。

（五）教育专著

《礼记》中的《学记》和《大学》是春秋战国时期出现的总结教育经验和教育理论的教育专著，是世界上最早出现的自成体系的教育专著。此外还有《荀子·劝学》《管子·弟子职》。

（六）书院

宋初四大书院有：湖南长沙市的岳麓书院、河南商丘市的睢阳书院（应天府书院）、河南嵩山南麓的嵩阳书院、江西庐山的白鹿洞书院。南宋四大书院有：张栻主持的岳麓书院、朱熹主持的白鹿洞书院（第一个完整系统的书院学规是由朱熹制定的《白鹿洞学规》）、吕祖谦主持的丽泽书院、陆九渊主持的象山书院。

（七）科举考试

1. 孝廉

孝廉是汉代察举制的科目之一。孝廉是孝顺父母、办事廉正的意思。实际上察举多为世族大家垄断，互相吹捧，弄虚作假，当时有童谣讽刺："举秀才，不知书；举孝廉，父别居。"

2. 科举

科举指历代封建王朝通过考试选拔官吏的一种制度。由于采用分科取士的办法，所以叫科举。从隋代至明清，科举制实行了一千三百多年。到明朝，科举考试形成了完备的制度，共分四级：院试（童生试）、乡试、会试和殿试，考试内容基本是儒家经义，以"四书"文句为题，规定文章格式为八股文，解释必须以朱熹《四书集注》为准。

真题再现

（2016 年单项选择）某官员出身寒微，通过科举考试走上仕途。下列选项中，该官员生活的朝代可能是（　　　）。

　A. 西汉　　　　　　　B. 东汉　　　　　　　C. 东晋　　　　　　　D. 唐代

答案：D。【解析】隋唐时期出现了科举制，为寒门学子提供了进入仕途的机会。所以该官员可能生活在唐代。

3. 及第

及第指科举考试应试中选，应试未中的叫落第、下第。"登科"是及第的别称，也就是考中进士。

4. 乡试、会试、殿试

乡试：明清两代每三年在各省省城（包括京城）举行的一次考试，因在秋天八月份举行，故又称秋闱（闱，考场）。主考官由皇帝委派。考后发布正、副榜，正榜所取的叫举人，第一名叫解元。

会试：明清两代每三年在京城举行一次的考试为会试，因在春季举行，故又称春闱。考试由礼部主持，各省举人及国子监监生皆可应考，第一名叫会元。

殿试是科举制最高级别的考试，皇帝在殿廷上会会试录取的贡士亲自测问，以定甲第。一甲三名，第一名为状元，第二名为榜眼，第三名为探花。

科举考试以名列第一者为元，凡在乡、会、殿三试中连续获得第一名，被称为"连中三元"。据统计，历史上连中三元的至少有十六人。

真题再现

（2014 年单项选择）我国古代科举考试有"连中三元"之说，其中"三元"指的是（　　　）。

A. 秀才举人进士　　　　　　　　B. 状元榜眼探花
C. 解元会元状元　　　　　　　　D. 乡试会试殿试
答案：C。

5. 进士

进士是科举考试的最高功名。贡士参加殿试录为三甲都叫进士。考中进士，一甲即授官职，其余二甲参加翰林院考试，学习三年再授官职。

6. 状元

科举制度殿试第一名，又称殿元、鼎元，为科名中最高荣誉。唐代著名诗人贺知章、王维，宋代文天都是经殿试而被赐状元称号的。

7. 金榜

古代科举制度殿试后录取进士，揭晓名次的布告，因用黄纸书写，故而称黄甲、金榜。多由皇帝点定，俗称皇榜。考中进士就称金榜题名。

三、古代称谓

1. 年龄称谓

不满周岁——襁褓

2～3 岁　孩提

12 岁（女）——金钗之年

13 岁（女）——豆蔻年华

15 岁（女）——及笄之年

16 岁（女）——碧玉年华

20 岁（女）——桃李年华

24 岁（女）——花信年华

始龀、韶年：男孩八岁

束发：男子十五岁

弱冠：男子二十岁

而立：男子三十岁

不惑：男子四十岁

知命：男子五十岁

花甲：男子六十岁

古稀：男子七十岁

真题再现

（2016 年单项选择）"韦编三绝今知命，黄绢初裁好著书"是一副贺寿对联，所贺寿主的年龄是（　　　）。

A. 30 岁　　　　　　B. 40 岁　　　　　　C. 50 岁　　　　　　D. 60 岁
答案：C。

2. 别称

父母称高堂、椿萱、双亲。

妻父俗称丈人，雅称岳父、泰山。

兄弟称昆仲、棠棣、手足。

老师称先生、夫子、恩师。

学生称门生、受业。

学堂称寒窗、鸡窗，同学为同窗。女婿称东床、东坦、娇客。

父母死后称呼上加"先"字，父死后称先父、先严、先考；母死后称先母、先慈、先妣。同辈人死后加"亡"字，如亡妻、亡兄、亡妹。夫妻一方亡故叫丧偶，夫死称妻为寡、孀，妻死称夫为鳏。

3. 讳称

天子、太后、公卿王侯之死称：薨、崩、百岁、千秋、晏驾、山陵崩等。

父母之死称：见背、孤露、弃养等。

佛道徒之死称：涅槃、圆寂、坐化、羽化、仙游、仙逝等。"仙逝"现也用于称被人尊敬的人物的死。

一般人的死称：亡故、长眠、长逝、过世、谢世、寿终、殒命、捐生、就木、溘逝、老、故、逝、终等。

4. 职业的称谓

如《庖丁解牛》中的"庖丁"，"丁"是名，"庖"是厨师，表明职业。《师说》中的"师襄"和《群英会蒋干中计》中提到的"师旷"，"师"，意为乐师，表明职业。

我国古代不同行业有不同称呼，如称媒人为冰人，因"冰上为阳，冰下为阴，阴阳事也"；黄帝时伶伦造音乐，因称乐官为伶官，后以伶人泛指演员；三国吴董奉隐居庐山，为人治病不取钱，但使重病愈者植杏五株，轻者一株，积年蔚然成林，因此称医学界为杏林；唐玄宗曾教乐工、宫女在"梨园"演习音乐舞蹈，因此称戏曲界为梨园；孔子曾于杏坛讲学，后称教育界为杏坛。

真题再现

（2014 年单项选择）我国传统文化中的"杏林"指的是（　　　）。

A. 教育界　　　　　　B. 医学界　　　　　　C. 文学界　　　　　　D. 艺术界

答案：B。

四、神话故事与历史典故

（一）神话故事

盘古开天辟地、女娲补天、神农尝百草、百鸟朝凤、共工怒触不周山、后羿射日、嫦娥奔月、夸父逐日、大禹治水、精卫填海、七仙女与董永、青龙白虎、朱雀玄武、嫦娥奔月、愚公移山、牛郎织女、吴刚伐桂、梁祝化蝶、白蛇传等。

（二）历史典故

1. 战国

完璧归赵（蔺相如）、围魏救赵（孙膑）、退避三舍（重耳）、毛遂自荐（毛遂）、负荆请罪

（廉颇）、纸上谈兵（赵括）、一鼓作气（曹刿）、千金买骨（郭隗）、讳疾忌医（蔡桓公）、卧薪尝胆（勾践）、杀妻求将（吴起）、惊弓之鸟（更羸）、高山流水（俞伯牙、钟子期）等。

2. 秦

一字千金（吕不韦）、指鹿为马（赵高）、焚书坑儒（秦始皇）、图穷匕见（荆轲）、悬梁刺股（苏秦、孙敬）等。

3. 汉

一饭千金（韩信）、四面楚歌（项羽）、约法三章（刘邦）、孺子可教（张良）、背水一战（韩信）、破釜沉舟（项羽）、手不释卷（刘秀）、金屋藏娇（刘彻）、暗度陈仓（韩信）、十面埋伏（项羽）、投笔从戎（班超）、马革裹尸（马援）、多多益善（韩信）、老当益壮（马援）、萧规曹随（萧何、曹参）、无颜见江东父老（项羽）、胯下受辱（韩信）、霸王别姬（项羽）、文姬归汉（蔡文姬）、鸿雁传书（苏武）等。

真题再现

1.（2012年单项选择）下列成语，不是来源于项羽的是（　　）。

A. 胯下受辱　　　　　　　　　B. 无缘见江东父老

C. 霸王别姬　　　　　　　　　D. 破釜沉舟

答案：A。【解析】胯下受辱讲的是韩信的故事。

2.（2015年单项选择）"鸿雁传书"这一典故源自（　　）。

A. 文姬归汉　　　B. 霸王别姬　　　C. 苏武牧羊　　　D. 楚汉相争

答案：C。【解析】"鸿雁传书"的典故源自"苏武牧羊"。

4. 三国

鞠躬尽瘁（诸葛亮）、三顾茅庐（刘备）、煮豆燃萁（曹植）、刮目相看（吕蒙）、初出茅庐（诸葛亮）、乐不思蜀（刘禅）、七步成诗（曹植）、言过其实（马谡）、七擒七纵（诸葛亮）、宝刀不老（黄忠）、才高八斗（曹植）、一身是胆（赵云）、封金挂印（关羽）、单刀赴会（关羽）、望梅止渴（曹操）、孔融让梨（孔融）、万事俱备，只欠东风（周瑜、诸葛亮）、刮骨疗伤（华佗、关羽）等。

真题再现

（2015年单项选择）《三字经》中"融四岁，能让梨"的"融"指的是（　　）。

A. 孔融　　　　　　B. 马融　　　　　　C. 苻融　　　　　　D. 祝融

答案：A。

5. 两晋

入木三分（王羲之）、闻鸡起舞（祖逖）、东山再起（谢安）、洛阳纸贵（左思）、草木皆兵（苻坚）、凿壁偷光（匡衡）、狗尾续貂（司马伦）等。

6. 南北朝

画龙点睛（张僧繇）、江郎才尽（江淹）等。

7. 宋

黄袍加身（赵匡胤）、精忠报国（岳飞）、东窗事发（秦桧）、胸有成竹（文与可）等。

五、其他文化常识

（一）四象

古人把东、北、西、南四方每一方的七宿想象为四种动物形象，叫作四象。后人通俗地称四象为左青龙、右白虎、南朱雀、北玄武。

（二）二十四节气

二十四节气的名称和顺序为：立春、雨水、惊蛰、春分、清明、谷雨、立夏、小满、芒种、夏至、小暑、大暑、立秋、处暑、白露、秋分、寒露、霜降、立冬、小雪、大雪、冬至、小寒、大寒。

为了便于记忆，人们编出了歌谣："春雨惊春清谷天，夏满芒夏暑相连，秋处露秋寒霜降，冬雪雪冬小大寒。"

（三）干支纪年

干支纪年是中国古代的一种纪年法。即以甲、乙、丙、丁、戊、己、庚、辛、壬、癸十天干和子、丑、寅、卯、辰、巳、午、未、申、酉、戌、亥十二地支按照顺序组合起来纪年。如甲子、乙丑等，经过六十年又回到甲子。周而复始，循环不已。

（四）十二生肖

十二生肖又称属相，古代术数家拿十二种动物来配十二地支，子为鼠，丑为牛，寅为虎，卯为兔，辰为龙，巳为蛇，午为马，未为羊，申为猴，酉为鸡，戌为狗，亥为猪。

（五）传统习俗

1. 春节

古人又称元日、元旦、元正、新春、新正等，而今人称春节，是在采用公历纪元后。春节之际，人们燃鞭炮、贴春联、挂年画、耍龙灯、舞狮子、拜年贺喜以示庆祝。

2. 元宵

元宵节，又称正月半、上元节、灯节。元宵习俗有赏花灯、包饺子、吃元宵、闹年鼓、迎厕神、猜灯谜等。

真题再现

（2016年单项选择）古诗"去年元夜时，花市灯如昼。月上柳梢头，人约黄昏后"中，"元夜"所指的传统节日是（　　）。

A. 元旦　　　　　　B. 元宵　　　　　　C. 端午　　　　　　D. 中秋

答案：B。【解析】文中词句出自北宋文学家、史学家欧阳修所作的一首爱情诗词《生查子·元夕》。元夜是指农历正月十五夜，即元宵节，也称上元节。词句中描写的"花灯"也体现了元宵节的一项重要习俗——赏花灯。

3. 清明

按农历算在三月上半月，按阳历算则在每年四月五日或六日。其习俗有扫墓、踏青、荡秋千、放风筝、插柳戴花等。历代文人都有以清明为题材入诗的。

4. 端午

端午，又称端阳、重午、重五。一般认为，该节与纪念屈原有关。端午习俗有喝雄黄酒、挂香袋、吃粽子、插花和菖蒲、斗百草、驱"五毒"等。

5. 中秋

农历八月在秋季之中，八月十五又在八月之中，故称中秋。中秋节的主要习俗有赏月、祭月、观潮、吃月饼等。

6. 重阳

《易经》将"九"定为阳数，两九相重，故农历九月初九为"重阳"。重阳时节，秋高气爽，风清月洁，故有登高望远、赏菊赋诗、喝菊花酒、插茱萸等习俗。

（六）地理山川

1. 古代政区

我国古代政区的划分随时代的不同而不同，大体上是以下几种情况：秦汉时期是郡县二级制，秦将全国分为 36 郡，共辖大约一千个县；汉代出现了分封制，将数郡或一郡分封给诸侯；三国、两晋、南北朝时期为州、郡、县三级制；唐宋时期为道、州、县三级区划；元朝实行行省制度，一直沿用到民国年间。

2. 南河北河

在古诗文中，"江"与"河"常常专指长江与黄河。中国北方以黄河流域为主，南方以长江流域为主。受到这两大水系的影响，南方的水流便都称江，如珠江、澜沧江、闽江等；北方的水流多称河，如海河、淮河、运河等，连由南向北流入长江的大渡河也受此影响而称河。我国古代以黄河为中心，"河"的地位很高，所以有"天河、银河"，而不叫"天江、银江"。后来南方开发很快，南方较北方富裕，长江水也比黄河水好，因此"江"的地位就上升了，这时开发的东北地区便取了"松花江、嫩江、黑龙江"等名称。

3. 特殊地名

在古地名中，还要注意古代特有的方位概念。如山南水北为阳，山北水南为阴。如："指通豫南，达于汉阴"中的"汉阴"就是汉水南边。如今仍有许多这样的地名，如洛阳、江阴等。

另外，古人以黄河流域（中原地区）为中心，由此确定东西表里等方位，如江东、江左、江表等均指长江以南地区。再如：山东，古代可泛指山的东面，也常常专指崤山以东，与今之山东不同；关东，古代指函谷关或潼关以东地区，近代指山海关以东的东北地区。

4. 古今地名

大都——北京　　大梁、汴梁、东京、汴京——开封　　京口——镇江

金陵、建业、建康、江宁、应天——南京

临安、钱塘——杭州　　姑苏、吴郡——苏州

江都、维扬——扬州　　会稽——绍兴

长安——西安　　奉天——沈阳　　直沽——天津

5. 古代方位、地名和现代不同的地方

（1）六合：指天地四方（上、下、东、南、西、北）。

（2）八荒："八"是指东、东南、南、西南、西、西北、北、东北八个方向。"荒"为荒远之地。八荒指远离中原的地方。

（3）九州：古代分天下为九州，即兖州、冀州、青州、徐州、豫州、荆州、扬州、梁州、雍州。

（4）山东：指崤山以东。

（5）江南：泛指长江以南。

（6）江左：长江以东。

（7）江表：地处长江之外，指长江以南。

（8）河北、河南：古代泛指中原之地，即黄河流域一带。

（七）官职

我国古代官职，因历代建制不同，其间多有变化，情况非常复杂，大致可分为中央官职和地方官职两种：

1. 中央官职

秦设丞相、太尉和御史大夫，组成中枢机构。丞相管行政、太尉管军事、御史大夫管监察和秘书工作。汉朝大体上沿袭秦制称为三公，下设九卿，分管各方面的政务，后世又演变为三省六部制。三省为中书省（决策）、门下省（审议）、尚书省（执行），三省的长官都是宰相。宋代中书省职权扩大，同枢密院分掌文武大权，门下、尚书省遂废。明代内阁为最高政务机构，内阁大臣称为辅臣，首席称首辅（宰相）。清代有军机处，王、公、尚书等为军机大臣，掌握政府大权。

六部，是指"吏部，管官吏任免、考核、升降等事；户部，管土地户口、赋税财政等事；礼部，管典礼、科学、学校等事；兵部，管军事；刑部，管司法刑狱；工部，管工程营造、屯田水利等事"。各部长官为尚书，副职为侍郎。下设郎中，副职称员外郎，下属官员有主事等。

寺即官署，九寺即九卿之官署。汉以太常、光禄勋、卫尉、太仆、廷尉、大鸿胪、宗正、大司农、少府谓之九寺大卿。

2. 地方官职

秦汉主要行政区是郡。郡的长官，秦称郡守，汉称太守。隋唐主要行政区是州，州官称刺史，属官有长史、司马等。唐代在一些军事重镇设节度使，属官有行军司马、参谋、掌书记等。宋代州官称知州，县官称知县。明清改州为府，称知府。

此外，汉代也设州，天下分十几个州，基本上是监察区，中央派官员去刺探情况，称刺史。隋唐全国分十几个道，也称监察区，中央派官员前往巡视，称黜陟使。宋代全国分二十左右路，路中设若干司，分管各方面的事务。元代地方最高行政机构叫行中书省，明代改称承宣布政使司，习惯上仍称为"省"。

【官职的任免升降】"三省六部"制出现以后，官员的升迁任免由吏部掌管。官职的升迁任免常用以下词语：① 拜，用一定的礼仪授予某种官职或名位；② 除，拜官授职，就是授予官职的意思；③ 擢，提升官职；④ 迁，调动官职，包括升级、降级、平级转调三种情况；⑤ 谪，降职贬官或调往边远地区。⑥ 黜，"黜"与"罢、免、夺"都是免去官职；⑦ 去，解除职务，其中有辞职、调离和免职三种情况，辞职和调离属于一般情况和调整官职，而免职则是削职为民；⑧ 乞骸骨，年老了请求辞职退休。

真题再现 ▶▶▶

（2015年单项选择）中国古代三省六部制中"户部"的职能是（　　　）。

A. 掌管吏政　　　　B. 掌管财政　　　　C. 掌管军政　　　　D. 掌管学政

答案：B。【解析】户部，中国古代官署名，掌管全国疆土、田地、户籍、赋税、俸饷及一切财政事宜，长官为户部尚书。

（八）人类非物质文化遗产

列入人类非物质文化遗产的中国项目：

1. 2001 年 1 项：昆曲

2. 2003 年 1 项：古琴艺术

3. 2005 年 2 项：新疆维吾尔木卡姆艺术、蒙古族长调民歌

4. 2009 年 22 项：中国蚕桑丝织技艺、福建南音、南京云锦、安徽宣纸、贵州侗族大歌、广东粤剧、《格萨尔》史诗、浙江龙泉青瓷、青海热贡艺术、藏戏、新疆《玛纳斯》、蒙古族呼麦、甘肃花儿、西安鼓乐、朝鲜族农乐舞、书法、篆刻、剪纸、雕版印刷、传统木结构营造技艺、端午节、妈祖信俗

5. 2010 年 2 项：京剧、中医针灸

6. 2011 年 1 项：皮影戏

7. 2013 年 1 项：珠算

（九）中华刺绣

四大名绣指的是汉民族传统刺绣工艺中的苏绣、湘绣、粤绣、蜀绣。苏绣的历史长达 2 000 多年。

（十）中国十大名曲

十大名曲指：《高山流水》《梅花三弄》《夕阳箫鼓》《汉宫秋月》《阳春白雪》《渔樵问答》《胡笳十八拍》《广陵散》《平沙落雁》《十面埋伏》。

（十一）中国武术

中国武术涵盖：太极拳、咏春拳、南拳北腿、少林、武当、峨眉、崆峒、昆仑、点苍、华山、青城、嵩山。

（十二）衣冠服饰

始于黄帝，备于尧舜，各朝代形制不同的古装，到现代的汉服，受其他民族影响的中山装、唐装、旗袍，各少数民族服饰，各类传统及现代的佩饰、鞋、帽等。

高频考点训练

1. 中国古代神话传说中创造天地的是（　　）。

　　A. 黄帝　　　　　　　B. 女娲　　　　　　　C. 盘古　　　　　　　D. 伏羲

2. 我国古代五行之说，指的是（　　）。

　　A. 青、黄、赤、白、黑　　　　　　　B. 仁、义、礼、智、信

　　C. 金、木、水、火、土　　　　　　　D. 宫、商、角、徵、羽

3. 古代"六艺"——"礼、乐、射、御、书、数"中的"御"是指（　　）。

　　A. 骑马　　　　　　　B. 杂技　　　　　　　C. 驾车　　　　　　　D. 防御

4. 以下诗句没有体现中秋节的意象的是（　　）。

　　A. 遥知兄弟登高处，遍插茱萸少一人

B. 举杯邀明月，对影成三人

C. 但愿人长久，千里共婵娟

D. 花间一壶酒，独酌无相亲

5. 两千多年来，儒家思想长盛不衰，主要是因为（ ）。

　　A. 中国崇尚以德治国，儒家思想受到统治阶级的重视

　　B. 中国是礼仪之邦，儒家思想集礼教之大成

　　C. 儒家思想本身具有兼容和发展的特性

　　D. 其他思想对儒家思想不构成威胁

6. 假设公元1894年是甲午年，那么根据干支纪年法，公元1955年应该是（ ）。

　　A. 乙丑年　　　　　　B. 丁亥年　　　　　　C. 丁巳年　　　　　　D. 乙未年

7. 下列属于孔子思想观点的是（ ）。

　　A. 提出"仁"的学说，主张统治者爱惜民力

　　B. 具有辩证观点，认为对立双方会互相转化

　　C. 提出"礼"治，要求人们严格遵守等级秩序

　　D. 主张社会回到"小国寡民"的原始状态

　　A. ①②　　　　　　B. ②③　　　　　　C. ①③　　　　　　D. ③④

参考答案及解析

1. 答案：C。【解析】中国古代神话传说中盘古开天辟地。

2. 答案：C。【解析】六经论五行者，始见于《尚书·洪范》，曰："五行，一曰水、二曰火、三曰木、四曰金、五曰土。"

3. 答案：C。【解析】"六艺"是指中国古代儒家要求学生掌握的六种基本才能，即"礼"，礼节（即今德育）；"乐"，音乐；"射"，射箭技术；"御"，驾驭马车的技术；"书"，书法（书写、识字、文字）；"数"，算法（计数）。

4. 答案：A。【解析】A项是九九重阳节的典故。

5. 答案：C。【解析】儒家思想"长盛不衰"，是因为其本身"兼容""发展"的特性，符合历史发展的要求。

6. 答案：D。【解析】干支纪年法60年一个轮回，公元1954年是甲午年，因此1955年为乙未年。

7. 答案：C。【解析】②④都是道家思想的体现。

第三节　中外文学史上的作家、作品

主要知识点

1. 我国古代唐诗、宋词、元曲、明清小说的代表性作家、作品

2. 西方文艺复兴时期以及近代文学的主要作家、作品

一、国内文学

（一）古代神话

代表作有：女娲补天、后羿射日、精卫填海、盘古开天辟地、黄帝战蚩尤等。

（二）先秦文学

（1）儒家经典。主要包括：

① 四书：《大学》《论语》《孟子》《中庸》。

② 五经：《诗经》《尚书》《礼记》《易经》《春秋》。《春秋》是我国现存最早的编年体史书。

③ 六经：在"五经"后增加《乐经》。

（2）散文。

散文主要有：《左传》《战国策》《国语》。《谷梁传》《左传》《公羊传》同为解说《春秋》的三传。

（3）《诗经》。

《诗经》是中国最早的诗歌总集，分为风、雅、颂三大类，开创了我国古代诗歌创作的现实主义的优秀传统。

真题再现

（2016年单项选择）"四书五经"是古代典籍中的经典。下列选项中，含有《周颂》的典籍是（　　）。

A.《春秋》　　　　　　B.《诗经》　　　　　　C.《周礼》　　　　　　D.《易经》

答案：B。【解析】《诗经》共收录从西周初年到春秋中叶的诗歌305篇，分为"风""雅""颂"三大类。"颂"分周颂、鲁颂、商颂，是宗庙祭祀的乐歌。

（4）老子：李耳，字伯阳，又名老聃，后人称其为老子，代表作为《道德经》，又称《道德真经》。老子被尊为"中国哲学之父"。

（5）孔子：鲁国人，名丘，字仲尼，儒家创始人。主要言论及思想被辑为《论语》。

（6）左丘明：鲁国史官，主要作品有《左传》，又名《左氏春秋》，是为春秋做注解的一部史书。《曹刿论战》选自此书。

（7）孟子：名柯，字子舆，战国时儒家代表人物，世称亚圣。主要言论及思想被辑为《孟子》。

（8）列子：名御寇（圄寇），道家重要人物。主要作品有《列子》，又名《冲虚真经》。《愚公移山》出于此书。

（9）庄子：名周，道家代表人物。主要作品有《庄子》，又名《南华经》。

（10）荀子：名况，字卿，主要作品有《荀子》，其中《劝学》《天论》等最具代表性。

（11）韩非：法家集大成者，代表作为《韩非子》，先秦法家的代表著作。

（12）吕不韦：秦相，集合门客编成《吕氏春秋》。主要作品有《吕氏春秋》，又名《吕览》，杂家的代表著作。

（13）屈原：名平，我国第一位爱国主义、浪漫主义诗人，开创楚辞新诗体。主要作品有《离骚》、《九歌》（包括《山鬼》《国殇》等11篇）、《天问》、《九章》（包括《涉江》《哀郢》《橘颂》

等9篇），开创了我国诗歌浪漫主义传统。

真题再现

1.（2014年单项选择）创作出名句"路漫漫其修远兮，吾将上下而求索"的历史人物是（　　）。

A. 孔子　　　　　　B. 屈原　　　　　　C. 宋玉　　　　　　D. 曹操

答案：B。【解析】该诗句是屈原在《离骚》中的著名诗句。

2.（2015年单项选择）下列关于《离骚》的表述，不正确的是（　　）。

A. 战国时诗人屈原的代表作　　　　B. 我国古代最长的爱情诗

C. 运用了"香草美人"的比兴手法　　D. 具有积极的浪漫主义精神

答案：B。【解析】《离骚》是我国诗史上最长的政治抒情诗。我国古代最长的爱情诗是《孔雀东南飞》。

（三）两汉文学

（1）贾谊：又称贾生，贾长沙，贾太傅，代表作为《新书》。

（2）刘安：淮南王，代表作为《淮南子》，又名《淮南鸿烈》。"女娲补天""后羿射日""嫦娥奔月"等故事出于此。

（3）司马迁：字子长，别称太史公，简称史迁，与司马光并称"史界两司马"，与班固并称"班马"。主要作品有《史记》，又名《太史公书》，是我国第一部纪传体通史，被鲁迅誉为"史家之绝唱，无韵之离骚"。

（4）班固：字孟坚，"班马"之一，代表作为《汉书》。

（5）乐府民歌和赋乐。

乐府原为汉代音乐机关所搜集的诗，赋是我国古代韵文和散文的综合体。主要作品有《陌上桑》《上邪》《十五从军征》《孔雀东南飞》，前四者见宋代郭茂倩编的《乐府诗集》，后者最早见于南朝徐陵编纂的《玉台新咏》。《孔雀东南飞》是我国古代最长的叙事诗，是汉乐府叙事诗发展的高峰，与《木兰诗》合称"乐府双璧"。

（四）魏晋南北朝文学

（1）三曹：曹氏父子曹操、曹丕、曹植。曹操的《观沧海》，曹丕的《燕歌行》，曹植的《名都篇》《白马篇》《洛神赋》均为名作。

（2）建安七子：孔融、陈琳、王粲、徐幹、阮瑀、应玚、刘桢。

（3）竹林七贤：阮籍、嵇康、山涛、刘伶、王戎、向秀、阮咸。

（4）诸葛亮：字孔明，别号卧龙，代表作有《出师表》。

（5）干宝：字令升，代表作有《搜神记》。《搜神记》是我国最早的短篇小说集之一，《干将莫邪》《韩凭夫妇》出于此书。

（6）陶渊明：名潜，字元亮，自号五柳先生，我国第一位杰出的田园诗人，代表作有《桃花源记》《归去来兮辞》《归园田居》《饮酒》等。

（7）范晔：字蔚宗，代表作为《后汉书》。

（8）刘义庆：袭封临川王，代表作为《世说》，唐时称为《世说新书》，宋时称《世说新语》。属笔记体小说，可看作"志人小说"的开端。

（9）刘勰：字彦和，晚年为僧，法名慧地，代表作为《文心雕龙》，是我国第一部文学理论专著。

（10）北朝乐府：代表作品有《木兰诗》《敕勒歌》《折杨柳歌辞》。

（五）唐代文学

（1）陈子昂：字伯玉，代表作为《感遇诗》38首。

（2）王勃：字子安，与骆宾王、卢照邻、杨炯合称为"初唐四杰"。代表作有《送杜少府之任蜀州》《滕王阁序》。王勃是"四杰"中成就最高者。

（3）贺知章：字季真，自号四明狂客。主要作品有《咏柳》《回乡偶书》。

（4）王之涣：字季陵，代表作有《凉州词》《登鹳雀楼》。绝句《凉州词》被誉为唐代绝句压卷之作，属边塞诗派。

（5）孟浩然：本名浩，字浩然，代表作有《过故人庄》《春晓》等，结集为《孟襄阳集》。

（6）王昌龄：字少伯，七绝圣手，代表作有《出塞》《从军行》。后人辑有《王昌龄集》。

（7）王维：字摩诘，诗人兼画家，与孟浩然同为盛唐田园山水派代表，代表作有《送元二使安西》。苏轼赞其作品为诗中有画、画中有诗。

真题再现

（2015年单项选择）下列人物中，既是诗人也是画家的是（　　　）。

A. 李白　　　　　　B. 王维　　　　　　C. 白居易　　　　　　D. 李商隐

答案：B。【解析】王维，字摩诘，汉族，是盛唐诗人的代表，今存诗400余首，重要诗作有《相思》《山居秋暝》等。王维的诗、书、画都很有名，他多才多艺，对音乐也很精通。

（8）高适：字达夫，与岑参齐名，并称高岑，同为盛唐边塞诗派的代表。主要作品有《燕歌行》《别董大》等，后人辑有《高常侍集》。

（9）李白：字太白，别号青莲居士，人称诗仙。与杜甫齐名，合称李杜。唐代三大诗人之一。代表作有《梦游天姥吟留别》《蜀道难》《子夜吴歌》《望天门山》《秋浦歌》《宣州谢朓楼饯别校书叔云》等，结集为《李太白集》。

（10）杜甫：字子美，自称少陵野老，与李白齐名，人称诗圣。唐代三大诗人之一。主要作品有《兵车行》、《春望》、《茅屋为秋风所破歌》、《闻官军收河南河北》、"三吏"（《新安吏》《石壕吏》《潼关吏》）、"三别"（《新婚别》《垂老别》《无家别》），结集为《杜工部集》。其作品为现实主义诗歌艺术的高峰，被称为"诗史"。

（11）岑参：边塞诗派的重要代表，代表作有《白雪歌送武判官归京》《逢人京使》等，结为《岑嘉州诗集》。

（12）孟郊：字东野，与贾岛并称，著名苦吟诗人，代表作有《秋怀》《贫女词》《游子吟》等，结集为《孟东野诗集》。

（13）韩愈：字退之，世称韩吏部，又称韩昌黎。唐代古文运动倡导者，唐宋八大家之首，与柳宗元并称韩柳。代表作有《师说》《马说》《原毁》《进学解》《祭十二郎文》等，结为《昌黎先生集》。

（14）刘禹锡：字梦得，曾任太子宾客，世称刘宾客。与柳宗元合称刘柳，与白居易合称刘白。主要作品有《陋室铭》《乌衣巷》《竹枝词》等，结集为《刘宾客集》《刘梦得文集》。

（15）白居易：字乐天，号香山居士，唐代三大诗人之一，与元稹合称元白，代表作有《秦中吟》、《新乐府》（包括《卖炭翁》《长恨歌》《琵琶行》等），自编为《白氏长庆集》，后人又编为《白香山诗集》。

（16）柳宗元：字子厚，人称柳河东。唐代古文运动的领导者之一，与韩愈并称"韩柳"。主要作品有《捕蛇者说》、《三戒》（包括《黔之驴》）、"永州八记"（包括《小石潭记》）、《童区寄传》等散文，《渔翁》《江雪》等诗，结集为《柳河东集》。

（17）李贺：字长吉，代表作有《雁门太守行》《金铜仙人辞汉歌》等，结集为《昌谷集》。

（18）杜牧：字牧之，别称小杜，和李商隐被并称小李杜，代表作有《阿房宫赋》《江南春绝句》《清明》《泊秦淮》《秋夕》等，结集为《樊川文集》。

（19）李商隐：字义山，号玉溪生，又号樊南生，代表作有《行次西郊作一百韵》《乐游原》《锦瑟》《无题》等，结集为《李义山诗集》，另有《樊南文集》。

（20）李煜：字重光，五代时南唐国主，世称李后主，代表作有《虞美人》《相见欢》《浪淘沙令》等。

（六）宋代文学

（1）范仲淹：字希文，代表作有《岳阳楼记》《渔家傲》等属豪放派。

（2）柳永：原名三变，字耆卿，代表作有《雨霖铃》《八声甘州》等，有《乐章集》传世。

（3）晏殊：字同叔，谥元献，代表作有《浣溪沙》《蝶恋花》等，著有《珠玉词》《晏元献遗文》。尤擅小令，风调娴雅，气象富贵。

（4）欧阳修：字永叔，号醉翁、六一居士，北宋文坛领袖，唐宋八大家之一。主要作品有与宋祁合修《新唐书》，独撰《新五代史》。有《醉翁亭记》《秋声赋》《六一词》等，结集为《欧阳文忠集》。

（5）苏洵：字明允，号老泉，唐宋八大家之一，与苏轼、苏辙合称三苏。主要作品有《嘉祐集》，《六国论》出于此。

（6）曾巩：字子固，唐宋八大家之一，代表作有《元丰类稿》。

（7）王安石：字介甫，号半山，唐宋八大家之一，代表作有《游褒禅山记》《伤仲永》《元日》《泊船瓜州》等，结集为《王临川集》。

（8）司马光：字君实，世称涑水先生。史界"两司马"之一。主要作品《资治通鉴》，是我国第一部编年体通史，记载上自战国下至五代计1362年的史实。

（9）沈括：字存中，晚年居梦溪园，代表作有《梦溪笔谈》，《采草药》《雁荡山》《活板》出于此。

（10）苏轼：字子瞻，号东坡居士，苏洵之子，唐宋八大家之一。在书法上与蔡襄、黄庭坚、米芾并称"宋四家"。主要作品有《赤壁赋》《石钟山记》《题西林壁》《水调歌头》《念奴娇》等，结集为《东坡七集》。

（11）苏辙：字子由，唐宋八大家之一，苏轼之弟，主要作品有《栾城集》。

（12）李清照：号易安居士，主要作品有《武陵春》《如梦令》《声声慢》等，结集为《漱玉词》。李清照是古代著名女词人，在宋代婉约词派中成就最高。

（13）陆游：字务观，号放翁，人称小李白。主要作品有《书愤》《示儿》《钗头凤》等。中国古代最高产的诗人，有诗9000多首。

（14）辛弃疾：字幼安，号稼轩，与苏轼并称苏辛，人称词中之龙。主要作品有《稼轩长短句》，名篇有《摸鱼儿》《永遇乐》《清平乐》等。

（15）姜夔：字尧章，号白石道人。主要作品有《白石道人歌曲》，《扬州慢》等出于此。

（16）文天祥：字宋瑞、履善，号文山，民族英雄。主要作品有《正气歌》《过零丁洋》《指南录后序》。著有《文山先生全集》。

（17）岳飞：字鹏举，今存词仅三首，他的《满江红》表现了热烈的爱国情感和崇高的民族气节。

（18）杨万里：字廷秀，号诚斋，作品有《诚斋集》。

（19）唐宋八大家：唐代的韩愈、柳宗元，宋代的欧阳修、曾巩、王安石、苏洵、苏轼、苏辙。

（七）元代文学

（1）关汉卿：名一斋，号己斋叟。与郑光祖、白朴、马致远并称元曲四大家。主要作品有《窦娥冤》《救风尘》《望江亭》《单刀会》等。关汉卿被称为东方的莎士比亚。

（2）郑光祖：字德辉，元曲四大家之一，主要作品有《倩女离魂》《虎牢关三战吕布》等。

（3）白朴：原名恒，字仁甫，兀曲四大家之一，主要作品有《唐明皇秋夜梧桐雨》《董月英花日花墙记》等。

（4）马致远：字千里，号东篱，元曲四大家之一。主要作品有杂剧《汉宫秋》、散曲《天净沙•秋思》等，结集为《东篱乐府》，元散曲作者中成就最高者之一。

（5）王实甫：主要作品有《西厢记》，是元杂剧中最成功的作品之一。

（八）明代文学

（1）宋濂：字景濂，浦江（今浙江浦江）人，代表作为《送东阳马生序》及《宋学士文集》。

（2）施耐庵：主要作品有《忠义水浒传》，简称《水浒》，是我国第一部反映农民起义的长篇章回体小说。

（3）罗贯中：中国第一位全力创作通俗小说的作家。主要作品有《三国志通俗演义》（简称《三国演义》）、《隋唐志传》、《三遂平妖传》。《三国演义》为我国第一部长篇历史章回体小说。

（4）吴承恩：字汝忠，号射阳山人。主要作品《西游记》是著名长篇章回神魔小说，是古典文学中最辉煌的神话作品，标志着浪漫主义文学的新高峰。

（5）归有光：字熙甫，别号震川。主要作品有《震川集》。他推崇唐宋古文，被称为唐宋派。

（6）汤显祖：字义仍，号若士，又号海若，临川人。主要作品有《牡丹亭》（又名《还魂记》）、《紫钗记》、《邯郸记》、《南柯记》，合称玉茗堂四梦，又叫临川四梦，是浪漫主义的杰作。

（7）冯梦龙：字犹龙，号墨憨斋主人，别号顾曲散人。主要作品有"三言"（《喻世明言》《醒言》《警世通言》）。"三言"与凌蒙初作的《初刻拍案惊奇》《二刻拍案惊奇》合称"三言二拍"，代表了明代拟话本小说的最高成就。

（8）明代四大奇书：《三国演义》《水浒传》《西游记》《金瓶梅》。

（九）清代文学

（1）顾炎武：原名绛，字宁人，号亭林，江苏昆山人。著作有《日知录》和《亭林诗文集》。

（2）洪升：字肪思，号稗畦。主要作品有《长生殿》（传奇），写唐明皇与杨贵妃的爱情故事。

（3）孔尚任：字聘之，号云亭山人。主要作品《桃花扇》（传奇）是描写南明王朝灭亡过程的历史剧。

（4）蒲松龄：字留仙，号柳泉居士，世称聊斋先生。代表作为《聊斋志异》。

（5）吴敬梓：字敏轩。主要作品有《儒林外史》。

（6）曹雪芹：名霑，字梦阮，号雪芹，代表作《红楼梦》（高鹗续后 40 回）是最伟大的现实主义长篇古典小说。与《水浒》《三国演义》《西游记》并称我国古典四大名著。

（7）姚鼐：字姬传，号惜抱先生。主要作品有《惜抱轩文集》，桐城派奠基人之一。主张义理、考证、文章三结合。

（8）李汝珍：字松石。主要作品《镜花缘》以浪漫主义手法描写幻想图景。

（9）袁枚：字子才，号简斋，浙江钱塘（今杭州）人。主要作品有《小仓山房集》和《随园诗话》等。

（10）龚自珍：字瑟人，主要作品有《病梅馆记》《己亥杂诗》，近代文学的开山作家。

（11）吴沃尧：字小允，号趼人。主要作品有《二十年目睹之怪现状》（谴责小说）。

（12）李宝嘉：字伯元，别称南亭亭长。主要作品有《官场现形记》（谴责小说）。

（13）刘鹗：字铁云，别署鸿都百炼生。主要作品有《老残游记》。

（14）曾朴：主要作品有《孽海花》，与《二十年目睹之怪现状》《官场现形记》《老残游记》并称清末四大谴责小说。

（15）梁启超：维新派代表人物之一，与康有为合称康梁。主要作品有《谭嗣同》《少年中国说》等。著有《饮冰室合集》。

（十）现当代文学

（1）鲁迅：原名周树人，字豫才，文学家、思想家、革命家，中国文化革命的主将。代表作有《呐喊》（包括《狂人日记》《阿 Q 正传》《孔乙己》等）、《彷徨》（包括《祝福》《伤逝》等）、《朝花夕拾》（包括《藤野先生》《范爱农》等）。

真题再现

1.（2016年单项选择）鲁迅在文学创作、文学批评、文学史批评、翻译等多个领域都有贡献，并有相关作品结集流传后世。下列属于其小说集的是（   ）。

　　A.《准风月谈》　　　　B.《故事新编》　　　　C.《朝花夕拾》　　　　D.《花边文学》

答案：B。【解析】《准风月谈》是鲁迅的一部杂文集。《故事新编》是鲁迅先生以远古神话和历史传说为题材而写就的短篇小说集。《朝花夕拾》是鲁迅唯一一部回忆性散文集。《花边文学》是鲁迅的一部杂文集。

2.（2014年单项选择）下列选项中，不属于鲁迅作品人物形象的是（   ）。

　　A. 鸣凤　　　　　　　B. 涓生　　　　　　　C. 祥林嫂　　　　　　　D. 孔乙己

答案：A。【解析】A项，鸣凤为巴金《家》中的人物。

（2）郭沫若：原名开贞，号尚武，作家、诗人和戏剧家，也是历史学家和古文字学家。主要作品有《女神》（包括《凤凰涅槃》《女神之再生》《炉中煤》等）、《棠棣之花》、《屈原》、《虎符》、《高渐离》、《孔雀胆》、《蔡文姬》、《武则天》等。《女神》是一部杰出的浪漫主义诗集，奠定了新诗运动的基础。

（3）叶圣陶：名绍钧，现代作家、教育家。主要作品有长篇小说《倪焕之》，短篇小说有《多收了三五斗》《夜》等，童话集有《稻草人》《古代英雄的石像》。他是中国现代童话创作的拓荒者。

（4）茅盾：原名沈德鸿，字雁冰，笔名茅盾。现代杰出作家，五四新文学运动的先驱之一。主要作品有《蚀》（包括《幻灭》《动摇》《追求》三部曲）和农村三部曲（《春蚕》《秋收》《残冬》），散文《风景谈》《白杨礼赞》。《子夜》是我国现代文学史上第一部现实主义长篇杰作。

（5）郁达夫：现代作家。主要作品有《沉沦》《春风沉醉的晚上》《薄奠》等。

（6）徐志摩：现代诗人。主要作品有诗集《志摩的诗》《猛虎集》等，著名篇目有《再别康桥》《在病中》《沙扬娜拉》《偶然》等，是新月派代表诗人。

（7）田汉：戏剧家，中国现代戏剧的奠基人。主要剧作有《咖啡店之一夜》《名优之死》《丽人行》《关汉卿》《文成公主》，京剧《白蛇传》《谢瑶环》等。他是五四以后最有成就的剧作家之一。歌词《义勇军进行曲》经聂耳谱曲后广为流传，现定为国歌。

（8）朱自清：现代作家。主要作品有诗和散文合集《踪迹》，散文集《背影》《欧游杂记》《你我》，学术著作《经典常谈》，著名篇目有《背影》《绿》《荷塘月色》《桨声灯影里的秦淮河》《生命的价格——七毛钱》等。

（9）闻一多：著名爱国诗人、学者。主要作品有诗集《红烛》《死水》。著名篇目有《太阳吟》《洗衣歌》《发现》《一句话》《七子之歌》等，学术著作有《神话与诗》《古典新义》等。

（10）老舍：原名舒庆春，字舍予，满族人，1950年获"人民艺术家"称号。主要作品有《骆驼祥子》《四世同堂》《茶馆》《龙须沟》《西望长安》等，是京味小说的开创者。

真题再现

1.（2016年单项选择）因创作了话剧《龙须沟》，作家老舍被北京市人民政府授予的荣誉称号是（　　）。

　　A. 人民艺术家　　　　B. 语言艺术家　　　　C. 幽默大师　　　　D. 戏剧大师

答案：A。【解析】老舍被称为"人民艺术家"。

2.（2014年单项选择）下列作品中，不属于老舍创作的是（　　）。

　　A.《茶馆》　　　　B.《龙须沟》　　　　C.《骆驼祥子》　　　　D.《林家铺子》

答案：D。【解析】《林家铺子》的作者是茅盾。

（11）冰心：原名谢婉莹，著名女作家。主要作品有诗集《繁星》《春水》，散文集《寄小读者》等，被誉为"美文"的代表。

（12）夏衍：原名沈端先，著名剧作家。主要作品有剧本《秋瑾传》《上海屋檐下》《法西斯细菌》，改编的电影剧本有《祝福》《林家铺子》《我的一家》等，报告文学《包身工》。创作了我国最早的电影文学剧本《狂流》。

（13）巴金：原名李尧棠。主要作品有长篇小说激流三部曲（《家》《春》《秋》）和爱情三部曲（《雾》《雨》《电》），中篇小说《寒夜》《憩园》等，散文集《保卫和平的人们》《随想录》等。《家》等为我国现代文学史上描写封建家庭历史最成功的作品。1982年获意大利"但丁国际奖"。

（14）赵树理：原名赵树礼，小说家。主要作品有小说《小二黑结婚》《李有才板话》《李家庄的变迁》等。《小二黑结婚》被茅盾誉为"解放区文艺的代表作之一"；《李有才板话》被茅盾誉为"走向民族形式的里程碑"，是"山药蛋派"的代表作。

（15）曹禺：原名万家宝，戏剧家。主要作品有剧本《雷雨》《日出》《原野》《北京人》《明朗的天》《胆剑篇》《王昭君》等。

（16）艾青：原名蒋海澄，著名诗人。主要作品有《大堰河——我的保姆》《黎明的通知》《雪落在中国的土地上》《北方》《手推车》《光的赞歌》等。他的作品标志着五四以后自由体诗发展的一个重要阶段，又给以后的新诗创作带来了很大影响。

（17）周立波：主要作品有《暴风骤雨》《山乡巨变》。《暴风骤雨》是我国解放战争时期出现的最成功的文学作品之一，获斯大林文学奖。

（18）孙犁：原名孙树勋，是"白洋淀派"的创始人。主要作品有长篇小说《风云初记》、短篇小说《荷花淀》等。作品充满诗情画意，有"诗体小说"之称。

（19）梁斌：主要作品有长篇小说《红旗谱》《播火记》，作品是概括我国新民主主义革命时期北方农民生活和斗争的史诗。

（20）柳青：主要作品有长篇小说《种谷记》《铜墙铁壁》《创业史》。

（21）杜鹏程：主要作品《保卫延安》，是我国第一部大规模正面描写解放战争的长篇小说。

（22）李季：主要作品有长诗《王贵与李香香》，长篇叙事诗《杨高传》。前者以信天游的形式歌颂陕北人民的革命斗争，在我国现代诗歌史上占有重要地位。

（23）杨沫：原名杨成业，当代作家，主要作品有长篇小说《青春之歌》，反映了 20 世纪 30 年代我国知识分子的历史命运和成长道路。

（24）曲波：当代作家，主要作品有长篇小说《林海雪原》，故事惊险紧张，富有传奇色彩。

（25）罗广斌、杨益言：当代作家，主要作品有长篇小说《红岩》。

（26）臧克家：现代诗人，代表作有《烙印》《罪恶的黑手》《有的人》等。

（27）杨朔：当代著名散文家，代表作有《茶花赋》《香山红叶》《海市》《荔枝蜜》，小说《三千里江山》等。

（28）贺敬之：诗人、剧作家，他和丁毅执笔的歌剧《白毛女》曾获得斯大林文学奖。代表作有长诗《放声歌唱》、抒情短诗《回延安》等。

（29）张天翼：现代作家。代表作有讽刺短篇小说《华威先生》，长篇小说《鬼土日记》，儿童文学作品《大林和小林》《宝葫芦的秘密》《大灰狼》等。

（30）钱钟书：现代著名作家、学者，代表作有《围城》等。

（31）莫言：当代作家。代表作有《红高粱》《蛙》《丰乳肥臀》等。2012 年获诺贝尔文学奖。

二、国外文学

（一）古典文学

1. 古希腊文学

（1）荷马：古希腊诗人。生活年代为公元前 9 世纪和 8 世纪之间，生平不详。代表作为《伊利亚特》和《奥德赛》，合称荷马史诗。《伊利亚特》叙述十年特洛伊战争。《奥德赛》写特洛伊战争结束后，希腊英雄奥德赛历险回乡的故事。

（2）柏拉图：公元前 427—前 347 年，古希腊伟大的哲学家，与其老师苏格拉底和其学生亚里士多德并称古希腊三大哲学家。著有《理想国》《法律篇》。

（3）三大悲剧家：埃斯库罗斯，希腊悲剧的创始人，被人们誉为悲剧之父，著有《普罗米修斯》三部曲：《被缚的普罗米修斯》《被释的普罗米修斯》《带火的普罗米修斯》，索福克勒斯著有《俄狄浦斯王》《安提格涅》，欧里庇得斯著有《美狄亚》。

（4）阿里斯托芬：被誉为戏剧之父。他的喜剧属现实主义，表现手法极其夸张。

古希腊的文学名著还有伊索的《伊索寓言》，是古代希腊第一部寓言集，奠定了欧洲寓言的基础。

2. 中世纪文学

中世纪最著名的文学作品是但丁创作的《神曲》，《神曲》分为三部：《地狱》《炼狱》《天堂》。

3. 文艺复兴时期的文学

（1）艺术三杰：达·芬奇（《最后的晚餐》《岩间圣母》《蒙娜丽莎》）；米开朗琪罗（《大卫》《摩西》《创世纪》）；拉斐尔（《西斯廷圣母》《雅典学院》）。

（2）乔万尼·蒲伽丘：意大利作家，著有《十日谈》。

（3）杰佛利·乔叟：英国诗歌之父，代表作《坎特伯雷故事集》。

（4）托马斯·莫尔：英国空想社会主义作家，著有《乌托邦》。

（5）莎士比亚：文艺复兴时期剧作家和诗人，是最伟大的戏剧天才。代表作有悲剧《哈姆雷特》《奥赛罗》《麦克白》《李尔王》和《罗密欧与朱丽叶》；喜剧《威尼斯商人》《第十二夜》《皆大欢喜》；历史剧《理查二世》《亨利四世》等。

（6）米盖尔·台·塞万提斯：西班牙文艺复兴时期最杰出的现实主义小说家，代表作《堂吉诃德》。

4. 启蒙运动时期的文学

（1）丹尼尔·笛福：英国小说的开创者之一，代表作《鲁滨孙漂流记》和《辛格尔顿船长》。

（2）乔纳森·斯威夫特：爱尔兰人，他的《格列佛游记》享誉世界。

（3）尔·理查逊：英国家庭小说的开创者，代表作《克拉丽莎》，是英国伤感文学的先驱。

（4）亨利·菲尔丁：英国小说家中成就最高者，其代表作《汤姆·琼斯》，是 18 世纪英国文学中最具启蒙特征的小说。

（5）奥利弗·戈德史密斯：英国作家，长篇小说《威克菲尔德的牧师》和长诗《荒村》是其伤感文学成就最高的作品。

（6）托马斯·格雷：英国墓园诗派的代表，代表作为《墓园挽歌》。

（7）伏尔泰：法国启蒙运动中最具领袖威望的作家，最具价值的文学作品是中短篇哲理小说 26 篇，著名的有《查第格》《天真汉》《老实人》等。

（8）德尼·狄德罗：法国启蒙文学的中坚，也是百科全书派的领袖人物。创作名剧《私生子》《一家之长》以及至今常演不衰的《当好人还是坏人》。小说有《拉摩的侄儿》和《雅克和他的主人》等。

（9）让·雅克·卢梭：法国最杰出的思想家和文学家，代表作有《新爱洛绮丝》《爱弥儿》《忏悔录》等。

（10）约翰·沃尔夫冈·歌德：德国最伟大的文学家，代表作《少年维特之烦恼》《浮士德》。

（11）弗里德里希·席勒：德国作家，代表作《强盗》《阴谋与爱情》《唐·卡洛斯》等。

（二）近代文学

1. 浪漫主义文学

浪漫主义文学产生于 18 世纪末，在 19 世纪上半叶达到繁荣，是西方近代文学最重要的思潮之一。

（1）拜伦：英国诗人，代表作为《唐璜》。

（2）雪莱：英国浪漫主义诗人，代表作为《解放了的普罗米修斯》《西风颂》《云雀颂》《自由颂》等。

（3）罗伯特·彭斯：苏格兰诗人，代表作《苏格兰方言诗集》，擅长抒情和讽刺，语言通俗。

（4）威廉·布莱克：英国诗人、画家，代表作《天真之歌》《经验之歌》。

（5）威廉·华兹华斯：湖畔派诗人中成就最高者，他与湖畔派另一位诗人萨缪尔·柯尔律治共同出版《抒情歌谣集》，成为英国浪漫主义文学的奠基之作。

（6）维克多·雨果：法国作家，代表作《巴黎圣母院》《九三年》《悲惨世界》等。

（7）亚历山大·大仲马：法国小说家，代表作《三个火枪手》和《基度山伯爵》，将通俗小说的发展推向极致。

（8）亚历山大·小仲马：大仲马的儿子，代表作有《茶花女》《放荡的父亲》《私生子》等。

（9）普希金：俄国诗人，代表作有《自由颂》《青铜骑士》《叶甫盖尼·奥涅金》《渔夫和金鱼的故事》等。

（10）裴多菲：匈牙利人积极浪漫主义诗人，代表作为《民族之歌》《使徒》等，"生命诚可贵，爱情价更高"出自其《自由与爱情》。

（11）梭罗：美国作家，其作品《瓦尔登湖》是美国浪漫主义文学的奠基之作。

（12）沃尔特·惠特曼：美国诗人，诗集《草叶集》，歌颂美利坚民族意识的觉醒，成为美国现代文学的鼻祖。

2. 批判现实主义文学

（1）司汤达：法国批判现实主义作家，代表作《红与黑》。

（2）巴尔扎克：法国批判现实主义文学的杰出代表，代表作有《人间喜剧》，包括《高老头》《欧也妮·葛朗台》《贝姨》《邦斯舅舅》等。

真题再现

（2014年单项选择）下列选项中，作家与作品对应正确的是（　　）。

A. 福楼拜—《羊脂球》　　　　　　　　B. 巴尔扎克—《高老头》

C. 塞万提斯—《巴黎圣母院》　　　　　D. 狄更斯—《包法利夫人》

答案：B。【解析】《羊脂球》的作者是莫泊桑。《巴黎圣母院》的作者是雨果。《包法利夫人》作者是福楼拜。

（3）福楼拜：法国作家，代表作《包利法夫人》。

（4）普罗斯佩·梅里美：法国现实主义作家，代表作《卡门》。

（5）莫泊桑：法国批判现实主义作家。有短篇小说巨匠、短篇小说之王之称，代表作有《一生》《俊友》《羊脂球》《我的叔叔于勒》《项链》等。

真题再现

（2012年单项选择）下列作家中，以短篇小说创作而著称于世的一位是（　　）。

A. 莫泊桑　　　　　B. 巴尔扎克　　　　　C. 托尔斯泰　　　　　D. 普希金

答案：A。【解析】莫泊桑、契诃夫和欧·亨利并称为世界三大短篇小说家。莫泊桑被称为短篇小说巨匠、短篇小说之王。

（6）狄更斯：英国批判现实主义作家。小说有《大卫·科波菲尔》《艰难时世》《荒凉山庄》和《双城记》等。

（7）萨克雷：英国作家，代表作《名利场》。

（8）夏洛蒂·勃朗特：英国作家，代表作《简·爱》。

（9）艾米莉·勃朗特：英国作家，代表作《呼啸山庄》。她与《简·爱》作者夏洛蒂·勃朗特和《爱格妮斯·格雷》的作者安妮·勃朗特，世称勃朗特三姐妹。

（10）果戈理：俄国最优秀的讽刺作家，批判现实主义文学的奠基人。主要作品有《钦差大臣》《死魂灵》。

（11）列夫·托尔斯泰：俄国现实主义作家，代表作为《战争与和平》《安娜·卡列尼娜》《复活》等。列宁称其为俄国革命的一面镜子。

（12）陀思妥耶夫斯基：俄国作家，代表作《罪与罚》《白夜》《卡拉马佐夫兄弟》。

（13）契诃夫：代表作《小公务员之死》《变色龙》《套中人》《第六病室》等，是俄罗斯唯一以短篇小说创作登上世界文坛高峰的作家。

（14）马克·吐温：美国作家，代表作《竞选州长》《败坏了赫德莱堡的人》《镀金时代》《汤姆·索亚历险记》《百万英镑》等。

（15）欧·亨利：美国短篇小说家，主要作品有《麦琪的礼物》《警察与赞美诗》《最后一片藤叶》等，被誉为美国生活幽默的百科全书。

（16）斯托夫人：代表作《汤姆叔叔的小屋》，反映了美国蓄奴制度时期的社会生活。

（三）现代文学

1. 无产阶级文学

（1）马克西姆·高尔基：俄国作家，代表作为《童年》《在人间》《我的大学》《母亲》《海燕》等。

真题再现

（2015年单项选择）下列作品，不属于高尔基的是（　　）。

A.《童年》　　　　　　B.《在人间》　　　　　C.《母亲》　　　　　D.《我的大学》

答案：C。

（2）尼古拉·奥斯特洛夫斯基：俄国作家，代表作为《钢铁是怎样炼成的》。

（3）欧仁·鲍狄埃：法国革命家诗人，主要作品有《自由万岁》《该拆掉的老房子》《自由吧，巴黎》《铁匠的梦》《起义者》等。于1871年6月写下了雄壮宏伟、载入史册的无产阶级《国际歌》，成为全世界"无产阶级联合起来"的战斗诗歌。

2. 现实主义文学

（1）简·奥斯汀：18世纪向19世纪过渡的一位现实主义小说女作家。在她42年的人生中，留下6部长篇小说：《傲慢与偏见》（1813）、《爱玛》（1815）、《理性与感性》（1811）、《诺桑觉寺》（1818）、《曼斯菲尔德庄园》（1814）、《劝导》（1818）。

（2）海明威：美国作家，诺贝尔文学奖获得者，代表作《老人与海》《太阳照常升起》《永别了，武器》《丧钟为谁而鸣》等。

（3）米哈伊尔·肖洛霍夫：20世纪苏联文学的杰出代表，代表作有《静静的顿河》《一个人的遭遇》等。

（4）阿·托尔斯泰：俄国作家。长篇小说《苦难的历程》。

（5）劳伦斯：英国小说家和诗人。代表作《儿子与情人》《查泰莱夫人的情人》。

（6）米兰·昆德拉：捷克裔小说家，代表作《生命中不能承受之轻》。

（7）罗曼·罗兰：法国作家，诺贝尔文学奖获得者，代表作《约翰·克利斯朵夫》。

（8）杰克·伦敦：美国作家。代表作《野性的呼唤》《海狼》《白牙》《马丁·伊登》，曾被称为美国无产阶级文学之父。

（9）西奥多·德莱塞：美国作家，代表作《嘉莉妹妹》《珍妮姑娘》《美国的悲剧》，欲望三部曲（《金融家》《巨人》《禁欲者》）。

3. 现代主义文学

现代主义文学公认的开山鼻祖是塞万提斯的《堂吉诃德》和福楼拜的《情感教育》。而奥地利作家弗兰茨·卡夫卡、法国作家马赛尔·普鲁斯特、爱尔兰作家詹姆斯·乔伊斯则并称为西方现代主义文学的先驱和大师。

4. 存在主义文学

存在主义文学在存在主义哲学的基础上产生，是以文学的形式宣传存在主义哲学思想。其特征是理性多于形象。作家主要有法国的萨特、加缪、波伏瓦、梅勒。

5. 象征主义文学

象征主义是西方现代主义文学运动中出现最早、影响最大的文学流派。代表作品有英国T·S·艾略特的《荒原》，法国诗人瓦雷里的《海滨墓园》，爱尔兰诗人、剧作家叶芝的《驶向拜占庭》。叶芝由于"表达了整个民族精神"而获得了 1923 年度诺贝尔文学奖。比利时的梅特林克是象征主义戏剧的代表作家，代表作《青鸟》。

6. "黑色幽默"文学

"黑色幽默"是 20 世纪 60 年代风行于美国的一个现代主义小说流派，由美国作家弗里德曼编的一个《黑色幽默》的集子而得名。美国海勒的《第二十二条军规》被认为是"黑色幽默"的一面旗帜。还有冯纳古特的《第五号屠场》《猫的摇篮》，品钦的《万有引力之虹》等。

7. 垮掉的一代

垮掉的一代是"二战"后风行于美国的一个文学流派，作家多为男女青年。用同性恋、爵士乐、吸毒酗酒等来逃避现实并向体面的社会和美国传统价值观念挑战，提出"沉沦就是解放"和纵欲享乐合法的口号，对社会进行病态的反抗。代表作品有杰克·凯鲁亚克的《小镇与城市》、金斯堡的《嚎叫》。

三、儿童文学

（一）国外儿童文学作品

1.《一千零一夜》

《一千零一夜》又名《天方夜谭》，是阿拉伯民间故事集，被高尔基誉为世界民间文学史上"最壮丽的一座纪念碑"。

2.《吸血鬼的故事》

《吸血鬼的故事》又名《白图·帕智西》或《一个吸血鬼的二十五个故事》的精选本，英国理查德·伯顿根据印度民间神话整理、撰写而成。

3.《彼勒与大龙》

《彼勒与大龙》是《新约篇·次经篇》中《但以理书》希腊文本中的一个补篇。

4.《伊索寓言》

《伊索寓言》原书名为《埃索波斯故事集成》，相传为公元前 6 世纪古希腊伊索所编，搜集有古希腊民间故事，并加入印度、阿拉伯及基督教故事，经由后人汇集整理而成。

5.《格林童话全集》

《格林童话全集》产生于 19 世纪初，是由德国雅可布·格林和威廉·格林兄弟收集、整理、加工完成的德国民间故事集，是世界童话的经典之作。问世一百多年来，已被译成 70 多种文字，在世界各国广为流传，成为各地收集民间故事的范例。

6.《安徒生童话》

《安徒生童话》由丹麦安徒生著，是一部世界文学名著，也是一部真正可以从小读到老的书。安徒生有现代童话之父的美誉。

7.《爱丽丝梦游仙境》

《爱丽丝梦游仙境》由英国刘易斯·卡罗尔著，英国魔幻文学的代表作，是世界十大著名哲理童话之一。

8.《木偶奇遇记》

《木偶奇遇记》由意大利卡洛·科洛迪著，1881 年出版，它讲述的是一个名叫匹诺曹的木偶男孩的故事。已译成两百多种文字，成为全世界儿童最爱读的文学作品之一。

9.《汤姆·索亚历险记》

《汤姆·索亚历险记》由美国马克·吐温著，1876 年发表，是马克·吐温所著的最受欢迎和喜爱的儿童小说之一，是史上最经典的历险记之一。

10.《绿野仙踪》

《绿野仙踪》是美国童话之父弗兰克·鲍姆的代表作。1900 年一出版就大受美国小读者的欢迎，是美国最伟大的儿童文学作品之一，开创了美国神奇童话之先河。

11.《骑鹅历险记》

《骑鹅历险记》由瑞典塞尔玛·拉格洛芙著，是唯一一部荣获诺贝尔文学奖的优秀儿童文学作品。

12.《霍比特人》

《霍比特人》由英国 J·R·R·托尔金著，最初是托尔金写给自己孩子的炉边故事，由于其瑰丽的想象和动人的情节，被誉为 20 世纪最伟大的文学经典之一。

13.《小王子》

《小王子》是法国安东尼·德·圣埃克絮佩里于 1942 年写成的儿童文学短篇小说，是法国乃至世界上最为著名的一部童话小说。

14.《纳尼亚传奇》

英国 C·S·刘易斯于 1951—1956 年创作的七本系列魔幻故事，分别为《魔法师的外甥》《狮子、女巫和魔衣柜》《能言马与男孩》《凯斯宾王子》《黎明踏浪号》《银椅》《最后一战》。

15.《查理和巧克力工厂》

《查理和巧克力工厂》是由英国罗尔德·达尔于 1964 年所著的儿童文学，这部书被誉为 20 世纪最受欢迎的儿童文学之一，曾多次改编成电影。

16.《哈利波特》

《哈利波特》是英国作家 J·K·罗琳的魔幻文学系列小说，全套共 7 集。被翻译成 67 种语言，是世界上最畅销小说之一，根据小说拍摄的电影成为全球史上最卖座的电影系列之一。

17.《爱的教育》

《爱的教育》由意大利亚米契斯著，原名《考莱》，是世界公认的文学名著，更是一部富有爱心及教育性的读物，被赞誉为一部人生成长中的必读书。

18.《绿山墙的安妮》

《绿山墙的安妮》由加拿大露西·蒙哥玛利著，马克·吐温称"安妮是继不朽的爱丽丝之后最令人感动和喜爱的形象"。

19.《快乐王子》

《快乐王子》由英国王尔德著，是王尔德唯美主义童话的代表作，在整个西方童话文学中独树一帜，堪称全世界最美的童话。

20.《皇帝的新装》

《皇帝的新装》由丹麦安徒生著，首次发表于1837年，是安徒生的代表作之一。

21.《永远讲不完的故事》

《永远讲不完的故事》是德国麦克·安迪于1979年出版的奇幻小说，是德国家喻户晓的儿童作品。

22.《吟游诗人皮陀故事集》

《吟游诗人皮陀故事集》又名《诗翁彼豆故事集》，是J·K·罗琳2007年出版的作品。

23.《猫武士》

《猫武士》由艾琳·亨特著，共6册，是一部风靡欧美的动物励志传奇故事。

24.《彼得·潘》

《彼得·潘》是英国作家巴里的一部童话剧，1904年在伦敦首演，并于1911年正式出版。

25.《小淘气尼古拉的故事》

《小淘气尼古拉的故事》是由法国国宝级著名作家勒内·戈西尼和著名漫画家让·雅克·桑贝于1959年以小尼古拉的形象创作的系列漫画故事，在法国几乎是家喻户晓。

26.《小老虎和小熊的交通规则》

《小老虎和小熊的交通规则》是德国当代最著名的儿童文学大师雅诺什创作的图画故事书。

（二）国内儿童文学作品

表4-1为国内儿童文学作品。

表4-1　国内儿童文学作品

书　名	作　者	时　间
《稻草人》	叶圣陶	1923年
《阿丽思中国游记》	沈从文	1928年
《阿丽思小姐》	陈伯吹	1931年
《大林和小林》	张天翼	1932年
《奇怪的地方》	张天翼	1936年
《南南和胡子伯伯》	严文井	1941年
《木偶戏》	郭风	1945年
《鸡毛信》	华山，鲁彦周	1945年
《三毛流浪记》	张乐平	1947年
《虾球传》	黄谷柳	1947年

续表

书 名	作 者	时 间
《小英雄雨来》	管桦	1948 年
《小燕子万里飞行记》	秦兆阳	1950 年
《我们的土壤妈妈》	高士其	1951 年
《小人国的秘密》	李跃儿	1951 年
《罗文应的故事》	张天翼	1952 年
《海滨的孩子》	肖平	1954 年
《金色的海螺》	阮章竞	1955 年
《一只想飞的猫》	陈伯吹	1955 年
《野葡萄》	葛翠琳	1956 年
《"小兵"的故事》	柯岩	1956 年
《小公鸡历险记》	贺宜	1956 年
《神笔马良》	洪汛涛	1956 年
《宝葫芦的秘密》	张天翼	1957 年
《下次开船港》	严文井	1957 年
《小兵张嘎》	徐光耀	1958 年
《猪八戒吃西瓜》	金智学	1958 年
《小橘灯》	冰心	1960 年
《小蝌蚪找妈妈》	方惠珍，盛璐德	1960 年
《小布头奇遇记》	孙幼军	1961 年
《小灵通漫游未来》	叶永烈	1961 年
《狐狸打猎人的故事》	金近	2006 年
《闪闪的红星》	李心田	1972 年
《小白杨要接班》	金近	1977 年
《珊瑚岛上的死光》	童恩正	1978 年
《云海探奇》	刘先平	1980 年
《三个和尚》	包蕾等	1981 年
《小狗的小房子》	孙幼军	1981 年
《黑猫警长》	诸志祥	1982 年
《骆驼寻宝记》	陈伯吹	1982 年
《第七条猎狗》	沈石溪	1985 年

书　　名	作　　者	时　　间
《千鸟谷追踪》	刘先平	1985 年
《一百个中国孩子的梦》	董宏猷	1989 年
《舒克和贝塔历险记》	郑渊洁	1989 年
《青春口哨》	金曾豪	1993 年
《花季·雨季》	郁秀	1996 年
《草房子》	曹文轩	1997 年
《我要做好孩子》	黄蓓佳	2000 年
《非法智慧》	张之路	2001 年
《女生日记》	杨红樱	2000 年
《男生日记》	杨红樱	2002 年
《可笨猫全传》	冰波	2002 年
《阁楼精灵》	汤素兰	2002 年
《淘气包马小跳》	杨红樱	2003 年起
《皮皮鲁总动员》	郑渊洁	2006 年
《心灯》	风雪里	2009 年
《童话大王讲经典》	郑渊洁	2011 年

高频考点训练

1. 被后人称为"书圣"的东晋书法家是（　　）。

A. 钟繇　　　　　　B. 王羲之　　　　　　C. 顾恺之　　　　　　D. 吴道子

2. 下列作品不属于李白所作的是（　　）。

A.《静夜思》　　　　B.《望庐山瀑布》　　C.《兵车行》　　　　D.《蜀道难》

3.《西游记》中的火焰山是在（　　）。

A. 新疆　　　　　　B. 印度　　　　　　　C. 西藏　　　　　　　D. 甘肃

4. 下列选项中，关于文学流派的描述正确的是（　　）。

A. 山水诗派和边塞派是盛唐以及两宋诗歌最大最重要的两个流派。山水诗人以王维、孟浩然为代表，边塞诗人以高适、岑参为代表。

B. 江西诗派，北宋诗人中最具代表性的是人称"苏黄"的苏轼和黄庭坚，黄庭坚即江西诗派的开创者。

C. 元曲四大家指关汉卿、白朴、马致远、王实甫，他们是元代杂剧和散曲中最重要的四位作家。

D. 公安派以湖北公安人袁宗道、袁宏道、袁中道兄弟为代表，提倡"独抒性灵，不拘格套"的"性灵说"。其主要成就是小说。

5. 教师在讲授《水浒传》分析林冲的性格时，不宜选取下列哪一情节？（　　）。
   A. "火烧草料场"　　　　　　　　　B. "血溅鸳鸯楼"
   C. "误闯白虎堂"　　　　　　　　　D. "风雪山神庙"

6. 下列关于文学常识的说法，有错误的一项是（　　）。
   A. 北宋哲学家周敦颐在《爱莲说》中将"莲"比作"君子"，表明了自己的人生态度：在污浊的世间永远保持清白的操守和正直的品德。
   B. 《范进中举》选自清代小说家吴敬梓的《儒林外史》，故事抨击了对读书人进行精神迫害的封建科举制度，同时反映了当时世态的炎凉。
   C. 我国现代文学家鲁迅在作品中塑造了很多著名人物形象，其中藤野先生、闰土、孔乙己都是其小说集《呐喊》中的人物。
   D. 俄国作家契诃夫的《变色龙》运用夸张手法描写了奥楚蔑洛夫对小狗态度的多次变化，淋漓尽致地刻画了一个谄上欺下、见风使舵、趋炎附势的小人形象。

7. 我国第一部现代白话小说是（　　）。
   A. 《孔乙己》　　　　　　　　　　　B. 《春风沉醉的晚上》
   C. 《沉沦》　　　　　　　　　　　　D. 《狂人日记》

8. 教师在讲授莎士比亚的《哈姆莱特》时，先对作者莎士比亚及其作品作了一些介绍，下列说法不正确的是（　　）。
   A. 《仲夏夜之梦》《威尼斯商人》《第十二夜》《皆大欢喜》是莎士比亚的四大悲剧。
   B. 1609年，莎士比亚发表了《十四行诗》，这是他最后出版的一部非戏剧类著作。
   C. 《哈姆莱特》和《麦克白》《李尔王》《奥赛罗》一起组成莎士比亚的"四大悲剧"。
   D. 莎士比亚是英国文艺复兴时期伟大的剧作家、诗人，欧洲文艺复兴时期人文主义文学的集大成者。

9. 下列说法有误的一项是（　　）。
   A. "诸子百家"是指我国先秦到汉初各学派的代表人物及其著作。
   B. 唐宋八大家是指韩愈、柳宗元、苏轼、苏洵、苏辙、欧阳修、王安石、曾巩。
   C. "乐府"是指汉魏六朝文学史上出现的一种能够配乐歌唱的旧诗体，如《木兰诗》。
   D. 有些古文，其标题就表明了文章的体裁。如《陋室铭》《醉翁亭记》《出师表》《捕蛇者说》等题目中的"铭""记""表""说"，都表明了该文的文体。

10. 《龟兔赛跑》《狼和小羊》《农夫和蛇》等故事出自（　　）。
    A. 《神谱》　　　　　　　　　　　B. 《埃涅阿斯纪》
    C. 《理想国》　　　　　　　　　　D. 《伊索寓言》

11. 下列希腊神话人物中，作为智慧女神被人们接受的是（　　）。
    A. 维纳斯　　　B. 雅典娜　　　C. 缪斯　　　D. 德墨忒尔

12. 人是"宇宙的精华，万物的灵长"，这句话出自（　　）。
    A. 《君主论》　　B. 《人论》　　C. 《哈姆莱特》　　D. 《伪君子》

13. 关于我国古籍中的"第一部"，下列对应不正确的一项是（　　）。
    A. 第一部诗歌总集——《诗经》　　B. 第一部语录体著作——《论语》
    C. 第一部编年体史书——《汉书》　　D. 第一部纪传体史书——《史记》

14. 下列有关文学常识的表述，不正确的一项是（　　）。
    A. 元曲包括散曲和杂剧，关汉卿的《窦娥冤》、马致远的《汉宫秋》和王实甫的《西厢记》是最著名的杂剧作品。

B.《家》《春》《秋》是巴金的代表作，合称"爱情三部曲"，其中《家》的成就最高。

C."赋"这种文体，讲究文采和韵律，兼有诗歌和散文的性质。宋代的赋进一步趋向散文化，如欧阳修的《秋声赋》。现代散文的"赋"是"赞""颂"之意，如峻青的《秋色赋》。

D. 泰戈尔是印度伟大的诗人。1921 年发表抒情诗集《吉檀迦利》使他获得诺贝尔文学奖，另有诗集《飞鸟集》。

15. 下列不属于"初唐四杰"的是（   ）。

A. 王勃　　　　　B. 杨炯　　　　　C. 骆宾王　　　　　D. 韩愈

16. 下列作品中属于冰心诗集的是（   ）。

A.《斯人独憔悴》《超人》　　　　　B.《往事》《繁星》

C.《往事》《寄小读者》　　　　　D.《春水》《繁星》

参考答案及解析

1. 答案：B。【解析】A 项，钟繇为三国时期书法家。C 项，顾恺之为东晋画家。D 项，吴道子为唐代画家，被尊称为"画圣"。

2. 答案：C。【解析】《兵车行》是杜甫著名的叙事诗。

3. 答案：A。【解析】"火焰山"自东面西，横亘在吐鲁番盆地中部，为天山支脉之一。

4. 答案：B。【解析】山水诗派和边塞诗派是盛唐诗歌最重要的两个流派；元曲四大家有郑光祖而无王实甫；公安派的主要成就是散文。

5. 答案：B。【解析】"血溅鸳鸯楼"的人是武松。

6. 答案：C。【解析】"藤野先生"是散文集《朝花夕拾》中的人物形象。

7. 答案：D。【解析】《狂人日记》我国第一部现代白话小说，《沉沦》是我国第一部现代白话小说集。

8. 答案：A。【解析】A 项中的作品应为莎士比亚的喜剧作品。

9. 答案：C。【解析】"乐府"，本是掌管音乐的机关名称，最早设立于汉武帝时，南北朝也有乐府机关。其具体任务是制作乐谱，收集歌词和训练音乐人才。歌词的来源有二：一部分是文人专门制作的；一部分是从民间收集的。后来，人们将乐府机关采集的诗篇称为乐府，或称乐府诗、乐府歌词，于是乐府便由官府名称变成了诗体名称。乐府双璧为《木兰诗》与《孔雀东南飞》。

10. 答案：D。【解析】这三个小故事都出自古希腊寓言故事集《伊索寓言》。

11. 答案：B。【解析】A 项，维纳斯为爱神。C 项，缪斯为文艺女神。D 项，德墨忒尔为谷物女神。

12. 答案：C。【解析】这句话出自《哈姆莱特》，由剧中人物哈姆莱特说出。

13. 答案：C。【解析】我国第一部编年体史书是《春秋》。

14. 答案：B。【解析】《家》《春》《秋》是"激流三部曲"，"爱情三部曲"是《雾》《雨》《电》。

15. 答案：D。【解析】"初唐四杰"是中国唐代初期四位文学家王勃、杨炯、卢照邻、骆宾王的合称，简称"王杨卢骆"。

16. 答案：D。【解析】《斯人独憔悴》《超人》是小说，《往事》是小说、散文集，《寄小读者》是散文集。

第四节　艺术素养

主要知识点

中外艺术成就包括书法、绘画、音乐、雕塑、戏剧、电影等。

一、文字和书法

1. 商朝

甲骨文已经成为比较成熟的文字，用于王室和贵族的占卜活动。我国已出土甲骨15万片，共发现甲骨文4 500余字，目前仅破译了1 500多字。

2. 西周

金文是铸刻在青铜器上的文字。西周晚期的毛公鼎，腹内铸有铭文499字，是目前已发现的铭文最多的青铜器。

3. 秦朝

标准字体是小篆，民间流行更简化的隶书。

4. 东汉

隶书是汉朝主要字体，东汉末年书法成为一种艺术，张芝是东汉著名的草书大家，被后人称为"草书之祖"。

5. 曹魏

钟繇开始把隶书转化为楷书。

6. 东晋

"书圣"王羲之，代表作《兰亭序》《黄庭经》。其中《兰亭序》被誉为"天下第一行书"。

7. 唐代

初唐三大家：欧阳询、虞世南、褚遂良。

盛唐：颜真卿，"颜体"，代表作《多宝塔碑》《颜氏家庙碑》《祭侄文稿》。

中晚唐：柳公权，"柳体"，代表作《神策军碑》《玄秘塔碑》《冯宿碑》《李晟碑》；张旭和怀素和尚被誉为 "草圣"。张旭的代表作《古诗四帖》《草书心经》。《自叙帖》是怀素流传下来篇幅最长的作品，也是他晚年草书的代表作，被称为中华第一草书。

8. 宋

宋四家（苏轼、黄庭坚、米芾、蔡襄），宋徽宗赵佶也是一位杰出的书法家，以"瘦金体"著称。

9. 元代

赵孟頫与唐朝欧阳询、颜真卿、柳公权并称为"楷书四大家"。

2009年，中国书法，篆刻艺术双双被联合国教科文组织列入"人类非物质文化遗产代表作名录"。

二、绘画

1. 中国

（1）顾恺之，东晋画家，字长康，小字虎头，晋陵无锡（今江苏）人。擅画人像、佛像、禽兽、山水等，有"才绝、画绝、痴绝"之称，与陆探微、张僧繇并称"画界三杰"。其绘画的传世摹本有《女史箴图》卷、《洛神赋图》卷、《列女仁智图》卷等，以《洛神赋图》数量最多。此外，他所提出的"迁想妙得""以形写神"等艺术观点对后世影响极大。

（2）阎立本，唐代画家，主要作品有《步辇图》《历代帝王图》；吴道子，唐代著名画家，中国山水画的祖师，被誉为"画圣"，作品有《八十七神仙卷》《天王送子图》；周昉，唐代画家，作品有《簪花仕女图》。

（3）张择端，北宋画家，字正道，东武（今属山东）人。故宫博物院所藏《清明上河图》是其传世名作。

（4）元四家是指元代山水画的四位代表画家的合称。主要有两种说法：一是指赵孟頫、吴镇、黄公望、王蒙四人，见明代王世贞《艺苑卮言·附录》。二是指黄公望、王蒙、倪瓒、吴镇四人，见明代董其昌《容台别集·画旨》。第二种说法流行较广。其中，赵孟頫的代表作为《秋郊饮马图》；画家黄公望的《富春山居图》是中国十大传世名画之一，这幅画于清代顺治年间遭火焚，断为两段，前半段重新定名为《剩山图》，现藏于浙江省博物馆，后半卷《富春山居图》世称《无用师卷》，现藏台北故宫博物院。

（5）郑燮，字克柔，号板桥，江苏兴化人。乾隆元年（1736）进士。为官清正，性格旷达。有"狂""怪"之誉，为"扬州八怪"（罗聘、李方膺、李鱓、金农、黄慎、郑燮、高翔和汪士慎）之一。书画皆善，画中以兰竹之作最负盛名。其作品有《兰竹荆石图》轴等。

（6）齐白石，原名纯芝，后名璜，字渭清，又字兰亭，号濒生，别号白石山人、寄园、寄萍、寄萍堂主人、老萍、萍翁、寄幻仙奴等。湖南湘潭人，擅绘画、篆刻和书法，也攻诗词。绘画以花鸟见长。代表作品有《虾》《蟹》《牡丹》《牵牛花》《蛙声十里出山泉》等。

（7）张大千，法号大千，四川内江人，从小即在母亲的指导下学习花鸟画与书法。在技法上以泼彩、泼墨相结合的手段，为中国画的用色、用墨开辟了新途径。代表作有《振衣千仞冈》《来人吴中三隐》《石涛山水》《梅清山水》《巨然茂林叠嶂图》等。

（8）徐悲鸿，现代画家、美术教育家。代表作品有《八骏图》《愚公移山》等。

（9）傅抱石，江西新余人，原名傅瑞麟，因喜爱清初石涛的画，自号"抱石斋主人"，后改名为傅抱石。其作品有《潇潇暮雨》等。

2. 外国

（1）文艺复兴艺术三杰。

① 达·芬奇：被称为整个欧洲文艺复兴时期最完美的代表。代表作品《蒙娜丽莎》《岩间圣母》《最后的晚餐》。

② 米开朗琪罗（也译为米开朗基罗）：意大利文艺复兴时期的画家、雕塑家、建筑师和诗人，是文艺复兴时期雕塑艺术最高峰的代表。其代表作品有《大卫》《彼耶达》《创世纪》《最后的审判》。

③ 拉斐尔，意大利杰出画家，古典主义者的典范。其代表作有油画《西斯廷圣母》、壁画《雅典学院》。拉斐尔的圣母，充满了人文气息。

（2）17—18世纪欧洲艺术。

① 佛兰德斯的鲁本斯代表了巴洛克绘画的最高成就。他的作品具有宏大的场面、强烈的运动感，富于想象力和戏剧性。代表作《抢劫吕西普斯的女儿》《玛丽·美第奇的生平》等。

② 伦勃朗是当时荷兰最杰出的画家，在肖像画、风俗画、历史画等方面都有惊人成就，一生坎坷却始终坚持现实主义创作道路。代表作有《杜普教授的解剖学课》《夜巡》和大量《自画像》等。

（3）19世纪欧洲艺术。

① 新古典主义。

绘画的杰出代表是大卫和它的学生安格尔。大卫侧重英雄伦理内容，代表作有《荷加斯兄弟宣誓》《马拉之死》；安格尔侧重东方华丽的唯美倾向，他精于观察，对形体的追求以现实为基础，但这并不妨碍他进行夸张，代表作有《泉》《土耳其浴室》。

② 批判现实主义。

从题材上来说，批判现实主义画的是生活，是社会底层平民的生活；绘画的风格也非常贴近生活。代表作品有米勒的《拾穗者》、库尔贝的《画室》等。

③ 浪漫主义。

热里科是先驱，作品《梅杜萨之筏》被称为是浪漫主义的宣言。登上浪漫主义绘画顶峰的是德拉克洛瓦，代表作有《自由引导人民》《希奥岛的屠杀》《萨达纳巴尔之死》等。

（4）印象派奠基人。

① 马奈，法国印象派先驱，代表作《草地上的午餐》。

② 莫奈，法国19世纪的著名画家，印象主义画派的奠基人。代表作品《日出·印象》《卢昂大教堂》《维特尼附近的罂粟花田》《睡莲》。

（5）印象派三大巨匠。

① 梵·高：荷兰人，长年生活在法国，是后印象派的重要画家，代表作品《星夜》《向日葵》《有乌鸦的麦田》。

② 塞尚：法国后期印象派三大巨匠之一，他认为"自然不是表面，而是有它的深度""色彩丰富，画面自然充实"。代表作《穿红马甲的孩子》《红椅上的塞尚夫人》《静物》等。

③ 高更：法国后期印象派三大巨匠之一，代表作《拿水果的妇女》《我们从何处来？我们是什么？我们往何处去？》。

（6）现代艺术。

毕加索，立体主义创始人。他一生中画法和风格几经变化，分为这样几个时期："蓝色时期""玫瑰红时期""黑人时期"以及后来的立体主义时期。代表作《亚维农少女》《卡思维勒像》《瓶子、玻璃杯和小提琴》《格尔尼卡》《梦》。

三、雕塑

1. 商周

古蜀国的青铜雕塑，包括太阳神树、青铜大立人像、凸目人面像等，体现了古蜀先民高超的创造力和工艺水平。

2. 秦朝

秦始皇陵兵马俑，是迄今为止出土的世界上最大的艺术宝库，被誉为世界"第八大奇迹"。兵马俑是古代墓葬雕塑的一个类别，即制成兵马（战车、战马、士兵）形状的殉葬品。

3. 汉

中国西汉和东汉的雕塑作品，主要包括石刻、玉雕、陶塑、木雕和铸铜等品种。

汉代的俑模仿供墓主人生前驱使的各色人物，如农夫、厨师、百戏演员，舞女等，以及圈养的家禽、走兽。有的把表现对象塑造得有声有色，有的手法夸张，如四川地区出土的击鼓说唱俑。

东汉青铜器有甘肃武威出土的东汉铜奔马，又名马踏飞燕。

茂陵石雕，霍去病墓之大型石刻群：霍去病墓石雕，多是根据原石自然形态，运用圆雕、浮雕、线刻等手法雕刻而成，浑厚深沉，粗放豪迈，简练传神。是现存时代最早、保存完整的成组石雕。代表作品为"马踏匈奴""伏虎""跃马"等。

4. 魏晋南北朝

石窟艺术：山西大同云冈石窟、河南洛阳龙门石窟、甘肃麦积山石窟。龙门石窟在唐代武则天时期十分兴盛（四大石窟：敦煌莫高窟、云冈石窟、龙门石窟、麦积山石窟）。

5. 隋唐

甘肃敦煌莫高窟是我国石窟艺术的精华。

6. 北宋

重庆大足石刻在佛教造像中加入大量表现民间生活的内容。

四、建筑

1. 中国古建筑特点

木结构建筑为主，在造型上，人字屋顶和飞檐斗拱体现了最典型的东方风格。保留至今的杰出古代建筑典范：

（1）皇家建筑：故宫、天坛、颐和园、承德避暑山庄、沈阳故宫。

（2）帝王陵寝：秦始皇陵兵马俑、乾陵。

（3）明清皇陵：清东陵、清西陵、明十三陵、南京明孝陵。

（4）宗教建筑：嵩山古建筑群、武当山古建筑群、五台山古建筑群、布达拉宫。

（5）防御工事：长城、藏羌碉楼。

（6）最为古老的木建筑：唐朝仅存的木结构建筑——五台山古刹佛光寺和南禅寺；千年木塔——山西应县木塔（辽代）；古老的砖石建筑——河北赵州桥、西安大雁塔、大理崇圣寺三塔、开封铁塔。

2. 西方建筑主要风格

（1）哥特式建筑风格：盛行于 12—15 世纪，1140 年左右产生于法国的欧洲建筑风格以宗教建筑为多，主要特点：高耸的尖塔、超人的尺度和繁缛的装饰，形成统一向上的旋律。整体风格为高耸削瘦，对后世其他艺术均有重大影响。

（2）巴洛克建筑风格：1600—1760 年，17 世纪起源于意大利的罗马，后传至德、奥、法、英、西、葡，直至拉丁美洲的殖民地。它是 17—18 世纪在意大利文艺复兴建筑的基础上发展起来的一种建筑和装饰风格。主要特点：外形自由，追求动态，喜好富丽的装饰和雕刻、强烈的色彩，常用穿插的曲面和椭圆形空间。它能用直观的感召力给教堂、府邸的使用者以震撼，而这正是天主教教会的用意（让更多的异教徒皈依）。

（3）洛可可建筑风格：1750—1790 年，别称为"路易十五式"。主要起源于法国，代表了巴洛克风格的最后阶段，主要特点是纤弱娇媚、华丽精巧、甜腻温柔、纷繁琐细。

（4）木条式建筑风格：一种纯美洲民居风格，水平式、木架骨的结构是其主要特点。

（5）概念式风格：20 世纪 90 年代开始在国际上流行，其实是一种模型建筑，它更多的来自人的想象，力求摆脱对建筑本身的限制和约束，而创造出一种个性化色彩很强的建筑风格。

3. 外国著名建筑

（1）意大利——比萨斜塔、古罗马斗兽场、米兰大教堂（巴洛克风格）。

（2）梵蒂冈——罗马圣彼得大教堂（巴洛克风格）。

（3）法国——巴黎圣母院（哥特风格）、凡尔赛宫（洛可可风格）。

（4）埃及——金字塔、狮身人面像、拉美西斯神庙（阿布辛贝神庙）。

（5）印度——泰姬陵。

（6）德国——新天鹅城堡（迪士尼的原型）、科隆大教堂。

（7）希腊——雅典卫城、帕提农神庙。

（8）美国——白宫、金门大桥、自由女神。

（9）柬埔寨——吴哥窟。

（10）泰国——大王宫。

（11）英国——大本钟。

（12）澳大利亚——悉尼歌剧院。

（13）俄罗斯——瓦西里大教堂、莫斯科红场。

（14）土耳其——伊斯坦布尔清真寺（圣索菲亚大教堂）。

五、音乐

1. 中国音乐

中国的音乐文化底蕴厚重，不同时期的代表人物及其代表作品能够体现中国音乐文化发展的历程。中国历代著名音乐家主要有：

（1）伯牙，古代传说人物，生于春秋战国时代，相传琴曲《水仙操》《高山流水》是他的作品。

（2）师旷，春秋时代晋国音乐家，相传《阳春》《白雪》《玄默》是他的作品。

（3）王玉峰，清末民间盲艺人，创造"三弦弹戏"，以能在弦上模仿谭鑫培、龚云甫等京剧名演员唱腔知名。

（4）华彦钧，现代民间音乐家，人称"瞎子阿炳"。所作《听松》《二泉映月》《寒春风曲》等二胡曲最为曼妙。

（5）聂耳，我国无产阶级革命音乐奠基者，1933年加入中国共产党。作有《义勇军进行曲》《开路先锋》《大路歌》《前进歌》《铁蹄下的歌女》等三十余首歌曲及歌剧《扬子江暴风雨》。

（6）冼星海，现代作曲家、人民音乐家。作品有大合唱《黄河》《生产》等，歌曲有《到敌人后方去》《在太行山上》等，交响曲《民族解放》《神圣之战》，交响组曲《满江红》等。

真题再现 \\\

（2013年单项选择）下列选项中，由冼星海作曲的歌曲是（　　）。

A.《黄河大合唱》　　　　　　　　B.《义勇军进行曲》

C.《天路》　　　　　　　　　　　D.《我的祖国》

答案：A。

（7）张曙，现代作曲家，作品有《保卫国土》《洪波曲》等二百余首。

（8）麦新，现代作曲家，其作品《大刀进行曲》在群众中广泛流传。

（9）贺绿汀，当代著名音乐家、教育家，作品有《牧童短笛》《摇篮曲》《游击队歌》等。

2. 中国民族乐器

（1）吹奏乐器。

典型乐器：笙、芦笙（苗族）、排笙（苗、侗、水、瑶、仡佬等族）、葫芦丝（傣、彝、阿昌、德昂等民族）、笛、管子（古代龟兹）、巴乌（彝、苗、哈尼）、埙、唢呐、箫。

（2）弹拨乐器。

典型乐器：琵琶、筝、月琴、七弦琴（古琴）、热瓦普（维吾尔族、乌孜别克族）、冬不拉（哈萨克族）、阮、柳琴、三弦、弹布尔（维吾尔族、乌孜别克族）。

（3）打击乐器。

典型乐器：堂鼓（大鼓）、碰铃、缸鼓、定音缸鼓、铜鼓、朝鲜族长鼓、大锣小锣、小鼓、排鼓、达卜也称手鼓（维吾尔族、乌孜别克族）、大钹、编钟、磬。

（4）拉弦乐器。

典型乐器：二胡、板胡、革胡、马头琴（蒙古族）、艾捷克（维吾尔族、乌孜别克族和塔吉克族）、京胡、中胡、高胡。

真题再现

1.（2013年单项选择）下列选项中，对民族乐器笛子的归类，正确的一项是（　　　）。

　　A. 拉弦乐器　　　　B. 吹奏乐器　　　　C. 打击乐器　　　　D. 弹拨乐器

答案：B。【解析】吹奏乐器是乐器的一类，一般吹奏乐器由带孔的管子组成。中国民族乐器中的吹奏乐器一般是木制的，包括笛、箫、笙等。

2.（2012年单项选择）下列选项中，对民族乐器箫的归类，正确的一项是（　　　）。

　　A. 吹奏乐器　　　　B. 打击乐器　　　　C. 弹拨乐器　　　　D. 拉弦乐器

答案：A。【解析】箫又名洞箫、单管、竖吹，属于吹奏乐器。故选A。

3. 外国音乐

西方著名作曲家及其代表作品有：

（1）巴赫，德国作曲家，他的音乐作品包罗万象，除歌剧外遍及当时所有的音乐领域，并将复调音乐推上了空前的高度，尽管作品中的大部分早已失传，但仍有500多部保留下来。代表作有《b小调弥撒曲》《马太受难曲》和管弦乐《序曲》等。

（2）海顿，著名的奥地利作曲家，维也纳古典乐派的最早期代表，现德国国歌的作者。曾两次去伦敦旅行，写了12部《伦敦交响乐》，这是他一生中最优秀的作品，令他名震欧洲。他的创作涉及面很广，其中以交响乐和弦乐四重奏最为杰出。他在乐曲的发展中常用"主题活用的原则"，这直接启示着贝多芬"动机发展"的灵感。代表作还有清唱剧《创世纪》和《四季》，交响曲《告别》《惊愕》《时钟》等。

（3）莫扎特，奥地利作曲家，不仅是古典主义音乐的杰出大师，更是人类历史上极为罕见的音乐天才，有"音乐神童"的美誉。他短暂的一生为世人留下了极其宝贵和丰富的音乐遗产。代表作有歌剧《费加罗的婚礼》《魔笛》《唐璜》等，并首创独奏协奏曲形式。

（4）贝多芬，德国最伟大的作曲家。与莫扎特、海顿并称为维也纳古典乐派的代表人物，被尊称为"乐圣"。代表作有九大交响曲中的第三《英雄》、第五《命运》、第六《田园》、第九《合唱》等交响曲，《热情》《悲怆》《暴风雨》等钢琴奏鸣曲，以及舞剧《普罗米修斯》等。《致爱丽丝》是贝多芬在1810年创作的一首独立钢琴小品。56岁的贝多芬听觉完全丧失，依然坚持音乐创作。

（5）舒伯特，奥地利作曲家，早期浪漫主义音乐的代表人物，也被认为是古典主义音乐的最后一位巨匠。舒伯特在短短31年的生命中，创作了600多首歌曲，18部歌剧、歌唱剧和配剧音乐，10部交响曲，19首弦乐四重奏，22首钢琴奏鸣曲，4首小提琴奏鸣曲以及许多其他作品，被称为"歌曲之王"。代表作有《魔王》《野玫瑰》等。

（6）施特劳斯，奥地利作曲家，一生创作了一百五十多首圆舞曲，几十首波尔卡和进行曲。他的最大成就是和作曲家约瑟夫·兰纳一起，奠定了维也纳圆舞曲的基础。他享有"圆舞曲之王"的美称，名作有《蓝色多瑙河》和《维也纳森林的故事》。

（7）格林卡，俄国伟大作曲家，俄罗斯古典音乐奠基者，所作歌剧《伊凡·苏萨宁》、管弦乐曲《卡玛林斯卡雅》等，奠定了俄罗斯交响音乐的基础。

（8）柴可夫斯基，俄国最伟大的作曲家，所作有交响曲《悲怆》、幻想序曲《罗密欧与朱丽叶》、歌剧《叶甫盖尼·奥涅金》、舞剧《天鹅湖》《睡美人》《胡桃夹子》等。

（9）李斯特，匈牙利作曲家、钢琴家、指挥家和音乐活动家，浪漫主义音乐的主要代表人物之一，被人们誉为"钢琴之王"。李斯特的作品充分挖掘了钢琴的音响功能，对键盘音乐的发展做出了重大贡献，并且创造了交响诗这一音乐形式，在他的后期作品中最早使用了 20 世纪才普遍采用的和声语言。主要作品有《但丁神曲》《浮士德》《匈牙利狂想曲》等。

（10）肖邦，波兰作曲家、钢琴家，被誉为"钢琴诗人"。年少成名，后半生正值波兰亡国，在国外度过，创作了很多具有爱国主义思想的钢琴作品，主要作品有《革命练习曲》等。

（11）狄盖特，国际无产阶级革命歌曲《国际歌》的作者。此外代表作还包括《前进！工人阶级》《巴黎公社》《起义者》，以及自己作词的《共产党之歌》《红色圣女》等歌曲。

4. 西洋乐器

（1）琴类乐器。

典型乐器：钢琴、风琴、管风琴、古钢琴、羽管键琴、电钢琴、手风琴、电子合成器。

（2）拨弦乐器。

典型乐器：吉他、电吉他、竖琴、低音吉他。

（3）木管乐器。

典型乐器：单簧管、双簧管、英国管、大管、萨克斯管、长笛、短笛、口琴、巴松管、竖笛。

（4）铜管乐器。

典型乐器：小号、短号、长号、大号、次中音号、小低音号、圆号、冲锋号。

（5）弓弦乐器。

典型乐器：小提琴、中提琴、大提琴、低音提琴。

（6）打击乐器。

典型乐器：定音鼓、木琴、钟琴、马林巴、锣、钹、小军鼓、大鼓。

真题再现

（2014 年单项选择）下列选项中，不属于西洋乐器的是（　　　）。

A. 吉他　　　　　　B. 三弦　　　　　　C. 提琴　　　　　　D. 竖琴

答案：B。【解析】三弦又称"弦子"，为中国传统弹拨乐器。

六、中国戏曲

1. 京剧

京剧是在北京形成的戏曲剧种之一，至今已有 200 年的历史。它是在徽戏和汉戏的基础上，吸收了昆曲、秦腔等一些戏曲剧的优点和特长逐渐演变而成的，被誉为"国粹"。京剧的四大名旦是梅兰芳、程砚秋、尚小云、荀慧生；老生有余叔岩、高庆奎、马连良、言菊朋等；武生有杨小楼；花脸北方有郝寿臣，南方有周信芳等。2010 年 11 月 16 日京剧列入"人类非物质文化遗产代表作名录"。

2. 昆曲

昆曲是发源于 14、15 世纪苏州昆山的曲唱艺术体系，糅合了唱念做表、舞蹈及武术的表演艺术。现在一般指代其舞台形式昆剧。昆曲以鼓、板控制演唱节奏，以曲笛、三弦等为主要伴奏乐器，主要以中州官话为唱说语言。昆曲在 2001 年被联合国教科文组织列为"人类口述和非物质遗产代表作"。

3. 越剧

越剧是中国五大戏曲剧种之一，中国第二大剧种。越剧长于抒情，以唱为主，声音优美动听，表演真切动人，唯美典雅，极具江南灵秀之气；以"才子佳人"题材的戏为主，艺术流派纷呈。主要流行于上海、浙江、江苏、福建等广大江南地区，以及一些北方地区。2006 年 5 月 20 日经国务院批准列入第一批国家级非物质文化遗产名录。

真题再现

（2015 年单项选择）"梁山伯与祝英台"是我国著名的民间传说，多种地方剧种都表现过相关题材。何占豪、陈钢的小提琴协奏曲《梁祝》的创作，所依据的地方剧种是（   ）。

A. 粤剧   B. 豫剧   C. 川剧   D. 越剧

答案：D。【解析】《梁祝》小提琴协奏曲是陈钢与何占豪就读于上海音乐学院时以越剧中曲调为素材的作品。

4. 豫剧

豫剧，是在河南梆子的基础上，不断进行继承、改革和创新发展起来的。新中国成立后因河南简称"豫"，所以称豫剧。豫剧在安徽北部地区称梆剧，山东、江苏的部分地区仍称河南梆子戏。豫剧的流行区主要在黄河、淮河流域，是我国最大的地方剧种。

5. 粤剧

粤剧，汉族地方戏曲，原称大戏或者广东大戏，源自南戏，自 1522—1566 年开始在广东、广西出现，是糅合唱念做打、乐师配乐、戏台服饰、抽象形体等的表演艺术。粤剧每一个行当都有各自独特的服饰打扮。最初演出的语言是中原音韵，又称为戏棚官话。到了清朝末期，知识分子为了方便宣扬革命而把演唱语言改为粤语广州话，使广东人更容易明白。粤剧名列 2006 年 5 月 20 日公布的第一批 518 项国家级非物质文化遗产名录之内。2009 年 9 月 30 日，粤剧获联合国教科文组织肯定，列入"人类非物质文化遗产名录"。

6. 黄梅戏

黄梅戏，旧称黄梅调或采茶戏，与京剧、越剧、评剧、豫剧并称中国五大剧种。黄梅戏唱腔淳朴流畅，以明快抒情见长，具有丰富的表现力；黄梅戏的表演质朴细致，以真实活泼著称。2006 年 5 月 20 日经国务院批准列入第一批国家级非物质文化遗产名录。

7. 评剧

评剧是流传于我国北方的一个戏曲剧种，全国五大戏曲剧种之一。20 世纪 30 年代以后，评剧在京剧、河北梆子等剧种的影响下日趋成熟，出现了李金顺、刘翠霞、白玉霜、喜彩莲、爱莲君等流派。1950 年以后，以《小女婿》《刘巧儿》《花为媒》《杨三姐告状》《秦香莲》等剧目在全国产生很大影响，出现新凤霞、小白玉霜、魏荣元等著名演员。

8. 折子戏

折子戏是针对本戏而言的，是本戏里的一折，或是一出。折子戏虽然是整本传奇的一个部分，但它大多是戏曲中的精彩片断，是那部戏曲全剧的中心或灵魂，有很强的独立性，情节浓缩，人物个性鲜明，如《牡丹亭》中的《惊梦》、《西厢记》中的《拷红》、《玉堂春》中的《苏三起解》、《白蛇传》中的《断桥》等。

真题再现

（2012年单项选择）下列戏剧中，节选自折子戏"苏三起解"的是（　　）。

A. 玉堂春　　　　　　B. 牡丹亭　　　　　　C. 望江亭　　　　　　D. 窦娥冤

答案：A。

七、电影

1. 欧洲三大电影节

（1）威尼斯国际电影节创办于1932年，是世界上第一个国际电影节，故被称为"国际电影节之父"。最高奖是"金狮奖"。

（2）戛纳国际电影节创立于1939年，最初是为对抗当时受意大利法西斯政权控制的威尼斯国际电影节而创办的，最高奖是"金棕榈奖"。1993年陈凯歌的《霸王别姬》获"金棕榈奖"，是第一部"金棕榈奖"华语电影。

（3）柏林国际电影节创立于20世纪50年代初，最高奖是"金熊奖"。1998年张艺谋的《红高粱》获赛第38届最佳影片"金熊奖"，是首部"金熊奖"华语电影。

2. 美国奥斯卡电影金像奖

奥斯卡电影金像奖是当前世界上影响最大、历史最悠久的电影奖，与欧洲三大国际电影节被称为世界影坛最重要的四大电影奖。主要项目有最佳影片奖、最佳女演员和男演员奖、最佳导演奖。

高频考点训练

1. 春秋战国时期，古琴音乐已具有一定的艺术表现力，"伯牙鼓琴、子期知音"的故事早已深入人心。伯牙所奏琴曲为（　　）。

　　A.《广陵散》　　　B.《高山流水》　　　C.《阳关三叠》　　　D.《扬州慢》

2. 京剧的花脸所属的行当是（　　）。

　　A. 生　　　　　　B. 丑　　　　　　C. 净　　　　　　D. 末

3. 中国最早的骨笛有9 000年的历史，它出土在黄河流域的哪个省？（　　）

　　A. 甘肃　　　　　　B. 陕西　　　　　　C. 河南　　　　　　D. 山东

4. 被尊称为"乐圣"的是（　　）。

　　A. 肖邦　　　　　　B. 李斯特　　　　　　C. 莫扎特　　　　　　D. 贝多芬

5. 在"首届京剧旦角最佳演员"的评选中，梅兰芳、程砚秋、尚小云、（　　）当选，被誉为京剧"四大名旦"。

　　A. 荀慧生　　　　　　B. 常香玉　　　　　　C. 王汉伦　　　　　　D. 阎立品

6. 贝多芬的《合唱交响曲》又名（　　），表达了资产阶级反抗封建统治、追求自由解放的斗争意志，以及对斗争最后一定会取得胜利，欢乐必将降临的信心。

　　A.《第六交响曲》　　　　　　　　B.《第七交响曲》

　　C.《第八交响曲》　　　　　　　　D.《第九交响曲》

7. 下列选项中，对民族乐器笛子的归类，正确的一项是（　　）。

    A. 吹奏乐器　　　　B. 弹拨乐器　　　　C. 打击乐器　　　　D. 拉弦乐器

8. 下列选项中，以"孔雀舞"著称的少数民族是（　　）。

    A. 土家族　　　　　B. 傣族　　　　　　C. 藏族　　　　　　D. 蒙古族

9. 下列作品中属于音乐剧的是（　　）。

    A.《茶花女》　　　　　　　　　　　B.《达芙妮与克罗埃》

    C.《西贡小姐》　　　　　　　　　　D.《沃采克》

10. 我国近代第一部清唱剧取材于唐代诗人白居易的同名长诗，内容表现李隆基与杨贵妃的爱情悲剧，其曲作者是（　　）。

    A. 青主　　　　　　B. 萧友梅　　　　　C. 江文也　　　　　D. 黄自

11. 被称为"书圣"的是（　　）。

    A. 颜真卿　　　　　B. 王献之　　　　　C. 王羲之　　　　　D. 柳公权

12. 古希腊雕塑《掷铁饼者》的作者是（　　）。

    A. 无名氏　　　　　　　　　　　　　B. 米隆

    C. 普拉克西特列斯　　　　　　　　　D. 哈格森德罗斯

13. 世界名画《自由领导人民》的作者是（　　）。

    A. 大卫　　　　　　B. 安格尔　　　　　C. 德拉克洛瓦　　　　D. 布歇

14. 既为"初唐四大家"之一，又是"楷书四大家"之一的书法家是（　　）。

    A. 颜真卿　　　　　B. 褚遂良　　　　　B. 欧阳询　　　　　D. 柳公权

15. 北宋张择端的一幅反映当时社会生活的、有很高的艺术价值和史料价值的风俗画作品是（　　）。

    A.《人物龙凤帛画》　　　　　　　　B.《洛神赋图卷》

    C.《步辇图》　　　　　　　　　　　D.《清明上河图》

参考答案及解析

1. 答案：B。【解析】《高山流水》是我国最古老的琴曲之一，相传战国时伯牙鼓琴、子期知音，所奏即为此曲。乐曲抒发了对大自然壮丽河山的赞颂，隐喻开阔的胸襟和百折不回的精神。

2. 答案：C。【解析】"花脸"又称"净"，主要扮演性格、品质或相貌不同于一般、有突出特征的男性人物。

3. 答案：C。【解析】中国最早的骨笛出土在河南舞阳县贾湖。

4. 答案：D。【解析】贝多芬，德国最伟大的作曲家，维也纳古典乐派代表人物之一，被尊称为"乐圣"。

5. 答案：A。【解析】1927年，北京《顺天时报》举办评选"首届京剧旦角最佳演员"活动，梅兰芳、程砚秋、尚小云、荀慧生当选，被誉为京剧"四大名旦"。

6. 答案：D。【解析】贝多芬，是德国作曲家、钢琴家、指挥家。他的《合唱交响曲》又名《第九交响曲》。

7. 答案：A。【解析】笛子是迄今为止发现的最古老的汉族乐器，也是汉族乐器中最具代表性、最有民族特色的吹奏乐器。中国传统音乐中常用的横吹木管乐器之一，中国竹笛一般分为南方的曲笛和北方的梆笛。

8. 答案：B。【解析】孔雀舞是我国傣族民间舞中最负盛名的传统表演性舞蹈，流布于云南省德宏傣族景颇族自治州的瑞丽、潞西及西双版纳、孟定、孟达、景谷、沧源等傣族聚居区。

9. 答案：C。【解析】《西贡小姐》是由克劳德·米歇尔·勋伯格和阿兰·鲍伯利共同创作的一部音乐剧。

10. 答案：D。【解析】我国近代第一部清唱剧是黄自创作的《长恨歌》。

11. 答案：C。【解析】王羲之的书法圆转凝重，突破隶书的笔意，创立了妍美流畅的书风，被后代尊为"书圣"。

12. 答案：B。【解析】米隆创作的《掷铁饼者》选取了运动员竞技状态的最关键时刻，赞美了运动员健美的体魄及必胜信心，成为优秀运动员的纪念碑。

13. 答案：C。【解析】德拉克洛瓦是法国最伟大的浪漫主义画家之一，他的代表作有《希阿岛的屠杀》和《自由领导人民》。

14. 答案：C。【解析】"初唐四大家"是指薛稷、褚遂良、欧阳询、虞世南。"楷书四大家"是指颜真卿、赵孟頫、柳公权和欧阳询。既是"初唐四大家"又是"楷书四大家"的是欧阳询。

15. 答案：D。【解析】《清明上河图》是北宋画家张择端仅见的一幅存世精品。作品以长卷形式，采用散点透视的构图法，生动地记录了中国 12 世纪城市生活的面貌，这在中国乃至世界绘画史上都是独一无二的。

第五节 科学文化素养

主要知识点

1. 中国古代及新中国成立后科技人物及科技成就
2. 外国不同时期的科技人物及科技成就
3. 科学常识，包括天文、地理、物理、化学、生物、生命科学、医学以及现代高新技术等学科
4. 中外主要科普读物

一、中国古代的科技成就

（一）天文与历法成就

《夏小正》：中国现存最早的科学文献之一，也是中国现存最早的一部历法和农事历书。《夏小正》作者不详，发现者是孔子。

干支纪日法：出现在商代，是民间使用天干地支记录日序的方法，是农历的一部分，也是历代历书中的重要组成部分。

最早的哈雷彗星记录：《春秋》记载，公元前 613 年，"有星孛入于北斗"，即指哈雷彗星，这一记录比欧洲早六百多年，是世界上公认的首次哈雷彗星的确切记录。

《甘石星经》：古代中国天文学专著和观测记录，是世界上现存最早的天文著作之一。仅次于公元前 1800 年的巴比伦星表。《甘石星经》入选中国世界纪录协会世界最早的天文学著作。

《太初历》：出现在西汉，是中国古代第一部比较完整的汉族历法，也是当时世界上最先进的历法。《太初历》规定一年等于 365.250 2 日，一月等于 29.530 86 日；采用有利于农时的二十四节气；采用的是岁首和科学的置闰法。在我国沿用至今。公元前 28 年，西汉关于太阳黑子的记录是世界上最早的记录。

浑天仪和地动仪：浑天仪是我国东汉天文学家张衡制造的。除了浑天仪外，张衡在世界科学

史上另一个不朽的创造发明就是地动仪，是世界上第一台测定地震及其方位的仪器。

真题再现

（2015年单项选择）如图4-1所示为中国古代发明的一种仪器，其名称是（　　）。

图4-1　一种仪器

A. 日晷　　　　　　　　　　　　B. 司南

C. 地动仪　　　　　　　　　　　D. 浑天仪

答案：D。【解析】浑天仪是我国东汉天文学家张衡制造的。

《皇极历》：隋朝天文学家刘焯根据北齐张子信发现的太阳周年视运动和行星运动不均匀性，引进定气；采用定朔、岁差；还运用先进的数学手段解决计算问题。所有这些先进的原理和方法的运用使得《皇极历》成为一部具有里程碑意义的历法。

《大衍历》：唐代天文学家僧一行制定的《大衍历》，较准确地反映了太阳运行的规律，并进行了人类历史上第一次对子午线长度的测定，创制了用于天体测量的仪器——黄道游仪。他还发现了恒星位置移动的现象，比英国人哈雷提出恒星自行早了1 000多年。

《授时历》：1276年，元朝天文学家郭守敬用4年时间制定出《授时历》，通行360多年。是当时世界上最先进的一种历法。1981年，为纪念郭守敬诞生750周年，国际天文学会以他的名字为月球上的一座环形山命名。

（二）地理成就

《易经》：即《周易》，内容包括《经》和《传》两部分，为《易》《诗》《书》《礼》《乐》《春秋》群经之首，设教之书，被誉为"大道之源"，对中国几千年来的政治、经济、文化等领域都产生了极深刻的影响。该书首先提出了"地理"这一名称。

《山海经》：出现在战国时期，是目前已知中国最早的地理博物志，被誉为千古奇书。《山海经》内所描述的神话故事包括十日并出、后羿射日、夸父逐日、女娲补天、精卫填海等。

《禹贡地域图》：西晋时期裴秀主编，是中国目前有文献可考的最早的历史地图集，为中国传统地图奠定了理论基础，裴秀因此被称为中国传统地图学的奠基人。

《水经注》：北魏晚期的郦道元编著，是古代中国地理名著，该书详细记载了一千多条大小河流及有关的历史遗迹、人物掌故、神话传说等，是中国古代最全面、最系统的综合性地理著作。

真题再现

（2011年单项选择）（　　）是我国古代的地理学巨著。

A.《太平广记》　　　　B.《梦溪笔谈》　　　　C.《天工开物》　　　　D.《水经注》

答案：D。【解析】《水经注》，北魏晚期的郦道元编著，是古代中国地理名著。

《徐霞客游记》：是一则以日记体为主的地理著作，明末地理学家徐霞客著，写有天台山、雁荡山等名山游记17篇和《浙游日记》等著作，在地理学和文学上做出卓有价值的贡献。

（三）农业与手工业成就

都江堰水利工程：是由秦国蜀郡太守李冰及其子率众于公元前256年左右完成的，是当今世界年代久远、唯一留存、以无坝引水为特征的宏大水利工程，被誉为"世界水利文化的鼻祖"。

"最早的农书"《齐民要术》：大约成书于北魏末年，是中国杰出农学家贾思勰所著的一部综合性农学著作，是世界农学史上最早的专著之一，也是中国现存最早的一部完整的农书，对中国古代农学的发展产生了重大影响。

"科学史上的珍贵遗产"《梦溪笔谈》：北宋科学家、政治家沈括（1031—1095年）撰，是一部涉及古代中国自然科学、工艺技术及社会历史现象的综合性笔记体著作。19世纪传入日本，并被翻译成英语、法语、意大利语、德语等各种语言版本。英国科学史家李约瑟评价其为中国科学史上的里程碑。

真题再现

（2014年单项选择）北宋沈括《梦溪笔谈》中指出，若"上印三二张，未为简单，若能印数十千张，则极为神奇。"对产生这一现象的原因，分析正确的是（　　　）。

A. 活字印刷的改进　　　　　　　　B. 雕版印刷的推广

C. 胶泥印刷的诞生　　　　　　　　D. 金属活字印刷的产生

答案：C。【解析】北宋毕昇根据实践经验发明胶泥活字印刷术，即在胶泥片上刻字，一字一印，用火烧硬后，便成活字。他的字印为沈括家人收藏，事迹见于沈括的《梦溪笔谈》。活字印刷术具有一字多用、重复使用、印刷多且快、省时省力、节约材料等优点，比整版雕刻经济方便，是印刷技术史上的一次质的飞跃，对后世印刷术乃至世界文明的进步有着巨大而深远的影响，称为中国古代四大发明之一。

"中国17世纪农业百科全书"《农政全书》：明末徐光启著，基本上囊括了中国明代农业生产和人民生活的各个方面，而其中贯穿着一个基本思想，即徐光启治国治民的"农政"思想，书中还介绍了欧洲的水利方法。

《天工开物》：作者是明朝科学家宋应星，是世界上第一部关于农业和手工业生产的综合性著作，外国学者称它为"中国17世纪的工艺百科全书"。是中国科技史料中保留最为丰富的一部，它更多地着眼于手工业，反映了中国明代末年出现资本主义萌芽时期的生产力状况，具有极高的科学价值。

真题再现

（2012年单项选择）下列著作中，中国古代科学家宋应星所写的是（　　　）。

A.《梦溪笔谈》　　　B.《本草纲目》　　　C.《天工开物》　　　D.《九章算术》

答案：C。【解析】《天工开物》的作者是明朝科学家宋应星，是世界上第一部关于农业和手工业生产的综合性著作。

（四）医学成就

"脉学之宗"扁鹊：春秋战国时期名医，他奠定了中医学的切脉诊断方法，开启了中医学的先河。相传有名的中医典籍《难经》为扁鹊所著。

"最早的医学文献"《黄帝内经》：传统医学四大经典著作之一（其余三者为《难经》《伤寒杂病论》《神农本草经》）。《黄帝内经》在黄老道家理论基础上建立了中医学上的"阴阳五行学说""藏象学说""病因学说""养生学说""药物治疗学说""经络治疗学说"等学说。是中国影响最大的一部医学著作，被称为医之始祖。

"最早的中药学著作"《神农本草经》：中医四大经典著作之一，起源于神农氏，于东汉时期集结整理成书，是对中国中医药的第一次系统总结，是中医药药物学理论发展的源头。

"医圣"张仲景：西汉著名的医学家，写出了传世巨著《伤寒杂病论》。它记载了大量有效的方剂，其所确立的六经辩证的治疗原则，受到历代医学家的推崇，是中国第一部从理论到实践的医学专著，是中国医学史上影响最大的著作之一。

"神医"华佗：东汉末年著名的医学家，被后人称为"外科圣手""外科鼻祖"，他发明了麻沸散、五禽戏。后人多用神医华佗称呼他，并以"华佗再世""元化重生"称誉有杰出医术的医师。

"药王"孙思邈：唐代医药学家，编著的《千金方》全面总结了历代和当时的医学成果。

"东方医药巨典"《本草纲目》：是中国古代汉医集大成者明代李时珍著。书中不仅考证了过去本草学中的若干错误，综合了大量科学资料，提出了较科学的药物分类方法，融入了先进的生物进化思想，而且富含临床实践。此书也是一部具有世界性影响的医学著作。

种痘术：人类广泛应用免疫学方法防治的第一种病是天花，据文献记载，最早在唐朝我国民间已利用人痘苗来防治天花。16世纪初（明隆庆年间），我国已广泛利用天花的干痂（人痘）作为免疫原，成功预防了天花，但其术仍为医家秘传。清康熙年间，医家朱纯嘏公开了种痘术，其后有关技术才广为人知，传播于天下，并很快传入欧洲，启发后人发明了牛痘。

（五）数学成就

勾三股四弦五：西周初年数学家商高提出的。据我国西汉时期算书《周髀算经》记载，公元前1000年发现勾股定理的一个特例：勾三，股四，弦五。即勾三的平方九，加股四的平方十六，等于弦五的平方二十五，早于毕达哥拉斯500～600年。

九九乘法表：又常称为"小九九"。乘法口诀是中国古代计算中进行乘法、除法、开方等运算的基本计算规则，已沿用两千多年。

《九章算术》：中国古代第一部数学专著。该书不仅最早提到分数问题，也首先记录了盈不足等问题，还在世界数学史上首次阐述了负数及其加减运算法则。它是一本综合性的万史著作，是当时世界上最简练有效的应用数学，它的出现标志中国古代数学形成了完整的体系。

祖冲之与圆周率：祖冲之是我国南北朝时期杰出的数学家、科学家。创立《大明历》，把圆周率推算到小数点后七位。他的代表作品还有《述异记》《安边论》等。

《缉古算经》：唐代初期最伟大的数学家王孝通编撰，是中国现存最早的解三次方程的著作。

《算法统宗》：由明代数学家程大位编著的应用数学书，该书评述了珠算规则，完善了珠算口诀，确立了算盘用法，完成了由筹算到珠算的彻底转变，对我国民间普及珠算和数学知识起到了很大作用。该书在明末被译成日文，清初传入朝鲜、东南亚和欧洲，成为东方古代数学的名著。

《割圆密率捷法》：清代蒙古族的杰出数学家、天文学家明安图以中国传统的数学，结合西方数学的成果，论证了三角函数幂级数展开式和圆周率的无穷级数表示式等九个公式，成功地解析了九个求圆周率的公式，写成《割圆密率捷法》一书。在清代数学界被誉为"明氏新法"，在我国数学史上占有重要地位。

（六）四大发明及其西传

造纸术：西汉先后出现絮纸和麻纤维纸。甘肃天水放马滩出土的绘有地图的纸，是目前世界上所知最早的纸。东汉宦官蔡伦改进造纸术，制造植物纤维纸，被命名为"蔡侯纸"。造纸术于6世纪传到朝鲜、越南和日本，8世纪传到中亚，经阿拉伯人传到非洲和欧洲。

印刷术：北宋毕昇发明胶泥活字印刷术，比欧洲早 400 年。元朝出现了锡、铅活字，后来又有铜、铅活字。活字印刷术发明后，向东传入朝鲜和日本，向西传入埃及和欧洲，改变了当时欧洲只有僧侣才能读书和受高等教育的状况。

指南针：战国时期发现了磁石的指南特性，发明司南。北宋已会使用磁针指南，后来把磁针装在罗盘上，制成指南针用于航海。南宋时指南针传到印度、阿拉伯、波斯等国，促进了各国航海事业的发展。

火药：唐朝时《真元妙道要略》一书最早提到了火药，唐末火药开始用于军事。北宋时火药已广泛在军事上使用，东京设立"广备攻城作"，制造火药和火器。南宋时发明了"突火枪"，管形火器的出现，开创了人类作战史的新阶段。我国发明的火药在 13 世纪中期传入阿拉伯，后来又由阿拉伯传入欧洲。

二、我国近现代的科技成就

（一）科学家

李四光：世界著名科学家、地质学家，我国现代地球科学和地质工作奠基人。他创立了地质力学，以力学的观点推翻了中国贫油的结论，发现大庆、胜利、大港、华北、江汉等油田，为中国石油工业建立了不朽的功勋。

邓稼先：中国核武器研究奠基人，原子弹、氢弹之父，被称为"两弹元勋"，参加组织和领导我国核武器的研究、设计工作，是我国核武器理论研究工作的奠基者之一。从原子弹、氢弹原理的突破和试验成功及其武器化，到新核武器的重大原理突破和研制试验，都做出了重大贡献。

钱学森：中国著名物理学家，世界著名火箭专家，被誉为"中国导弹之父""中国火箭之父"。

钱三强：科学家居里夫妇的助手，他与夫人何泽慧被誉为"原子世界的科学伴侣""中国的居里夫妇"。是中国核力量规划的制订人，原子弹技术上总负责人、总设计师。1999 年，被中共中央、国务院、中央军委授予"两弹一星功勋奖章"。

周光召：理论物理学家，主要从事高能物理、核武器理论等方面的科学研究并取得多项重要成果，在中国的第一颗原子弹、第一颗氢弹和战略核武器的研究设计方面进行了大量工作，为中国物理学研究、国防科技和科学事业的发展做出了突出贡献。1999 年，被中共中央、国务院、中央军委授予"两弹一星功勋奖章"。

钱伟长：中国力学家、应用数学家。中国近代力学的奠基人之一。

华罗庚：著名数学家，中国解析数论创始人和开拓者，被誉为"中国现代数学之父"，是中国解析数论、矩阵几何学、典型群、自守函数论与多元复变函数论等方面研究的创始人和开拓者。

茅以升：中国桥梁学家、土木工程学家，中国现代桥梁之父。他参加了新中国第一座现代化大桥——武汉长江大桥的建造，成为中国现代桥梁工程学的重要奠基人，为我国和世界桥梁建筑事业做出了卓越贡献。

朱光亚：中国核科学技术的主要开拓者之一，是中国原子弹、氢弹科技攻关组织领导者之一。1999 年，被中共中央、国务院、中央军委授予"两弹一星功勋奖章"。

陈景润：1965 年 5 月，陈景润发表了《大偶数表示一个素数与一个不超过两个素数的乘积之和》，宣布证明了哥德巴赫猜想中的"1＋2"。其论文的发表，受到世界数学界和著名数学家的高度重视和称赞。英国数学家哈伯斯坦和德国数学家黎希特把陈景润的论文写进数学书中，称为"陈氏定理"。

袁隆平：于 1973 年在世界上首次育成籼型杂交水稻，1975 年研制成功杂交水稻种植技术，从而为全国大面积推广杂交水稻奠定了基础，被誉为"杂交水稻之父"。

屠呦呦：1972 年成功提取到了一种分子式为 $C_{15}H_{22}O_5$ 的无色结晶体，命名为青蒿素。2011 年 9 月，因为发现青蒿素——一种用于治疗疟疾的药物，挽救了全球特别是发展中国家的数百万人的生命，获得拉斯克奖和葛兰素史克中国研发中心"生命科学杰出成就奖"。2015 年 10 月，屠呦呦获得诺贝尔生理学或医学奖。她成为首获科学类诺贝尔奖的中国人。

（二）生物技术

牛胰岛素与人胰岛素：1965 年，我国科学家在世界上首次破译牛胰岛素基因后，成功地人工合成了该胰岛素。诺贝尔奖奖金委员会主席蒂斯利尤斯评价说："比核能力更有说服力的是胰岛素。因为人们可以从书本中学到制造原子弹，但不能从书本上学习制造胰岛素……" 1998 年 4 月 15 日，中国科学院上海生物化学与细胞生物学研究所又成功地运用基因方法重组人胰岛素。

生殖技术：1984 年 3 月 9 日，我国青年学者旭日干与日本学者合作，培育出世界上第一胎"试管山羊"，1989 年，"试管绵羊"被成功培育。1988 年，中国大陆首例试管婴儿在北京诞生。

转基因羊研究：从 1980 年开始，由上海医学遗传研究所与复旦大学遗传研究所合作进行乳汁中含有人凝血因子 IX 的转基因羊研究获得重大突破，使我国的转基因羊技术达到国际领先水平。

转基因猪：一种生长耗料低、肉质好、抗病力强的转基因猪，已由湖北省农科院畜牧所培育成功，其基因导入总效率为 2.1%，比国外高出一倍多，超过国际先进水平。

基因药物：1988 年，我国研制成功乙型肝炎基因工程疫苗，1992 年又研制成功治疗甲肝和丙肝有特殊疗效的合成人工干扰素等一批基因工程药物，其中一些药物已进入市场。

（三）农业技术

早在 1956 年，广东省的农民育种专家就培育出中国第一个大面积推广的矮秆籼良种。此后，随着一系列矮秆品种的育成和推广，1965 年，我国南方稻区基本上实现籼稻矮秆化，每亩产量由 200～250 公斤①提高到 300～350 公斤。

20 世纪 90 年代，我国农业科技人员运用现代生物技术分离克隆出光敏核不育基因，进一步研制出只采用雄性不育系和保持系的两系法杂交水稻技术。在全国大面积的试种中，表现出高产、优质和多抗等特性，平均每公顷②产量可达 11 250 公斤。

1995 年 11 月，中国农科院植保所国家重点实验室和山东大学生物系联合培育成功世界上第一株抗大麦矮病毒的转基因小麦品种。

1997 年 7 月，中国水稻研究所研究员黄大年和他的科研合作者经过多年攻关，成功地将抗除草剂基因转入水稻，并应用于杂交水稻。

1997 年 10 月，中国农科院生物技术中心郭三堆成功研制我国第一个双价抗虫棉。

1998 年 9 月，浙江农业大学核农所教授高明尉等带领课题组利用农杆菌介导法，在世界上首次培育成功转基因抗螟虫品系克螟稻。

此外，我国在激光育种、辐射诱变育种、太空育种等先进技术领域也取得了很大成就。

（四）工程技术

1954 年 7 月，第一架飞机"初教-5"在南昌飞机制造厂首次试飞成功，是新中国仿制的第一架飞机。

---

① 1 公斤=1 千克。
② 1 公顷=10 000 平方米。

1957 年 10 月，鞍钢第二初轧厂试制成功我国第一台 1 150 毫米初轧机。

1958 年 6 月，长春第一汽车制造厂试制成功中国第一辆国产高级轿车。

1961 年 4 月，上海江南造船厂制造成功中国第一台万吨水压机。

2013 年 1 月 26 日，中国自主研发的运–20 大型运输机首次试飞成功。

（五）通信技术

大型计算机：1983 年 12 月，国防科技大学计算机研究所研制的中国第一台运算速度每秒亿次的巨型计算机——"银河Ⅰ型"诞生。1993 年 11 月，"曙光一号"大型并行计算机研制成功。1997 年，每秒运算 130 亿次的"银河Ⅲ型"巨型计算机研制成功。2010 年上半年研制成功的"星云"高性能计算系统，是中国第一台、世界第三台实测性能超千万亿次的超级计算机，综合计算速度排名世界第二，峰值计算能力名列全球第一。2011 年 11 月 15 日，第 36 届全球超级计算机 500 强排行榜，中国"天河一号 A"摘得头名，这也是中国历史上第一次在这项排行榜上占据头名位置。

真题再现

（2015 年单项选择）中国研制的第一个一亿次巨型计算机是（　　）。

A. 银河Ⅰ型　　　　B. 银河Ⅱ型　　　　C. 巨浪Ⅰ型　　　　D. 巨浪Ⅱ型

答案：A。【解析】1983 年 12 月，国防科技大学计算机研究所研制的中国第一台运算速度每秒亿次的巨型计算机——"银河Ⅰ型"诞生。

微电子技术：微电子技术不仅成为现代产业和科学技术的基础，而且正在创造着代表信息时代的硅文化。自 1965 年研究开发成功第一块单片集成电路以来，我国建立了多个集成电路重点科研和生产基地。"龙芯"是中国科学院计算所自主研发的通用 CPU，采用简单指令集，类似于 MIPS 指令集。龙芯 1 号的频率为 266 MHz，在 2002 年开始使用。龙芯 2 号的频率最高为 1 GHz。龙芯 3A 是首款国产商用 4 核处理器，其工作频率为 900 MHz～1 GHz。龙芯 3A 的峰值计算能力达到 16GFLOPS。龙芯 3B 是首款国产商用 8 核处理器，主频达到 1 GHz，支持向量运算加速，峰值计算能力可达到 128GFLOPS，具有很高的性能功耗比。2015 年 3 月 31 日，中国发射首枚使用"龙芯"的北斗卫星。

智能机器人：1980 年，沈阳自动化研究所研制出中国第一台工业机器人样机。1985 年，中国第一台水下机器人"海人一号"首航成功。1986 年，中国第一台水下机器人深海实验成功。1988 年，中国第一台中型水下机器人"瑞康 4 号"投入使用。1989 年，水下机器人首次出口到美国。1990 年，中国第一台工业机器人通用控制器研制成功。1993 年，中国唯一的机器人技术国家工程研究中心成立。1994 年，中国第一台五自由度高压水切割机器人投入使用。1994 年，中国第一台 1 000 米水下机器人"探索者"海试成功。1995 年，中国第一台 6 000 米水下机器人"CR 01"海试成功，首台四自由度点焊机器人开发成功。1997 年，具有自主知识产权的高性能机器人控制器小批量生产，自主开发的国内第一条机器人冲压自动化用于一汽大众生产线。1998 年，国内首台激光加工机器人开发成功。目前，我国自主知识产权的文字识别、语音识别、智能视频监控、生物特征识别、工业机器人、娱乐机器人等智能科技成果已经大规模实际应用。

激光照排技术：1975 年，北京大学教授王选领导的科研集体研制出的汉字激光照排系统为新闻、出版全过程的计算机化奠定了基础，被誉为"汉字印刷术的第二次发明"。"神光二号"是我国 2002 年成功研制的大型激光装置，目前建在中国科学院上海光机所，由上百台光学设备集成在一个足球场大小的空间内，可在十亿分之一秒的超短瞬间内发射出相当于全球电网电力总和数倍的强大功率，从而释放出极端压力和高温。"神光二号"的问世，标志我国高功率激光科研和激光核聚变研究已进入世界先进行列，"神光二号"的总体技术性能已进入世界前五位。

三大高能物理研究装置：20 世纪 80 年代，我国陆续建设了三大高能物理研究装置——北京正负电子对撞机、兰州重离子加速器和合肥同步辐射装置。

新材料技术：新材料技术是按照人的意志，通过物理研究、材料设计、材料加工、实验评价等一系列研究过程，创造出能满足各种需要的新型材料的技术。继美国、德国等少数国家后，我国科学家研制出了微合金钢。我国现已拉制出直径为 300 毫米、重量达 81 公斤的大直径硅单晶，实际信息写入处于国际领先水平。能源、陶瓷、超导等材料方面的性能达到世界先进水平。

（六）军事技术

原子弹与氢弹：1964 年 10 月 16 日，中国第一颗原子弹试爆成功。1967 年 6 月 17 日，中国第一颗氢弹试爆，这标志着中国核武器的发展进入了一个新阶段。

东风系列导弹：是我国一系列近程、中远程和洲际弹道导弹，也是目前世界上唯一覆盖各种类型弹道导弹的陆基弹道导弹系列。1966 年 10 月，中国首次成功进行了导弹核武器实验。1960 年 11 月 5 日第一枚地对地近程导弹东风 1 号试射成功。目前，主要使用的东风系列导弹有：1985 年 5 月 20 日试射成功的东风–21 中程弹道导弹；世界第一种反舰弹道——东风 21–D 反航母导弹；新一代中远程固体燃料弹道导弹——东风–26；1995 年 5 月 29 日试射成功的东风–31 洲际弹道导弹以及改型的东风–31A 洲际弹道导弹；采用地面车载机动发射、射程达 14 000 千米的东风–41 洲际弹道导弹。

战斗机：1956 年 7 月 13 日，第一架国产喷气式歼击机在沈阳飞机厂完成总装；1957 年 12 月 7 日，中国南昌飞机厂试制的国产运输机首飞成功；1958 年 9 月 27 日，中国生产的第一架轰炸机轰–6 型轰炸机试飞成功；1958 年 12 月 14 日，中国自制的第一架直升机试飞成功；1965 年 6 月 4 日，南昌飞机厂研制的第一架强 5 战斗机试飞成功；1967 年，沈阳飞机场改装成功歼–6 型中低空昼夜侦察机，填补了我国侦察机的空白；1967 年年底，南京航空学院研制的中国"长空 1 号"高速无人驾驶飞机设计定型；1991 年 12 月 23 日，中国自主研制的轰油六型空中加油机首次空中加油成功；国庆 60 周年阅兵，空警 200、空警 2000 两型我国自主研发的预警机首次亮相，空警 2000 已经达到世界先进预警机的水平。2011 年 1 月 11 日，第五代双发重型隐形战斗机歼–20 在成都首飞。2012 年 10 月 31 日，歼–31 成功首飞，中国成为世界第二个同时试飞两种四代机原型机的国家。

核潜艇：1970 年 12 月 26 日，中国人自行研制的第一艘核动力攻击型潜艇下水，被命名为"长征一号"。中国海军从此拥有了核潜艇，中国从此成为世界上第 5 个拥有核潜艇的国家。093 型核潜艇是中国研制的第二代核潜艇，已于 2009 年 5 月进入中国海军服役。

航空母舰与 052D 型驱逐舰：2012 年 9 月 23 日，中国首艘航母"辽宁"号正式交付海军。中国成为世界上第十个拥有航母的国家。首艘 052D 型驱逐舰"昆明号"于 2012 年 8 月 28 日下水，2014 年 3 月 21 日正式加入中国人民解放军海军战斗序列，标志着中国从此拥有跻身世界先进行列的新锐防空舰。

（七）地球与空间科学技术

长征系列火箭：20 世纪 60 年代初我国就开始了研制大型运载火箭技术。1980 年 5 月，向太平洋海域发射大型运载火箭圆满成功，标志着我国运载火箭技术达到了一个新的水平。根据航天运载的需要，我国研制成功了"长征一号""长征二号""长征三号""长征四号"4 种"长征"系列火箭。目前，我国的长征火箭家族已有 9 种型号的火箭系列，标志着中国航天技术已具有了坚实的基础。

人造卫星：1970 年 4 月 24 日，"长征一号"航天运载火箭顺利地将"东方红一号"人造卫星送入太空轨道，标志着中国进入了航天时代。1984 年 1 月 29 日，"长征三号"运载火箭发射第一颗通信广播卫星。目前，我国人造卫星有遥感卫星、通信卫星、气象卫星、资源卫星、导航卫星和海洋卫星等类型，拥有酒泉、西昌、太原和文昌四大卫星发射中心。

神舟飞船：这是中国自行研制，具有完全自主知识产权，达到或优于国际第三代载人飞船技术的飞船。2003 年 10 月 15 日，"神舟五号"飞船载着中国第一位宇航员杨利伟升上太空。2005 年 10 月 12 日，中国航天员费俊龙、聂海胜乘坐中国"神舟六号"载人飞船成功进入太空。2008 年 9 月 25 日，我国第三艘载人飞船"神舟七号"成功发射，三名航天员翟志刚、刘伯明、景海鹏顺利升空。翟志刚身着我国研制的"飞天"舱外航天服进行了 19 分 35 秒的出舱活动，实现了中国历史上宇航员的第一次太空漫步。中国随之成为世界上第三个掌握空间出舱活动技术的国家。2012 年 6 月 16 日，我国第四艘载人飞船"神舟九号"成功发射，三名航天员景海鹏、刘洋、刘旺顺利升空，展开对接"天宫一号"的工作。这是我国首次载人空间交会对接。2013 年 6 月 11 日"神舟十号"成功发射，航天员聂海胜、张晓光、王亚平顺利升空，与"天宫一号"交会对接成功，中国已经基本掌握了空间飞行器交会对接技术。"神舟十一号"飞船是于 2016 年 10 月 17 日 7 时 30 分在酒泉卫星发射中心由长征二号 FY11 运载火箭发射的载人飞船，目的是更好地掌握空间交会对接技术，开展地球观测和空间地球系统科学、空间应用新技术、空间技术和航天医学等领域的应用和试验。飞行乘组由两名男性航天员景海鹏和陈冬组成，景海鹏担任指令长。"神舟十一号"飞船是为中国建造载人空间站做准备。"神舟十一号"飞行任务是中国第 6 次载人飞行任务，也是中国持续时间最长的一次载人飞行任务，总飞行时间长达 33 天。2016 年 11 月 18 日下午，神舟十一号载人飞船顺利返回着陆，将对后续的第二代空间实验室的建设打下坚实的基础。

嫦娥工程：2004 年，中国正式开展月球探测工程，并命名为"嫦娥工程"。2007 年 10 月 24 日，"嫦娥一号"成功发射升空；2010 年 10 月 1 日"嫦娥二号"顺利发射；2013 年 12 月 2 日，"嫦娥三号"携带中国的第一艘月球车成功发射升空，并实现中国首次月面软着陆。2013 年 11 月 26 日，月球车正式被命名为"玉兔号"。

北斗卫星导航系统：2012 年 12 月 27 日，北斗卫星导航系统试运行启动，标志着中国自主卫星导航产业发展进入崭新的发展阶段。2014 年 11 月 23 日，国际海事组织海上安全委员会审议通过了对北斗卫星导航系统认可的航行安全通函，这标志着北斗卫星导航系统正式成为全球无线电导航系统的组成部分，取得面向海事应用的国际合法地位。是继美国全球定位系统（GPS）、俄罗斯格洛纳斯卫星导航系统（GLONASS）之后第三个成熟的卫星导航系统。

"蛟龙"号载人潜水器：2002 年中国科技部将深海载人潜水器研制列为国家高技术研究发展计划（863 计划）重大专项，启动"蛟龙"号载人深潜器的自行设计、自主集成研制工作。2009—2012 年，"蛟龙"号接连取得 1 000 米级、3 000 米级、5 000 米级和 7 000 米级海试成功。2012 年 7 月，"蛟龙"号在马里亚纳海沟试验海区创造了下潜 7 062 米的中国载人深潜纪录，同时创造了世界同类作业型潜水器的最大下潜深度纪录。这意味着中国具备了载人到达全球 99.8% 以上海洋深处进行作业的能力。

（八）能源技术

石油：1958 年 11 月，石油部批准大庆第一口油井钻探。1959 年 9 月 26 日，该井喜喷油流。

从此，中国摘掉了石油工业落后的帽子，结束了贫油国的历史。

原子反应堆：1958 年 6 月，我国建成第一座实验性原子反应堆。

核电站：位于浙江省的秦山核电站是我国自行设计建造的第一座核电站。截止到 2012 年 8 月，中国大陆目前有商用核电站 4 个（大亚湾核电站、秦山核电站、田湾核电站、岭澳核电站）、在建核电站 11 个，还有 20 多个核电站在筹划中。

磁流体发电：我国于 20 世纪 60 年代初期开始研究磁流体发电，先后在北京、上海、南京等地建成了试验基地。根据我国煤炭资源丰富的特点，我国将重点研究燃煤磁流体发电，并将它作为"863"计划中能源领域的两个研究主题之一，争取在短时间内赶上世界先进水平。

太阳能发电：研制始于 1958 年，目前全国约有 38 个单位和大学从事光伏的研究和发展工作。

风力发电：风力发电是指将风的动能转变成机械动能，再将机械能转化为电力动能。它是一种最低碳、最环保的发电方式，其发电原理是利用风力带动风车叶片旋转，再透过增速机将旋转的速度提升，来促使发电机发电。2008 年以来，国内风电建设的浪潮达到了白热化程度，仅以 2009 年为例，中国（不含台湾地区）新增风电机组 10 129 台，新增容量 13 803.2 兆瓦，同比增长 124%；累计安装风电机组 21 581 台，容量 25 805.3 兆瓦。1986 年，山东荣成市引进 3 台发电机组，组成我国第一个风力电站。

真题再现

（2012 年单项选择）下列四种发电方式中，最低碳、最环保的一种是（　　）。

A. 水力发电　　　　　B. 火力发电　　　　　C. 核燃料发电　　　　　D. 风力发电

答案：D。【解析】风力发电是指将风的动能转变成机械动能，再将机械能转化为电力动能。它是一种最低碳、最环保的发电方式，其发电原理是利用风力带动风车叶片旋转，再通过增速机将旋转速度提升，来促使发电机发电。

生物能源：近年来我国政府采取"因地制宜、多能互补、合理利用、讲求效益"的政策，大力发展的农村能源，目前已取得明显效果。

地热能：在我国西藏地区已建成利用地热发电的羊八井地热电站，是我国最大的地热试验电站。

实验性潮汐能电站：我国在东南沿海地区建有数座实验性潮汐能电站，装机容量为 40～640 千瓦。

（九）交通技术

青藏铁路：世界海拔最高、线路最长的高原铁路，2006 年 7 月 1 日全线开通试运营。

京津城际铁路：中国第一条具有完全自主知识产权、世界一流水平的高速铁路，2008 年 8 月 1 日开通试运营。

武广高铁：世界上第一条时速高达 350 千米、里程最长的无砟轨道客运专线，于 2009 年 12 月 26 日正式运营，标志着我国已在机车制造、铁路设计、施工建设以及列车运行控制、铁路运营管理等方面掌握了高速铁路技术，率先步入高速铁路新时代。

郑西高速铁路：世界首条修建在湿陷性黄土地区的高速铁路，2010 年 2 月 6 日开通试运营。

沪宁城际高速铁路：在深厚软土地区建设运行速度最快的高速铁路，2010 年 7 月 1 日开通运营。

京沪高速铁路：世界上一次性建成线路最长、标准最高的高速铁路，2011 年 6 月 30 日通车运营。

（十）科学考察

青藏科学考察：20 世纪 60—70 年代珠穆朗玛峰地区的两次科学考察与 20 世纪 70 年代中国科学院青藏高原综合科学考察队，对西藏自治区进行了全面、系统的考察。自 1973 年以来，几代中国科学家先后 8 次赴雅鲁藏布大峡谷进行科学考察，对雅鲁藏布大峡谷形成历史、资源环境及其与人类和自然资源的相互关系有了新认识。

远洋和极地科学考察：1970 年，"向阳红 5 号"船首次进行太平洋特定洋区的综合调查，获得海洋重力、磁力、水深、地质、水文等多学科珍贵资料。1980 年 5 月，"向阳红 5 号"船再赴太平洋执行任务，目的是探索"厄尔尼诺"现象，为我国海洋事业、国防建设和国际海洋合作做出了贡献。

20 世纪 80 年代中期，我国开始极地考察。1984 年 12 月 30 日，中国第一支南极考察队登上乔治岛，建立中国南极长城站，于 1985 年 2 月 20 日落成。1989 年 9 月 26 日，中国南极中山站在南极大陆落成。

1999 年 6 月，我国首次赴北极考察。

古生物化石考察：1984—1995 年，我国科学家在云南澄江发现大批动物群化石，揭示了生物进化的突发性，向传统的"渐进论"为代表的达尔文进化理论提出了挑战，被国际科学界称为 20 世纪最惊人的发现之一。

1997 年，我国科学家在贵州瓮安考察前寒武纪含磷地层，发现了大量微型多细胞动物及礤胚胎化石，将动物起源时间向前推进了 5 000 万年，再次取得早期动物研究的重大突破。

夏商周断代工程：夏商周断代工程是一项自然科学与社会、人文科学相结合解决三代纪年问题的大型项目。工程设置 9 个课题、40 个专题，170 名学者经过联合考察，在文献学、天文学、考古学和古文字学等方面取得了丰硕成果，这些成就将成为中国古代文明研究的新起点。

三、外国主要科技成就

（一）古希腊时期

毕达哥拉斯：古希腊数学家、哲学家。是第一个注重"数"的人，发明了毕达哥拉斯定理，证明了正多面体的个数，建设了许多较有影响的社团。

欧几里得：古希腊最享有盛名的数学家，以其所著的《几何原本》闻名于世。《几何原本》是我国历史上最早翻译的西方名著。

阿基米德：伟大的古希腊哲学家、百科式科学家、数学家、物理学家、力学家，静态力学和流体静力学的奠基人，享有"力学之父"的美称，其主要成就是发明了几何体表面积和体积的计算方法，发现浮力定理、杠杆原理。阿基米德和高斯、牛顿并列为世界三大数学家。阿基米德曾说过："给我一个支点，我就能撬起整个地球。"

托勒密：古希腊天文学家、地理学家、占星学家和光学家，是"地心说"的集大成者，其代表作品有《天文学大成》《地理学》《天文集》和《光学》。

（二）近代

1. 天文学领域

哥白尼：文艺复兴时期的波兰天文学家、数学家。他提出了"日心说"，否定了教会的权威，改变了人类对自然、对自身的看法，完成了《天体运行论》。他的"日心说"沉重打击了教会的宇宙观，这是唯物主义和唯心主义斗争的伟大胜利。他是欧洲文艺复兴时期的一位巨人。

开普勒：杰出的德国天文学家，他发现了行星运动的三大定律，分别是轨道定律、面积定律和周期定律，赢得了"天空立法者"的美名。同时他对光学、数学也做出了重要贡献，是现代实验光学的奠基人。

哈雷：英国天文学家、数学家，曾任牛津大学几何学教授，是第二任格林尼治天文台台长。他编纂了大量彗星的观测记录，是第一个全力以赴地从事彗星轨道计算的人。

伽利略：意大利数学家、物理学家、天文学家，科学革命的先驱。他在科学实验的基础上总结出自由落体定律、惯性定律和伽利略相对性原理等，为牛顿理论体系的建立奠定了基础。并反驳了托勒密的地心体系，有力支持了哥白尼的日心学说。以系统的实验和观察推翻了纯属思辨传统的自然观，开创了以实验事实为根据并具有严密逻辑体系的近代科学。因此被誉为"近代力学之父""现代科学之父"。是利用望远镜观察天体取得大量成果的第一人。从伽利略、牛顿开始的实验科学，是近代自然科学的开端。

2. 数学领域

笛卡尔：法国著名的哲学家、物理学家、数学家，因将几何坐标体系公式化而被认为是解析几何之父。他是二元论的代表，留下名言"我思故我在"，是欧洲近代哲学的奠基人之一，黑格尔称他为"现代哲学之父"。笛卡尔堪称17世纪的欧洲哲学界和科学界最有影响的巨匠之一，被誉为"近代科学的始祖"。

牛顿—布莱尼茨公式：通常也被称为微积分基本公式，揭示了定积分与被积函数的原函数或者不定积分之间的联系。这个公式给定积分提供了一个有效简便的计算方法，大大简化了定积分的计算过程。

3. 物理学领域

牛顿：英国著名的物理学家，百科全书式的"全才"，著有《自然哲学的数学原理》《光学》。他发现了万有引力定律和三大运动定律，这四条定律被认为是"人类智慧史上最伟大的一个成就"，成为现代工程学的基础。

奥斯特：丹麦物理学家、化学家，他发现了电流磁效应和铝。

法拉第：英国物理学家、化学家。1831年，他首次发现电磁感应现象，在电磁学方面做出了巨大贡献，改变了人类文明。

麦克斯韦：英国物理学家、数学家。经典电动力学的创始人，统计物理学的奠基人之一，他创建英国第一个专门的物理实验室，建立了麦克斯韦方程组，创立了经典电动力学，预言了电磁波的存在，提出了光的电磁说。他被普遍认为是对物理学最有影响力的物理学家之一。没有电磁学就没有现代电工学，也就不可能有现代文明。

赫兹：德国物理学家，于1888年首先证实了电磁波的存在，并对电磁学做出了很大贡献，故频率的国际单位制单位以他的名字命名。

4. 化学领域

波意耳：英国化学家，1661年出版《怀疑派化学家》一书，马克思、恩格斯誉称"波意耳把化学确立为科学"。他明确地阐述元素的定义应是具有相同核电荷数的同一类原子的总称。波意耳用石蕊溶液把纸浸透，然后烤干，制成了实验中常用的酸碱试纸——石蕊试纸。他发明了一种制取黑墨水的方法，这种方法几乎用了一个世纪。

拉瓦锡：法国化学家，被尊称为"近代化学之父"。他使化学从定性转为定量，给出了氧与氢的命名，并且预测了硅的存在。他给出了"元素"的定义，发表第一个现代化学元素列表，创立氧化说以解释燃烧等实验现象。

阿伏伽德罗：意大利化学家，1811 年发表了阿伏伽德罗假说即阿伏伽德罗定律，并提出分子概念及原子、分子的区别等重要化学问题。1832 年，出版了四大册理论物理学。为了纪念他，NA 称为阿伏伽德罗常量。

门捷列夫：俄国科学家。他发现化学元素的周期性，制作出世界上第一张元素周期表，并据此预见了一些尚未发现的元素。他的名著《化学原理》，在 19 世纪末和 20 世纪初，被国际化学界公认为标准著作。

真题再现

（2013 年单项选择）创立元素周期表的科学家是（　　）。

A. 门捷列夫　　　　　B. 波意耳　　　　　C. 居里夫人　　　　　D. 波尔

答案：A。【解析】门捷列夫是俄国科学家。他发现化学元素的周期性，制作出世界上第一张元素周期表，并据此预见了一些尚未发现的元素。

5. 生物学领域

哈维：英国 17 世纪著名的生理学家和医生。他发现了血液循环的规律，奠定了近代生理科学发展的基础。

林奈：瑞典博物学家。动植物双名命名法的创立者。1753 年出版《植物种志》，建立了动植物命名的双名法，对动植物分类研究的进展有很大影响。他首先提出界、门、纲、目、科、属、种的物种分类法，至今仍被人们采用。

施莱登和施旺：施莱登，德国植物学家，1838 年，他提出了一个关于细胞的生命特征、细胞的生理过程以及细胞的生理地位的理论，标志着第一个较为系统的细胞学说的建立。后与施旺共同创立细胞理论，并进而建立了统一的细胞学说。

巴斯德：法国科学家，近代微生物学奠基人。他研究了微生物的类型、习性、营养、繁殖、作用等，奠定了工业微生物学和医学微生物学的基础，并开创了微生物生理学。另外，他发明的巴氏消毒法至今仍被应用。

达尔文：英国生物学家、进化论的奠基人。他在历时 5 年的环球航行中对动植物和地质结构等进行了大量观察和采集。出版了《物种起源》，提出了生物进化论学说。恩格斯将"进化论"列为 19 世纪自然科学的三大发现之一（其他两个是细胞学说、能量守恒转化定律）。

真题再现

（2013 年单项选择）达尔文在《物种起源》中阐述的主要内容是（　　）。

A. 基因理论　　　　　B. 条件反射　　　　　C. 进化论　　　　　D. 细胞学说

答案：C。【解析】达尔文是英国生物学家、进化论的奠基人。

（三）20 世纪初以来

1. 爱因斯坦创立了狭义相对论和广义相对论

1905 年，20 世纪最伟大的科学天才爱因斯坦在他 26 岁时创立了狭义相对论，提出了不同于经典物理学的崭新的时空观和质能方程：$E=mc^2$（$c=3×10^8$ 米/秒），在理论上为原子能的应用开辟了道路。1915 年，爱因斯坦又创立了广义相对论，深刻揭示了时间、空间和物质、运动之间的内在联系——空间和时间是随着物质分布和运动速度的变化而变化的。相对论极大地改变了人类对宇宙和自然的"常识性"观念，提出了"同时的相对性""四维时空""弯曲时空"等全新概念。它发展了牛顿力学，推动物理学发展到一个新高度。

2. 普朗克创立的量子力学及其发展

1900 年，德国物理学家普朗克发表了题为《论正常光谱的能量分布定律的理论》的论文，首先提出了"量子论"，是量子物理学诞生的标志。1905 年，爱因斯坦提出光子假设，成功解释了光电效应。1913 年，丹麦物理学家玻尔通过引入量子化条件，提出了玻尔模型来解释氢原子光谱，提出互补原理和哥本哈根诠释来解释量子力学，对 20 世纪物理学的发展有深远影响。1924 年，法国著名理论物理学家德布罗意创立物质波理论。1925 年，海森堡建立矩阵力学，他的《量子论的物理学基础》是量子力学领域的一部经典著作。1926 年，奥地利物理学家薛定谔建立波动力学发展了原子理论。1928 年，英国理论物理学家，26 岁的狄拉克提出狄拉克方程，描述了费米子的物理行为，并且预测了反物质的存在。

3. 20 世纪五大科学成就

物质的基本结构：直到 19 世纪末，人们都认为物质共同的基元就是原子。1911 年，新西兰物理学家、原子核物理学之父卢瑟福发现原子是由原子核和电子结合而成的，数量不等、带有负电荷的电子围绕带有正电荷的原子核旋转。1913 年，丹麦物理学家玻尔提出了原子核的液滴模型。1932 年，英国实验物理学家查德威克发现了中子。从此，人们认识到各种原子都是由电子、质子和中子组成的，于是把这三种粒子和光子称为基本粒子。20 世纪 60 年代以来，出现了基本粒子结构的"夸克模型""层子模型"等，诞生的一门新独立学科——基本粒子物理学即高能物理学。

宇宙大爆炸理论："大爆炸宇宙论"认为，宇宙是由一个致密炽热的奇点于 137 亿年前一次大爆炸后膨胀形成的。1927 年，比利时天主教神父勒梅特首次提出了宇宙大爆炸假说。1929 年，美国天文学家哈勃根据假说提出星系的红移量与星系间的距离成正比的哈勃定律，证实了宇宙膨胀理论。1948 年，美国核物理学家、宇宙学家伽莫夫把核物理学的知识同宇宙膨胀理论结合起来，提出了热火爆炸宇宙模型。

DNA 分子双螺旋模型：1909—1928 年，美国生物学家摩尔根通过果蝇实验发现了遗传第三定律，从而创立了基因理论。1944 年，美国细菌学家埃弗里等人通过实验第一次证明了遗传物质是 DNA 而不是蛋白质。1953 年，英国科学家沃森和克里克合作研究出 DNA 双螺旋结构的分子模型，被誉为 20 世纪生物学方面最伟大的发现，也被认为是分子生物学诞生的标志。20 世纪 60 年代，美国的尼伦伯格博士等人用严密的科学推理对蛋白质合成的情况进行分析，成功破译了遗传密码，提出 DNA 是生命的后台指挥者，生命的一切性状通过受 DNA 决定的蛋白质来表现。

地球板块构造学说：1912 年，德国气象学家、地球物理学家魏格纳提出大陆漂移说，魏格纳被称为"大陆漂移学说之父"。英国地质学家霍姆斯最早提出绝对地质年代表，1915 年，他用放射性方法测定地球年龄为 45.5 亿年并得到公认。1928 年，他第一个提出地壳以下深层的对流观点。1961 年，加拿大科学家迪茨进一步发展了大陆漂移说，首次提出海底扩张说。1968—1969 年，法国的勒比雄、英国的麦肯齐、美国的摩根又进一步把陆地和海底统一起来考虑，认为洋底和陆地都是岩石圈的一个组成部分，进而提出一种全新的大陆构造学说"大陆板块学说"。

信息论、控制论和系统论：美国数学家香农在 1948 年的《通信的数学理论》和 1949 年的《噪声下的通信》著作中提出了信息熵的概念，为信息论和数字通信奠定了基础。美国应用数学家维纳在《控制论》著作中提出了"控制论"一词，他把控制论看作一门研究机器、生命社会中控制和通信的一般规律的科学，是研究动态系统在变的环境条件下如何保持平衡状态或稳定状态的科学。美国贝尔电话公司在进行电话网络的设计中使用了一种方法，把每一项工程的进程划分为规划、研究、发展、发展期间研究和通用工程五个阶段。20 世纪 40 年代，他们把这种方法称为系统工程。美籍奥地利生物学家贝塔朗菲于 20 世纪 50 年代提出抗体系统论以及生物学和物理学中的系统论，他的著作《一般系统论》的出版，标志着交叉科学信息论、控制论、一般系统论的诞生。1957 年，古德和麦克霍尔合著的《系统工程学》的出版为系统工程论奠定了基础。20 世纪 60 年代以来，法国数学家雷内托姆以及塞曼等人提出并发展了突变论，德国物理学家哈肯 1969 年提出"协同学"一词，并于 20 世纪 70 年代创立了协同论，伊里亚·普里戈金创立了耗散结构理论，统称"新三论"。

4. 20 世纪的五大尖端技术成果

核能与核技术：1938 年，科学家哈恩和斯特拉斯曼用中子轰击铀原子时发现铀原子核分裂的现象，被称为核裂变。1942 年，美国建立了世界上第一座原子反应堆，首次实现了铀原子核可控链式核裂变反应。1945 年，第一颗原子弹爆炸成功。1952 年，第一颗氢核聚变的氢弹爆炸成功。1954 年，苏联建成世界上第一座原子能发电站。

航天与空间技术：1903 年，美国的莱特兄弟成功试飞"飞行者 1 号"，被公认为最早的空中持续动力飞行。1919 年，美国火箭专家戈达德建立了火箭运动的基本数学原理，并推导出火箭脱离地球引力所需的第一宇宙速度，并于 1926 年发射了世界上第一枚液体火箭。1937 年，英国无线电工程师雷伯建成世界上第一架射电天文望远镜。1957 年，苏联用洲际导弹的火箭装置发射了世界上第一颗人造地球卫星，空间时代从此开始。1961 年，苏联宇航员加加林搭载"东方 1 号"宇宙飞船，实现了人类第一次载人宇宙飞行。1969 年，美国 "阿波罗 11 号"飞船登月，人类在月球上留下了第一个脚印。1971 年，苏联建造人类第一个空间站，人类首次在太空中有了活动基地。1981 年，美国成功发射航天飞机，从此人类可以自由进出太空。1997 年，美国的"火星探路者"登上火星。

信息技术：1906 年，美国发明家福雷斯特制成第一个真空三极管，福雷斯特也因此被人们誉为真空三极管之父。三极电子管的发明使电信号放大，从而使远程无线电通信成为可能。1946 年，以美国总工程师埃克特为首的"莫尔小组"研发了世界上第一台电子计算机。1938 年，美国著名发明家和企业家亚历山大·格雷厄姆·贝尔获得了世界上第一台可用的电话机的专利权（发明者为意大利人安东尼奥·梅乌奇），创建了贝尔电话公司（AT&T 公司的前身），因此，他被世界誉为"电话之父"。1973 年，美国摩托罗拉公司工程技术员马丁·库帕发明了世界上第一部推向民用的手机。1989 年，英国计算机科学家蒂姆·伯纳斯·李成功开发出世界上第一个 Web 服务器和第一个 Web 客户机。1989 年，蒂姆为他的伟大发明正式命名为 World Wide Web（万维网），也就是我们所熟悉的 www。1991 年，万维网正式登录互联网，此后，万维网科技获得迅速发展。因此，蒂姆被称为互联网之父。1998 年，作为电子工业基础的微芯片已应用于 DNA 测序和诊断等生物医学领域。

真题链接

（2013 年单项选择）下列选项中，由美国发明家亚历山大·格雷尔姆·贝尔发明的是（　　）。
A. 天文望远镜　　　B. 互联网　　　　C. 电子计算机　　　D. 电话

答案：D。【解析】1938 年，美国著名发明家和企业家亚历山大·格雷厄姆·贝尔获得了世界上第一台可用的电话机的专利权（发明者为意大利人安东尼奥·梅乌奇），创建了贝尔电话公司（AT&T 公司的前身），因此，他被世界誉为"电话之父"。

激光技术：激光是 20 世纪以来，继原子能、计算机、半导体之后人类的又一重大发明，被称为"最快的刀""最准的尺""最亮的光"。激光的原理早在 1916 年已被著名的美国物理学家爱因斯坦发现。1958 年，美国科学家肖洛和汤斯发现了一种神奇的现象：当他们将氖光灯泡所发射的光照在一种稀土晶体上时，晶体的分子会发出鲜艳的、始终会聚在一起的强光。根据这一现象，他们提出了"激光原理"。1960 年，美国加利福尼亚州休斯实验室的科学家梅曼宣布获得了波长为 0.694 3 的激光，这是人类有史以来获得的第一束激光，梅曼因而成为世界上第一个将激光引入实用领域的科学家。同年 7 月，西奥多·梅曼宣布世界上第一台激光器诞生。继红宝石激光器之后，半导体激光器（1962 年）、气体激光器（1964 年）、自由电子激光器（1977 年）乃至原子激光器（1977 年）等相继问世。

生物技术：1928 年，英国人弗莱明从青霉菌中发现了第一种抗生素盘尼西林（青霉素），用于治疗传染性疾病。1967 年，南非进行了第一例人体心脏移植手术，患者在移植手术后存活了 18 天。20 世纪 60 年代末至 70 年代初，瑞士微生物学家阿尔伯和史密斯发现细胞中有两种"工具酶"，能对 DNA 进行"剪切"和"连接"；内森斯则使用工具酶首次实现了 DNA 切割和组合。1973 年，科恩、博耶登建立了基因重组技术，标志着遗传工程的开始。1978 年，世界上第一个试管婴儿在英国降生。1997 年，英国科学家维尔穆特用成年母羊的乳腺细胞克隆出了"多利"羊。2000 年，英国 PPL 治疗剂公司利用成年猪细胞通过核转移技术成功克隆五只小猪。2008 年，美国生物学家通过给"脱细胞化"处理的动物尸体心脏注入活细胞，成功使死心脏恢复跳动。同年，成功制造出世界上最大的人工合成 DNA 组织。

四、生活中的科学常识及科普读物

（一）科学常识

1. 天文地理

（1）天文学常识。

宇宙的起源：美国天文学家伽莫夫于 1948 年正式提出了宇宙起源的大爆炸学说。伽莫夫认为，宇宙最初是个温度极高、密度极大的由最基本粒子组成的"原始火球"。根据现代物理学理论，这个火球必定迅速膨胀，它的演化过程好像一次巨大的爆炸。由于迅速膨胀，宇宙密度和温度不断降低，在这个过程中形成了一些化学元素的原子核，然后形成由原子、分子构成的气体物质，气

体物质又逐渐凝聚起星云，最后从星云中逐渐产生各种天体，成为现在的宇宙。大爆炸学说由于比其他宇宙学说能够更多、更好地解释观测到的宇宙现象，因此越来越显示出其的生命力。

恒星：由炽热气体组成的能自行发光的球状天体。恒星是宇宙中最基本的天体，主要成分是氢和氦。

恒星日：天空某一恒星连续两次经过子午线的时间间隔，可用来观测地球自转周期。一个恒星日，

图 4-2 八大行星

即地球自转 360° 所需的时间，是 23 时 56 分 4 秒，这是地球自转的真正周期。

太阳系：由太阳、行星及其卫星、小行星、彗星等构成的天体系统，太阳是太阳系的中心。太阳系中有八大行星，依距太阳从近到远的顺序分别为水星、金星、地球、火星、木星、土星、天王星、海王星（图 4-2），其中最大的是木星。

真题再现

（2014年单项选择）太阳系中离太阳最近的两大行星是（　　）。

A. 水星、金星　　　　　B. 地球、火星　　　　　C. 火星、金星　　　　　D. 地球、水星

答案：A。【解析】太阳系中有八大行星，依距太阳从近到远的顺序分别为水星、金星、地球、火星、木星、土星、天王星、海王星。

太阳：由炽热的气体组成的球状天体，主要成分是氢和氦。太阳是距离地球最近的恒星。太阳的大气结构即为太阳的外部结构，从里向外分为光球层、色球层和日冕层。太阳活动包括黑子、光斑、耀斑。黑子是太阳活动的主要标志，呈周期性变化，其常见周期为11年。光斑是与黑子相反的一种光球现象。有些光斑和黑子联系密切，常常相互伴随。耀斑爆发是太阳活动最激烈的显示。太阳活动对地球的影响：扰乱地球大气的电离层，产生"磁暴"现象和极光。

行星：在椭圆轨道上绕太阳运行的、近似球形的天体。它们不发光，质量比太阳小得多。

小行星：太阳系中沿椭圆轨道绕日运行的小天体。众多小行星运行在火星和木星之间，形成小行星带。

地球的形状与大小：地球是一个两极稍扁、赤道略鼓的不规则球体。地球的平均半径为6 371千米，赤道周长为4万千米，地球表面积为5.1亿平方千米。

纬线与纬度：在地球仪上，顺着东西方向，环绕地球仪一周的圆圈，叫作纬线。所有纬线都是圆，可称为纬线圈；纬线圈的长度有长有短，赤道最长，往两极逐渐缩短，最后成一点。纬线都指示东西方向。纬度是指某点与地球球心的连线和地球赤道面所成的纬面角，其数值在0至90度之间。

赤道：是最长的纬线，长约4万千米。它与两极之间的距离相等，把地球分为南、北两个半球。赤道是地球的零度纬线。赤道以北的纬度，叫北纬，习惯上用"N"表示；赤道以南的纬度，叫南纬，习惯上用"S"表示。

经线与经度：在地球仪上，连接南北两极并同纬线垂直相交的线叫作经线，也叫子午线。所有经线都是半圆状；长度都相等，都指示南北方向。两条经线之间的夹角称作经度。

本初子午线：地球仪上的零度经线叫作本初子午线，从本初子午线向东、向西，各分作180°，以东的180°为东经，习惯上用"E"表示，以西的180°为西经，习惯上用"W"表示。国际上习惯用20°W和160°E的经线圈，作为划分东、西半球的界线。

地球的公转：地球绕太阳的运动，叫作公转。地球公转的方向和自转相同，都是自西向东。地球公转的轨道（也就是公转所走的路线）是一个椭圆，地球在这个巨大的椭圆轨道上，绕太阳公转一周的时间为365日5时48分46秒，为天文上通常所说的一个回归年。

地球的自转：地球自西向东绕地轴不停旋转着，这是地球的自转。自转周期是一个恒星日，即23时56分4秒。由于地球不停地自西向东自转，地球表面就产生了昼夜交替的现象。

日食：当太阳、月球、地球正好处在同一条直线时，如月球阴影掠过地球，会造成日食。依目视太阳被月球遮掩的多少，可分为日偏食、日全食和日环食。当日全食发生时，我们在地球上可看到平日因强烈阳光而不易看出的闪焰、日珥等太阳表面现象。

月食：当太阳、地球、月球正好处在同一条直线时，如月球运行到地球阴影内，则会形成月食。依地球遮蔽阳光照射到月面的多少，可分为月偏食和月全食。当月全食发生时，我们在地球上仍可看到地球大气折射到月面的阳光，此刻会呈现出暗红色月面的天文奇观。

极昼和极夜：极昼指极圈地区太阳终日不落的现象，极夜指极圈地区太阳终日不出的现象。

每年夏至日（6 月 22 日前后）太阳直射北回归线（23.5°N），北半球昼最长夜最短，北极圈内出现极昼现象。南半球则昼最短夜最长，南极圈内出现极夜现象。每年冬至日（12 月 21 日前后），太阳直射南回归线（23.5°S），南、北半球极昼极夜正好与夏至日相反。

极光：一种大气光学现象。当太阳黑子、耀斑活动剧烈时，太阳发出大量强烈的带电粒子流，沿着地磁场的磁力线向地球南、北两极移动，它以极快的速度进入地球大气的上层。在带电粒子流的高速碰撞下，空气中原子外层的电子便获得能量。当这些电子获得的能量释放出来，便会辐射出一种可见光束，于是形成极光。

区时：1884 年国际经度会议决定，全世界按统一标准划分时区、实行分区计时。按这种办法，每隔经度 15° 为一个时区，全球共划分成二十四个时区；以本初子午线即 0° 经线为中央经线的时区为中时区（或零时区），往东、往西各划分成十二个时区。

日界线：国际上规定，原则上以 180° 经线作为地球上"今天"和"昨天"的分界线，叫作"国际日期变更线"，简称日界线；规定在日界线西侧的东十二区在任何时刻，总是比日界线东侧的西十二区早 24 个小时，这样东、西十二区，虽为一个时区钟点相同，但日期总是相差一天，即东十二区任何时候都比西十二区早一天。所以，自西向东过日界线，日期要减一天；反之，自东向西过日界线，日期要加一天。

（2）地理学常识。

地图三要素：比例尺、方向和图例。在地图上所画地区的范围越小，要表示的内容越详细，选用的比例尺应越大，反之选用的比例尺越小。在地图上，通常是"上北下南，左西右东"。

世界海陆的分布：地球上海洋面积约占了 71%，陆地面积仅占约 29%。大陆和它附近的岛屿合起来叫作大洲。全部位于北半球的大洲有欧洲、北美洲。人们习惯把乌拉尔山脉、乌拉尔河和大高加索山脉一线作为欧洲和亚洲大陆的分界线。亚洲和非洲以苏伊士运河作为分界线。北美洲和南美洲均在西半球，全称为美洲。巴拿马运河是北美洲和南美洲的分界线。南极洲主要位于南极圈内，被大洋环绕，是世界上唯一没有污染的大陆，其原始的自然环境，为科学家进行气象、冰川、地质、海洋、生物等学科的科学研究提供了丰富的资源和条件。

真题再现

1.（2015 年单项选择）中国南沙群岛中面积最大的是（　　）。

　A. 太平岛　　　　B. 南威岛　　　　C. 中业岛　　　　D. 黄岩岛

答案：A。【解析】太平岛是南沙群岛中面积最大的，面积 0.489 6 平方千米。

2.（2014 年单项选择）下列国家中，不属于加勒比地区的是（　　）。

　A. 海地　　　　B. 牙买加　　　　C. 多米尼加　　　　D. 马达加斯加

答案：D。【解析】加勒比是地区名，位于中美洲包括古巴、多米尼加、多米尼加共和国、海地、牙买加、巴巴多斯等。马达加斯加全称马达加斯加共和国，非洲岛国。

陆地地形类型：人们把地形分为山地、平原、高原、盆地和丘陵五种基本类型。

海底地形类型：通常分为大陆架、大陆坡和大洋底三部分。大陆架是大陆向海洋自然延伸的地带，一般深度不大，坡度平缓。目前开发的海洋资源，主要在大陆架上。大陆坡是大陆架向大洋深处急剧变陡的部分，深度自 200 米到 2 500 米的海底。大洋底是大陆坡以下的部分。大洋底地形复杂，有海岭、洋盆、海沟等。海岭是大洋底上绵延很长的高地，又叫作海底山脉。洋盆是大洋底的盆地，是大洋底的主体部分。海沟是大洋底的狭小山地，多分布在大洋边缘。

地球的内力作用：地球的内力作用对地壳的发展变化起着主导作用。内力作用的能量来自地球本身，主要是放射性元素蜕变产生的热能。内力作用主要表现为地壳运动、岩浆活动、地震等，内力作用主要使地表产生高山或洼地。火山爆发是地热或内能释放的强烈显示。

地震：构造运动的一种特殊形式，即大地的快速震动。当地球聚集的应力超过岩层或岩体所能承受的限度时，地壳发生断裂、错动，急剧释放积聚的能量，并以弹性波的形式向四周传播，引起地表的震动。地震只发生在地球表面至700千米深度以内的脆性圈层中。地震时，地下岩石最先开始破裂的部位叫震源。震源在地面上的垂直投影位置叫震中。从震源发出的地震波在地球内部传播的称为体波（纵波和横波），沿地面传播的称为面波，实际上也是一种纵波，对地表建筑物破坏性最大。地震释放能量的大小用震级表示，通常采用美国里克特提出的标准来划分，称为里氏级。世界地震区呈带状分布并与板块边界非常一致，板块间的相互作用是引起地震的主要因素。世界上90%以上的地震、几乎所有的破坏性地震都属于构造地震。目前已记录到的最大构造地震震级为8.9级。

真题再现

（2012年单项选择）下列选项中，属于大多数地震发生类型的一项是（ ）。
A. 火山地震　　　　B. 构造地震　　　　C. 塌陷地震　　　　D. 诱发地震
答案：B。【解析】世界上90%以上的地震、几乎所有的破坏性地震都属于构造地震。

板块构造学说：该学说认为，地球的岩石圈不是整体一块，而是被一些构造带，如海岭、海沟等，分割成许多单元，叫作板块。全球岩石圈分为六大板块：亚欧板块、非洲板块、美洲板块、太平洋板块、印度洋板块和南极洲板块。板块处于不断运动之中，两个板块之间的交界处，是地壳比较活跃的地带。板块相对移动而发生的彼此碰撞或张裂，形成了地球表面的基本面貌。在板块张裂的地区，常形成裂谷或海洋。在板块相撞挤压的地区，常形成山脉。

地壳的外力作用：外力作用的能量来自地球外部，主要是太阳辐射能、重力及生物活动等，可使大气、水和生物等发生变化，从而引起地壳表层物质的破坏。外力作用的表现形式为风化作用、侵蚀作用、搬运作用、沉积作用与固结成岩作用等。

喀斯特地貌：是在碳酸盐类岩石地区，地下水和地表水对可溶性岩石溶蚀与沉淀、侵蚀与沉积以及重力崩塌、塌陷、堆积等作用形成的地貌。以南斯拉夫喀斯特高原命名，在我国也叫岩溶地貌，广泛分布于桂、黔、滇地区。岩溶作用在地表和地下均可形成喀斯特地貌。

丹霞地貌：是20世纪30年代以丹霞山为代表而命名的一类地貌类型。形成丹霞地貌的岩层是一种在内陆盆地沉积的红色屑岩，后来地壳抬升，岩石被流水切割侵蚀，山坡以崩塌过程为主而后退，保留下来的岩层就构成了红色山块。构成丹霞地貌的石头是一种红色的陆相碎屑岩，也就是在内陆盆地中沉积的碎屑特质形成的岩石。丹霞地貌最突出的特点是"赤壁丹崖"广泛发育，形成了顶平、身陡、麓缓的方山、石墙、石峰、石柱等奇险的地貌形态，世界上由红色沙砾构成的、以赤丹崖为特色的一类地貌是以广东省仁化县的丹霞山命名的，这就是丹霞地貌。它主要分布在中国、美国西部、中欧和澳大利亚等地，以我国分布最广。其中以丹霞山面积最大，发育最典型、类型最齐全、形态最丰富、风景最优美。

冰川地貌：是指第四世纪古冰川及现代冰川作用形成的各种侵蚀地貌形态和堆积地貌形态的总称。包括冰蚀地貌、冰碛地貌和冰水堆积地貌三大类型。

风成地貌：风力对地表物质的侵蚀、搬运、堆积所形成的侵蚀形态和堆积形态，称为风成地貌。包括风蚀地貌和风积地貌。世界上的风蚀地貌主要分布在干旱、半干旱的热带温带荒漠区。风积地貌主要指各种沙丘，可分为三种基本类型：横向沙丘、纵向沙丘和多风向形成的沙丘。风力对地面物质的吹蚀和风沙的磨蚀作用，统称风蚀。风蚀作用形成风蚀地貌，风蚀地貌主要有风蚀石窝、风蚀蘑菇、雅丹地形、风蚀城堡等。

海蚀地貌：是指海水运动对沿岸陆地侵蚀破坏所形成的地貌。由于波浪对岩岸岸坡进行机械性的撞击和冲刷，岩缝中的空气被海浪压缩因而对岩石产生巨大压力，波浪挟带的碎屑物质对岩岸进行研磨，以及海水对岩石的溶蚀作用等，统称为海蚀作用。海蚀多发生在基岩海岸。海蚀的程度与当地波浪的强度、海岸原始地形有关，组成海岸的岩性及地质构造特征，对海蚀也有重要影响。所形成的海蚀地貌有海蚀崖、海蚀台、海蚀穴、海蚀拱桥、海蚀柱等。

河口三角洲：在河流入海（湖）地段，河流和海洋（湖泊）水体存在强烈的交互作用。在河流和海洋共同作用下，由河流携带的泥沙在河口地区的陆上和水下形成的、平面形态近似三角形的堆积体称为河口三角洲。三角洲可分为四类：扇形三角洲（如尼罗河、黄河）、鸟足状三角洲（如密西西比河）、多岛状三角洲（如珠江、恒河）、尖头状三角洲（如意大利的台伯河）。

冰川：是指发生在陆地上，由大气固态降水演变而成的，通常处于运动状态，能自行流动的天然冰体。它随气候变化而变化，但不会在短时间内形成或消亡。雪线触及地面是发生冰川的必要条件，故冰川是极地气候和高山冰雪气候的产物。

雪线：多年积雪区和季节积雪区之间的界线叫雪线。雪线上年降雪量等于年消融量，所以雪线也就是降雪和消融的零平衡线。雪线以上年降雪量大于年消融量，降雪逐年加积，形成常年积雪（或称万年积雪），进而变成粒雪和冰川冰，发育冰川。雪线是一种气候标志线。

褶皱：岩层受到地壳运动产生的强大挤压作用，产生波状弯曲，称为褶皱。褶皱的基本形式分为背斜和向斜。背斜是指褶皱中心岩层向上隆起，两侧岩层向外倾斜；向斜是指褶皱中心向下凹陷，两侧岩层向中心倾斜。背斜成山，向斜成谷。但也可能出现背斜是谷，向斜成山的地形。这是因背斜中心部分岩层向上变曲产生张力，导致岩层破裂，易受风化和剥蚀，被蚀成谷，称次成谷；向斜部分受挤，凹地接受风化崩落物堆积，基岩受保护，最后反而残留成山，称次成山。

断层：是地壳岩层受力而产生断裂的现象。由于地壳岩层的承受力有一定限度，当地壳运动时产生的挤压力和拉伸力超出了岩层脆弱部的承受力，岩层便会破裂，破裂两侧的面会出现显著的相互位移和错动现象，从而产生断层。在地貌上，大的断层常常形成裂谷或陡崖，如著名的东非大裂谷、我国华山北坡大断崖等。断层一侧上升的岩块，常成为块状山体或高地，这种由断层造就的山体被称作断层山，又叫断块山，如我国的华山、庐山等；另一侧则常形成谷地或低地，如我国的渭河平原、汾河谷地。在断层构造地带，由于岩石破碎，易受风化侵蚀，常常发育成沟谷、河流。

大陆架：由绕大陆的浅海地带构成。从海岸线（多指低潮线）起，直到海底坡度显著增加的陆架坡折处都属于大陆架。大陆架是陆地向海洋的自然延伸部分，也曾称陆棚。总面积约占世界大洋的 7.5%。大陆架平均水深 130 米，有些地方超过 200 米。大陆架的宽度不等，有的几乎为零，有的宽达 1 000 千米，平均宽度 78 千米。一般与平原相连的大陆架较宽，与山地相连的大陆架较窄。全世界的大陆架共有 2 710 万平方千米，其中尤以亚洲大陆架面积最大。大陆架的外缘常有堤状隆起，称陆架边缘堤，堤外即为大陆坡。浅海大陆架一般都拥有丰富的鱼类和矿产资源。

流域：指一条河流或水系的集水区域，即分水线包围的区域。包括供河流地表水源的地面集水区和地下水源的地下集水区。若地面集水区和地下集水区一致，称为闭合流域，不一致则称为非闭合流域。流域面积是流域的重要特征，它不仅决定河流的水量，且影响径流的形成过程。在其他条件相同的情况下，流域面积越大，河流水量也越大。

领海：是国家主权管辖的临接海岸的海域。目前，国际上对领海的宽度没有统一的标准。根据联合国 1981 年的统计，148 个沿海国家中有 81 个国家规定领海宽度为 12 海里①，其余为 3 海里或 200 海里。

堰塞湖：是由火山熔岩流或由地震活动等原因引起山崩滑坡等堵截河谷或河床后贮水而形成的湖泊。中国东北的镜泊湖即是典型的熔岩堰塞湖。

植被：指的是某一地区内全部植物群落的总体。陆地表面分布着由许多植物组成的各种植物群落，如森林、灌丛、草原、荒漠、苔原、草甸、沼泽等，总称为该地区的植被。植被分为自然植被和人工（栽培）植被。

水循环：地球表面的水在太阳辐射能的作用下，在水圈、大气圈、岩石圈和生物圈中通过各种途径循环往复的运动过程，称为水循环。自然界水循环每时每刻在全球内进行，按其进行的领域分为三种情况：海陆间循环、海上内循环、内陆循环。

霍尔木兹海峡：位于亚洲西南部，介于伊朗与阿拉伯半岛之间，东接阿曼湾，西连波斯湾，呈人字形。由于它是海湾与印度洋之间的必经之地，霍尔木兹海峡素有"海湾咽喉"之称，具有十分重要的战略和航运地位。海湾沿岸产油国的石油绝大部分通过这一海峡输往西欧、澳大利亚、日本和美国等地，总计承担着西方石油消费国 60% 的供应量，西方国家把霍尔木兹海峡视为"生命线"。

曼德海峡：位于亚洲阿拉伯半岛西南端和非洲大陆之间，连接红海、亚丁湾和印度洋。苏伊士运河通航后，成为从大西洋进入地中海，穿过苏伊士运河、红海通印度洋的海上交通必经之地，战略地位重要。

直布罗陀海峡：是地中海通向大西洋的唯一出口。从波斯湾开出的油轮，经直布罗陀海峡源源不断地将石油运往欧美各国，被人们称为"西方世界的生命线"。

真题再现

（2014 年单项选择）连接地中海和大西洋的海峡是（　　）。

A. 巴士海峡　　　　B. 马六甲海峡　　　　C. 麦哲伦海峡　　　　D. 直布罗陀海峡

答案：D。【解析】直布罗陀海峡是地中海通向大西洋的唯一出口。

德雷克海峡：头戴两项"世界之最"桂冠，位于南美大陆和南极洲之间。它是世界上最深的海峡，最深处达 5 248 米。同时它又是世界上最宽的海峡，南北宽达 970 千米，成为世界各地通向南极的重要通道。

土耳其海峡：连接黑海与爱琴海、地中海，是亚洲、欧洲的分界线，也是黑海通往地中海的门户。

马六甲海峡：是位于马来半岛与苏门答腊岛之间的海峡。马六甲海峡无论在经济上还是军事上，都是重要的国际水道，其重要性可与苏伊士运河或巴拿马运河相比。马六甲海峡是印度洋与太平洋之间的重要水道，也是西亚石油到东亚的重要通道，日本常称马六甲海峡是其"生命线"。

苏伊士运河：位于埃及境内，全长 170 多千米，是连通欧亚非三大洲的主要国际海运航道，连接红海与地中海，使大西洋、地中海与印度洋联结起来，大大缩短了东西方航程。与绕道非洲好望角相比，将从欧洲大西洋沿岸各国到印度洋的距离缩短了 5 500～8 000 千米，将从地中海各国

① 1 海里=1.852 千米。

到印度洋的距离缩短了 8 000～10 000 千米；对黑海沿岸来说，则缩短了 12 000 千米，它是一条在国际航运中具有重要战略意义的国际海运航道，每年承担着全世界约 14% 的海运贸易。

巴拿马运河：位于中美洲的巴拿马，横穿巴拿马地峡，总长 82 千米，宽的地方达 304 米，最窄的地方也有 152 米。该运河连接太平洋和大西洋，是重要的航运要道，被誉为"世界七大工程奇迹之一"和"世界桥梁"。

亚欧大陆桥：第一亚欧大陆桥是指从俄罗斯东部的符拉迪沃斯托克为起点通向欧洲各国最后到荷兰鹿特丹港的西伯利亚大陆桥。第二亚欧大陆桥东起我国黄海之滨的连云港，向西经陇海、兰新线的徐州、武威、哈密、吐鲁番到乌鲁木齐，再向西经北疆铁路到达我国边境的阿拉山口，进入哈萨克斯坦，再经俄罗斯、白俄罗斯、波兰、德国，西至荷兰的世界第一大港鹿特丹港。这条大陆桥跨越亚欧两大洲，连接太平洋和大西洋，全长约 10 800 千米，通向中国、中亚、西亚、东欧和西欧 30 多个国家和地区，是世界上最长的一条大陆桥。由于第二亚欧大陆桥所经路线很大一部分为丝绸之路，所以人们又称它为现代丝绸之路。

2. 物理、化学、生物

（1）物理。

万有引力定律：是解释物体之间相互作用的引力的定律，是物体（质点）间由于它们的引力而引起的相互吸引所遵循的规律。这是牛顿在前人（开普勒、胡克、雷恩、哈雷等）研究的基础上，凭借他超凡的数学能力证明并于 1687 年在《自然哲学的数学原理》上发表的。万有引力定律的发现，是 17 世纪自然科学最伟大的成果之一。

电磁感应现象：是指放在变化磁通量中的导体会产生电动势，此电动势称为感应电动势（或感生电动势）。若将此导体闭合成一回路，则该电动势会驱使电子流动，形成感应电流（或感生电流）。1831 年 9 月 24 日，法拉第向皇家学会提交的一个报告中，把这种现象称为电磁感应现象，并概括了可以产生感应电流的五种类型：变化的电流、变化的磁场、运动的恒定电流、运动的磁铁、在磁场中运动的导体。这一发现进一步揭示了电与磁的内在联系，为建立完整的电磁理论奠定了坚实的基础。

能量守恒定律：是自然界最普遍、最重要的基本定律之一。能量守恒定律从物理、化学到地质、生物，大到宇宙天体，小到原子核内部，只要有能量转化，就一定遵从能量守恒规律。从日常生活到科学研究、工程技术，这一规律都发挥着重要作用。人类对各种能量，如煤、石油等燃料以及水能、风能、核能等的利用，都是通过能量转化来实现的。能量守恒定律是人们认识自然和利用自然的有力武器。能量守恒和能量转化定律、细胞学说和进化论合称 19 世纪自然科学的三大发现。

紫外线：紫外线是电磁波波谱中波长从 10 纳米到 400 纳米辐射的总称，不能引起人们的视觉感受。1801 年，德国物理学家里特发现在日光光谱的紫端外侧一段能够使含有溴化银的照相底片感光，因而发现了紫外线的存在。自然界中主要紫外线光源是太阳。紫外线强烈作用于皮肤时，可发生光照性皮炎，皮肤上会出现红斑、痒、水疱、水肿等，严重的还可引起皮肤癌。紫外线作用于中枢神经系统，可引起头痛、头晕、体温升高等。作用于眼部，可引起结膜炎、角膜炎，称为光照性眼炎，还有可能诱发白内障，在焊接过程中产生的紫外线会使焊工患上电光性眼炎。近年来，大量化学物质破坏了大气层中的臭氧层，破坏了这道保护人类健康的天然屏障。

红外线：在光谱中波长为 0.76～400 微米的一段称为红外线，红外线是不可见光线。所有高于绝对零度（-273.15℃）的物质都可以产生红外线，现代物理学称之为热射线。医用红外线可分为两类：近红外线与远红外线。

牛顿运动定律：是牛顿总结于 17 世纪并发表在《自然哲学的数学原理》的牛顿第一运动定律

即惯性定律、牛顿第二运动定律和牛顿第三运动定律三大经典力学基本运动定律的总称。一切物体在没有受到外力作用时，总保持匀速直线运动或静止状态，这就是牛顿第一定律。物体的加速度跟物体所受的合力成正比，跟物体的质量成反比，加速度的方向跟合力的方向相同，这是牛顿第二运动定律。两个物体之间的作用力和反作用力，在同一直线上，大小相等、方向相反，这是牛顿第三运动定律。

电压：也称作电势差或电位差，是衡量单位电荷在静电场中由于电势不同所产生的能量差的物理量。电压在国际单位制中的单位是伏特，简称伏，用符号 V 表示。

电流：是指正电荷的定向移动。电源的电动势形成了电压，继而产生了电场力，在电场力的作用下，处于电场内的电荷发生定向移动，形成了电流。电流的大小称为电流强度，安培是国际单位制中电流的基本单位，简称安，用符号 A 表示。除了安培，常用的单位还有毫安（mA）、微安（μA）。

电阻：物质对电流的阻碍作用就叫该物质的电阻。电阻小的物质称为电导体，简称导体；电阻大的物质称为电绝缘体，简称绝缘体。在物理学中，用电阻来表示导体对电流阻碍作用的大小。导体的电阻越大，表示导体对电流的阻碍作用越大。不同的导体，电阻一般不同，电阻是导体本身的一种特性。

电功率：电流在单位时间内做的功叫作电功率。它是用来表示消耗电能快慢的物理量，用 P 表示。它的单位是瓦特，简称瓦，符号是 W。

（2）化学。

无机物：即无机化合物，一般指碳元素以外各元素组成的化合物，如水、食盐、硫酸、无机盐等。但一些简单的含碳化合物如一氧化碳、二氧化碳、碳酸、碳酸盐和碳化物等，由于它们的组成和性质与其他无机化合物相似，因此也作为无机化合物来研究。绝大多数的无机化合物可以归入氧化物、酸、碱、盐四大类。

有机化合物：有机化合物主要是由氧元素、氢元素和碳元素组成的。有机化合物是生命产生的物质基础，包括脂肪、氨基酸、蛋白质、糖、血红素、叶绿素、酶、激素等。生物体内的新陈代谢和生物的遗传现象，都涉及有机化合物的转化。此外，许多与人类生活有密切关系的物质，例如石油、天然气、棉花、染料、化纤、天然合成药物等，均属有机化合物。

石油：又称原油，是从地下深处开采的棕黑色可燃的黏稠液体，主要是各种烷烃、环烷烃、芳香烃的混合物。它是古代海洋或湖泊中的生物经过漫长的演化形成的混合物，与煤一样属于化石燃料。石油主要被用来作为燃油和汽油，燃料油和汽油组成目前世界上最重要的一次能源之一。石油也是许多化学工业产品如洗涤液、化肥、杀虫剂和塑料等的原料。

糖类：是自然界中广泛分布的一类重要的有机化合物。日常食用的蔗糖、粮食中的淀粉、植物体中的纤维素、人体血液中的葡萄糖等均属于糖类。糖类在生命活动过程中起着重要作用，是一切生命体维持生命活动所需能量的主要来源。植物细胞中最重要的糖是淀粉和纤维素，动物细胞中最重要的多糖是糖原。

复合糖是糖类的还原端和蛋白质或脂质结合的产物。在生物中分布广泛，有多种重要功能，细胞的识别、定性以及免疫等无不与之有关。糖类和蛋白质结合有以蛋白质为主的称糖蛋白，如血液中的大部分蛋白质；也有以糖为主的，如蛋白聚糖是动物结缔组织的重要成分。和脂质结合的，如脂多糖存在于细菌的外膜，成分以多糖为主；另外有称为糖脂的，组成以脂质为主，大多和细胞的膜联系在一起。糖脂可由鞘氨醇衍生，也可由甘油等衍生，但在自然界分布最广，迄今研究得最多的是鞘糖脂。

复合糖的不对称是指糖脂和糖蛋白只分布于细胞的外表面。

化学变化：是相互接触的分子间发生原子或电子的转换或转移，生成新的分子并伴有能量变化的过程；化学变化实质是旧键的断裂和新键的生成。化学变化过程中常常伴随着物理变化。在化学变化过程中通常会发光、放热，也有吸热现象等。

氧化物：是指由两种元素组成且其中一种是氧元素的化合物，如二氧化碳、氧化钙等。

酸：电离时生成的阳离子全部是氢离子（H^+）的化合物，叫作酸，25℃时，其稀溶液的 pH 小于 7。

碱：在水溶液中电离出的阴离子全部是氢氧根离子（OH^-），理论认为，电离时能吸收质子的物质为碱性，阴离子全为 OH^- 的为碱类，统称碱，碱与酸反应生成盐和水。

（3）生物。

微生物：是包括细菌、病毒、真菌以及一些小型的原生动物、显微藻类等在内的一大类生物群体，它们个体微小，却与人类生活关系密切。微生物涵盖了所有种类，广泛涉及健康、食品、医药、工农业、环保等领域。

微生物对人类最重要的影响之一是导致传染病的流行。在人类疾病中 50% 是由病毒引起的。微生物千姿百态，有些是腐败性的，可引起食品气味和组织结构发生不良变化。当然有些微生物是有益的，它们可用来生产奶酪、面包、泡菜、啤酒和葡萄酒。微生物非常小，必须通过显微镜放大约 1 000 倍才能看到。

新陈代谢：新陈代谢是生物体内全部有序化学变化的总称。它包括物质代谢和能量代谢两个方面。物质代谢是指生物体与外界环境之间物质的交换和生物体内物质的转变过程，可细分为同化作用（从外界摄取营养物质并转变为自身物质）和异化作用（自身的部分物质被氧化分解并排出代谢废物）。能量代谢是指生物体与外界环境之间能量的交换和生物体内能量的转变过程。

杂交水稻：选用两个在遗传上有一定差异，同时它们的优良性状又能互补的水稻品种进行杂交，生产具有杂种优势的第一代杂交种用于生产，这就是杂交水稻。杂种优势是生物界的普遍现象，利用杂种优势提高农作物产量和品质是现代农业科学的主要成就之一。

蛋白质：组成蛋白质的基本单位是氨基酸，二十种结构不同的氨基酸按照组成和排列次序的不同，构成了成千上万种大小不等、功能不同的蛋白质。蛋白质是构成细胞的主要成分，是存在于一切生物体中的高度复杂物质，具有重要生物化学功能。蛋白质是生命的物质基础，没有蛋白质就没有生命。

纤维素：是由葡萄糖组成的大分子多糖，不溶于水及一般有机溶剂，是植物细胞壁的主要成分。纤维素是自然界中分布最广、含量最多的一种多糖，占植物界碳含量的 50% 以上。棉花的纤维素含量接近 100%，为天然的最纯纤维素的来源。

3. 生命科学与医学

（1）生命科学技术。

生命科学：是研究生命现象、生命活动的本质、特征和发生、发展规律，以及各种生物之间、生物与环境之间相互关系的科学。用于有效地控制生命活动，能动地改造生物界，造福人类生命科学与人类生存、人民健康、经济建设和社会发展产生密切联系，是当今在全球范围内最受关注的基础自然科学。

基因：基因（遗传因子）是遗传的物质基础，是 DNA（脱氧核糖核酸）分子上具有遗传信息的特定核苷酸序列的总称，是具有遗传效应的 DNA 分子片段。基因通过复制把遗传信息传递给下一代，使后代出现与亲代相似的性状。人类有几万个基因，储存着生命孕育生长、凋亡过程的全部信息，通过复制、表达、修复，完成生命繁衍、细胞分裂和蛋白质合成等重要生理过程。基因是生命的密码，记录和传递着遗传信息。生物体的生、长、病、老、死等一切生命现象都与基因有关。它同时决定着人体健康的内在因素，与人类的健康密切相关。

染色体：是细胞内具有遗传性质的物体，易被碱性染料染成深色，所以叫染色体。其本质是脱氧核苷酸，是细胞核内由核蛋白组成、能用碱性染料染色、有结构的线状体，是遗传物质基因的载体。

正常人的体细胞染色体数目为 23 对，并有一定的形态和结构。染色体在形态结构或数量上的异常被称为染色体异常，由染色体异常引起的疾病称为染色体病。现已发现的染色体病有 100 余种，染色体病在临床上常可造成流产、先天愚型、先天性多发性畸形以及癌症等。人体内每个细胞内有 23 对染色体，包括 22 对常染色体和一对性染色体。性染色体包括：X 染色体和 Y 染色体。含有一对 X 染色体的受精卵发育成女性，而具有一条 X 染色体和一条 Y 染色体者则发育成男性。因此，对于女性来说，正常的性染色体组成是 XX，男性是 XY。这就意味着，女性细胞减数分裂产生的配子都含有一个 X 染色体；男性产生的精子中有一半含有 X 染色体，而另一半含有 Y 染色体。精子和卵子的染色体上携带着遗传基因，上面记录着父母传给子女的遗传信息。同样，当性染色体异常时，就可形成遗传性疾病。

遗传：是指经由基因的传递，使后代获得亲代的特征。遗传学是研究此现象的学科，目前已知地球上现存的生命主要是以 DNA 作为遗传物质。除了遗传之外，决定生物特征的因素还有环境，以及环境与遗传的交互作用。

变异：是指生物体子代与亲代之间的差异，子代个体之间的差异现象，是生物有机体的属性之一。变异分为两大类，即可遗传变异与不可遗传变异。现代遗传学表明，不可遗传变异与进化无关，与进化有关的是可遗传变异。前者是由于环境变化而造成，不会遗传给后代，如水肥不足造成的植株瘦弱矮小；后一变异是遗传物质的改变所致，其方式有突变（包括基因突变和染色体变异）与基因重组。

（2）医学。

血常规：血常规是最一般、最基本的血液检验。血液由液体和有形细胞两大部分组成，血常规检验的是血液的细胞部分。血液中有三种不同功能的细胞——红细胞（俗称红血球）、白细胞（俗称白血球）、血小板。

红细胞：红细胞（RBC），也称红血球，是血液中数量最多的一种血细胞，是脊椎动物体内通过血液运送氧气的最主要媒介，还具有免疫功能。

白细胞：白细胞（WBC），旧称白血球，是血液中的一类细胞。白细胞也通常被称为免疫细胞，其主要作用是吞噬细菌、防御疾病。

淋巴细胞：是白细胞的一种，由淋巴器官产生，是机体免疫应答功能的重要细胞成分。

血小板：是只存在于哺乳动物血液中的有机成分之一。血小板具有特定的形态结构和生化组成，在止血、伤口愈合、炎症反应、血栓形成及器官移植排斥等生理和病理过程中具有重要作用。

血型：1901 年奥地利细菌学家卡尔·兰德施泰纳发现了人类的血型差异。1909 年，他分辨出 A、B、AB 和 O 四种主要血型，这一重要发现对输血的安全性和外科手术的成功产生了巨大影响。卡尔·兰德施泰纳为此获得了 1930 年的诺贝尔生理学或医学奖。血型一般常分为 A、B、AB 和 O 四种，另外还有 Rh 阴性血型、MNSSU 血型、P 型血等稀少的 10 种血型系统。其中，AB 型可以接受任何血型的血液输入，被称为万能受血者。O 型血可以输给任何血型的人体内，被称为万能输血者。

寿命：是指从出生经过发育、成长、成熟、老化以至死亡前机体生存的时间，通常以年龄作为衡量寿命长短的尺度。

指纹：人的皮肤由表皮、真皮和皮下组织三个部分组成。指纹就是手指表皮上突起的纹线，虽然指纹人人皆有，但每个人的指纹都是独一无二的。

梦与睡眠：人入睡后，一小部分脑细胞仍在活动，这是梦的基础。据研究，人们的睡眠由正相睡眠和异相睡眠两种形式交替进行，在异相睡眠中被唤醒的人有80%正在做梦，在正相睡眠中被唤醒的人有7%正在做梦。一个人每晚的梦境可间断持续1.5小时左右。

4. 当代高新科技

微电子技术：是建立在以集成电路为核心的各种半导体器件基础上的高新电子技术，特点是体积小、重量轻、可靠性高、工作速度快，微电子技术对信息时代具有巨大影响。

计算机病毒：编制或者在计算机程序中插入的破坏计算机功能或者破坏数据，影响计算机使用并且能够自我复制的一组计算机指令或者程序代码被称为计算机病毒，具有破坏性、复制性和传染性。

蓝牙技术：是一种支持设备间短距离通信（一般10米内）的无线电技术，能在移动电话、PDA、无线耳机、笔记本电脑、相关外设等众多设备间进行无线信息交换。利用蓝牙技术，能有效地简化移动通信终端设备之间的通信，也能成功地简化设备与因特网（Internet）之间的通信，从而使数据传输变得更加迅速高效，为无线通信拓宽道路。

光纤通信：光纤即为光导纤维的简称。光纤通信是以光波作为信息载体，以光纤作为传输媒介的一种通信方式。从原理上看，构成光纤通信的基本物质要素是光纤、光源和光检测器。光纤除了按制造工艺、材料组成以及光学特性进行分类外，光纤常按用途进行分类，可分为通信用光纤和传感用光纤。传输介质光纤又分为通用与专用两种，而功能器件光纤则指用于完成光波的放大、整形、分频、倍频、调制以及光振荡等功能的光纤，并常以某种功能器件的形式出现。

全球卫星定位系统：是一种结合卫星及通信发展的技术，利用导航卫星进行测时和测距。全球卫星定位系统，简称GPS，是由美国从20世纪70年代开始研制，历时20余年，耗资200亿美元，于1994年全面建成，具有海陆空全方位实时三维导航与定位能力的新一代卫星导航与定位系统。我国测绘等部门经过近十年的使用表明，全球卫星定位系统以全天候、高精度、自动化、高效益等特点，被成功应用于大地测量、工程测量、航空摄影、运载工具导航和管制、地壳运动测量、工程变形测量、资源勘察、地球动力学等学科，取得了良好的经济效益和社会效益。

现有的卫星导航定位系统有美国的全球卫星定位系统（GPS）和俄罗斯的全球卫星定位系统（Global Navigation Satellite System，简称GLONASS），以及中国北斗卫星导航系统、欧洲伽利略卫星定位系统。

万维网：（World Wide Web，简称WWW）是Internet上集文本、声音、图像、视频等多媒体信息于一身的全球信息资源网络，是Internet上的重要组成部分。浏览器（Browser）是用户通向WWW的桥梁和获取WWW信息的窗口。通过浏览器，用户可以在浩瀚的Internet海洋中漫游，搜索和浏览自己感兴趣的所有信息。

信息高速公路：是把信息的快速传输比喻为"高速公路"。"信息高速公路"，就是一个高速度、大容量、多媒体的信息传输网络。其速度之快，比目前网络的传输速度高一万倍；其容量之大，一条信道就能传输大约500个电视频道或50万路电话。此外，信息来源、内容和形式也是多种多样的。网络用户可以在任何时间、任何地点以声音、数据、图像或影像等多媒体方式相互传递信息。

（二）科普读物

1. 中国

《十万个为什么》：最初作者为苏联著名科普作家伊林。我国在20世纪60年代初由少年儿童出版社编辑出版。其内容非常广泛，涉及物理、化学、天文气象、农业等方面，采取一问一答的方式介绍各类科学知识，篇幅不长，语言深入浅出，非常符合青少年读者的认知方式和阅读特点。50多年来，先后出版了5个版本，累计发行量超过1亿册，成为新中国几代中青年科学家的启蒙读物。第六版于2013年由上海少儿出版社出版。

《科学发现纵横谈》：为少儿科普名人名著书系之一，作者王梓坤。作者以一个科学家的视角，结合自己的亲身经历，纵谈古今中外科学发现的一般规律和过程，横谈成功所具备的德、识、才、学四大品质，是一部名副其实的励志名作，是一本漫谈科学发现的书。作者纵览古今，横贯中外，从自然科学发展的历史长河中，挑选出不少有意义的发现和事实，努力用辩证唯物主义和历史唯物主义的观点，加以分析总结，阐明有关科学发现的一些基本规律，并探求作为一个自然科学工作者应该具备一些怎样的品质。

《蜜蜂的故事》：为少儿科普名人名著书系之一，作者王敬东。是作者通过对蜜蜂多年仔细观察后撰写的妙趣横生的科普故事。

《花鸟虫鱼及其他》：是中国科学小品名家名作系列之一，主要收录了周建人早年撰写的花鸟虫鱼等科学小品，也适当选取了他晚年写的普及科学的小品文。

《趣味地理》：作者王肇和，以人们感兴趣的地理问题为线索，深入浅出地向读者介绍现代地理科学原理。

《变幻多彩的地球》：作者为我国地质专家陶世龙。这是一部关于地质学方面的科普作品，向读者讲述了我们这个变幻多彩的地球所经历的风风雨雨，提醒人类要爱护我们赖以生存的地球。全书集科学性、知识性、趣味性为一体，是一本颇值得一读的优秀科普作品集。

《莼鲈之思》：作者为新中国有突出贡献的科普作家黎先耀。莼鲈比喻怀念故乡的心情，这是一本关于环境保护方面的既有益又有趣的科学文艺书籍，不但能增长人们维持生态平衡的科学知识，还能培养人们热爱大自然的高尚情操。

《打开原子的大门》：郭正谊著。向我们讲述科学家们是如何发现了光谱分析方法，并在地球上找到了氦元素，讲述20世纪科学家们是如何打开了原子的大门，并从中释放出巨大能量——原子能。

《地质旅行》：作者夏树芳。比较系统地讲述地理和地质方面的基础知识，在国内外的出版物中，尚属首例。

《打开通天大门的钥匙》：作者庄逢甘。讲述的是空气动力学与航空航天发展的图书。

《科普杂拌儿》：是叶至善先生几十年编辑与科普生涯中的作品选集。叶至善先生努力揣摩孩子们的口味，注意他们的理解能力与阅读兴趣，用文艺的笔调来写科普，希望孩子们喜欢读、读得懂，并且诱发孩子们一同进行思考。

《了解风云的脾气》：作者林之光。是一部科学家谈论气象学的书籍。

《解密光的魔法》：作者于向昀。本书介绍光学方面的尝试，通过彩色页面、分割页面、顺序段落和焦点段落相互交叉，使全文连贯，而每个细节上都能得到一些"特写"或"焦点知识"，是国内少儿科普的尝试性作品。

《华罗庚科普著作选集》：收录的均为华罗庚发表过的文章，汇总起来可使读者对华罗庚教授的科普著作有全面了解。这部书集中体现了华罗庚科学普及工作的思想。

《科学的历程》：作者吴国盛。以西方文明和科学的发展为主线，同时讲述了东方文明和科学技术对人类进步的重大贡献。书中对埃及、苏美尔、印度和中国四大古代文明做了简明清晰的描述，继而用较大篇幅详尽描述了希腊文明，以及自然科学和数学在古希腊的蓬勃发展。

《蓝天绿地丛书》：作者周开亚。是一套以环保为主题、以青少年为读者对象的科普读物。

《不知道的世界》：是一套由科学家和科普作家写给青少年的书，是让中国出版界惊叹，被国内外的读者追捧，被誉为创新之作。曾荣获国家图书奖、"五个一"工程奖、全国优秀科普图书一等奖、全国优秀畅销书奖等奖项。新版《不知道的世界》涉及天文、物理、化学等领域，内容更加丰富充实，读来通俗而令人着迷。

《漫谈物理学和计算机》：作者郝柏林。书中回顾了物理学与计算机的发展历史，阐述了物理学和计算机的密切关系以及相互促进的发展过程。

《当代博物馆丛书》：作者崔振华等。是系统介绍中国各国家级和省、市、自治区级博物馆藏品的大型艺术性图册。丛书共分10册，包括《天文博物馆》《地理博物馆》《植物博物馆》《动物博物馆》《海洋博物馆》《航空航天博物馆》《水陆交通博物馆》《艺术博物馆》《社会历史博物馆》《体育博物馆》。《当代博物馆丛书》就像一个个知识画廊，打开这些书，就如同走进了自然、社会、科学与艺术的博物馆，在这里你能回顾历史，遍览今日，展望未来。

《茅以升科普创作选集》：收录了我国科学家、桥梁专家茅以升先生的部分科普文章，其中不少是关于桥梁方面的，向广大读者讲述了我国桥梁建筑在世界桥梁史中的地位以及民族艺术特色。

《生物史图说》：作者黎先耀、刘思孔。是一本大型的中级科普图书，系统地介绍了整个生物界的进化历史。这是国内首次编著出版的此类型的工具图书。

《细菌的衣食住行》：作者为中国科普作家高士其。丛书让我们了解周围时时接触的微生物，进入神秘的细胞世界，认识我们看不见的病毒。作者以深入浅出、通俗易懂的普及形式来使公众理解科学、理解公共卫生，以达到改变陋习、健康生活、移风易俗、文明社会的目的与宗旨。

2. 外国

《啊哈，灵机一动》：20世纪世界经典科普名著，作者马丁·伽德纳（美）。该书回顾了20世纪科学走过的道路，从突飞猛进的科学创造，到科学与人文伦理的深度撞击，形成与人文精神交融并进的局面，最终在人类文明史上留下了不同寻常的篇章。

《从一到无穷大》：当今世界最有影响的科普经典名著之一，作者乔治·伽莫夫（美）。作者在书中先漫谈一些基本的数学知识，然后用有趣的比喻，阐述了爱因斯坦的相对论和四维时空结构，并讨论了人类在认识微观世界（如基本粒子、基因）和宏观世界（如太阳系、星系等）方面的成就。

《超越时空》：著名的科学畅销书，作者加来道雄（美）。该书分别描述了超空间的研究历史，超空间理论通往爱因斯坦梦寐以求的"物理学圣杯"统一场论的可能性，通过超空间穿越时空的可能性的理论探讨，以及何时才能实际利用超空间理论所具有的潜在威力。详尽通俗地讲述这种理论是科普书籍中的首例，被《纽约时报》和《华盛顿邮报》选为年度最佳科普图书。

《森林报》：作者比安基（苏联）。该书采用报刊形式，按四季12个月，有层次、有类别地报道森林中的新闻，森林中有愉快的节日和可悲的事件，有英雄和强盗。本书将动植物的生活表现得栩栩如生，引人入胜。著者还告诉了孩子们应如何去观察大自然、如何去比较思考和研究大自然的方法。

《大众天文学》：作者C·弗拉马里翁（法），初版于1880年，成为传遍全球的科普经典，被誉为"法国图书馆镇馆之宝"。作者以文学的笔墨、精美的图片，将奇妙的宇宙世界揭示在渴求新知的读者面前。全书共分为七篇，分别介绍了地球、月亮、太阳、行星世界、彗星、流星及陨星、恒星宇宙以及天文仪器等。值得一提的是，译者李珩教授又根据天文学的新近发展进行了补充修订，使本书内容翔实而新颖。

《发现者》：作者丹尼尔·J·布尔斯廷（美）。是一部描述人类在历史长河中探索世界和自我的文明史的杰作，在美国出版后畅销不衰，已被译成20多种文字。正如作者所说，这是一个说不完的故事，整个世界仍是个新大陆，在人类知识的地图上，仍有许多未知领域等待着我们去填写、去发现。《发现者》全书分四卷：《时间》《陆地与海洋》《自然》《社会》。

《细胞生命礼赞》：作者刘易斯·托马斯（美）。是一个医学家、生物学家关于生命、人生、社会乃至宇宙的思考。本书一经出版，立即引起美国读书界和评论界的巨大反响和热烈欢呼，获得当年美国国家图书奖。

《时间简史》：作者史蒂芬·霍金（英）。该书讲述的是探索时间和空间核心秘密的故事，是关于宇宙本性的最前沿知识，包括宇宙图像、空间和时间、膨胀的宇宙不确定性原理、基本粒子和自然的力、黑洞不是这么黑、时间箭头等内容。第一版中的许多理论预言，后来都在对微观或宏观宇宙世界观测中得到证实。2015 年 11 月，该书被评为最具影响力的 20 本学术书之一。

《海底两万里》：是被誉为"科幻小说之父"的法国著名作家儒勒·凡尔纳的代表作之一，是"凡尔纳三部曲"（另两部为《格兰特船长的儿女》和《神秘岛》）的第二部。书中主要讲述了生物学家阿龙纳斯随"鹦鹉螺号"潜水艇艇长尼摩及两位同伴一起周游海底的故事。

《元素的故事》：作者尼查叶夫（苏联）。本书介绍的是发现化学元素的故事。作者通过一些生动的故事描写，记叙了 18 世纪中期到近年有关化学元素的重大发现和发展，列举了英国化学家戴维发现元素钠和钾，德国化学家本生、基尔霍夫发现元素铯和铷，居里夫妇发现元素钋和镭等故事。

《海洋传》：作者蕾切尔·卡森（美）。本书充分利用了中世纪以来海上探险、航海与第二次世界大战后一系列海洋调查与深潜等取得的最新成果，用诗一般的语言，生动地描绘了环绕着我们的水世界——蓝色海洋。

《可怕的科学》：此套丛书是由英国专业少儿出版社出版的优秀科普读物，作者为尼克·阿诺德等人。《可怕的科学》与霍金的《果壳中的宇宙》同获英国安万特科学图书奖。全套丛书涉及科学、数学、地理、人文、历史等领域，立足于 20 世纪末科学的最新发展和成果，以独特的视角、大胆的想象、惊心动魄的实验，全面阐述权威的科学知识及科技史话，谈笑间将艰深的科学知识轻松展现于读者面前。

《雪崩》：是《世界科幻大师丛书》中的一本，作者为尼尔·斯蒂芬森。这套丛书将国外历年科幻大奖的作品翻译成中文，具有极高的艺术水准和科学思考水平。《雪崩》是信息、科幻类的名著，展示出网络世界的未来发展情况和一个国际化的全球世界。故事既有科技内容，也有武侠精神，将科学与人文充分交融。

《科学无处不在》：作者大泽幸子、来村传治郎。旨在为人们设计一本打开神秘世界的指南，书中通过图文并茂的形式详细讲解了肥皂泡不易破的原因、如何用吸管制作乐器、糖是固体还是液体等科学小知识。书中所列实验内容广泛，贴近生活，接近身边事物，实验原材料简单，操作简便，安全可靠，趣味性强。这是一本引导人们手脑并用的理想读物，让人们在动手的同时轻松掌握科学知识。

《对比》：是法国《第一次发现丛书》中的一本。该丛书全面展现我们生活中所接触到的科学的低幼科普读物。采用放大镜、手电筒和透明塑料板等增加图书的趣味性与发现性，非常适合幼儿阅读。《对比》以一个各种花色的小猫作为主人公，讲述大小、色彩、变形等方面的知识，非常有助于孩子概念的形成。

《法布尔昆虫记》：作者为高苏珊娜。该书用简洁的语言、可爱的彩图、活泼的故事情节描绘了法布尔原著中具有代表性的昆虫，讲述它们的生活，展现它们的个性，处处流露出对它们的喜爱。本套书经历一个多世纪，启迪无数童蒙稚子，是一部不朽的世界科学经典。

《剑桥少儿百科全书》：作者奥斯汀。该书分为生物卷、科技卷、文明卷三部分，内容丰富，逻辑缜密，语言生动，主题式编目独具匠心，精美的英国皇家手绘图案，把欣赏艺术和学习知识融为一体。该书伴随着几代欧美孩子成长，影响了超过一千万的小读者。该书适合家长与孩子共同阅读。亲子相依，互动传授，在这个过程中，父母和孩子可以一起学习，一起交流，诱发孩子无止境的好奇心，引导孩子无拘无束地展开想象力，绝对是一本让人难以忘怀"有趣的书"。

《穿越时空》：作者尼古拉斯•哈里斯。该书是一套由十二本精美图册组成的、献给少年儿童小读者朋友的科普读物，内容涉及文化、历史、科学、自然等方面。每本图册讲述了一个主题，从这个主题出现的最早时期开始讲起，沿着历史的纵向发展脉络，将各个重要发展时期通过图画串联起来，展现给小读者们。每本图册的画面中和左边边页上都配有简洁生动的文字讲解，让小读者们进一步了解人类、自然以及各地文化、历史、科学的发展和现状。

《神奇校车》：作者乔安娜•柯尔。获得了《华盛顿邮报》非小说类儿童读物奖，是美国国家图书馆推荐给所有学龄前儿童和学生的课外自然科普读物。荣获美国"波士顿环球报——号角出版社"非小说类最有价值童书，波士顿环球图书奖，"全美书商联盟"精选最佳童书，美国《教育杂志》非小说类奇神阅读奖，美国纽约时报书评、亚马逊网读者五星级评论。

《麦田圈密码》：作者席尔瓦研究麦田圈已有十几年，他以第一手的研究资料，带领读者揭开图案背后的神秘知识与力量，包括麦田圈与大地能量以及地脉的关联，几何图案与古代神秘符号的惊人相似性，如五角星和六角星、达•芬奇的维特鲁威人图像、埃及金字塔与印度曼荼罗等，也谈到麦田圈与维生之水、与音乐和声音、与带来光明的能量，甚至与电磁场之间的关联。

《魔鬼出没的世界》：作者卡尔•萨根以广博的知识、犀利的思想、入木三分的揭露、鞭辟入里的分析和发人深省的启示，阐述了科学和非科学的区别，令人信服地揭穿了"外星人绑架事件"、信仰疗法、月球上的"人脸"以及其他各种骗局，驳斥了科学毁灭信仰和科学是另一种专横的信仰体系的观点，探讨了误用科学的危险，提出了从各种角度进行思考的"探测谎言的方法"。《魔鬼出没的世界》能够引起争论，引发各种不同见解和令人振奋，在出版当年即引起人们广泛谈论。

《世界上最幸福的昆虫七星瓢虫》：作者李尚培。是韩国科普丛书《自然科学童话》中的一本。这本书被韩国环境部选定，用于环境教育。

《趣味代数学》：是别莱利曼趣味科学系列之一。该书采用多种多样生动的形式，把一些普通代数学知识和许多有趣的实际问题结合起来，教导读者怎样把课本上的代数知识灵活运用到日常生活中去，从而巩固原有的基础，并提高进一步学习兴趣。

《大师的智慧》：作者萨沙、拉兹。介绍了 15 位一流的计算机科学家，其中包括 8 位图灵奖获得者，图灵奖是计算机界的诺贝尔奖。这些科学家们讲述了他们早期的想法和影响，以及对计算机科学的贡献和对未来的看法。

《千亿个太阳》：作者鲁道夫•基彭哈恩（德）。书中介绍了恒星的能源、结构和演化，射电脉冲星、密近双星质量转移、致密 X 射线以及地外文明的知识。全书基本上撇开了数学公式，运用了许多生动的比喻，叙述了许多著者亲身经历的故事，是一本颇有特色的科普佳作。

高频考点训练

1. 下列物理量中，以科学家的名字库仑作为单位的是（　　）。

A. 电流　　　　　　B. 电阻　　　　　　C. 电容　　　　　　D. 电量

2. 以下关于我国科技史，不正确的是（　　）。

A. 1965 年，我国首次人工合成了结晶牛胰岛素

B. 世界上首次作出哈雷彗星确切记录的是《春秋》

C. 我国古代最初采用的计算工具是算筹

D. "月光生于日之所照，魄生于日之所蔽，当日则光盈，就日则光尽"是元朝天文学家郭守敬对日食现象做出的科学解释

3. 被西方称为"物理学之父"，并提出"给我一个支点，我就能撬动地球"名言的物理学家是（　　　）。

A. 亚里士多德　　　B. 阿基米德　　　C. 伽利略　　　D. 开普勒

4. 中国首次载人航天获得圆满成功的飞船是（　　　）。

A. "神舟四号"　　　B. "神舟五号"　　　C. "风云一号"　　　D. "嫦娥一号"

5. 宋元时期是我国科技发展的第二个黄金时期，居于世界领先地位的科技成就有（　　　）。

① 沈括创制的"十二气历"　　　② 郭守敬的《授时历》
③ 张衡发明的地动仪　　　④ 印刷术、指南针、火药和火器的发明和使用

A. ①②③④　　　B. ①②③　　　C. ①②④　　　D. ②③④

6. 如果研究明朝手工业技术，应查阅的重要文献资料是（　　　）。

A.《农政全书》　　　B.《天工开物》　　　C.《梦溪笔谈》　　　D.《齐民要术》

7. 哥白尼的"太阳中心说"并非真正科学，但它的巨大进步意义在于（　　　）。

A. 为近代科学奠定了基础　　　B. 使自然科学从神学中解放出来
C. 使人们认识到人类是地球的主人　　　D. 确立了人类新的宇宙观

8. 近年来，海洋中的珊瑚虫大量死亡，据研究，这与大气二氧化碳浓度及全球气温升高有关，这说明地球环境具有（　　　）。

A. 整体性　　　B. 地域差异性　　　C. 独特性　　　D. 表现复杂性

9. 中国舰队曾多次护航商船抵达亚丁湾。请问亚丁湾在以下哪个海域内？（　　　）

A. 红海　　　B. 波斯湾　　　C. 地中海　　　D. 印度洋

10. 关于以下人物及其成就，说法不正确的是（　　　）。

A. 巴甫洛夫发现了条件反射
B. 拉瓦锡揭示了物质燃烧的本质
C. 亚当·斯密的《就业、利息与货币通论》
D. 冯·诺依曼被称为计算机之父

参考答案及解析

1. 答案：D。【解析】库仑是电量单位，是国际单位制导出单位。电流的单位是安培，电阻的单位是欧姆，电容的单位是法拉。

2. 答案：D。【解析】"月光生于日之所照，魄生于日之所蔽，当日则光盈，就日则光尽"是张衡对月食做出的科学解释。

3. 答案：B。【解析】阿基米德是古希腊著名的物理学家，早在两千多年前便发现了著名的阿基米德原理——杠杆原理中的著名言论便是例证。

4. 答案：B。【解析】"神舟五号"是我国首次发射的载人航天器，于2003年10月15日将杨利伟送入太空。

5. 答案：C。【解析】张衡是汉朝人，可排除。

6. 答案：B。【解析】《天工开物》初刊于1637年（明崇祯十年）。《天工开物》是世界上第一部关于农业和手工业生产的综合性著作，是中国古代一部综合性的科学技术著作，有人也称它是一部百科全书式的著作，作者是明朝科学家宋应星。

7. 答案：B。【解析】哥白尼在他的名著《天体运行论》中提出了"太阳中心说"：地球和行星绕轴自转，并围绕太阳公转。哥白尼这一学说的意义在于：① 它是人类对天体认识的一个飞跃，它推翻了统治天文学界1 000多年的托勒密的"地球中心说"，使人们不被表面现象所惑，对天体运行达到了正确的、科学的认识；② 它推翻了基督教神学关于上帝创世界、选定地球为宇宙中心的谬论，是向教会权威的挑战，促使自然科学从基督教神学中解放出来，从而得到迅速的发展。

8. 答案：A。【解析】自然地理环境由大气、水、岩石、生物、土壤等地理要素组成。这些要素并非简单地汇集在一起，或偶然地在空间上结合起来，而是通过水循环、生物循环和岩石圈物质循环等过程，进行着物质迁移和能量交换，形成了一个相互制约和相互联系的整体。

9. 答案：D。【解析】红海由埃及苏伊士向东南延伸到曼德海峡。曼德海峡连接亚丁湾，然后通往阿拉伯海。亚丁湾和阿拉伯海都属于印度洋。

10. 答案：C。【解析】《就业、利息与货币通论》是英国经济学家凯恩斯的著作。

教师基本能力

考纲内容

1. 信息处理能力

具有运用工具书检索信息、资料的能力

具有运用网络检索、交流信息的能力

具有对信息进行筛选、分类、管理和应用的能力

具有运用教育测量知识进行数据分析与处理的能力

具有根据教育教学的需要，设计、制作课件的能力

2. 逻辑思维能力

了解一定的逻辑知识，熟悉分析、综合、概括的一般方法

掌握比较、演绎、归纳的基本方法，准确判断、分析各种事物之间的关系

准确而有条理地进行推理、论证

3. 阅读理解能力

理解阅读材料中重要概念的含义

理解阅读材料中重要句子的含义

筛选并整合图表、文字、视频等阅读材料的主要信息及重要细节

分析文章结构，把握文章思路

归纳内容要点，概括中心意思

分析概括作者在文中的观点态度

根据上下文合理推断阅读材料中的隐含信息

4. 写作能力

掌握文体知识，能根据需要按照选定的文体写作

能够根据文章中心组织、剪裁材料

具有布局谋篇，安排文章结构的能力

语言表达准确、鲜明、生动，能够运用多种修辞手法增强表达效果

题型：单项选择题　材料分析题　写作题

分值：约占总分的 48%，约 72 分

第一节　信息处理能力

本节主要知识点是信息处理能力的环节，包括信息收集、信息筛选与处理、信息的传递、信息存储、信息传播和多媒体课件制作等，并能在实际中加以运用。

一、利用工具书检索信息资料

（一）工具书及其种类

工具书是根据一定的查阅需要，系统汇集有关知识材料，并按易于检索的方法排检，以便迅速提供知识信息的工具性图书。

根据工具书的基本性质和使用功能，可以划分为检索性工具书和参考性工具书。

1. 检索性工具书

检索性工具书是人们用以报道、存储和查找文献信息的工具，它一般是二次文献，主要有书目、索引、文摘等。

（1）书目。

书目即图书目录，是揭示与记录一批相关文献的工具书。它著录文献的基本特征，并按一定的顺序编排而成。

（2）索引。

索引是揭示文献内容的出处，提供文献查考线索，将文献中具有检索意义的事项（可以是人名、地名、词语、概念或其他事项）按照一定方式有序编排起来，以供检索的工具书。

（3）文摘。

文摘又称摘要，是对文献主要内容所做的简略而确切的叙述，一般不加评论、补充或解释，长度在 200～800 字。

2. 参考性工具书

参考性工具书是汇集某一方面的知识与资料，并按特定方式进行编排，以供读者查考有关字词和名词术语的解释、解疑释难时寻找答案的工具书。所提供的具体而实用的文献资料包括疑难字词、专业术语解释、人物背景资料、地理概况、事件经过、统计数字、时间概念、图像资料、组织机构情况等。参考性工具书主要有字典、辞典、百科全书、年鉴、手册、名录、图表、政书、类书等。

（1）字典和辞典。

字典、辞典是解释字、词的形体、读音、意义和用法的工具书。如《新华字典》《现代汉语词典》《英汉词典》等。

字典是解释汉字的形、音、义及用法的工具书；辞典是解释词语的概念、意义及其用法的工具书。两者都解释字、词，只是主次和详略有所不同，没有严格界限，所以合为一个类型。如古代的《说文解字》《尔雅》《方言》等，近代的《辞源》《辞海》《中华大字典》等。

（2）百科全书。

百科全书是概要记述人类一切知识门类或某一知识门类的工具书。百科全书有综合性的，也有专科性的。前者是完备的科学文化知识的汇编，搜集各科专门术语、重要名词而加以详细的、系统的叙述和说明，各条目按字母或分门别类地编排。后者所收条目则限于一个学科范围，只是比一般专科辞典更为详备。如《中国大百科全书》《不列颠百科全书》属于综合性百科全书；《中国中学生百科全书》属于专科性百科全书。

目前还有网络百科全书也称百科在线（Encyclopedia Online），是近几年来伴随现代电子信息技术、互联网技术、信息存储技术迅猛发展而诞生的一种新型工具书服务模式。

（3）年鉴。

年鉴又称年刊、年报，是概述或汇集一年之内的时事文献、统计资料或学科最新进展，按年度逐年出版的资料性工具书，一般以年为限，如《世界知识年鉴》《中国百科年鉴》《中国经济年鉴》等。

（4）手册。

手册是以简明的手法汇集或叙述某一专题和学科的基础知识及参考资料，以供人们随时翻检的便捷性工具书。如《汉语方言调查手册》《译名手册》等。

（5）名录。

名录是汇集机构名、人名、地名等专用名及其简要资料的工具书，包括人名录、机构名录、厂商名录和研究项目名录等。它的功能是提供交往信息，如《期刊名录》。

（6）图表。

图表即图录、表谱。图录是一种以图形、图像形式，直观而清晰地描绘历史现象、事物、人物等的空间概念和形象的工具书，也是人们认识、了解事物，开展学术研究的重要文献。表谱是以表格、谱系、编年等形式反映历史人物、事件、年代的工具书。它主要用于查考时间、人物、史实、地理等资料，具有将表列事件化繁为简，便于说明与事件之纵横相关问题，使人能够一目了然。按事物类别或系统编制的反映时间和历史概念的表册工具书，是年表、历表和其他历史表谱的总称。

（7）政书。

政书是专门记载历代或某一朝代的典章制度沿革变化及政治、经济、文化发展状况的专书。政书一般分为两大类：一类是记述历代典章制度的通史式政书，名称中一般有"通"字，如《通典》《文献通考》；另一类是记述某一朝代典章制度的断代式政书，称为会典、会要，如《唐会要》《元典章》。

（8）类书。

类书是辑录各门类或某一门类的资料，并依据内容或字、韵分门别类编排供寻检、征引的工具书。如《艺文类聚》《太平御览》《骈字类编》。

真题再现

（2012年单项选择）下列关于网络百科全书的说法，不正确的一项是（　　）。

A. 网络百科全书的词条主要是由网络用户创建的，对创建者的身份没有限制

B. 网络百科全书的词条是由网络编辑创建的，只有网络编辑才有权创建和编辑

C. 网络百科全书是动态开放的，网络用户可以随时对其中的词条进行编辑修改

D. 网络百科全书不追求知识的权威性，所以对词条的解释不一定准确和完整

答案：B。

（二）工具书的结构

1. 序、跋

序、跋是说明书籍著述或出版宗旨、编辑体例和作者情况的文章，也包括对作家作品的评论及有关问题的研究阐发。"序"一般置于书籍或文章前面，包括"绪论""前言"等；置于书后的称为"跋"或"后序"。

2. 凡例

凡例也称例言、出版说明等，是说明工具书的收录范围、编制体例、检索方法等的简要文字。

3. 正文

正文是工具书的核心部分，提供检索的主要内容。

4. 附录

附录大多是与检索和利用本工具书有关的各种辅助材料，如各种辅助索引、图表、参考书目等。

（三）工具书的排检方法

1. 字顺法

字顺法就是根据字符的形体特征或读音排检字（词）的方法，包括形序法、音序法和号码法。它的使用范围十分广泛，字典、词典、百科全书及某些索引等多采用字顺法。

（1）形序法。

形序法就是根据字符的形体结构，把形体上有某些共同点的字符加以归类的排检方法，这一方法适应了人们以形查字、词的一般要求。形序法分为部首法、笔画法和字母法。

① 部首法。

部首法就是根据汉字的形体结构，按照部首排检汉字的方法。在同一部首内，汉字按笔画多少排列。部首法是国家标准《文字条目通用排序规则》（KGB/T13418—1992）确认的汉字排序规则之一。

部首法在我国有悠久的历史。东汉许慎编《说文解字》，首创部首编排法。其后的字典编纂继承了这一方法，并不断发展完善。明代将部首简化为214个，清代的《康熙字典》直到现代的《中华大字典》《辞源》等均采用214部编排。《汉语大词典》等在214部的基础上删并为200部。现在通行的字典、词典一般依据《汉字部首表》（KGF0011—2009）采用201部。

② 笔画法。

笔画法又称笔数法，是以笔画数目多少为序排检汉字的一种方法。笔画数少的在前，笔画数多的在后。笔画数相同的字，主要有两种排序方式：一种是"笔画部首法"，即按部首表的次序排列；一种是"笔画笔形法"，按笔形顺序确定先后排列，笔形的顺序为"横（一）、竖（丨）、撇（丿）、点（、）、折（一）"。

③ 字母法。

字母法这种排序方法适用于拼音文字，目前在我国主要见于涉及外语或少数民族语言的工具书。它的基本原理是按照组成单词的字母序列根据相应文字字母表的顺序依次编排。

字母法分成两种。一种是"单词法"，即把一个完整单词视为最基本的排序单元，以空格作为限定符号；如果参与排序的词语由多个单词组成，所有第一个单词相同的词语都汇聚在一起，然后再按第二个单词的字母组成排序。这是国家标准《文字条目通用排序规则》（GB/T 13418—1992）确认的拼音文字排序规则之一。另一种是"字母串法"，即把整个词语的字母组合作为最基本的排序单元，其中的空格均忽略不计；由两个或更多单词组成的词语往往不会按第一个单词汇聚在一起。

（2）音序排检法。

音序排检法是按照字音及表示读音的音符顺序排列汉字的方法，包括汉语拼音字母排检法、注音字母排检法、韵部排检法等。其优点比较精确、简捷，缺点是不知读音就无法查字。

（3）号码法。

号码法就是把汉字的各种笔形变成数字，然后把所取的笔形连接成一个号码，按号码进行排检的方法。号码法的优点是查字快，省时间；缺点是不知字形就不知号码就无法查。号码法最常见的是四角号码法。

四角号码法就是把汉字笔形分成十类，用0~9十个数字表示，依次按字的左上、右上、左下、右下四个角取号。每个汉字取四角，把四个角的笔形数字连接起来就成了四角号码。四角号码法的口诀：横一垂二三点捺，又四插五方框六，七角八八九是小，点下有横变零头。

2. 序类法

序类法就是按学科体系、事物性质、主题内容等分类排列的方法，包括分类法和主题法。

（1）分类法。

分类法就是将资料按学科体系或事物性质分门别类加以组织的编排方法。用分类法编排的工具书除一部分辞书外，主要是书目、索引、类书、政书、年鉴、手册等。

① 学科体系排检法。

这是一种严格按照文献内容的学科性质，依据一定的分类体系分类排列的方法。这种方法反映了知识内容的学科逻辑次序。百科全书、手册等多采用此种方法编排。

② 事物性质排检法。

将相同性质的信息内容编排在一起，各事物间无严格的系统性。如年鉴、手册、指南等多采用此种方法编排。

（2）主题法。

主题法就是将资料按照一定的主题进行编排的方法。这种编排法可以围绕主题汇集材料，取材可涉及不同学科领域，使同一事物的知识相对集中，再利用"参照"项沟通和其他相关知识的联系，主题法可以弥补分类法的不足，许多参考性工具书利用此法编制辅助索引。

3. 自然顺序法

自然顺序法是根据事物发生发展的时间或者事物产生所处的地理位置编排工具书的方法，包括时序法和地序法。

（1）时序法。

时序法又称时序排列法。这是一种按时间先后次序编排文献资料的方法。年表、历表、大事记以及记载人物生平事迹的年谱等工具书，都采用这种编排方法。如《中国历史纪年表》《中华人民共和国经济大事记（1949 年 10 月—1984 年 9 月）》以及《中国财政金融年表》等，均严格以时间先后为序编排资料。只需按年索事，一查便得。个人生卒年表、年谱及其著述目录，或采用顺时序法或采用逆时序法进行编排。时序法便于厘清事物发展的脉络，从中可查考某些带有规律性的知识记录。但利用按时序法编排的工具书如"生卒年表"或"年谱"来查考人物资料时，需要辅以人名索引才能使用。例如利用《历代人物年里碑传综表》，即先查人名字顺索引后查所需的人物事迹。

（2）地序法。

地序法就是按照地理区域编排文献资料的方法，主要用于编制地图集、地方资料等工具书以及各类图书中凡涉及世界各国和国内各地区的。如《中国名胜词典》《中国地方志联合目录》《中国边疆图籍录》《欧洲金融年鉴》以及《中图法》等分类法中的《地区复分表》均按地序法编排有关资料。这些工具书多数附有地名索引，以便在不知地名所属地域时，按地名查找。

（四）工具书检索的一般程序

工具书检索程序也就是文献检索的过程和步骤。虽然说我们使用工具书是为了给自己提供所需要的知识或资料，但如果对工具书的知识了解不多，又不熟悉有效的检索步骤和方法，面对成千上万的各类工具书，只是胡乱翻翻，那是达不到满意效果的。熟悉或掌握检索程序，也是文献或知识检索的一项基本功。大体上分以下五个步骤：

1. 根据需要确定检索范围

应当熟悉自己所要检索资料的性质，判断所属的学科或类别，应尽量缩小检索范围，便于快速检索。如果一时确定不了比较正确的检索范围，就只能利用综合性工具书了。

2. 熟悉和利用现有的对口工具书

工具书种类繁多，必须对各种工具书比较熟悉，才能按图索骥。各类工具书都有一定的收录范围和编纂目的。多多熟悉各种不同的工具书，检索资料就会起到事半功倍的效果，避免浪费时间和精力。

3. 查阅凡例和熟悉排检法，检索出所需资料

一般工具书的凡例是说明该工具书的编纂原则、编纂时间、出版时间、所收词目数量和范围以及如何注音，如何解释，如何使用检索等内容。目录里则排列出本辞书的全部内容标题，列出各种不同的排检方法。供熟悉不同排检法的人选择使用。如一部《辞海》就有六种排检法可供选择。所以，查阅凡例很重要。

4. 摘录和复制资料

途径有以下几种：① 卡片摘录，这是针对所需要的资料较少时采用的。② 复印，这是针对所需要的资料较多、长篇大论时使用的。③ 下载打印，这是针对电子数据或资料而用的。④ 剪贴，这是针对自己订阅的报刊和书籍而用的，图书馆和其他公共场所的报刊是绝对不能剪贴的。⑤ 电脑保存，这是针对有自用电脑的人而言的，必须做好多个备份或保存到多个移动硬盘里，以免因电脑中病毒或重新安装系统或不小心格式化硬盘而造成数据或资料丢失。

5. 整理资料

一般是分类整理：笔记式、卡片箱式、袋装式等形式。

二、利用网络搜集、交流信息

（一）网络信息检索的工具

网络信息检索是指信息用户通过利用计算机、通信、网络等现代化技术为处理各种问题而查找、识别、获取网上相关的事实、数据、文献信息的活动及过程，它包括信息的存储与检索两个过程。

1. 搜索引擎

搜索引擎就是指根据一定的策略、运用特定的计算机程序从互联网上搜集信息，在对信息进行组织和处理后，为用户提供检索服务，将用户检索的相关信息展示给用户的系统。它主要用于检索网站、网址、文献信息等内容。

（1）全文搜索引擎。

百度（Baidu）、谷歌（Google）就是典型的全文搜索引擎。它们都是通过从互联网上提取的各个网站的信息（以网页文字为主）而建立的数据库中，检索与用户查询条件匹配的相关记录，然后按一定的排列顺序将结果返回给用户。

（2）目录索引搜索引擎。

目录索引搜索引擎就是由有关专业人员广泛搜集网络资源后，根据其内容进行筛选、排列和评价，按照一定的分类目录编制出可供检索的结构式分类目录。这类搜索引擎虽然有搜索功能，但从严格意义上来说却算不上真正的搜索引擎，仅是按目录分类的网站链接列表而已。用户完全可以不用进行关键词查询，仅靠分类目录也可以找到需要的信息。最具代表性的是搜狐、新浪、网易搜索。

（3）元搜索引擎。

元搜索引擎就是用户向元搜索引擎发出检索请求，元搜索引擎再根据该请求向多个搜索引擎发出实际检索请求，搜索引擎执行元搜索引擎检索的请求后将检索结果以应答形式传送给元搜索引擎，元搜索引擎将从多个搜索引擎获得的检索结果经过整理再以应答形式传送给实际用户。

2. 网络数据库

数据库就是按一定的结构和规则组织起来的相关数据的集合。网络就是用通信设备和线路，将处在不同地方和空间位置、操作相对独立的多个计算机连接起来，再配置一定的系统和应用软件，在原本独立的计算机之间实现软硬件资源共享和信息传递，那么这个系统就成为计算机网络了。数据库技术目前是计算机处理与存储数据的最有效、最成功的技术。计算机网络的特点则是资源共享。数据与资源共享这两种技术结合即成为今天广泛应用的网络数据库（也叫 Web 数据库）。

常用的网络数据库：

（1）中国期刊网。

中国期刊网是由清华大学中国学术期刊（光盘版）电子杂志社创建并维护的。它是一个大规模、集成化、多功能的电子学术期刊全文文献检索系统，广泛收录国内中、英文期刊，涉及理工、农业、医药卫生、经济政治、法律、文史哲、教育、社科等领域。

（2）万方数据资源系统。

万方数据资源系统是由中国科技信息研究所、万方数据集团公司开发的建立在互联网之上的大型中文网络信息资源系统。该系统是以科技信息为主，集经济、金融、社会、人文信息为一体的网络化信息服务。

（3）超星图书馆。

超星图书馆是文献数量庞大的中文在线数字图书馆，提供大量电子图书资料以供阅读，其中包括文学、经济、计算机等 50 余大类，数十万册电子图书及数百万篇论文。

（二）利用搜索引擎检索信息步骤

搜索引擎技术功能强大，提供的服务也全面，搜索引擎使用自动索引软件来发现、搜集并标引网页，建立数据库，搜索引擎突出的是检索功能。目前搜索引擎是网络上被使用频率最高的服务项目之一，百度、谷歌是目前常用的搜索引擎。

1. 明确搜索需求

在开始搜索之前，首先应该仔细分析搜索的是什么样的信息，这是成功进行信息搜索的前提。

2. 选择合适的搜索工具

每种搜索引擎都有不同的特点，只有选择合适的搜索工具才能得到最佳结果。例如网页、图片搜索首选百度、谷歌；地图搜索首选谷歌；视频可以是酷优、迅雷、谷歌、百度等；如果购物则选择淘宝、京东、当当、卓越……不同的搜索内容偏重不同的搜索引擎。

3. 确定检索范围

网络信息非常广泛，要想搜索出需要的信息，就必须对网络信息资源进行选择。搜索的范围很大程度上影响了搜索的结果。搜索范围过于宽泛或过于狭窄，对搜索效果都会产生影响。

4. 选择合适的关键词

关键词就是反映主题概念的词或词组。用关键词检索十分便利，准确把握关键词是检索成功的关键。关键词可以是术语，也可以是自然语言中的字、词或整个句子。关键词选择得恰当与否很大程度上决定了搜索结果的相关性和有效性。

5. 构造合适的检索表达式

当关键词不止一个时，就可以用各种搜索引擎提供的检索功能和运算符将关键词组配成检索式。检索式表达了检索课题的各概念之间的关系，确切地表达了用户的情报需求。

表达式就是用户搜索所用的计算机可识别的公式，由关键词和操作符根据一定的语法规则组合而成。操作符包括逻辑操作符、位置操作符、截词操作符、字段操作符等。表达式的构造是否合适能充分反映搜索质量的高低。最常用的操作符有"+"、空格等。

6. 正式检索

这一步通常不需要用户亲自执行，有时只需点"搜索"。搜索引擎会根据用户提供的搜索表达式自动搜索数据库，并把匹配结果显示给用户。

7. 评价检索结果

对搜索结果进行评价，看能否满足自己的搜索需求，如果已达到满意搜索效果则利用该搜索结果，不再对其他搜索过程进行任何处理；否则，应再回到以上各个步骤，重新分析搜索需求，确定搜索范围，重新选择搜索工具，必要时修改关键词以及搜索表达式，重新进行搜索。

（三）网络信息交流

1. 信息交流

在现代信息技术和互联网技术高度发达的今天，要善于运用网络进行信息交流与沟通，较之传统的信息交流方式，用网络交流信息更快捷、更便利、更经济、更有效。

2. 网络信息交流方式

（1）非实时的交流方式。

非实时的信息交流方式的特点是用户交流不需要同时在线，如电子邮件、网络论坛（BBS）、博客（Blog）、微博、脸谱网（Facebook）、人人网等。

① 电子邮件。

电子邮件（E-mail）是通过网络电子邮局为网络客户提供的网络交流电子信息空间，是互联网上最早出现的和应用最广的服务之一。它不但可以传递文字信息，还可以附带传送图像、声音及影视片段等多种媒体信息。

② 网络论坛（BBS）。

网络论坛又称 BBS，是 Internet 最早的功能之一，主要为用户提供一个交流意见的场所，能提供信件讨论、在线聊天等服务。借助网络论坛，可以在网站上开辟网上讨论区，实现一对一、一对多和多对多的相互交谈。随着新课程的推进，网络上出现了很多教育论坛。教育论坛是教师自由发表心声的地方，教师的教学困惑、问题、体会，都可以自由地发表在论坛上。

③ 博客（Blog）。

博客又称网络日志，是网络上的一种日记记录形式，1997 年出现在美国，2000 年开始在网络上流行。网络日志无须太多的技术成分，因为它是一个自动生成网络主页，用户只要申请就拥有一个属于自己的网络空间。作为"日志"，可以记录下个人的经历、感受、认识等；作为一种网络交流方式，可以让人们分享相关信息。

这种新的信息技术很快应用到教育上，出现了教育博客（Edublog），教师博客随之产生。教师博客是教育博客中的一种，是中小学教师利用互联网新兴的博客技术，以文字、多媒体等方式，将自己的日常感悟、教学心得、教案设计、课堂实录、教学课件、教育故事以及教学反思等上传发表，超越传统时空局限，促进教师个人隐性知识显性化，并让教师群体共享知识与思想。随着教师博客的大规模普及，将在基于课堂教学的"教堂式教育模式"之外，催生出真正开放式的"集市式教育模式"，推动人类教育事业的进步。

④ 微博。

微博是微博客（MicroBlog）的简称，是一个基于用户关系的信息分享、传播以及平台获取，用户可以通过 Web、Wap 以及各种客户端组建个人社区，以 140 字左右的文字更新信息，并实现即时分享。最早也是最著名的微博是美国的 Twitter。根据相关公开数据，截至 2010 年 1 月份，该产品在全球已经拥有 7 500 万注册用户。2009 年 8 月份中国最大的门户网站新浪网推出"新浪微博"内测版，成为门户网站中第一家提供微博服务的网站，微博正式进入中文上网主流人群视野。

⑤ 脸谱网（Facebook）。

Facebook 是一个社交网络服务网站，主要创始人为美国人马克·扎克伯格，于 2004 年 2 月 4 日上线。"墙"是用户档案页上的留言板。"用户墙"上的留言还会用 Feed 输出。很多用户通过"墙"留下短信，更私密的交流则通过"消息"（Messages）进行。消息发送到个人信箱，只有收件人和发件人可以看到。

⑥ 人人网。

人人网于 2009 年由校内网更名而来。人人网是为整个中国互联网用户提供服务的 SNS 社交网站，给不同身份的人提供一个互动交流的平台，通过提供发布日志、保存相册、音乐视频等站内外资源分享等功能搭建一个功能丰富、高效的用户交流互动平台。人人网在用户数、页面浏览量、访问次数和用户花费时长等方面占据优势地位。

（2）实时的信息交流方式。

实时的信息交流方式有腾讯 QQ、MSN、网络聊天室、网络电话、飞信、微信、Twitter 等。

① 腾讯 QQ。

腾讯 QQ 是 1999 年 2 月由腾讯自主开发的基于 Internet 的即时通信网络工具——腾讯即时通信（TencentInstant Messenger，简称 TM 或腾讯 QQ），其合理的设计、良好的应用、强大的功能、稳定高效的系统运行，赢得了用户青睐。腾讯 QQ 是腾讯公司开发的一款基于 Internet 的即时通信（IM）软件。腾讯 QQ 支持在线聊天、视频通话、点对点断点续传文件、共享文件、网络硬盘、自定义面板、QQ 邮箱等多种功能，并可与多种通信终端相连。其标志是一只戴着红色围巾的小企鹅。

② MSN。

MSN（Microsoft Service Network），即微软网络服务，是微软公司推出的即时消息软件，可以与亲人、朋友、工作伙伴进行文字聊天、语音对话、视频会议等即时交流，还可以通过此软件来查看联系人是否联机。

③ 网络聊天室。

网络聊天室通常简称聊天室，是一种人们可以在线交谈的网络论坛，在同一聊天室的人可通过广播消息进行实时交谈的。聊天室有语音聊天室和视频聊天室等，聊天室会话是自然会话在信息时代的延伸。

④ 网络电话。

网络电话又称为 VOIP 电话，是通过互联网直接拨打对方的固定电话和手机，包括国内长途和国际长途。宏观上讲可以分为软件电话和硬件电话。软件电话就是在电脑上下载软件，然后购买网络电话卡，通过耳麦实现和对方（固话或手机）的通话；硬件电话比较适用于公司、话吧等，首先要有一个语音网关，网关一边接到路由器上，另一边接到普通的话机上，然后普通话机即可直接通过网络自由呼出了。

⑤ 飞信。

飞信是中国移动的综合通信服务，是融合语音（IVRKGPRS、短信等多种通信方式，覆盖三种不同形态（完全实时的语音服务、准实时的文字和小数据量通信服务、非实时的通信服务）的客户通信需求，实现互联网、移动互联网和移动网间的无缝通信服务。

⑥ 微信。

微信（WeChat）是腾讯公司于 2011 年 1 月 21 日推出的一个为智能手机提供即时通信服务的免费应用程序，微信支持跨通信运营商、跨操作系统平台通过网络快速发送免费（需消耗少量网络流量）语音短信、视频、图片和文字，同时，可以使用通过共享流媒体内容的资料和基于位置的社交插件"摇一摇""漂流瓶""朋友圈""公众平台""语音记事本"等服务插件。截至 2015 年第一季度，微信已经覆盖中国 90%以上的智能手机，月活跃用户达到 5.49 亿，用户覆盖 200 多个国家、超过 20 种语言。此外，各品牌的微信公众账号总数超过 800 万个，移动应用对接数量超过 85 000 个，微信支付用户则达到了 4 亿左右。

⑦ 推特（Twitter）。

推特（Twitter）是一家国外社交网络及微博客服务的网站，是全球互联网上访问量最大的十个网站之一，是微博客的典型应用。它利用无线网络、有线网络、通信技术，进行即时通信，用户将自己的最新动态和想法以短信息的形式发送给手机和个性化网站群。

真题再现

（2012 年单项选择）下列不属于 Internet 功能的是（　　　）。

A. 进行实时监测　　　　B. 进行远程登录　　　C. 发送电子邮件　　　D. 实现文件传输

答案：A。

三、信息的筛选、分类、管理和应用

网络教学资源不同于以往任何环境下的信息资源，它具有信息量大、多媒体化等特点，而且格式众多、规范不统一，因此教师需要具备信息处理能力，对信息资源进行科学管理，从而提高信息资源的利用效率。

信息，指音讯、消息、通信系统传输和处理的对象，泛指人类社会传播的一切内容。人通过获得、识别自然界和社会的不同信息来区别不同事物，以便认识和改造世界。在一切通信和控制系统中，信息是一种普遍联系的形式。1948 年，数学家香农在题为"通信的数学理论"的论文中指出："信息是用来消除随机不定性的东西"。创建一切宇宙万物的最基本万能单位是信息。

信息源（Information Sources），一般指信息的来源地（包括信息资源生产地和发生地）。信息源内涵丰富，不仅包括各种信息载体，也包括各种信息机构；不仅包括传统印刷型文献资料，也包括现代电子图书报刊；不仅包括各种信息存储和信息传递机构，也包括各种信息生产机构。

信息源一般分为实物型信息源、文献型信息源、电子型信息源、网络型信息源。

（1）实物型信息源。

实物型信息源又称现场信息源，是指具体的观察对象在运动过程中直接产生的有关信息，包括事物运动现场、学术讨论会、展览会等。

（2）文献型信息源。

文献型信息源主要是指承载着系统的知识信息的各种载体信息源，包括图书、报纸、期刊、专利文献、学位论文、公文等。

（3）电子型信息源。

电子型信息源是指通过使用电子技术实现信息传播的信息源，包括广播、电视、电子刊物等。

（4）网络型信息源。

网络型信息源是一种比较特殊的信息源，是指蕴藏在计算机网络，特别是因特网中的有关信息而形成的信息源。

（一）信息筛选

1. 信息筛选定义

信息筛选就是指对大量原始信息以及经过加工的信息材料进行筛选和判别，从而有效地排除其他不需要的信息，选择需要的信息。

2. 信息筛选原则

（1）权威性原则。

权威性原则是指信息源具有权威性。例如，权威学者、权威学术期刊、政府官方网站等。

（2）可重复性原则。

可重复性是指多重信道传输着相同信息。例如，不同学科多位权威学者各自独立测试，获得同样的信息，就具有多重信度。

（3）时效性原则。

实效性原则是指信息发布的时间效度。例如，针对同一问题，最近发布的信息比以往所发布的信息信度更高。

（4）逻辑性原则。

逻辑性原则是指从已知事实出发，利用比较与分类、分析与综合、抽象与概括、归纳与演绎等逻辑方法，得出合理的结论。

（5）实证性原则。

实证性原则是指一切结论都要由科学实验来提供确切证据。

（二）信息分类

1. 信息分类的含义

信息分析就是对信息检索所获得的信息进行加工、整理，使之能为解决特定的问题服务。分析信息首先要对信息分类，然后才能在同类事物中做进一步的比较和分析。信息分类的第一步是辨类，即对信息做主题分析，分辨其所属类型；第二步是归类，即依据辨类结果，将信息归位于分类体系中。

2. 信息分析方法

（1）地区分类法：根据地区划分信息的方法。

（2）时间分类法：根据时序划分信息的方法。

（3）内容分类法：根据内容划分信息的方法。

（4）主题分类法：根据主题划分信息的方法。

（5）综合分类法：以地区、时间、内容、主题为依据划分信息的一种综合方法，它还可以细分为时间地区分类法、内容地区分类法等。

（三）信息存储

信息存储就是将经过科学加工处理后的信息资源，按照一定的方法记录在相应的信息载体上，并将这些载体按照一定特征组织起来的一系列工作活动。信息存储有利于集中管理信息资料，有利于开发高层次的管理信息，有利于充分利用信息资源，提高管理工作效率。

1. 信息存储的方式

从存储手段上讲有两种：一是手工存储，二是计算机存储。

（1）手工存储。

手工存储就是指以文字卡片或书本为载体的、完全靠手工操作的存储。它需要一定的设备，包括卡片柜、存储库房以及空调、消防器材、去湿机、自动测温测湿仪、清扫机、吸尘器和防盗报警装置等一系列辅助设备。手工信息的存储要按一定的方法、系统依次排架。排架有分类排架和形式排架两种。分类排架是按信息分类来排列信息的方法。形式排架是按照信息外部特征的顺序排列信息的方法，其中又有登记号排架法和固定排架法两种。

（2）计算机存储。

计算机存储需要建立清洁明亮、高大宽敞、温度恒定、防火防盗、防晒防湿的计算机房和信息库房，可以根据自身的需要购置不同功能和应用特点的计算机以及大量用于存储信息的磁盘和移动硬盘。

2. 信息存储技术

从存储技术上讲有六种存储方法。

（1）文字纸张存储技术。

这种传统的存储技术所占空间大，需要人员多，查找和使用都很不方便，而且纸张易发霉损坏，因此这种存储技术已越来越不适应信息社会的需求。

（2）胶卷存储技术。

胶卷存储密度大，查询容易，但阅读时必须通过接口设备，不太方便。

（3）微缩存储技术。

微缩存储技术即用光电摄录装置把以纸张为信息载体的各种文献资料进行高密度缩小化制成缩微品的技术。

（4）声像存储技术。

声像存储技术即将信息通过录音或录像记录存储，包括"声""像"两部分。

（5）计算机存储技术。

计算机存储技术即用计算机的内外存储器存储信息的技术。

（6）光盘存储技术。

光盘存储技术即光盘、移动硬盘存储技术，有较大的存储容量。

3. 信息存储的程序

（1）登记。

登记是为建立存入的信息资料而做的完整记录。登记可分为总括登记和个别登记两种。总括登记一般只登记藏入册数、种类及总额等，反映一个信息库内所藏入信息资料的全貌。个别登记是对每一类、每一份、每一册信息资料的详细记录，以便掌握各类信息资料全貌的具体情况。登记的作用是掌握藏入信息资料的变化情况，发现漏缺，以便补充配套。

（2）编码。

编码就是将一种信息形式转换成另一种信息形式的过程。信息工作中，通常把文字信息转换成字母或数字信息。编码是实现信息转换的重要手段之一，也是实现计算机处理的桥梁。信息资料的编码过程一般是：分析编码的信息资料，选择最佳的编码方法，确定数码的位数。在信息工作实践中，信息资料的编码方法有多种，运用最广泛的是分类流水编码法。

（四）信息应用

信息应用就是指有意识地运用获得的信息去解决具体问题的过程。信息应用是信息管理过程中最重要的一个环节，信息应用是信息整合能力的核心，信息获取、加工的目的就是利用信息，信息的价值也只有通过利用才能反映出来。这种能力不仅是信息资源整合能力的具体体现，是检验信息整合能力强弱的一个重要标准，也是信息管理的根本目的。教师在信息应用时要遵循以下原则：

（1）目的性原则：信息应用要有目的，不随意和盲目。

（2）准确性原则：信息应用要准确，不使用错误信息和虚假信息。

（3）时效性原则：信息应用要注意时效，不使用过时信息。

（4）辅助性原则：信息应用只是教学的辅助和补充，不能代替教学过程。

四、教育测量与数据分析基础

（一）教育测量概述

1. 教育测量概念

广义的教育测量就是根据一定的客观标准和规则，运用可行的方法，对教育的要素、过程和效果进行价值评判的活动，并将评判结果予以数量化的描述。

狭义的教育测量就是依据编制好的量表（测量工具）对学生的学习能力、学业成绩、兴趣爱好、思想品德及教育措施上许多问题的数量化测定。

2. 教育测量要素

教育测量包括参照点、单位、量表三个要素。

（1）参照点。

参照点是计算事物数量的起点，又称零点。零点有两种：一种是绝对零点，如各种度量衡器上的零点；另一种是相对零点，是人为规定的零点。教育测量应用的参照点是相对零点。

（2）单位。

单位是计量用的最小单元，表示测量数据的多少。教育测量应使用统一的单位。一个好的测量单位必须具备两个条件：一是有明确的意义，即同一单位在人们的心目中有同样的意义；二是有相等的价值，即单位与单位之间的距离要相等。

（3）量表。

量表就是进行测量所使用的工具，即各种类型的测验试卷，教育测量常用的工具是试卷，试卷的编制起到关键性作用，其优劣直接影响测量的目的和结果。

3. 教育测量（测验）的类型

测验就是对通过一定的仪器和试题所引起的受试者的行为样本进行测量的系统程序。测验作为教育测量的主要工具，种类繁多，可按不同标准加以分类。

（1）按测验目标，分为学业成就测验、智力测验、能力倾向测验、人格测验。

（2）按测验时机，分为准备性测验、进展性测验、总结性测验。

（3）按测验结果评价标准，分为常模参照测验、目标参照测验。

（4）按测验材料，分为文字测验、非文字测验。

（5）按测验来源，分为标准化测验、自编测验。

（6）按测验对象，分为个别测验、团体测验。

（二）数据整理

1. 抽样方法

抽样方法就是从所有总体中随机抽出一部分个体作为样本，用以估计总体情况的一种方法。要使样本有代表性，能充分反映总体的情况，必须采用随机抽样的方法。随机抽样，就是从总体抽取样本时，排除人的主观因素的影响，使每个个体被抽取的机会均等。常用的抽样方法有以下四种：

（1）简单随机抽样。

简单随机抽样就是设一个总体含有 n 个个体，如果通过逐个抽取的方法从中抽取一个样本，且每次抽取时各个个体被抽到的概率相等的抽样方法。最简单的随机抽样方法是抽签法。简单随机抽样简便易行，适用于总体的个体不多的情况。

（2）系统抽样。

系统抽样又叫等距抽样、机械抽样。先将总体各个观测单位按某一标志顺序排列编号并分成数量相等的组，使组数与取样数相同，然后从每组依事先规定的机械次序抽取对象。

（3）分层抽样。

分层抽样就是已知总体是由有明显差异的几个部分组成时，为了使样本更充分地反映总体情况所采用的抽样方法。它是先依据总体的差异情况将总体分为几部分，然后按各部分所占的比进行抽样。分层抽样能充分利用已知信息，使样本有较好的代表性，缩小变异程度和抽样误差，在实践中较多采用。

（4）群体抽样。

群体抽样就是以集体为对象而不以个体为对象的抽样方法。群体抽样的方法易于组织，能节约人力物力，适用于大规模的调查研究。但样本单位在总体中分布的均匀性较差，如果结合分层抽样进行，能减少误差，缩小变异程度。

2. 数据分布

数据分布就是在教育测量中，通过各种测验获得大量分数，但这些分数是杂乱无章的，因此，需要对其进行整理和分析，以便在此基础上作出解释和评价。

（1）顺序排列表。

顺序排列是简单的整理分数的方法。它是将所有个体的成绩，按高低顺序排列，并且列于表中，称作顺序排列表。这种方法简明清晰，一眼便能看到最高分数和最低分数，而且可以大致了解个体成绩在总体中的位置。

（2）频数分布表。

频数分布表是一种反映数据分布情况的统计表。频数是指一群数据在各个数值（或区间）上所出现的数据的个数，也称为次数。每一个频数除以数据的总个数称为频率或相对次数。

（3）频数直方图。

由频数分布表可以制作频数直方图。方法：以分数为横轴，频数为纵轴，建立直角坐标系，在横轴上标出各组分数的组中值，频数值等距标在纵轴上；然后以组中值为底边中点，组距为底边，组频数为高作出各矩形，即得频数直方图。

3. 集中趋势分析

（1）算术平均数。

算术平均数是所有数据的总和除以总频数所得的商，简称平均数或均数、均值。计算公式：

$$\overline{x} = \frac{x_1 + x_2 + \cdots + x_n}{n}$$

（2）方差。

方差是各个数据与平均数之差平方的平均数，又叫均方差或变异数，用符号 s^2 或 σ^2 表示。

（3）标准差。

方差的算术平方根称为标准差，用符号 s 或 σ 表示。标准差反映学生成绩两极分化的程度。σ 值越大，反映两极分化程度越严重，也就是分数分布较广；σ 值越小，则分数分布较窄或说"集中在平均分附近"。计算公式：

$$\sigma = \sqrt{\frac{\sum_{i=1}^{n}(x_i - \overline{x})^2}{n}}$$

（4）差异系数。

差异系数也是表示一组数据离散程度的，但它没有计量单位，而是一组数据的标准差与平均数的百分比，因此更多地用于两组平均数差异比较大的数据之间离散程度大小的比较。用 CV 表示，计算公式：

$$CV = \frac{S}{X} \cdot 100\%$$

（5）标准分数（z 分数）。

通过教育测量直接得到的分数叫原始分数。由于各个测量的难度不同，不同测验原始分数不能直接比较。譬如一个人在难度很小的测验里得 70 分，并不比一个在高难度的测验里得 60 分的高。为了使不同原始分数可以比较，人们提出了另一种测量分数——标准分数。

标准分数，就是将原始分数与平均分数之差除以标准差所得的商数。标准分数又称为 z 分数，常用 z 表示。标准分数的计算公式：

$$z = \frac{x_i - \overline{x}}{s}$$

（6）难度。

难度的大小取决于答对问题的人数多少或者平均分的高低。分析项目难度的目的是筛选题目，而题目难度水平究竟多高才合适，这依赖于测验的目的、题目的形式和测验的性质等因素。

客观题难度的计算公式：$P=R/N$。

式中，P 表示难度指标；R 表示通过试题的人数；N 表示总人数。P 值越大，说明通过测量的人数越多，难度越小；P 值越小，说明通过的人数越少，难度越大。

主观题难度的计算公式：$P=X/K$。

式中，P 表示难度指标；X 为某题平均分；K 为某题满分值。

（7）区分度。

区分度是指测验对考生实际水平的区分程度或鉴别能力。如果一个题目的测试结果使水平高的考生答对（得分高），而水平低的考生答错（得分低），它的区分能力就很强。区分度是题目质量和测验质量的一个重要指标。一般要求试题的区分度在 0.3 以上。试题区分度的计算方法主要有以下两种：

① 得分率求差法。

得分率求差法就是将受测群体按题目得分的高低排列，取高分人数的 27% 为一组，他们的得分率记作 P_H；低分人数的 27% 为另一组，他们的得分率记作 P_L；用 D 表示区分度，则该题的区分度：$D = P_H - P_L$。

② 得分求差法。

得分求差法就是将受测群体按题目得分的高低排列，取高分人数的 27% 为一组，低分人数的 27% 为另一组，用 D 表示区分度，用 H 表示高分组得分总和，用 L 表示低分组得分总和，用 n 表示高分组（低分组）人数，x_H 表示该题的最高得分，x_L 表示该题的最低得分，则：

$$D = \frac{H - L}{n(x_H - x_L)}$$

（8）信度。

信度就是指测量所得分数的稳定性和可靠性程度，即用一个或一组测验对同一被试群体施测多次，所得结果一致性的程度，以及测验分数所反映被试真实水平（真分数）的可靠性程度。信度的高低指标使用信度系数来表示，它的数值在 $-1 \sim +1$。

① 分半信度。

分半信度就是将全卷中全部试题按题号或分数适当分半，得到两份平行的"子试卷"，计算这两份子试卷考生得分的相关系数，这样求得的是半个试卷的信度，然后再用斯皮尔曼–布朗（Spearman-Brown）公式校正，得到考试的分半信度系数。一般认为分半信度系数在 0.90 以上比较合适。这个方法比较适合多数为选择题的试卷。

$$r_{tt} = \frac{2r_{ab}}{1 + r_{ab}}$$

式中，r_{tt} 表示分半信度系数，r_{ab} 表示 A、B 两份试卷得分的积差相关系数。

计算公式：

$$r_{ab} = \frac{\sum_{i=1}^{n} x_{1i}x_{2i} - \frac{1}{n}\left(\sum_{i=1}^{n} x_{1i}\right)\left(\sum_{i=1}^{n} x_{2i}\right)}{\sqrt{\sum_{i=1}^{n} x_{1i}^2 - \frac{1}{n}\left(\sum_{i=1}^{n} x_{1i}\right)^2}\sqrt{\sum_{i=1}^{n} x_{2i}^2 - \frac{1}{n}\left(\sum_{i=1}^{n} x_{2i}\right)^2}}$$

式中，x_{1i}，x_{2i} 是第 i 个受试者先后两次测验所得分数，n 是受测人数。

应当注意，在应用该式时，分半的两部分测试须满足在平均数、标准差、分布形态、测题间相关、内容、形式和题数都相似的假设条件。

② 内部一致性信度。

内部一致性信度通常采用的是克伦巴赫（Cronbach）的系数公式，它适用于非选择题（多重记分）较多的试卷。系数为试卷信度的最低限，一般认为其值在 0.80 以上，考试的信度比较高。

克伦巴赫（Cronbach）公式：

$$r_u = \frac{n}{n-1}\left(1 - \frac{\sum s_i^2}{s_t^2}\right)$$

式中，s_i^2 是每个测试题目得分的方差，s_i^2 是整份测验总分的方差。

（9）效度。

效度就是指测试的准确性和有效性程度，测试得到的与所要测之间的符合程度，也就是结果和目的的符合程度。信度与效度，二者既有联系又有区别，信度高效度不一定高，效度高则信度必定高，也就是说，可信的不一定有效，有效的则必定可信。由于测量的目的不同，效度的估计有不同类型。对常模参照测验来说，主要有效标关联效度、内容效度和结构效度。

① 效标关联效度。

用一个较为标准的测验作为参照标准，称为效标。效标关联效度就是用某测验的得分与效标测验的得分之间的相关程度。效标关联效度又可分为同时效度和预测效度。同时效度指测验分数与效标分数同时获得。预测效度是指先得到测验分数，然后隔较长一段时间才得到效标分数。

② 内容效度。

内容效度就是指测量内容能否代表所要测量的目的，题目在多大程度上概括了要测量的整个内容，也就是测验的内容是否有代表性。例如，在教育学科上使用的学科成绩测验，目的是测量学生对某一学科知识的掌握程度，则题目的内容与学科的内容一致性越高，测验的有效性才会越好。内容效度通常采用专家评定方法来确定。例如，请专家用依据教学大纲制订的双向细目表和依据某测验试卷制订的双向纲目表进行比较，看它们的吻合性程度，来确定测验内容的有效性程度。

③ 结构效度（构造效度）。

结构效度（构造效度）就是指测量的内容与理论概念的符合程度，测验是否要把测量的概念的各个方面都包括进去了。求结构效度一般先从某个结构理论出发，导出概念的内涵，然后核查该测验的内容结构，看其与理论的吻合程度如何，测量的内容是否符合理论上的见解。由于建立理论和提出假设的困难，操作步骤较为复杂，并且没有单一的量化指标来描述有效程度，所以在一般的考试质量分析中很少采用。

五、课件设计与制作

（一）课件及其类型

1. 多媒体课件

多媒体课件就是指在一定的教学理论、学习理论的指导下，根据课程标准的要求，经过教学目标确定教学内容、教学活动结构及界面设计，并以计算机处理和控制的多种媒体表现方式的课程软件。多媒体课件运用了图、文、声、像、动画等多媒体技术，可以用来存储、传递和处理教学信息，能让学生进行交互操作，并对学生的学习做出评价的现代教学媒体。

2. 类型

根据使用课件的主体不同，可以分为课堂演示课件和自主学习课件。

（1）课堂演示课件。

课堂演示课件属于助教型多媒体课件，主要由教师操作控制，用以辅助教育教学。其运用环境：在多媒体综合教室或多媒体 CAI 网络教室中，通过大屏幕显示器或投影机，由教师向全体学习者播放课件，演示教学过程，创设教学情境或进行标准示范等。

（2）自主学习课件。

自主学习课件属于助学型多媒体课件，又称为"学件"，是提供给学生，由学生自己控制操作，辅助学生自主学习用的课件。其运用环境：在计算机网络教室或校园工作站，教师向学生提出要求，学生利用工作站进行个别化学习。对于具有协作学习功能的多媒体教室，学生还可以利用网络的通信功能进行协作学习。在学生进行自主学习时，教师可对学生进行监控和个别指导。

（二）课件设计与制作原则

1. 教学性原则

多媒体课件应用的目的是优化课堂教学结构，提高课堂教学效率。这就要求课件的制作既要有利于教师的教，又要有利于学生的学。教学目标一定要清晰，有效解决教学中难点与重点问题是课件运用要实现的最大价值。

在课件的选取上，应该注意以下方面：

（1）选取那些用常规方法无法演示或不易演示、演示观察不清的内容。

（2）选取课堂上用常规手段不能很好解决的问题，也是教学中的重点难点问题。

（3）能够通过提供与教学相关的媒体信息，创设良好的教学情境和资源环境，扩大学生的知识面和信息源。

2. 控制性原则

课件的操作要尽量简便、灵活、可靠、便于控制。在课件的操作界面上要设置寓意明确的菜单、按钮和图表，最好支持鼠标操作，应尽量避免复杂的键盘操作，同时还应避免层次太多的交互操作。

3. 简约性原则

课件展示画面应符合学生的视觉心理，简约明快，突出重点，同一画面对象不宜过多，也不要使用太多的颜色，一般以三四种为限，因为过多的颜色会增加学生的反应时间，提高出错的概率，容易引起视觉疲劳，应避免或减少那些容易引起学生注意力的无益的信息干扰。

在制作课件时，一定要注意画面的色彩对比、前景与背景的对比、线条的粗细以及字符的大小等，以保证学生都能充分感知对象。要避免多余的动作，减少文字显示的数量，因为过多的文字阅读容易使人疲劳，而且会干扰学生的感知。例如，制作适用于小学生的课件就要减少文字说明，多使用动画、图片来进行阐释。

4. 科学性原则

课件应正确地表达知识内容，概念、观点、结论符合教学要求，科学性是课件评价的重要指标之一，尤其是演示模拟实验，要符合科学性。课件中显示的文字、符号、公式、图表、概念、规律的表达要力求准确无误，语言配置也要准确。

但在科学性的评判上宜粗不宜细，要做具体分析。如果片面强调科学性，就会束缚人的手脚，不利于多媒体课件的应用和发展。所以，演示模拟原理要正确，要反映主要机制，细节的变化要尊重事实，允许必要的夸张。科学性的基本要求是指不出现知识性错误。

5. 艺术性原则

实验研究表明，人们获取知识的途径 81% 来源于视觉，15% 来源于听觉。因此得体的设计有助于激发学生的学习兴趣，有助于获取知识、提高学习效率。一个课件的展示不但要取得良好的教学效果，还要使人赏心悦目，获得美感。所以课件界面要力求美观、鲜明、结构对称、色彩柔和、搭配合理，富有表现力和感染力。课件的语言文字要规范、简洁、明了，配制的声音效果要清晰，没有杂音，对课件有充实的作用。优质的课件应是内容与美的形式的统一，美的形式能激发学生的学习兴趣。

（三）课件制作步骤

课件设计与制作有四个重要步骤：脚本设计、素材准备、课件制作、课件调试。

1. 脚本设计

脚本就是教学单元设计方案的具体体现，包含了对单元教学内容、交互控制方式、声音以及屏幕美术设计等方面的详细描述。脚本相当于影视拍摄中的剧本，因此它是教学软件产品成功的关键因素之一。

课件脚本一般可以分为文字脚本和制作脚本。

（1）文字脚本。

文字脚本是由学科教师按照教学内容和教学设计的思路及要求，对教学内容进行描述的一种形式，是软件制作者开发课件的直接依据。通常情况下，编写文字脚本要包括以下内容：使用范围、使用方式说明、教学内容与教学方式的描述、文字脚本卡片等。

（2）制作脚本。

制作脚本是从局部来描述课件的，是在文字脚本的基础上，给出课件制作的具体方法，如页面的元素与布局、人机交互、跳转、色彩配置、文字信息的呈现、音乐或音响效果、解说词、动画及视频的要求等。它是以页为单位进行描述的。

2. 素材准备

多媒体课件是由文字、声音、图像、动画、视频等组成的一个整体。这些组成课件的元素称为课件素材。课件素材是课件制作的关键，素材准备是课件制作的重要一环。在课件制作过程中，素材准备所花的时间和精力往往最多，需要大量搜集、加工和制作。课件制作对信息技术要求比较全面，既有软件方面的，也有硬件方面的；既有基础方面的，也有技巧方面的。例如，要制作一个英语课件，需要搜集与这节课相关的图片、声音、动画以及视频等素材。这些素材需要在网上和资料库中查找，查找需要花费大量时间，需要平时的大量积累。查找到的很多素材不能直接利用，需要进行加工、处理；还有一些找不到的，需要自己制作素材。加工、制作素材需要用到很多软件，如图片处理软件、声音处理软件、动画制作软件、视频处理软件等。有时还需要使用数码照相机、扫描仪、摄像机等设备采集素材，例如用数码照相机和扫描仪采集图片素材，用摄像机采集视频素材。

下面是素材采集和处理的一些常见方法。

（1）图片素材。

屏幕截图，是把屏幕上的信息原样复制，以图片形式保存下来，供制作课件使用。屏幕截图的方法：

① 按键盘上的 PrintScreen 键（有些笔记本电脑采用 Fn 键+ PrintScreen 键），整个屏幕以图片方式拷贝到剪贴板；按 Alt 键+ PrintScreen 键拷贝当前活动窗口到剪贴板，再粘贴到要使用屏幕截图的地方。

② 采用专门的抓屏软件如 Hypersnap 或 Snagit。

③ 软件处理，处理图片的常用软件有 Windows 自带的图画、图形图像专业处理软件 Photoshop 等。画图要熟练使用 Photoshop，只要能对图片进行一些简单裁剪、去背景、缩放、色调调整和格式转换即可。

④ QQ 在登录状态下，默认组合键 Ctrl + Alt+A 也可以进行截图，非常方便。

真题再现

（2013年单项选择）下列选项中，属于专用的图形图像加工处理软件的是（　　）。

A. Cool edit　　　　B. Photoshop　　　　C. Powerpoint　　　　D. Mindmanager

答案：B。

（2）声音素材。

采集和处理声音的常见软件：Windows 自带的录音机、Goldwave 等。下面以 Windows 自带的录音机为例介绍声音的采集和处理方法。

① 声音采集。

Windows 录音机采集声音的方法：

第一步，将话筒与计算机正确连接。

第二步，启动 Windows 录音机。

第三步，单击"录音"按钮开始录音，录音结束后单击"停止"按钮。

第四步，选择"文件/保存"菜单命令，将录制的声音用文件保存下来作为课件素材。至此声音采集完成。

用 Windows 自带的录音机采集声音非常方便，不过有一个缺点，就是有 60 秒录音时间的限制，这时可以采取下面步骤突破这个限制：

第一步，启动 Windows 录音机后，单击"录音"按钮录制 60 秒空白声音，等到结束后，再次单击"录音"按钮，这样会在原 60 秒的基础上再增加 60 秒的录音时间，实际录制 120 秒的空白声音。重复这样的操作，录制一段长度等于或超过所需时间的空白声音，然后单击"停止"按钮。最后把控制播放和录音进度的"滑动块"拖回到最左边，单击"录音"按钮开始正式录音。

第二步，正式录音结束后，选择"编辑/删除当前位置以后的内容"菜单命令，将文件后面多余的空白录音删除，最后保存录音文件。

② 音频剪裁。

第一步，启动 Windows 录音机，选择"文件/打开"菜单命令打开要裁剪的 WAV 文件。

第二步，移动控制播放和录音进度的"滑动块"到要裁剪声音的起点，选择"编辑/删除当前位置以前的内容"菜单命令，将前面不要的声音删除；移动"滑动块"位置到要裁剪声音的终点，选择"编辑/删除当前位置以后的内容"菜单命令，将后面不要的声音删除。

（3）视频素材。

视频本身就可以包含文本、图形图像、声音、动画等多种素材，具有声画同步、形象直观表现力强的特点，在多媒体课件中具有非常重要的地位。但视频素材的制作比较烦琐，并且成本高，因此最好能有现成的视频素材，进行简单的裁剪、连接、格式转换等操作，即可用到课件当中。

① 格式转换。

由于课件制作平台的不同，对素材格式，特别是视频素材格式要求各不相同。因此，转换格式在课件制作中经常用到。

如果我们想自己刻录从网上下载的视频，则需要转换格式，因为现在很多主流视频网站采用的都是 FLV 格式，所以需要我们来转换格式。MPG 格式又称 MPEG 格式，现已被几乎所有计算机平台支持，它主要包括 MPEG—1，MPEG—2 和 MPEG—4。MPEG—1 被广泛应用在 VCD 的制作；MPEG—2 应用在 DVD、HDTV（高清晰电视广播）和一些高要求的视频编辑、处理方面；MPEG—4 是一种新的压缩算法，使用这种压缩算法可以压缩视频。

转换格式的软件很多，其中"格式工厂"使用方便，它可以实现图、声、视频等多种格式的转换，基本能满足课件制作对素材格式的要求。下面举例说明"格式工厂"的基本操作。

案例：用"格式工厂"软件把 FLV 格式的视频转换为 MPG 格式。

第一步：启动"格式工厂"，如图 5-1 所示，选择"—MPG"。

图 5–1　格式工厂

第二步：单击"添加文件"，选取要转换格式的文件，会在"文件名"下显示要转换格式视频文件的名称，如图 5–2 所示。

图 5–2　添加文件

第三步：单击"确定"按钮。

第四步：单击"开始"按钮，则开始将所选取的视频文件转换为 MPG 格式。转换格式后的文件放在输出文件夹，如图 5–3 所示。

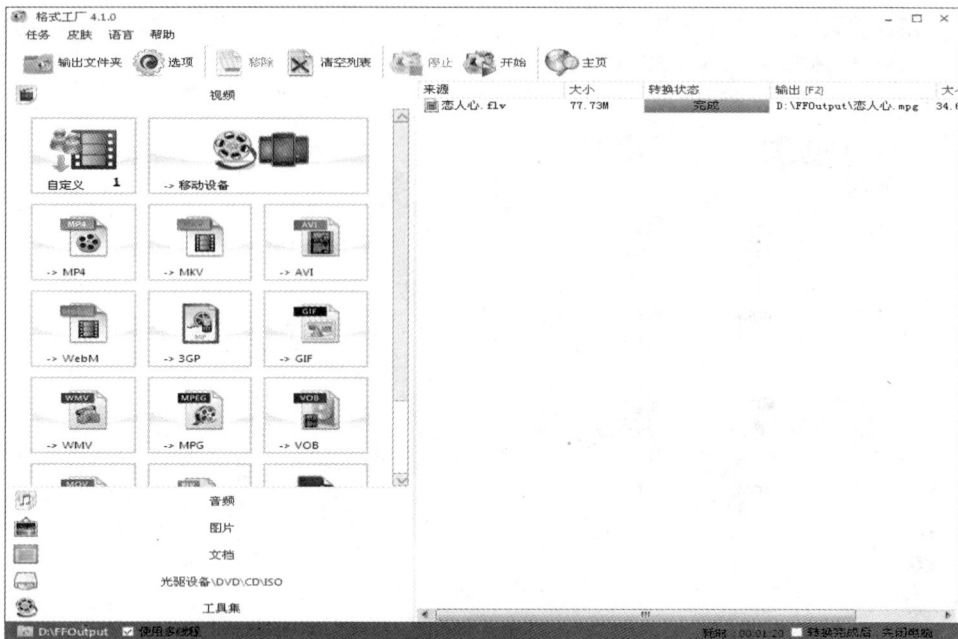

图 5-3　完成

常见的视频文件格式有以下几种：

AVI 文件是 Windows 使用的标准视频文件，其将视频和音频信号交错存储在一起，优点是通用性好，无画质损失；缺点是文件规模过大，不利于存储和传播。

RM/RMVB 文件是目前 Internet 上最流行的流式视频格式之一。其优点是压缩比高、图像质量好，可直接在网上边下载边播放；缺点是需要安装相应的软件播放器 RealPlayer。

WMV/ASF 文件是目前 Internet 上最新的流式视频格式之一，是微软公司的产品，与 RM 格式类似。优点是压缩比高、图像质量好，可直接在网上边下载边播放，通用性很好，是课件中最常用的视频格式。

MOV 文件是 Apple 公司的 QuickTime 软件所使用的数字视频文件。

MPEG（MPG）文件是标准化组织 MPEG（运动图像专家组）推出的视频标准，常见的有 MPEG1（VCD 格式）、MPEG2（DVD 格式）、MPEG3（MP3）、MPEG4（MP4）；通过 MPEG 各个标准进行编码压缩，文件规模小，媒体品质高。

FLV 文件是 Flash VIDEO 的简称，文件规模极小，加载速度极快，使得网络观看视频文件成为可能，它有效地解决了视频文件导入 Flash 后，使导出的 SWF 文件体积庞大，不能在网络上很好地使用等问题。

视频素材的获取方法一般有：

从光盘等数字存储设备上获取数字格式的视频。

用摄像机或智能手机等设备摄制视频，直接拷贝到电脑。

从 Internet 上查找下载获取视频。

② 视频剪裁。

视频裁剪软件很多，如绘声绘影、Adobe Premiere 等。这里仍然介绍使用"格式工厂"裁剪视频素材的方法。

案例：在视频格式为"film，flv"中裁剪一个片段，用于课件制作，要求素材格式为 MPG。

操作步骤与上例相同，只是在第三步单击"确定"按钮以前，首先选取好裁剪的起始位置和终点位置，具体方法如下：

单击"选项"，出现图5-4所示的样子：

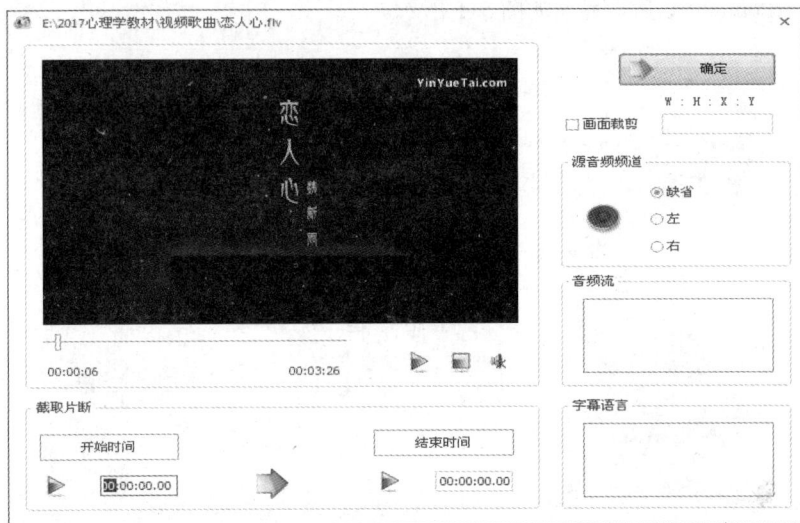

图5-4 单击"选项"后的效果

播放视频，在需要裁剪的起始位置暂停，单击"开始时间"；继续播放视频，在需要裁剪的终点位置暂停，单击"结束时间"。最后单击"确定"。

说明：使用"格式工厂"转换音频格式、剪裁音频素材的方法与视频类似。

真题再现

（2014年单项选择）不能将书本中的内容采集为数字图像存储到计算机中的设备是（   ）。

A. 数码相机　　　　　B. 扫描仪　　　　　C. 打印机　　　　　D. 手机

答案：C。

3. 课件制作

常见的制作多媒体的通用工具有 PowerPoint、Flash、Frontpage、Authorware 等。PowerPoint 简称 PPT，是微软公司出品的制作和演示幻灯片的软件工具，非常适用于学术交流、演讲、工作汇报、辅助教学和产品展示等需要多媒体演示的场合。因此 PowerPoint 文件又常被称为"演示文稿"或"电子简报"。由于制作简单、操作方便，在教育领域有最广泛的应用。PowerPoint 能够集文字、图形、图像、声音、动画、视频等多媒体素材于一体，发挥各种媒体的特点，有机结合，互为补充。

（1）创建一个新的演示文稿。

最简单便捷的制作幻灯片的方法是利用模板，模板是 PPT 的骨架性组成部分。新建演示文稿有四种方式，分别是"空演示文稿""根据设计模板""根据内容提示向导"和"根据现有演示文稿"。启动 PowerPoint 后，选择"文件/新建"命令，系统会显示"新建演示文稿"窗格。

① 创建空白演示文稿。

在"新建演示文稿"窗格中单击"空演示文稿",弹出幻灯片板式任务窗格,我们可以看到不同文稿的格式不同,可以选择"格式幻灯片板式",这样在右侧就会看到很多板式,可根据需要选择合适的板式。在幻灯片中添加所需的内容,即可创建一个新的演示文稿。

启动 PowerPoint 2010 后,界面如图 5–5 所示。

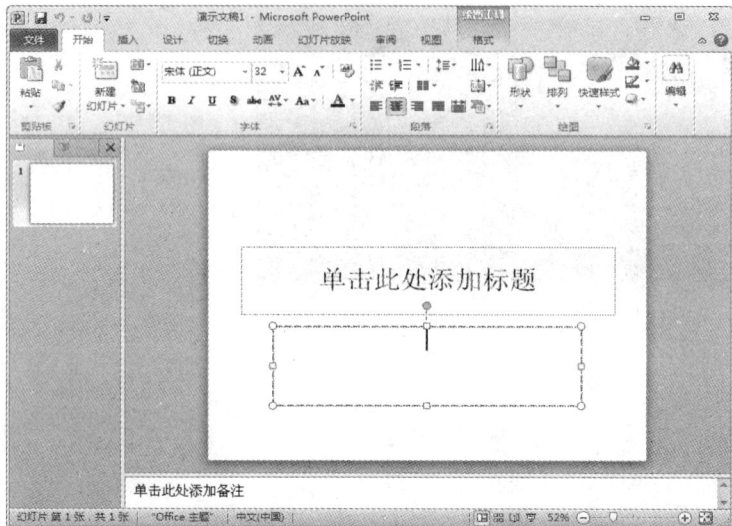

图 5–5　界面

② 使用设计模板创建演示文稿。

PowerPoint 提供了几十种经过专家精心制作、构思精巧、设计合理的模板。利用模板,可以在最短的时间内创建出较为合理的幻灯片,大大节省了时间和精力。当然模板在制作课件的过程中,可以随时更换,并且可以修改。在"新建演示文稿"窗格中单击"根据设计模板",在"幻灯片设计"任务窗格中,从"应用设计模板"框中所列出的模板中选择一种模板,即可创建一张具有艺术效果的幻灯片。

③ 根据内容提示向导创建演示文稿。

PowerPoint 根据现实生活中人们经常使用的演示文稿情况,归纳总结了若干种预先设计好的演示文稿模型,比如企业、项目、销售、市场等,每种模型中都包含着多个具体的模型演示文稿。根据内容提示向导来创建演示文稿,就是以这些预先设计好的演示文稿模型为前提的。在"新建演示文稿"窗格中单击"根据内容提示向导",打开"内容提示向导",选择和输入必要信息,最后单击"完成"。

④ 根据现有演示文稿创建新演示文稿。

根据现有演示文稿创建新演示文稿有两种方法:一种方法是备份已有的演示文稿,然后打开备份文件,再将不需要的内容删除,并加上新内容,通过逐步修改来制作出新的演示文稿;另一种方法是先利用模板或内容提示向导建立一个演示文稿,再将已有演示文稿中的部分内容复制和粘贴到新演示文稿中即可。

(2)演示文稿的编辑。

① 输入文本。

加入文本的简单方法是利用文本框:选择"插入"菜单中的"文本框"命令,根据文本要求,选择"横排文本框"或"竖排文本框",然后输入文字。也可把文字拷贝到文本框中,可以改变文本框的位置和大小。文本编辑完之后，在文本框外任意处单击左键退出编辑状态。

② 设置文本格式。

选定需要设置的文本，单击"格式"工具栏上的相应按钮，或者选择"格式/字体"命令，打开"字体"对话框，设置字体、字形、字号、效果、颜色等。

③ 设置行距、段前距、段后距。

选定需要设置的文本，选择"格式/行距"命令，打开"行距"对话框，设置行距及段前距、段后距等。

④ 插入剪贴画或图片。

单击"插入/图片/剪贴画"，出现"剪贴库"对话框，在搜索栏里输入要找的内容，比如"动物"，左键单击"搜索"按钮开始查找，选择所需要的剪贴画，拖到幻灯片上，调整大小和位置即可。

⑤ 插入艺术字。

使用文本框输入的文字在颜色和形状上都缺乏变化，而艺术字就可以用于制作丰富多彩的文字。单击"插入/图片/艺术字"，从艺术字表单中选择并单击所需效果，单击"确定"。

⑥ 插入图表。

单击"插入/图表"按键，将插入一个图表，并打开一个数据表。在数据表中直接修改图表横轴或纵轴的坐标文字以及相应的数据内容，图表会随着发生变化。还可以从文本文件中导入数据，或插入 Microsoft Excel 工作表或图表。

⑦ 插入媒体文件。

插入影片或声音。选择菜单"插入/影片和声音/文件中的影片"，在弹出的对话框中，找到适合 PPT 的视频文件，单击"确定"按钮即可导入视频。这种方法导入视频非常简单，但是只提供简单的"暂停"和"继续播放"控制键。

播放 CD 乐曲文件。如果希望在播放幻灯片时，能有一些高品质的音源，可以插入 CD 音乐。选择"插入/影片和声音/播放 CD 乐曲"命令，在对话框中进行相应的设置就可以了。

（3）演示文稿的浏览。

① 幻灯片的视图方式。

普通视图。普通视图可以用于输入、编辑、排版演示文稿。

大纲视图。主要用于输入和修改大纲文字，当课件的文字输入量较大时用这种方法进行编辑较为方便。

幻灯片视图。幻灯片视图可以清晰地显示文稿效果，可以从细节方面对演示文稿的单个幻灯片进行进一步的设置和修饰。

幻灯片浏览视图。幻灯片浏览视图是以缩略图形式显示幻灯片的所有视图，结束创建或编辑演示文稿后，幻灯片浏览视图将给出演示文稿的所有幻灯片。

放映视图。幻灯片放映视图占据整个显示器屏幕，在该视图中，可以看到图形、影片、动画元素以及将在实际放映中看到的切换效果。

② 编辑幻灯片。

编辑幻灯片包括选定、插入、复制、移动、删除等操作。

③ 选定幻灯片。

选定单张幻灯片。在普通视图大纲模式下，单击大纲—幻灯片窗格中的幻灯片图标；在普通视图幻灯片模式下，单击大纲—幻灯片窗格中的幻灯片缩略图；在幻灯片浏览视图下，单击幻灯片的缩略图。

选定多张连续的幻灯片。可先选定第一张幻灯片，然后按住 Shift 键，再单击最后一张幻灯片，则两张幻灯片之间的所有幻灯片都将被选中。

选定多张不连续的幻灯片。可按住 Ctrl 键，依次单击所要选择的幻灯片。

④ 插入新幻灯片。

选定要插入新幻灯片位置之前的幻灯片。

单击"插入/新幻灯片"命令或单击格式工具栏中的新幻灯片按钮；或在普通视图的幻灯片模式下，直接按 Enter 键。

在出现的幻灯片版式任务窗格中，选择一种需要的版式，即可向新插入的幻灯片中输入内容。

⑤ 复制幻灯片。

在同一演示文稿中复制幻灯片。

将其他演示文稿的幻灯片复制到正在编辑的演示文稿中。

⑥ 移动幻灯片。

移动幻灯片最简单的方法是先选定想移动的幻灯片，然后将其拖动到所需位置。在拖动过程中，指针会随着鼠标的移动而移动，用以提示移动的位置。

⑦ 删除幻灯片。

用鼠标选中要删除的幻灯片再按 Delete 键，或单击快捷菜单中的删除幻灯片命令键即可。

（4）演示文稿的外观设计。

① PowerPoint 母版。

幻灯片母版：

幻灯片母版中的信息包括字形、占位符的大小和位置、背景设计和配色方案。通过更改这些信息，可以更改整个演示文稿中幻灯片的外观。

讲义母版：

讲义母版是为制作讲义而准备的，通常需要打印输出，因此讲义母版的设置大多和打印页面有关。它允许设置一页讲义中包含几张幻灯片，设置页眉、页脚、页码等基本信息。

备注母版：

备注母版主要用来设置幻灯片的备注格式，一般也是用来打印输出的，所以备注母版的设置大多也和打印页面有关。切换到"视图"选项卡，在"演示文稿视图"组中单击"备注母版"按钮，即可打开备注母版视图。

② 改变配色方案。

配色方案是一组可以用于演示文稿的预设颜色。每个演示文稿都有一个配色方案，它是八种颜色的一个集合，是演示文稿的基本颜色，各种颜色各有其特定的用途，它们的巧妙搭配让幻灯片的屏幕显示和打印出的效果更加清新美观。

③ 应用设计模板。

选择"格式/幻灯片"命令，或者在幻灯片窗格的空白处单击，从打开的快捷菜单中选择"幻灯片设计"命令，打开"幻灯片设计"窗口，从中选择需要的模板即可。

④ 改变幻灯片版式。

选择"格式/幻灯片版式"命令，或者在幻灯片窗格的空白处单击，从打开的快捷菜单中选择"幻灯片版式"命令，打开"幻灯片版式"任务窗口，从中选择需要的版式即可。

（5）设置演示文稿的放映效果。

① 添加动画效果。

添加动画效果具体有以下操作步骤：

打开想要添加动画的幻灯片。

执行"幻灯片放映/自定义动画"命令。

选中要添加自定义动画的对象。

在"自定义动画"任务窗格中单击"添加效果"按钮。

② 设置幻灯片间的切换效果。

幻灯片切换效果就是幻灯片的放映过程中前后两张幻灯片之间换片的效果，即当前页以何种方式消失，下一页以何种方式出现。

设置幻灯片切换效果有如下操作步骤：

选择要设置切换效果的连续的或不连续的多张幻灯片。

选择"幻灯片放映/幻灯片切换"命令，将弹出幻灯片切换任务窗格。

在应用于所选幻灯片列表框中选择一种切换方式，然后在修改切换效果选项区中设置切换的速度和声音。

在切换方式选项区中选择换片方式。

如果要将切换效果应用到演示文稿中的所有幻灯片，可以单击"应用于所有幻灯片"按钮，否则只应用于选中的幻灯片。

设置完毕后，单击"播放"或"幻灯片放映"按钮，即可看到设置好的切换效果。

③ 自定义放映幻灯片。

自定义放映幻灯片就是根据已经做好的演示文稿自定义放映指定的幻灯片，并设置放映顺序。

自定义放映幻灯片的具体操作步骤如下：

选择"幻灯片放映"菜单下的"自定义放映"命令，弹出自定义放映对话框。

在该对话框中单击"新建"按钮，弹出自定义放映对话框，在演示文稿中的幻灯片列表框中列出了当前演示文稿中的幻灯片，从中选择要自定义放映的幻灯片。

单击"添加"按钮，在自定义放映中的幻灯片列表中会显示被选中的幻灯片，单击"确定"按钮，刚才定义的放映设置就被添加到自定义放映对话框中。单击"放映"按钮即可预览放映的幻灯片。

（6）添加超链接。

PowerPoint 提供了功能强大的超链接功能，使用它可以在幻灯片与幻灯片之间、幻灯片与其他外界文件或程序之间以及幻灯片与网络之间自由地转换。在 PowerPoint 中我们可以使用以下三种方法来创建超链接：

利用"动作设置"创建超链接；利用超链接按钮创建超链接；利用动作按钮来创建超链接。

真题再现

1.（2013年单项选择）下列选项中，属于专用的图形图像加工处理软件的是（　　）。

  A. Cool edit   B. Photoshop   C. PowerPoint   D. Mindmanager

答案： B。

2.（2013年单项选择）使用 PowerPoint 制作演示文稿时，如果要插入图片，下列不能完成该项操作的是（　　）。

  A. 在 PowerPoint 菜单栏中选择插入—图片—来自文件—选择路径和文件，单击"插入"

  B. 复制图片，在 PowerPoint 编辑页面单击鼠标右键，选择粘贴

C. 复制图片，在 PowerPoint 菜单栏中选择编辑—粘贴

D. 在 Powerpoint 菜单栏中选择插入—图片—自选图形，选择图片文件

答案：D。【解析】图片和自选图是同级按钮。

3.（2014年单项选择）下列 PowerPoint 功能选项中，可将幻灯片放映的换页效果设为"平直百叶窗"的是（　　　）。

　　A. 自定义动画　　　　B. 动画方案　　　　C. 幻灯片切换　　　　D. 动作设置

答案：C。

4.（2015年单项选择）在 PowerPoint 的空白幻灯片中，不可以直接插入的是（　　　）。

　　A. 艺术字　　　　　　B. 声音　　　　　　C. 字符　　　　　　　D. 文本框

答案：C。【解析】PPT 中不能直接插入字符。

4. 课件调试

课件初步制作完成后，需要试用、检验和调试，如果发现问题，及时修改和完善。

（1）分模块调试。

对于内容比较多的课件，设计者可以将课件从逻辑上分为几个比较独立的片段进行调试，保证每一个模块都能正常运行。

（2）测试性调试。

将课件的不同部分集成进行调试，尽量尝试多种操作的可能性，看能否保证课件的正常运用。

（3）模拟性调试。

模拟实际的教学过程中教师的"教"和学生的"学"，看课件能否满足或适应实际教学的需要。

（4）环境性调试。

一个课件的正常运行总是要依赖一定的硬件和软件环境，可以尝试在不同配置的计算机上、不同操作系统、不同的应用软件环境下进行调试，以获得课件运行的最佳环境。

高频考点训练 ◢◢◢

1. 在 Windows 中，要把图标设置成缩略图方式，应在下列（　　　）菜单中设置。

　　A. 文件　　　　　　　B. 编辑　　　　　　C. 查看　　　　　　　D. 工具

2. 在浏览 Web 页面时，发现了需要经常使用的 Web 页面，最好的方法是（　　　）。

　　A. 将该 Web 页面的地址加入"收藏夹"

　　B. 将该 Web 页面的地址加入"地址簿"

　　C. 将该 Web 页面的地址加入"notepad"

　　D. 将该 Web 页面的地址加入"历史记录"

3. 下列各操作中，不可删除幻灯片的是（　　　）。

　　A. 幻灯片浏览视图中选定幻灯片，再按 Del 键

　　B. 幻灯片视图中选择幻灯片，再单击"剪切"按钮

　　C. 幻灯片视图中选择幻灯片，再单击"编辑"菜单中的"删除幻灯片"命令

　　D. 在幻灯片大纲视图中选中幻灯片，再单击"剪切"按钮

4. 下列软件中，（　　　）不能用来制作课件。

　　A. PowerPoint　　　　B. FrontPage　　　　C. Flash　　　　　　D. Access

5. PowerPoint 的幻灯片浏览视图中，用户不能进行的操作是（　　　）

　　A. 插入幻灯片　　　　　　　　　　　　B. 删除幻灯片

C. 设置幻灯片中图片的动画效果　　　　D. 修改幻灯片的内容

6. 在 Windows 操作环境下，要将整个屏幕画面全部复制到剪贴板中应该使用（　　）键。

    A. PrintScreen　　　B. Page Up　　　　C. Alt+F4　　　　D. Ctrl+Space

7. 下列不是 PowerPoint 视图方式的是（　　）。

    A. 大纲视图　　　　B. 页面视图　　　　C. 普通视图　　　　D. 幻灯片视图

8. 信息技术是指（　　）。

    A. 信息的获取技术　　　　　　　　　B. 信息的获取、传递技术

    C. 信息的获取、传递、处理等技术　　D. 信息的加工处理技术

9. 利用搜索引擎检索教学资源时，通常用加号"+"或空格表示的逻辑关系是（　　）。

    A. 逻辑"或"　　　B. 逻辑"与"　　　C. 逻辑"非"　　　D. 字符串

10. 组成计算机网络的最大好处是（　　）。

    A. 发送电子邮件　　　　　　　　　B. 资源共享

    C. 进行通话联系　　　　　　　　　D. 获取新闻

11. 多媒体技术是（　　）。

    A. 一种图像和图形处理技术

    B. 文本和图形处理技术

    C. 超文本处理技术

    D. 计算机技术、电视技术和通信技术相结合的技术

12. 制作一个主题为"节约水资源"的多媒体课件，首先需要进行（　　）。

    A. 脚本编写　　　B. 准备素材　　　C. 需求分析　　　D. 确定制作工具

13. 在 PowerPoint 中，"格式"菜单中的（　　）命令可以用来改变某一张幻灯片的布局。

    A. 背景　　　　　B. 幻灯片版式　　　C. 幻灯片设计　　　D. 字体

参考答案及解析

1. 答案：C。【解析】缩略图方式是【查看】菜单中的一个命令选项。故选 C 项。

2. 答案：A。【解析】可将常用的 Web 页面放入收藏夹，以方便下次使用。故选 A 项。

3. 答案：B。【解析】使用选项 A、C、D 三种方式都可以删除指定幻灯片，而在幻灯片视图下，无法对编辑的幻灯片进行剪切操作，只可以用"编辑"菜单中的"删除幻灯片"命令。故选 B 项。

4. 答案：D。【解析】Access 是微软公司发布的关联式数据库管理系统，是 Microsoft Office 成员之一。故选 D 项。

5. 答案：D。【解析】在 PowerPoint 的幻灯片浏览视图中，用户不能修改幻灯片内容。故选 D 项。

6. 答案：A。【解析】PrintScreen 将整个屏幕画面全部复制到剪贴板中，Alt + PrintScreen 复制当前活动窗口。故选 A 项。

7. 答案：B。【解析】在 PowerPoint 中，演示文稿根据不同需求，可以在不同视图模式下进行编辑、修改。PowerPoint 提供了以下 5 种视图方式。① 幻灯片视图：在编辑区只显示当前幻灯片，主要用来对演示文稿中的每一张幻灯片进行详细设计和编辑。② 大纲视图：在该视图模式下，只显示演示文稿的文本内容，不显示图形、图像和图表等对象。③ 幻灯片浏览视图：在该视图下，按幻灯片序号顺序显示演示文稿中全部幻灯片的缩图，从而浏览整个演示文稿。④ 普通视图：左

半部是大纲视图；右半部的上面是幻灯片视图，下面是备注栏。⑤ 幻灯片放映视图：该视图模式用来动态放映演示文稿的全部幻灯片，页面视图不是 PowerPoint 的视图方式。故选 B 项。

8. 答案：C。【解析】信息技术是有关数据与信息的应用技术，其内容包括：数据信息的采集、表示、处理、安全、传输、交换、显现、管理、组织、存储、检索等。故选 C 项。

9. 答案：B。【解析】逻辑"与"一般用加号"+"或空格表示，使用逻辑"与"连接两个或两个以上关键词进行检索时，搜索结果中会同时出现所输入的关键词。故选 B 项。

10. 答案：B。【解析】计算机网络是指分布在不同地理位置上的具有独立功能的多个计算机系统通过通信设备和通信线路互联，并在网络软件的管理下实现数据传送和资源共享。因此，组成计算机网络的最大好处就是实现资源共享。计算机网络上的资源包括硬件资源、软件资源和数据资源，这些资源都可以供连接在网络上的计算机用户使用。故选 B 项。

11. 答案：D。【解析】多媒体技术是指利用计算机技术把文字、声音、图形和图像等多种媒体综合一体化，使它们建立逻辑联系，并能进行加工处理的技术。这里所说的"加工处理"主要是指对这些媒体的录入、对信息进行压缩和解压缩、存储、显示、传输等。故选 D 项。

12. 答案：C。【解析】制作多媒体课件的基本步骤为需求分析；确定制作工具；研究内容，设计脚本；准备素材；制作、调试课件；打包、发布课件。

13. 答案：B。【解析】在 PowerPoint 中，"格式"菜单中的"幻灯片版式"命令用来选择幻灯片的版式，可以改变某一张幻灯片的布局。

第二节　逻辑思维能力

主要知识点

1. 逻辑基本知识
2. 推理类型
3. 论证的组成及方法

一、概念

（一）什么是概念

所谓概念就是反映事物（对象）属性和范围的思维形式，是思维形式最基本的组成单位，也是构成命题、推理的要素。概念的表现形式就是词语，却并非所有词语都是概念，只有表达了一类事物的词语才能称为概念。

（二）概念的基本逻辑特征

内涵和外延是概念的两个基本逻辑特征。

概念的内涵，是指概念所反映的事物的特性或本质。例如，"商品"这个概念的内涵就是"用于交换的劳动产品"。

概念的外延，就是具有概念所反映的特有属性的事物。例如，"商品"这个概念的外延指具有商品这个概念内涵的，在市场上出售的所有商品。

概念的外延既然是一个范围，因此就可以用一条封闭的曲线来表示，曲线里面的就是一个概念的全部外延，称为"文氏图"。

（三）概念间关系

1. 全同关系

全同关系又称同一关系，它是两个概念外延完全重合的关系。如"等边三角形"与"等角三角形"、"《呐喊》的作者"与"鲁迅"等。

2. 真包含（于）关系

真包含关系是指两个概念外延部分重合的关系。a、b 两个概念，如果 a 概念的部分外延与 b 概念的全部外延相重合，那么 a、b 两个概念具有真包含关系，也称种属关系，读作 a 真包含 b 或 b 真包含于 a。 如"学生"与"小学生""电影"与"数码电影"等。

3. 交叉关系

交叉关系也是指两个概念的外延部分重合的关系。a、b 两个概念，如果 a 概念只有部分外延与 b 概念的外延相重合，而 b 概念也只有一部分外延与 a 概念的外延相重合，那么 a、b 两个概念间的关系就是交叉关系。如"党员"与"教师""医生"与"博士"等。

4. 全异关系

前面所讲的全同关系、真包含（于）关系和交叉关系都有一个共同点，那就是两个概念的外延至少有一部分相同。在逻辑中，通常将这些关系统称为相容关系。与相容关系相反的是不相容关系，也叫全异关系。

具有全异关系的两个概念的全部外延都不相同，完全没有重合部分。全异关系又存在两种情况：矛盾关系和反对关系。

（1）矛盾关系。

具有全异关系的两个概念 a 和 b，同时包含于它们的属概念 c 当中，如果 a 与 b 的外延之和等于 c 的全部外延，那么 a 与 b 具有矛盾关系，如"男人"与"女人"。

（2）反对关系。

具有全异关系的两个概念 a 和 b，同时包含于它们的属概念 c 当中，如果 a 与 b 的外延之和小于 c 的全部外延，那么 a 与 b 具有反对关系。如"老人"与"小孩"。

（四）概念间关系推理

前面我们已经介绍了几种概念间的关系类型，实际上对于一些简单命题，我们都可以用概念间的关系表示，同时结合文氏图法进行推理。

对考试中常出现的命题所表示的概念间关系总结如表 5-1 所示：

表 5-1　命题表示的概念间关系

真题再现 \\\\\

（2013 年幼儿园（小学、中学）真题）"数学家希尔伯特、华罗庚都是教育家"，由此可以推出的结论是（　　）。

A. 数学家都是教育家　　　　　　B. 有的数学家是教育家

C. 教育家都是数学家　　　　　　D. 教育家都不是数学家

答案：B。【解析】题干指出希尔伯特、华罗庚是教育家，据此可以推出有的数学家是教育家。但是不能推出"所有数学家"的情况，也不能推出"所有教育家"的情况。而 A 项说明的是"所有数学家"，C、D 说的是"所有教育家"，均不能判断真假。故本题选 B。

（五）概括和限制

具有种属关系概念的内涵与外延之间存在这样关系：内涵较少的概念外延较大，内涵较多的概念外延较小。如"学生"和"中学生"相比，前者内涵比后者少，其外延比后者大。"学生"和"人"相比，前者内涵比后者多，其外延比后者小。

1. 限制

限制是通过增加内涵，缩小外延，从属概念得到其种概念的逻辑方法，所以必须在有种属关系的概念之间进行。如"亚洲"不能限制为"东南亚"，因为两者不是种属关系。单独概念没有种概念，不能限制。如"螳螂"不能限制为"捕食的螳螂"。

2. 概括

概括是通过减少内涵，扩大外延，从种概念得到其属概念的逻辑方法。概括也必须在具有种属关系的概念间进行。如"草"能概括为"植物"，不能概括为"草原"。因为"草"和"植物"是种属关系，而"草"和"草原"是部分与整体的关系。最大类概念没有属概念，因而不能概括。如"事物"是最大类概念，不能概括。

真题再现 \\\\\

（2012 年下半年中学真题）下列选项中，对概念所做概括正确的一项是（　　）。

A. 将启明星概括为太白星　　　　B. 将火焰山概括为吐鲁番

C. 将中国文学概括为艺术哲学　　D. 将长篇小说概括为文学作品

答案：D。【解析】考查概念的概括。根据概括定义，A 项启明星和太白星是同一概念；B 项火焰山位于吐鲁番，它们之间不是种属关系；C 项艺术哲学属于哲学范畴，它与中国文学之间不是种属关系；D 项长篇小说和文学作品是种属关系，而且长篇小说属于文学作品中的一种，符合概括的定义。故选 D。

二、简单命题及其推理

（一）简单命题的分类

简单命题又称直言命题，是断定事物具有某种属性的命题。简单命题是句子结构最简单的命题，其各部分是不可分割的，且不再包含其他命题。例如① 地球是圆的；② 刘翔是奥运冠军。这两个例子就是两个简单命题。而"如果你认真学完这本书，你就能考上公务员"则不是简单命题，因为这个命题可以拆分为"你认真学完这本书"和"你能考上公务员"两个简单命题，它实际上是我们之后要学习的"复合命题"。

常见的简单命题主要有以下六种：

（1）全称肯定命题。

全称肯定命题是断定所有对象都具有某种性质的句子，其逻辑形式是"所有 S 都是 P"。如"所有人都会死"。

（2）全称否定命题。

全称否定命题是断定所有对象都不具有某种性质的句子，其逻辑形式是"所有 S 都不是 P"。如"所有孩子都没有哭"。

（3）特称肯定命题。

特称肯定命题是断定有的对象具有某种性质的句子，其逻辑形式是"有的 S 是 P"。如"有的学生是好学生"。

（4）特称否定命题。

特称否定命题是断定有的对象不具有某种性质的句子，其逻辑形式是"有的 S 不是 P"。如"有的学生不是好学生"。

（5）单称肯定命题。

单称肯定命题是断定特定的对象具有某种性质的句子，其逻辑形式是"某个 S 是 P"或"a 是 P"。如"刘翔是运动员"。

（6）单称否定命题。

单称否定命题是断定特定的对象不具有某种性质的句子，其逻辑形式是"某个 S 不是 P"或"a 不是 P"。如"小明不是北京人"。

真题再现

1.（2013 年上半年小学真题）下列选项中，与"李宁和刘翔是运动员"的判断类型相同的一项是（　　）。

  A. 孟菲和王芳是主持人　　　　　　　B. 孟春和李雪是同学

  C. 魏来和万青是夫妻　　　　　　　　D. 刘晓庆和邓婕是同乡

答案：A。【解析】考查命题的分类。题干中是一个复合命题，表示李宁是运动员且刘翔是运动员。选项 B、C、D 跟题干判断类型不同，都是对两人关系做了一个判断，只有选项 A 是表示两个判断的复合命题，故选 A。

2.（2013 年上半年幼儿园真题）下列选项中，与"曹操和曹植是父子"判断类型相同的是（　　）。

  A. 崔健和田震是歌手　　　　　　　　B. 王静和李霞是团员

  C. 徐超和周楠是战友　　　　　　　　D. 樊铃和李捷是医生

答案：C。【解析】考查命题的分类。题干是对两人之间关系做了一个判断的简单视频讲解命题。选项 A、B、D 跟题干判断类型不同，都是对两人分别做了判断的复合命题，只有 C 跟题干判断类型相同，是一个简单命题，故选 C。

3.（2013 年上半年中学真题）下列选项中，与"王静和李跃是军人"的判断类型不同的是（　　）。

  A. 舒婷和海子是诗人　　　　　　　　B. 张继科和王皓是冠军

  C. 王山和李强是战友　　　　　　　　D. 腾格尔和韩红是歌手

答案：C。【解析】考查命题的分类。题干中是一个复合命题，表示王静是军人且李跃是军人。选项 A、B、D 跟题干判断类型相同，都是表示了两个判断的复合命题，而 C 项是对两人的关系做了一个判断，是简单命题，故选 C。

（二）简单命题的真假

对简单命题我们是直接以事实为根据来判定其真假的。例如"有的动物已经灭绝了"这个命题符合事实，因此为真。

由于简单命题的真假是由其主项（S）和谓项（P）的关系决定的，因此具有相同的主项和谓项的简单命题之间在真假方面也存在着必然制约关系，这种关系就叫作简单命题之间的对当关系，主要包括矛盾关系、（上）反对关系、下反对关系和从属关系。根据对当关系，可以从一个命题的真假推断出与它具有相同主项和谓项命题的真假。下面分别介绍这几种关系及其推理。

1. 矛盾关系及其推理

具有矛盾关系的两个命题不能同真（必有一假），也不能同假（必有一真）。

不能同真，就是说当其中一个命题为真时，另一个命题必假；不能同假，就是说当其中一个命题为假时，另一个命题必真。

简单命题的六种类型恰好是三组矛盾关系：

"所有 S 是 P"与"有些 S 不是 P"；

"所有 S 不是 P"与"有些 S 是 P"；

"a 是 P"与"a 不是 P"。

如果两个命题具有矛盾关系，则称一个命题是另一个命题的矛盾命题。可以从一个简单命题为真推出其矛盾命题为假，也可以从一个简单命题为假推出其矛盾命题为真。

如"所有的人都去春游"和"有人不去春游"是两个相互矛盾的命题，如果"所有人都去春游"是真的，那么"有人不去春游"就一定是假的。

当直言命题前面加上"并非"时，为负直言命题，与原命题具有矛盾关系。因此，负直言命题与原命题的矛盾命题等值。即：

并非"所有 A 是 B"="有些 A 不是 B"；并非"有些 A 不是 B"="所有 A 是 B"。

并非"所有 A 不是 B"="有些 A 是 B"；并非"有些 A 是 B"="所有 A 不是 B"。

并非"a 是 B"="a 不是 B"；　　并非"a 不是 B"="a 是 B"。

这两种等值命题之间的转化规律可简记为："所有"和"有些"互换，"是"和"不是"互换。例如，并非"所有人都去春游"="有人不去春游"。

2. 反对关系及其推理

具有反对关系的两个命题不能同真（必有一假），但可以同假。

不能同真，就是说当一个命题为真时，另一个命题必定为假；可以同假就是说当其中一个命题为假时，另一个命题可真可假。

具有反对关系的命题主要有三组：

"所有 S 是 P"与"所有 S 不是 P"；

"所有 S 是 P"与"a 不是 P"；

"所有 S 不是 P"与"a 是 P"。

如"所有人都去春游"和"所有人都不去春游"是两个具有反对关系的命题。如果"所有人都去春游"这一命题是真的，那么"所有人都不去春游"就一定是假的；如果"所有人都去春游"这一命题是假的，那么"所有人都不去春游"可真可假。

3. 下反对关系及其推理

具有下反对关系的两个命题不能同假（必有一真），可以同真。

不能同假，就是说当一个命题为假时，另一个命题必然为真；可以同真，就是说当其中一个命题为真时，另一个命题即可真可假。

简单命题中具有下反对关系的命题也有三组：

"有些 S 是 P"与"有些 S 不是 P"；

"有些 S 是 P"与"a 不是 P"；

"有些 S 不是 P"与"a 是 P"。

如"有人去春游"和"有人不去春游"是两个具有下反对关系的命题。如果"有人去春游"这一命题是假的，那么"有人不去春游"就一定是真的；如果"有人去春游"这一命题是真的，那么"有人不去春游"的真假情况不能确定，可真可假。

4. 从属关系及其推理

具有从属关系的两个命题可以同真，也可以同假。

可以同真，就是说当全称命题为真时特称命题也为真，当特称命题真时全称命题的真假不能确定，即可真可假；可以同假，就是说当特称命题假时全称命题一定假，当全称命题假时特称命题的真假情况不能确定，即可真可假。具体如下：

所有 S 是 P→某个 S 是 P→有的 S 是 P；

所有 S 不是 P→某个 S 不是 P→有的 S 不是 P。

在真的方面，特称从属于全称，全称真则特称真；在假的方面，全称从属于特称，特称假则全称假。需要注意的是，这种推出关系是不可逆转的。如由"所有代表都参加会议"可以推出"有些代表参加了会议"；而由"有的代表参加了会议"并不能必然推出"所有代表都参加了会议"。

当题干出现多个命题，又给出其真假的个数时，可以通过分析这些命题之间存在的对当关系，再绕开具有对当关系的命题，判断其他命题的真假，从而得出答案。具体为"首先找矛盾，一真找下反对，一假找反对，都找不到则假设"。

真题再现

1.（2016 年上半年小学真题）下列选项中，能够由"李白是文人"和"李白不是商人"必然推出的是（　　）。

　　A. 有的文人是商人　　　　　　　　C. 有的商人是文人

　　B. 有的文人不是商人　　　　　　　D. 有的商人不是文人

答案：B。【解析】根据三段论的推理规则可以推出 B 项正确。由"有的不是"不能推出"有的是"，A、C 两项错误；"有的 A 不是 B"不能进行换位推理，D 项错误。

2.（2015 年下半年中学真题）国庆黄金周，小白和朋友们商量去外地旅游的事。小米说：如果不去绍兴，就去杭州吧。小黄说：如果不去杭州，就不去绍兴了。小刘说：咱们只去其中一处吧。小白据此提出的大家都能接受的意见是（　　）。

　　A. 另去他处　　　　　　　　　　　B. 两处都去

　　C. 只去绍兴　　　　　　　　　　　D. 只去杭州

答案：D。【解析】A、B 两项都不符合小刘的话，C 项不符合小黄的话，只有 D 项三人的话都满足。故答案选 D。

3.（2014 年上半年中学真题）猜糖果游戏中桌上放着黄绿蓝红色四个盒子，黄色盒子上写着：

糖果不在蓝盒中；绿色盒子上写着：糖果在红盒或黄盒中；蓝色盒子上写着：糖果在此盒中；红色盒子上写着：糖果在绿盒中；如果只有一只盒中装了糖果并且只有一只盒子上面写了真话，则装了糖果的盒子是（   ）。

    A．黄盒   B．绿盒   C．蓝盒   D．红盒

答案：C。【解析】只有一个盒子上写了真话，黄盒上写的糖果不在蓝盒中，与蓝盒上写的糖果在此盒中，两句话矛盾，可知两句话必然一真一假，可知绿盒和红盒上写的都是假话，那么糖果不在红盒、黄盒、绿盒中，那么糖果只能在蓝盒中。

4．（2014年上半年中学真题）某科室共有11人，如果"该科室所有的人都是四川人""该科室所有的人都不是四川人"和"该科室有的人不是四川人"中有一句是假话，则下列必然为真的一句话是（   ）。

    A．该科室科长是四川人   B．该科室科长不是四川人

    C．该科室只有1人是四川人   D．该科室只有1人不是四川人

答案：B。【解析】"该科室所有的人都是四川人"与"该科室有的人不是四川人"矛盾，两者必有一真一假，结合三句中有一句是假话，可知"该科室所有的人都不是四川人"为真，进而推出B项为真。故选B。

5．（2014年上半年幼儿园（小学）真题）某单位要评选一名优秀员工，群众评议推选出候选人赵、钱、孙、李。

赵说：小李业绩突出，当之无愧。

钱说：我个人意见，老孙是不二人选。

孙说：选小钱或者老赵我都赞成。

李说：各位做得更好，不能选我。

如果赵、钱、孙、李只有一个人的话与结果相符，则优秀员工是（   ）。

    A．赵   B．钱   C．孙   D．李

答案：D。【解析】"只有一人的话与结果相符"意思是只有一人的话为真，其他为假。从四人的话中可以看出赵与李的话是矛盾的，所以他们中有一个说的为真，钱、孙的话必为假，即优秀员工不能是孙、钱、赵，只能是李。

三、复合命题及其推理

复合命题是由两个或两个以上的简单命题通过一定的逻辑连接词结合而成的命题。组成复合命题的简单命题叫作肢命题。复合命题根据其逻辑连接词的不同性质可以分为联言命题、选言命题、假言命题和负命题四种。

（一）联言命题及其真假

联言命题是对几种事物情况同时加以断定的复合命题。如"前途是光明的，但道路是曲折的"。其一般形式为："p且q"，p和q分别是其两个肢命题。

联言命题的逻辑性质：当一个联言命题的全部肢命题都为真时，这个联言命题为真；当它的肢命题至少有一个为假时，这个联言命题为假。

（二）选言命题及其真假

选言命题是断定在几种事物情况中至少有一种情况存在的复合命题。如"或者你听错了，或者我说错了"。根据各个肢命题之间能否相容，将选言命题分为相容选言命题和不相容选言命题。相容选言命题的一般形式为"p或q"；不相容选言命题的一般形式为"要么p，要么q"。

相容选言命题的逻辑性质：一个相容选言命题要为真，至少有一肢命题为真；只有在所有的肢命题都为假时，这个相容选言命题才为假。

不相容选言命题的逻辑性质：一个不相容选言命题要为真，必须有且只能有一个肢命题为真；有几个为真或者全真、全假，这个不相容选言命题都是假的。

（三）假言命题及其真假

假言命题就是断定一事物情况是另一事物情况存在条件的命题。每个假言命题包括两个肢命题，其中表示条件的肢命题称作前件，表示结果的肢命题称作后件。如"如果银行降低存款利率，那么股票价格就会上升"。其中"银行降低存款利率"是前件，"股票价格会上升"是后件。根据断定事物情况存在条件的不同，将假言命题分为充分条件假言命题和必要条件假言命题。充分条件假言命题的一般形式为"如果 p，那么 q"，必要条件假言命题的一般形式为"只有 p，才 q"。

充分条件假言命题的逻辑性质：只有在"前件真且后件假"的情况下该命题为假，其他情况下都为真。

必要条件假言命题的逻辑性质：只有在"前件假且后件真"的情况下该命题为假，其他情况下都为真。

（四）负命题及其真假

负命题是由否定某一个命题而构成的命题。如"并非所有的人都是自私的"其一般形式为"并非 P"。

负命题的逻辑性质：负命题与其原命题是矛盾关系，即当原命题为真时其负命题为假，当原命题为假时其负命题为真。

以上命题的副命题分别如下：

并非"p 且 q"=非 p 或者非 q

并非"p 或 q"=非 p 并且非 q

并非"要么 p，要么 q"="非 p 且非 q"或者"p 且 q"

并非"如果 p，那么 q"=p 且非 q

并非"只有 p，才 q"=非 p 且 q

并非"并非 p"=p

真题再现

1.（2015 年下半年小学真题）下列选项中，与"植物不可能都是多年生的"意思相同的是（   ）。

　　A. 植物可能都不是多年生的　　　　　　B. 有的植物有可能是多年生的

　　C. 有的植物必然是多年生的　　　　　　D. 有的植物必然不是多年生的

答案：D。**【解析】**不可能都是=必然不都是=必然有些不是。根据"有些不是"不能推出"有些是"，排除 C 项。故答案选 D。

2.（2015 年上半年小学真题）下列选项中，与"没有理想的人生，就不是有意义的人生"意思相同的是（   ）。

　　A. 有理想的人生一定是有意义的人生

　　C. 没意义的人生一定是没理想的人生

　　B. 有理想的人生才会是有意义的人生

D. 有意义的人生未必是有理想的人生

答案：B。【解析】题干等值于没有理想的人生—不是有意义的人生，否后则否前，即有意义的人生—有理想的人生，D项错误；该句等值于"只有有理想的人生才是有意义的人生"，B项正确；肯后不能肯前，否前不能否后，A、C两项均错误。故答案选B。

3.（2015年上半年小学真题）小明面对某饭店大楼惊叹："啊，真高真漂亮啊！"爷爷说："只有学习好，才能住进这样的高楼。你可要好好学习啊！"小明调皮地说："那爷爷上学时一定没好好学习。"下列推导中，小明所使用的是（   ）。

    A. 好好学习，就能住进漂亮的高楼；爷爷没好好学习，所以没住进漂亮的高楼

    B. 不好好学习，就住不进漂亮高楼；爷爷没好好学习，所以爷爷没住进漂亮高楼

    C. 只有好好学习，才能住进漂亮高楼；爷爷没住进漂亮高楼，所以他没好好学习

    D. 不好好学习，就住不进漂亮高楼；爷爷住的是平房，所以他没有好好学习

答案：C。【解析】小明推导的结论是"爷爷没有好好学习"，而A、B项的结论是"爷爷没有住进漂亮高楼"，与小明的推导不符，排除A、B。小明根据目前爷爷没有住进漂亮高楼，最终推出了"爷爷没好好上学"的结论。C项与小明的推导思路相符，为正确答案。

4.（2015上半年中学真题）俗话说，"舍不得孩子套不住狼"。下列各项中，对此句理解不正确的是（   ）。

    A. 想套住狼，就要舍得孩子   B. 只要舍得孩子，就能套得住狼

    C. 舍得孩子，也许能套得住狼   D. 只有舍得孩子，才能套得住狼

答案：B。【解析】题干的形式可以写成：套住狼→舍得孩子，A、D与题干一致。B、C项，舍得孩子，能否套得住狼是不确定的，所以C项理解正确，B项理解错误。故选择B项。

5.（2014年上半年幼儿园（小学）真题）下列句子中，对"不夸己能，不扬人恶，自然能化敌为友"理解正确的是（   ）。

    A. 要想化敌为友，就要不夸己能且不扬人恶

    B. 不想化敌为友，就可以既夸己能又扬人恶

    C. 没能化敌为友则没能不夸己能或不扬人恶

    D. 能够化敌为友，则能够不夸己能或不扬人恶

答案：C。【解析】题干是前件为联言命题的充分条件假言命题，否定后件则否定前件，即没能化敌为友则没能不夸己能或不扬人恶，C项正确。故答案选C。

6.（2013年下半年幼儿园（小学、中学）真题）"我要是谈了我朋友的隐私，他准会大发脾气；我朋友没有大发脾气"，由此可以推出的结论是（   ）。

    A. 我朋友是个温和的人   B. 我朋友为人挺不错

    C. 我谈了我朋友的隐私   D. 我没有谈我朋友的隐私

答案：D。【解析】题干是一个充分条件假言命题，可以写成"谈朋友隐私—发脾气"的形式，并且现在朋友没有发脾气。根据充分条件假言命题的推理规则否后推否前可以得到"没有谈朋友的隐私"。故本题选D。

7.（2013年幼儿园（小学）真题）下列选项中，对"这种商品并非既物美又价廉"的理解，正确的一项是（   ）。

    A. 这种商品物美，或者这种商品价廉

    B. 这种商品物不美，或者这种商品价不廉

    C. 这种商品物不美，但这种商品价廉

    D. 这种商品物美，而且这种商品价廉

答案：B。【解析】本题考查联言命题的负命题。题干为"并非物美且价廉"即求"物美且

价廉"的矛盾，联言命题可用"A 且 B"的形式表示，那其矛盾是"非 A 或非 B"，故选 B。

8.（2013 年上半年中学真题）下列句子中，对"并非'清者自清，浊者自浊'"理解正确的是（　　）。

A. 或者清者没自清，或者浊者没自浊

B. 不但清者没自清，而且浊者没自浊

C. 虽然清者已自清，但浊者没能自浊

D. 尽管清者没自清，但浊者已经自浊

答案：A。【解析】本题考查联言命题的负命题。题干为并非"清者自清且浊者自浊"即求"清者自清且浊者自浊"的矛盾，联言命题可用"A 且 B"的形式表示，那其矛盾是"非 A 或非 B"，故选 A。

四、智力推理

（一）智力推理常用解题方法

智力推理类题目要求考生通过题干给出的各种条件及其相互关系进行推理，从而得出结论。智力推理题主要考查考生以下三个方面的能力（图 5-6）：

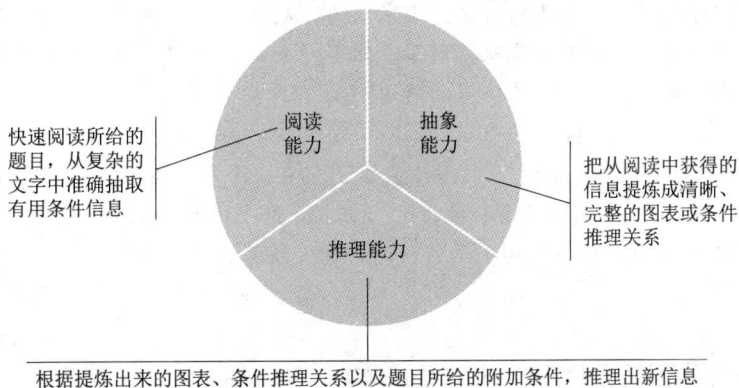

图 5-6　考查三方面的能力

根据提炼出来的图表、条件推理关系以及题目所给的附加条件，推理出新信息。

解答智力推理题不需要专业逻辑知识，只需要根据题目所给的条件进行适当的推理。因此，智力推理类题目其实并不难，关键是要掌握解答这类题目的常用方法和一些固定题型的快速解题思路。

解答智力推理类题目的常用方法有以下五种：排除法、代入法、假设法、找突破口法、图表法。

1. 排除法

排除法是大家都很熟悉的一种方法，即根据题干的条件来排除不符合题意的选项。其应用范围极广，在所有题目中都可以考虑优先使用。尤其当题干给出条件众多，且条件均非常确定时，使用排除法能快速排除一些选项甚至直接得出答案。

真题再现

1.（2014 年下半年小学真题）某酒店相邻的 1、3、5、7 号房间内分别住着国籍为英、法、德、俄的4位专家。俄国专家说："我的房间号比德国人的大，我只会俄语，我的邻居不会俄语。"英国专家说："除了英语，我还会俄语，但我只能跟一位邻居交流。"德国专家说："我会英、法、德、俄4种语言。"下列关于专家房间由小到大的排序，正确的是（　　）。

 A. 英国、德国、俄国、法国   B. 法国、英国、德国、俄国

 C. 德国、英国、法国、俄国   D. 德国、英国、俄国、法国

答案：C。【解析】根据题干俄国人和英国人的话，可以判断英国和俄国不能相邻，故排除D项。由于俄国人的邻居不能说俄语，而德国人会说俄语，所以俄国和德国不相邻，排除A、B选项。故选择C项。

2. 代入法

代入法就是将选项代入题干进行验证的方法，如果不会产生矛盾，则该选项正确；反之，则该选项错误。当选项比较简单且确定，易于代入验证时，可使用代入法。需要注意的是，当选项中存在"不能确定"的选项时，该方法慎用。

考题预测

田径场上正在进行100米决赛，参加决赛的是A、B、C、D、E、F六个人。赛前，小李、小张、小王对谁会取得冠军谈了自己的看法：小张认为，冠军不是A就是B；小王坚信，冠军绝不是C；小李则认为，D、F都不可能取得冠军。比赛结束后，人们发现三个人中只有一个人的看法是正确的。由此推断，谁是100米决赛的冠军？（　　）

A. A   B. B   C. C   D. E

答案：C。【解析】题干给出三个人的看法且说明只有一个人的看法正确。假设A项或B项正确，则三人的话都为真，均不符合题意；假设C项正确，则小张和小王的话为假，小李的话为真，符合题意；假设D项正确，则小王和小李的话均为真。故答案选C。

3. 假设法

假设法，就是假设某个条件正确，根据假设来进一步推导的方法。如果假设没有推导出矛盾，则假设正确；反之，则假设错误。假设法多用于题干条件存在多种不确定的情况，不能直接推理的题目。有些使用假设法的题目也能使用代入法。

考题预测

甲、乙、丙、丁、戊分别住在同一个小区的1、2、3、4、5号房子内。现已知：① 甲与乙不是邻居。② 乙的房号比丁小。③ 丙住的房号数是双数。④ 甲的房号比戊大3号。

根据上述条件，丁所住的房号是（　　）。

A. 2号   B. 3号   C. 4号   D. 5号

答案：B。【解析】题干只有③和④可以进行假设。由④可知甲的房号只能是4或5。假设甲为4号，则戊为1号；由③可知丙只能是2号，由①可知乙只能为1号，矛盾；因此甲只能为5号，则戊为2号，丙为4号，再根据② 可知乙为1号，丁为3号，符合题意。故答案选B。

4. 找突破口法

找突破口法就是快速找到解题切入点的方法。通常当题干存在某个比较特殊的条件或者存在

某个对象（条件）被反复提及时，这个（些）条件往往就是解题的突破口。

考题预测

甲、乙、丙、丁四人的车分别为白色、银色、蓝色和红色。在问到他们各自车的颜色时，甲说："乙的车不是白色的。"乙说："丙的车是红色的。"丙说："丁的车不是蓝色的。"丁说："甲、乙、丙三人中有一个人的车是红色的，而且只有这个人说的是实话。"

如果丁说的是实话，那么以下说法正确的是（　　）。

A. 甲的车是白色的，乙的车是银色的　　　　B. 乙的车是蓝色的，丙的车是红色的

C. 丙的车是白色的，丁的车是蓝色的　　　　D. 丁的车是银色的，甲的车是红色的

答案：C。【解析】通过阅读题干内容可知，本题要求根据四人所说的话来判断车的颜色的对应关系。

由提问可知丁说的话是实话，即"说实话的人的车是红色的，且甲、乙、丙三人中只有一人说实话"。再观察甲、乙、丙的话，发现只有乙的话中提到了红色，可以此作为突破口。

显然，乙不可能说实话，否则乙和丙的车都是红色的，不符合题意；可知丙的车不是红色的，那么丙说的也不是实话，则丁的车是蓝色的。所以说实话的是甲，甲的车是红色的。由甲的话"乙的车不是白色的"是实话，可知乙的车是银色的，则丙的车是白色的。故答案选C。

5. 图表法

图表法就是通过表格或图将元素之间的关系表示出来的方法。当主要元素只有两类时，通常可以用表格表示，当主要元素超过两类或者需要表现出位置关系时，通常可以画图表示。

真题再现

（2015年下半年小学真题）甲、乙、丙分别是北京、上海、重庆人，分别学习金融、法律、外语。已知：① 乙是重庆人；② 学外语的是北京人；③ 学金融的不是上海人；④ 甲不学金融，丙不学外语。下列推断完全正确的是（　　）。

A. 甲是上海人，学法律　　　　　　　　　　B. 甲是北京人，学外语

C. 丙是北京人，学外语　　　　　　　　　　D. 丙是上海人，学金融

答案：B。【解析】本题考查逻辑推理。题干中有三种元素，可考虑画图表示，如：

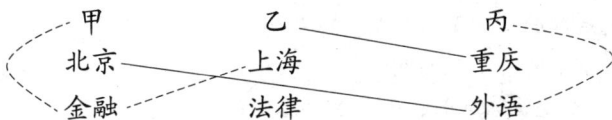

实线代表对应，虚线代表不对应。由上图可知，丙不是北京人，因为乙也不是北京人，得出甲是北京人，学外语，B项正确。进而可知，乙是重庆人，学金融，丙是上海人，学法律。故答案选B。

以上是智力推理常用的几种解题方法，一道智力推理题目并非只能用其中的一种方法，一道题目可以同时运用多种方法来解题。针对不同题目可以边假设，边代入，边排除；也可以先找到突破口，再结合条件进行假设；更可以边列表，边找突破口，边排除，等等。总之，几种方法可

以随意组合使用，针对具体题目灵活运用。

（二）智力推理题型精讲

1. 真假型

题型特点：题干给出几句对话或几个命题，并指出其中的真假话数量，但并没有指出哪个是真，哪个是假，且命题间并不存在明显的对当关系，要求根据题干对话进行推理。这类题目与考查直言命题对当关系的题目看起来很相似，但却无法运用必然性推理知识进行解题。

解题方法：假设法、代入法。

真题再现

（2015年上半年中学真题）班里要推选1位同学到校迎新晚会上表演。班长征询同学们的意见。

小王说：小刘很有艺术细胞，小刘合适。

小白说：小张是舞林高手，小张最合适。

小刘说：小白唱歌非常好，小白也合适。

小张说：小白过奖了，小白或小刘都合适。

如果只有1个人的话与推选结果相符，则推选出来的同学是（　　　）。

A. 小王　　　　　B. 小张　　　　　C. 小刘　　　　　D. 小白

答案：B。【解析】本题考查真假话问题。

小王：小刘。

小白：小张。

小刘：小白。

小张：小白或小刘。

假如小王说真话，则小张说真话，所以小王说假话；假如小刘说真话，则小张说真话，所以小刘说假话；假如小张说真话，则小王或小刘至少有一人说真话，也会导致有两人说的话与结果相符，与题干的"只有1个人的话与推选结果相符"不符，故小张也说假话，小白说真话，则推选出来的同学是小张。故选择B项。

考题预测

甲、乙、丙三人来自学校足球队、乒乓球队、篮球队。下列说法只有一种是对的：（1）甲是足球队的；（2）乙不是足球队的；（3）丙不是篮球队的。

甲、乙、丙三人分别是哪一个队的？（　　　）

A. 甲是足球队的，乙是篮球队的，丙是乒乓球队的

B. 甲是篮球队的，乙是足球队的，丙是乒乓球队的

C. 甲是乒乓球队的，乙是足球队的，丙是篮球队的

D. 甲是乒乓球队的，乙是篮球队的，丙是足球队的

答案：B。【解析】已知三种说法只有一种为真，但其中并不存在对当关系，可使用假设法或代入法。

假设法：假设（1）正确，则（2）、（3）错误，那么乙也是足球队的，不符合题意；假设（2）正确，则（1）、（3）错误，那么丙是篮球队的，甲和乙都是乒乓球队的，不符合题意。所以（1）、（2）错误，（3）正确，那么乙是足球队的，丙是乒乓球队的，甲是篮球队的。故答案选B。

代入法：将 A 项代入，三种说法都为真，不符合题意；将 B 项代入，只有（3）为真，符合题意。答案选 B。

2. 排序型

排序型题目的题干给出多个确定条件，只涉及了一类元素，但这些元素存在位置上的次序关系或者数量、程度的比较关系等。根据排序对象的不同，可以将排序型题目分为比较排序型和位置排序型两种。下面将分别介绍这两种排序型题目的题型特点和解题方法。

（1）比较排序型。

题型特点：题干涉及各个元素之间的大小、数量或程度上的比较关系，要求对这种比较关系进行排序。

解题方法：解答比较排序型题目，可首先用"＞""＝""＜"等数学符号直观地将已知条件体现出来，然后进行推理。解题时需注意：

① 当存在"≥"或"≤"号时，注意文字描述的区别。

② 有些题目会给出不相关的比较，解题时一定要分清楚，不要混淆概念。

真题再现

（2014 年下半年中学真题）爸爸询问青青所喜欢的学科。她调皮地说："我不像喜欢英语那样喜欢语文，也不像喜欢化学那样喜欢物理；不像喜欢语文那样喜欢化学，也不像喜欢数学那样喜欢英语。"下列学科，依青青喜好的程度，由高到低排序正确的是（　　）。

A. 数学　英语　语文　化学　物理
B. 数学　语文　英语　物理　化学
C. 语文　英语　数学　化学　物理
D. 语文　数学　英语　物理　化学

答案：A。【解析】根据青青的话，她喜欢的学科可以写为：英语＞语文；化学＞物理；语文＞化学；数学＞英语。据此可以推出，青青喜欢科目的程度从高到低的排序为：数学＞英语＞语文＞化学＞物理。故选择 A 项。

（2）位置排序型。

题型特点：题干涉及各个元素之间的位置关系，这个位置可能是线形的也可能是环形的，要求对这种位置关系进行排序。

解题方法：排除法、图表法、假设法。

位置排序型题目的解题方法与时间排序型类似，选项涉及多个元素的可以直接排除；选项仅涉及单个元素的可通过具有相邻关系或者可确定位置元素出发进行推理，得出答案。同时需要注意环形与线形位置关系的不同特点，综合考虑多种可能情况，必要时也可进行适当假设。

真题再现

（2014 年下半年幼儿园真题）花坛中种了牡丹、海棠、月季和芍药各一排花，已知，牡丹花在中间的两排中，芍药花和海棠花不相邻，海棠花不在第一排，下列关于四种花由前到后的排序正确的是（　　）。

A. 芍药、月季、海棠、牡丹   B. 月季、牡丹、海棠、芍药

C. 芍药、月季、牡丹、海棠   D. 海棠、牡丹、月季、芍药

答案：C。【解析】根据题干"牡丹花在中间的两排中"，可以排除 A 项。根据"芍药花和海棠花不相邻"，可以排除 B 项。根据"海棠花不在第一排"，可以排除 D 项。故选择 C 项。

3. 匹配型

匹配型题目的题干给出多个确定条件，所涉及的事物包含两类或两类以上的元素，且这些元素之间存在对应关系，要求根据题干给出的条件对题干元素进行匹配，找出其对应关系。

根据题目中所涉及元素数目的不同，可以分为两类元素型和多类元素型。部分匹配型题目还会有一类元素之间存在顺序关系，是排序和匹配型题目的结合，可称为排序匹配型题目。匹配型题目在解题方法上与排序型题目类似，均常用排除法和图表法。下面详细介绍不同匹配型题目的解题方法。

（1）两类元素型。

题型特点：题干涉及两类元素，要求推断它们之间的对应关系。

解题方法：排除法、图表法。

解答两类元素型题目，可以由能够进一步推理的条件出发进行推理，或者直接根据选项（选项涉及多个元素时）进行排除。当关系比较复杂时，可以画图表辅助解题。

考题预测

孔、庄、杨三人是某个单位的处长、副处长和科长。可以确定的是：庄至今尚未去过长江村调研；杨虽未去过长江村，但是他就调研这件事曾与处长商量过；科长曾去长江村调研多次，写过专门的调查报告。

据此，可以推断担任处长、副处长和科长职务的人依次分别是（   ）。

A. 孔、杨、庄   B. 庄、杨、孔

C. 杨、庄、孔   D. 孔、庄、扬

答案：B。【解析】由"庄未去过""杨未去过"和"科长曾去"可知，庄和杨都不是科长，则孔是科长；再由"杨曾与处长商量过"可知杨不是处长，所以杨是副处长，庄是处长。故答案选 B。

（2）多类元素型。

题型特点：题干涉及 H 类或以上元素，要求判断这些元素之间的对应关系。

解题方法：图表法、排除法。

考题预测

夏燕、贾枢和郑薇三个同学一起去旅游。为了照相方便，每个人拿的是同学的相机，背的是另一个同学的包。如果背着郑薇包的人拿的是贾枢的相机，那么以下哪项为真？（   ）

A. 贾枢拿的是郑薇的相机   B. 郑薇拿的是贾枢的相机

C. 郑薇背着夏燕的包   D. 贾枢背着郑薇的包

答案：A。【解析】此题涉及人物、包和相机三类元素，由于"每个人拿的是同学的相机，背的是另一个同学的包"，根据这一特殊性，结合已知条件，可直接进行推理。

由已知条件可知，"背着郑薇包拿的是贾枢的相机"的人是夏燕，则郑薇拿的是夏燕的相机背

的是贾枢的包，贾枢拿的是郑薇的相机背的是夏燕的包。故答案选 A。

（3）排序匹配型。

题型特点：题干涉及多类元素，且一类元素之间存在大小顺序关系，要求判断各类元素之间的对应关系。该题型结合了排序和匹配两方面，是近年来最常见的智力推理考点之一。

解题方法：找突破口法。

由于自己不能与自己进行对比，且具有大小顺序，所以在解排序匹配型题目时，应该以排序的条件作为突破口，通过排序的条件来判断部分元素之间的对应关系，进而结合其他条件得出答案。

真题再现

（2015 上半年幼儿园真题）小王、小赵和小李的艺术专长分别为小提琴、二胡和古筝。已知：小王比小赵年龄大，小李比弹古筝的年龄小，拉小提琴的年龄最大。根据上述条件，可以确定的是（　　）。

A. 小王拉小提琴，小赵弹古筝，小李拉二胡
B. 小王拉二胡，小赵拉小提琴，小李弹古筝
C. 小王拉小提琴，小赵拉二胡，小李弹古筝
D. 小王弹古筝，小赵拉小提琴，小李拉二胡

答案：A。【解析】根据题干"小李比弹古筝的年龄小，拉小提琴的年龄最大"，可以推出：小李的专长不是古筝，小李的专长不是小提琴，小李的专长只能是二胡。根据题干"小王比小赵年龄大，拉小提琴的年龄最大"，可以推出：小王的专长是小提琴。综上推出：小赵的专长是古筝。故选择 A 项。

五、类比推理

解答类比推理题，找准词项之间的相似性是关键。考试中常见的词项间的关系包括两种：逻辑关系和言语关系。

（一）逻辑关系

类比推理中所涉及的逻辑关系主要可以从两方面考虑，一是词项所代表的概念之间的集合关系，二是词项所代表的事件之间的逻辑联系。其中，集合关系是考试重点。

1. 集合关系

集合关系即概念间关系，主要有全同、包含、交叉、全异四种，具体如表 5-2 所示。

表 5-2　集合关系

集合关系	示例
全同关系	① 山东：鲁；② 马铃薯：土豆；③ 杜甫：诗圣；④ 罗曼蒂克：浪漫
包含关系	① 香蕉：水果；② 仙人掌：植物；③ 书包：背带；④ 扣子：衣服
交叉关系	① 明星：本科生；② 食物：植物；③ 党员：干部；④ 学生：青年
全异关系	① 实数：木耳；② 鲸鱼：鱼；③ 雨伞：雨衣；④ 耶鲁大学：牛津大学

其中全异关系又主要以并列关系的形式来进行考查，如上表中的③ 雨伞：雨衣、④ 耶鲁大学：牛津大学就是并列关系。

易错点：种属关系和组成关系的区别。

种属关系与组成关系同属于包含关系，但两者之间略有区别。

种属关系是指种概念与属概念之间的关系，可表示为：A 是 B 的一种。例如，熊猫：动物。

组成关系是指部分与整体之间的关系，可表示为：A 是 B 的一部分。例如，鼠标：电脑。

考题预测

1.（2016 年下半年小学真题）下列选项中，与"绿叶菜—菠菜"逻辑关系相同的是（　　　）。

    A. 西红柿—番茄　　　　　　　　　B. 萝卜—白萝卜

    C. 大白菜—白菜　　　　　　　　　D. 花菜—黄花菜

答案：B。【解析】"绿叶菜—菠菜"的关系是包含关系，只有 B 选项属于包含关系。A 选项属于全同关系；C 选项属于全同关系；D 选项属于全异关系。

2.（2015 年下半年幼儿园真题）下列选项中，与"书法家—画家"逻辑关系相同的是（　　　）。

    A. 童星—明星　　　　　　　　　　B. 党员—教师

    C. 军人—军官　　　　　　　　　　D. 幼儿—青年

答案：B。【解析】书法家和画家是交叉关系，党员和教师也是交叉关系。A 项童星属于明星，C 项军官属于军人，两者是包含关系；D 项是全异关系。故答案选 B。

3.（2015 上半年幼儿园真题）下列选项中，与"青岛—珠海"逻辑关系相同的是（　　　）。

    A. 新疆—边疆　　　　　　　　　　B. 大象—老鼠

    C. 植物—水仙　　　　　　　　　　D. 西瓜—水果

答案：B。【解析】本题考查并列关系。青岛和珠海是城市名称，并列关系；B 项，大象和老鼠都是动物，并列关系，与题干关系一致。故选择 B 项。

4.（2014 年下半年幼儿园真题）下列选项中与"砚台—端砚"逻辑关系一致的是（　　　）。

    A. 北京—故宫　　　　　　　　　　B. 拉萨—西藏

    C. 苹果—水果　　　　　　　　　　D. 文具—钢笔

答案：D。【解析】本题考查包含关系。砚台包含端砚、歙砚、洮河砚等。D 项，文具包含钢笔。故选择 D 项。

2. 逻辑联系

逻辑联系主要包括条件关系、因果关系、顺承关系和目的关系四种，具体如表 5-3 所示。

表 5-3　逻辑联系

逻辑联系	含义	示　例
条件关系	A 是 B 的充分/必要条件	① 登记：结婚；② 入虎穴：得虎子；③ 消毒：手术；④ 摩擦：生热
因果关系	A 是 B 的原因，或 A 导致 B	① 酒驾：车祸；② 自满：失败；③ 洪水：饥荒；④ 地震：伤亡
顺承关系	A 与 B 存在时间先后顺序	① 生产：销售；② 登高：望远；③ 诉讼：裁判
目的关系	A 是 B 的目的/B 是 A 的手段	① 广告：宣传；② 节食：减肥；③ 爬山：锻炼

考题预测

1. 和兵马：粮草的类比关系一致的是：（　　）。

A. 工人：工资　　　　B. 植物：雨水　　　　C. 电视：遥控器　　　　D. 发动机：燃油

答案：D。【解析】有了粮草兵马才能发挥作用；有了燃油发动机才能发挥作用。后者是前者的必要条件。B 项植物需要水，但并不一定是雨水。故答案选 D。

2. 和报警：救援的类比关系一致的是：（　　）。

A. 毕业：就业　　　　B. 违章：罚款　　　　C. 手术：住院　　　　D. 消费：生产

答案：B。【解析】先报警之后被救援，先违章之后被罚款。A 项顺序虽然正确，但救援和罚款都是被动的，而就业则是主动的，与题干略有不同。故答案选 B。

（二）言语关系

类比推理对言语关系的考查主要包括两方面：一是从词项本身的含义入手，即语义关系；二是从词项语法构成方面入手，即语法关系。其中语义关系是考试的重点。

1. 语义关系

语义关系主要有近义关系、反义关系、象征关系三种，具体如表 5-4 所示。

表 5-4　语义关系

语义关系	示　　例
近义关系	① 照料：照顾；② 慷慨：大方；③ 水落石出：真相大白；④ 信任：相信
反义关系	① 拒绝：同意；② 高：矮；③ 全神贯注：心不在焉；④ 真：假
象征关系	① 鸽子：和平；② 凤凰：吉祥；③ 狗：忠诚；④ 蓝色：忧郁

考题预测

和创新：僵化的类比关系一致的是：（　　）。

A. 开放：闭塞　　　　B. 发展：前进　　　　C. 计划：秩序　　　　D. 革新：失败

答案：A。【解析】创新和僵化属于反义词关系，A 项开放和闭塞也属于反义词关系。故答案选 A。

2. 语法关系

语法关系，指词项在语法构成方面的关系，主要包括主谓结构、动宾结构、并列结构、修饰关系四种，具体如表 5-5 所示。

表 5-5　语法关系

语法关系	示　　例
主谓结构	① 阳光：明媚；② 青蛙：跳跃；③ 愚公：移山；④ 夜郎：自大
动宾结构	① 投掷：铅球；② 安排：工作；③ 保持：安静；④ 面对：困境
并列结构	① 甜言：蜜语；② 咬文：嚼字；③ 取长：补短；④ 同甘：共苦
修饰关系	① 大步流星：走路；② 精彩：电影；③ 茂盛：植物；④ 激情：演讲

考题预测

和邀请：拒绝：接受的类比关系一致的是（   ）。

A. 问候：咒骂：感谢   B. 道歉：真诚：虚伪

C. 威胁：妥协：报警   D. 建议：反对：接纳

答案：D。【解析】动宾结构。拒绝或接受邀请；反对或接纳建议。B 项是修饰关系。故答案选 D。

六、图形推理

图形推理有助于拓展个人思维，是形象推理的重要形式。在近年的综合素质真题中，开始出现一些简单的图形推理题目，考查题型和规律比较常见，整体难度不大，下面介绍几类常见考点。

（一）位置类考点

1. 相对位置

考查相对位置时给出的图形一般含有多个构成部分，且构成部分之间具有一定的位置关系。

2. 移动、旋转、翻转

给出图形的显著特点是所有图形的构成元素完全相同，只是所处位置不同。

（二）数量类考点

1. 点

点是指线条相交形成的交点，主要有四种类型：十字交叉点、T 字交叉点、切点、接触点。考试中主要涉及两方面：一是考查各类交点总数；二是当图形由内外两个图形组成时，考查接触点的数量。

2. 线

考试中主要考查图形中的直线数、曲线数以及线条总数。

3. 角

直线与直线相交形成角，图形推理中会单独考查直角、锐角、钝角的数量，也会考查图形中这三种角的数量之和。

4. 面

与面相关的考点：封闭区域、面积、立体图形中面的个数。

5. 素

素是指图形的构成元素，主要有元素种类数、同种构成元素的个数、图形部分数等考点。

（三）结构类考点

1. 对称性

如果一个图形轴对称或者中心对称，我们就称这个图形对称。

2. 曲直性

曲直性描述的是一个图形的线条构成特点，如直线构成、曲线构成、直曲线混合构成等。

3. 封闭性

直观来说，封闭图形就是边缘由封闭线条围成的图形，否则，就是一个开放图形。

（四）叠加类考点

此类图形推理题目的考查特点是其部分结构相同，但不完全相同，主要包括去同存异、去异存同等考点。

真题再现 ///

1.（2016年下半年小学真题）下列选项中，最适合填在问号处，从而使图形序列呈现一定规律的是（　　）。

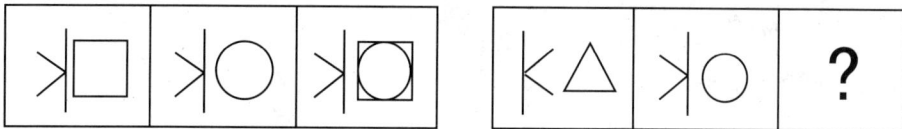

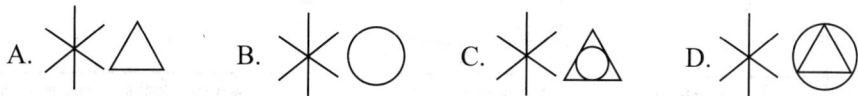

A. *△　　B. *○　　C. *△(○)　　D. *○

答案：C。【解析】第一个图形和第二个图形重叠之后得到第三个图形。

2.（2014年下半年小学真题）下列选项中，与例图的四个图形有相同规律的是（　　）。

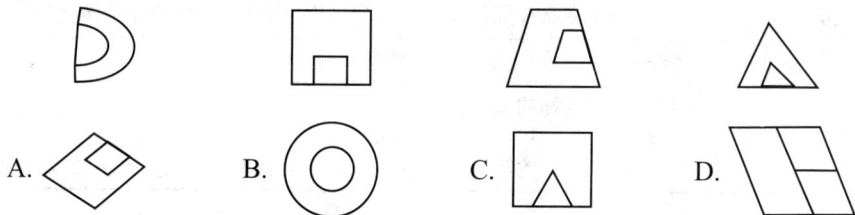

A. ◇(□)　　B. ○(○)　　C. △　　D. ▱

答案：A。【解析】内外两图形一样，并且外部与内部有一条线相连。故选择A项。

七、数字推理

数字推理的题目，一般情况下，题干是一个数列，但是缺少一项或两项，要求观察各项之间的关系，确定其中的规律，选择符合条件的选项。在近年的综合素质真题中，开始出现一些简单的数字推理题目，整体难度不大，下面介绍几类常见的考点。

（一）等差数列及其变式

具体如表5-6所示。

表5-6　等差数列及其变式

等差数列 基本形式	1. 等差数列：一个数列从第二项起，每一项与前一项的差等于同一个常数
	2. 二级等差数列：一次作差后得到的差数列是等差数列的称为二级等差数列
	3. 三级等差数列：两次作差后得到的差数列是等差数列的称为三级等差数列
等差数列变式	1. 作差（或持续作差）得到其他基本数列或其变式
	2. 包含减法运算的递推数列，主要包含两种基本形式，其一是两项分别变换后相减得到第三项，其二是两项相减后再变换得到第三项
等差数列特征归纳	1. 数项特征不明显，含有0或质数
	2. 单调增减或增减交替

真题再现

（2016 年上半年小学真题）找规律填数字是一项有趣的活动，特别锻炼观察和思考能力。下列选项中，填入数列"1、6、5、9、12、（ ）"空缺处的数字，正确的是（ ）。

A. 13　　　　　　　B. 15　　　　　　　C. 17　　　　　　　D. 19

答案：D。【解析】前两位数字之和减 2 得到后一位数：1+6-2=5；6+5-2=9；5+9-2=12；9+12-2=19。

（二）等比数列及其变式

具体如表 5-7 所示。

表 5-7　等比数列及其变式

等比数列基本形式	1. 等比数列：从第二项起，每一项与它前面一项的比等于同一个非零常数
	2. 二级等比数列：通过一次作商得到等比数列，称原数列为二级等比数列
	3. 三级等比数列：通过两次作商得到等比数列，称原数列为三级等比数列
等比数列变式	1. 通过一次作商得到其他基本数列，称原数列为二级等比数列变式
	2. 前一项的倍数+常数（基本数列）=后一项
等比数列特征归纳	1. 数项具有良好的整除性 2. 递增（减）趋势明显，会出现先增后减的情况 3. 具有递推关系的等比数列变式可通过估算相邻项间大致倍数反推规律

（三）和数列及其变式

具体如表 5-8 所示。

表 5-8　和数列及其变式

和数列基本形式	1. 两项和数列：数列从第三项开始，每一项等于它前面两项之和
	2. 三项和数列：数列从第四项开始，每一项等于它前面三项之和
	1. 作和后得到其他基本数列或其变式
和数列变式	2. 存在加法运算的递推规律数列，算是比较常见的和数列变式，如： （第一项+第二项）×常数（基本数列）=第三项 第一项+第二项+常数（基本数列）=第三项 第一项×常数+第二项×常数=第三项
和数列特征归纳	1. 数项偏小 2. 数列整体趋势不明朗 3. 递推规律宜从大数入手构造

真题再现

（2015 年下半年中学真题）找规律填数字是一种有趣的游戏，特别锻炼观察和思考能力，下列各组数字，填入数列"1、3、7、13、23、□、□、107"空缺处，正确的是（ ）。

A. 28 57　　　　　　B. 29 61　　　　　　C. 37 59　　　　　　D. 39 65

答案：D。【解析】前两位数之和加 3 得到后一位数：13+23+3=39；23+39+3=65；39+65+3=107。

（四）积数列及其变式

具体如表 5–9 所示。

表 5–9　积数列及其变式

积数列基本形式	1. 两项积数列：数列从第三项开始，每一项等于它前面两项之积
	2. 三项积数列：数列从第四项开始，每一项等于它前面三项之积，考查较少
积数列变式	1. 两项积+常数（基本数列）=第三项
	2. 两项积构成基本数列
积数列特征归纳	1. 两项积数列通常表现为 1，A，A……
	2. 数列递增（减）趋势明显

高频考点训练

1. 以下能驳倒"他既会弹钢琴，也会弹吉他"的有（　　）。

① 他会弹吉他，但不会弹钢琴；② 他会弹钢琴，但不会弹吉他；③ 他既不会弹钢琴也不会弹吉他；④ 他或者不会弹钢琴或者不会弹吉他；⑤ 如果他不会弹钢琴那么他也不会弹吉他

A. 2 项　　　　　B. 3 项　　　　　C. 4 项　　　　　D. 5 项

2. 如果"只有你去比赛，我才去观战"为真判断，则下列为假命题的一项是（　　）。

A. 你去比赛，我去观战　　　　　B. 你不去比赛，我也不去观战

C. 你去比赛，我不一定去观战　　D. 你不去比赛，我去观战

3. "若李老师和刘老师参加培训，则张老师也参加培训"，要由此推出"李老师没参加培训"，需增加的一项是（　　）。

A. 张老师没参加培训　　　　　　B. 张老师参加了培训

C. 刘老师参加了培训，张老师没参加　　D. 刘老师和张老师都没参加培训

4. 甲专家针对我国国内的煤炭市场结构供大于求的局面，提出："要么限产以保价，要么降价。"乙说："我不同意。"

如果乙坚持自己的意见，那么以下哪项断定，乙在逻辑上必须同意？（　　）

A. 限产来保价但不降价

B. 如果既不限产来保价也不降价不行的话，就必须既限产又降价

C. 既限产又降价

D. 降价但不限产来保价

5. 有 A、B、C、D 外表一样、重量不同的四个小球。已知：A+B=C+D；A+D＞B+C；A+C＜B。则这四个球由重到轻的排列顺序是（　　）。

A. D＞B＞A＞C　　B. B＞C＞D＞A　　C. D＞B＞C＞A　　D. B＞A＞D＞C

6. 某单位有五名业务骨干小张、小王、小赵、小丁、小李参加了一次技能测验，他们的测验成绩为：小赵没有小李高，小张没有小王高，小丁比小李高，而小王不如小赵高。

请问，小张、小王、小赵、小丁、小李测验成绩谁最高？（　　）

A. 小丁　　　　　B. 小王　　　　　C. 小赵　　　　　D. 小张

7. 质检部门对 A、B、C、D、E 五种不同品牌的 32 寸平板电视机进行检测，发现：A 的耗电量低于 B，B 的耗电量不比 C 高，D 的耗电量不如 E 低，E 的耗电量不如 B 低，其中两种品牌电视机的耗电量是相同的。

以下论述肯定与以上事实不符的一项是（　　）。

A. B 和 C 的耗电量相同　　　　　　　B. A 和 C 的耗电量相同

C. A 的耗电量低于 D　　　　　　　　D. E 的耗电量不如 C 高

8. 在夏夜星空的某一区域，有 7 颗明亮的星星：A 星、B 星、C 星、D 星、E 星、F 星、G 星，它们由北至南排列成一条直线，同时发现：

（1）C 星与 E 星相邻；　　（2）B 星与 F 星相邻；

（3）F 星与 C 星相邻；　　（4）A 星在 F 星北侧。

① 据此，7 颗星由北至南的顺序不可以是（　　）。

A. A 星、B 星、F 星、C 星、E 星、D 星、G 星

B. A 星、B 星、F 星、C 星、E 星、G 星、D 星

C. A 星、E 星、C 星、B 星、F 星、D 星、G 星

D. A 星、E 星、C 星、F 星、B 星、G 星、D 星

② 假定 G 不与 B 相邻但与最南侧的某星相邻，可以推出位于正中的星是（　　）。

A. B 星　　　　　　B. C 星　　　　　　C. E 星　　　　　　D. F 星

9. 和春夏秋冬：四季的类比关系一致的是（　　）。

A. 喜怒哀乐：情绪　　　　　　　　　B. 赤橙黄绿：颜色

C. 早中晚：一天　　　　　　　　　　D. 东南西北：四方

10. 下列选项中，最适合填在问号处，从而使图形序列呈现一定规律性的是（　　）。

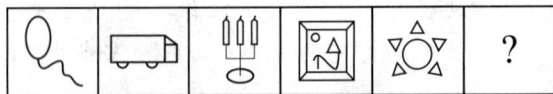

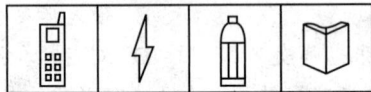

11. 下列选项中，最适合填在问号处，从而使图形序列呈现一定规律性的是（　　）。

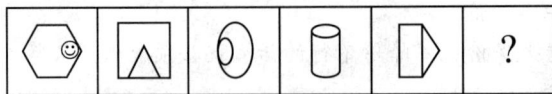

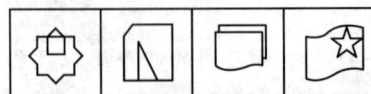

12. 2，2，6，30，（　　），1890

A. 180　　　　　　B. 210　　　　　　C. 360　　　　　　D. 240

13. 请参照前面三个选项中数字之间的关系，推断 D 项问号处的数字。（　　）

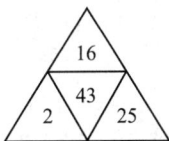 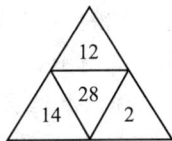 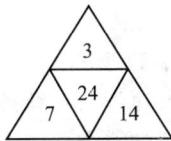 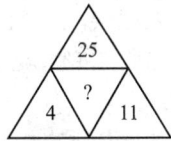

A. 39　　　　　　B. 40　　　　　　C. 41　　　　　　D. 42

14. 和眼镜：镜片的类比关系一致的是：（　　）。

A. 饮水机：桶装水　　　　　　　　B. 汽车：轮胎

C. 墙体：开关　　　　　　　　　　D. 公园：园丁

15. 和蝴蝶：蟋蟀的类比关系一致的是：（　　）。

A. 桑葚：鲜花　　　　　　　　　　B. 海棠：海参

C. 鹦鹉：海鸥　　　　　　　　　　D. 恒星：太阳

16. 和手表：怀表的类比关系一致的是：（　　）。

A. 抹布：台布　　　　　　　　　　B. 钢笔：毛笔

C. 屏风：窗帘　　　　　　　　　　D. 门廊：门柱

参考答案及解析

1. 答案：C。【解析】此题要求判断能反驳题干命题的有几项，就要了解在什么情况下题干命题为假，即考查题干命题与其肢命题的真假关系。选项中包含多种命题，还需注意这些命题与其肢命题的真假关系。

题干是联言命题，一假即假，即在"他不会弹钢琴"或"不会弹吉他"的情况下为假。①②③都是联言命题，其为真则所有联言肢为真，因此①②③都能驳倒题干；④是题干命题的矛盾命题，能够驳倒题干；⑤是充分条件假言命题，当"他会弹钢琴"为真时该命题为真，但不能驳倒题干，故⑤不能驳倒题干。故答案选C。

2. 答案：D。【解析】"只有你去比赛，我才去观战"是复合命题中的必要条件假言命题，根据必要条件假言命题的逻辑性质：只有在"前件假且后件真"的情况下该命题为假。故选D。

3. 答案：C。【解析】题目中整个命题是充分条件假言命题，根据充分条件假言命题推理的规则，否定后件就否定前件可知：张老师不参加培训就能推出并非李老师和刘老师都参加培训。题目中假言命题的前件是一个联言命题，根据联言命题的负命题"并非'P且q'=非P或非q"可知：并非李老师和刘老师都参加培训=李老师不参加或刘老师不参加。再由相容选言命题推理的规则，否定一个选言肢以外的其他选言肢，可以肯定未被否定的那个选言肢可知：要想肯定李老师没有参加培训，就要否定刘老师没有参加培训。故选C。

4. 答案：B。【解析】甲的话是一个不相容选言命题，乙不同意，即甲命题的负命题，即"非A且非B"或"A且B"，可知B项正确。故答案选B。

5. 答案：A。【解析】由A+B=C+D和A+D＞B+C可知D＞B，A＞C，因为A+C＜B，则A＜B，即四个球由重到轻的排列顺序是D＞B＞A＞C。故答案选A。

6. 答案：A。【解析】由题干可知小李＞小赵，小赵＞小王＞小张，小丁＞小李，即小丁＞小李＞小赵＞小王＞小张。故答案选A。

7. 答案：B。【解析】题干描述的条件都涉及两种品牌耗电量的高低，可进行排序。在排序时需要注意"不如……低"除了可以表示"高于"还可以表示"等于"。

根据题干可用符号将各种品牌电视机的耗电量关系表示如下：A＜B≤C，B≤E≤D。因此，

A<C，B项错误。A项，B与C的耗电量有可能相同；根据公式可得A<B≤E≤D，即C项正确；无法判断C与E的耗电量高低，D项不一定为假。故答案选B。

8. ① 答案：C。【解析】此题涉及七颗星的位置关系，且选项给出了完整的排列顺序，可结合题干条件进行排除。四个选项都符合条件（1）和（2），但C项不符合条件（3），故答案选C。

② 答案：B。【解析】首先由可确定位置的元素出发，根据"G不与B相邻但与最南侧的某星相邻"可知，G星在由北向南的倒数第二颗星；再寻找具有相邻关系的元素，由条件（1）、（2）、（3）可知，B、C、E、F四星的顺序为E、C、F、B；又由G星不与B相邻和条件（4），可知七颗星的位置关系如下：

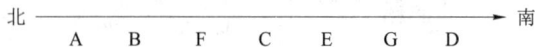

北 ——————————————————————→ 南
　　A　B　F　C　E　G　D

因此位于正中的星是C星，答案选B。

9. 答案：D。【解析】春夏秋冬构成了四季，东南西北构成了四方，均为全同关系。A项情绪并不只有喜怒哀乐四种，是包含关系；同理，B、C两项也是包含关系。故答案选D。

10. 答案：A。【解析】认真分析各个图形，可发现从第二个图形开始，每个图形中都含有一些相同的图形元素：第二个图形有2个相同的圆弧、第三个图形有3个相同的五边形、第4个图形有4个相同的等腰梯形、第5个图形有5个相同的三角形，由此得出本题规律为题干图形中含有相同的元素数为1、2、3、4、5、（6），选项A中含有6个相同的长方形。

11. 答案：B。【解析】题干给出的五个图形均可看成由内外两部分组成，考虑图形的结构特征。内部图形分别位于外部图形的右、下、左、上，依次循环，由此选择B。

12. 答案：B。【解析】

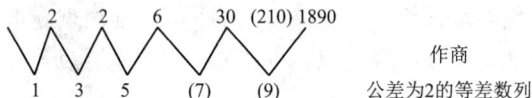

13. 答案：B。【解析】周围三个数字之和等于中间数字，4+25+11=（40）。

14. 答案：B。【解析】镜片是眼镜的一部分；轮胎是汽车的一部分。桶装水不能算是饮水机的一部分，排除A项。故答案选B。

15. 答案：C。【解析】蝴蝶和蟋蟀都是昆虫；鹦鹉和海鸥都是鸟类。故答案选C。

16. 答案：B。【解析】手表和怀表都属于表，功能类似；钢笔和毛笔都属于笔，功能类似。故答案选B。

第三节　阅读理解能力

主要知识点

1. 理解阅读材料的重要概念、重要句子、重要信息及重要细节
2. 分析文章结构与把握文章思路
3. 归纳要点与概括中心思想
4. 分析作者的观点与态度等

一、现代文阅读

（一）现代文分析与理解

1. 文中信息的筛选与整合

文中的信息包括文章的基本观点，以及最能表达文章主旨和作者写作意图的语句等。

筛选并整合文中信息，主要包括信息的筛选和整合两个方面。筛选是指根据一定的要求对文本信息进行搜索、选择、获取。整合是指对筛选来的信息进行分类集中、重新组合、粗略概括，使之条理化、清晰化、概括化、简洁化。

（1）筛选与整合的步骤。

① 把握文章的主要内容，弄清题目要求，确定筛选的标准。

② 依据题目要求，按照规定范围、角度找准相关信息。

③ 从相关段落中筛选并提取有效信息。

④ 按照考题要求，对有效信息进行组合、归纳。

（2）筛选与整合文中信息应注意的问题。

① 提取信息要准确。所谓准确，主要是指两点：一是分清主要信息和次要信息；二是满足试题需要，包括提取和整合的角度、归纳的要点，都要恰如其分。

② 准确理解文章语言。这是从筛选和整合信息的角度来说的。信息靠语言文字符号传递，不能准确理解语言，就不会有准确的筛选和整合。因此，要特别注意准确理解阐释基本概念、介绍事物属性的语句，和表述作者见解、观点或传递新知识的语句。

2. 文章结构的分析和思路的把握

（1）分析文章结构和思路的方法。

从形式方面分析包括：

① 重视具有前后衔接、勾连、照应作用的语言标志，重视有区分层次作用的标点符号。

② 掌握文章因文体不同而具有的不同结构规律。如记叙文常以时间推移、空间转换、情景变化、逻辑思维顺序等来安排层次，议论文常采用提出问题、分析问题、解决问题的结构来论证事理，说明文常采用"总—分—总"式或并列式结构来说明问题。

③ 分析段内表达方式。有的语段，语言表达方式较单一；有的兼用多种表达方式。对这些语段，可根据不同的表达方式划分层次。

从内容方面分析包括：

① 根据句意归类。一个语段由许多句子组成，准确把握句子间的意义关系，将各个句子归于几个意义点中，根据句子衔接的紧密程度，从意义疏松处断开。

② 把握体现思路的重要语句。如抓中心句或提挈句，这些句子在语段中起着领起下文或收束上文或承上启下的作用，依靠它们，我们便可弄清某层次开头、结尾的界限。

（2）分析文章结构和把握文章思路的步骤。

第一步，粗读全文，看这篇文章主要谈的是什么问题，或者说了一件什么事情。这一步的作用是把握文章全貌。

第二步，以段为单位仔细阅读，然后用简明的一两句话把段意表示出来。这一步的作用是把成百上千字的文章浓缩成几句话，显露出文章脉络。

第三步，分析段落之间的内在联系，划分文章层次。这一步的作用是厘清脉络，把握全文的结构。

3. 文章中心思想和内容要点的归纳

（1）文章中心思想的概括。

文章的中心思想，就是作者写作的目的和所要表达的情感。概括文章的中心思想，是阅读的基本要求，也是学习写作的重要途径，也是阅读效果考核和阅读能力检测的重要方面。

文章中心思想一般包括"写什么"和"为什么写"两个方面。我们知道"写什么"是指文章的主要内容，"为什么写"是指作者的写作目的。所以概括文章中心思想的基本方式是："主要内容+写作目的"。

概括文章的中心思想，常用的方法有以下几种：

① 理解标题法：就是联系全文仔细品读标题，通过标题来概括文章中心思想的方法。

② 抓中心句法：就是抓住文章中表明作者的观点、点明中心的句子来概括文章的中心思想的方法。

③ 抓主要事件法：有些文章，作者为了充分表达自己的写作目的，往往会具体记叙几个主要事件。在阅读中，必须紧紧抓住这几个主要事件，寻求它们的共性，并综合起来，这样才能归纳出文章的中心思想。

④ 分析人物形象法：就是通过对文中人物的外表和内心的分析来概括文章中心思想的方法。例如：以写人为主的记叙文，往往要通过记叙和描写人物的外表、内心来反映人物的特点，赞颂人物的精神品质（精神）。

（2）文章主要内容的概括。

主要内容是一篇文章内容的浓缩或者内容提要。概括文章的主要内容要求语言准确、精练。概括文章的主要内容一般有如下方法：

① 题目扩展法：就是在课文题目上再扩充一些文字，把事情发生的时间、地点和事情的起因、经过、结果叙述出来，使之成为文章主要内容的方法。

② 段意归并法：就是把各段的段意用精练、简明的语言，归纳合并作为文章的主要内容。使用这种方法，切忌把各段段意简单归并，我们必须进行综合组织，删去重复内容，增加恰当词语，抓住重点进行概括、归纳、整理。

③ 重点归纳法：就是把文章中最能体现故事内容、中心思想的材料作为重点内容，并通过分析、归纳，概括出文章的主要内容的方法。有些文章，详略主次明显，一般文章中详写的部分就是主要内容。我们也可以主要抓重点段落，把重点段落的大意叙述得详细一些或把几个重点段落的大意归纳到一起，也可以作为文章的主要内容。

④ 要素综合法：就是抓住基本要素来概括文章主要内容的方法。我们知道，凡是写人、记事的文章，一般都具有时间、地点、人物、事件等要素。在阅读时，先要弄清楚这些基本要素，然后将这些基本要素连成通顺的句子，这就成了文章的主要内容。

⑤摘句概括法：就是摘录文中的语句概括文章主要内容的方法。因为有些文章的总起句、过渡句、总结句就概括了文章的主要内容。因此，只要我们认真阅读分析，把这些句子组织、整理到一起，就能概括出文章的主要内容。

4. 作者观点态度的分析概括

所谓观点，就是作者对事物所持的看法；所谓态度，就是指作者在文中所表现的思想倾向和感情倾向，包括肯定与否定、爱与憎、褒与贬以及某种程度的保留等。作者的观点态度，在不同类型的文章中有不同的表现形态。一般来说，论说性的文章是明朗的、直说的，叙述性的文学作品则比较含蓄。论说性的文章中，中心论点、分论点以及某些议论，就是作者在文中的主要观点。叙述性的文学作品，一般以写人、叙事、写景见长，观点态度等不直接说出，但是可以捕捉到的。

（1）分析概括作者观点态度的途径。

① 从概括性强的句子入手。有的文章的观点是直接表述的，抓住了概括性强而又能表达某种看法的句子，就抓住了作者的观点态度。

② 从文中运用的材料入手。文中运用的材料，不论是事实还是文献资料，总是要表达一定观点的。 因此，从材料入手，是分析概括作者观点态度的重要途径。

③ 从作者的评述入手。有时，作者把自己的观点态度隐含在具体评述之中而不直接说出。这就要求从分析具体的评述入手，提炼要点，做出概括。

（2）分析概括作者观点态度应注意的问题。

① 要整体把握文意的倾向。分析概括全文的观点态度要注意这一点，即便是分析概括文章局部的观点态度，也应如此。这是解答此类试题的前提。

② 要准确理解语句。作者在文中的观点态度总是要通过一定的语句来表现的，对语句理解不准确，分析概括就会出错。

5. 根据文章内容，进行合理推断和想象

（1）命题的内容。

① 文章提供的信息，有显性信息，也有隐性信息。有时，文本中没有直接给出现成的结论，或者作者仅仅对事物发展的某一方面倾向给予暗示。读者需通过推断来揭示结论，或明确指出其发展倾向，达到使隐性信息显性化的目的。

② 文章提供的信息，有单一信息，也有众多信息。有时，对若干个内容相关的信息进行综合，可以得出新信息，从而推测事物的某一发展倾向，或者得出某一新发现、新认识。

③ 信息还包括有序信息和无序信息。在文本中，有些信息因其叙述内容的需要散见于文本的各个部分，在某种意义上处于无序状态。读者须将这些无序信息进行重新组合加工，以衍生新信息，得到新发现。

（2）解题技巧。

① 根据文章内容进行推断和想象，需要具体理解文本内容，准确检索相关信息，储备相关知识，掌握一定的推理方法。这四个方面是基本的要求，缺一不可。它不仅要求会读，而且要求会思考，会探究，会从旧知中获得新知，具有从事研究性学习的能力和素质。

② 根据文章内容进行推断和想象不是简单的信息筛选，而是一种推理。有时选项中虽然也引用文本中的某些语言表述，但并不是侧重于确认表述是否符合原意、语言转换是否改变了原文的意思，而是侧重于思考由原文能否推断出某一方面的新认知或结论。因此，仅仅把选项与文章中某一语言单位（句子、词语等）进行简单对照的方式，无法保证推断的正确性。我们要考虑推断是否合理，以及推断的倾向性与作者的思想倾向是否一致。

③ 挖掘文本材料中的隐含信息，是解答试题的重点，也是一个难点。在文本中，作者对某一方面的认知或结论，虽然没有直接、现成的表述，但总会有一定的暗示。解题中就要善于捕捉和利用这些暗示，要仔细体会作者在这一问题上的思想倾向和观点态度；或者是作者在文章中借用了某方面的材料、观点，要注意观点间的异同及作者的看法；或者是命题者对某一问题变换了一个角度，要注意因角度的变换结论也可能会出现相应的变化。

④ 注意一些关键语言。语言形式的提示作用也是很重要的，如：表示事物出现的先与后、主与次、片面与全面和已然、未然、将然、偶然、必然等。试题中常见的语言形式有"已经成为""今后必将""有望将""都是""往往是""也许是"……抓住了某些关键词语，也就有可能找到打开思路的钥匙。

⑤ 推断不能只是看选项的观点是否正确，是否符合文意，还应当注意推断关系是否成立。这

类试题要求考生在理解文意的基础上进行由此推彼、由已知推未知的以分析综合为主要特征的合理推断。这种推断关系，往往表现为论据与观点的推断，或者是因果推断、条件推断、对比推断、类比推断、取舍推断、承继推断、目的推断等。这里要求学生掌握一些逻辑推理方法，如类比、归纳、演绎等。

（二）现代文品评与鉴赏

1. 鉴赏文学作品的形象

鉴赏文学作品形象的基本要点包括人物的性格特征、人物的精神风貌、人物的思想特征、人物形象的社会或时代意义等。在阅读鉴赏中，我们既要注意分析人物的性格特征，也要揭示人物的典型作用。

鉴赏文学作品的形象时，首先，我们可以从作者对人物的肖像描写、行动描写、语言描写、心理描写等方面入手，了解人物的语言、外貌、行动、心理等。其次，我们可以揣摩人物形象，分析人物描写中揭示的内涵，即个性特征及形象意义。再次，我们可以体悟作者的创作意图，从作者所揭示的作品主题和情感倾向中去分析人物。此类题的解答步骤为：① 定形象，某某是一个什么样的人；② 列特点，并结合具体事例分析；③ 析意义，谈人物所体现的社会价值或人生价值，并注意作者的情感倾向。不过这是完整的形象分析型试题的答题格式，有时考题问得比较灵活，可根据具体问题择点回答，不必面面俱到。

2. 鉴赏文学作品的语言

所谓鉴赏文学作品的语言，就是具体评说文学作品的语言在刻画人物、表达作者思想感情方面的作用和效果。

文学作品的语言是经过作者加工锤炼后的语言，具有准确、鲜明、生动、富有形象性和艺术感染力的特点。文学作品的语言一般具有以下要求：准确简练、生动形象、含蓄丰富、富有音乐美。除此以外，不同体裁的文学作品还有一些特殊要求。如话剧的对白，就特别要求口语化，要求富于动作性等。叙事性文学作品的语言，可以分成人物语言和叙述人语言两大类：① 人物语言，即作品中人物的对话、独白。作品中的人物语言应该是性格化的语言，要能充分揭示人物的性格特征和表现人物的心理状态。② 叙述人语言，也就是作家在作品中描绘人物、叙述事件、描写环境、评价生活等使用的语言。对文学作品语言的鉴赏一般是就叙述人的语言而言的。

3. 鉴赏文学作品的表达技巧

表达技巧指作品用来塑造形象、表现内容的原则、规律和方法，具体包括表达方式、布局谋篇、写作方法、意境创设、人物形象塑造以及修辞运用等。分析语言，理解文章的内容，必须掌握表达技巧的作用。此类试题一般要求以有关文学鉴赏的知识和能力为基础，结合试题要求把握好下笔的角度，运用自己的语言恰当地概括出答案要点。

现代文涉及的表达技巧有下列三方面：

（1）运用某种表达方式的技巧：① 叙述的技巧，如顺叙、倒叙、插叙、补叙；② 描写的技巧，如人物描写、景物描写、事件描写、环境描写；③ 抒情技巧，如直接抒情、间接抒情以及议论、说明的技巧。

（2）文中运用的一些表现手法，如象征、对比、联想、烘托、反衬、铺垫以及人称的变化等。

（3）布局谋篇的技巧，如线索设置、过渡以及前呼后应等。这类试题往往从对文章艺术特色的分析、技巧鉴赏等方面来命题。

4. 评价文章的思想内容和作者的观点态度

（1）评价文章的思想内容的方法。

①　具体分析。分析和评价都必须紧密结合作品实际，具体分析要避免离开作品去进行漫无边际的分析，或把自己的一些猜测和没有有力证据的观点无限夸大。

②　客观评价。对于作品中表现出来的思想内容，应给予客观公正的评价，即以马克思主义思想为理论基础，用唯物辩证法为基本分析方法，并结合文学作品创作的特有艺术规律，对作品进行分析和评价，而不应依据个人的好恶去随意评说。在具体评价时，社会时代背景、作家生平思想、作品创作实际，都是必须考虑的重要因素。

③　分析古典和外国作品。古典和外国文学作品的评价还要从社会历史的实际出发，而不能用今天的观点去强求古人和外国作家，这就要求考生具备比较广泛的社会和历史地理知识，从历史发展的角度去进行分析和评价。

④　准确全面地评价作者在文中的观点和态度。

（2）评价文章的思想内容应注意的问题。

①　要整体把握文章的思想内容。

②　要坚持观点和材料一致的原则。

③　要从作品的实际出发，不能"以偏概全"，也不能"拔高"评价。

（3）评价作者观点态度的方法。

①　统观全文，从中筛选出能够直接表现作者思想感情和观点态度的语句。主要是抓"文眼"，找关键句和中心句。在记叙描写类文章中，有些抒情性语句往往比较明显地表现了作者的观点和态度；议论文中的中心句、关键句，或论据前后的总括性语句也反映了作者的基本思想倾向。

②　写文章往往是围绕一个中心来展开的，因而有时需要对文中各段内容进行综合分析。

③　作者的观点有时是通过对事物的分析，或对其他观点的评价来表现的，所以要在比较中进行把握。

（4）评价作者观点态度应注意的问题。

①　对作者生平和思想的概括了解。

②　对作品产生的社会时代背景的了解。

③　对作者写作此文目的的了解。

④　对作品思想内容、主题、艺术特色的分析和评价。

二、文言文阅读

（一）文中句子的理解和翻译

在句法上，句式的把握和梳理是很重要的。在常见句式中，有不少考生对宾语前置句式和定语后置句式感到难以把握。这固然与不注重内涵、缺乏语感有关，但与厘不清这些句式的语法结构也不无关系，可见对本考点的理解是很有必要的。此外，对一些习惯句式的把握和梳理也须引起足够重视，对诸如"无乃……乎""其……之谓也""何……为"等结构较固定的句式务必熟悉掌握。准确翻译文中的句子，即用现代汉语的词汇和语法来翻译所提供的文言语句，做到文通字顺，简明规范，通畅流利。

将文言语句准确翻译成现代汉语，要求必须具备两个方面的条件：一是从微观上，能把握句子中实词、虚词的用法和意义，即以理解实词和虚词为基础，对词类活用、一词多义、古今异义、通假现象，对常用的18个文言虚词，直至对文言固定句式、文言固定短语、文言修辞格以及文言文一些特殊表达现象等，都要准确把握；二是从宏观上讲，善于联系前后文推敲判定，整体理解，切忌断章取义，只见树木，不见森林，应当做到"词不离句，句不离段"来翻译文言语句。

文言文翻译的基本要求是："信""达""雅"。要达到古文翻译"信"的要求，首先要忠实原文，不凭主观好恶随意增减意思，其次还要注意：① 古今词义、色彩的变化；② 词类活用现象；③ 有修辞语句的翻译；④ 有委婉说法语句的翻译；⑤ 并提句的翻译，要分开表述。古文翻译的"达"除了要忠实原文，准确翻译外，还要做到意思明白易懂，不含糊不费解；语句通顺流利，衔接紧密，过渡自然。这就要既符合现代汉语的表达习惯，又要注意古汉语特殊的句式。"雅"是对译文较高层次的要求，它要求译文在忠实通顺的基础上能表达得生动、优美，再现原文的风格神韵，也就是指译文语言的艺术性，要求锤炼译文的语言，以再现原文的语言风格，保持原文的语言特色，使译文的语言鲜明生动，惟妙惟肖，在表达上达到尽善尽美。

文言文翻译成现代汉语是传统的考查方法之一，它虽然侧重于语言形式的考查，但由于同时也涉及内容，因而是文言文阅读中一种综合性的考查手段。

（二）文中信息的筛选

文章是信息的载体，离开对信息的关注，读懂字义、词义和句子意思就毫无意义了。

筛选文中的信息，是在读懂文言语段的基础上，对考生的分析能力所做的进一步考查。该考点采用的题型是定向考查，通常是给出多个句子，交叉排列编为四组，要求考生选出全都表现或说明文中人物在某一方面的品格特征、行为特点等的一组。

筛选文中信息的解题策略如下：

（1）要注意陈述主体是否一致。在文言文信息筛选题中，经常存在某些被选文句的陈述主体与题干不一致的情况，而这些文句大多数恰恰是应被排除的选项。因此，筛选信息时，一定要看所选文句的陈述主体是否与题干一致。

（2）要注意主体关涉的对象是否一致。题干要求筛选的信息与所选文句透露信息的契合不仅表现在陈述主体的一致性上，也表现在关涉对象的一致性上。

（3）要明确信息的意义指向。对主体和对象的确认，是为准确筛选信息打下的两个漂亮的外围歼灭战，最终选出正确答案，还要理解表达信息的概念内涵，明确所要筛选信息的意义指向。

（4）要梳理文意句意。对所选文句在文中大意的准确把握，对所选文句与相邻文句间语意关系的正确理解，可以帮助我们排除错误选项的干扰。

另外，还要辨明行为、品质与功绩、影响等。有些题干要求筛选的信息与所选文句透露的信息有相符相似之处，但题干要求选出的是行为、品质，而文句反映的却是结果，遇到这种情况要认真辨析。

阅读史传类文字，在筛选信息时，还应厘清以下四点：

（1）人物。要明白其所记的人物是谁，哪一个朝代，还涉及多少人。

（2）官职。史书中的人物，多是官员，要明白其所任何职，朝中官还是地方官，几度升黜。

（3）事件。传记文章，肯定是记载传中人的若干事迹，或孝义，或勤学，或清廉，或爱民等，要边看边弄清楚，文中写了什么事，写了多少件事。

（4）品格。考试所选的传记文章，传主一般都是正派人物，而要求"筛选"和"提取"的信息，往往就是他们表现出来的良好品格。因此，阅读时应特别注意这些方面。

（三）文章要点的归纳与概括

这是文言文阅读中的重点，也是一个难点。一般来说，对这一考点的考查，要着眼于对整个选文内容要点、中心意思的概括。这就要求在整体把握的指导下，在准确理解词义、句意的基础上，梳理句与句之间的内在联系，依据情理辨清主要信息、次要信息，从而明确文章的内容要点和主旨。不仅要对原文的基本内容进行归纳概括，还要对文章的内容做较深层次的剖析。这就要求我们全面准确地把握文章内容，并对文章的所述事件或所说道理进行分析与判断，进而归纳和概括。

1. 解题技巧

（1）整体把握内容，按选项把握四个切入点。

首先应在整体阅读的基础上，对全文的基本内容、倾向有一个整体的了解，从而形成"整体文意"。比如一般的传记文，要弄清作者记了哪几件事，表现了人物的哪些性格特点和精神风貌。试题中设置的这四个选项是对文中相关内容的概括与分析，也就是选文四个方面的内容要点，并按四个选项把握关于文章内容的四个切入点，以便进一步进行比照。

（2）观照内容要点，比较选文与文意之间的偏差。

通过整体阅读，把握切入点，已经对选文的整体文意及四个方面的内容要点，有了基本的了解。在具体解答时，仍然要观照文章的整体内容及其要点：文章写了一些什么人的一些什么事，事情的发展和结局如何，各细节的来龙去脉又是什么，或者文章说了一些什么道理，又是以什么作为说理依据的。然后根据选项内容，确定与之相对应的阅读区间，以"整体文意"作为指导，一一对应比较选项的叙述与原文内容之间有什么出入或偏差，从而找出符合要求的答案。

（3）分析判断细节，发现选项与选项之间的矛盾。

比照过程中，一定要以"整体文意"作为宏观指导，仔细分析判断各选项中有关细节，从而明辨各项表述是否正确。同时，有的题目本身设置了正确选项与错误选项之间的矛盾，我们要善于将各个选项进行比较，并对照原文，辨析叙述细节中是否存在上面所提到的常见问题。

2. 设题中的四大雷区

为了方便复习备考，我们总结出通常命题者用来干扰答题者视线的设题雷区，大致有以下四种：

（1）曲解文意、无中生有。

这是命题者抛出频率最高的圈套。命题者在选项中错误地解释原文中的关键词语，把好说成坏，把小错说成大错，把想法说成行动等，无中生有地提供一些于文无据的信息，从而造成干扰。

（2）张冠李戴、移花接木。

命题者编制试题时，故意把张三的事加到李四头上，或把张三在不同时间、不同地点、不同官职上做的事搅乱混编在一起，造成干扰，引起误解。

（3）强加因果、牵强附会。

命题者无来由地从甲事扯到乙事，在它们中间构成因果关系，使考生思维混乱。

（4）以偏概全、言过其实。

文中的主人公本来只有某一方面的缺点或一件事做得勉强可以，但选项中却将其全盘否定或过高褒扬；或本来只有几个人对其赞成或反对，却说成全部赞成或反对。

（四）文中作者观点态度的分析与概括

1. 复习时的注意事项

作者的观点态度在文中往往有多种表现，有的直露而明显，有的隐晦而含蓄；有的分散，有的集中；有的隐含在作者笔下的人物描写和事件叙述中，有的则隐含在作者对情理的分析中。复习时我们要注意以下几点：

（1）要通过作者对人物的描写、人物的主次关系，对事件的叙述、详略的安排，看作者的思想感情是爱是憎，写作意图是赞扬还是讽刺，文章的主旨是要读者吸取什么教训还是获得什么启示。对议论文也要通过对论点、论据和论证过程的分析，联系作者的身世和所处的时代，弄清作者的观点态度。

（2）要能把作者的观点态度与文章中人物的言论区分开来。

（3）要紧扣原文主旨，千万不能主观臆断，歪曲文意或随意拔高、任意贬低作者的思想；要运用历史唯物主义观点评价古人，不苛求，不把自己的意志强加给古人；还要运用辩证观点，分析作者思想的精华和局限性。

2. 解题时的注意事项

（1）通读全文，分析人物的言行。

（2）要能把作者的观点态度与文章中人物的言论区分开来。

（3）综合概括，提炼观点。作者的观点态度有的特别含蓄曲折，这就要注意发掘相关语句的隐含信息。有时作者的观点散布在各处，应进行适当的综合概括，以便全面准确地对作者观点做出评价。

（4）树立历史的观点。我们要用历史唯物主义的观点来思考，对历史人物的评价不能苛求，也不能任意拔高，更不能把现代人的思想观念强加给古人。

三、古诗词鉴赏

（一）古诗词鉴赏的基本内容

1. 对诗词作品中形象的鉴赏

一般来说，诗词作品的形象包括人物形象和自然形象两个方面。人物形象又包括作为描写客体的人物形象和抒情主人公的人物形象。作品中描写的自然景物不再是客观的景物，而是浸染了作者感情的东西，也就是作者主观之意和客观之象融为一体的艺术形象，称为意象。它比自然界中的客观景物更容易激发读者的共鸣。这种诱发读者想象和思考的艺术境界，称为意境。不过，就具体的诗词而言，其形象是各有侧重的，有的侧重于抒情主人公即作者的形象，有的侧重于描写客体，也有全是写景的。

鉴赏文学作品的形象，就是要把握作品刻画的艺术形象的内容，分析判断作品形象所包含的作者的思想感情，有时还要判断其社会意义。不过，需要说明的是，诗词鉴赏题涉及作品形象的社会意义时，一般会提供注释，给考生一定程度的帮助；如果不提供帮助，那一定是在考生的知识背景范围之中。

2. 对诗词作品中语言的鉴赏

鉴赏古诗词作品的语言，既要理解语言所表达的思想感情和作用，体会语言美，还要有一定程度的评述。

鉴赏古诗词语言主要从以下三点入手：

（1）体会语言的风格特色。

古代诗词语言的风格特色是多种多样的。有的清新，有的古朴，人称李白的诗"清水出芙蓉，天然去雕饰"，这便是一种清新美；有的绚丽多彩，有的却质朴无华；有的语言明朗，有的却含蓄，言此意彼；有的平易近人，有的却险怪奇特，不一而足。体会其风格特色，就是要体会语言的美，体会其内蕴。

（2）分析修辞手法。

古诗词常用的修辞手法有比喻、比拟、夸张、借代、设问、反问、反语、双关等。如李煜《虞美人》最后两句写道："问君能有几多愁？恰似一江春水向东流。"这里先用设问，后用比喻，两种修辞手法综合运用，形象地写出了作者绵长久远的愁思。

简而言之，分析修辞的手法，就是分析其表情达意的作用。

（3）评析诗（词）人炼字炼句的作用。

古人作诗写词讲究炼字炼句，以传神动人。阅读古诗文，评析诗人炼字炼句的技巧和作用，有助于深入体会古诗文丰富的内蕴。评析诗（词）人炼字炼句的作用可以从评析"题眼"、评析"诗（词）眼"、体会寻常词语的蕴含三个方面着手。

3. 对诗词作品中表达技巧的鉴赏

古诗文作品的表达技巧多种多样，难以穷尽。概括起来，大致可以分为：

（1）运用表达方式的技巧：描写、抒情。

（2）运用表现手法的技巧：比兴手法，如《孔雀东南飞》中的"孔雀东南飞，五里一徘徊"；象征手法，如李白《行路难》中"长风破浪会有时，直挂云帆济沧海"；另有对比、烘托、反衬、托物言志、拟人等。

（3）谋篇布局的技巧。

鉴赏古诗文的表达技巧，不在于辨识作品运用了哪些技巧，而在于分析、评述作者运用这些表达技巧所产生的表达作用、表达效果。

4. 评价古诗词作品的思想内容和作者的观点态度

鉴赏诗词作品的思想内容和诗（词）人的观点态度，还需抓住不同类别诗词的特点。

（1）写景抒情——品味意境，揣摩感情。

这类诗词一般都要营造一个特定的意境，让读者在品味意境的基础上揣摩诗人的感情。鉴赏这类诗词主要是展开想象和联想，使诗词描绘的画面如在眼前，自己也仿佛置身于画面之中，进而揣摩诗人的思想感情。

（2）托物寄兴——辨物明志，把握主旨。

这类诗词往往用比兴或象征的表现手法，借咏某一事物表现某种主题。鉴赏这类诗词首先要辨析"物"的特征，揣摩议论抒情的句子，进而明确所要表现的主旨。

（3）忧国忧民——知人论世，领悟情感。

古代不少诗（词）人以天下为己任，写出了许多忧国忧民之作，尤其是在特定的时代背景中，如唐代安史之乱、藩镇割据时期，南宋统治者偏安江南时期等。理解这类诗词要联系时代背景，做到知人论世，进而领悟诗（词）人忧国忧民的思想感情。

（4）思乡怀人——领悟意象，理解感情。

这类诗词往往借助某些具体意象，抒发诗人怀念家乡、思念亲人的感情。

（5）怀古伤今——联系背景，理解典故。

这类诗词往往通过对古人、古事、古迹的描绘，或借古讽今，或怀古伤今，或发表某种感慨。理解这类诗词，首先要联系相关的写作背景，弄清诗人的写作意图；其次要正确理解所运用的一些典故。

（6）阐发哲理——理解现象，准确阐发。

这类诗词在宋代特别多，因为宋诗崇尚理趣。诗词往往从某类自然现象入手，发表某种有普遍意义的见解。理解这类诗词，首先要理解所描写的某种现象；其次要能用准确的语言阐发诗词中蕴含的哲理。

（7）送别友人——分析情景，理解情感。

古代诗（词）人往往以诗（词）会友，以诗（词）送友，在送别友人时写了大量送别诗词。

这类诗词有直接表现与朋友间深情厚谊的，有借送别表现某种品质、胸襟、抱负的。理解这类诗词要从所描绘的景物与所抒发的感情两方面入手。

（8）边塞豪情——揣摩语气，品味内容。

盛唐有两个重要诗派：山水田园诗派和边塞诗派。边塞诗人有高适、岑参等，他们或借诗歌表现对统治者的不满，或表现守边将士对家乡的思念，或表现自己杀敌报国的决心和豪情壮志。后人模仿这种风格写出的诗，也称边塞诗。理解这类诗（词）要品味诗（词）句的语气，进而品味诗（词）的思想内容。

（二）古诗词鉴赏题的答题技巧

1. 分析形象型

（1）提问格式。

① 这首诗塑造了什么样的形象？

② 这首诗中的形象有什么特点？

③ 通过诗中的形象塑造，表现了诗人怎样的情感？

（2）解答分析。

① 意象合成意境，意境凸显形象。

② 形象蕴含诗人的思想和情感。

③ 分析诗歌形象要根据诗歌描写的具体物象和画面识别其性质，在读懂诗歌的基础上概括诗歌的象征意义和社会意义。

（3）答题步骤。

① 概述塑造了什么形象。

② 结合诗句内容或表达技巧具体分析形象特点。

③ 揭示形象表现的意义（情感、理想、追求、品性等）。

【示例】

剑 客

贾 岛

十年磨一剑，霜刃未曾试。

今日把示君，谁有不平事？

【问题】这首诗塑造了一个什么样的剑客形象。

【答案要点】（步骤一）塑造了一个精心学艺、豪侠仗义、充满自信的剑客形象。（步骤二）十年后，剑客呕心沥血磨出一剑，而这柄锋利无比的剑却还未试过锋芒。现在遇到了"君"，剑客马上来个毛遂自荐，请您看看我的宝剑，天下哪有冤屈和不平，我将奋勇上前。（步骤三）一个满怀豪情壮志、带着侠义正气的剑客形象跃然纸上。

2. 分析意境型

（1）提问方式。

① 这首诗营造了一种怎样的意境？表达了诗人怎样的思想感情？

② 这首诗描绘了一幅怎样的画面？表达了诗人什么样的思想感情？

③ 某几句诗描写了什么样的景物？抒发了诗人怎样的情怀？

（2）解答分析。

这是一种最常见的题型。所谓意境，是指寄托诗人情感的物象（即意象）综合起来构建的让人产生想象的境界。它包括景、情、境三个方面。答题时三方面缺一不可。

（3）答题步骤。

① 描绘诗中展现的图景画面。考生应抓住诗中的主要景物，用自己的语言再现画面。描述时一要忠实于原诗，二要用自己的联想和想象加以再创造，语言力求优美。

② 概括景物营造的氛围特点。一般用两个双音节词即可，例如孤寂冷清、恬静优美、雄浑壮阔、萧瑟凄凉、明净绚丽、幽静深寂等，注意要能准确地体现景物特点和情调。

③ 分析作者表达的思想感情。切忌空洞，一定要回答具体。比如只答出“表达了作者感伤的情怀”是不行的，应答出为什么而“感伤”。

【示例】

绝句二首（其一）

杜 甫

迟日江山丽，春风花草香。

泥融飞燕子，沙暖睡鸳鸯。

【注】此诗写于诗人经过“一岁四行役”的奔波流离之后，暂时定居成都草堂时。

【问题】此诗描绘了怎样的景物？表达了诗人怎样的感情？请简要分析。

【答案要点】（步骤一）此诗描绘了美丽的初春景象：春天阳光普照，四野青绿，江水映日，春风送来花草的馨香，泥融土湿，燕子正繁忙地衔泥筑巢，日暖沙暖，鸳鸯在沙洲上静睡不动。（步骤二）这是一幅明净绚丽的春景图。（步骤三）表现了诗人结束奔波流离生活安定后的愉悦闲适的心境。

3. 分析技巧型

（1）提问方式。

① 这首诗用了怎样的表达技巧（表现手法、艺术手法、艺术技巧）？

② 请分析这首诗的表现手法（艺术手法、表达技巧）。

③ 诗人是怎样抒发自己的情感的？有何效果？

④ 这首诗（某诗句）在写景（抒情、描写人物等）上有什么特点？

（2）解答分析。

这类提问注重的是诗歌整体的艺术表现特色，主要从诗歌的整体构思、诗歌整体的艺术技巧方面来解答。分析表达技巧可以从以下几个方面入手：

① 表达方式方面：记叙、描写、抒情、议论。

② 表现手法方面：

修辞手法：比喻、比拟、夸张、借代、对偶、设问、反问、双关、谐音、互文、反语、通感、排比、反复等。

抒情手法：① 直接抒情（直抒胸臆）；② 间接抒情：借景（物）抒情、触景生情、乐景写哀、寓情于景、情景交融、托物言志、借古抒怀（借古讽今）。

其他方法：① 动静结合（以动衬静、以静衬动）；② 虚实结合（虚实相生、由实到虚、由虚到实）；③ 正侧结合（正面描写与侧面描写）；④ 点面结合（以点写面、以面写点）；⑤ 远近结合；⑥ 抑扬结合（先抑后扬/欲扬先抑、先扬后抑/欲抑先扬）；⑦ 褒贬结合（似贬实褒/寓褒于贬/正话反说、似褒实贬/寓贬于褒/反话正说）；⑧ 明暗结合；⑨ 声色结合；⑩ 细节描写；⑪ 比兴；⑫ 白描；⑬ 工笔；⑭ 象征；⑮ 对比；⑯ 衬托（正衬、反衬）；⑰ 烘托；⑱ 渲染；⑲ 用典；⑳ 铺陈。

（3）答题步骤。

① 明手法：准确指出用了何种手法。

② 释理由：结合诗句阐释使用这种手法的原因。

③ 析作用：此手法怎样有效传达出诗人的感情。

【示例】

早 行

陈与义

露侵驼褐晓寒轻，星斗阑干分外明。

寂寞小桥和梦过，稻田深处草虫鸣。

【问题】此诗主要用了什么表现手法？有何效果？

【答案要点】（步骤一）主要用了反衬手法。（步骤二）天未放亮，星斗纵横，分外明亮，反衬夜色之暗；"草虫鸣"反衬出环境的寂静。（步骤三）两处反衬都突出了诗人出行和由漂泊引起的孤独寂寞之感。

4. 分析语言特色型

（1）提问方式。

① 这首诗在语言上有何特色？

② 请分析这首诗的语言风格。

③ 谈谈此诗的语言艺术。

（2）解答分析。

这种题型不是揣摩个别字词运用的技巧，而且要品味整首诗（词）表现出来的语言风格。

用来答题的词语一般有：清新自然、明快清新、平淡自然、朴实无华、明快浅显、明快直露、明白晓畅、流畅自然、多用口语、通俗易懂、华美绚丽、辞藻华丽、深沉隽永、委婉含蓄、含蓄深沉、雄浑豪放、笔调婉约、缠绵哀怨、温婉悲凉、庄谐俱见、简练生动、准确精练、生动形象、准确传神。

（3）答题步骤。

① 明特色。用一两个词准确点明语言特色。

② 列例证。用诗中有关语句具体分析这种特色。

③ 析作用。指出表现了作者怎样的感情。

【示例】

春 怨

金昌绪

打起黄莺儿，莫教枝上啼。

啼时惊妾梦，不得到辽西。

【问题】请分析此诗的语言特色。

【答案要点】（步骤一）此时语言特色是清新自然，口语化。（步骤二）"黄莺儿"是儿化音，显出女子的纯真娇憨。"啼时惊妾梦，不得到辽西。"用质朴的语言表明了打黄莺是因为惊扰了自己思念丈夫的美梦。（步骤三）这样非常自然地表现了女子对丈夫的思念之情。

5. 炼字型

（1）提问方式。

① 这一联中最生动传神的是什么名字？为什么？

② 某字历来为人称道，你认为它好在哪里？

③ 从某句诗中找出最能体现诗人感情的一个字，并作具体分析。

④ 某字在表情达意上的作用是什么？请作具体分析。

⑤ 对诗中某个字，你认为写得好不好？为什么？

⑥ 诗中某字用得好，你同意这种说法吗？为什么？

⑦ 诗句中某个字换成某字，你认为哪个更好？试作分析。

⑧ 此诗某句中某个字有的版本作某字，你认为哪个更好？为什么？

⑨ 这首诗（某句）的诗眼是某字，试作分析。

（2）解答分析。

古人作诗讲究炼字，这种题型是要求品味这些经锤炼的字的妙处。答题时不能把该字孤立起来谈，而是放在句中，并结合全诗的意境情感来分析。

组织答案时常用术语：深刻、含蓄、突出、生动、形象、传神等。

炼字的角度：动词、形容词（重叠运用的、活用作动词的、表色彩的）、数词、虚词。

（3）答题步骤。

① 释含义：解释该字在句中的含义。

② 描景象：展开联想把该字放入原句中描述景象。

③ 点作用：点出该字烘托了怎样的意境，或表达了怎样的感情。

【示例】

黄 鹤 楼

崔 颢

昔人已乘黄鹤去，此地空余黄鹤楼。

黄鹤一去不复返，白云千载空悠悠。

晴川历历汉阳树，芳草萋萋鹦鹉洲。

日暮乡关何处？烟波江上使人愁。

【问题】诗歌中有两个"空"字，请结合诗意进行赏析。

【答案要点】（步骤一）第一个"空"有"只，只有"的意思，第二个"空"有"空空的""空荡荡"之意。（步骤二）前者表达的是好友已离去，只剩下空空的黄鹤楼和诗人自己，重在写景；后者表达的是因友人的离去和自己漂泊在外，诗人内心的孤独、寂寞和惆怅，重在抒情。（步骤三）两个"空"字形象地表达了作者世事苍茫之感和思念家乡之情。

6. 分析题眼型

（1）提问方式。

① 本诗是怎样以"某字"统摄全篇的？请结合全诗进行简要赏析。

② 诗题为"某字"，通篇虽无"某字"，但句句紧扣"某字"。请作简要分析。

（2）答题步骤。

第一种提问：逐句式，即依原句顺序一句一句地简析。

第二种提问：析点式。这个"点"就是回答问题的"方面"或"角度"，多指表现手法的方方面面。具体步骤：第一，先指出"方面"或"角度"；第二，结合诗句简析。

【示例】

（1）第一种提问：

夜 归

周 密

夜深归客倚筇①行，冷磷依萤聚土塍。

村店月昏泥径滑，竹窗斜漏补衣灯。

【注】① 筇代指竹杖。

【问题】本诗是怎样以"夜归"统摄全篇的？结合全诗简要赏析。

【答案要点】本诗写景扣住"夜"字，写情扣住"归"字。首句直接点明"夜深"，刻画了"归客"拄杖而行的疲惫之态。随后诗人以"冷磷""萤""月"等意象渲染夜色的凄凉，以夜深仍在田塍、泥径中孤身前行的艰难表现出归家的心切。而以深夜犹见"补衣灯"的感人画面收束全诗，与先前的艰难和凄清形成反差，更烘托出游子深夜归家的复杂心情，意味深长。

（2）第二种提问：

幽 居 初 夏

陆 游

湖山胜处放翁家，槐柳阴中野径斜。

水满有时观下鹭，草深无处不鸣蛙。

箨龙①已过头番笋，木笔②犹开第一花。

叹息老来交旧尽，睡来谁共午瓯茶。

【注】① 箨龙，就是笋。② 木笔，又名辛夷花。两者都是初夏常见之物。

【问题】诗人写景是从哪几个方面突出表现一个"幽"字？试作简要分析。

【答案要点】（1）（步骤一）以景写幽。（步骤二）用"湖山胜处""野径斜""水满""草深"写出初夏景色之幽美。（2）（步骤一）以动衬静。（步骤二）用"下鹭"衬托"水满"的幽静。（3）（步骤一）以声衬静。（步骤二）用"蛙鸣"衬托"草深"的幽静。

7. 分析句意型

（1）提问方式。

① 这句诗好在哪里？

② 这句诗有什么含义和作用？表达上有什么特点？

③ 请对某诗句进行简要赏析。

④ 某诗句中蕴含了哪些感情？

（2）解答分析。

① 阐明其表意，有时要发掘它的深层意思。

② 分析诗句的语言特点或艺术特点。

③ 分析在写景或抒情或写人方面的表达作用。

④ 简要说明艺术效果（营造的意境、抒发的情感）。

（3）答题步骤。

① 释表意：说明诗句的表层意思或描述诗句所描绘的景象。

② 明特点：抓住最突出的一点（或语言特点或艺术特点）阐述。

③ 析作用：营造的意境、表达的内容、抒发的情感。

【示例】

鹧鸪天·送廓之秋试

辛弃疾

白苎新袍入嫩凉，春蚕食叶响回廊。禹门已准桃花浪，月殿先收桂子香。

鹏北海，凤朝阳。又携书剑路茫茫。明年此日青云去，却笑人间举子忙。

【问题】"鹏北海，凤朝阳。又携书剑路茫茫"是如何体现辛词豪放特点的？

【答案要点】大鹏、丹凤，意象豪迈；北海、太阳、路茫茫，意境开阔；携书佩剑，显示出既儒雅又刚健的气概。

8. 一词（句）领全诗型

（1）提问方式。

某词（句）是全诗的关键，为什么？

（2）解答分析。

古诗非常讲究构思，往往一个词（句）就构成全诗的线索、全诗的感情基调或全诗的思想，抓住这个词（句），命题往往可以以小见大，考出考生对全诗的把握程度。

（3）答题步骤。

① 解释含义：说明该词（句）的含义或寓意。

② 结构作用：从该词（句）在诗中结构上所起的作用考虑。

③ 主旨作用：该词（句）对突出主旨所起的作用。

【示例】

东　坡

苏　轼

雨洗东坡月色清，市人行尽野人行。

莫嫌荦确坡头路，自爱铿然曳杖声。

【注】此诗为苏轼贬官黄州时所作。东坡，是苏轼在黄州居住与躬耕之所。

【问题】第一句在全诗中有何作用？请简要赏析。

【答案要点】（步骤一）第一句是全诗的铺垫，描绘出一幅雨后东坡的月夜图，营造了一种清明幽静的气氛。（步骤二）此句以此映衬作者心灵明澈的精神境界。

9. 情感主旨型

（1）提问方式。

① 这首诗表达了怎样的思想感情？

② 这首诗的主旨是什么？

③ 这首诗反映了怎样的社会现实？

④ 这首诗表现了怎样的情趣？

（2）解答分析。

① 必须明确诗歌的表层意思与深刻意义，把握诗歌的主旨和思想倾向。

② 要立足于对诗歌形象、语言、表达技巧的赏析之上，做到全面、准确、深入、客观、恰如其分地进行分析评价。

③ 不要犯"拔高"或"套用"的毛病，更不要出现言不及义、似是而非的问题，努力忠于原诗，做到言之成理、言之有据。

（3）答题步骤。

① 诗歌各句（或相关的句子）分别写了什么内容？

② 运用了何种表达技巧？

③ 抒发了什么情感？

【示例】

甬江夜泊

阮 元

风雨暮潇潇，荒江正起潮。

远帆连海气，短烛接寒宵。

人静怯闻角，衣轻欲试貂。

遥怜荷戈者，孤岛夜萧寥。

【问题】尾联表达了作者怎样的情感？请作简析。

【答案要点】（步骤一）诗人由己及人，在自身感到寒冷难耐时，想到了远在孤岛戍守的军士比自己更加寒冷和寂寥，（因为没有什么特别的表达技巧，所以可以跳过步骤二）（步骤三）表达了诗人体恤士卒、关心海防的情怀。

10. 鉴赏景物型

（1）提问方式。

① 这首诗是怎样描写景物的？

② 这首诗在我们面前展示了一幅什么画面？是如何展示的？

（2）解答方式。

古代诗人常常用一定的描写方法和修辞手法来描写景物，同时十分注意写景的角度，或动静结合，或由远及近，或形、声、色兼俱，或视觉、听觉、嗅觉综合运用，使画面富有层次感、立体感、和谐感，体现出"诗中有画，画中有诗"的特点。

（3）答题步骤。

① 准确说出表现手法和写景的角度。

② 抓住主要景物具体描述画面，要适当展开联想与想象。

③ 概括画面特征或分析思想感情。

【示例】

玉楼春·春景

宋　祁

东城渐觉风光好，縠皱波纹迎客棹。

绿杨烟外晓寒轻，红杏枝头春意闹。

浮生长恨欢娱少，肯爱千金轻一笑。

为君持酒劝斜阳，且向花间留晚照。

【问题】这首诗的上阕是如何描写春色的？试进行分析。

【答案要点】（步骤一）运用拟人、比喻的修辞手法，写景由近到远，富有层次感。（步骤二）诗人首先看到了东风乍起，春波绿水，波光粼粼，如细皱沙纹；然后是嫩黄浅翠，遥望一片轻烟薄雾；再望去杏花怒放，如喷火蒸霞。（步骤三）这些景物描绘出一幅生机盎然的春景图。

11. 分析构思（结构思路）型

（1）提问方法。

① 这首诗是怎样构思的？

② 请分析这首诗的构思之妙。

（2）解答分析。

分析诗的结构思路，必须把握诗句的关系。有的诗先写景后抒情，有的先叙事后抒情，还有铺垫、过渡、烘托、起承转合之说。

（3）答题步骤。

① 概述诗句的内容。

② 揭示诗句之间的联系。

③ 指出这种构思传达出诗人什么思想感情。

【示例】

山 房 春 事

岑　参

梁园日暮乱飞鸦，极目萧条三两家。

庭树不知人去尽，春来还发旧时花。

【问题】请简析本诗的构思之妙。

【答案要点】（步骤一）一、二句写梁园的繁盛不再——仰望空中乱鸦翻飞，遥望前方一片萧条；三、四句以"旧时花开"反衬现在的人去园空。（步骤二）一、二句烘托出凄凉的气氛，为全诗奠定了感情基调，三、四句就在此基础上抒发感慨，显示主旨。（步骤三）从而抒发了作者物是人非、世事沧桑的悲凉之感。

12. 观点不同型

（1）提问方式。

① 有人说这首诗怎样，你同意这种观点吗？

② 有人这样认为，有人那样认为，你觉得呢？

（2）解答分析。

依据原诗作答，一定要从原诗中找到理由。

（3）答题思路。

① 认真审题。

② 深入阅读理解诗词。

③ 结合诗歌内容和评论答题。

（4）答题步骤。

① 表观点：同意或不同意。

② 析理由：紧扣诗歌内容说明同意或不同意的理由。

【示例】

送 魏 二

王昌龄

醉别江楼橘柚香，江风引雨入舟凉。

忆君遥在潇湘月，愁听清猿梦里长。

【问题】有人说"醉别江楼橘柚香，江风引雨入舟凉"中"凉"字用得好，你赞同吗？为什么？

【答案要点】（步骤一）同意。（步骤二）送友人上船时，正是橘柚飘香的秋天，江风，冷雨。一个"凉"字，写出了身体上逼人的凉意，更透露出离别时的心理感受。"凉"字，正是情景交融的结合点，表现了诗人送别友人时深深的伤感之情。

13. 比较鉴赏型

（1）提问方式。

指出这两首诗在某方面的异同点，并作简要分析。

（2）解答分析。

给出两首或几首诗词，要求学生比较阅读后，对其异同进行分析评价。

（3）答题思路。

① 要通读这几首诗词，把握其思想内容和主要的写作写法，包括作家作品的背景知识。

② 要结合题干中的比较角度（思想感情、内容主旨、意境氛围、艺术手法、语言特色等）来寻求诗词的差异性。

③ 要注意点面结合，既有总体分析，又有具体分析。表述时要注意条理清楚，层次分明。

（4）答题步骤。

找到原诗词句中的关键点，分条作答，用翻译的形式就可以做到。

【示例】

齐安郡中偶题

杜牧

两竿落日溪桥上，半缕轻烟柳影中。

多少绿荷相倚恨，一时回首背西风。

暮热游荷池上

杨万里

细草摇头忽报侬，披襟拦得一西风。

荷花入暮犹愁热，低面深藏碧伞中。

【问题】这两首诗都运用了什么表现手法来刻画"荷"的形象？请指出两首诗中"荷"所表现出来的不同情感特点，并做简要分析。

【答案要点】第一问：都用了拟人表现手法。第二问：（步骤一）前一首的"绿荷"由"恨"而"背西风"，（步骤二）含有诗人之恨，表露了伤感不平之情，基调凄怨低沉。（步骤一）后一首的"荷花"被西风吹动而躲藏于荷叶之中，似是"愁热"，却呈现娇羞之态，（步骤二）表露了诗人的怜爱喜悦之情，基调活泼有趣。

高频考点训练

1. 阅读下面的文章，完成后面的题目。

每年夏天，被冰层覆盖的格陵兰岛大部分地区几乎整日被阳光照射。在很多冰盖上，特别是那些低海拔地区，融冰沿着冰盖表层流动，并聚集成深蓝色的地塘或湖泊，不同于我们能够畅游其中的湖泊，这些水体能够在眨眼之间就消失不见。例如，一个比全球最大室内体育场——新奥尔良超级穹顶体育场大上十几倍的湖泊，能够在90分钟内就从冰缝中排干所有的水。

研究者们已经分散到格陵兰岛各地，从细节上调查这些湖泊会怎么影响冰盖及未来海面。伍兹霍尔海洋研究所的地球物理学家萨拉·达斯说，最近的实地考察研究表明，研究者已经知道，当湖泊突然排空时，融冰会被送往基岩，暂时性地对冰盖迁移起到润滑作用。科学家们担心，如果这个区域的气候持续发展，那么湖泊突然排空的现象可能经常发生，并在更大范围的冰盖上出现。那样可能会加速冰盖的崩解，从而导致海平面上升。

纽约城市大学的冰川学家马德·德思科认为，冰盖上的湖泊也会加速冰盖融化；湖泊下的冰融化速度比湖泊周围暴露在地面的冰快两倍。今年夏天，德思科使用一艘远程遥控船只，通过实际测量来揭示湖泊的颜色深浅是否与它的深度有关——这些数据可以帮助研究人员更好地估计卫星图像中地表湖泊的深度，以便更好地预计冰盖的融化速度，加利福尼亚大学洛杉矶分校的地理学家劳伦斯·C·史密斯正在将冰盖表面的融化速度同由融冰积聚而成的河流的流动速度进行比较，如果两者相差甚大，那么就表示一部分融冰积聚在了冰盖下，这将提升冰流向大海的速度。

（摘编自希德·珀金斯《冰盖上的湖泊》）

问题：（1）冰盖上的湖泊与普通湖泊的差别是什么？

（2）请根据文段中的描述，简要分析冰盖上的湖泊会产生的影响。

2. 阅读下面的文言文，完成后面的问题。

【甲】村陌有犬为人所弃者，张元见之，即收而养之。其叔父怒曰："何用此为？"将欲逐之。元乞求毋之弃，元对曰："有生之物，莫不重其性命。若天生天杀，乃自然之理。今犬为人所弃，非道也。若见而不收养；若见而不收，无仁心也。"叔父感其言，遂许焉。

明年，犬随叔父夜行。叔父为蛇所啮，仆地不得行。犬亟奔至家，汪汪之声不停。张元怪之，随犬出门，见叔父几死。速延医治之，不日而愈。自此，叔父视犬如亲。

（节选自《北史·孝行传》，有删改）

【乙】李家洼佃户董某，父死，遗一牛，老且跛，将鬻^①于屠肆。牛逸，至其父墓前，伏地僵卧，牵挽鞭捶皆不起，惟掉尾长鸣。村人闻是事，络绎来视。忽邻叟刘某愤然而至，以杖击牛曰："其父堕河，何预于汝？使随波漂流，充鱼鳖食，岂不大善！汝无故多事，引之使出，多活十余年。致奉养，病医药，死棺敛。且留此一坟，岁需祭扫，为董氏子孙无穷累。汝罪大矣！就死汝分，牟牟^②者何为？"盖其父尝堕深水中，牛随之跃入，牵其尾得出也。董初不知此事，闻之大惭，自批其颊曰："我乃非人！"急引归。数月后，病死，泣而埋之。

（节选自纪昀《阅微草堂笔记》）

【注】① 鬻（yù）：卖。② 牟牟：通"哞哞"，牛叫声。

（1）下列句子中加点的词解释错误的一项是（ ）。

    A. 张元怪之   怪：责备。

    B. 速延医治之   延：邀请。

    C. 遗一牛，老且跛   遗：留下。

    D. 引之使出   引：牵，拉。

（2）下列句子中加点的词意思相同的两项是（ ）。

    A. 今为人所弃也   不足为外人道也

    B. 若见而不收养   此可以为援而不可图也

    C. 将鬻于屠肆   欲有求于我也

    D. 以杖击牛曰   余与四人拥火以入

（3）用现代汉语写出下列句子的意思。

① 叔父感其言，遂许焉。

② 岁需祭扫，为董氏子孙无穷累。

（4）人与动物亦可心灵相通。请结合两文内容，简要分析其思想意义。

3. 阅读下面这首诗，然后回答问题。

闻 雁

韩 洽

朔风吹雁渡江干，月白霜清响尚寒。

孤客几回愁里听，故乡何处报平安？

【注】诗人韩洽生活的时代正当明清易代之际的动乱之秋。

问题：（1）悲秋伤感，闻雁怀乡，是游子思乡的传统题材，但本诗抒发的情感却又与传统思乡不同，说说你的理解。

（2）诗歌是怎样描绘江畔深秋月夜之景的？结合诗句简要赏析。

4. 阅读下面一首宋词，回答问题。

鹧鸪天·送人

辛弃疾

唱彻《阳关》泪未干，功名馀事且加餐。浮天水送无穷树，带雨云埋一半山。今古恨，几千般，只应离合是悲欢？江头未是风波恶，别有人间行路难！

问题："浮天水送无穷树，带雨云埋一半山"蕴含了什么样的思想感情？运用了哪种表现手法？

参考答案及解析

1. （1）冰盖上的湖泊与普通湖泊的差别是：普通湖泊能够蓄满水，人们可以畅游其中，但是冰盖上的湖泊里的水体能在眨眼之间就消失不见。（2）冰盖上的湖泊会产生的影响包括：① 对冰盖向海洋迁移起着暂时性的润滑作用，冰盖上的湖泊可以加速冰盖的崩解，导致海平面上升。② 冰盖上的湖泊可以加速冰盖融化，湖泊的颜色与它们的深度有关。③ 加快冰流向大海的速度。

2. （1）A。【解析】怪：以……为怪，感到奇怪。

（2）B。【解析】A中两个"为"分别译为"被""对、向"。B中两个"而"均表转折，可译为"却"。C中两个"于"分别译为"给""向"。D中两个"以"分别译为"用""而"。

（3）① 叔父被他的话感动，就同意（收养）了。

② （这坟墓）每年都要祭扫，给董家子孙带来无穷的麻烦。

（4）第一篇写张元和他的叔父收养弃犬，当叔父被蛇咬时，犬奔家告之，使叔父获救；第二篇写董某得知老牛曾救过其溺水之父，因而善待老牛。两文无论是写人还是写动物，都重在表现其注重情义、知恩图报。

3. （1）诗人生活在明清易代的动乱之秋，干戈遍地，人民流离。作为亡民遗民的诗人抛家别井，万里投荒，漂泊无归，他在诗中所抒写的情感不仅仅有普通的客子羁旅他乡之愁，还深寓着自己的故国之思和离乱之感。

（2）开头两句描绘江畔深秋月明之夜的特定环境，渲染出一派凄清岑寂的氛围。朔风阵阵，繁霜满天，冷月清幽，征雁南飞。写景之中运用了通感手法，嘹唳的雁鸣，响彻江空，传来寒栗之感，由听觉形象转为触觉形象。同时运用了反衬手法，以雁鸣之"响"来反衬环境的荒寂。两句诗着意在一个"寒"字上："朔风""霜"是寒冷的，秋冬时节的"江干"是寒冷的，"白"和"清"的色彩也是冷色调，甚至连声音也"响尚寒"。情景之中包含着诗人丰富的情感，表现了诗人惨淡凄怆的情绪，折射出当时社会动乱、民生凋敝的苦难现实。

4. 这两句蕴含了作者翘首远望、依依不舍的惜别之情；路途艰险，祝福平安的关切之情；山高水长，前途迷茫的郁闷之情。运用了借景抒情或寓情于景的表现手法。

第四节 写作能力

主要知识点

1. 文体的种类、写作的要求及写作过程等写作常识

2. 掌握与教师职业相关的记叙类、议论类、说明类文体知识，并根据表达需要按要求选定文体熟练写作

3. 掌握语言的要求和表现手法，能够流畅运用语言叙事、说理和说明等，增强文字表达效果

一、写作基本知识

（一）写作概述

写作是运用语言文字符号反映客观事物、表达思想感情、传递知识信息的创造性脑力劳动过程。也就是通常所说的写文章、搞创作、撰文、写书等。

写作是一种复杂的创造性脑力劳动过程。从现代信息论、系统论的角度来看，写作是一个收集、加工、输出信息的整体系统。作为一个完整的系统过程，写作活动是有阶段性的，其大致可分为"采集—构思—表述"三个阶段。每个阶段和环节都有自身的特点、规律和要求。如果人们的写作活动符合这些规律和要求，就有可能妙笔生花，写出文质兼备的好文章、好作品。

写作作为一种富有创造性的脑力劳动过程，不仅仅存在于文学创作领域，还出现在应用写作领域（包括公文写作、经济写作、广告写作、军事写作、法律写作、科技写作、英语写作等）。就当下而言，语文学科意义上的"写作"主要是指文学创作。

另外，文字对每个人都会有影响，一篇好的文章，不但是作者的成就，也是对全人类文明和思想的贡献。

（二）写作的特征

1. 社会性与个体性的高度统一

表面来看，社会性与个体性是一对矛盾体，而事实上，人是社会中的人，即使像日记这样极具隐私意味的个人化写作也不能不显示出社会生活的痕迹。反过来，社会又是个体的人的集合，即使像公文那样最富有集体意志的写作，也必须经过个人的整合。一般来说，文学重个性，应用文重共性，但对普通的写作来说，则是社会性与个体性的统一。

2. 多元性与意向性的高度统一

写作是多种素养和多种智能的综合，写作的多元性、边缘性，既体现为写作过程中生活、思想、技巧三种因素的交互运动，也体现为作者思维活动、心理活动、审美活动等有机组合的复杂活动。写作行为是一个目的性过程，是一个主体的思维、观念的"意向性"过程，是作者在对自己的写作意图不断再认识中逐渐展开的语言表达，可见，写作过程是多元因素的意向性、目的化的表达过程。

3. 实践性与创造性的高度统一

实践性是写作的重要特征，而实践行为往往包含着创造成分，写作活动是一种创造性的劳作。优秀的作者敢于突破陈规陋习，用新的眼光，从新的角度，以新的观念去寻找新的事物，只有不断探索与新的内容相适应的写作方法和技巧，才能不断写出富于真知灼见、令人耳目一新的好文章。

（三）写作的构成要素

1. 主题

主题是作者运用各种材料和表现形式所传达出来的基本思想或基本观点，它渗透、贯穿于文章的始终，体现作者的写作意图，包含作者对文章中所反映的客观事物的基本认识、理解和评价，决定文章的基调和主旋律。同时，主题是读者对文章中心内涵的一种自我的理解，这种理解的深度和广度，常常与读者本人的文化背景、人生经历、知识结构、审美意识、情操境界等因素有关，所以，读者对文章主题的理解具有某种程度的宽泛性、多义性和灵活性，"一百个读者有一百个哈姆雷特"说的就是这个道理。

2. 材料

材料是构成文章的基本要素之一。所谓材料，是作者为了写作的需要，从生活中摄取、搜集到的一系列事实现象和理论依据。简单地说，凡是用来表现主题的事物和观念都可称为材料，它不仅指用于具体文章中的材料，也指作者写作前搜集和积累的材料，其范围极为宽泛，世上万物以及人们的各种观念几乎都有可能成为文章写作的材料。

材料的要求：

① 要选择真实可靠的材料；② 要选择典型生动的材料；③ 要选择新颖的材料；④ 要选择自己最熟悉的材料。

3. 结构

（1）结构的含义。

我们把文章部分与部分、部分与整体之间的内在联系和外部形式的统一称为文章的结构。外部组织形式是可见的，如标题、开头、结尾、段落、行文线索等；内在联系则是深隐的，如逻辑条理、意念脉络、情调、氛围、气韵等。

（2）结构的要素。

① 标题。

标题就是文章的名称。作者常常用它来暗示文章的体裁或主题。好的标题能够引起读者强烈的阅读兴趣。

② 开头和结尾。

开头：文章的开头，古人叫"起笔"。文章能否一下子使读者产生阅读兴趣，关键在于开头。

结尾：一篇文章的终结部分，古人称为"收笔"。结尾的好坏，同开头一样，直接影响文章的质量。

③ 段落和层次。

段落是构成文章的基本单位，也叫"自然段"。层次指文章思想内容的表现次序。一篇文章的层次划分是否清晰、完整、合乎逻辑，直接关系到主题的表达，并影响读者对文章内容的理解。

④ 过渡和照应。

过渡和照应是使文章内容前后相连贯的一种重要手段。过渡是指使段落与段落、层次与层次等相衔接的形式或手段。它在文中起着承上启下的作用。照应是指文章内容前后呼应，它可以使文章的结构非常紧凑，层次也更加分明。

（3）结构的要求。

① 要正确反映客观事物的内在联系和发展规律；② 要服从表现主题的需要；③ 不拘成法，富于变化；④ 结构严谨、完整、匀称。

4. 语言

语言是人类交流思想的最有效的物质媒介，也就是说，语言是思想的表现形式，思想与语言的关系是内容与形式的关系。

语言依附于思想，离开了语言，赤裸裸的思想是无法存在的，因此思想与语言相互作用，贯穿于整个写作过程。

语言的要求：

（1）准确。准确就是使用贴切的词语，选择恰当的句子，恰如其分地揭示客观事理，确切地反映生活，恰当地表达作者的观点和思想感情。

（2）精练。精练是指用最少的文字来表达最丰富的内容，做到言简而意丰。

（3）生动。生动就是语言活泼、形象、优美、感染力强，能把客观事物以及所描写的人物活灵活现地表现出来。

（4）谐畅。谐畅就是和谐、流畅。好的文章不但内容要好，而且读起来要朗朗上口，听起来要悦耳动人。

（四）写作的过程

写作过程是一种非常复杂的精神活动过程，不同作者的写作实践，甚至同一作者的不同文章的写作实践都是千差万别的，因此写作过程具有个别性、特殊性。一般而言，写作过程包含三个主要阶段：采集感知的准备阶段、立意选材谋篇的构思阶段和起草修改的表述阶段。

1. 准备阶段

（1）采集。

写作的准备阶段是一个长期采集积累材料的过程。材料采集的过程直接影响作者视野的深度与广度，也直接影响作者的观察力、感知力、洞察力、创造力等写作能力。

材料的来源一般有三个途径：社会生活、文字资料、音像材料（包括图画、摄影、录音、录像、电影、电视等）。采集材料的方法主要有三种：观察、调查、阅读。

① 观察。观察是人认识世界、获取信息最重要的一个方法。写作材料很大一部分是观察所得。心理学研究表明，一个人对外界的感知85%来自视觉，观察能力是写作能力中一个非常重要的组成部分。很难想象一个不会观察的人会具有较好的写作能力。

② 调查。调查是有目的、有计划地采集写作材料。生活中发生的许多情况，我们不可能都目睹。有许多事情，只能在发生之后，再到现场调查或者访问当事人、知情者。相比观察，调查更自觉、更有目的性。调查方法有很多，主要有开座谈会、个别采访、书面问卷、现场查访、网络调查等。

③ 阅读。阅读是采集材料获得知识的间接途径。一个人可以通过阅读体验他从没有体验过的经历，获取他现实生活中不可能直接获取的见识。通过阅读，知天地，通古今，获取前人的经验，感受他人的丰富人生，就会在很大程度上扩展了自己的生存空间。所以，阅读成为除观察、调查之外不可缺少的采集写作材料的方法。阅读的方法有：浏览法、跳读法、精读法、筛选法、网络文献查阅法等。

（2）感知。

感知是感觉和知觉的合称。感知不是被动的而是主动的，是对客观世界的主观把握，相同的事物在不同人的心里会产生不同的感知觉，同一个人在不同时期对同一事物的感知也不一样。感知是基于个人心理的对客观世界生动具体的感性认识。感知是认识世界的基础，也是写作的基础。

① 运用联想和想象。

在感知客观事物的过程中，离不开联想和想象。对写作者来说，感知力的强弱，取决于他的联想、想象能力。

② 注意情感的投入与分离。

丰富的情感投入，是保持敏锐感知力的基础。热爱生活、对生活充满激情，对客观世界饱含感情，这样才能深入对象的内部，把握客体对象的真实内涵，获得丰富细致、独特深刻的感知觉。情感的投入固然重要，但并不是任意泛滥，没有节制。情感在必要时应该从客观对象中分离出来，这样才能更好地认知对象。"离"可以产生静观的条件，获得一种超脱的境界，从而客观冷静地观察事物的自然流变，前因后果，来龙去脉，更准确地把握事物的本质。

③ 提高创作主体自身的修养。

感知能力除了和主体的性格、气质、兴趣有关外，还和主体的生活修养、知识修养、思想修养有关。

生活修养是人生阅历的丰富和积累。人生阅历的深浅影响主体感知的广度与深度。知识修养指书本知识的积累和整合。一个人的阅历是有限的，学习知识是最便捷的增长见识、开阔视野的途径。思想修养是建立在生活修养和学识修养基础上的人的精神修养。思想修养直接影响人认识或对待一切事物的基本立场、观点和方法，决定感知成果的正确性、深刻性和独特性。

2. 构思阶段

有了材料的积累与感知，要想挥笔成文，中间还要经过一个凝思默想的构思阶段。构思是一个在感知的基础上对材料进行加工的思维过程，是一个苦思冥想的过程。构思的进行程度直接影响表达的脉络与流畅。

（1）立意。

立意通俗地说就是提炼主题。主题是文章的灵魂，立意就成为进入写作阶段必不可少的过程。立意的深刻、新颖程度往往成为衡量文章好坏、价值高低的标准。而且，主题对材料的取舍、结构的安排、表达方式的运用都起着制约作用。

（2）选材。

人们通过观察、调查、阅读、感知等得来的材料还只是原始素材，这些素材是纷繁复杂、粗糙杂乱的，要使这些素材为写作所用，必须根据表现主题的需要进行筛选与加工。材料的选择与加工有这样几个过程：

① 围绕主题选择材料。

前期所积累整合的材料不会都用到文章中去，要经过精心挑选，选择出典型的、新颖的、内涵丰富的材料为写作所用。

② 剪裁。

园艺家要用挑选出的树木、花卉、石块创造一个姿态怡人的盆景，就要先对材料进行加工搭配。作者也一样，对精心选取后的写作材料，要先在头脑里进行剪裁，最后做到详略得当、虚实有致。

（3）谋篇。

"谋篇"就是对具体"篇章"的谋划，"篇"是整篇文章，"章"是章节或段落，"谋篇"即安排文章从整体到局部的结构格局，也称"布局"。谋篇布局的目的是使材料有序化，最后拥有一个错落有致、完整统一的结构。结构是谋篇结果的呈现。布局谋篇的具体操作大致可以分为：梳理思路、设置线索、确定结构环节。

3. 表述阶段

表述是一个将构思好的"蓝图"用书面语言表达出来的过程，也是一个再创造的过程。动笔之前，无论构思多么详细，也不可能将要写的所有细节都预先想好；即便什么都想好了，表述也不是把原来的构思都"搬出来"，而是对写作内容进行再一次的运思与整合。表述将混沌模糊的内语言转化为明朗清晰的外语言，是一个分析与判断、斟酌字句、推敲修辞的过程。

（1）起草。

起草就是写初稿，作者第一次把谋篇构思的成果用语言文字书写出来，这是一个从不清晰到清晰、不具体到具体的过程，也是作者思想认识不断深化的过程。此期间，会不断有新的东西从脑海里涌现出来，对原有的构思进行修改、补充和完善，使文章最后成形。起草一般有两种方式，一是一气呵成，二是分节完成。对于篇幅短小的文章，可以采用一气呵成的方式，即在构思充分成熟的基础上，不间断地一次性完成全篇初稿写作。对于篇幅较长的文章，可以分节完成，即在列提纲的基础上按计划分节来写。

起草的具体形式因人而异，但一般应该注意以下几点：

① 开笔定调。

表述的第一步就是写开头。万事开头难。构思一个新颖别致的开头，是要花一些心思的。其实，文章开头并不仅是语言形式的技巧问题，还关系到文章基调和写作角度的问题。

② 利用情境进行语段写作。

开笔定调以后，在写作基调的孕育把握中，作者渐渐进入自己所要传达的内容中，思想情感与自己书写所要表达的内容完全融合，这便是进入了写作情境。进入情境的写作，会文思泉涌，很多内容自然生发；没有进入写作情境的写作，会运思不畅，甚至文思枯竭。

③ 运用修辞追求审美效果

随着句子、语段的生成，内在的构思不断外化成可以阅读的语言形式。在这个外化的过程中，除了要把原先的意思、设想表达出来，还要表达得更好、更生动、更精彩，这是每一个作者都希望的，所以作者还会在文章修辞上努力，尽量使自己的文章更有审美效果。

（2）修改。

修改的意义：

"文章不厌百回改"，修改是写作过程的最后一个步骤，也是提高文章质量的重要步骤。文章是作者将头脑中的思想感情用书面语言的形式表达出来的成果，思想情感是复杂变化的，对一个事物的认识也是不断深入的，再加上语言本身的局限和运用语言的能力不足，一篇文章写成之后，总是会有很多不尽如人意的地方。要想使文章的思想内容和表现形式和谐统一起来，文质兼美，绝非易事，认真修改、反复推敲是必不可少的。

修改的内容包括：

① 深化主题。深化主题是首要工作，因为其他方面的修改都要围绕主题思想进行。虽然在动笔之前，对主题已经有一个比较明确的认识，但在书写过程中，很可能力不从心，没有表达到位，所以修改时要先看看有没有文不对题或题不能"统帅"文的问题，还要看看主题的社会效应和现实意义如何，如果主题选择不适合，不能使全篇材料"活"起来，就需要根据全部材料重新进行分析研究。

② 增删材料：修改时，如果发现材料不足以凸现主题或与主题不符，就要对材料进行增删，或选择新的材料进行补充，或对原材料进行删改。因为选材是否恰当、典型，直接影响到主题的表达。

③ 锤炼语言。初稿的完成比较匆忙，会留下很多语言的纰漏需要修改，如语句不通、句子繁复、选词错误、用词不当等，修改时要对语言进行推敲，使语言流畅、精确、生动。

④ 检查文面。文面即文章的外表面貌。文章的内容固然重要，但也不要忽视文面。文面反映作者的书写基本功和写作态度。检查文面就是要检查文章的书写形式是否规范化，这其中包括行款格式是否符合要求；标点符号是否符合书写规定；是否有错字、别字和不合规范的简化字；数字的书写是否符合要求，注释、附录等格式是否规范等。

修改的方法有：

① 间时法。间时法就是写好文章以后，不要马上修改，而是过一段时间再进行修改。因为刚写完时，作者仍然处于写作的思维情绪中，无法跳出既成的思维套路，所以很难发现文章中的毛病。

② 读改法。读改法就是通过读来改。"读"指读出声音，把无声的书面语言转换成有声的口头语言。读，可以通过耳、心、目同时作用，充分调动一个人的语感，对语言是否通顺流畅、是否准确形象进行判断。读，也可以使人充分体会文章的节奏感和语言韵味，品味出何处"通"，

何处"堵"，最后进行修改，"理气化淤"。

③ 互改法。俗话说"当局者迷，旁观者清"，因为是自己写的作文，所以在修改时往往会不自觉地带有个人的主观色彩，也极易忽略作文中的不明显的错误。另外，不同的人有不同的思路，看问题有不同的角度，这样可以更全面地发现作文中的错误。而且一个人的能力、阅历、学识都是有限的，有时自己解决不了的问题，或者没有发现的问题，借他人的指点或许会茅塞顿开。但是也要注意，对于别人的意见我们要认真分析，不能一味盲从，否则，修改就失去了意义。

（五）写作技巧点拨

1. 如何写好作文标题、开头和结尾

（1）怎样拟好标题。

文章的标题就像龙的眼睛。眼睛有神龙会飞，标题有神文添彩。好的标题应简洁、新颖、生动、切合文意，能使人一看到标题就有阅读兴趣。那么，拟好标题的方法有哪些呢？

① 运用修辞手法。如《忠诚：沟通友谊的桥梁》用比喻；《我与自信签约》用拟人；《榜上无名，脚下有路》用对偶；《减负还是加负》用反问；《少年壮志不言愁》引用歌词；《自考之路通罗马》用借代（罗马借代成功）等。

② 用数学式。如《减负≠减副》《8-1＞8》《真诚+守信=真正的友谊》等。

③ 直言事理。如《上网，让我欢喜让我忧》《诚信抛弃不得》等。

④ 反常求异。如《我想当个差生》《会上楼的牛仔裤》等。

在话题作文中，可用原题，也可另拟，只要所写内容在话题范围内即可。若原题太大，可拟小些的题目。如话题作文"以人为本"，可拟成"致富以人为本"等。

（2）怎样写好文章的开头。

文章的开头就像凤的头。凤头美好招人看，文头亮丽引人读。

① 引用诗词、歌词开头。如"'只要人人都献出一点爱，世界将变成美好的人间……'一听到这首《爱的奉献》，几天前在放学路上看到的那动人一幕，就会浮现在我的眼前。"（《爱心》）

② 设置悬念开头。如"挂钟不慌不忙，有节奏地走着，嘀嗒，嘀嗒……都快要4点了，妈怎么还没回来？"（《担心》）

③ 写景状物开头。如"朝阳出来了，湖水为它梳妆；新月上来了，群星为它做伴；春花开了，绿叶为它映衬；鸟儿鸣唱，蟋蟀为它拉琴……天地万物都在向我们讲述着有关爱的故事。"（《关爱永远》）

（3）怎样写好文章的结尾。

文章的结尾应像老虎的尾巴，结实、有力。写好文章结尾的方法有：

① 卒章显志法，即末尾点明文章的中心。可用抒情议论句直接点出来。如"人们，请选择好你的染缸，点染好你的生活！"（《生活如染缸》）或引用诗词点题。如一篇文章的结尾："人有悲欢离合，月有阴晴圆缺，此事古难全。"表达了师生间的依依惜别之情。或借用人物语言点题。如："不过，通过这次不平常的考试，我感到：一个人应该在别人困难时伸出援助之手。"（《一次不平常的考试》），又如："我要向您说一句：'感谢您，老师！'"（《感谢您，老师》）

② 首尾呼应法。如"那天，阳光好暖，好暖……"（《那天，阳光好暖》）与开头的"一缕金黄色的阳光从窗口斜射在桌子上，照在信封上，那天阳光好暖啊……"相呼应。

③ 描景写事法。如上例便是描景结尾法。又如一篇题为《心结》的结尾"我走向了他……"，以写事法结尾，点出了事情的结局。

2. 安排好文章的层次

一篇文章内容的呈现，必然有先后次序，这就涉及文章层次的组合安排。文章层次的安排，主要有以下几种：

（1）以时间进程为序。即按照时间的先后顺序和事件发生、发展的自然进程为序安排层次，又称纵式结构。

（2）以空间转换为序。即按照事物空间方位的转换变化为序来安排层次，或由远而近，或由外及内，或从上到下，或从左到右，这种写法又称横式结构。

（3）以时空交错为序。把时间的推移和空间的转换自然交织在一起，以时间为经、空间为纬来安排层次，又称复合结构。

（4）以材料性质为序。即按照材料性质的不同加以归类，再按材料的内在逻辑关系安排层次，又称逻辑结构。论说文体、应用文体为了清楚地说明事物的性质特征，常用这种结构方式。

3. 设置好文章的线索

文章的结构有内外之分。内部结构是指文章材料内容之间的内在联系，主要表现为线索的贯穿。所谓线索，就是贯穿在文章中的情节发展和思想感情发展的路线，是把全部内容材料串连起来的链条，是把文章各部分组成一个严密有序的整体的纽带。

由于文章内容有繁有简，篇幅有长有短，因而线索的设置也可多可少。一般来说，情节较简单、头绪较单纯的，可设置一条线索，称为单线。若情节较复杂，头绪较纷繁，则可设两条或两条以上的线索，称为复线。复线又可分主线和副线、明线和暗线。

设置线索的方式主要有以下几种：

（1）以人为线索。就是在文章中设置一个线索人物，这个人物在全文中只是穿针引线的次要角色，他的主要作用是串连情节、贯穿全文。

（2）以物为线索。文章线索的物，往往并不是文章所要表现的主体，但它却贯穿于文章的始终，把不同时空中的材料勾联起来，形成一个有机整体。

（3）以事为线索。在有完整情节的作品里，常用中心事件来串连材料、控制篇章。

（4）以理为线索。以作者认识事物的思维过程为线索来安排篇章，通常用于论说性文体。

4. 安排好文章的照应

文章要照应的情况有：① 开头与结尾；② 论点或表现主题的关键词语；③ 伏笔与悬念；④ 行文中的词语或意思与标题照应。

常见的照应方式有：① 以典型的景与物照应。如巴金《从镰仓带回的照片》，为渲染气氛、表露感情而用时大时小的雨前后照应；② 以典型人物的语言、动作、外表特征照应。如鲁迅《祝福》中祥林嫂的"我真傻！真的!"；③ 以生动的生活细节照应。如茹志鹃《百合花》中描写小通信员衣肩上的破洞。

5. 表达方式的运用

"表达方式"是在用语言、艺术、音乐、行动把思想感情表示出来时所采取的方法和形式。表达方式的运用有以下几种：

（1）记叙。记叙是写作中最基本、最常见的一种表达方式，它是作者对人物的经历和事件的发展变化过程以及场景、空间的转换所作的叙说和交代，在写事文章中应用较为广泛，作用也比较多。

（2）描写。描写就是把描写对象的状貌、情态描绘出来（包括心理描写、语言描写、动作描写、神态描写、外貌描写、细节描写、环境描写等），再现给读者的一种表达方式。用生动形象的语言把人物的形态、动作或景物的状态等具体特征描绘出来，一般分为人物描写或景物描写，它是文学创作中的主要表达方式之一，在一般的记叙、议论、说明文中，有时也把它作为一种辅助手段。描写手法运用得好，能使语言逼真传神、生动形象，使读者如见其人、如闻其声、如临其境，从中受到强烈的艺术感染。

（3）抒情。抒情就是抒发和表达作者的感情，具体指以形式化的语言，象征性地表现个人内心情感的一类文学活动，它与叙事相对，具有主观化、个性化和诗意化等特征。作为一种特殊的文学方式，抒情主要反映社会生活的精神方面，并通过对现实的审美改造，达到心灵的自由抒发，是个性与社会性的辩证统一，也是情感释放与情感构造、审美创造的辩证统一。它是抒情文体的主要表达方式，在一般的文学创作中，也常常把它作为重要辅助表达手段。

（4）议论。议论就是作者对某个议论对象发表见解，以表明自己的观点和态度的方式，通过讲事实、说道理等方法对人物或事件发表自己的观点、看法，通常带有较强的主观色彩。它的作用在于使文章鲜明、深刻，具有较强的哲理性和理论深度。在议论文中，它是主要表达方式；在一般记叙文、说明文中，也常被当作辅助表达手段。

（5）说明。说明就是用简明扼要的文字，把事物的形状、性质、特征、成因、关系、功用等解说清楚的表达方式。这种被解说的对象，有的是实体的事物，如山川、江河、植物、文具、建筑、器物等；有的是抽象的道理，如思想、意识、修养、观点、概念、原理、技术等。

二、常用的写作文体

（一）记叙文写作指导

一般考场上的记叙文主要是指以记人、叙事、写景、状物为主，对社会生活中的人、事、景、物的情态变化和发展进行叙述和描写的一类文章，借此表达作者对于生活的真切感受。

优秀的记叙文，在切合题意的前提下，应该有一个相对完整的事件，有一个具体鲜明的形象，并以记叙、描写为主；语言要生动活泼，特别要有巧妙机智的构思、生动传神的细节描写和真挚动人的情感表达。

要写好应试命题记叙文，需解决好以下几个问题：

1. 审题要细心

（1）有些命题是用词语做题目的。有时用它的本义，如《尝试》，就是记叙某个人或某些人有目的地去做以前没有做过的事；《忙》，用的也都是该词语的本义。有时用其比喻义，如《铺路石》，并不是要你直接写铺路的石子，而是要你写一位像铺路石那样具有"默默无闻，甘做贡献"精神的人物。又如《春风》，也并非要你直接写春天的风，而是要你像春风一样给人带来温暖和生机的人或事。有时则用引申义，如《窗口》，"透过它能看到某个方面的基本情况"的某个地方。我们通常说，某商场是了解某城市市场供销情况的"窗口"；某中学是了解某地中等教育情况的"窗口"，都属这个意思。

（2）有些命题是用短语做题目的。一般来说，用偏正结构短语做记叙文题目的较多，审题时要注意定语对中心词的修饰和限制。如《平凡的岗位》，写时要突出"平凡"，通过对一位平凡的劳动者所做的平凡的事的描述，反映出他的不平凡。用联合结构短语做题目，则要兼顾两个方面，如《我和母校》，既要写"我"又要写"母校"，二者缺一不可，必须写出"我"和"母校"的关系。

（3）有些命题是用句子做题目的。审题重点一般落在谓语上，如《×××的事迹激励了我》，"激励"是重点：什么激励了我，我受到了什么激励，我受了激励后怎么样，始终围绕"激励"做文章。再如《我要把春光留住》，"留住"是重点：谁要留住，留住什么，为什么要留住，始终围绕

"留住"做文章，突出"春光"的美好，歌颂精神文明建设的新风貌。

2. 立意要积极

立意就是确立文章的主旨。"意"立得如何，直接关系到文章的格调味。总的来说，要追求真善美，鞭挞假恶丑，要积极进取，而不能消极低沉。具体来说，立意应关注以下几个方面：① 积极向上的人生态度。要把个人的小我融入社会的潮流，以小见大，展示时代风貌。② 关爱他人的博大胸怀。应清醒地看待物欲横流、金钱至上、急功近利等畸形现象，努力抒写对父母亲友的爱心、对弱势群体的同情、对生存环境的关注，进而思考自己应尽的最基本的社会责任。③ 高尚美好的生活情趣。不能只要娱乐，不要文化；只要刺激，不要思想，而应该努力体验什么是真正的生活。

3. 记叙要具体

仅有一般叙述，没有具体描写，文章就不会生动，当然也就不可能感人。考试中作文篇幅有限，所以所记之事时间跨度不能大，空间转移不宜多，头绪不能复杂，最好突出一个人物，这样才能写得集中，写得细致。要使记叙具体，至少有两个办法：① 设计若干细节。或是人物的个性化语言、形态动作、脸部表情，或是事情发展过程中具有特定氛围的某个场面，等等。不过，细节一定要真实，要有生活气息。② 恰当运用修辞。

4. 感情要真切

不论写人还是记事，都应带有感情，褒贬分明，但绝不要离开具体记叙去大段地抒情，而应将真挚的感情融入字里行间的描写之中。要想以情动人，先得自己动情。如一篇考生的作文，通过对一段往事的回忆，写出了父亲爱子的深情。当父亲在一次体检中得知肝硬化的初步诊断后对母亲说："我倒不是担心我自己，我是舍不得这个家……我对儿子还有很大用处……我不能就这样离开……"这段话是动情的。父亲一如既往，骑车送儿子去上学，在校门口回望儿子时，儿子发现，父亲眼眶里的泪水"往外探了几次头以后，最终还是被逼了回去"，这个细节是感人的。有了这样凝聚着真情的描写，文章就令人难忘。不过，要表达真切之情，跟选材也有关系。应尽量选择最使自己感动，又与题目紧密相关的人与事，投入地去写亲情、友情、师生情、乡土情。

5. 形式要变通

为了避免平铺直叙的单调、死板，不妨在形式上做些变化：① 用好"三"，即以三组镜头、三个地点、三次对话、三张照片、三段回忆等来代替"流水账"。② 列小标题，为全文设计几个小标题，每个标题可以是一个字，或表时间的词，或是文中人物的一句话等。③ 采用倒叙，先把事情结局放在开头，然后按事情发展的先后顺序慢慢道来。④ 用日记体，把整篇文章的内容按时间先后分为几块，每块冠以日期、天气，合起来就是个完整的故事。⑤ 用书信体，文章主体是记叙文，而"外壳"是封信。不过，要强调的是，以上这些均属形式，一篇好的作文关键还在于内容的充实。

（二）议论文写作指导

在教师资格考试中，议论文所占比重很大。想写好一篇议论文，需要从以下几点着手：首先，考生审题要准确，抓准最佳立意角度，精心构思，做到材料丰富。其次，论证思维要严密，议论问题尽量深刻、透彻，抓住事物本质，从因果关系入手，写出自己的见解，不能人云亦云，泛泛而论。

1. 议论文开拓思路的方法

（1）将事物进行划分，展现出多个角度，使抽象论题具体化，就可使议论的内容丰富起来。

（2）展开联想，即由此事物联想到与之相关的彼事物，从它们的相互关系中去分析事物的特征。

（3）缩小议题范围，使文章论述层层推进，或扩展议题内容，使之更加具体。

（4）求异翻新，即对前人的观点提出不同见解。

2. 确立论点的技法

（1）观点要正确、鲜明、新颖、深刻。

首先，论点正确是议论文最起码的要求。论点的说服力根植于对客观事物的正确反映，而这又取决于作者的立场、观点、态度、方法是否正确，如果论点本身不正确，甚至是荒谬的，再怎么论证也不能说服人。其次，论点要鲜明。赞成什么、反对什么，要非常鲜明，而不能模棱两可，含混不清。最后，论点要新颖、深刻。论点应该尽可能新颖、深刻，能超出他人的见解，不是重复他人的老生常谈，也不是无关痛痒、流于一般的泛泛而谈。

（2）要选择一个恰当角度切入。

考生要养成横向思维、纵向思维、逆向思维的习惯，面对一个话题，从不同角度展开思考，从而选择一个恰当角度作为自己文章的切入点。

3. 构段的技法

除了写好开头和结尾外，还应写好主体段，主体段一般为两段。对一篇议论文而言，主体段的写作应是提出分论点并加以论证的过程。字数可控制在 300 字左右。

构段主要模式："主旨句+分析句+过渡句+材料句+分析句"，或"主旨句+过渡句+材料句+分析句"等。

主旨句是支撑中心论点的一个分论点，应放在句首；过渡句是连接中心句和材料句的一根线，起承上启下的作用；材料句是摆事实的部分；分析句是讲道理的部分，可分析原因，也可正例反设或反例正设，还可写一个变式的中心句。

4. 选择论据的技法

论据是证明论点正确的证据。要想证明论点的正确性，首先，论据必须让人觉得真实、可信，能够充分证明论点。其次，论据要具有典型性，能收到"以一当十"的效果。最后，论据要新颖，尽可能寻找一些新鲜的、能给人以新的感受和启示的论据。

5. 运用论证方法的技法

（1）例证法。

例证法就是选择典型的有代表性的个别事例来论证观点的方法。如论证"为了国家利益，应不顾个人私利"的论点，可以举缪贤荐蔺相如的例子。先从正面分析缪贤心胸开阔，能为国举贤。之后假想一种情况，如果璧留秦，而秦地不可得，损害了赵国的利益，那么赵王一怒之下，恐怕不只是杀了蔺相如一人了事，连缪贤也将因推荐庸才之过而受到牵连。但缪贤并不惧怕这些，置个人安危于不顾，毅然把蔺相如推荐给赵王。此举，若非出于对国事的关心，是难以做到的。通过对论据的引申，突出缪贤以国家利益为重的品质，论点得到证明。

（2）引证法。

引证法就是用理论论据证明论点的方法。它既可直接引用原文，也可以间接引用原意，但不论采用哪种形式，都必须掌握这样的原则：一是所引证的内容必须有权威性，二是所引证的内容必须准确，绝不能断章取义。

（3）喻证法。

喻证法就是用比喻来阐明抽象道理的方法。在论证过程中，为了增强说理效果，使抽象的道理形象化，使深奥的道理浅显化，就可以运用喻证法，通过虚构的寓言、神话讲道理，或摘取自然现象、生活现象打比方。由于喻体本身具有形象性，因此用设喻来论述抽象深刻的道理，不但通俗易懂，而且鲜明、生动，具有很好的论证效果。

（4）对比法。

对比法指在论证过程中，把同一事物的不同方面或不同事物的相同或相反方面加以比较对照来证明论点的方法。

（5）类比法。

类比法就是用已知事物同与它有某些相似点的事物作比较类推，从而证明论点的方法。

真题再现

考题 2016 年写作："跨"是一个动作。《说文解字》解释：跨，渡也。本义为迈腿越过。后又引申为超越时间、地区等界限，例如跨时代、跨区域、跨界。"跨"是一个有动感的汉字，能反映一个人的心境和精神状态，也常常反映时代社会的变化。

根据上面文字所引发的联想和思考，写一篇文章。

要求：文体自选，立意自定，标题自拟，不少于800字。

【写作思路】考生要紧紧抓住"'跨'是一个有动感的汉字，能反映一个人的心境和精神状态，也常常反映时代社会的变化"这句话来理解。作文时应联系社会实际，紧密围绕当前教书育人的社会背景，从教师和学生应积极、乐观，勇于跨越人生艰难险阻、勇攀人生高峰的角度立意，中心突出、内容充实、情真意切、结构严谨、文体明确、语言优美、引经据典、字体优美。

（三）说明文写作指导

说明文是以说明为主要表达方式来解释事物、阐明事理的文章。这类文章要把事物的形状、性质、特征、成因、关系、功能等介绍清楚，把事理的概念、种类、来源、发展变化的过程等讲明白。

1. 写说明文要注意的问题

（1）要抓住特征，说得准确。特征就是一个事物区别于其他事物的标志，要先了解事物，并弄清楚事物"大概怎么样"，也要弄清楚事物"究竟怎么样"，以及弄清楚说明对象各个方面之间的关系，从而抓住事物的特征。如苏州园林的特征是"务必使游览者无论站在哪个点上，眼前总是一幅完美的图画"，这就准确地说明了苏州园林给人留下了深刻的印象。

（2）要遵循规律，说得有序。要合理地安排说明顺序，"言之有序"。一是要遵循事物自身的规律，有条不紊地进行解说。二是指整篇文章要讲顺序，例如全文布局的顺序、说明主体的顺序、段落内部的顺序等。以什么顺序组织材料，要根据人们认识事物的过程以及说明对象本身的规律而定。或时间顺序，或空间顺序，或逻辑顺序。一般地，说明事物的成因、方法的文章，往往以时间为序，把事物产生、发展变化或工作步骤写清；说明事物形状、构造，一般以空间顺序来写；有的说明文采用分类的方法，可以按照所分的各类为顺序进行说明。只有说得有序、条理清楚才能使读者很快把握说明内容。

（3）要讲究方法。说明文常用的说明方法有举例子、作比较、下定义、列图表、作诠释、打比方、摹状貌、分类别、列数字等。至于采用何种方法，应根据说明对象的特点和作者的写作意图来确定。如《中国石拱桥》在说明石拱桥"不但形式优美，而且结构坚固"的特点时，就用了举例法；在说明赵州桥和卢沟桥时用了列数字；在介绍桥上石狮时，又用了摹状貌。另外，说明文的语言虽以准确、简明为主，但感染力要强，要注意说得生动。可采用一些生动活泼的语言，或以一定的描写来刻画形容，或用一些比喻、拟人、设问等修辞手段，或引用一些寓言、故事、传说等把事物说得精彩有趣味性，来吸引读者。

2. 说明文常用的说明方法

（1）举例子。

举例子，是通过列举有代表性的、恰当的事例来说明事物特征的说明方法。举例说明可以化抽象为具体，使说明内容具体清晰，令人信服。

（2）做比较。

说明某些抽象的或者是人们比较陌生的事物时，可以用具体的或者大家已经熟悉的事物和它比较，使读者通过比较得到具体而鲜明的印象。

（3）下定义。

用简明的语言对某一概念的本质特征作规定性的说明叫下定义。下定义能准确揭示事物的本质，是科技说明文常用的方法。

（4）列图表。

为了把复杂的事物说清楚，可以采用图表法，来弥补单用文字表达的欠缺，使读者更加直观、一目了然地了解事物的特征。

（5）打比方。

利用两种不同事物之间的相似之处做比较，以突出事物的形状特点，增强形象性和生动性的说明方法叫作打比方。（把……比作……，体现了……的……特点）

（6）分类别。

将被说明的对象，有序地照一定的标准划分成不同类别，一类一类地加以说明，这种说明方法叫分类别。

（7）列数字。

为了使所要说明的事物准确化，还可以采用列数字的方法，以便读者理解。需要注意的是，引用的数字，一定要准确无误，不准确的数字绝对不能用，即使是估计的数字，也要有可靠的根据，并力求近似。说明的语言要准确，就是既要在用词造句方面精确，合乎语法规律，还要准确地运用专门术语、概括性词语；更要注意句子内部、句子之间的逻辑性，只有这样才能说明规律、证明事理，准确地反映客观实际，使读者便于领会，不生误解。

高频考点训练

1. 阅读下面的材料，根据要求作文。

不经历风雨，怎能见彩虹，没有人能随随便便成功。

要求：选好角度，确定立意，明确文体，自拟标题；不要脱离材料内容及含义的范围作文。

2. 阅读下面的材料，根据要求作文。

田野里，山坡上，道路旁，花园中……我们经常会看到一朵朵鲜艳的花，不管脚下的土地是否肥沃，也不管是否有人停下来观赏，它们总是那么自信、那么骄傲地悄然绽放。

其实，身为教师，从这些绽放的花儿身上，我们能得到很多生活的启迪。

请以"绽放"为题写一篇不少于800字的文章。

要求：用规范的现代汉语写作，立意自定，题目自拟，观点明确，分析具体，条理清楚，语言流畅，不少于800字。

3. 阅读下面的材料，根据要求写一篇文章。

面 对 缺 陷

　　美国人安迪，右手只有 4 根手指，他是一名优秀的广播电台节目主持人，但是做一名电视节目主持人是他的梦想，虽然安迪具备一个优秀的电视节目主持人几乎所有的条件，但是各电视台的负责人看到他残疾的手就都回绝了他。经过一年半的努力，安迪终于被一家电视台录用。试镜时安迪按电视台的建议戴着仿指手套，但这样安迪总是感到虚假和不自然。在正式主持节目时，安迪摘掉手套，以最自然的态度去面对观众和自身的缺陷，安迪以真诚、自信、充满魅力的主持，受到了热烈欢迎，成为一名杰出的电视节目主持人。观众来信不断，他们热情赞美了安迪的主持艺术，对于他面对缺陷的坦率给予了热烈的赞美，观众接受了他的缺陷。

　　安迪成功的因素是多方面的，他坦率地面对自身缺陷的态度是其成功的原因之一。以"面对缺陷"为话题写一篇 800 字以上的文章，诗歌除外，文体不限，题目自拟。

参考例文

1.【例文】

风雨之后见彩虹

　　记得上初中时，最喜欢听的一首歌，便是李宗盛唱的《真心英雄》，歌声很是优美动听："不经历风雨，怎么见彩虹，没有人能随随便便成功。"是啊，不经历磨难，又怎能成功呢？

　　师从鬼谷子的孙膑，一表人才，却被庞涓挖去了两块膝盖骨；但是，这巨大的灾难并没有击垮他，反而成就了他生命的高度，两块膝盖骨，如两颗种子，生出了两把利剑，一剑刺出桂陵之战，一剑刺出马陵之战。围魏救赵，声振天下；减灶之计，流传千古。正是那常人难以忍受的痛苦，磨砺了孙膑的意志，使其取得辉煌成就。

　　《史记》的故事似乎令我们更为震撼。遭到了残忍宫刑的司马迁，没有在困难面前被打倒，反而挺起了他的胸膛，十八年艰辛路，这里面的痛，这里面的苦，都不是我们能想到的。正是这种种困难，丰富了他的大脑，锻炼了他的思想，磨砺了他的笔锋，使得《史记》流芳百世。

　　似乎每一个人的成功之路都如这两人，不是一帆风顺的，也正是这外界的困难，磨炼了他们的内心，使他们走向了成功之路，"故天将降大任于斯人也，必先苦其心志，劳其筋骨，饿其体肤，空乏其身，行拂乱其所为，所以动心忍性，增益其所不能。"这个简单的道理，孟子在两千多年前就早已看破。

　　正如沙子一样，经历了与孤独、寂寞为伍之苦，才能蜕变为一颗价值连城的珍珠。也许人们只看到了它光彩照人的一面，但又有谁知道，它在蚌壳里所面对的寒冷、阴暗和潮湿呢？

　　所以当我们遇到困难时，一定要去克服它们，想要成功，这是必经之路！

　　遇到风雨后不要怕，拨开云雾，展现在你眼前的，就是那美丽的彩虹！

2.【例文】

绽　放

　　春风轻盈，野花绽放，于是有了"黄四娘家花满蹊，千朵万朵压枝低"。夏雨清凉，莲花绽放，于是有了"接天莲叶无穷碧，映日荷花别样红"。秋风萧瑟，菊花绽放，于是有了"龙须虎头芊芊在，花蕊枝头淡淡香"。冬雪凝霜，梅花绽放，于是有了"梅须逊雪三分白，雪却输梅一段香"。每一朵花的绽放点缀了一个季节。亲爱的人民教师，你呢？也许你还在羞羞答答，含苞待放。

绽放吧！释放青春的激情。绽放吧！也许只是转瞬即逝。丁香花固然美丽，但花期不长；夜来香虽有扑鼻清香却也是"昙花一现"。但是人们记住了它们的美丽，虽然那种美是一种悲壮与苍凉之美，却在瞬间绽放了永恒。

绽放吧！也许只是默默无闻。也许你只是山间小溪旁的那一朵小野花，但你也要尽情地绽放，因为你的装饰，大地更加美丽，蓝天更加耀眼。也许你会埋怨为什么不能在世人瞩目中盛开，却平淡无奇孤独地绽放，那就想想梅花吧，他们"临寒独自开"，他们并不需要过于温暖与舒适的条件，却于寒冷中带来了阵阵梅香。尽情地绽放吧，风中有了你的气息，虽无人看到，也能感受到你的芳香。

绽放吧！要开得炽热，开得旺盛。生命本身赋予了我们太多的意义，炽烈的生命需要喷发，青春的激情需要绽放。让美丽在那一刻永恒地抒写，让美丽在那一刻永恒地停驻。

大凡每一位伟大的人物，没有一个不是意气风发、慷慨激昂的。毛泽东"指点江山，激扬文字……问苍茫大地，谁主沉浮"；李白"仰天大笑出门去，我辈岂是蓬蒿人""长风破浪会有时，直挂云帆济沧海"。亲爱的人民教师，我们需要张扬，需要绽放。也许你还要在孤寂中徘徊等待，也许你还在怨天尤人，也许你还在等待群芳争妍。绽放吧！我的朋友，教学的天空任你飞翔。班级的学生需要你的精心教导，激情四射的我们需要在教学梦想飞翔的时刻尽情绽放，去赢得属于教师独有的希望。绽放青春激情，不必再犹豫；绽放青春美丽，不必再徘徊；绽放青春张扬，不必再等待。你就是那满园春色里孤傲的杏花，你就是那枝"香远益清，亭亭净植"的荷花，你就是那枝"宁可枝头抱香死"的菊花，你就是那枝"临寒独自开"的梅花。绽放吧！

一花一世界，一叶一菩提。一朵花的绽放，点亮整个春天；一位教师的绽放，点亮整个明天！

3. 【例文】

缺　陷

什么是缺陷？翻了翻字典，上面赫然写着"欠缺或不完备的地方……"于是我撇了撇嘴，投去不屑的目光，然后毅然背起行囊，踏上了一辆寻找"完美"的列车。

我翻开自己的"完美"名册，第一页上分明写着"鲁迅"。我于是告诉列车长"去绍兴！"他点了点头，然后便轻轻地按下一个按钮……刷！突然间，我感到车窗外的景色如闪电般疾驰起来，但等到我再次回过神时，它们又原地静静地待在那里，不见一丝动静了。

"到了！"列车长冲我笑笑。

"哦！"我竟来不及惊讶列车的神速，便飞一样冲下去，直奔向"百草园"，我知道那里是鲁迅先生最钟爱的地方。推开大门，映入眼帘的便是那"碧绿的菜畦，光滑的石井栏，高大的皂荚树，紫红的桑葚"，间或会听到"鸣蝉的长吟，油蛉的低唱和蟋蟀的琴声"，但这园中分明又加了一个小亭和一条绕亭而流的小溪，正是从那亭中传来阵阵琴声，和着流水潺潺，组成了一段绝美的乐章。看那亭中之人，正方脸，浓胡须，一簇簇与社会不调和的竖着的头发。

"那一定是鲁迅先生了！"我像是已得了胜利一样，花一般的笑容已经在脸上荡开了。

"什么？完美？我？哦，不不不……"当鲁迅先生听明白我的来意后，竟不假思索地做了否定的回答。这无疑是极令我失望的。

"为什么不呢？您的《狂人日记》《阿Q正传》，已经成了中国白话小说的经典，您的杂文一直是后人争相模仿的对象，您的……"

"不，你错了！"鲁迅先生打断我的话，"的确，我是一个取得过很多成就的人。然而成就却绝不代表着完美。我花了一生的时间使自己向完美靠近，可是我最终发现，这不过是一个美好的梦罢了。虽然我改掉了很多毛病，但依然有着许多明显的缺陷。例如，我的尖刻。不错，它确实让我的文章显得犀利、尖锐。但久而久之，它已经融进了我的生活，使我慢慢变得偏激起来。我否定了中国诗坛从古到今所有的诗人，我'骂'遍了一切主张用'改革'而不是'革命'的方式去解决矛盾的人；就连我的好友郁达夫，在他决定'隐退'的时候，我不是也给予了最辛辣的讽刺吗？我并不很尊重他人的某些自由，也不很体谅他人的感情，甚至……"他突然停下来，久久没有说话，我感到他的呼吸变得沉重且急促起来。

然而，当他重新抬起头时，我看见的便又是和善的微笑了，"对不起，我不能给你所要的东西，到别处试试吧，孩子！"

就这样，我沮丧地回到车上，变得有些灰心起来。然而回想起鲁迅先生的微笑和鼓励，我又打开了那本"完美"名册，翻到第二页，"对，爱因斯坦！"我叫了起来，自信像是立刻突然再生一样，重新布满了全身。

"快，去美国！"我立刻喊来列车长，又一次，瞬间便到了。"怎么出国也这么快？"我有些纳闷，然而这个疑问也只像蜻蜓点水般掠过我的脑海，因为我是那么急不可待地奔向了美国国家物理实验室。理所当然的，我在那儿找到了爱因斯坦。

"你还真够幼稚的！"他竟毫不客气地对我说，"不是因为你寻找完美，而是因为你居然找到了我的头上！知道吗，年轻人？突出的优势往往与突出的缺陷并存。像我，在物理上具有极大天赋，那便决定了我一定在某方面有着极大的缺陷。说实话，我是一个相当怪癖的人，不合群，留着独有的'爆炸头'脾气坏极了，连对我的妻子也不客气。天啊，快给我走开，别再妨碍我工作了！"他的坏脾气像是又上来了，不由分说地把我赶出了实验室。

"真是个疯子！"我自言自语道，突然我想到了牛顿，"对，去找牛顿！"我心想。费了好大的一番周折才在英国的一个小村庄里找到了牛顿的住所，那是乡间一套很不起眼的房子。我敲了敲门，许久没人开门。于是我推开门，走进里屋，却刚好撞见牛顿坐在那里津津有味地吃他的怀表。"天哪！"我想也没想，便逃了出来……

之后，我又拜访了爱迪生、富兰克林、黑格尔、列宁、孔丘无一例外的，他们都让我失望而归。

"难道世界上真找不出没有缺陷的人吗？"我沮丧至极，懒洋洋地坐在列车上，把那本"完美"名册翻到了最后一页，"马克思"——一个鲜明有力的名字立刻使我重新振作起来。"就是他！"我坚定地告诉自己。这个人类历史上最伟大的思想家，这个演绎出人类思维最美丽结晶的伟人，无论在事业或家庭中都取得辉煌成就的人，一定会给我一个满意的答案。

"哦？你是来找完美的？"在威严的大英图书馆，我找到了马克思。"那你一定不会成功的，年轻人。"他把头从山一样的书堆中抬起，"因为这根本不符合社会发展的规律。完美是有的，但它只能出现在共产主义社会，现在离我们还很远很远……我劝你不要再浪费时间去找它，还是回过头来，做一块通向完美的奠基石吧……"

我回到"完美"列车上，默默地坐在那儿。突然，我问列车长，"这车好棒，你是怎样驾驭这样完美的列车的？"

"不，它不完美！"列车长微笑着回答我，"因为它有缺陷，它只能运输你的思维，而永远不能控制你的行动。它是很快，可只限于增强你的意识，仅仅是意识……"

我似乎开始明白，是缺陷让这个世界变得五颜六色、多姿多彩，而也正是缺陷，才使生活在地球上的人们，能够真正地称其为"人"。于是，我再一次翻开字典，把"缺陷"的诠释郑重地用红笔勾了下来……

2016年下半年国家教师资格考试真题试卷
《综合素质》(小学)

一、单项选择题

1. 筱筱喜欢唱歌跳舞，孙老师对她说："成天蹦蹦跳跳，没有学生样，学生得老老实实学习才行!"孙老师的说法忽视了（　　）。

  A. 学生的心理发展　　　　　　　　B. 学生的全面发展

  C. 学生的主动发展　　　　　　　　D. 学生的主体发展

2. 右图中，该老师的做法（　　）。

  A. 违背了素质教育的理念

  B. 违反了因材施教的原则

  C. 适应了社会竞争的要求

  D. 体现了学科教学的重要

假期补课

3. 沈老师收集旧轮胎、破篮球、废纸箱、塑料绳等废旧材料，"变废为宝"，将之改造成各种合适的教具、学具。这表明沈老师具有（　　）。

  A. 教学资源开发能力　　　　　　　B. 课程组织实施能力

  C. 教学程序设计能力　　　　　　　D. 教育启发引导能力

4. 郑老师在指导新教师时说，了解小学生身心发展规律、学习心理等，对做好教育教学工作极为重要。郑老师的体会表明，教师不可忽视（　　）。

  A. 政治理论知识　　　　　　　　　B. 文化基础知识

  C. 学科专业知识　　　　　　　　　D. 教育科学知识

5. 小学教师梁某因上班迟到被罚款，她对学校的决定不服，提出申诉，申诉的受理机关应是（　　）。

  A. 教职工代表大会　　　　　　　　B. 信访机关

  C. 教育行政部门　　　　　　　　　D. 检察机关

6. 小学生陈某十分调皮，经常违反课堂纪律。班主任周某让其缴纳"违反金"，宣称再犯错误则从中扣取充作班费。周某的做法（　　）。

  A. 正确，有利于维护课堂纪律　　　B. 正确，有利于提高管理效率

  C. 不正确，教师没有罚款的权利　　D. 不正确，批评无效后才能罚款

7. 就读于农村某校的亮亮小学未毕业，父母让其辍学帮忙照看店里生意。依据《中华人民共和国义务教育法》的相关规定，给予小亮父母批评教育并责令限期改正的机构是（　　）。

  A. 村委会　　　　　　　　　　　　B. 学校

  C. 乡级人民政府　　　　　　　　　D. 县级人民政府

8. 某小学让学生乐队停课参加某公司庆典,公司给予学校一定的经济回报。该校做法（　　）。

  A. 正确，可以改善学校办学条件　　B. 正确，学校拥有管理学生的权利

  C. 不正确，侵犯了学生的受教育权　D. 不正确，侵犯了学生的人身权

9. 小学生军军的父母不履行监护职责，对其旷课和夜不归宿行为放任不管。依据《中华人民共和国预防未成年人犯罪法》的相关规定，应给予军军父母训诫并责令其严加管教的机关是（　　）。

    A. 教育行政机关　　　B. 公安机关　　　C. 学校　　　　　　D. 检察机关

10. 小学生王玲的作文被老师推荐发表，所获稿酬应归（　　）。

    A. 学校　　　　　　　B. 推荐老师　　　C. 班主任　　　　　D. 王玲

11. 9 岁杨强在学校体育活动中受伤，家长诉至法院，要求学校赔偿。此案中应承担举证责任的主体是（　　）。

    A. 学校　　　　　　　B. 家长　　　　　C. 体育老师　　　　D. 杨强

12.《国家中长期教育改革和发展规划纲要（2010—2020 年）》提出，要提高教师地位待遇，并提出了一系列保障措施。下列选项中，不符合规定的是（　　）。

    A. 落实教师绩效工资

    B. 保证教师工资水平不低于其他行业水平

    C. 建设农村艰苦边远地区学校教师周转宿舍

    D. 对长期在农村工作的教师在工资方面实行倾斜

13. 同学们正在听孙老师讲课，乐乐却偷偷地扯了一下糖糖的头发，糖糖疼得大叫。孙老师立即大声呵斥道："乐乐，你不想听就出去！""乐乐太坏了，以后同学们都别跟他玩。"孙老师的做法（　　）。

    A. 合理，维护了教师的权威　　　　　B. 不合理，侮辱了乐乐的人格

    C. 合理，保护了糖糖的健康　　　　　D. 不合理，破坏了课堂学习氛围

14. 从教 20 多年的李老师教学经验十分丰富，但他还是很注意学习新知识，勇于探索创新，不断提高自己的专业素养和教育教学水平。这说明李老师具有（　　）。

    A. 爱护学生的情怀　　　　　　　　　B. 遵纪守法的自觉性

    C. 团结协作的精神　　　　　　　　　D. 终身学习的意识

15. 夏老师和汤老师都在积极准备参加市小学教育基本技能大赛，首次参加比赛的夏老师向汤老师请教，汤老师因担心夏老师在比赛中超过自己，就说自己也不清楚。汤老师的做法表明她（　　）。

    A. 具有帮助同事自我创新的意识　　　B. 缺乏尊重同事人格的品质

    C. 具有促使同事自主发展的意识　　　D. 缺乏与同事互助合作的精神

16. 部分家长认为教育孩子是教师的事情，自己可以不管孩子。对此，教师的下列做法，正确的是（　　）。

    A. 引导家长一同做好教育工作　　　　B. 责怪家长对孩子教育不负责任

    C. 放弃合作，自己好好教育学生　　　D. 给予理解，家长教育能力有限

17. 下列表述不正确的是（　　）。

    A. 自然界中的金属在常温下一般呈固态

    B. 惰性气体不能与其他物质发生反应

    C. 钢是由铁和碳按一定的比例冶炼而成的

    D. 天然气是一种无色无味的天然气体

18. 下列科学家中发现运动磁体能够产生感应电流的是（　　）。

    A. 奥斯特　　　　　　B. 安培　　　　　C. 法拉第　　　　　D. 戴维

19. 某官员出身寒微，通过科举考试走上仕途。下列选项中，该官员生活的朝代可能是（　　）。

    A. 西汉　　　　　　B. 东汉　　　　　　C. 东晋　　　　　　D. 唐代

20. 鲁迅《娜拉走后怎样》中，"娜拉"形象出自挪威作家易卜生的一部社会问题剧，该剧是（　　）。

    A.《社会支柱》　　B.《玩偶之家》　　C.《群鬼》　　　　D.《人民公敌》

21. 因创作了话剧《龙须沟》，作家老舍被北京市人民政府授予的荣誉称号是（　　）。

    A. 人民艺术家　　B. 语言艺术家　　C. 幽默大师　　D. 戏剧大师

22. 《徐霞客游记》是一部以日记体为主的地理著作，记述了明末地理学家徐霞客 30 多年的旅行经历。下列表述不正确的是（　　）。

    A. 详细考察并科学记述了喀斯特地貌的特征

    B. 纠正了文献记载有关水道源流的一些错误

    C. 调查了西域地理并重现了汉代丝绸之路

    D. 如实记述了所到之处的人文地理情况

23. 文艺复兴时期的艺术宣扬个性解放、尊重人、爱人等人文主义思想。下列这一时期的艺术家与其作品匹配正确的是（　　）。

    A. 达·芬奇—《春》

    B. 米开朗琪罗—《大卫》

    C. 拉斐尔—《圣母子》

    D. 波提切利—《最后的晚餐》

24. "韦编三绝今知命，黄绢初裁好著书"是一幅贺寿对联，所贺寿主的年龄是（　　）。

    A. 30 岁　　　　　　　　　　B. 40 岁

    C. 50 岁　　　　　　　　　　D. 60 岁

25. 某地发现了大量古生物化石，则该地的岩石种类最有可能是（　　）。

    A. 火成岩　　　　　　　　　　B. 变质岩

    C. 沉积岩　　　　　　　　　　D. 岩浆岩

26. 在 Excel 中，当数据源发生变化时，所对应图表的变化情况是（　　）。

    A. 手动跟随系统　　　　　　　B. 自动跟随系统

    C. 不会跟随系统　　　　　　　D. 部分图片丢失

27. 下列选项中，不能作为超级链接插入演示文稿的是（　　）。

    A. 另一个演示文稿　　　　　　B. 其他应用程序中的某一文档

    C. 幻灯片中某一对象　　　　　D. 同一演示文稿中的某张幻灯片

28. 下列选项中，与"绿叶菜—菠菜"逻辑关系相同的是（　　）。

    A. 西红柿—番茄　　　　　　　B. 萝卜—白菜

    C. 大白菜—白菜　　　　　　　D. 花菜—黄花

29. 下列选项中，最适合填在问号处，从而使图形序列呈现一定规律性的是（　　）。

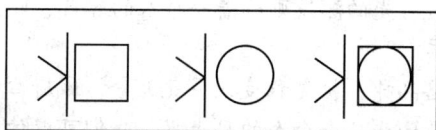
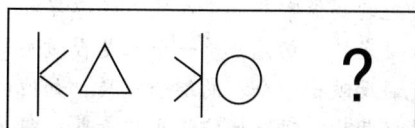

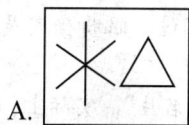
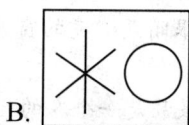
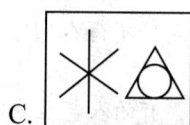
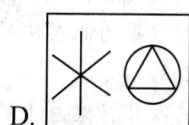

A.　　　　　　B.　　　　　　C.　　　　　　D.

二、材料分析题

30. 材料：

四（1）班王红的语文、英语两科成绩都很好，唯独数学差，用她自己的话说："我爸妈小时候数学都不好，遗传！"

刚接到这个班数学课的张老师很惋惜，她想：怎样让王红爱学数学，会学数学呢？在全面了解王红的学习现状以后，张老师决定从习得学习方法，消除数学畏惧入手帮助王红。

张老师先是和王红一起总结语文和英语的学习方法，归纳其中相同的地方，直到王红尝试将其应用在数学学习上。课堂上，张老师提问王红时，会将复杂问题分解成一个个小问题，适当进行启发，并给王红提供机会说出解题思路，逐渐提高了王红的听课效果。

在操作性学习活动中，王红常常不知如何下手，针对这些问题，张老师一方面鼓励王红大胆操作，不要怕犯错误，另一方面教给她具体操作方法，指导她逐步体验，渐入佳境。当作业难度较大时，张老师便给王红搭一个"脚手架"，涉及较容易的题目让她先完成，然后找到题目之间的联系，最终完成作业。对于王红的作业，张老师采用面批的形式，及时反馈，以便王红适时改进。

经过张老师和王红的共同努力，王红数学成绩大幅度提高，王红再也不说自己"学不好数学"了。

问题：请结合材料，从学生观的角度，评价张老师的教育行为。

31. 材料：

学校组织秋游，关老师带领学生到动物园参观。大家参观猴山时发现老猴子抢小猴子的东西吃，于是纷纷议论："老猴子怎么抢小猴子的东西吃呢""它怎么不爱护小猴子呢""猴子又不是人""人有时候也会抢东西吃"……听着同学们的议论，关老师若有所思。

返校后，关老师组织全班同学进行讨论，同学们踊跃发言：

"老猴子抢小猴子的东西吃就是不对。"

"《动物世界》里面说，这是动物的生存竞争，属于动物的本能，无所谓好坏。"

"动物间可以这样，我们人可不能这样。"

关老师赞同道："对！动物之间可以抢东西吃，而人不能，因为人类社会是讲文明的，我们要尊老爱幼。"

小松站起来追问道："有的人捕杀猴子，卖到酒店去，他们这样做，对吗？"

关老师回答："他们这样做是不对的，爱护动物是我们每一个人的责任，我们不能仅停留在保护动物的口号上，而应思考如何与动物和谐相处，做一个负责任、有爱心的人。"

问题：请结合材料，从教师职业道德的角度，评析关老师的教育行为。

32. 材料：

一个人的目光发自他的内心世界。目光的颜色表征了一个人的信仰与观点，而它与自然光的偏离程度则衡量着他的阅世是否成熟。目光的视野大小反映了一个人的胸怀。目光的温度流露出一个人的情感。目光的光压显示了一个人的勇气、决心与意志。一束怯懦的目光，光压几乎接近于零。目光的高低常与一个人地位的尊卑相联系。目光的深浅则透着一个人的睿智、聪慧与文化修养。而目光的真伪完全是一个人是否诚实的标志。

目光还反映出一个人的综合气质，如他的人格品味，机智程度，灵气天分，城府心机，阅历深浅，胸襟气度，风范操守，文化素养，行为习惯……从一个人的目光里，我们可以读出他的心灵，看到他更为深层次的内涵。怪不得人们常说，眼睛是心灵的窗户。不过，眼睛确实是一个人最有神韵的地方。

有的人相信名片上的官衔，有的人甚至妄言，服装是一个人的"第二名片"。实际上，这两者都是最容易伪造的。而一个人的目光才是高度"防伪"的。一个人可以轻易改变他的服装，却难以改变他的目光。据《世说新语·容止》记载，当年曹操面见匈奴使臣，他自以为形陋不足以向远方强悍之国显示天威，特叫崔季珪代他充当魏王角色，自己则握刀立旁做侍从。事后有人问使臣："魏王如何？"匈奴使者回答说，魏王形态仪表倒也不凡，但是旁边那位目光炯炯有神的握刀人才是真英雄。

善良的人们，要把握住自己的目光，去辨真伪，发现美，择良美，并发出自己纯净、善良的目光。我们每一个人不仅生活在自然的各种光照之下，同时也生活在社会的众多目光之中。这个世界若是更多些真、善、美的目光，就会变得更加美好。(摘编自詹克明《目光》)

问题：请结合文本，简要概括目光所反映出的一个人的特性。

文章用"真假魏王"的例子，旨在说明什么？请简要分析。

三、作文题

33. 阅读下面的材料，按要求作文。

一个老人挑着一担瓷碗，在路上走着。突然一只碗掉到地上摔碎了，老人头也不回继续向前走。路人很奇怪，便问："你的碗摔碎了，为什么你看都不看呢？"老人说："我再怎么回头看，碗还是碎的。"

要求：文体自选，立意自拟，标题自拟，不少于800字。

参考答案及解析

一、单项选择题

1. B。【解析】我国教育目的的基本精神之一即要求学生在德、智、体等方面的发展，要求坚持脑力与体力两方面的和谐发展。孙老师的说法体现出其过于强调学生知识的发展，而忽略了学生其他方面的发展，不利于学生全面发展。

2. A。【解析】素质教育倡导的是在教育中使每个学生都得到充分、全面的发展。实施素质教育必须坚持"五育"并举，促进学生生动活泼地发展。图中的教师利用学生的假期进行补课，只重视对学生进行"智育"，违背了素质教育的理念。

3. A。【解析】教具、学具属于教学资源的一部分，沈老师"变废为宝"，表明其具有教学资源开发能力。

4. D。【解析】学生的身心发展规律、学习心理等属于教育科学知识的内容。

5. C。【解析】根据《中华人民共和国教师法》第三十九条规定，教师对学校或者其他教育机构侵犯其合法权益的，或者对学校或者其他教育机构做出的处理不服的，可以向教育行政部门提出申诉，教育行政部门应当在接到申诉的三十日内，做出处理。

6. C。【解析】教师侵犯学生财产权的表现形式有：损坏学生财物、非法没收学生物品、乱罚款、乱摊派、推销商品等。周某的做法侵犯了学生的财产权。

7. C。【解析】根据《中华人民共和国义务教育法》第五十八条规定，适龄儿童、少年的父母或者其他法定监护人无正当理由未依照本法规定送适龄儿童、少年入学接受义务教育的，由当地乡镇人民政府或者县级人民政府教育行政部门给予批评教育，责令限期改正。

8. C。【解析】受教育权是学生在学校的最基本的权利，让学生停课参加某公司的庆典，侵犯了学生的受教育权。

9. B。【解析】详见《中华人民共和国预防未成年人犯罪法》第四十九条规定。

10. D。【解析】未成年人的著作权也受国家法律保护，发表的作文属于王玲的著作，因此，王玲理应取得相应的报酬。

11. A。【解析】校园伤害事故中，由于未成人学生在认知能力、社会经验等各方面都较差，不能完全承担举证责任，而学校作为管理者在举证方面具有较大的优势，所以在此采用的是举证倒置原则。

12. B。【解析】教师工资水平应不低于当地公务员的工资。

13. B。【解析】略。

14. D。【解析】题干所述内容是具有终身学习意识的典型体现。

15. D。【解析】教师在集体中工作，协作是十分必要的。协作需要教师与同事搞好团结，相互理解、相互支持。题干中的汤老师因担心夏老师在比赛中超过自己，就说自己也不清楚的做法表明她缺乏与同事互助合作的精神。

16. A。【解析】对于学生的成长来说，家长是一种重要的教育力量，也是教师工作的合作伙伴。因此，教师在处理与家长的关系时，要尊重家长，与家长团结协作，引导家长一同做好学生的教育工作。

17. B。【解析】其他金属在常温下呈固态，但汞是特例，常温下呈液态，所以说是"一般呈固态"，A项表述正确；含碳量的质量百分比介于 0.02%～2.04% 的铁合金统称为钢，C项表述正确；天然气是一种主要由甲烷组成的气态化石燃料，甲烷是无色无味的气体，D项表述正确；惰性气体也叫稀有气体，虽然很难与其他物质发生化学反应，但并不是不能发生反应，B项表述错误。

18. C。【解析】题干所述为电磁感应现象，是法拉第最早发现的。

19. D。【解析】科举制产生于隋代，完善于唐代，再结合题干"通过科举考试走上仕途"可知，该官员生活的朝代可能是唐代。

20. B。【解析】娜拉是挪威作家易卜生所著《玩偶之家》中的女主人公。

21. A。【解析】1951 年由于创作话剧《龙须沟》，老舍被北京市人民政府授予"人民艺术家"的荣誉称号。

22. C。【解析】《徐霞客游记》并未涉及西域地理和丝绸之路，C项说法错误。

23. B。【解析】A项为拉斐尔的作品《圣母子》，C项为波提切利的作品《春》，D项为达·芬奇的作品《最后的晚餐》，故 A、C、D 项均错误，答案为 B 项。

24. C。【解析】该对联是 1935 年章炳麟贺其弟子黄侃五十寿的对联。"知命"，也叫"知天命"。孔子曰："吾十有五而志于学，三十而立，四十而不惑，五十而知天命，六十而耳顺，七十而从心所欲，不逾矩。"因此，寿主的年龄为 50 岁。

25. C。【解析】沉积岩是在地表不太深的地方，将其他岩石的风化产物和一些火山喷发物，经过水流或冰川的搬运、沉积、成岩作用形成的岩石，具有明显的层理结构，常含有化石，故答案选 C 项。

26. C。【解析】在 Excel 中，当数据源发生变化时，图表不会跟随变化，需要手动更改。

27. C。【解析】演示文稿中的超链接目标可以是已有的文件或网页、同一文稿中的幻灯片、新建的文档、电子邮件地址等，幻灯片中某一对象不能作为超链接的目标。

28. B。【解析】考查概念的关系，"绿叶菜—菠菜"为种属关系，菠菜属于绿叶菜，选项中属于此类的只有 B 项。

29. C。【解析】观察图可知，前两个图重叠相加等于第三个图，故选 C 项。

二、材料分析题（答案要点）

30. 材料中张老师践行了现代的学生观，值得我们学习。

（1）现代学生观认为学生是发展中的人，要用发展的观点认识学生。教师在教育过程中应依据学生身心发展的规律和特点来开展教育活动，充分挖掘学生的发展潜能。材料中，张老师用发展的眼光来看待王红，并坚信王红有学好数学的潜能，在全面了解了王红的学习现状之后，制定了一系列措施帮助她学习数学，最终促进了王红的发展。

（2）现代学生观认为学生是独特的人。每个学生都有自身的独特性，独特性也意味着差异性，差异不仅是教育的基础，也是学生发展的前提，教师应视之为一种财富而珍惜开发，使每个学生在原有基础上都得到完全、自由的发展。材料中，针对王红的个性，张老师与王红一起探索了适宜王红个人特点的学习方法，并根据王红出现的问题，因材施教，促进了王红数学成绩的提高。

（3）现代学生观认为学生是具有独立意义的人，学生是学习活动的主体，教师要努力构建学生的主体地位，促进学生发展。材料中，张老师通过对王红的细心指导，充分调动了王红学习的积极性，最终取得了良好的学习效果。

总之，张老师坚持了现代的学生观，充分尊重学生，实现了学生的不断发展。

31. 材料中关老师的行为践行了教师职业道德规范，值得我们学习。

（1）关老师践行了教书育人的师德规范。教书育人是教师的天职，教师要遵循教育规律，实施素质教育，促进学生的全面发展。材料中，面对学生对于老猴子抢小猴子东西吃的争论，关老师以此为契机，组织学生展开讨论，教育学生要做文明人，与人和谐相处，与动物和谐相处，促进了学生的全面发展。

（2）关老师践行了关爱学生的师德规范。关爱学生是师德的灵魂，要求教师有热爱学生、诲人不倦的情感和爱心。材料中，面对学生议论纷纷的问题，关老师及时进行关注，引导学生正确思考，循循善诱，取得了良好的教育效果。

（3）关老师践行了爱岗敬业的师德规范。爱岗敬业是教师职业的本职要求，教师对教育事业要具有强烈的责任感和深厚的感情。材料中，关老师在秋游中对学生们的行为积极观察，并及时采取正确的教学方法，让学生们独立思考，懂得与动物和谐相处，关老师对工作的认真负责态度实现了秋游的教育价值。总之，作为一名教师，关老师积极践行了教师职业道德，促进了学生的发展。

32. （1）目光能反映一个人的内心世界，目光能反映一个人的综合气质。

（2）"真假魏王"的例子说明了目光在识人方面的重要性。人可以改变着装，但不能改变目光。材料中崔季珪通过外貌服装的修饰虽然看起来形态仪表不凡，但是曹操炯炯有神的眼神才是真的英雄。这就表明目光才一个人的第一张名片，能够真正反映一个人的气质特性，是高度防伪的。

三、作文题（写作思路）

33. 材料讲的是老人与破碗的故事，要抓住关键句"我再怎么回头看，碗还是碎的"来审题，由碗及人，老人处理问题时不执着于失去的瓷碗，而是放眼未来。所以可以从引导学生正确看待生活中的得与失，教会学生转变观念，积极面对困难的角度立意作文。

2017年上半年国家教师资格考试真题试卷
《综合素质》(中学)

一、单项选择题

1. 由于生源存在差异，某中学将学生按入学成绩高低，分为快慢班，该学校的做法（　　）。
   A. 正确，有利于因材施教　　　　　　B. 正确，有利于资源配置
   C. 错误，不利于教育公平　　　　　　D. 错误，不利于均衡发展

2. 为了改变学生从课本中找"标准答案"的习惯，刘老师经常在课堂上设计一些开放性问题，引导学生自由讨论、探索答案。同事马老师对刘老师说："你这样会使学生思维太发散，也浪费时间，将来考试肯定会吃亏的，我从不这样做！"下列选择中正确的是（　　）。
   A. 马老师的说法合理，有利于提高学生学习成绩
   B. 刘老师的做法得当，有利于培养学生创新意识
   C. 马老师的说法欠妥，不利于维持课堂教学秩序
   D. 刘老师的做法欠妥，不利于保证正常教学进度

3. 进入初三年级后，班主任石老师把每周的综合实践活动课用于补数学，中考时该班的数学成绩名列前茅，石老师的做法（　　）。
   A. 正确，是提高学习成绩的有效途径
   B. 正确，是提高班级声誉的有力措施
   C. 错误，不利于学生公平竞争
   D. 错误，不利于学生全面发展

4. 吴老师把可从教学中存在的突出问题归纳、提炼为若干主题进行研究，并发表系列论文，这表明吴老师具有（　　）。
   A. 良好的教学研究能力　　　　　　B. 良好的课堂管理能力
   C. 良好的课堂开发能力　　　　　　D. 良好的校本研修能力

5. 《国家中长期教育改革和发展规划纲要（2010—2020年）》提出，建立城乡一体化义务教育发展机制，在有些方面向农村倾斜，下列选项中不符合要求的是（　　）。
   A. 财政拨款向农村倾斜　　　　　　B. 课程标准向农村倾斜
   C. 教师配置向农村倾斜　　　　　　D. 学校建设向农村倾斜

6. 某初级中学违反国家有关规定向学生收取补课费，依据《中华人民共和国教育法》，有权责令该校退还所收费用的是（　　）。
   A. 教育行政机关　　B. 纪检部门　　C. 公安机关　　D. 物价部门

7. 某高中教师孙某旷工给学校教学工作造成一定损失，依照《中华人民共和国教师法》，学校可依法（　　）。
   A. 给予孙某行政处分　　　　　　B. 给予孙某行政处罚
   C. 取消孙某的教师资格　　　　　　D. 给予孙某罚款处理

8. 母亲杨某外出打工，将15岁的儿子小强留下长期单独居住。杨某的做法（　　）。
   A. 合法，可以改善小强的物质生活条件

  B. 合法，可以提高小强的独立生活能力

  C. 不合法，不得让不满 16 周岁者脱离监护单独居住

  D. 不合法，不得让不满 18 周岁者脱离监护单独居住

9. 某初中教师李某上课前发现部分学生未完成家庭作业，要求这部分学生完成后再进教室听课。李某的做法（ ）。

  A. 合法，教师有管理学生的权利

  B. 合法，教师有教育学生的职责

  C. 不合法，侵犯了学生的受教育权

  D. 不合法，侵犯了学生的人身权

10. 高一学生小峰的父母不履行监护职责，放任小峰强行索要他人财物，依据《中华人民共和国预防未成年人犯罪法》，有权对小峰父母给予训诫的是（ ）。

  A. 教育行政部门 B. 公安机关 C. 学校 D. 人民法院

11. 16 岁的学生王某放学途中不慎将同学孙某眼部戳伤，依据《学生伤害事故处理办法》，对于该事故承担损害赔偿责任的主体是（ ）。

  A. 学校 B. 班主任 C. 王某本人 D. 王某的监护人

12. 中学生程某经常违反班规，班主任张某让其缴纳"违纪金"充作班费，班主任张某的做法（ ）。

  A. 合法，教师有惩戒学生的权利 B. 合法，教师有管理班级的权利

  C. 不合法，教师没有罚款的权利 D. 不合法，学校才有罚款的权利

13. 某校实施了"师徒制"，经验丰富的吴老师对新入职的蒋老师进行帮助时，要做到（ ）。

  A. 尊重同行，等蒋老师请教时才进行帮助

  B. 主动指导，和蒋老师商讨并确定教学方案

  C. 推门听课，发现不妥之处及时在课堂上纠正

  D. 充分信任，让蒋老师独自探索并积累教学经验

14. 晚自习时，高老师发现班上的一位男生在给一位女生递纸条。高老师走上前去对他们说："你们在干吗?是不是在递情书啊?现在可不是谈恋爱的时候啊，考上大学后再谈吧。"高老师的声音不大但同学们都听到了，这两位同学顿时羞红了脸。关于高老师的做法，下列说法中正确的是（ ）。

  A. 明察秋毫，及时引导学生

  B. 有亲和力，巧妙杜绝早恋

  C. 方法粗暴，侵犯学生隐私

  D. 工作武断，伤害学生自尊

15. 右图是丰子恺的漫画《某种教师》，该教师的做法（ ）。

  A. 正确，维护了知识的权威性

  B. 正确，保证了教学的科学性

  C. 不正确，违背了勤恳执教的师德要求

  D. 不正确，违背了探索创新的师德要求

《某种教师》

16. 牛老师在班级管理中采取了一系列措施，其中正确的是（ ）。

  A. 鼓励学习能力强的学生主动帮助学习困难的学生

  B. 编排座位时让学生按成绩排名自己选择

  C. 有学生丢失东西时马上检查全班学生的书包

D. 私下告知无记名票选的"最差生"并提出要求

17. 下列历史故事，与曹操有关的是（　　）。

A. 破釜沉舟　　　　　B. 望梅止渴　　　　　C. 三顾茅庐　　　　　D. 草木皆兵

18. 17 世纪西方对东方进行商业垄断贸易和殖民扩张中，一些国家纷纷建立"东印度公司"，其中英国的"东印度公司"最为人熟知。下列国家中，也建立"东印度公司"的是（　　）。

A. 德国　　　　　B. 荷兰　　　　　C. 西班牙　　　　　D. 葡萄牙

19. 1979年为纪念某位德国化学家150周年诞辰发行了邮票（右图），该化学家提出了苯的分子结构理论。这位化学家是（　　）。

A. 凯库勒　　　　　　　　　　B. 拉瓦锡

C. 法拉第　　　　　　　　　　D. 诺贝尔

20. 根据我国食品卫生法的规定，食品添加剂是为改善食物的色、香、味等品质，以及为防腐和加工工艺的需要而加入食品中的人工合成或者天然物质。其中，山梨酸钾、苯甲酸钠是（　　）。

A. 着色剂　　　　　B. 增味剂　　　　　C. 甜味剂　　　　　D. 防腐剂

21. 诗句"孤舟蓑笠翁，独钓寒江雪"出自《江雪》，其作者是（　　）。

A. 王维　　　　　B. 韩愈　　　　　C. 柳宗元　　　　　D. 李商隐

22. 下列名句中，不是出自屈原《离骚》的是（　　）。

A. 路漫漫其修远兮，吾将上下而求索

B. 亦余心之所善兮，虽九死其犹未悔

C. 悼良会之永诀兮，哀一逝而异乡

D. 惟草木之零落兮，恐美人之迟暮

23. 西安市历史悠久，其建制在各朝各代中曾有不同名称。下列选项中，不是其历史名称的是（　　）。

A. 镐京　　　　　B. 西京　　　　　C. 临安　　　　　D. 长安

24. 古人有称名、称字、称官职、称籍贯以及称谥号等习惯。有些诗文中称岳飞为"岳武穆"，"武穆"是（　　）。

A. 籍贯　　　　　B. 表字　　　　　C. 谥号　　　　　D. 官职

25. 巴赫是 17 世纪杰出的作曲家，管风琴家，其创作广泛吸取了 16 世纪以来意大利、法国等国音乐的成功经验，成就很高，对后世音乐发展有深远影响。他的国籍是（　　）。

A. 德国　　　　　B. 法国　　　　　C. 英国　　　　　D. 俄国

26. 在 Excel 中，数据筛选是广泛使用的统计工具。下列有关其功能的表述，正确的是（　　）。

A. 将满足条件的记录显示，而删除不满足条件的数据

B. 将满足条件的记录显示，而隐藏不满足条件的数据

C. 将不满足条件的记录显示，而删除满足条件的数据

D. 将不满足条件的记录显示，而隐藏满足条件的数据

27. 关于 PowerPoint 设计模板，下列说法正确的是（　　）。

A. 只限定了模板类型，版式不受限定

B. 既限定了模板类型，也限定了版式

C. 既不限定模板类型，也不限定版式

D. 不限定模板类型，但限定了其版式

28. 下列选项中，与"重庆—直辖市"逻辑关系相同的是（　　）。

A. 法国—法兰西　　B. 华盛顿—纽约　　C. 英国—联合国　　D. 北京市—首都

29. 找规律填数字是一项有趣的游戏，特别锻炼观察和思考能力，按照"2+5+7→144935""3+5+6→184830""4+4+9→367236"的规律，下列选项中正确的是（　　）。

A. 7+6+4→285224　　　　　　　　B. 7+6+4→284270

C. 7+6+4→422452　　　　　　　　D. 7+6+4→422824

二、材料分析题

30. 材料：

李老师是一名中学美术老师，他常常说："美术课堂不仅要教会学生画画，还应该培养学生更多的能力。"有一次，在和学生聊天时，李老师听说学生家里都有不少闲置的废旧衣物，弃之可惜，留之占地。于是，李老师组织了"变旧为新"创意大赛，号召大家收集家里无用的旧衣物，将其进行改造，这一活动吸引了很多学生和家长参与，有的学生将旧衣服改成符合时尚潮流又具有独特魅力的新衣服；有的学生将旧衣物裁剪成布条、布块，制作成灯笼，小布娃等布艺饰品……学生们给旧衣物赋予了新功能和价值，制作出缤纷多彩的作品。

在教学中，李老师经常运用绘图技术进行视觉教学，听音乐作画、古诗词意境配画等，他还带学生去郊外写生。每年市里举办美术展览，他都带学生去参观，引导学生仔细观察，用心体会，李老师的美术课成了学生追捧的热门课，他个人也被称为学校最受学生喜爱的"十大明星老师"之一。

问题：请结合材料，从教育观的角度，评析李老师的教育行为。

31. 材料：

刚参加工作，我就担任高一(2)班的班主任，一个月过去了，我所带的班自习课上基本没有安静的时刻，学生肆意串桌，嬉笑打闹，纸飞机在教室内飞来飞去。我厉声斥责，摔粉笔盒，还抓过几个捣蛋头罚站，让他们写检查打扫卫生……办法想了一个又一个，可效果甚微。隔壁杨老师班上却总是静悄悄的，我几次从他们班门前走过，都发现杨老师只是坐在讲台上看书，学生在安静学习。

我纳闷，杨老师有什么"魔法"让学生如此安静？我向她询问管理学生的方法，她微笑着说："其实我有点不负责任呢，他们嬉闹的时候，我不说一句话，就在那里看书，慢慢地，他们就安静下来了。"她说得风轻云淡，可我知道，事情绝没有这么简单。看到我疑惑的样子，杨老师换了一种方式跟我解释："我曾看过两幅画，都叫《安静》，一幅画的是一个湖，湖面平静如镜，湖中倒映着远山和花草；另一幅画的是激流直泄的瀑布，旁边有一棵小树，小枝丫上有一个鸟巢，巢里一只可爱的小鸟正在酣睡，你觉得哪一幅画更好呢？"

我想了一下，回答说："后者更好，通过直泄瀑布与酣睡小鸟这一动一静的细节对比，凸显内心的静然。"

"对啊。"杨老师笑着说，"他们不是都喜欢闹吗？那我就来个动静对比，一个人安静地看书，看我安安静静的，他们怎么好意思再嬉闹呢？您知道吗？有时候安静要比喧闹更有力量。"我豁然开朗。

问题：请结合材料，从教师职业道德的角度，评析杨老师的教育行为。

32. 材料：

从最根本的意义上来说，文学是一项寻求认同的事业——作者通过写作来寻求理解，寻觅知音，而读者则通过阅读，来发现作者并与他们建立认同，作家通过区分不同的读者类型，针对特定的阅读对象，使用相应的语言和叙事策略，为他们提供读物，从而获得读者和市场的认同。但实际上，真正意义上的文学写作，不仅考虑现实的读者，同时也在向未来和可能的读者寻求认同。

比如说，在文学出版、印刷、传播很不发达的古代社会中，作家的作品传播受到极大的闲置。对古代的作者而言，他们的写作大多没有任何商业报酬，也很少有现实的读者。正因为如此，他们只有对未来的读者加以想象，才能获得写作的基本动力。所谓的"文章千古事"，说的就是这个意思。而在现代社会中，很多作假的写作也向未来敞开，当时不为人知，在后世却成为一代经典的作品，即便是在近代文学史上也比比皆是。所以说，文学本身就具有某种"待访"的性质：作家有点像是在茫茫大海上建立岛屿的人，而读者则像是航海者和旅行者。作家之所以在孤寂中建立岛屿，当然是希望有一天能与他们的读者相遇。

对于另一些作家来说，他们的目光也会投向过去。他们试图与那些早已不在人世的文学先辈们进行对话。从某种意义上说，他们是在与先驱者所确立的文学标准对话。当然，他们也是在跟自己内心的目标进行对话，每一个优秀的作家，心中都有一个隐秘而清晰的目标。读者和社会的认同、商业上成功是一回事，而能否接近和达到这个目标，则是另一回事。就中国文学而言，李白、杜甫、苏轼、曹雪芹等人确立的古典文学标准，而鲁迅先生则代表近代以来中国文学和思想的新高度。也可以说，我们实际上面对着两个伟大的传统。我们置身于这两个传统之中，受到它们的护佑，分享它们的文学资源，向它们表达敬意，同时也与它们进行对话，并尝试着做出文学变革。因此，任何有价值的写作，都是对传统的某种回应，即便是对传统的质疑和挑战，也是一种重要回应。

问题：（1）画线句"文学是一项寻求认同的事业"中"认同"的含义是什么？请简要概括。

（2）如何理解文末所言的"开放写作"？请结合本文，简要分析。

三、写作题

33. 阅读下面的材料，按要求作文。

一位著名演员在一次表演课上，对即将成为职业演员的学员们说："上山的人永远不要瞧不起下山的人，因为他们风光过；山上的人不要瞧不起山下的人，因为他们不定什么时候就能爬上来。"

根据材料所引发的思考和感悟，写一篇，不少于 1 000 字的论述文。

要求：用规范的现代汉语写作。角度自选，立意自定，标题自拟。

参考答案及解析

一、单项选择题

1. C。【解析】快慢班把学生分成三六九等，不利于教育公平。

2. B。【解析】刘老师符合素质教育理念，有利于学生创新意识的培养。

3. D。【解析】不符合全面发展的要求。

4. A。【解析】体现了研究者的角色。

5. B。【解析】课程标准是统一要求。

6. A。【解析】教育行政机关。

7. A。【解析】行政处罚或者解聘。

8. C。【解析】未成年人保护法。

9. C。【解析】侵犯了受教育权。

10. B。【解析】《预防未成年人犯罪法》第 49 条。

11. D。【解析】《学生伤害事故处理办法》第 28 条。

12. C。【解析】教师没有罚款的权利。

13. B。【解析】《中小学职业道德规范》中的爱岗敬业，要求教师要甘为人梯。

14. D。【解析】工作武断，伤害学生自尊。

15. D。【解析】没有探索创新。

16. A。【解析】学生互帮互助。

17. B。【解析】曹操望梅止渴。

18. B。【解析】17—18世纪，建立东印度公司主要是荷兰、英国、法国。

19. A。【解析】凯库勒是德国有机化学家，主要研究有机化合物。

20. D。【解析】山梨酸钾是防腐剂。

21. C。【解析】柳宗元。

22. C。【解析】出自《洛神赋》，作者曹植。

23. C。【解析】临安是指杭州。

24. C。【解析】武穆是谥号。

25. A。【解析】巴赫是德国人。

26. B。【解析】显示满足条件的，隐藏不满足条件的。

27. C。【解析】即不限定类型也不限定版式。

28. D。【解析】北京是首都。

29. A。【解析】数字排列方式是?×?+（?+?）×?+?×?

二、材料分析题

30.

李老师的教育教学行为践行了科学的素质教育观。

第一，李老师的教育教学行为体现了素质教育是促进学生全面发展的教育。李老师在教授学生美术知识的同时，还积极组织变废为宝等各项课余活动，拓展了学生视野和其他领域的知识，促进了学生的全面发展。

第二，李老师的教育教学行为体现了素质教育是促进学生个性成长的教育。李老师在教学中能够综合运用各种教育教学技术手段，引导学生观察体会，同时开展"变废为新"等个性化教学活动，关注学生的个性成长。

第三，李老师的教育教学行为体现了素质教育是以培养学生创新精神与实践能力为重点的教育。李老师在教学中注重学生动手实践能力，鼓励学生创新思维，培养了学生的创新能力。

第四，李老师的教育教学行为坚持以学习者为中心，鼓励学生参与教学，创设智力活动，激发学生的参与意识与主体意识，注重学生的思维训练和实际动手能力。

31.

材料中杨老师的教育行为符合教师职业道德规范的相关要求，值得肯定。

首先，杨老师的行为体现了教书育人的道德规范。教书育人要求教师做到遵循教育规律，实施素质教育。循循善诱，诲人不倦，因材施教。材料中，杨老师针对学生的管理纪律方面的做法符合学生的身心发展规律，利用动与静对比的方式更容易引起学生注意，形成学生自律的品质。所以体现了教书育人的道德规范。

其次，杨老师的小额外体现了为人师表的道德规范。为人师表要求教师做到严于律己，以身作则，为学生形成良好的行为榜样。杨老师自己在热闹的课堂上安静地看书，与学生的嬉笑打闹形成鲜明对比，容易引起学生共鸣。向杨老师学习，符合为人师表的道德规范。最后，杨老师的行为体现了关爱学生的道德规范，关爱学生，要求教师做到关心爱护全体学生，尊重学生人格，做学生的良师益友。

材料中，杨老师对于学生的嬉闹行为能够理解与尊重，而不是采取一味地讽刺，挖苦歧视学生，体罚或变相体罚学生。这样的尊重与理解学生的理念体现了关爱学生的道德规范。综上所述，作为教师在教育教学过程中要充分了解与研究学生，关爱与尊重学生。用自己的言行举止为学生树立良好的榜样，从而促进学生的全面发展。

32.

（1）作者以"文学是一项寻求认同的事业"总领全文，其中"认同"是共同认可之意，在文中包含了以下几层含义。

① 作者要寻觅知音，得到现实读者的认同。

② 作者通过提供读物获得市场的认同。

③ 作者在向未来和可能的读者中寻求认同。

④ 读者通过阅读建立与作者的认同。

【解析】此题考查学生词语含义理解能力以及筛选并整合信息的能力。

（2）文末开放的写作，在内涵上是与文首的文字的多层"认同"遥相呼应的。作者最后得出这一结论是在三个方面展开的。首先，面对过去，写作要对传统再确认，要有"去其糟粕，取其精华"的扬弃精神。无论是继承、质疑和挑战都是对传统的重要回应。其次，面对现实，写作要有自己的目标受众，满足市场的需求，从而达到个人与社会价值的统一。最后，面对未来，"文章千古事"写作的动力来源于对未来读者的想象。永远向着未来开拓。

【解析】此题考查考生句子理解的能力以及概括并整合信息的能力。

33.

写作思路：

这是一个辩证比喻型材料作文。所给材料直观、具体，却含有丰富的隐喻意义。

（1）找到关键词语："山""人""上山的人""下山的人""山上的人""山下的人"。

（2）紧扣关键词语，悟出比喻意。

拓展喻体的意义，要有宏观意识，视角要丰富，要深刻挖掘关键词语的内涵。

文中的"山"，指的显然不是自然界中的山，而是指人类社会生活中要"攀登的山峰"，它可以指各种事业、学业、生活等意义上的高峰。

文中的"人"可以是个人，也可以是一个企业、一个团队乃至一个国家，或是一类人。

"上山的人"指的是处在人生上升势头的人，"下山的人"指的是虽然有下滑趋势但曾经风光的人，"山上的人"指的是正处在人生巅峰时期的人，"山下的人"是指此时虽处在低谷但很快就会赶上来的人。

悟出比喻意义，就找到了理解材料的突破口。

（3）从材料的因果、辩证关系中挖掘主旨。

因果关系：身处高处时，对于那些目前衰落但曾经风光的人，你永远不要轻视，因为他们也辉煌过；对后起的人要尊重，因为后来者有无限潜力、无限可能性，通过努力，很快就会赶上来。

辩证关系："上山""下山""山上""山下"，四种人生状态不是一成不变的，可以相互转换。

这样，从材料的因果关系和辩证关系就可以挖掘出主旨：做好自己，不断完善自己，用发展的眼光看待别人。

（4）师范角度立意。

作为老师，要做好自己的本职工作，不断提升自己的专业素养，做一名合格的人民教师；对待学生，要用发展的眼光，把学生看作发展中的人，不断成长、进步中的人，对学生要多元评价，要有所期望，要尊重不同学生的成长过程。

中心论点：教师要能认识到学生是发展中的人，树立正确的学生观，帮助学生更好地成长。

分论点：

（1）教师应不断加强自身的专业素养，树立以学生为本的教育理念，正确认识学生的个体成长。

（2）教师在教学工作中，尊重学生的身心发展规律，用多种方式评价学生。

（3）教师应该树立平等的师生关系，尊重每一个学生的情感和自尊，不能因为成绩或者其他原因对学生区别对待，帮助学生更好地发展成长。

参 考 文 献

[1] 于胜刚. 教师专业发展导论 [M]. 北京：北京大学出版社，2015.

[2] 陈永明，等. 教师教育学 [M]. 北京：北京大学出版社，2012.

[3] 全国十二所重点师范大学联合编写. 教育学基础 [M]. 北京：教育科学出版社，2014.

[4] 陈向明. 教育研究方法 [M]. 北京：北京教育科学出版社，2013.

[5] 经柏龙. 素质教育与基础教育改革 [M]. 沈阳：辽海出版社，2002.

[6] 张维平. 教育法学基础知识 [M]. 沈阳：辽宁大学出版社，2008.

[7] 张维平. 教育法学基础知识 [M]. 沈阳：辽宁大学出版社，2008.

[8] 杨玉凯. 教育法新论 [M]. 沈阳：辽宁大学出版社，2004.

[9] 杨颖秀. 教育法学 [M]. 北京：中央广播电视大学出版社，2004.

[10] 王悦群. 教育法制基础 [M]. 北京：中央广播电视大学出版社，2001.

[11] 郝淑华. 教育法律实务 [M]. 哈尔滨：黑龙江人民出版社，2002.

[12] 马焕灵. 法律法规教育 [M]. 西安：陕西师范大学出版社，2013.

[13] 童辉. 现代青年常用知识全知道 [M]. 北京：外文出版社，2012.

[14] 全国干部培训教材编审指导委员会组织编写. 世界历史十五讲 [M]. 北京：人民出版社，2006.

[15] 文娟. 中外名著全知道 [M]. 北京：中国华侨出版社，2013.

[16] 同辉. 不可不知的历史常识大全集 [M]. 南昌：百花洲文艺出版社，2013.

[17] 杨建峰. 历史的拐点——影像历史的中外重大事件 [M]. 海口：南海出版公司，2015.

[18] 同辉. 人一生不可不知的中外名著 [M]. 南昌：百花洲文艺出版社，2011.

[19] 冬云. 中外文化常识一本通 [M]. 北京：中国华侨出版社，2012.

[20] 郭和益. 中学生科普百科全书 [M]. 北京：中国华侨出版社，2013.

[21] 柴少飞. 中外名人全知道 [M]. 北京：华文出版社，2009.

[22] 宋长河. 历史的真相大全集 [M]. 北京：外文出版社，2012.

[23] 彭立，梁立凯. 多媒体课件制作 [M]. 长春：东北师范大学出版社，2005.

[24] 张巨龄. 新词酷语的流行和汉语研究的反思 [J]. 语言与翻译，2005（4）.

后　记

　　本书由教育、教学第一线的教师编写，主编：文敏、周彦良；副主编：张东良、 沈环、 赵俏。具体分工如下：文敏负责编写第一章、第三章；张东良负责编写第二章；沈环负责编写第四章；赵俏负责编写第五章。